Vrienden voor het leven

Vrienden voor het leven

Maeve Binchy

VAN REEMST
UITGEVERIJ

HOUTEN

Zesde druk

Oorspronkelijke titel: *Circle of friends*
Oorspronkelijke uitgave: Random Century Group, Londen
© 1990 Maeve Binchy

© 1991 Nederlandstalige uitgave: Van Reemst Uitgeverij bv
Postbus 170, 3990 DD Houten

Vertaling: René Huigen en Frans Thomése
Omslagontwerp: Andrea Scharroo
Omslagillustratie: Fred de Heij

ISBN 90 410 0212 X
CIP
NUGI 301

Alle rechten voorbehouden. Niets uit deze uitgave mag worden verveelvoudigd, opgeslagen in een geautomatiseerd gegevensbestand, of openbaar gemaakt, in enige vorm of op enige wijze, hetzij elektronisch, mechanisch, door fotokopieën, opnamen, of enig andere manier, zonder voorafgaande schriftelijke toestemming van de uitgever.

Voor mijn teerbeminde Gordon Snell

Hoofdstuk 1

1949

Er hing een heerlijke geur van vers gebak in de keuken. Benny zette haar schooltas neer en keek in de potten en pannen.
'Er zit nog geen glazuur op de taart,' zei Patsy. 'Dat doet mevrouw zelf.'
'Wat spuit ze erop?' wilde Benny weten.
'Ik denk "Hartelijk Gefeliciteerd Benny".' Patsy wist het ook niet.
'Misschien zet ze er "Benny Hogan Tien Jaar" op.'
'Dat heb ik nog nooit op een taart zien staan.'
'Bij zo'n belangrijke verjaardag past het wel, vind ik.'
'Misschien.' Patsy betwijfelde het.
'Zijn de puddinkjes al klaar?'
'Die staan in de bijkeuken. Ga er niet van zitten snoepen, want dat laat vingers achter. En dan zwaait er wat voor ons.'
'Ik kan niet geloven dat ik tien word,' zei Benny opgetogen.
'Een grote dag is het zeker,' zei Patsy afwezig, terwijl ze de bakvormen voor de krentencakes invette met een stukje boter.
'Wat deed jij toen je tien werd?'
'Weet je dan niet dat voor mij vroeger elke dag hetzelfde was,' zei Patsy opgewekt. 'In het weeshuis was geen enkele dag anders tot ik er weg kon en hier kwam.'
Benny hield van de verhalen over het weeshuis. Ze vond ze beter dan wat je er in boeken over kon lezen. Zo had je de slaapzaal met de twaalf ijzeren bedden, de aardige meisjes, de rotmeiden... En op een keer hadden ze allemaal neten in hun haar en moesten ze worden kaalgeschoren.
'Ze moeten daar toch ook verjaardagen hebben gevierd,' hield Benny vol.
'Ik kan het me niet herinneren,' zuchtte Patsy. 'Er was een lieve zuster die me vertelde dat ik geen zondagskind was, maar geboren voor het ongeluk.'
'Dat was niet aardig.'
'Nou, ze wist tenminste dat ik op een doordeweekse dag ben geboren... Daar komt je moeder, nu moet ik weer aan de slag.'
Annabel Hogan kwam binnen met drie tassen. Ze was verbaasd haar dochter in de keuken te zien rondhangen.

'Wat ben je lekker vroeg thuis. Ik breng dit even boven.'
Benny rende op Patsy af toen ze haar moeders zware stappen op de trap hoorde.
'Denk je dat ze het heeft gekocht?'
'Dat moet je mij niet vragen, Benny, ik weet van niets.'
'Dat zeg je omdat je het *wel* weet.'
'Niet waar. Echt niet.'
'Is ze in Dublin geweest? Met de bus?'
'Nee, helemaal niet.'
'Maar dat moet.' Benny leek erg teleurgesteld.
'Ze is helemaal niet lang weggeweest... Ze was alleen even hier in de buurt.'
Benny likte bedachtzaam een lepel af. 'Het beslag vind ik het lekkerst,' zei ze.
'Dat vond je altijd al.' Patsy keek haar vertederd aan.
'Als ik achttien ben en kan doen waar ik zin in heb, ga ik alleen maar taartbeslag eten,' verklaarde Benny.
'Nee hoor, vast niet. Op je achttiende ben je zo in de weer met afslanken dat je helemaal geen taart meer eet.'
'Ik zal altijd taart blijven eten.'
'Dat zeg je nu. Wacht maar tot een of andere jongen je leuk gaat vinden.'
'Zou jij willen dat een jongen je leuk vindt?'
'Natuurlijk wil ik dat. Wat zou ik anders willen?'
'Welke jongen dan? Ik wil niet dat je weggaat.'
'Ik zal nooit een jongen krijgen. Ik ben een wees, een nette vent kan met mij niet voor de dag komen. Ik heb geen achtergrond, geen verleden, zie je.'
'Maar je hebt toch heel wat meegemaakt,' riep Benny uit. 'Ze zouden je allemaal heel interessant vinden.'
Er was geen tijd om er op door te gaan. Benny's moeder kwam de keuken weer in, had haar jas uitgetrokken en begon de taart te glazuren.
'Bent u eigenlijk nog in Dublin geweest, moeder?'
'Nee kind, ik had het druk genoeg met de voorbereidingen van je partijtje.'
'Ik vroeg het me gewoon af...'
'Partijtjes komen er niet vanzelf, dat weet je.' Ze zei het luid, maar de toon was vriendelijk. Benny wist dat haar moeder er ook naar uitkeek.
'En is vader op tijd thuis om taart te eten?'
'Ja hoor. We hebben de mensen om half vier uitgenodigd. Rond vier uur zullen ze er allemaal wel zijn, dus we hoeven niet voor half zes aan het lekkers te beginnen. Voordat je vader terug is van zijn werk zijn we vast nog niet aan de taart toegekomen.'

Benny's vader was eigenaar van Hogan's Herenmode, de grote kledingzaak in het centrum van Knockglen. Op zaterdag was het altijd het drukst in de winkel. Dan kwamen de boeren naar het dorp, of werden de mannen op hun vrije middag door hun vrouw meegetroond om in het nieuw gestoken te worden door meneer Hogan of door de oude Mike, de kleermaker die hier sinds mensenheugenis werkte. Hij was er al toen de jonge meneer Hogan de zaak kocht.

Benny was blij dat haar vader thuis zou zijn voordat de taart werd aangesneden, want dan zou ze haar cadeau krijgen. Vader had gezegd dat het een geweldige verrassing zou worden. Benny wist zeker dat ze een fluwelen jurk met een kanten kraag en bijpassende schoenen zou krijgen. Toen ze afgelopen kerst in Dublin naar een pantomimevoorstelling waren geweest en de meisjes op het toneel hadden zien dansen in roze fluwelen jurken, had ze ook zo'n jurk gewild.

Ze had gehoord dat de winkel van Clery ze verkocht en dat was maar een paar minuten van de plaats waar de bus naar Dublin stopte.

Benny was groot en stevig, maar zo zou ze er in de jurk van roze fluweel niet uitzien. Ze zou eruitzien als de sprookjesachtige danseressen die ze op het toneel had gezien en haar voeten zouden in de schoenen niet groot en plomp lijken, want ze hadden prachtige puntige neusjes met leuke balletjes erop.

De uitnodigingen voor het partijtje waren tien dagen geleden de deur uitgegaan. Er zouden zeven vriendinnetjes van school komen, voornamelijk boerendochters van buiten Knockglen, en Maire Carroll, wier ouders een kruidenierswinkel hadden. De Kennedy's van de drogisterij waren allemaal jongens, dus die kwamen niet, en de kinderen van dokter Johnson waren allemaal te klein, dus die zouden er ook niet zijn. Peggy Pine die een damesmodezaak had, had misschien een nichtje te logeren. Benny had gezegd dat ze niemand op haar feestje wilde die ze niet kende en met een zekere opluchting hoorde ze dat nichtje Clodagh zelf ook niet graag bij vreemden kwam.

Haar moeder had er op gestaan om Eve Malone uit te nodigen en dat was erg genoeg. Eve was een meisje dat in het klooster woonde en alle geheimen van de zusters kende. Sommigen op school zeiden: 'Moederoverste Francis wordt nooit kwaad op Eve, ze is echt haar lievelingetje.' Anderen beweerden echter dat de nonnen haar verzorgden uit liefdadigheid en dat ze haar niet zo graag mochten als de andere meisjes, wier families allemaal iets bijdroegen aan St. Mary.

Eve was klein en donker. Soms zag ze eruit als een elfje, met ogen die heen en weer schoten, altijd alert. Benny gaf niets om Eve, maar had ook geen hekel aan haar. Ze benijdde haar omdat ze zo vlug en lenig was en over muren kon klimmen. Ze wist dat Eve in het klooster haar eigen kamer had, achter het gordijn waarachter geen enkel ander meisje mocht komen. De meisjes zeiden dat het de kamer was met het ronde raam dat uitkeek op het dorp en dat Eve soms aan dat raam zat en iedereen in de gaten hield, waar ze heen gingen en met wie. In de vakantie ging Eve nooit ergens heen, ze bleef altijd bij de nonnen. Soms namen moederoverste Francis en mevrouw Pine van de damesmodezaak haar een dagje mee naar Dublin, maar 's avonds was ze altijd weer terug.

Op een keer, toen ze in de omgeving waren gaan wandelen, had Eve een huisje aangewezen en gezegd dat het háár huis was. Er stonden daar een paar dezelfde huisjes, met de tuintjes omheind door een lage stenen muur. Ze keken uit op een verlaten steengroeve. Als ze groter was, zou ze hier in haar eentje gaan wonen en er zou nooit melk in huis mogen komen en ook geen kleerhangers. Ze zou al haar spullen op de vloer laten rondslingeren, want ze kon doen en laten waar ze zin in had.

Sommige meisjes waren een beetje bang voor Eve, dus niemand sprak het verhaal tegen, al was er ook niemand die het echt geloofde. Eve was een vreemd kind, ze kon soms dingen verzinnen en dan, als iedereen nieuwsgierig was geworden, zei ze plotseling: 'Maar niet heus.'

Benny wilde haar eigenlijk niet uitnodigen op het feestje, maar ditmaal was moeder onverbiddelijk geweest.

'Dat kind heeft geen thuis. Daarom moet ze worden uitgenodigd als er iets te vieren is.'

'Ze *heeft* een thuis, moeder, ze heeft het hele klooster voor haarzelf.'

'Dat is niet hetzelfde. Ze komt, Benny. Punt uit.'

Eve had een keurige brief geschreven waarin ze zei dat ze de uitnodiging graag aannam.

'Ze hebben haar goed leren schrijven,' had Benny's vader goedkeurend gezegd.

'Ze zijn vastbesloten om een dame van haar te maken,' zei moeder. Geen van beiden legde uit waarom dat nou zo belangrijk was.

'Als ze jarig is, krijgt ze alleen bidprentjes en wijwaterbakjes,' vertelde Benny. 'Dat is namelijk het enige dat de zusters hebben.'

'Mijn God, op het kerkhof zullen er zich nu wel een paar omdraaien in hun graf,' zei Benny's vader, maar alweer legde hij niet uit waarom dat zo was.

'Arme Eve, wat een vreselijk begin van haar leven,' zuchtte Benny's moeder.

'Ik vraag me af of ze op een doordeweekse dag is geboren, net als Patsy.' Benny ging opeens een licht op.

'Wat maakt dat uit?'

'Dan is ze er ellendig aan toe. Een doordeweeks kind is geboren voor het ongeluk,' praatte ze Patsy na.

'Onzin,' knorde haar vader.

'Op wat voor dag ben ik geboren?'

'Op een zondag, zondag 17 september 1939
' zei haar moeder. 'Om zes uur 's avonds.'
Haar ouders keken elkaar aan met een blik vol herinneringen aan het lange wachten op hun eerste en, naar later bleek, enige kind.
'Een zondagskind is het zonnetje in huis,' zei Benny grijnzend.
'Dat is zeker waar!' zei haar moeder.
'Er is geen stralender koppie dan dat van Mary Bernadette Hogan, het zonnetje van onze parochie, bijna tien jaar oud,' zei haar vader.
'Dat klopt toch niet. Ik bedoel, ik heb donker haar en lijk niet op een zonnetje.' Benny begreep de uitdrukking niet helemaal.
'Jij hebt het mooiste haar dat ik ooit heb gezien.' Haar moeder aaide Benny's lange kastanjebruine lokken.
'Zie ik er echt leuk uit?' vroeg ze.
Toen ze haar verzekerden dat ze een heel mooi meisje was, wist ze dat ze de jurk voor haar hadden gekocht. Ze had er een beetje over ingezeten, maar nu wist ze het zeker.
De volgende dag op school feliciteerden zelfs de meisjes die ze niet had uitgenodigd haar met haar verjaardag.
'Wat krijg je?'
'Ik weet het niet, het is een verrassing.'
'Is het een jurk?'
'Ja, ik denk van wel.'
'Kom, vertel op.'
'Ik weet het nog niet, echt niet. Ik krijg hem pas op mijn verjaardagsfeestje.
'Is het een jurk uit Dublin?'
'Ik denk het.'
Plotseling zei Eve: 'Hij kan ook hier gekocht zijn. In de winkel van mevrouw Pine heb je ook mooie kleren.'
'Vind ik niet.' Benny schudde haar hoofd.
Eve haalde haar schouders op. 'Ook goed.'
De anderen waren weggegaan.
Benny draaide zich om naar Eve. 'Waarom zei je dat de jurk bij mevrouw Pine is gekocht? Dat weet jij helemaal niet, jij weet nergens wat van.'
'Ik zei toch: "Ook goed".'
'Heb *jij* een jurk?'
'Ja, moeder Francis heeft er voor mij één bij mevrouw Pine gekocht. Ik geloof niet dat-ie nieuw is. Ik denk dat iemand hem teruggegeven heeft omdat er iets aan mankeerde.'
Eve hield er niet van om onverwacht aangevallen te worden. Haar ogen fonkelden, ze had haar weerwoord al klaar voordat iemand iets onaardigs had kunnen bedenken.

'Dat weet je helemaal niet.'
'Nee, maar dat denk ik. Moeder Francis heeft geen geld om een nieuwe jurk voor mij te kopen.'
Benny keek haar met bewondering aan en bond een beetje in.
'Ach, ik weet het ook niet. Ik denk dat ze voor mij zo'n mooie van fluweel hebben gekocht. Maar dat weet ik niet zeker.'
'Jij krijgt in ieder geval iets nieuws.'
'Ja, en ik zal er fantastisch uitzien,' zei Benny. 'Iedereen zou er in die jurk geweldig uitzien.'
'Misschien krijg je toch nog iets anders,' waarschuwde Eve.
'Misschien heb je glijk.'
'Het is lief dat je me gevraagd hebt. Ik dacht dat je me niet aardig vond,' zei Eve.
'Jawel hoor.' Die arme Benny raakte in de war.
'Goed. Als het maar niet is omdat het moest of zo.'
'Nee! Natuurlijk niet!' zei Benny veel te heftig.
Eve keek haar onderzoekend aan. 'Dan is het goed,' zei ze. 'Tot vanmiddag.'
Op zaterdagochtend moesten ze naar school. Om half een ging de schoolbel en stroomden ze allemaal het gebouw uit. Allemaal behalve Eve, die naar de kloosterkeuken ging.
'Voordat je gaat, zullen we je een goede maaltijd voorzetten,' zei zuster Margaret.
'We willen niet dat een meisje van St. Mary hongerig op het lekkers afvliegt als ze ergens op bezoek is,' zei zuster Jerome.
Ze wilden er tegenover Eve niet te veel drukte over maken, maar het was een grote gebeurtenis dat het kind dat zij hadden opgevoed voor een partijtje werd uitgenodigd. Het hele klooster vond het heerlijk voor haar.
Benny liep door het dorp en meneer Kennedy wenkte haar zijn drogisterij binnen.
'Een kaboutertje heeft me verteld dat je jarig bent,' zei hij.
'Ik ben tien geworden,' zei Benny.
'Dat weet ik. Ik weet nog dat je geboren werd. Het was tijdens de noodtoestand. Je vader en moeder waren zo blij. Ze vonden het helemaal niet erg dat je geen jongetje was.'
'Denkt u dat ze liever een jongen hadden gehad?'
'Iedere winkelier wil een zoon. Maar je weet het nooit, ik heb er drie en ik denk niet dat een van hen later in de zaak wil komen.' Hij zuchtte diep.
'Eh, ik moet weer...'
'Nee, nee. Ik riep je omdat ik je iets wil geven. Hier, een lolly voor je.'
'O, meneer Kennedy...' Benny was overrompeld.

'Niets te danken. Je bent een prachtmeid. Ik zeg altijd bij mezelf, daar heb je dat gezellige dikkerdje Benny Hogan weer.'
Het zonlicht glinsterde op de lolly. Kregelig scheurde Benny het papiertje van de lolly en begon te likken.
Dessie Burns, van de ijzerwinkel naast Kennedy, knikte instemmend.
'Heel goed, Benny, ik doe ook altijd net of mijn neus bloedt. Hoe gaat het de laaste tijd met je?'
'Ik ben vandaag tien geworden, meneer Burns.'
'Jemig, wat een grote meid. Als je zes jaar ouder was geweest, had ik je meegenomen naar Shea's kroeg, je op mijn knie laten zitten en een paar borrels voor je besteld.'
'Dank u wel, meneer Burns.' Ze keek angstig naar hem op.
'Wat is je vader daarginds aan het doen? Vertel me niet dat hij op zoek is naar nieuw personeel. Het halve land emigreert en Eddie Hogan besluit uit te breiden.'
Dessie Burns had kleine varkensoogjes. Hij keek met onverholen belangstelling naar Hogan's Herenmode aan de overkant van de straat. Haar vader schudde een man de hand – of een jongen, dat was moeilijk te zien. Benny schatte hem op een jaar of zeventien. Hij was mager en bleek en had een koffer in zijn hand. Hij keek naar het uithangbord boven de deur.
'Ik weet er niets van, meneer Burns,' zei ze.
'Beste meid, ga nooit in zaken, het is slecht voor je hart – vertel mij wat. Als ik een vrouw was, zou ik er trouwens niet de minste belangstelling voor hebben. Ik zou een sukkel van een man aan de haak slaan die me de hele dag lolly's zou voeren.'
Benny liep verder de straat in, voorbij de lege winkel waarvan de mensen zeiden dat er zich een echte Italiaan uit Italië zou gaan vestigen. Ze liep langs de schoenmakerij, waar Paccy Moore en zijn zuster Bee naar haar zwaaiden. Paccy had zijn enkel verstuikt. Hij ging niet naar de kerk, maar er werd verteld dat een priester hem een keer per maand thuis de biecht kwam afnemen en hem ter communie liet gaan. Benny had gehoord dat ze voor hem in Dublin en misschien zelfs in Rome dispensatie hadden gevraagd, zodat hij helemaal geen zondaar was of een heiden of wat dan ook.
Toen kwam ze bij haar eigen huis. De nieuwe hond, half collie, half schapedoes, lag lui op de stoep van het septemberzonnetje te genieten. Door het raam kon ze de tafel zien, die gedekt was voor het partijtje. Patsy had voor de gelegenheid het koper gepoetst en moeder had de voortuin aangeharkt. Benny slikte het laatste stukje lolly liever in één keer door dan dat ze ervan beschuldigd werd in het openbaar te snoepen, en ging door de achterdeur naar binnen.
'Die hond is ook niet erg waaks,' zei haar moeder nors.

13

'Hij hoort ook niet tegen ons te blaffen, wij zijn familie,' verdedigde Benny hem.
'Je ziet eerder een witte merel dan dat Shep voor iets anders blaft dan zijn eigen plezier. Vertel eens, was het leuk op school, hebben ze je nog gefeliciteerd?'
'Ja allemaal, moeder.'
'Zo hoort het ook. Ze zullen je niet meer terug kennen als ze je vanmiddag zien.'
Benny's hart sprong op. 'Mag ik mijn nieuwe kleren aan voordat het partijtje begint?'
'Ik denk het wel. Je moet er op je paasbest uitzien als ze binnenkomen.'
'Zal ik ze nu al aantrekken?'
'Waarom niet.' Benny's moeder leek zelf ook nieuwsgierig naar de nieuwe kleren. 'Ik zal ze boven voor je klaarleggen. Kom mee, we knappen je een beetje op en dan ga je je verkleden.'
Benny wachtte geduldig in de grote badkamer terwijl haar nek werd gewassen. Het zou nu niet lang meer duren.
Daarna gingen ze naar haar kamer.
'Ogen dicht,' zei moeder.
Toen Benny weer mocht kijken, zag ze op het bed een grof geweven matrozenpakje. In een doos lag een paar stevige stappers, met witte sokjes er netjes opgevouwen naast. Ze zag ook nog een half-ingepakte rode schoudertas liggen.
'Zo ben je helemaal in het nieuw,' riep moeder uit. 'Van top tot teen gekleed door Peggy Pine...'
Moeder deed een paar stappen terug om te zien welke uitwerking de cadeaus op Benny hadden. Benny was sprakeloos. Geen fluwelen jurk, geen heerlijk zacht fluweel dat je streelde, geen prachtige kanten kraag. Alleen een degelijk matrozenpak, ruw als paardehaar. En helemaal geen zachtroze, maar gewone frisse kleuren. En die schuiten! Waar waren de schoentjes met de elegante neusjes?
Benny beet op haar lip en probeerde haar tranen in te houden.
'Nou, wat vind je ervan?' Haar moeder glom van trots. 'Je vader vond dat je er een schoudertas en schoenen bij moest krijgen, dan heb je alles compleet. Hij zei dat het best wat mocht kosten.'
'Het is prachtig,' mompelde Benny.
'Is dat jasje niet prachtig? Ik zeur Peggy al tijden aan haar hoofd om iets dergelijks. Ik wou niet iets flodderigs... maar iets degelijks dat tegen een stootje kan.'
'Het is geweldig?' zei Benny.
'Voel eens,' drong haar moeder aan.
Ze wilde niet. Niet zolang ze de fluwelen jurk nog in haar hoofd had.
'Ik trek het zelf wel aan, moeder, dan laat ik het straks wel zien,' zei ze.

Ze kon zich bijna niet meer groothouden.
Gelukkig moest Annabel Hogan weer naar beneden om de boel in de gaten te houden. Ze was nog maar halverwege de trap toen de telefoon ging. 'Dat zal je vader zijn.' Haar stem klonk blij en ze liep snel naar beneden.
Door haar gesmoorde snikken heen hoorde Benny flarden van het telefoongesprek.
'Ze vond het prachtig, Eddie. Ik geloof zelfs dat het haar bijna te machtig werd. Het leek of ze het niet helemaal begreep, zoveel dingen, een tas en schoenen en ook nog sokken. Een kind van die leeftijd weet nog niet wat het is om zoveel te krijgen... Nee, nog niet, ze is zich aan het aankleden. Het zal haar leuk staan...'
Benny kwam langzaam overeind van haar bed en liep naar de spiegel op de commode om te kijken of haar gezicht net zo rood en betraand was als ze vreesde. Ze zag de gedrongen gestalte van een kind in schooltenue, met een rode nek van het schrobben, met rode ogen van het huilen. Ze was het type niet om een roze fluwelen jurk en elegante schoenen te dragen. Plotseling moest ze zomaar aan Eve Malone denken, die met haar kleine ernstige gezicht had gewaarschuwd dat ze misschien toch iets anders zou krijgen dan de jurk uit Dublin.
Misschien had Eve het al die tijd al geweten, misschien was ze in de winkel toen moeder dit kocht... al deze afschuwelijke spullen. Wat vreselijk dat Eve het eerder had geweten dan zijzelf. Al had Eve zelf nooit iets nieuws gehad, ze wist dat *zij* vandaag iets lelijks zou krijgen. Ze dacht aan de manier waarop Eve had gezegd: 'Je krijgt in ieder geval iets nieuws'. Ze zou nooit aan iemand laten merken hoe teleurgesteld ze was. Nooit.

De rest van de dag was Benny er niet helemaal bij, vanwege de teleurstelling die als een donkere wolk boven de gebeurtenissen hing. Voor haar tenminste. Ze wist nog dat ze de juiste geluiden had gemaakt en als een marionet had bewogen toen het feestje begon. Maire Carroll verscheen in een echte feestjurk. Ze had een onderjurk die zachtjes ruiste. Die was in een pakketje uit Amerika gekomen.
Ze deden spelletjes met een prijs voor iedereen. Benny's moeder had zakken snoep gekocht bij Birdie Mac, elke zak met een andere kleur. Ze maakten steeds meer lawaai, maar op de taart moesten ze wachten tot meneer Hogan thuiskwam.
Ze hoorden de kerkklokken. De zware klank van de klokken dreunde twee keer per dag door Knockglen, om twaalf uur 's middags en om zes uur 's avonds. Ze wezen zowel op de tijd als op de plicht om te bidden.
Maar van Benny's vader nog geen teken.
'Ik hoop niet dat hij uitgerekend vandaag te laat komt door een of andere treuzelende klant,' hoorde Benny haar moeder tegen Patsy zeggen.

'Tuurlijk niet, mevrouw. Hij moet onderweg zijn. Shep is al opgestaan en heeft zich uitgerekt. Dat is altijd een teken dat de baas op weg is naar huis.'
En dat was hij ook. Een halve minuut later kwam Benny's vader haastig binnen.
'Ik heb gelukkig niks gemist, net op tijd.'
Hij werd in zijn stoel geduwd en kreeg een kop thee en een broodje met worst om bij te komen. De kinderen werden bij elkaar geroepen en de gordijnen dichtgetrokken in afwachting van de taart met de kaarsjes. Benny probeerde de grove wol van het nieuwe pakje in haar nek niet te voelen. Ze probeerde een echte glimlach op te zetten tegen haar vader, die moeite had gedaan om op tijd thuis te komen voor het grote moment.
'Vind je je pakje leuk, je eerste echte pak?' vroeg hij.
'Enig, vader, enig. Ziet u dan niet dat ik het al aan heb?'
De andere kinderen in Knockglen moesten altijd giechelen als Benny 'vader' zei. Zij noemden hun vaders 'papa' of 'paps'. Maar langzaam raakten ze er aan gewend. Het hoorde er gewoon bij. Benny was de enige die zij kenden die geen broertjes en zusjes had. De meesten moesten hun papa's en mama's met vijf of zes anderen delen. Een enig kind was een zeldzaamheid. Op Benny na wisten ze er trouwens niet een. Ja, Eve Malone natuurlijk. Maar dat lag anders. Die had helemaal geen familie.
Eve stond naast Benny toen de taart werd binnengebracht. 'Stel je voor, helemaal voor jou,' fluisterde ze vol ontzag.
Eve droeg een jurk die enkele maten te groot voor haar was. Zuster Imelda, de enige non in het klooster die met naald en draad overweg kon, lag ziek in bed, zodat de jurk nogal klungelig was ingenomen en als een zak om haar heen hing.
Het beste wat je ervan kon zeggen was dat-ie rood was en duidelijk nieuw. Op geen enkele wijze kon je hem mooi vinden of er iets aardigs van zeggen, maar Eve Malone leek daar boven te staan. Iets in de manier waarop ze de lompe kleding droeg, gaf Benny moed. Haar eigen vreselijke pakje paste tenminste en hoewel het niets van een feestjurk had, laat staan van haar droomjurk, kon de hare er mee door, vergeleken met die van Eve. Ze rechtte haar rug en glimlachte opeens naar het meisje.
'Ik zal je straks een stuk van de taart meegeven als er iets overblijft,' zei ze.
'Bedankt. Moeder Francis is gek op taart,' zei Eve.
Toen begon het. Het flakkerende licht van de kaarsen en het zingen van 'Er is er een jarig', het uitblazen van de kaarsjes... en het applaus. Toen de gordijnen weer opengingen, zag Benny de magere jongeman met wie

haar vader eerder die middag bij de winkel had gestaan. Hij was veel te oud voor het partijtje. Ze zouden hem wel hebben uitgenodigd voor de borrel met de volwassenen, die later zouden komen. Hij was erg mager en bleek, en hij had een kille, starre blik.

'Wie was dat?' vroeg Eve 's maandags aan Benny.
'Dat is de nieuwe hulp bij mijn vader in de winkel.'
'Wat een engerd, vind je niet?'
Ze waren nu vriendinnen, ze zaten in de pauze samen op het muurtje rond het schoolplein.
'Ja, dat is-ie. Er is geloof ik iets mis met zijn ogen.'
'Hoe heet hij?' vroeg Eve.
'Sean. Sean Walsh. Hij gaat in de winkel wonen.'
'Jakkes!' zei Eve. 'Komt hij dan bij jullie eten?'
'Nee, dat is het leuke. Dat doet-ie niet. Moeder nodigde hem uit voor zondag en hij hield een of andere akelige preek over niets voornemen, of zoiets.'
'Niets aannemen.'
'Nou ja, wat het ook is, hij doet het in ieder geval niet en dat slaat blijkbaar ook op later. Hij zorgt voor zichzelf, zei hij.'
'Mooi.' Eve kon ermee instemmen.
Benny begon aarzelend: 'Moeder zei...'
'Ja?'
'Wanneer je eens wil langskomen... dan is dat... dan mag dat.'
Benny praatte kortaf alsof ze bang was dat de uitnodiging zou worden afgeslagen.
'O, dat zou ik heel leuk vinden,' zei Eve.
'Bijvoorbeeld na school op een doordeweekse dag, of misschien tussen de middag op zaterdag of zondag.'
'Zondag zou ik leuk vinden. Op zondag is het hier nogal saai, veel bidden en zo.'
'Fijn, ik ga het meteen zeggen.' Benny was opgetogen.
'O ja, er is wel iets...'
'Wat dan?' De serieuze uitdrukking op Eve's gezicht maakte haar ongerust.
'Ik kan je niet terugvragen. Waar zij eten en ik ook, dat is achter het gordijn, zie je.'
'Dat geeft helemaal niet.' Benny was opgelucht dat dit het enige obstakel was.
'Als ik groot ben en op mezelf woon, je weet wel, in mijn huisje, dan kan ik je daar natuurlijk uitnodigen,' zei Eve oprecht.
'Is dat echt jouw huisje?'
'Dat heb ik toch al tegen iedereen gezegd,' zei Eve fel.

'Ik dacht dat je deed alsof,' zei Benny verontschuldigend.
'Hoe zou ik nou kunnen doen alsof? Het is van mij. Ik ben daar geboren. Het was van mijn moeder en mijn vader. Die zijn allebei dood, het is van mij.'
'Waarom kun je er nu niet heen?'
'Dat weet ik niet. Ze vinden dat ik te jong ben om op mezelf te wonen.'
'Natuurlijk ben je te jong om op jezelf te wonen,' zei Benny. 'Maar om er gewoon een kijkje te nemen?'
'Moeder Francis zegt dat het nogal een serieuze zaak is, mijn eigen huis, mijn erfenis noemt ze het. Ze zegt dat ik het niet moet zien als een poppenhuis of een plek om te spelen zolang ik nog jong ben.'
Ze dachten er een tijdje over na.
'Misschien heeft ze gelijk,' zei Benny met tegenzin.
'Misschien wel.'
'Heb je door de ramen naar binnen gekeken?'
'Ja.'
'Is er niemand binnen geweest die er een rotzooi van heeft gemaakt?'
'Nee, er komt helemaal niemand.'
'Waarom niet? Je hebt er een prachtig uitzicht over de oude steengroeve.'
'Ze durven er niet heen te gaan. Er zijn daar mensen doodgegaan.'
'Overal gaan mensen dood.' Benny haalde haar schouders op.
Dit beviel Eve wel. 'Dat is waar. Daar had ik niet aan gedacht.'
'Maar wie is er dan in dat huisje doodgegaan?'
'Mijn moeder. En niet veel later ook mijn vader.'
'O.'
Benny wist niets te zeggen. Dit was de eerste keer dat Eve iets over haar verleden vertelde. Meestal antwoordde ze bits 'Bemoei je met je eigen zaken' als iemand ernaar vroeg.
'Maar ze zijn toch niet meer in het huisje, ze zijn nu in de hemel,' zei Benny na een tijdje.
'Ja, natuurlijk.'
Er viel opnieuw een stilte.
'Ik wil er graag eens heen om met jou door de ramen naar binnen te kijken,' stelde Benny voor.
Eve stond op het punt antwoord te geven toen Maire Carroll eraan kwam.
'Dat was een leuke verjaardag, Benny,' zei ze.
'Bedankt.'
'Moest dat een feestjurk voorstellen?'
'Waar heb je het over?' vroeg Benny.
'Nou, Eve had toch een feestjurk aan, nietwaar Eve? Ik bedoel, dat grote rode ding, dat was toch niet als gewone kleding bedoeld, of wel?'

Eve's gezicht verstrakte en in haar ogen verscheen de harde blik die ze ook vroeger had gehad. Benny vond het vervelend haar weer zo te zien.
'Ik vond het nogal grappig,' zei Maire met een fijn lachje. 'Dat vond iedereen, toen we naar huis liepen.'
Benny loerde naar het schoolplein. Moederoverste Francis keek de andere kant op.
Met alle kracht die ze in zich had, wierp Benny Hogan zich van het muurtje op Maire Carroll. Het meisje viel om.
'Alles goed, Maire?' vroeg Benny op vals-meelevende toon.
Moeder Francis kwam aanrennen, met wapperend habijt.
'Wat is er gebeurd, kind?' Ze hielp Maire overeind en liet haar op adem komen.
'Benny heeft me omvergeduwd,' kreunde Maire.
'Moeder, het spijt me, ik ben ook zo onhandig. Ik wou alleen van het muurtje afspringen.'
'Al goed, al goed, niks gebroken. Haal even een krukje voor haar.'
Moeder Francis boog zich over de hijgende Maire.
'Ze heeft het expres gedaan.'
'Kom, kom, Maire. Hier heb je een krukje, ga maar even zitten.'
Maire huilde. 'Moeder, ze liet zich van het muurtje bovenop mij vallen, als een zandzak... Ik zei alleen maar...'
'Maire had net gezegd hoe leuk ze het feestje vond, moeder. Het spijt me zo,' zei Benny.
'Goed, Benny, probeer voortaan voorzichtiger te zijn. Kijk uit wat je doet. En Maire, genoeg gejammerd. Dat is helemaal niet aardig. Benny heeft al gezegd dat het haar speet. Je weet dat het een ongelukje was. Kop op en wees een grote meid.'
'Ik zou nooit zo'n grote meid als Benny Hogan willen zijn. Dat zou niemand willen.'
Moeder Francis werd nu streng. 'Zo is het wel genoeg, Maire Carroll. Meer dan genoeg. Pak dat krukje, ga naar de gang en blijf daar net zolang staan tot ik je roep.'
Moeder Francis stoof weg. Even later klonk de bel voor het einde van het speelkwartier.
Eve keek Benny aan. Een tijdje lang zei ze niets. Ze slikte alleen maar, alsof er een brok in haar keel zat.
Benny was eveneens van slag. Ze haalde alleen haar schouders op en spreidde hulpeloos haar armen uit.
Plotseling pakte Eve haar hand vast. 'Ooit, als ik groot en sterk ben, zal ik iemand voor jou neerslaan,' zei ze. 'Dat meen ik, ik doe het echt.'

'Vertel me eens over de vader en moeder van Eve,' vroeg Benny diezelfde avond.

'Ach, dat is al zo lang geleden,' zei haar vader.
'Maar ik weet er niks van. Ik was er niet bij.'
'Het heeft geen zin om dat allemaal weer op te rakelen.'
'Ze is mijn vriendin. Ik wil haar beter leren kennen.'
'Een tijdje geleden was ze je vriendin nog niet. Ik heb je moeten smeken om haar uit te nodigen voor je feestje,' zei moeder.
'Nee, zo is het niet gegaan.' Benny kon niet geloven dat het zo was gegaan.
'Ik ben blij dat ze hier zondag komt eten,' zei Eddie Hogan. 'Ik hoop dat we die jonge bonestaak die boven de winkel woont ook kunnen overhalen om te komen, maar hij is vastbesloten ons huis niet te "overtreden", zoals hij dat noemt.'
Benny was blij om het te horen.
'Doet hij zijn werk goed, Eddie?'
'Beter kan niet, schat. Hij is een zegen voor ons, wat ik je zeg. Hij is zo leergierig dat hij er bijna net zo van bibbert als Shep hier. Hij herhaalt alles tien keer alsof hij het uit zijn hoofd wil leren.'
'Vindt Mike hem aardig?' wilde Benny's moeder weten.
'Ach, je kent Mike, die vindt niemand aardig.'
'Wat is zijn bezwaar dan?'
'De manier waarop Sean de boekhouding doet. Niet dat het zo ingewikkeld is, een kind kan de was doen, maar die oude Mike moet iets hebben om moeilijk over te doen. Mike zegt dat hij van iedereen de maten uit het hoofd kent, weet wat ze hebben betaald en wat er nog uitstaat. Hij beschouwt het als een soort belediging van zijn verstandelijke vermogens om die dingen op te schrijven.'
'Zou u de boekhouding niet kunnen doen, moeder?' stelde Benny plotseling voor.
'Nee, nee, dat zou ik niet kunnen.'
'Maar als het zo simpel is als vader zegt...'
'Ze zou het best kunnen, maar je moeder hoort hier, bij ons thuis. Zij regelt hier de boel, Benny.'
'Dat zou Patsy ook kunnen doen. Dan zou je Sean niet hoeven te betalen.'
'Onzin, Benny,' zei haar vader.
Maar ze was niet meer te stuiten. 'Waarom niet? Mike zou het leuk vinden met moeder. Mike is dol op moeder en het zou echt iets voor haar zijn.'
Ze schoten allebei in de lach.
'Is het niet geweldig om kind te zijn,' zei vader.
'Alsof ik het al niet druk genoeg heb,' vulde haar moeder aan.
Benny wist heel goed dat haar moeder het allesbehalve druk had. Ze dacht dat het voor moeder leuk zou zijn om bij de winkel te worden

betrokken, maar ze waren duidelijk niet van plan naar haar te luisteren.
'Hoe zijn Eve's ouders doodgegaan?' vroeg ze.
'Daar kunnen we het beter niet over hebben.'
'Waarom niet? Zijn ze vermoord?'
'Natuurlijk niet,' zei haar moeder ongeduldig.
'Wat dan?'
'Mijn God. Vragen, vragen, vragen,' zuchtte haar vader. Op school leren ze ons juist om vragen te stellen. Moeder Francis zegt dat je door veel vragen alle antwoorden leert kennen,' zei Benny triomfantelijk.
'Eve's moeder is gestorven toen zij geboren is. En niet veel later ging haar arme vader, God hebbe zijn ziel, helemaal over zijn toeren de deur uit en stortte zich in de steengroeve.'
'Wat vreselijk!' Benny's ogen waren groot van schrik.
'Het is een droevig verhaal, lang geleden gebeurd. Bijna tien jaar geleden nu. Maar laten we het er verder niet over hebben.'
'Maar dat is niet alles, toch... Er is een soort geheim.'
'Niet echt.' Haar vader leek oprecht. 'Haar moeder had veel geld en haar vader was een soort klusjesman die weleens in het klooster hielp en die in de Westlands een beetje bijkluste. Dat zorgde destijds voor de nodige roddels.'
'Maar er is geen geheim of schandaal of zoiets.' Annabel Hogans gezicht stond ernstig. 'Ze zijn voor de kerk getrouwd met alles er op en er aan.'
Benny zag de bui al hangen. Ze wist wanneer ze op moest houden.
Later vroeg ze er Patsy naar.
'Ga me geen dingen vragen achter de rug van je ouders om.'
'Dat doe ik niet. Ik heb het ze gevraagd en dit hebben ze me verteld. Ik wil alleen weten of jij er toevallig nog iets meer van weet. Dat is alles.'
'Het is gebeurd voordat ik hier kwam, maar ik heb het een en ander gehoord van Bee Moore, de zuster van Paccy, die werkt op het landgoed in de Westlands.'
'Wat heeft ze verteld?'
'Dat Eve's vader zich tijdens de begrafenis vreselijk heeft misdragen. Hij vloekte en schreeuwde...'
'Vloeken en schreeuwen in de kerk...!'
'Niet in *onze* kerk, niet in de echte kerk. In de protestantse... Maar dat was al erg genoeg. Eve's moeder kwam namelijk van de Westlands – uit dat grote huis. Die arme Jack, dat was de vader, dacht dat de familie haar slecht behandeld had...'
'Ga door.'
'Dat is alles wat ik weet,' zei Patsy. 'Maar ga dat arme kind daar alsje-

21

blieft niet mee lastig vallen en in de war brengen. Mensen zonder ouders houden niet van doorvragen.'
Benny beschouwde dit als een goed advies. Niet alleen wat Eve, maar ook wat Patsy betrof.

Het verheugde moeder Francis om de nieuwe vriendschap te zien opbloeien, maar ze wist genoeg van kinderen om zoiets niet hardop te zeggen.
'Je gaat weer naar de Hogans, hoorde ik,' zei ze met enige aarzeling.
'Hebt u daar bezwaar tegen?' vroeg Eve.
'Nee, dat niet. Dat zou ik niet kunnen zeggen.' De non had moeite om haar enthousiasme te verbergen.
'Het is niet dat ik hier zonodig weg wil,' zei Eve gemeend.
Moeder Francis voelde de neiging het kind in haar armen te nemen, zoals ze vroeger deed, toen Eve als baby, na haar ongelukkige geboorte, aan haar zorgen was toevertrouwd.
'Nee, nee, natuurlijk niet, kind. Hoe vreemd deze plek ook is, het is je thuis.'
'Ik heb het hier altijd naar mijn zin gehad.'
De ogen van de non schoten vol tranen. 'Ieder klooster zou een kind moeten hebben. Maar ik weet niet hoe je dat voor elkaar zou moeten krijgen,' zei ze zachtjes.
'Was het niet lastig dat ik hier kwam?'
'Je was een zegen, dat weet je best. Het zijn de tien gelukkigste jaren van St. Mary geweest, die tien jaar met jou...'
Moeder Francis stond voor het raam en keek naar Eve die de lange laan van het klooster afliep op weg naar haar zondagse visite bij de Hogans. Ze bad dat ze haar vriendelijk zouden behandelen en dat Benny niet van gedachten zou veranderen en een ander vriendinnetje zou uitzoeken.
Ze dacht eraan terug hoeveel moeite ze had moeten doen om Eve te houden, toen er nog zoveel andere mogelijkheden waren. Zo was er een neef uit Engeland die voor haar wilde zorgen, iemand die haar één keer per week naar cathechisatie zou sturen. En verder waren er de Healy's, die een hotel waren begonnen en die kennelijk moeite hadden om een gezin te stichten. Ze hadden Eve graag in hun huis opgenomen, zelfs al zouden ze later zelf kinderen krijgen. Maar moeder Francis had als een tijgerin gevochten voor het kindje dat ze uit het huisje had gered op de dag van haar geboorte, het kind waarover zij zich hadden ontfermd zolang er geen definitieve oplossing voor haar was gevonden. Maar niemand kon vermoeden dat Jack Malone zich in een donkere nacht in de steengroeve zou storten. Toen dat gebeurd was, was er niemand die méér recht op Eve had dan de nonnen die zich haar lot hadden aangetrokken.

Het was Eve's eerste van vele zondagse visites bij de Hogans. Ze kwam er graag. Iedere week nam ze bloemen mee, die ze dan zelf in een vaas zette. Moeder Francis had haar gewezen hoe je langs het kronkelige paadje achter het klooster bladeren en wilde bloemen kon plukken. Eerst oefende ze samen met de non in het schikken van een boeket, zodat ze het goed zou doen als ze bij de Hogans kwam. Na een paar weken begon haar zelfvertrouwen te groeien. Ze kwam met armen vol herfstkleuren aan en versierde de tafel in de hal met de prachtigste boeketten. Het werd een vaste gewoonte. Patsy stond al klaar met de vazen, nieuwsgierig naar wat Eve deze keer weer zou meebrengen.
'Wat hebt u toch een mooi huis!' zei ze soms ontroerd en Annabel Hogan moest dan glimlachen en feliciteerde zichzelf omdat ze die twee bij elkaar had gebracht.
'Hoe hebt u mevrouw Hogan leren kennen?' vroeg ze aan Benny's vader. En: 'Wilde u altijd al een winkel hebben?' Het waren vragen die Benny nooit zou stellen, maar toch was ook zij altijd benieuwd naar de antwoorden.
Ze had nooit geweten dat haar ouders elkaar op de tennisbaan hadden ontmoet, ergens op het platteland. En ze had nooit gehoord dat vader in Ballylee bij een andere winkel in de leer was geweest. Of dat moeder na haar schooltijd een jaar in België was geweest om in een klooster Engelse les te geven.
'Jij laat mijn ouders heel interessante dingen zeggen,' zei ze op een middag tegen Eve toen ze op Benny's kamer zaten en Eve zich erover verbaasde dat ze een elektrisch kacheltje helemaal voor hen alleen hadden.
'Nou, die hebben mooie verhalen over vroeger.'
'Tja...' Benny was daar niet zo zeker van.
'Dat kun je van de zusters niet zeggen,' zei Eve.
'Dat moet toch wel. Natuurlijk wel. Ze kunnen hun verleden toch niet zomaar vergeten?' zei Benny.
'Ze mogen niet over vroeger nadenken, over het leven voor ze intraden in het klooster. Hun herinneringen beginnen pas vanaf het moment waarop ze de bruid van Christus worden. Zij hebben geen verhalen over vroeger zoals jouw vader en moeder.'
'Willen ze dat jij ook zuster wordt?' vroeg Benny.
'Nee, moeder Francis heeft gezegd dat ze me niet aannemen voor ik eenentwintig ben, zelfs al zou ik willen.'
'Hoezo niet?'
'Ze zegt dat dit het enige leven is dat ik ken en dat ik alleen daarom zou willen blijven. Ze vindt dat ik na school uit het klooster weg moet en minstens drie jaar ergens een baantje moet hebben gehad voor ik zelfs maar mag *denken* aan intreden.'
'Wat een geluk dat je bij hen terecht bent gekomen,' zei Benny.

'Ja. Ja, dat is zo.'
'Ik bedoel niet dat het een geluk is dat je vader en moeder zijn gestorven, maar omdat dat nu eenmaal gebeurd is, is het geweldig dat je niet op een of andere afschuwelijke plek terecht bent gekomen.'
'Zoals in verhalen met boze stiefmoeders,' lachte Eve.
'Ik vraag me af waarom ze jou gekregen hebben. Meestal krijgen zusters geen kinderen, behalve als het om een weeshuis gaat.'
'Mijn vader heeft voor ze gewerkt. Ze stuurden hem naar de Westlands om wat bij te verdienen, want zij konden hem niet veel betalen. Zo heeft hij mijn moeder leren kennen. Ik denk dat ze zich verantwoordelijk voelden voor mij.'
Benny wilde heel graag nog meer te weten komen. Maar ze dacht ineens aan de raad van Patsy.
'Nou, het is allemaal goed afgelopen, ze zijn hier dol op je.'
'Jouw ouders zijn ook dol op jou.'
'Soms is dat lastig, vooral als je er eens in je eentje op uit wilt.'
'Dat geldt voor mij ook,' zei Eve. 'Daarboven in het klooster valt er weinig op uit te gaan in je eentje.'
'Als we ouder zijn, zal dat wel veranderen.'
'Zo lang hoeft dat niet te duren,' zei Eve wijs.
'Hoe bedoel je?'
'Ik bedoel dat wij ze moeten laten merken dat we te vertrouwen zijn, of zoiets, en dat we op tijd terug zullen zijn *als* we alleen weg mogen.'
'Hoe kunnen we ze dat duidelijk maken?' vroeg Benny nieuwsgierig.
'Ik weet niet, iets eenvoudigs om mee te beginnen. Kun je me niet vragen om te blijven logeren?'
'Natuurlijk kan ik dat.'
'Dan zou ik moeder Francis kunnen laten zien dat ik op tijd in het klooster terug ben voor de mis in de kapel en dan zou zij weten dat ik te vertrouwen ben.'
'Een mis op een doordeweekse dag?'
'Elke dag. Om zeven uur 's morgens.'
'Nee!'
'Het is best leuk. De zusters zingen mooi en rustig. Ik vind het echt niet erg. Pater Ross komt er speciaal voor over en hij krijgt in de salon een heerlijk ontbijt voorgezet. Volgens hem zijn de andere priesters jaloers op hem.'
'Dat wist ik niet... elke dag.'
'Je vertelt het toch niet verder?'
'Nee. Is het een geheim?'
'Helemaal niet, ik wil er gewoon niks over zeggen, begrijp je, en de zusters vinden dat wel prettig. Zo voelen ze dat ik een van hen ben. Ik heb nooit eerder een vriendin gehad. Er was niemand om dingen tegen te vertellen.'

Benny lachte breeduit. 'Wanneer blijf je slapen? Woensdag?'
'Ik weet het niet, Eve. Je hebt helemaal geen mooie pyjama of zoiets om uit logeren te gaan. En je hebt ook geen goede toilettas, dingen die mensen toch nodig hebben als ze ergens een nacht blijven.'
'Met mijn pyjama is niks mis, moeder.'
'Je zou hem natuurlijk kunnen strijken en een kamerjas heb je ook.' Ze leek te aarzelen. 'Maar een toilettas?'
'Zou zuster Imelda er een voor me kunnen maken? Dan help ik haar wel een keertje extra in het huishouden.'
'En hoe laat kom je terug?'
'Ik ben op tijd terug voor de ochtendmis, moeder.'
'Als je uit logeren bent, zul je denk ik niet zo vroeg op willen staan.'
Moeder Francis had een milde uitdrukking op haar gezicht.
'Dat wil ik wel, moeder.'

Het was een geweldige avond. Ze hadden een hele tijd met Patsy in de keuken zitten kaarten, omdat vader en moeder aan de overkant op bezoek waren bij dokter Johnson en zijn vrouw. Daar was een dinertje om de doop van hun kind te vieren.
Eve hoorde Patsy uit over het weeshuis en Patsy vertelde meer bijzonderheden dan ze ooit aan Benny had verteld. Ze legde uit hoe ze gewoon waren eten te stelen en hoe moeilijk het was toen ze voor het eerst bij de Hogans kwam, haar eerste betrekking, om geen koekjes en suikerklontjes in haar schort te laten glijden.
In bed vroeg Benny zich verbaasd af: 'Ik weet niet waarom Patsy ons dat allemaal verteld heeft. Gisteren zei ze nog dat mensen zonder ouders niet graag uitgehoord willen worden over vroeger.'
'Ach, tegenover mij ligt dat anders,' zei Eve, 'omdat ik in hetzelfde schuitje zit.'
'Nee, dat is niet waar!' Benny stoof op. 'Patsy had helemaal niets. Ze moest in dat afschuwelijke weeshuis werken en kreeg neten en stal en ze werd geslagen omdat ze in bed plaste. Op haar vijftiende moest ze er weg en toen is ze hier gekomen. Dat is allemaal heel anders gegaan dan bij jou.'
'Nee. We zijn allebei wees: zij heeft geen familie en ik ook niet. Wij hadden geen thuis zoals jij.'
'Heb je haar daarom meer verteld dan mij?' Benny was nog het meest verbaasd geweest over de vragen die *Patsy* had kunnen stellen. Nam Eve het haar verwanten in het grote huis kwalijk dat ze haar, zo rijk als ze waren, niet in huis hadden genomen? Nee, legde Eve uit, ze konden haar niet opnemen, omdat ze protestant waren. En ze vertelde nog veel meer dat Benny nooit had durven vragen.

'Zulke dingen vraag je nu eenmaal niet,' zei Eve eenvoudig.
'Ik was bang dat je van streek zou raken,' zei Benny.
'Een vriendin kun je niet van streek maken,' zei Eve.
Benny en Eve, die hun hele leven in hetzelfde dorp hadden gewoond, waren allebei verbaasd dat ze een heleboel dingen niet wisten over Knockglen.
Zo wist Benny niet dat de drie priesters die in de pastorie woonden iedere avond verwoed Scrabble speelden en dat ze soms het klooster belden om moeder Francis te vragen hoe je bijvoorbeeld 'donquichotterie' spelde, omdat vader O'Brien daarvoor dan driemaal de woordwaarde zou krijgen.
Eve had nooit geweten dat meneer Burns van de ijzerwinkel aan de drank was, of dat dokter Johnson een opvliegend karakter had en er ophef over maakte dat God toch niemand op aarde kon zetten zonder hem te eten te geven – dokter Johnson was van mening dat God vele monden vergat, vooral in gezinnen met dertien kinderen.
Benny wist weer niet dat Peggy Pine een oude vriendin was van moeder Francis, dat ze samen waren opgegroeid en dat moeder Francis voor ze naar het klooster ging Bunty heette.
Eve had nooit geweten dat Birdie Mac, van de snoepwinkel, een man uit Ballylee kende die al vijftien jaar achter haar aanliep, maar dat ze haar oude moeder niet alleen wilde laten en dat de man uit Ballylee niet naar Knockglen wilde komen.
Zulke wetenswaardigheden maakten het dorp voor hen beiden een stuk interessanter. Vooral omdat ze wisten dat het geheimen waren die niemand mocht weten. Ze vertelden elkaar wat ze wisten over waar kinderen vandaan komen, maar hadden elkaar niet veel nieuws te vertellen. Ze wisten allebei dat ze uit de buik van hun moeder waren gekomen, als jonge katjes, maar ze wisten niet hoe ze er *in* waren gekomen.
'Het heeft iets te maken met op elkaar liggen als je getrouwd bent,' zei Eve.
'Het kan niet gebeuren als je niet getrouwd bent. Stel je voor dat je tegen iemand als Dessie Burns aan valt,' zei Benny bezorgd.
'Nee, je moet getrouwd zijn.' Dat wist Eve zeker.
'Maar hoe komen ze erin?' Het was een raadsel.
'Het zou door je ventieltje kunnen,' zei Benny peinzend.
'Wat is je ventieltje?'
'Het kuiltje in het midden van je buik.'
'O, dat noemt moeder Francis het knoopje in je buik.'
'Dat moet het zijn,' riep Benny triomfantelijk. 'Als iedereen er verschillende namen voor heeft, dan moet dat het geheim zijn.'
Ze deden erg hun best om ieders vertrouwen te winnen. Als een van de

twee zei dat ze om zes uur thuis zou zijn, dan zorgde ze ervoor dat ze vijf minuten voor de kerkklok sloeg terug was. Zoals Eve had verwacht, leverde dit veel meer vrijheid op. Men vond dat ze een goede invloed op elkaar hadden. De slappe lach, die ze vaak hadden, wisten ze goed te verbergen.
Ze drukten hun neuzen tegen de ruit van Healy's Hotel. Ze mochten mevrouw Healy niet. Mevrouw Healy was erg uit de hoogte. Ze liep alsof ze een koningin was. Ze leek altijd op kinderen neer te kijken.
Benny had van Patsy gehoord dat de Healy's naar Dublin waren geweest voor een adoptiekind, maar dat ze er geen hadden gekregen omdat meneer Healy een zwakke gezondheid had.
'Net goed,' zei Eve weinig meelevend. 'Ze zouden voor iedereen een verschrikkelijke vader en moeder zijn.' Ze wist niet dat Knockglen ooit had gedacht dat zij het ideale kind voor de Healy's geweest zou zijn.
Meneer Healy was veel ouder dan zijn vrouw. Er werd gefluisterd, zei Patsy, dat hij niet wist waar Abraham de mosterd haalde. Eve en Benny zaten er urenlang over te piekeren wat dat kon betekenen. Mosterd kwam uit een potje dat je in de winkel kocht. Wat had Abraham daarmee te maken? En waarom zou hij mosterd moeten halen?
Mevrouw Healy zag eruit als honderd, maar naar het scheen was ze zevenentwintig. Ze was op haar zeventiende getrouwd en stopte al haar energie in het hotel, aangezien ze geen kinderen had.
Samen gingen ze op onderzoek uit op plaatsen waar ze alleen nooit waren geweest. Naar Flood, de slager, in de hoop dat ze te zien kregen hoe de dieren werden doodgemaakt.
'We willen toch niet echt zien dat ze doodgemaakt worden, of wel?' vroeg Benny angstig.
'Nee, maar we zouden er aan het begin bij kunnen zijn, zodat we altijd nog op tijd weg kunnen rennen,' vond Eve. Maar meneer Flood liet ze niet op zijn terrein komen, dus dat probleem was opgelost.
Ze stonden te kijken hoe de Italiaan uit Italië zijn cafetaria opende.
'Jullie elke dag komen en patate fritti kopen?' vroeg hij hoopvol aan de twee ernstige kinderen, de een groot, de andere klein, die iedere beweging van hem in de gaten hielden.
'Nee, ik denk niet dat we dat mogen,' zei Eve triest.
'Waarom niet?'
'Dat is zonde van het geld,' zei Benny.
'En praten met buitenlanders mogen we ook niet,' verklaarde Eve tot besluit.
'Mijn zuster getrouwd zijn met man uit Dublin,' voerde Mario aan.
'We zullen het doorgeven,' beloofde Eve plechtig.

Af en toe gingen ze naar de zadelmaker. Op een dag was daar een heel knappe man te paard. Hij informeerde naar een hoofdstel dat klaar had moeten liggen, maar nog niet af was.

Dekko Moore was een neef van Paccy Moore, de schoenmaker. Hij putte zich uit in verontschuldigingen en zag eruit alsof hij dacht dat hij vanwege de vertraging opgeknoopt zou worden. De man keerde meteen zijn paard. 'Het is al goed. Wil je het dan morgen bij me thuis bezorgen,' riep hij.

'Vanzelfsprekend, meneer, dank u, meneer. Mijn excuses, meneer. Zeker, meneer.' Dekko Moore klonk als de ontmaskerde schurk in een slecht toneelstuk.

'Mijn hemel, wie was dat?' Benny stond perplex. Dekko slaakte een zucht van verlichting omdat hij er zo gemakkelijk vanaf was gekomen.

'Dat was meneer Simon Westward,' zei Dekko fronsend.

'Dat dacht ik al,' zei Eve.

Soms gingen ze naar Hogan's Herenmode. Vader maakte er altijd een hele toestand van. En oude Mike ook en alle anderen die toevallig in de winkel waren.

'Ga jij hier werken als je groot bent?' fluisterde Eve.

'Ik denk het niet. Dat is iets voor een jongen.'

'Dat hoeft toch niet,' antwoordde Eve.

'Nou, de maat opnemen bij mannen, een centimeter om hun middel doen en zo.'

Ze moesten giechelen.

'Maar als je de dochter van de baas bent, dan hoef je dat niet te doen. Dan hoef je alleen maar mensen af te snauwen, zoals mevrouw Healy doet in het hotel.'

'Hm.' Benny had zo haar twijfels. 'Zou ik dan niet eerst moeten weten wat ik moet snauwen?'

'Dat kun je leren. Anders neemt Bonestaak de zaak over.'

Zo noemden zij Sean Walsh, die sinds zijn aankomst steeds bleker, magerder en norser was geworden.

'Dat zal toch niet gebeuren?'

'Je zou met hem kunnen trouwen.'

'Gadver...!'

'En dan veel kinderen krijgen door het knoopje in je buik tegen hem aan te leggen.'

'O, Eve, afschuwelijk. Dan word ik liever zuster.'

'Ik ook. Dat lijkt me een stuk makkelijker. *Jij* kunt dat worden wanneer je maar wilt, bofkont. Ik moet wachten tot mijn eenentwintigste.' Eve was ontroostbaar.

'Misschien mag je samen met mij intreden als ze zouden weten dat het een ware roeping is,' zei Benny opbeurend.

Haar vader was de winkel uitgerend en nu kwam hij terug met twee ijslolly's, die hij met een trots gebaar overhandigde.

'We zijn zeer vereerd de beide dames in ons nederig stulpje te mogen verwelkomen,' zei hij zo hard dat iedereen het kon horen.

Weldra zag iedereen in Knockglen de twee als onafscheidelijk. De grote, forse Benny Hogan met haar stevige stappers en hooggesloten, nette jas, en de elfachtige Eve, in kleren die altijd te lang en te wijd waren.

Samen zagen ze de eerste cafetaria in het dorp verschijnen, samen volgden ze de ondergang van meneer Healy in het hotel en ze stonden zij aan zij op de dag dat hij naar het sanatorium werd gebracht. Samen waren ze onoverwinnelijk. Ze duldden niet dat er over een van hen een kwaad woord werd gezegd.

Toen Birdie Mac in de snoepwinkel zo onverstandig was om tegen Benny te zeggen dat ze te dik werd van die toffees, schoten Eve's ogen vuur.

'Als u zich daar zo druk over maakt, juffrouw Mac, waarom verkoopt u ze dan?' vroeg ze op een toon die geen tegenspraak duldde.

Toen de moeder van Maire Carroll peinzend tegen Eve zei: 'Weet je dat ik mij altijd afvraag waarom een verstandige vrouw als moeder Francis jou altijd in de kleren van een arme wees de straat op laat gaan,' werd Benny boos.

'Ik zal aan moeder Francis doorgeven dat u dat hebt gevraagd,' zei Benny snel. 'Moeder Francis zegt dat we onderzoekend van geest moeten zijn en dat vragen vrij staat.'

Voordat mevrouw Carroll haar kon tegenhouden, was Benny de winkel uitgerend op weg naar het klooster.

'O, mam, nu ben je erbij,' kreunde Maire Carroll. 'Nu krijg je moeder Francis op je dak.'

En dat gebeurde ook. De felle woede van de non was iets waar mevrouw Carroll niet op gerekend had en waar ze ook liever nooit meer aan herinnerd wilde worden.

Niets hiervan kon de levens van Eve en Benny verstoren. Je kon je in Knockglen prima staande houden als je een vriendin had.

Hoofdstuk 2

1957

Er waren nooit veel nozems in Knockglen geweest. In Dublin hingen ze in groepjes op de straathoeken rond, maar verder kon niemand zich feitelijk herinneren er ooit een te hebben gezien. Benny en Eve zaten aan een tafeltje bij het raam van Healy's Hotel en oefenden zich in het koffiedrinken, zodat ze geroutineerd zouden overkomen als ze in de koffiehuizen van Dublin kwamen.

Ze zagen hem voorbijkomen, stoer en zelfverzekerd in zijn broek met smalle pijpen en zijn lange colbert met fluwelen manchetten en kraag. Hij had spillebenen en zijn schoenen leken wel schuiten. Het scheen hem niet te deren dat het hele dorp hem nakeek. Alleen toen hij de twee meisjes overeind zag komen om hem vanachter de gordijnen van Healy's Hotel beter te kunnen bekijken, toonde hij reactie. Hij grijnsde en wierp ze een kushandje toe.

Verward en geërgerd gingen ze gauw weer zitten. Kijken was één ding, aandacht trekken iets heel anders. Met jezelf te koop lopen stond in Knockglen hoog op de lijst van doodzonden. Benny wist dat maar al te goed. Iedereen had hen door de ramen kunnen zien flirten met de nozem. Misschien haar vader wel, met het meetlint om zijn nek, of anders die slungel van een Sean Walsh, die nog nooit een woord had uitgebracht zonder het effect ervan eerst goed te hebben overdacht. Die had kunnen staan kijken. Of de oude Mike, die haar vader al jaren meneer Eddie noemde en geen reden zag daar verandering in te brengen.

En Eve was in Knockglen al even bekend. De nonnen hadden al die tijd geprobeerd Eve tot een dame op te voeden. Zelf wilde ze niet anders. Stel je voor dat ze in het klooster te horen zouden krijgen dat zij zich zat aan te stellen in Healy's Hotel en door het raam naar nozems zat te lonken. Terwijl andere meisjes met echte moeders zich voortdurend verzetten tegen het aanleren van nette manieren, bestudeerden Eve en moeder Francis boeken over omgangsvormen en bladerden damesbladen door om te zien hoe men zich fatsoenlijk moest kleden en gedragen. 'Ik wil niet dat je bekakt gaat praten,' had moeder Francis gewaarschuwd, 'en ik wil ook niet dat je thee drinkt met je pink omhoog.'
'Op wie proberen we eigenlijk indruk te maken?' vroeg Eve eens.

'Nee, bekijk het eens van de andere kant. Het gaat erom wie je probeert niet teleur te stellen. Ons werd verteld dat we gek waren en dat we niet in staat zouden zijn om jou op te voeden. Toegegeven, het is niet een erg verheven, maar wel een menselijk verlangen om te kunnen zeggen: "Kijk maar eens hier".'
Eve had het onmiddellijk begrepen. Er was natuurlijk altijd de hoop dat de familie Westward haar op een dag als elegante dame te zien kreeg en dan de spijt zou voelen dat ze dit kind, dat per slot van rekening hun eigen vlees en bloed was, in de steek hadden gelaten.
Mevrouw Healy kwam naar hen toe. Ze was nu weduwe. Zoals altijd slaagde ze er al vanaf vijftig meter afstand in haar afkeuring goed te laten blijken. Al kon ze geen enkele reden bedenken waarom Benny Hogan van de winkel aan de overkant en Eve Malone van het klooster verderop geen koffie zouden mogen drinken op de mooie plek aan het raam, toch zag ze die plek liever gereserveerd voor de meer welgestelde en voorname dames uit Knockglen.
Ze ging recht op het raam af. 'Ik trek de gordijnen even recht, ze zien er helemaal verfomfaaid uit,' zei ze.
Eve en Benny keken elkaar aan. Er was helemaal niets mis met de zware vitrage van het hotel. Ze hingen erbij zoals altijd: dik genoeg om de mensen binnen ongezien naar buiten te kunnen laten gluren.
'Is het geen mager scharminkel!' riep mevrouw Healy, die meteen doorhad naar wie de meisjes hadden gekeken.
'Ik denk dat dat door zijn kleren komt,' zei Eve op een schijnheilige toon. 'Moeder Francis zegt altijd dat het zielig is om mensen te beoordelen op de kleren die ze dragen.'
'Dat is te prijzen aan haar,' zei mevrouw Healy spottend, 'maar natuurlijk zorgt ze ervoor dat de kleren van haar pupillen in orde zijn. Moeder Francis is altijd de eerste geweest om de meisjes op hun schooluniform te beoordelen.'
'Niet meer, mevrouw Healy,' zei Benny vrolijk. 'Ik heb mijn grijze schoolrok donkerrood geverfd.'
'En ik de mijne zwart en mijn grijze trui paars,' zei Eve.
'Erg kleurig.' Mevrouw Healy stevende weg.
'Ze kan het niet hebben dat wij volwassen zijn geworden,' siste Eve. 'Ze zou ons liever de les lezen: "Zit rechtop en maak geen vieze vingers op het meubilair".'
'Ze heeft door dat we ons niet volwassen voelen,' zei Benny somber.
'En als die vreselijke mevrouw Healy het weet, dan merkt iedereen in Dublin het natuurlijk ook.'
Dat was een probleem. Meneer Flood, de slager, had hen ook al heel vreemd nagekeken toen ze voorbij kwamen. Zijn afkeurende blik brandde nog in hun rug. Als zulke mensen hun onzekerheid al opmerkten, dan waren ze er behoorlijk slecht aan toe.

'We zouden moeten oefenen – er al eens een paar dagen heen gaan, zodat we later niet voor schut komen te staan,' zei Eve hoopvol.
'Het is al moeilijk genoeg om er te komen als we echt moeten. Ik weet niet hoe we moeten vragen of we al eerder aan de zwier mogen. Kun jij je voorstellen dat ze dat bij mij thuis goed vinden?'
'We kunnen het niet "aan de zwier gaan" noemen,' zei Eve. 'We moeten het anders brengen.'
'Hoe dan?'
Eve dacht diep na. 'In jouw geval: schoolboeken en roosters ophalen – er zijn voor jou zoveel redenen te bedenken.' Haar stem klonk plotseling mat en treurig.
Voor het eerst realiseerde Benny zich dat ze dan wel in dezelfde stad zouden zijn, maar verschillende levens gingen leiden. Vanaf hun tiende waren ze onafscheidelijk geweest, nu gingen hun wegen uiteen.
Benny kreeg de kans om aan de universiteit van Dublin te gaan studeren, omdat haar ouders daarvoor geld opzij hadden gezet. Het klooster van St. Mary had geen geld om Eve Malone naar de universiteit te laten gaan. Moeder Francis had al een groot deel van de kloosterfinanciën moeten aanspreken om de dochter van Jack Malone en Sarah Westward middelbaar onderwijs te kunnen laten volgen. Nu werd ze naar een klooster van dezelfde orde in Dublin gestuurd om een opleiding tot secretaresse te volgen. Het lesgeld zou ze opbrengen door licht huishoudelijk werk te doen.
'Ik wou dat je ook naar de universiteit ging,' zei Benny opeens.
'Dat weet ik. Maar zeg het niet op die manier. Niet zo sip, want daar kan ik niet tegen,' zei Eve kortaf, maar haar stem klonk triest.
'Iedereen zegt steeds dat het zo geweldig is dat we elkaar hebben, maar ik zou je vaker zien als je in Knockglen was gebleven,' klaagde Benny. 'Nu ga jij helemaal aan de andere kant van de stad wonen en moet ik elke avond met de bus naar huis, zodat we elkaar 's avonds niet kunnen zien.
'Ik denk niet dat er voor mij 's avonds veel kans op uitgaan is,' zei Eve zorgelijk. 'Een paar kilometer kloostervloer boenen, een paar miljoen lakens vouwen, tonnen aardappels schillen...'
'Dat laten ze je toch niet doen?' riep Benny verbijsterd uit.
'Wie weet wat licht huishoudelijk werk inhoudt? Wat voor de ene zuster licht is, is voor de andere strafcorvee.'
'Dat moeten ze je toch van tevoren vertellen?' Benny maakte zich zorgen over haar vriendin.
'Ik ben niet bepaald in een positie om te onderhandelen,' zei Eve.
'Maar hier hebben ze je nooit gevraagd om zulk soort dingen te doen.' Benny knikte met haar hoofd in de richting van het klooster.
'Maar dat ligt anders. Dat is mijn thuis,' zei Eve eenvoudig. 'Ik bedoel, hier woon ik, hier zal ik altijd wonen.'

'Je zult toch wel een flatje en zo kunnen krijgen als je werk hebt gevonden.' Benny klonk bedroefd. Ze dacht niet dat zij ooit vrij zou zijn.
'O ja, ik weet zeker dat ik een flatje krijg, maar ik zal altijd naar St. Mary terugkomen, zoals anderen ook in hun vakanties naar huis gaan,' zei Eve.
Eve was altijd zo beslist, bedacht Benny met bewondering. Ze was zo klein en vastbesloten met haar korte donkere haar en haar blanke elfengezichtje. Niemand had ooit durven zeggen dat Eve anders of misschien zelfs een beetje vreemd was omdat ze in het klooster woonde, waar ze haar leven deelde met de zusters. Nooit vroeg iemand haar hoe het was, daar achter het gordijn waar de zusters zaten, en uit zichzelf zei ze er nooit iets over. De meisjes wisten ook dat ze nooit over hen roddelde. Eve Malone verklikte niemand.
Benny wist niet wat ze zonder haar zou moeten. Zo lang ze zich kon herinneren had Eve haar geholpen als dat nodig was. Om af te rekenen met de pestkoppen die haar 'Big Ben' noemden. Eve had korte metten gemaakt met iedereen die probeerde te profiteren van Benny's goedhartigheid. Jarenlang hadden ze een koppel gevormd: de kleine, taaie Eve met haar rusteloze ogen die nooit lang op één punt bleven rusten en de forse, knappe Benny met haar groene ogen en kastanjebruine haar dat ze altijd achterovergekamd droeg, bijeengebonden met een grote zachte strik van goede kwaliteit, een beetje zoals Benny zelf.
Was het op de een of andere manier maar mogelijk geweest om samen naar de universiteit te gaan en met de bus iedere avond terug naar huis te rijden, of beter nog... samen een flat te delen, dan was het perfect geweest. Maar Benny was niet opgevoed met het idee dat het leven volmaakt is. Natuurlijk stelde ze zich tevreden met wat ze kreeg.

Annabel Hogan vroeg zich af of ze de warme maaltijd van de middag naar de avond moest verzetten. Er was veel voor te zeggen, maar ook veel tegen.
Eddie was er aan gewend midden op de dag warm te eten. Hij liep van de winkel terug naar huis, waar hem zijn bord met aardappelen en vlees werd voorgezet. Alles met een regelmaat die een legerofficier op prijs zou stellen. Zodra Shep aan de slome wandeling begon om zijn baas op de hoek van de straat te begroeten, ging Patsy de borden voorverwarmen. Dan waste meneer Hogan zijn handen in het fonteintje beneden en verkneukelde zich al op de lamskoteletten, de kool met spekjes of, op vrijdagen, op de kabeljauwschotel met peterseliesaus. Zou het niet triest zijn om de man zijn winkel te laten sluiten en naar huis te laten lopen voor een paar boterhammen. Misschien zou het zelfs invloed hebben op zijn werk en zou hij zich 's middags niet meer kunnen concentreren.

Maar Benny dan, als Benny thuiskwam uit Dublin na een dag hard studeren. Zou het dan niet beter zijn om met de warme maaltijd te wachten tot zij thuis was? Haar echtgenoot en haar dochter konden bij dit probleem niet helpen. Allebei zeiden ze dat het hen niks uitmaakte. Zoals gewoonlijk kwam de last van het huishouden neer op haar schouders en die van Patsy. De theetijd bood waarschijnlijk uitkomst. Een grote plak ham of gebakken spek, of een paar worstjes... Ze zouden er dan een paar extra op Benny's bord kunnen leggen als ze daar trek in had. Annabel kon nauwelijks geloven dat zij een dochter had die op het punt stond naar de universiteit te gaan. Niet dat ze niet oud genoeg was – ze was oud genoeg om een heel gezin de universiteit te hebben laten doorlopen. Ze was laat getrouwd, op een moment dat ze al bijna de hoop had opgegeven nog een echtgenoot te vinden. En ze had een kind gekregen toen ze dacht dat een miskraam het enige was dat er nog te verwachten viel.

Annabel Hogan liep om haar huis heen – er was altijd wel iets te regelen. Patsy was in de grote, warme keuken. De tafel lag bedekt met bloem en kookgerei, maar tegen etenstijd zou het allemaal weer blinkend schoon zijn.

Hun huis was niet erg groot, maar er was genoeg te doen. Boven waren drie slaapkamers en een badkamer. Het echtelijk slaapvertrek lag aan de ene kant van de voordeur en Benny's kamer, er onmiddellijk naast, aan de andere kant. Aan de achterkant van het huis lagen de donkere logeerkamer en de grote ouderwetse badkamer met zijn suizende leidingen en het grote, met hout beschotte bad.

Als je beneden door de voordeur binnenkwam (wat men bijna nooit deed) had je aan beide kanten een grote kamer. Die werden nauwelijks gebruikt. De Hogans woonden achterin het huis, in de grote, rommelige bijkeuken die uitkwam op de keuken. Het was daar niet nodig om de kachel aan te maken, vanwege de grote hitte van het fornuis. Tussen de twee ruimtes was een grote dubbele deur die voortdurend openstond. Het was de aangenaamste plek die je je kon voorstellen.

Ze kregen bijna nooit bezoek. Als ze toch iemand verwachtten, werd de voorkamer met het lichtgroene en roze, door vochtplekken aangetaste behang gelucht en gestoft. Maar normaal woonden ze in de bijkeuken. Er stonden drie grote, rode, pluchen leunstoelen. De tafel, die tegen de muur stond, had drie eetstoelen met pluchen zittingen. Op het buffet stond een grote radio en aan de muur hingen planken met snuisterijen, mooi porselein en oude boeken.

Vanaf het moment dat de kleine Eve zo regelmatig over de vloer kwam, was er een vierde stoel bijgehaald, een rieten stoel die ze nog net niet bij het vuilnis hadden gezet. Patsy had er een leuk rood kussentje op gelegd.

Patsy zelf sliep in een kamertje achter de keuken. Het was er donker, met alleen een piepklein raampje. Patsy zei altijd tegen mevrouw Hogan dat een eigen kamer voor haar de zevende hemel was. Voor ze hier kwam, had ze haar kamer altijd met minstens twee anderen moeten delen.

De eerste keer dat Patsy het paadje was opgelopen en naar het vierkante, begroeide huis met zijn verwaarloosde tuin had gekeken, had het haar een huis uit een plaatjesboek geleken. Haar kamertje keek uit op de achtertuin en ze had een bloembak op haar vensterbank. Daar groeide niet veel, omdat er geen zon kwam en Patsy niet bepaald groene vingers had. Maar hij was van haarzelf en iedereen liet het zo, net zoals ze nooit in haar kamertje kwamen.

Patsy was even opgetogen als alle anderen over Benny's aanstaande studentenleven. Elk jaar bracht Patsy in haar vakantie een plichtmatig bezoekje aan het weeshuis waar ze was opgegroeid en ging daarna logeren bij een vriendin in Dublin, die inmiddels was getrouwd. Ze had deze vriendin gevraagd haar te laten zien waar Benny zou gaan studeren. Ze stond voor de enorme pilaren van de universiteit van Dublin en nam het allemaal tevreden in zich op. Nu wist ze waar Benny zou zijn als ze studeerde; nu wist ze wat zij om zich heen zou zien.

Annabel Hogan besefte dat het zeker voor Benny een belangrijke stap was. Niet meer rustig op en neer naar het klooster wandelen. Nu begon het leven in de grote stad, met een paar duizend andere studenten uit alle mogelijke windstreken en met al hun verschillende gewoonten. Niemand die er op toe zou zien dat er gestudeerd werd, zoals moeder Francis. Het was niet zo vreemd dat Benny de hele zomer zo opgewonden was geweest, geen moment stil, altijd uitgelaten.

Het was een geruststelling om te weten dat ze vanochtend bij Eve Malone was. Die twee konden eindeloos praten. Annabel had gehoopt dat Eve op de een of andere manier ook naar de universiteit had kunnen gaan. Dat was toch het eerlijkst geweest. Maar de dingen liepen nu eenmaal altijd anders dan je zou willen. Dat had Annabel ook tegen pater Ross gezegd toen hij laatst op bezoek was. Pater Ross had haar fronsend over de rand van zijn bril aangekeken en gezegd: 'Als wij precies zouden weten hoe de Schepping werd bestierd, dan bleef er voor God weinig over om ons op de Dag des Oordeels uit te leggen.'

Wat haarzelf betrof, Annabel vond niet dat de schepping er bijgehaald hoefde te worden. Als er ergens maar genoeg geld gevonden werd voor het collegegeld en een studentenkamer voor Eve Malone, het kind dat geen thuis had, behalve het grote grauwe klooster met de zware ijzeren hekken.

Moeder Francis had God heel vaak om een oplossing gebeden om Eve

35

Malone naar de universiteit te kunnen laten gaan, maar tot dusver had God haar gebeden niet verhoord. Moeder Francis wist dat dit onderdeel moest zijn van de goddelijke voorzienigheid, maar soms vroeg ze zich af of ze hard genoeg had gebeden, of ze iedere mogelijkheid had onderzocht. Ze had zeker al het mogelijke geprobeerd voorzover het de orde betrof. Ze had de generaal-overste geschreven en ze had Eve's geval zo overtuigend mogelijk gepresenteerd. De vader van het meisje, Jack Malone, had z'n hele leven als klusjes- en tuinman voor het klooster gewerkt.

Jack was getrouwd geweest met de dochter van de familie Westward, de meest ongelijke partij die je je maar kon voorstellen. Maar er moest getrouwd worden, omdat er een kind op komst was. Het was geen probleem geweest om Eve een katholieke opvoeding te geven, aangezien de Westwards niets van haar wilden weten. Het kon hen niets schelen in welk geloof ze werd grootgebracht, zolang ze haar naam maar niet hoefden te horen.

De generaal-overste was van mening dat er al genoeg voor haar was gedaan. Haar een universitaire opleiding laten volgen zou betekenen dat zij werd voorgetrokken. Zouden anderen met een armoedige achtergrond dan niet hetzelfde verwachten?

Daarmee was de kous niet af geweest. Moeder Francis was met de bus naar het klooster in Dublin gegaan en had gesproken met moeder Clare, die daar de scepter zwaaide en als zeer lastig bekend stond. Was het niet mogelijk dat Eve zich aansloot bij alle jonge nonnen die in het najaar aan een universitaire opleiding begonnen, vooral ook omdat er zoveel plaats was in het klooster? Het meisje zou graag bereid zijn in het huishouden te helpen om haar plek tussen de studentes te verdienen.

Moeder Clare piekerde er niet over. Wat een idioot idee om met een meisje aan te komen – een weeskind dat niet eens non was of novice of proponente, iemand die zelfs helemaal niet van plan was om non te worden – en haar voorrang te geven boven al die zusters die zaten te smeken en te bidden om een hogere opleiding te mogen volgen. Wat zouden die ervan vinden als het meisje, dat klaarblijkelijk al door het klooster van Knockglen in de watten was gelegd, ten koste van hen zou mogen gaan studeren. Dat zou een schande zijn.

Misschien gedroeg zij zich wel schandelijk, dacht moeder Francis soms. Het was gewoon dat ze van Eve hield alsof het haar eigen dochter was. Moeder Francis, de celibataire non die nooit had gedacht dat ze de vreugde zou kennen om een kind onder haar zorg te zien opgroeien, hield van Eve op een manier die haar misschien blind had gemaakt voor de gevoelens van anderen. De generaal-overste had gelijk, het zou inderdaad een voorkeursbehandeling zijn om Eve's universitaire opleiding te financieren uit kloostergelden.

Maar toen dan de uiteindelijke plannen waren gemaakt, wilde moeder Francis er zeker van zijn dat ze Eve in het klooster van moeder Clare goed zouden behandelen. St. Mary was altijd een thuis geweest voor Eve. Ze was bang dat Eve het klooster in Dublin meer als een tehuis zou ervaren en zelfs dat ze tot de ontdekking moest komen dat ze een dienstmeid was, in plaats van de geliefde dochter.

Toen Benny en Eve Healy's Hotel uitkwamen, zagen ze dat Sean Walsh vanuit de deuropening van Hogan's Herenmode aan de overkant naar hen keek.

'Blijf tegen me praten, dan denkt hij misschien dat we hem niet hebben gezien,' siste Benny vanuit haar mondhoek.

'Onmogelijk. Zie je hoe hij je vader staat na te apen, met zijn duimen achter zijn bretels.'

Eve kende Sean Walsh' verwachtingen maar al te goed. Hij had een carrièreplanning op lange termijn: trouwen met de dochter des huizes, de erfgename van Hogan's Herenmode, en de hele handel overnemen. Ze waren er nooit in geslaagd Sean Walsh aardig te vinden, vanaf het allereerste moment dat hij was opgedoken, op Benny's tiende verjaardag. Nooit had hij gelachen. Niet één keer in al die jaren hadden ze een echte glimlach op zijn gezicht gezien. Wel maakte hij grimassen en liet soms een droog blafje horen, maar een echte lach... nooit.

Nooit viel hij om van het lachen zoals Peggy Pine, nooit lachte hij in zijn vuistje zoals Paccy Moore. Ook maakte hij geen wilde gebaren zoals Mario van de cafetaria, of piepte en kuchte hij zoals Dessie Burns vaak deed. Sean Walsh leek voortdurend op zijn hoede. Alleen als hij anderen zag lachen, liet hij zijn blafje horen.

Ze konden hem nooit overhalen iets te vertellen over het leven dat hij had geleid voordat hij naar Knockglen kwam. Hij vertelde geen lange geschiedenissen zoals Patsy en ook vertelde hij geen weemoedige verhalen over vroeger, zoals Dekko Moore over de tijd dat hij paardetuig vervaardigde voor de oude landheren ergens in Meath. Nee, Sean Walsh liet niet veel los.

'Mijn hemel, wie wil mijn verhalen nou horen,' placht hij te zeggen wanneer Benny en Eve hem probeerden uit te horen.

Met de jaren was hij er niets op vooruitgegaan: hij was nog steeds een stiekemerd en een slijmerd. Benny ergerde zich zelfs aan zijn manier van kleden, hoewel ze wist dat dit niet helemaal terecht was. Hij droeg een pak dat er piekfijn uitzag en waar hij duidelijk veel zorg aan besteedde. Gierend van de lach maakten Benny en Eve elkaar soms wijs dat hij in het kamertje boven de winkel urenlang bezig was om al zijn ambitie in zijn pak te persen.

Benny geloofde Eve niet echt als ze zei dat Sean niets liever wilde dan

37

zich in de zaak trouwen, maar niettemin stak er iets zeer onrustbarends in de manier waarop hij haar aankeek. Ze had zó graag gewild dat iemand haar leuk zou vinden, dat het haar verschrikkelijk onrechtvaardig voorkwam als het dan uitgerekend zo'n vreselijk iemand als Sean Walsh moest zijn.

'Goedenmorgen, dames.' Hij maakte een overdreven buiging. Er was iets beledigends in zijn toon, iets spottends dat hij eigenlijk voor hen verborgen had willen houden. Ze werden ook door anderen 'dames' genoemd, zelfs die ochtend nog, maar dan gebeurde dat zonder enige bijbedoeling. Het was een soort erkenning dat zij geen schoolmeisjes meer waren en binnenkort aan een volwassen leven zouden beginnen. Toen ze bij de drogist shampoo hadden gekocht, had meneer Kennedy gevraagd wat hij voor de twee jongedames kon betekenen en dat beviel hen wel. En Paccy Moore had gezegd dat ze twee mooie dames waren toen ze langskwamen om Benny's goede schoenen te laten verzolen. Maar bij Sean Walsh was dat anders.

'Hallo, Sean,' zei Benny mat.

'Op onderzoek in de grote stad, zie ik,' zei hij laatdunkend. Hij sprak altijd lichtelijk neerbuigend over Knockglen, hoewel de plaats waar hij zelf vandaan kwam nog kleiner was en nog minder van een grote stad weghad. Benny voelde zich plotseling vreselijk geërgerd.

'Nou, je bent een vrij mens,' zei ze pinnig. 'Als Knockglen je niet bevalt, kun je altijd ergens anders heen.'

'Zei ik soms dat het me hier niet beviel?' Zijn ogen werden smaller dan ooit, het waren haast spleetjes. Hij had zijn fout ingezien en moest nu zorgen dat ze niet zouden doorvertellen dat hij Knockglen had gekleineerd. 'Ik wilde alleen maar een grapje maken door deze plaats met de grote stad te vergelijken. Ik bedoelde eigenlijk alleen maar dat jij binnenkort geen tijd meer zult hebben voor ons hier.'

Dat was ook al een foute opmerking.

'Weinig kans dat ik Knockglen zal vergeten. Ik kom iedere avond naar huis,' zei Benny nors.

'We zouden Knockglen trouwens nooit willen vergeten,' zei Eve met opgeheven hoofd. Sean Walsh zou er nooit achter komen hoe vaak zij hun lot hadden beklaagd om in zo'n klein plaatsje te moeten wonen, dat de allerellendigste eigenschap had die je maar kon bedenken: het lag op een steenworp afstand van Dublin.

Sean keek nauwelijks naar Eve, want zij was voor hem van geen belang. Al zijn opmerkingen waren voor Benny bestemd. 'Je vader is zo trots op je. Er is haast geen klant die hij niet over je grote succcs heeft verteld.' Benny haatte zijn grijns en zijn veelbetekenende blikken. Hij moest toch weten hoe vreselijk zij het vond om dit te moeten aanhoren, om eraan herinnerd te worden dat ze het lievelingetje van haar vader was

en het middelpunt van opschepperige praatjes. En als hij dat wist, waarom vertelde hij het dan en ergerde hij haar steeds zo? Als hij plannen met haar had, als hij met Eddie Hogans dochter wilde trouwen om op die manier de zaak over te nemen, waarom kwam hij dan met dingen die haar stoorden en in verwarring brachten? Misschien dacht hij dat het er niet of nauwelijks toe deed wat zij wilde. Dat de inschikkelijke dochter des huizes wel zou toegeven, zoals ze altijd deed.
Benny kwam tot de conclusie dat ze tegen Sean Walsh moest ingaan.
'Vertelt hij aan iedereen dat ik ga studeren?' vroeg ze met een vriendelijk glimlachje.
'Hij heeft het over niets anders.' Sean was blij dat zij hem om inlichtingen vroeg, maar op de een of andere manier voelde hij zich ongemakkelijk omdat hij Benny niet op de kast had gekregen zoals hij had verwacht.
Benny draaide zich om naar Eve. 'Ben ik geen geluksvogel?' Eve had het door. 'Verwend als de pest,' vond zij ook.
Ze lachten pas toen ze uit het zicht waren. Ze moesten eerst de lange rechte straat aflopen, voorbij de kroeg van Shea, waar de zure dranklucht vanachter de donkere ramen de straat opwalmde, en voorbij de snoepwinkel van Birdie Mac, waar zij tijdens hun schooltijd zoveel uren besluiteloos voor de potten snoep hadden gestaan. Ze staken de straat over naar de slagerij, waar ze in de weerspiegeling van de etalage naar Hogan's Herenmode konden kijken en zagen dat Sean Walsh weer naar binnen was gegaan, in het domein dat eens het zijne zou moeten zijn.
Toen pas konden ze zich laten gaan en in lachen uitbarsten.
Meneer Flood, van Floods Vlees Vers Van Het Mes, kon niet met ze meelachen.
'Wat is er zo grappig aan een rijtje lamsbouten?' vroeg hij aan de twee meisjes die voor zijn etalage stonden te proesten. Ze moesten er alleen nog maar harder door lachen.
'Scheer je weg, ga ergens anders staan giebelen,' gromde hij ze toe.
'Houd ermee op iemands zaak belachelijk te maken.'
Hij zag er zorgelijk uit en liep de straat op om naar de boom te kijken die naast zijn huis groeide.
Je zag meneer Flood de laatste tijd wel vaker naar die boom staren en, erger nog, gesprekken voeren met iemand die hij in de takken meende te zien. De algemene gedachte was dat meneer Flood een of ander visioen had, maar er nog niet aan toe was om het aan de mensheid te openbaren. De woorden die hij tot de boom richtte leken eerbiedig en bedachtzaam, en wat hij zag sprak hij aan met Zuster.
Benny en Eve keken gefascineerd toe hoe hij zijn hoofd verdrietig

schudde en leek in te stemmen met iets wat tegen hem was gezegd.
'Het is overal op de wereld hetzelfde, Zuster,' zei hij, 'maar het is treurig dat Ierland niet gespaard blijft.'
Hij luisterde vol eerbied naar wat hij uit de boom vernam en ging daarna weer. Visioen of geen visioen, er was werk aan de winkel.
Pas toen ze bij de kloosterhekken waren aangekomen, hielden ze op met lachen. Benny keerde om, zoals altijd, en wilde naar huis gaan. Ze had nooit van haar vriendschap met Eve verlangd dat ze tot het hart van het heiligdom zou worden toegelaten. Tijdens de vakantie was het klooster verboden gebied.
'Nee, kom mee naar binnen, kom even naar mijn kamer kijken,' smeekte Eve.
'Maar moeder Francis? Vinden ze niet...?'
'Het is toch mijn huis, dat hebben ze altijd gezegd. Hoe dan ook, je zit nu toch niet meer hier op school.'
Ze gingen door een zijdeur naar binnen. Er hing een baklucht, een warme keukengeur. In de gangen en op de grote trap rook het naar boenwas. De ruime, donkere hal hing vol portretten van de stichtster van de orde en van Onze-Lieve-Vrouw en werd slechts verlicht door de lamp van het Heilig Hart.
'Is het hier niet verschrikkelijk stil in de vakantie?'
'Je zou hier 's nachts eens moeten komen. Soms als ik van de bioscoop terugkom en mezelf binnenlaat, is het zo stil dat ik bijna tegen de beelden wil praten om maar wat gezelschap te hebben.'
Ze gingen naar boven, naar het kamertje waar Eve zolang ze zich kon herinneren had gewoond. Nieuwsgierig keek Benny om zich heen.
'Tjonge, je hebt een radio naast je bed!' Op het nachtkastje stond een elektrische radio van bruin bakeliet, waarop Eve net als elk ander meisje in het land 's nachts naar Radio Luxemburg luisterde. Benny werd als een in de watten gelegd kind beschouwd, maar zij moest de keukenradio lenen en hem bij haar slaapkamerdeur op een stoel zetten, omdat hij anders niet bij het stopcontact kwam.
Er lag een gehaakte sprei en grappig beddegoed met een konijntjesmotief op het bed.
'Moeder Francis heeft me dat gegeven toen ik tien was. Vind je het niet afschuwelijk?'
'Beter dan bidprentjes,' zei Benny.
Eve trok een la open waarin stapels bidprentjes lagen met elastiekjes eromheen.
Benny stond versteld. 'Heb je die nooit weggegooid!'
'Niet hier. Ik zou niet durven.'
Het kleine ronde raam keek uit over Knockglen. Door de grote poort aan het einde van de lommerrijke oprijlaan van het klooster keek je de brede hoofdstraat van het dorp af.

Ze zagen meneer Flood druk bezig in de etalage van zijn winkel, alsof hij zich nog steeds zorgen maakte over wat ze nou zo grappig hadden gevonden aan zijn lamsbouten. Kleine kinderen stonden met hun neus tegen de etalageruit van Birdie Mac gedrukt en mannen met strak over hun oren getrokken petten kwamen de kroeg van Shea uit. Ze zagen voor Hogan's Herenmode een zwarte Ford Perfect optrekken en ze wisten dat die van dokterJohnson was. Ze zagen twee onbekende mannen Healy's Hotel binnengaan. Het zouden handelsreizigers kunnen zijn, die in alle rust hun administratie wilden doen. Ze zagen een man op een ladder tegen de gevel van de bioscoop staan om een nieuw affiche op te hangen en ze zagen de kleine ronde omtrekken van Peggy Pine uit haar boetiek komen en tevreden stilstaan bij de uitstalling in haar eigen etalage. Peggy's idee van een mooie etalage was om er zoveel mogelijk in te proppen zonder dat alles in elkaar stortte.
'Je kunt alles zien!' zei Benny verbaasd. 'Het is alsof je God zelf bent.'
'Niet echt, God kan om de hoek kijken, ik niet. Ik kan jouw huis niet zien, ik kan niet zien wie er patat eten bij Mario, ik kan niet over de heuvels naar de Westlands kijken. Niet dat ik dat zou willen, maar ik kan het niet.'
Haar stem klonk gespannen nu ze het over de streek had met het grote landhuis waar de familie van haar moeder woonde. Benny wist dat het een netelige kwestie was.
'Zouden *zij* niet...'
'Nee, dat doen ze niet.' Eve was zeker van haar zaak.
Allebei wisten ze wat Benny had willen zeggen: of er geen kans was dat de welgestelde Westwards Eve's universitaire opleiding zouden betalen.
'Denk je dat moeder Francis het heeft gevraagd?'
'Ik denk beslist dat ze dat heeft gedaan, zelfs heel vaak in al die jaren en iedere keer kreeg ze het deksel op haar neus.'
'Je kan nooit weten,' zei Benny hoopvol.
Eve keek door het raam naar het dorp, zoals ze dat al die jaren zo vaak moest hebben gedaan.
'Ze heeft alles geprobeerd om me zo goed mogelijk te helpen. Ze *moet* het hebben gevraagd en ze zullen wel nee hebben gezegd. Ze heeft het me niet verteld, omdat ze me niet wilde kwetsen. Alsof ik me gekwetst zou kunnen voelen...'
'Als we in een sprookje leefden, zou een van hen op een wit paard de oprijlaan op komen rijden en zeggen dat ze je al die tijd in de familie hadden willen opnemen,' zei Benny.
'Als dit een sprookje was, zou ik zeggen dat ze kunnen oprotten,' zei Eve lachend.
'Nee, dat mag niet van mij. Je zou ze bedanken en zeggen "het college-

geld is zoveel... en geef me ook maar een mooie flat met kamerbreed tapijt en geen gezeur over de hoogte van de gasrekening",' zei Benny opgetogen.
'Ja, en kleedgeld natuurlijk. Iedere maand zoveel dat ik alles kan kopen wat ik wil.'
'En elk jaar een vakantie in het buitenland om goed te maken dat ze jou de laatste tijd zo weinig hebben gezien!'
'En een enorme bijdrage voor het kloosterfonds om een nieuwe kapel voor de zusters te bouwen als dank voor hun goede zorgen.'
Benny zuchtte. 'Zulke dingen *kunnen* toch wel gebeuren, denk je niet?'
'Zoals je zei: in een sprookje,' zei Eve. 'En wat zou jij het allerliefst willen?'
'Dat er binnen een minuut twee mannen in een boevenwagen komen voorrijden om mijn vader te vertellen dat Sean Walsh een misdadiger is, die wordt gezocht voor zes moorden in Dublin en dat-ie meteen geboeid moet worden afgevoerd.'
'Dan moet je toch nog steeds iedere avond met de bus naar huis,' zei Eve.
'Hè, daar moet je niet over beginnen. Al ben je dan duizend keer bij mij thuis geweest, toch weet je nog steeds niet hoe mijn ouders zijn.'
'Ja hoor,' zei Eve. 'Ze zetten je op een voetstuk.'
'Wat inhoudt dat ik elke avond om tien over zes de bus terug naar Knockglen moet nemen. Dat is dat hele voetstuk van jou.'
'Af en toe zul je toch wel in Dublin mogen blijven. Ze kunnen toch niet verwachten dat je elke avond thuiskomt.'
'Waar moet ik dan logeren? Je moet praktisch blijven – voor mij geen nachten in Dublin. Een stomme Assepoester, dat ben ik.'
'Je zult vrienden maken, je krijgt vrienden met huizen en familie en zo, heel normaal.'
'Sinds wanneer hebben jij en ik iets dat op een normaal leven lijkt, Eve Malone?' Benny lachte om hen wat op te vrolijken en de stemming er weer in te brengen.
'Binnenkort krijgen we het heus zelf wel voor het zeggen.' Eve weigerde mee te lachen.
Maar Benny kon ook ernstig zijn.
'Natuurlijk. Maar wat wil je daarmee zeggen? Jij gaat moeder Francis heus niet kwetsen door niet naar de plek te willen waar ze je heen stuurt. En ik ga de boel niet op stelten zetten door tegen mijn vader en moeder te zeggen dat ik me net een jojo voel als ik elke avond van de universiteit naar huis moet komen, alsof ik een of andere simpele ziel ben. Maar hoe dan ook, jij bent het huis uit en je zult een leuke baan krijgen en kunnen doen wat je wilt.'
Eve glimlachte naar haar vriendin. 'Op een keer zitten we hier weer en

lachen om de tijd dat we dachten dat het allemaal zo vreselijk zou worden.'
'Natuurlijk, vast en zeker. En Sean Walsh zit zakjes te plakken...'
'De Westwards hebben hun hele fortuin en al hun landerijen verloren.'
'Mevrouw Healy heeft haar corsetten de deur uitgegooid en draagt voortaan een minirokje.'
'Paccy Moore is de eigenaar van een landelijke keten van schoenwinkels.'
'Dokter Johnson heeft leren lachen.'
'En moeder Francis is hoofd van de hele kloosterorde en kan precies doen waar ze zin in heeft, bij de paus op audiëntie en zo.'
Ze lachten, verrukt bij de gedachte aan zulke mirakels.

Hoofdstuk 3

Emily Mahon stond voor het gasfornuis en bakte de tien lapjes spek die ze iedere ochtend, behalve op vrijdag, op tafel zette. Haar witte blouse hing keurig in de hoek van de keuken. Ze droeg een plastic schort bij het bereiden van het ontbijt, om te voorkomen dat haar kleren onder de spetters kwamen voordat ze naar haar werk ging.
Ze wist dat Brian deze ochtend een slecht humeur had. Hij had nog geen mond opengedaan. Emily keek zuchtend rond in die rommelige keuken. Hun huis was zeker het slechtst onderhouden huis in Maple Gardens. Altijd hetzelfde: wie op het deksel zit, kan niet uit de pot snoepen. Het was dus logisch dat de vrouw van de aannemer de enige in de straat was die geen fatsoenlijke keuken had om in te werken. Ze zag hoe andere huizen werden opgeknapt. Keukens werden betegeld, zodat je ze alleen maar hoefde af te nemen, hup, met een doekje langs de muren en met een mop over de vloer. Ze hadden keukenblokken, lang en recht als een toonbank, in plaats van het allegaartje aan kasten en tafels waarmee Emily het al vijfentwintig jaar moest doen. Hem proberen over te halen had geen zin. 'Behalve wij ziet toch niemand het,' was altijd het antwoord.
Er kwam maar weinig bezoek op Maple Gardens 23. Brians bedrijf was het centrum van zijn sociale activiteiten, zo ging dat. De jongens, Paul en Nasey, waren als kind nooit met vriendjes thuisgekomen en nu werkten zij in het bedrijf van hun vader. Daar werden ze soms door vrienden opgehaald of meegetroond naar de kroeg om een pilsje te drinken.
Nan was de jongste van het gezin, achttien jaar en op het punt om naar de universiteit te gaan. Ook Nan was niet iemand die vrienden over de vloer haalde.
Emily wist dat haar beeldschone dochter op school vrienden genoeg had. Ze zag haar vaak met andere meisjes over straat lopen als de school uit was. Ze kwam bij vriendinnen thuis, werd overal uitgenodigd, maar geen van haar klasgenoten had in Maple Gardens ooit een voet over de drempel gezet.
Niet alleen in Emily's ogen was Nan beeldschoon. Dat vond iedereen. Toen ze nog klein was, bleven de mensen op straat staan en vroegen zich af waarom dit kleine meisje met haar blonde, bijna witte krullen

nooit was gevraagd om mee te doen aan een zeepreclame als die van 'zacht als een kinderhuidje'. In feite droomde Emily ervan dat erop een dag in een park of op straat een fotograaf voorbij zou komen die het perfecte gezichtje en de perzikzachte huid van haar kind zou opmerken, waarna hij aan de deur op zijn knieën zou liggen om haar een gouden toekomst te mogen geven.
Als er iets was wat Emily Mahon haar kleine meisje gunde, dan was het wel een gouden toekomst.
Emily wenste Nan alles toe wat ze zelf nooit had gehad. Ze wilde niet dat haar dochter met een dronkaard zou trouwen, zoals zij had gedaan. Ze wilde niet dat ze een geïsoleerd leven zou leiden in een eenzaam huis, met als enige verzetje een baantje buiten de deur. Emily had een heleboel tijdschriften gelezen en ze wist dat een meisje met het uiterlijk van Nan heel wel de top zou kunnen bereiken. In de bladen zag je oogverblindend knappe vrouwen van rijke zakenlieden. Aantrekkelijke meisjes werden tijdens de paardenkoersen gefotografeerd, arm in arm met bekende figuren uit voorname families. Je kon duidelijk zien dat niet al die mensen uit de hoogste kringen kwamen, die vrouwen waren meestal lelijk en grof gebouwd. Zo'n leven van rijkdom zou misschien ook voor Nan zijn weggelegd en Emily wilde alles in het werk stellen om te zorgen dat ze het kreeg.
Het was niet moeilijk geweest om Brian zover te krijgen dat hij het collegegeld betaalde. In zijn nuchtere momenten was hij buitengewoon trots op zijn beeldschone dochter. Niets was goed genoeg voor haar. Maar dat was alleen als hij nuchter was.
De afgelopen zomer zei Nan op een dag: 'Hij breekt een keer je kaak en dan is het te laat.'
'Ik weet niet waar je het over hebt.'
'Gisteravond toen ik uit was en de jongens er ook niet waren, heeft hij je geslagen. Dat weet ik zeker.'
'Daar weet je helemaal niets van.'
'Je gezicht, Em. Wat is je verhaal vandaag?'
'De waarheid. Dat ik vannacht ben opgestaan en tegen een kast ben opgebotst.'
'Blijft dit dan altijd zo doorgaan? Zal hij er dan zijn hele leven zo vanaf komen?'
'Je weet hoeveel spijt hij achteraf heeft, Nan. Je weet hoe graag hij het altijd weer wil goedmaken nadat hij zich weer eens... heeft laten gaan.'
'Zulke dingen zijn niet goed te maken,' zei Nan.
En vandaag begon voor haar het studentenleven, voor die lieve meid naar wie Emily nog steeds met bewondering keek. Brian was een knappe vent geweest voordat zijn gezicht door de drank pafferig was geworden en ook zij was leuk: hoge jukbeenderen en diepliggende ogen. Hun

dochter scheen van beide alleen het beste te hebben gekregen. Nans gezicht vertoonde geen spoor van de grofheid die de trekken van haar vader kenmerkte, noch had ze iets meegekregen van de vale teint en de nogal verontschuldigende uitdrukking van haar moeder.

Emily Mahon stond in de keuken en hoopte dat Nan vanochtend vriendelijk tegen haar vader zou zijn. Brian was gisteravond weer dronken geweest, dat wel, maar hij was niet als een beest tekeergegaan. Emily draaide het spek vakkundig om. Er waren drie lapjes voor Paul, drie voor Nasey en vier voor Brian. Nan en zijzelf hielden niet van een zwaar ontbijt. Alleen een kopje thee en een geroosterde boterham. Emily liet de afwasteil vollopen met een heet sopje. Daarin zou ze na het eten hun borden opstapelen. Gewoonlijk ging iedereen op dezelfde tijd het huis uit. Ze had graag de tafel aan kant voor ze de deur achter zich dichtdeed, zodat het netjes was als ze 's avonds weer thuiskwamen. Op die manier kon niemand het Emily al te zeer kwalijk nemen dat ze buitenshuis werkte. Ze had er hard voor moeten vechten.

Nan had altijd aan haar kant gestaan in die lange strijd met Brian. Stomverwonderd had ze mee aangehoord dat haar vader zei: 'Mijn vrouw werkt niet. Ik wil op tijd mijn warme prak en een schoon overhemd...' Haar moeder antwoordde dat ze daar zeker voor zou blijven zorgen, maar dat de dagen alleen thuis lang en eenzaam waren, dat ze mensen wilde ontmoeten en zelf geld verdienen, hoe weinig dat ook zou zijn.

De jongens, Paul en Nasey, waren niet in het onderwerp geïnteresseerd, maar speelden het spel mee en sloten zich aan bij hun vaders behoefte aan een verzekerde huishouding en lekker eten.

Nan was toen twaalf en zij had de doorslag gegeven.

'Ik begrijp niet waar jullie het over hebben,' had ze opeens gezegd. 'Niemand van jullie is ooit voor zessen thuis, niet in de winter en niet in de zomer, dus het eten is op tijd klaar. En als Em meer geld wil en toch ook nog voor jullie wil wassen en schoonmaken, dan begrijp ik niet waar jullie je zo druk over maken.'

Dat begrepen de anderen eigenlijk ook niet.

Sindsdien werkte Emily in een hotelwinkel en had ze haar eigen wereldje vol leuke spullen: glaswerk en shawls en eersteklas souvenirs voor toeristen. Eerst wilde het hotel niet iemand in dienst nemen die een jong kind had. Ze zou voortdurend vrij moeten nemen, zeiden ze. Maar Emily had ze recht in de ogen gekeken en gezegd dat Nan geen probleem zou zijn. En dat klopte. Brian was de enige die haar ooit op haar werk lastig viel door te bellen of langs te komen met idiote vragen over zaken die allang waren besproken en geregeld, maar die hij door het vele drinken weer was vergeten.

Ze riep iedereen, zoals ze elke ochtend deed. 'Het ontbijt is klaar.'

Ze kwamen de trap af, haar twee grote zoons, donker als hun vader en even stevig gebouwd, alsof ze door een speelgoedfabriek in elkaar waren gezet als een jongere versie van hun vader. Daarna kwam Brian naar beneden. Hij had zich gesneden bij het scheren en depte het bloed op zijn kin. Hij keek zijn vrouw chagrijnig aan.
'Moet je die rotschort nou per se in huis aan? Is het al niet erg genoeg dat je als sloof in andermans zaak werkt? Moet je er ook thuis als een sloof uitzien?'
'Dat doe ik om mijn blouse niet vuil te maken,' zei Emily vergoelijkend.
'Je kleren slingeren overal rond. Het is hier geen uitdragerij,' gromde hij.
Op dat moment kwam Nan binnen. Haar blonde haar zag eruit alsof ze zojuist van de kapper kwam en niet alsof ze het zelf had gewassen aan de wastafel in haar eigen kamer. Brian Mahon kon dan hebben beknibbeld op de voorzieningen in de rest van het huis, de kamer van zijn dochter was helemaal in orde. Hij had een wastafel aangebracht en een grote ingebouwde klerenkast met zelfs een schoenenrek erin. Kosten noch moeite waren gespaard voor Nans kamer. Elk onderdeel was een verontschuldiging voor een dronken uitspatting. Ze droeg een leuk blauw rokje en haar nieuwe marineblauwe jasje met daaronder een wit kanten bloesje, met marineblauw afgewerkt. Ze zag eruit als een fotomodel.
'Natuurlijk, neem het Em vooral kwalijk dat ze haar blouse daar ophangt. Als hier zeven overhemden van jou liggen en tweemaal zeven van de jongens, dat zijn eenentwintig overhemden die gestreken moeten worden, dan hoor je geen woord over een uitdragerij, of wel?'
Haar vader bekeek haar met openlijke bewondering. 'Jij zal een hoop bekijks hebben als je de universiteit binnenwandelt,' zei hij.
Nan leek niet blij te zijn met dit compliment. Emily kreeg zelfs de indruk dat het haar ergerde.
'Ja, alles goed en wel, maar over het zakgeld hebben we het nog niet gehad.'
Emily vroeg zich af waarom Nan daar juist nu over begon. Als ze haar vader iets op het goede moment vroeg, kreeg ze altijd haar zin.
'In dit huis heeft nooit iemand gebrek aan zakgeld gehad.' Zijn gezicht liep al rood aan van woede.
'Tot nu toe dan. Paul en Nasey zijn voor jou gaan werken, dus die hebben van het begin af aan loon gekregen.'
'Een *soort* loon,' zei Paul.
'Meer dan enig ander menselijk wezen voor een lummel als jij over zou hebben,' kaatste zijn vader terug.
Nan ging door: 'Ik wil het liever meteen goed geregeld hebben in plaats van er elke week om te moeten vragen.'

'Wat is daar verkeerd aan?' wilde hij weten.
'Het is vernederend,' zei ze kortaf.
Dat was precies wat Emily elke week had gevoeld als ze om haar huishoudgeld had moeten vragen. Nu kon ze haar geldzaken zelf regelen.
'Hoeveel wil je?' vroeg hij boos.
'Ik weet het niet. Het is niet dat ik ergens recht op heb. De komende drie of vier jaar zal ik van jou afhankelijk zijn. Wat stel *jij* voor?'
Hij stond even met zijn mond vol tanden. 'We zien wel.'
'Ik had liever dat we het nu regelen. Dan weet ik tenminste waar ik aan toe ben. Dan weet ik wat ik kan kopen en hoe lang ik moet sparen voor iets... voor een nieuwe jurk of wat dan ook.'
'Ik heb pas nog dat jasje voor je gekocht! Een rib uit m'n lijf – volgens mij een doodgewoon ding, maar net zo duur als een bontmantel.'
'Het is heel mooi afgewerkt, vandaar. Gaat jaren mee.'
'Laten we het hopen,' mopperde hij.
'Om discussies als deze dus voortaan te voorkomen, zou ik...'
Emily hield haar adem in.
'Een pond per week...'
'Voor reiskosten en eten tussen de middag is dat genoeg, ja...' Ze keek hem afwachtend aan.
'En wat is er verder nog.'
'Eh, om maar wat te noemen: bioscoop, kranten, boeken, kopjes koffie, uit dansen gaan.'
'Nog eens twee pond?' Hij leek niet erg op zijn gemak.
'Oh, dat is erg gul, dank je. Dat is geweldig.'
'En hoe zit het dan met kleren...?' Hij gaf een knikje in de richting van het jasje dat hem een fortuin had gekost.
'Van deze toelage kan ik me net kousen veroorloven.'
'Ik wil dat je net zo goed gekleed gaat als de dochter van ieder ander.'
Nan zweeg.
'Hoeveel zou dat kosten?' Hij leek nu net een kind.
Nan keek hem nadenkend aan, alsof ze wist dat hij nu in haar macht was.
'Sommige vaders geven hun dochters elke maand kleedgeld. Zoiets als... ik weet niet... twintig... maar ik weet niet of...'
'Jij krijgt dertig pond in de maand. Hier in huis hoeven we niet op het geld te kijken.' Hij brulde het bijna.
Emily Mahon zag dat Nan begon te glimlachen.
'Hartstikke bedankt, paps, dat je zo gul bent,' zei ze.
'Natuurlijk,' zei hij bars, 'ik zou niet willen dat je zou zeggen dat ik op mijn geld zit.'
'Dat heb ik nog nooit gezegd, nooit,' antwoordde ze.
'Nou, al die heisa anders... over dat ik je te kort zou doen.'

'Daar heb je gelijk in, paps, je zou me nooit te kort doen, maar ik wil liever niet van jouw stemmingen afhankelijk zijn.'
Emily hield haar adem in.
'Wat bedoel je daarmee?' Hij zat meteen op de kast.
'Je weet precies wat ik bedoel. Je bent niet altijd dezelfde.'
'Jij hebt niet het recht om mij de les te lezen.'
'Dat weet ik. Ik leg alleen maar uit dat ik deze kwestie goed geregeld wil hebben, zodat ik je niet hoef lastig te vallen als je, eh... als je een borreltje op hebt.'
Het was een ogenblik stil. Zelfs de jongens waren nieuwsgierig wat er nu zou gebeuren. De manier waarop zij gewoonlijk met hun vader omgingen, was zich nergens mee te bemoeien, uit angst dat hij ze te grazen nam. Maar Nan had het goede moment gekozen.
Emily verbrak de stilte.
'Zo, dat is een heel mooie toelage. Ik denk niet dat er veel meisjes zijn die met eenzelfde bedrag kunnen beginnen.'
'Dat is zeker.' Nan was niet in het minst uit haar evenwicht gebracht door de spanning die er hing. 'Ik meen het, paps. Als je me echt zoveel wilt geven, is het misschien het gemakkelijkst om dat per maand te doen.'
'Nou goed,' zei hij.
'Dus ik krijg vandaag tweeënveertig pond van jou en laat me een maand niet meer zien?'
Paul en Nasey keken elkaar met grote ogen aan.
'Tweeënveertig pond?' zei haar vader verbijsterd.
'Je zei toch drie pond per week en dertig voor kleren.' Ze leek zich te verontschuldigen. 'Het is veel, dat weet ik.'
'Afspraak is afspraak.' Hij tastte in zijn achterzak en pakte een stapeltje bankbiljetten dat hij begon af te tellen.
Emily hoopte met hart en ziel dat haar dochter voldoende dankbaarheid zou tonen en bad dat ze het niet als vanzelfsprekend zou opvatten. Maar zoals gewoonlijk leek Nan het beter te weten dan anderen.
'Ik ga je niet op mijn knieën bedanken, paps, want dat zouden maar woorden zijn. Ik zal proberen om ervoor te zorgen dat je trots op me kunt zijn, dat je je gelukkig prijst dat je al dat geld hebt uitgegeven om je dochter te kunnen laten studeren.'
Brian Mahons ogen werden vochtig. Hij moest slikken en kon even niets uitbrengen. 'Dat is dan dat. En zou deze kerel dan nu een kop thee kunnen krijgen?'

In een groot rijtjeshuis in Dunlaoghaire maakte een ander gezin zich op voor het begin van een nieuw studiejaar. Dunlaoghaire, bijna een stadje op zichzelf, lag een paar kilometer van het centrum van Dublin af. In de grote haven kwamen schepen uit Holyhead aan, met post en met dagjesmensen. De uitgaande schepen zaten vol emigranten die hun geluk in Londen wilden beproeven.

Het was een mooie plaats om in te wonen, al sinds de tijd dat de naam nog Kingstown luidde. Tropische palmen langs de kust zorgden voor een exotischer uiterlijk dan de werkelijkheid inhield. De robuuste Victoriaanse huizen riepen herinneringen op aan de tijd dat het nog een plaats van betekenis was. Het was er gezond toeven. De twee lange pieren strekten zich als armen in zee uit en boden een vaste wandelroute voor iedereen die op zoek was naar frisse lucht of de benen wilde strekken.

Er hing een merkwaardige sfeer van saai fatsoen en vakantieplezier. Elk jaar werd er een grote, lawaaierige kermis met spooktreinen en stoeltjesvliegtuigen gehouden, maar toch liepen de huisvrouwen gewoon rond met hun boodschappentassen en zaten ze na het winkelen zoals altijd koffie te drinken en te kletsen in de Marinestraat.

Kit Hegarty liep met gezwinde pas over het landweggetje achter haar grote huis. Ze had het druk. De eerste dag was altijd belangrijk. Die zette de toon voor de rest van het jaar. Ze was van plan ze allemaal een goed ontbijt voor te zetten en ze duidelijk te maken dat ze op tijd aan tafel moesten verschijnen.

Al zeven jaar verhuurde ze kamers aan studenten en was ze een van de favoriete hospita's. In de regel stond de universiteit niet toe dat studenten zo ver van de stad en van de universiteit woonden, maar mevrouw Hegarty kon vol vuur uitleggen hoe dicht haar huis bij het station lag, hoe kort het treinritje naar de stad duurde en hoe heilzaam de frisse zeewind was.

Ze had niet lang hoeven praten. De autoriteiten beseften al gauw dat deze vastberaden vrouw beter dan enig ander voor de studenten kon zorgen. Ze had haar grote eetkamer in een studeerruimte veranderd. Iedere jongen had er zijn eigen plaats aan de grote, met vilt overtrokken tafel. De boeken konden er gewoon blijven liggen. In Kits huis werd ook na het eten nog gestudeerd, meestal tenminste. Ook haar enige zoon Frank maakte zijn huiswerk hier. Het gaf hem een volwassen gevoel om met echte studenten aan één tafel te zitten. Technische en landbouwkundige studenten, rechten- en medicijnenstudenten zaten aan de tafel van Hegarty te studeren toen de jonge Frank nog over zijn eindexamen gebogen zat.

Vandaag zou hij zich als volwaardig student bij hen aansluiten.

Kit was zeer ingenomen met de gedachte dat ze een zoon had grootgebracht die ingenieur zou worden. En dat helemaal in haar eentje. Joseph Hegarty was al lang geleden vertrokken. Zijn leven in Engeland interesseerde haar niet meer. Een tijd lang had hij geld gestuurd en ge-

schreven dat hij terug zou komen. Daarna volgden de uitvluchten en steeds minder geld, en ten slotte niets meer.
Ze had haar best gedaan om Frank op te voeden zonder gevoelens van bitterheid tegenover zijn vader. Ze had zelfs een foto van Joseph Hegarty in de jongenskamer neergezet om hem niet te laten denken dat de herinnering aan zijn vader een verboden onderwerp was. Ze was aangedaan toen ze op een dag merkte dat de foto niet langer op de klerenkast, de ereplaats, prijkte, maar verhuisd was naar een plank waar hij nauwelijks opviel en waar hij vervolgens omviel en bleef liggen tot hij onderin een la belandde.
De lange, slungelige Frank Hegarty had geen mythische vaderfiguur meer nodig.
Kit vroeg zich af hoe Joseph, als hij gebleven was, tegenover de motor van Frank zou hebben gestaan. Het was een zwarte BSA 250cc – zijn lust en zijn leven.
Waarschijnlijk had hij zich er niet mee bemoeid. Hij was nooit iemand geweest die de nare dingen onder ogen wilde zien. En die motor van Frank was een naar ding. En gevaarlijk. Het was de enige donkere wolk in haar leven, op deze ochtend waarop haar zoon naar de universiteit zou gaan.
Tevergeefs had ze hem gesmeekt met de trein te gaan. Ze woonden maar een paar minuten van het station, er reden treinen genoeg. Zij zou zijn abonnement wel betalen. Hij kon dan net zo vaak de trein nemen als hij maar wilde. Maar hij liet zich niet ompraten.
Hij was naar Peterborough gegaan en had lange dagen gemaakt in een conservenfabriek om zijn motor te kunnen betalen. Waarom wilde zij hem zijn liefste bezit afnemen? Het was niet eerlijk dat zij hem ervan af wilde houden, alleen maar omdat zij niet wist hoe ze motor moest rijden en het helemaal ook niet *wilde* weten.
Hij was achttien jaar en zes maanden. Kit keek naar het beeld van het kindje Jezus, dat ze in huis had om indruk te maken op de moeders van de studenten die bij haar introkken. Kon ze er maar meer in geloven dat dit kindje Jezus iets zou kunnen doen om haar zoon op zijn helse machine te beschermen. Het zou prettig zijn als je je zorgen kon afwentelen op zo iets of zo iemand.

Patsy vroeg aan mevrouw Hogan of ze nog een pot thee moest zetten.
'Kom op, mens, op zo'n rotdag als vandaag kun je best nog een warm bakje gebruiken,' zei Patsy bemoedigend.
'Nou graag, Patsy.' Ze liet zich opgelucht in haar stoel vallen.
Zo sentimenteel als nu had ze zich nog niet gevoeld sinds Benny die ochtend was vertrokken voor haar eerste collegedag. Benny in haar marineblauwe pakje met de witte blouse en de rok die met marineblauw en grijs was afgewerkt.

'Je bent echt de allermooiste,' had Eddie glimmend van trots gezegd. 'O vader, helemaal niet. Ik zie er zo dik en truttig uit,' had Benny geantwoord. 'Ik lijk wel een hobbezak. Ik heb mezelf in de spiegel bekeken.' Eddie's ogen hadden zich met tranen gevuld. 'Kind, je ziet er prachtig uit,' had hij gezegd. 'Zo moet je niet over jezelf praten. Alsjeblieft. Maak je moeder en mij nu niet van streek.' Annabel had haar tegen zich aan willen trekken en willen zeggen dat ze er zo leuk uitzag. Groot, dat wel, maar met die gezond blozende wangen en dat volle kastanjebruine haar, bijeengebonden met een blauwwitte strik zag ze eruit zoals ze was: een meisje van een nette familie van het platteland, dochter van een vader met een florerend bedrijf. Maar het was niet het geschikte moment om haar dochter tegen zich aan te drukken. In plaats daarvan stak ze haar hand uit.

'Je bent een knap en aardig meisje, en dat zal iedereen kunnen zien,' zei ze zachtjes.

'Dank je, moeder,' zei Benny automatisch.

'En bovendien zul je daar heel, heel gelukkig worden. Je hoeft niet elke avond naar een ellendig huurkamertje, zoals zoveel meisjes, of te verhongeren bij een of andere hospita...' Annabel zuchtte van opluchting.

'*Jij* komt elke avond gezellig thuis.'

Benny had naar haar geglimlacht, maar op een manier alsof dat van haar werd verwacht.

Het meisje was zenuwachtig zoals elk meisje zou zijn dat ergens voor het eerst heen moest, te midden van vreemden.

'Het zal voortaan stil zijn in huis.' Patsy kwam aanlopen met de theepot en zette die op het onderzettertje. Ze deed de theemuts eroverheen en gaf er een goedkeurend klopje op.

'Ik denk dat ze wel nieuwe vriendinnen zal maken.' Annabel was daar niet zo zeker van. Het was altijd Eve voor en Eve na geweest. Het zou een moeilijke overgang zijn.

'En denkt u dat ze vriendinnen mee naar huis neemt om te blijven logeren?' Patsy's ogen schitterden van opwinding.

'Daar had ik nog niet aan gedacht. Maar dat zal ze natuurlijk wel doen. Tenslotte kan ze onmogelijk bij mensen in Dublin blijven die wij niet kennen. Dat weet ze.'

Moederoverste Francis zat aan Eve te denken terwijl ze keek hoe de regen gestaag neerviel in de kloostertuin. Ze zou haar missen. Het was onontkoombaar dat ze naar Dublin moest en daar in het klooster ging wonen. Het was voor haar de enige manier om door te leren voor een goede baan. Moeder Francis hoopte dat de nonnen in Dublin zouden begrijpen dat Eve het nodig had om zich belangrijk en geliefd te voelen, zoals hier in Knockglen. Eve had zich er nooit een weeskind gevoeld en

nooit was er bij haar op aangedrongen om zich bij de orde aan te sluiten.
Haar vader had destijds hard voor het klooster gewerkt, zodat hij genoeg krediet had opgebouwd om zijn kind hier een goed tehuis en een goede opvoeding te geven, al had hij dat niet geweten. Moeder Francis zuchtte en bad in stilte dat de Heer zich over de ziel van Jack Malone zou ontfermen.
Aanvankelijk waren er ook andere mogelijkheden geweest. Moeder Francis en haar oude schoolvriendin Peggy Pine hadden er lang en breed over gesproken.
'Ik zou haar zolang bij me kunnen nemen en haar kunnen opleiden voor een baan in wat voor winkel dan ook in Ierland, maar we willen iets beters voor haar, of niet?'
'Wat niet betekent dat winkelwerk geen behoorlijke baan is, Peggy,' had moeder Francis diplomatiek gezegd.
'Jij hoopt natuurlijk dat ze nog eens een titel voor haar naam zal kunnen zetten, hè Bunty?' Er waren er maar weinig die moeder Francis zo konden noemen zonder in de problemen te komen.
En het klopte wat Peggy zei. Moeder Francis wilde alles benutten wat Eve hogerop zou kunnen brengen. Al vanaf het begin had het haar niet meegezeten, dus het was niet meer dan rechtvaardig om haar nu zo goed mogelijk te helpen.
Er was nooit genoeg geld geweest om het kind fatsoenlijk aan te kleden en hadden ze dat geld wel gehad, dan hadden ze niet geweten hoe je een meisje leuk moest aankleden. Peggy had op de achtergrond adviezen gegeven, maar Eve wilde geen liefdadigheid. Alles wat uit het klooster kwam, was goed genoeg voor haar. St. Mary was haar thuis.
Het was inderdaad de enige plek die Eve als haar thuis beschouwde. Het kleine huis met de drie kamers, waar ze geboren was, had voor haar zijn betekenis verloren naarmate haar afkeer voor de Westwards was gegroeid. Toen ze klein was, liep ze nog telkens het lange pad van de kloostertuin af, langs de vuurdoorns en de bramen, om door de ramen naar binnen te kijken.
Toen ze zo'n tien jaar was, was ze er zelfs bloemen gaan planten. Moeder Francis had ze stilletjes verzorgd en van de verschillende struiken en planten in de kloostertuin had ze stekjes genomen en de harde, kale grond omgevormd tot een tuintje, vlak bij de afschuwelijke afgrond waar Jack Malone zich van het leven beroofde.
Het was moeilijk te zeggen wanneer ze de familie van haar moeder was gaan haten. Moeder Francis dacht dat dit heel normaal was. Je kon van een meisje dat in een klooster was opgegroeid en van wie iedereen de voorgeschiedenis kende, niet verwachten dat ze enige sympathie kon opbrengen voor de mensen die in alle weelde in de Westlands woon-

den. De man die soms door Knockglen reed alsof het dorp van hem was, was de grootvader van Eve, majoor Charles Westward. Een man die op geen enkele manier had laten blijken het kind van zijn dochter te willen kennen. De laatste jaren had men hem niet veel gezien, maar Peggy Pine – die de verbinding van moeder Francis met de buitenwereld was – zei dat hij nu in een rolstoel zat als gevolg van een beroerte. De kleine, donkere Simon Westward, een jongeman die men zo af en toe in Knockglen zag, was een volle neef van Eve. Hij leek veel op haar, vond moeder Francis, maar misschien was dat alleen maar verbeelding. Er was nog een ander kind, een meisje, maar zij zat op een dure protestantse school in Dublin en je zag haar nooit.

Naarmate Eve de familie meer ging haten, werd haar belangstelling voor het huisje minder. Het stond leeg. Moeder Francis had nooit de hoop opgegeven dat Eve er op een dag zou gaan wonen, misschien wel met een gezin, zodat ze wat geluk zou brengen in het kleine huisje, dat alleen maar ellende en verdriet had gekend.

Het was zo'n mooie, rustige plek. Moeder Francis zat er zelf vaak, wanneer ze erheen ging om een beetje op te ruimen. De zusters van St. Mary verspreidden zich altijd over het kloosterterrein om op een rustige plek hun dagelijkse gebeden te lezen. Onder de dikke beuk of in de ommuurde kruidentuin, waar het naar rozemarijn en citroen rook, was je even dicht bij God als in de kapel.

Niemand vond het vreemd dat moeder Francis vaak het paadje achter de vlierbessen nam om bij het huisje te gaan zitten bidden. Ze hield nauwlettend in de gaten dat het huisje op orde was. Als ze iets niet zelf kon oplossen, dan riep ze Mossy Rooney erbij, een man die zo stil en bescheiden was dat hij amper zijn eigen naam uit durfde spreken, zo bang was hij dat iemand er aanstoot aan kon nemen.

Als iemand vroeg of het huisje te huur of te koop was, haalde moeder Francis haar schouders op en zei dat nog niet alles geregeld was, dat het op naam van Eve stond en dat er niets kon worden ondernomen zolang ze nog geen eenentwintig was. Niemand begon er tegen Eve over. Om Mossy Rooney, die een paar nieuwe ramen had ingezet en de goot had gerepareerd, ernaar te vragen was zinloos. Het hele dorp wist dat er geen woord uit hem kwam. Hij was zo gesloten dat de mensen niet wisten of hij nu juist diepe of helemaal geen gedachten had.

Moeder Francis wilde graag dat het huisje Eve's thuis zou worden. Ze stelde zich dan voor dat Eve in de weekeinden haar studievriendinnen zou meenemen en dan bij het klooster aanwipte om thee te drinken in de salon.

Het was zonde dat zo'n stenen huisje met houten veranda en uitzicht over het land en op de rotsen van de steengroeve niet werd gebruikt. Het huisje had geen naam. En zoals de zaken er nu voor stonden zou het ook nooit een naam of nieuwe bewoners krijgen.

Misschien had ze rechtstreeks naar de Westwards moeten gaan, maar het antwoord op haar brief was zo kil geweest. Moeder Francis had expres op gewoon briefpapier geschreven en niet op het officiële kloosterpapier, waarop in grote letters de naam van Onze-Lieve-Vrouw stond. Ze had nachten wakker gelegen op zoek naar de juiste woorden, woorden die niet onderdanig of inhalig mochten klinken. Klaarblijkelijk had ze die niet gevonden. De brief van Simon Westward was niet onbeleefd geweest, maar vastberaden en afwijzend. De familie van zijn tante had er geen bezwaar tegen dat het meisje in een katholiek klooster zou worden grootgebracht en daarmee was wat hen betrof de kous af. Moeder Francis had Eve niets over de brief verteld. Het meisje had al zoveel te verduren gehad. Het had geen zin om de zaak nog erger te maken.

De non zuchtte diep en dacht terug aan haar eindexamenklas, de hoofden gebogen over hun schriften, bezig aan het opstel 'Het kwaad van de emigratie'. Kon ze maar geloven dat Eve door moeder Clare hartelijk werd verwelkomd en dat ze iets te horen zou krijgen als dat het klooster in Dublin het komende jaar haar nieuwe thuis zou zijn.

Dat lag niet in de aard van moeder Clare, maar God was goed en misschien zou ze voor één keertje warm en gul zijn.

Het was mogelijk, maar aan de andere kant leek dat niet waarschijnlijk. Al een week lang hadden ze niets van Eve gehoord en dat was geen goed teken.

In Eve's kamer in het klooster in Dublin stond geen nachtkastje met een radio erop. Er lag geen gehaakte beddesprei. Er stond alleen een klein ijzeren bed met een versleten, verschoten overtrek, een slap kussen en lakens die stijf aanvoelden. Er waren ook een benepen klein kastje en een lampetkan uit vroeger tijden, die nog steeds werd gebruikt aangezien de badkamer ver weg lag.

Het was geen gevangeniscel, maar het leek wel op een dienstbodenkamertje, zei Eve tegen zichzelf. In zekere zin moesten ze haar hier als zodanig beschouwen, als een lastig, opstandig dienstmeisje van het platteland. Nee, erger nog, als een dienstmeid met praatjes en poeha. Eve zat op de rand van haar bed en keek de kamer rond. In gedachten kon ze de lieve, warme stem van moeder Francis horen zeggen dat het leven niet makkelijk was bedoeld en dat ze het beste maar heel hard kon gaan studeren, zodat ze deze plek zo snel mogelijk achter zich zou kunnen laten. Oefen je steno, let goed op bij boekhouden, train je vingers door veel te typen en blijf oefenen en oefenen. Luister goed en maak veel aantekeningen bij handelskennis. Binnen een jaar zou ze dan een geschikte baan en een flatje kunnen vinden.

Dan zou niemand haar nog kunnen afschepen met een ijzeren bed in een donkere pijpela.

De Verstandige Vrouw zet haar tanden op elkaar en gaat door, hield Eve zichzelf voor. Dat was een uitdrukking die Benny en zij altijd gebruikten. Wat doet de Verstandige Vrouw met Sean Walsh? De Verstandige Vrouw doet net of hij niet bestaat. De Verstandige Vrouw koopt niet weer een pond toffees bij Birdie Mac, omdat je daar puistjes van krijgt. De Verstandige Vrouw maakt haar huiswerk, omdat moeder Francis anders op oorlogspad gaat.
Na een week begreep Eve dat de Verstandige Vrouw een heilige zou moeten zijn om aan de nieuwe omgeving te kunnen wennen.
Moeder Clare had een strak schema van licht huishoudelijk werk voorgesteld, 'om aan al je verplichtingen te voldoen, liefje'.
Eve moest toegeven dat ze inderdaad verplichtingen had. Ze kreeg gratis een eersteklas opleiding waar anderen flink voor moesten betalen. Maar met dit klooster had ze geen band zoals met St. Mary in Knockglen. Daar had ze graag geholpen, uit een gevoel van rechtvaardigheid en ook om moeder Francis een plezier te doen. Hier lag dat anders.
De opvattingen van moeder Clare over 'aan verplichtingen voldoen' hadden vooral betrekking op de keuken. Misschien dacht ze dat Eve het leuk vond om het ontbijt in de eetzaal op te dienen en af te ruimen. Ook moest ze de les tien minuten voor etenstijd verlaten om de soep op te scheppen voor de andere studentes.
In al die jaren in St. Mary had geen van de leerlingen haar ooit huishoudelijk werk zien doen. Ze werd alleen gevraagd om achter de schermen te helpen, zoals elk meisje thuis moest doen. Maar in aanwezigheid van de andere meisjes hanteerde moeter Francis de ijzeren wet dat Eve niets mocht doen wat haar in een afwijkende positie zou kunnen plaatsen.
Moeder Clare dacht er anders over. 'Maar liefje, je kent de andere meisjes toch helemaal niet,' antwoordde ze toen Eve beleefd had gevraagd haar in het openbaar niet als een niet-betalende studente te behandelen.
'Maar ik *leer* ze ook helemaal niet kennen als ze denken dat ik hier een andere positie heb dan zij,' zei Eve.
De ogen van moeder Clare vernauwden zich tot spleetjes. Ze voorzag grote problemen met dit kind, dat blijkbaar alle zusters daarginds in Knockglen om haar vinger had gewonden.
'Maar je hebt hier toch een andere positie, Eve,' had ze met een zoete glimlach gezegd.
Eve wist dat ze de zaak meteen moest uitvechten, voordat de andere studentes zouden aankomen.
'Ik wil graag aan mijn verplichtingen voldoen, op wat voor manier u maar wilt, moeder, maar niet voor de ogen van mijn medestudentes. Kunt u de plannen die u met mij hebt niet nog eens bekijken?'
Op de wangen van moeder Clare verschenen twee rode vlekken. Wat

een brutaliteit!' Moeder Clare had sinds ze was ingetreden vele slagen moeten leveren en ze wist altijd precies waar zich moeilijkheden verscholen. Zoals nu. De zustergemeenschap in Knockglen zou Eve heftig verdedigen. Misschien zouden zelfs sommige nonnen hier in Dublin het meisje gelijk geven.

'Ik kom er morgen op terug,' zei ze, waarna ze zich omdraaide en met haar lange, zwarte habijt wegruiste door de geboende gang.

Eve had de hele dag met een zwaar gemoed door Dublin gedwaald. Ze wist dat ze zich door haar houding heel wat op de hals had gehaald. Ze bekeek de etalages en dwong zichzelf te denken aan de tijd dat zij zich zulke kleding zou kunnen veroorloven.

Stel je voor dat ze naar binnen kon gaan om misschien wel vier van die mooie rokken te kopen, in verschillende kleuren. Zo duur waren ze niet. Het maakte niet uit dat de kwaliteit niet zo geweldig was, het ging haar om de kleuren. Er lag ook mooie stof voor maar een paar shilling de meter. Voor nog geen pond kon je daar een paar geweldige blouses mee maken, misschien wel vier, die mooi bij de rokken zouden passen. De ruim vallende jassen vond Eve maar niets. Daar was ze te klein voor, die zouden bij haar over de grond slepen. Maar van die modieuze nylons voor nog geen vijf shilling per paar zou ze wel zes paar willen hebben. En zo'n nauwe broek ook wel. In bordeauxrood of marineblauw, die zag je overal. De prijzen liepen uiteen, maar op de meeste plaatsen kostten ze rond een pond.

Als ze een portemonnee vol geld had gehad, zou ze meteen naar binnen zijn gegaan om al die kleren te kopen. Zonder aarzelen.

Maar het ging niet om geld voor kleren. Eve wist dat zelf ook maar al te goed. Ze wilde een heel ander leven. Ze wilde studeren – drie, misschien wel vijf jaar aan de universiteit doorbrengen. Ze was bereid om er veel voor op te offeren, maar wist niet waar ze moest beginnen.

Ze had verhalen gehoord over mensen die hun studie voltooiden door overdag te werken en 's avonds te studeren. Maar dan zou ze nog steeds bij die verschrikkelijke moeder Clare moeten blijven en eerst een opleiding voor een of ander baantje afmaken. Eve was, zonder dat ze er erg in had, via het St. Stephen's-park bij de grote, grijze universiteitsgebouwen uitgekomen. Het terrein lag er verlaten bij en ze wandelde wat rond door het hoofdgebouw, waar zich alleen nog administratief personeel ophield.

Het semester zou volgende week beginnen. Die geluksvogel van een Benny zou dan hier rondlopen, samen met honderden andere eerstejaars studenten uit heel Ierland.

Eve besefte dat er duizenden waren zoals zij, die hier nooit terecht zouden komen. Maar bij hen waren geen verwachtingen gewekt. Zij waren niet aangemoedigd en begeleid en niemand had hen aangepraat dat ze

57

een goed stel hersens hadden, zoals bij haar was gebeurd. Dat maakte het zo moeilijk.

Eve wist dat er volgende week meisjes door deze deur naar binnen zouden gaan die de universiteit alleen maar als onderdeel van hun sociale leven beschouwden. Ook zouden er studenten komen die met tegenzin gingen studeren, die andere plannen en dromen hadden, maar hun ouders niet teleur wilden stellen. En je had studenten die hier hun tijd zouden komen verdoen met te bedenken wat ze nu eigenlijk wilden. Ze voelde een kille woede opkomen jegens de Westwards, de familie die van haar eigen vlees en bloed niets wilde weten, die haar aan de liefdadigheid van de zusters had overgeleverd en die niet de moeite nam om te bedenken dat zij inmiddels de leeftijd had om te studeren.

Er was geen sprake van rechtvaardigheid als iemand werd buitengesloten die graag wilde en bereid was keihard te werken. En dat alleen omdat een gierige, onverschillige familie liever een ongewenst kind wilde vergeten dan met een royaal gebaar iets goed te maken.

Ze bekeek de vitrine met het mededelingenbord en las over de verenigingen die aan het begin van het studiejaar nieuwe leden probeerden te werven, over bestuursverkiezingen, sportwedstrijden en trainingen en oproepen om aan deze of gene activiteit mee te doen.

Ze zag de brede trappen die naar de bibliotheek en de collegezalen leidden en de banken waar volgende week de studenten zouden zitten. Ze verlangde ernaar om erbij te horen, haar dagen te kunnen doorbrengen met lezen, schrijven, studeren en praten, in plaats van haar tijd te moeten verdoen aan het te slim af zijn van afschuwelijke mensen als moeder Clare.

De Verstandige Vrouw pakte haar leven weer op en hield op met dagdromen. Toen bedacht ze hoe vermoeiend het was om de rest van haar leven de Verstandige Vrouw te moeten uithangen. Het zou heerlijk zijn om af en toe de Onverstandige Vrouw te kunnen zijn.

Benny nam op haar eerste collegedag de bus naar Dublin. Ze was zenuwachtiger dan ze had verwacht. Thuis hadden ze gedaan alsof ze een kleuter was die voor het eerst in een mooi jurkje naar een feestje ging, in plaats van te onderkennen dat ze een grote onzekere studente van achttien jaar was die, gekleed in donkere kleren, naar de universiteit ging. Ze zag het tafereel van die ochtend nog steeds voor zich. Haar vader met tranen van trots in zijn ogen – ze wist dat hij naar de zaak zou gaan om iedereen te vervelen met praatjes over zijn geweldige dochter die naar de universiteit ging. Benny zag haar moeder weer uitleggen hoe mooi het allemaal geregeld was, hoeveel voordelen het had om iedere avond met de bus naar huis te komen. En Patsy had eruitgezien als een 'Big Fat Mama' uit de film, alleen was ze blank en pas vijfentwintig. Benny had het wel uit willen schreeuwen.

Ze piekerde ook nog over andere dingen terwijl ze met de bus naar de universiteit reed. Moeder Francis had haar verteld dat die eigenzinnige Eve niet een keer had gebeld of geschreven en dat alle nonnen smachtend uitkeken naar een bericht van haar. Eve had Benny vorige week wèl twee keer gebeld en verteld dat het leven in het klooster in Dublin ondraaglijk was en dat ze haar in Dublin wilde spreken, omdat ze anders gek zou worden.
'Maar hoe kunnen we iets afspreken? Moet jij niet daar blijven tussen de middag?' had Benny gevraagd.
'Ik heb gezegd dat ik voor onderzoek naar het ziekenhuis moet.'
Zo lang ze Eve kende, had ze haar bijna nooit op een leugen kunnen betrappen. Benny verzon altijd tal van leugentjes om 's avonds uit te kunnen gaan of zelfs om gewoon maar de deur uit te kunnen. Eve was er altijd principieel op tegen geweest om de zusters te bedriegen. Het moest in Dublin wel heel erg zijn dat het zo ver was gekomen.
Dan was Sean Walsh er nog. Natuurlijk had ze niet met hem uit gewild, maar zowel haar vader als haar moeder zeiden keer op keer hoe aardig het was dat hij zoveel belangstelling toonde voor haar studie en hoe leuk het was dat hij haar wilde trakteren op een bioscoopje. Ze had besloten de weg van de minste weerstand te kiezen en de uitnodiging aan te nemen. Nu ze aan een nieuw leven begon, zou ze hem wel duidelijk kunnen maken dat ze geen tijd meer had om met hem uit te gaan. Gisteravond waren ze naar de film *Genevieve* geweest. Bijna de hele wereld had hem prachtig gevonden, dacht Benny boos. Overal stroomden mensen de bioscoop uit terwijl ze de herkenningsmelodie neurieden en hoopten dat ze op Kay Kendall of op Kenneth More leken. Maar Benny niet. Zij was ziedend naar buiten gekomen.
De hele film door had Sean Walsh zijn magere, knokige arm om haar schouders of zijn hand op haar knie gelegd. Op een bepaald moment was hij er zelfs in geslaagd zijn hand op de een of andere manier achter haar rug langs en onder haar arm door op haar borst te leggen. Ze had zich uit zijn greep weten te worstelen, maar toen ze de bioscoop uitliepen had hij nog de brutaliteit gehad om te zeggen: 'Ik heb er echt respect voor dat je nee zegt, Benny. Dat maakt je nog specialer, als je begrijpt wat ik bedoel.'
Respect! Omdat ze nee tegen *hem* had gezegd? Dat was het makkelijkste wat ze ooit had gedaan. Maar Sean was het type dat dacht dat ze het eigenlijk leuk had gevonden.
'Ik ga nu naar huis,' had ze gezegd.
'Nee, ik heb tegen je vader gezegd dat we bij Mario nog een kop koffie gaan drinken. Ze verwachten je nog niet thuis.'
Opnieuw zat ze in een moeilijk parket. Als ze naar huis zou gaan, zouden haar ouders vragen waarom er niks van de koffie was gekomen.

Naast de bioscoop was de winkel van Peggy Pine, met in de etalage de nieuwe herfstmode. Benny had naar de roomkleurige blouses en de zachtroze angora truien gekeken. Ze was maar over die kleding begonnen om het gesprek af te leiden van het gefriemel en gestreel in de bioscoop.

'Mooi hè, Sean?' had ze gezegd, maar haar gedachten waren ergens anders. Ze bedacht dat ze nooit meer iets met hem te maken hoefde te hebben zodra ze studeerde.

'Mooie kleren, zeker, maar niks voor jou. Jij bent tenminste zo verstandig om niet op te vallen. Draag donkere kleuren. Geen opzichtige kleren.'

Ze had tranen in haar ogen toen ze met hem de straat overstak naar Mario, waar hij koffie met chocolakoekjes bestelde, terwijl zij aan het formica tafeltje op hem zat te wachten.

'Het valt niet mee,' had hij gezegd.

'Wat niet?'

'Nou, dat Eve naar Dublin is vertrokken en uit jouw leven is verdwenen.'

'Ze is niet uit mijn leven verdwenen. Ik ga ook naar Dublin.'

'Maar niet naar de plek waar zij is. Nou ja, je bent nu volwassen, het is niks voor jou om zulke dikke maatjes te zijn met een type zoals zij.'

'Ik ben graag dikke maatjes met haar. Ze is mijn vriendin.' Waarom leg ik hem dat eigenlijk uit, vroeg Benny zich af.

'Ja, maar het hoort niet. Niet meer, tenminste.'

'Ik houd er niet van om achter Eve's rug over haar te praten.'

'Nou, ik zeg toch alleen maar dat het niet meevalt. Nu ze weg is kun je niet meer zeggen dat je met haar naar de bioscoop bent. Maar je kunt natuurlijk wel met mij gaan.'

'Ik zal voortaan niet veel tijd meer hebben voor de bioscoop. Ik moet studeren.'

'Je hoeft toch niet iedere avond te studeren.' Hij glimlachte zelfgenoegzaam naar haar. 'En de weekeinden zijn er ook nog.'

Ze had zich ontzettend geërgerd.

'Ja, de weekeinden zijn er ook nog,' herhaalde ze. Dat leek op de een of andere manier het makkelijkst.

Maar Sean had zich geroepen gevoeld het er niet bij te laten. 'Je moet niet denken dat het een belemmering voor ons is dat jij een universitaire opleiding volgt,' had hij gezegd.

'Geen belemmering voor ons?'

'Nee, waarom? Sommige mannen zijn er op tegen, maar ik niet, ik ben er niet zo een. Luister eens, Benny, ik heb me altijd aan je vader gespiegeld. Ik weet niet of je dat weet.'

'Ik weet dat je met hem samenwerkt, dus ik ben er zeker van dat je iets van hem hebt geleerd.'

'Veel meer dan dat. Je zou van elke modehandelaar in het land iets kunnen leren. Je zou het kleermakersvak kunnen leren door op een bankje te gaan zitten toekijken. Nee, het gaat om de manier waarop meneer Hogan in de wereld staat, daar probeer ik zoveel mogelijk van op te steken.'
'Wat heb je zoal van hem opgestoken?'
'Nou, om niet te trots te zijn, bijvoorbeeld. Jouw vader is met een oudere vrouw getrouwd, een vrouw met geld. Hij schaamde zich niet om dat geld in de zaak te stoppen, omdat zij dat nu eenmaal wilde. Het zou dom en kortzichtig van hem zijn geweest om een gegeven paard in de bek te kijken... dus ik zie mij graag op bescheiden wijze in zijn voetsporen treden.'
Benny had hem aangekeken alsof ze hem voor het eerst zag.
'Wat probeer je mij nou eigenlijk duidelijk te maken, Sean?' had ze gevraagd.
'Ik probeer te zeggen dat dit allemaal niets voor mij betekent. Ik sta boven dit soort dingen,' had hij hooghartig gezegd.
Er viel een stilte.
'Dan weet je zo'n beetje wat ik bedoel,' had hij ten slotte gezegd.
Dat was gisteravond. Vader en moeder waren er blijkbaar mee ingenomen geweest dat zij met Sean koffie was gaan drinken.
Als ze dàt voor me willen, waarom hebben ze me dan in godsnaam naar de universiteit laten gaan, vroeg Benny zich af. Als ze toch al weten dat ze me uiteindelijk aan die slijmjurk willen koppelen, waarom dan al die moeite om me te laten studeren? Ze kwam er niet uit, en ook niet uit Eve's probleem. Eve had niet alleen gezegd dat ze tussen de middag vrij zou zijn, ze zou Benny ook van de bus komen halen en met haar meelopen naar de universiteit. Wie a zegt, moet ook b zeggen, had Eve door de telefoon gezegd.

Jack Foley schrok wakker. Hij had gedroomd dat hij en zijn vriend Aidan Lynch in de dodencel van een of andere Amerikaanse gevangenis zaten en op het punt stonden op de elektrische stoel te worden gezet. Hun enige misdaad leek te zijn dat ze te luidruchtig het liedje 'Hernando's Hideaway' hadden gezongen.
Hij was enorm opgelucht om zichzelf terug te vinden in de grote slaapkamer met zijn zware mahoniehouten meubilair. Jack vond altijd dat je een heel leger zou kunnen verbergen in de verschillende kasten in het huis. Zijn moeder zei dan wel dat het allemaal oude troep was, maar evengoed stond ze uren op allerlei veilingen te loven en te bieden om de juiste stukken in haar bezit te krijgen.
De Foley's wonen in een groot Victoriaans huis met een tuin in Donnybrook, een paar kilometer buiten het centrum van Dublin. Het was

een buurt met veel groen. Er woonden zakenlui, mensen uit de handel en hogere ambtenaren. De huizen hadden geen huisnummers, maar droegen allemaal een naam. De postbode wist waar iedereen woonde. De mensen verhuisden niet zo gauw meer als ze eenmaal in deze buurt woonden. Jack was de oudste van het gezin. Hij was geboren in een ander, kleiner huis, maar dat kon hij zich niet meer herinneren. Zijn ouders waren in dit huis gaan wonen toen hij een kleuter was. Het was hem opgevallen dat er in de kamers op de foto's uit zijn kleuterjaren veel minder meubels stonden. 'We waren nog bezig ons huishouden op te zetten,' had zijn moeder gezegd. 'Daar moet je je niet bij haasten, anders haal je de verkeerde spullen in huis.' Overigens was het niet zo dat Jack of een van zijn broers zoveel op hun huis letten. Het was voor hen vanzelfsprekend, net zo vanzelfsprekend dat Doreen altijd het eten op tafel zette en dat de oude hond Oswald er was.

Jack schudde de droom over de dodencel van zich af en bedacht dat op dit moment waarschijnlijk meer mensen in Dublin wakker zouden worden om aan hun eerste studiejaar te beginnen.

Het begin van het studiejaar betekende in het huishouden van de Foley's dat Jack voor het eerst een universiteitsdas zou dragen. In de eetkamer van het grote huis heerste een vaag gevoel van opwinding. Dokter John Foley zat aan het hoofd van de tafel en keek naar zijn vijf zonen. Hij had verwacht dat ze allemaal medicijnen zouden gaan studeren, net als hij, dus het was een schok geweest toen Jack rechten koos. Misschien zou het met de anderen net zo gaan.

Dokter Foley keek naar Kevin en Gerry. Hij had ze zich altijd ergens in de medische wereld en op het rugbyveld voorgesteld. Daarna viel zijn oog op Ronan, die al de zelfverzekerde houding leek te hebben die je je bij een arts voorstelt. Die dekselse Ronan kon zelfs zijn eigen moeder ervan overtuigen dat de verwondingen die hij op het rugbyveld had opgelopen niet ernstig waren en dat de modder op zijn kleren er gemakkelijk weer uitgewassen kon worden. Die had het juiste karakter voor een goede huisarts.

En dan had je Aengus, de benjamin van het stel. Met zijn uilebril leek hij een echte boekenwurm en hij was de enige Foley die in geen enkel schoolteam stond opgesteld. Dokter Foley was er altijd van uitgegaan dat Aengus ooit medisch onderzoek zou doen. Hij was een beetje te zwak en te zacht voor een gewone praktijk.

Maar hij had zich nu al verkeken op zijn oudste zoon. Jack zei dat hij er niets voor voelde om medicijnen of farmacie te gaan studeren. De tijd die hij op school had besteed aan het onder de knie krijgen van de eerste beginselen van de menskunde was verloren tijd geweest. Plant- en dierkunde wilde hij ook niet studeren, dat lag hem net zo min. Tevergeefs had dokter Foley hem ervan proberen te overtuigen om voor een medische studie te kiezen. Jack was onvermurwbaar geweest. Hij deed liever rechten. Hij wilde trouwens niet bij de rechtbank, maar op een advocatenkantoor werken. Het liefst ging hij zich specialiseren in civiel recht. Hij had er serieus met zijn vader over gesproken nadat hij alles goed had uitgezocht. Hij kon op het kantoor van zijn moeders broer terecht, dat was geen probleem. Oom Kevin werkte op een groot advocatenkantoor, daar was zeker een plaatsje voor hem te vinden. Hij had een goed moment uitgekozen om zijn voorkeur uit te spreken. Jack wist dat zijn vader net zo verslingerd was aan rugby als aan de medische wetenschap. Jack was een briljant speler in het jeugdelftal. In de finale van het scholentoernooi was hij een van de uitblinkers geweest. Hij scoorde tweemaal en voorkwam een doelpunt van de tegenpartij. Zijn vader kon hem niets weigeren. Het zou trouwens dom zijn om iemand te dwingen zo'n veeleisende professie als de zijne te kiezen. Dokter Foley haalde zijn schouders op. Er waren nog genoeg andere zoons om hem op te volgen in zijn florerende praktijk aan Fitzwilliam Square.

Jacks moeder Lilly zat aan het andere eind van de tafel tegenover haar echtgenoot. Jack kon zich geen ontbijt herinneren waar zij niet aan het hoofd had gestaan van de koppen thee, de borden cornflakes, de plakken gebakken bacon en tomaten waar elke ochtend mee begon, behalve dan op vrijdagen en in de vastentijd.

Zijn moeder zag er altijd uit alsof ze zich gekleed had voor een speciale gelegenheid, wat ook inderdaad het geval was. Ze droeg een modieuze rok met een twinset of een wollen blouse. Het haar was altijd tot in de puntjes verzorgd, haar gezicht altijd licht gepoederd en haar lippen zorgvuldig met lipstick ingekleurd. Als Jack na een wedstrijd weleens bij vrienden bleef slapen, viel hem op hoezeer hun moeders anders waren dan de zijne. Dat waren meestal vrouwen in peignoir, die met een sigaret in hun mondhoek het ontbijt voor de jongens neerzetten. Een deftig ontbijt als het hunne, om acht uur 's morgens in de eetkamer met het hoge plafond, de mahoniehouten buffetkasten en de hoge ramen was niet voor iedereen weggelegd.

Toch waren de Foley's niet verwend. Daar had hun moeder wel voor gezorgd. Voor ze 's morgens naar school gingen, had elk van hen zijn eigen klusje. Jack moest kolen halen, Kevin houtblokken en Aengus moest van oude kranten proppen maken om de haard mee aan te maken. Gerry, die het meest van dieren hield, moest Oswald uitlaten in het park en erop toezien dat er genoeg zangzaad in het vogelhuisje was. Ronan moest de zware gordijnen in de voorkamer opentrekken, de flessen melk van de stoep halen en in de koelkast zetten en de zware granieten treden voor het huis schrobben als dat nodig was. Er konden afgevallen bloesems of herfstbladeren liggen, of modder en sneeuw. Als ze ontbeten hadden, stapelden de jongens de borden op elkaar, verzamelden het bestek en zetten alles keurig op het aanrecht. Daarna haalden ze in de grote kamer hun jassen, laarzen, schoenen, schooltassen en vaak ook hun rugbyspullen.

De mensen hadden bewondering voor de manier waarop Lilly Foley haar voorbeeldige huishouden regelde, vooral omdat ze vier rugbyspelende zoons had. Wat ze nog meer bewonderden, was dat ze de knappe John Foley aan haar zijde wist te houden. Een man die niet bepaald gemakkelijk was. Dokter Foley was erg in trek bij de meisjes toen hij jong was. Lilly was niet aantrekkelijker geweest dan andere vrouwen die achter hem aanzaten, maar slimmer. Ze had door dat hij uit was op een gemakkelijk en ongecompliceerd leven, waarin alles op rolletjes liep en waarin hij niet werd lastig gevallen met huiselijke problemen.

Ze had al gauw Doreen gevonden en betaalde haar meer dan het gemiddelde om het huishouden in goede banen te leiden. Lilly Foley sloeg haar wekelijkse bezoekjes aan de kapper en de schoonheidsspecialiste nooit over.

Ze leek haar leven met de knappe dokter te beschouwen als een spel dat volgens bepaalde regels gespeeld moest worden. Ze zorgde ervoor dat ze er elegant en aantrekkelijk bleef uitzien. Ze kwam geen grammetje aan en zag er zowel op de golfclub, als in een restaurant, als thuis verzorgd uit. Op deze manier ging hij er niet vandoor.

Jack schonk zichzelf nog een kop thee in, terwijl zijn vier jongere broers naar school gingen.

'Nu kom ik eindelijk eens te weten waar jullie het samen over hebben als wij er niet zijn,' grinnikte hij. Hij zag er knap uit als hij lachte, dacht zijn moeder tevreden. Ondanks het springerige, roodbruine haar en de sproeten op zijn neus was hij van een klassieke schoonheid. Jack Foley kon met zijn glimlach alles gedaan krijgen. Lilly Foley vroeg zich af of hij makkelijk verliefd zou worden. Of zou het rugby zoveel van zijn tijd opslokken dat hij het zou moeten doen met de stille bewondering van de meisjes die hem langs de zijlijn stonden aan te moedigen.

Ze vroeg zich af of hij even moeilijk te krijgen zou zijn als zijn vader destijds. Welke zwakke plek zou een verliefd meisje bij hem weten te vinden? Zij had zijn vader veroverd door hem een verzorgd, probleemloos leven te beloven, heel anders dan het verwaarloosde, ongelukkige gezin waar hij vandaan kwam. Maar dit zou niet de manier zijn om haar Jack te strikken. Hij was thuis gelukkig en goed verzorgd. Hij zou er weinig voor voelen om dit warme nest te verlaten.

'Weet je zeker dat je geen lift wilt?' Dokter John Foley had graag zijn oudste zoon weggebracht om hem uit te kunnen zwaaien op zijn eerste collegedag.
'Nee, pap, ik heb tegen de jongens gezegd...'
Zijn moeder begreep het. 'Het is geen school, het gaat er wat informeler aan toe, toch? Ze luiden er geen bel om je op een bepaalde tijd binnen te roepen.'
'Weet ik, weet ik. Ik ben ook student geweest, weet je nog,' zei dokter Foley knorrig.
'Ik heb alleen maar gezegd...'
'Nee, je moeder heeft gelijk. Op een dag als vandaag wil je samen met je vrienden zijn. Ik hoop dat je het naar je zin zult hebben. Ook al ga je dan geen medicijnen studeren.'
'Ach, ga toch weg. U bent opgelucht. Denk eens aan al dat overwerk voor de medische tuchtraad.'
'Een jurist kan net zo goed fouten maken. Hoe dan ook, ik denk dat ze een rechtenstudent ook wel willen selecteren voor het universiteitsteam.'
'Gun me even de tijd, pa.'
'Nu je zo goed hebt gespeeld in de finale? Ze zijn daar niet blind. In december speel je al mee in de eerste grote wedstrijd.'
'Daar nemen ze nooit groentjes voor,'
'Maar jou wel, Jack.'
Jack stond op. 'Volgend jaar doe ik mee. Is dat vroeg genoeg?'
'Goed dan, als jij in 1958 in het universiteitsteam staat, ben ik tevreden. Je ziet, ik ben een redelijk en niet al te veeleisend man,' zei dokter Foley.

Toen Benny uit de bus stapte, zag ze Eve staan wachten. Ze had de kraag van haar regenjas opgeslagen tegen de regen en zag er verkleumd en bleek uit.
'God, op deze manier kom je nog echt in het ziekenhuis terecht,' zei Benny. Ze was geschrokken van de manier waarop Eve keek en dacht aan de onzekere toekomst die haar te wachten stond.
'Praat me er niet van. Heb je een paraplu?'
'We mogen van geluk spreken dat we nog niet zijn weggespoeld. Het heeft de hele nacht geplensd, geloof ik. Ik heb zo'n opvouwbare regenjas, waarin ik net een vogelverschrikker lijk, en een paraplu waar bijna heel Dublin onder past.'
'Nou, klap die dan maar eens uit,' zei Eve rillend. Ze staken samen de O'Connellbrug over.
'Wat ben je van plan?' vroeg Benny.
'Maakt me niet uit, maar *daar* kan ik niet blijven. Ik heb mijn best gedaan.

'Dat valt nogal mee. Je zit er nog geen week.'
'Je moest haar eens zien, je moest moeder Clare eens zien!'
'Jij zei altijd dat alles voorbijgaat en dat je overal het beste van moet maken. Jij loopt altijd te roepen dat alles te verdragen is als we maar weten wat we uiteindelijk willen.'
'Dat was voordat ik met moeder Clare te maken kreeg. Ik weet trouwens niet waar ik naartoe wil.'
'Hier is Trinity. We hoeven alleen maar het hek te volgen en dan een van de straten naar het park in te slaan...' begon Benny uit te leggen.
'Nee, dat bedoel ik niet. Ik bedoel, waar ik met mijn leven naar toe wil.'
'Je krijgt ergens een baan en dan ben je snel van ze verlost. Dat was toch de bedoeling?'
Eve gaf geen antwoord. Benny had haar vriendin nog nooit zo teneergeslagen gezien.
'Is er helemaal niemand die aardig is? Ik dacht dat je al een boel vriendinnen zou hebben.'
'In de keuken werkt een aardige lekezuster. Zuster Joan. Ze heeft kloofjes in haar handen en een loopneus, maar ze is erg vriendelijk. Ze maakt altijd een kan warme chocola voor me als ik aan het afwassen ben. Het moet in een kan, voor het geval moeder Clare binnenkomt, want ze zou kunnen denken dat ik net zo als de anderen word behandeld. Ik drink rechtstreeks uit de kan, moet je weten, niet uit een kopje.'
'Ik bedoelde of er aardige meisjes zijn.'
'Nee, nee. Niemand.'
'Maar je hebt nog niets geprobeerd, Eve.'
'Je hebt verdomd gelijk dat ik het niet geprobeerd heb. Maar ik blijf er niet langer, dat staat vast.'
'Maar wat ga je dan doen? Eve, dit kun je moeder Francis en de anderen niet aandoen.'
'Over een paar dagen heb ik wel iets bedacht. Ik wil daar niet meer wonen. Ik wil het niet.' Haar stem klonk een beetje hysterisch.
'Rustig maar.' Benny gooide het over een andere boeg. 'Ga je vanavond met de bus mee naar huis, naar Knockglen, terug naar het klooster?'
'Dat kan ik niet doen. Ik zou ze teleurstellen.'
'Maar wat heb je er dan aan om hier op straat te staan koukleumen en leugens te vertellen over dat je naar het ziekenhuis moet? Wat zullen ze daarvan zeggen als ze erachter komen? Zullen we maar door het park wandelen? Dat is leuk, zelfs al is alles nat.' Benny's gezicht stond somber.
Eve voelde zich schuldig. 'Het spijt me, ik verpest jouw eerste dag op de universiteit. Dat kun je nou net niet gebruiken.'
Ze waren bij de hoek van het park. De stoplichten stonden op groen en ze staken de straat over.

'Moet je kijken hoe die eruitzien,' zei Benny. Ze zagen studenten in duffelse jassen praten en lachen. Ze zagen meisjes met paardestaarten en universiteitsdassen samen met jongens over de natgeregende stoep naar Earlsfort Terrace kuieren. Sommigen liepen alleen, maar die straalden een groot zelfvertrouwen uit. Benny zag naast zich opeens een blond meisje staan in een leuke blauwe jas. Ondanks de regen zag ze er mooi uit.
Toen ze allemaal tegelijk overstaken, zagen ze de slippartij. Een jongen op een motorfiets verloor de macht over het stuur en vloog op een zwarte Morris Minor af. Het leek allemaal vertraagd te gebeuren... de jongen die viel en zijn motorfiets die weggleed... de auto die hem probeerde te ontwijken... en de motorfiets en auto die afreden op een groep voetgangers die de natte straat overstak.
Eve hoorde Benny gillen en zag verschrikte gezichten en de auto die op haar afkwam. Ze kon het geschreeuw niet horen, omdat er een geraas in haar oren klonk. Ze verloor haar bewustzijn, ingeklemd tussen de auto en een lantaarnpaal. Naast haar lag het lichaam van de jonge Francis Joseph Hegarty, dood.

Hoofdstuk 4

Achteraf zei iedereen dat het een wonder was dat er niet meer doden en gewonden waren gevallen. Dat het een wonder was dat het zo dicht bij het ziekenhuis was gebeurd en dat de bestuurder van de auto, die zonder enige hulp had kunnen uitstappen, een arts bleek te zijn, die precies wist wat hij moest doen. Toen de dokter met een zakdoek zijn gezicht afveegde, merkte hij dat er bloed boven zijn oog zat, maar hij verzekerde iedereen dat het niets ernstigs was. Hij gaf bevelen, die exact moesten worden opgevolgd. Iemand moest het verkeer tegenhouden en een ander moest de politie waarschuwen, maar allereerst stuurde hij iemand naar het St. Vincentziekenhuis om het ongeluk te melden en hulp te halen. Dokter Foley knielde neer naast het lichaam van de jongen die van zijn motor was gevallen. Hij deed even zijn ogen dicht en dankte de Heer in stilte dat zijn eigen zoon nooit op zo'n helse machine had willen rijden.
Toen sloot hij de ogen van de jongen, die zijn nek had gebroken, en legde een jas over hem heen om hem te onttrekken aan het zicht van de studenten die hij nooit meer zou leren kennen.
Het meisje, dat een verwonding aan haar slaap had, had een wat vertraagde hartslag en zou best een hersenschudding kunnen hebben. Hij dacht niet dat haar toestand ernstig was. Twee andere meisjes hadden kneuzingen en bloeduitstortingen opgelopen en verkeerden in een shock. Hijzelf had in zijn tong gebeten, voorzover hij dat in zijn mond kon voelen, en waarschijnlijk had hij een paar losse tanden en een flinke wond boven zijn oog. Hij moest nu eerst de zaak overdragen aan de mensen van het ziekenhuis en dan zou hij iemand vragen om zijn bloeddruk op te nemen.
Een van de gewonde meisjes, een fors, vriendelijk meisje met kastanjebruin haar en donkere, degelijke kleren, leek zich nogal druk te maken over het meisje dat nu bewusteloos op de grond lag.
'Ze is toch niet dood?' Haar ogen stonden vol angst.
'Nee, nee, ik heb haar pols gevoeld. Het komt allemaal in orde,' troostte hij.
'Ze heeft nog zo weinig van het leven gezien.' De ogen van het meisje schoten vol tranen.
'Dat geldt voor jullie allemaal, kind.' Hij keek naar de dode jongen.

'Nee. Vooral voor Eve is dat zo. Het zou verschrikkelijk zijn als ze niet beter werd.' Ze beet op haar lip.
'Ik verzeker je dat het in orde komt. Je moet me geloven. Daar zijn ze al...' Uit het ziekenhuis, dat een paar honderd meter verderop lag, werden brancards aangedragen. Een ambulance was niet eens nodig.
Toen kwam de politie. Het verkeer werd weer in goede banen geleid en in optocht ging het naar het ziekenhuis. Benny trok met haar been en steunde op de schouder van het meisje met de blonde krullen, dat ze een paar seconden voor het ongeluk had opgemerkt.
'Sorry,' zei Benny, 'ik wist niet of ik wel kon lopen.'
'Geeft niet. Heb je je been bezeerd?'
Ze probeerde het uit door er op te steunen. 'Het valt mee, geloof ik. Hoe is het met jou?'
'Ik weet het niet. Ik voel me goed, eigenlijk. Misschien wel te goed. Misschien ga ik straks van mijn stokje.'
Op de brancard voor hen lag Eve, met een bleek gezichtje. Benny had Eve's handtas opgeraapt, een klein, goedkoop plastic ding dat moeder Francis een paar weken geleden als afscheidscadeautje voor haar had gekocht bij Peggy Pine.
'Ze wordt weer beter, denk ik,' zei Benny met onzekere stem. 'De man die zo onder het bloed zat, de man van die auto, zegt dat ze nog ademt en dat haar pols in orde is.'
Benny zag er zo zielig uit dat iedereen haar wel in de armen had willen nemen om haar te troosten, hoewel ze groter was dan de meesten om haar heen.
Het meisje met het mooie gezicht, dat nu onder de schaafwonden en de modder zat, en in de chique marineblauwe jas, nu vol modder en bloed, keek Benny vriendelijk aan.
'Die man is dokter. Hij weet waar hij het over heeft. Ik heet Nan Mahon en jij?'

Het was de langste dag die ze ooit hadden meegemaakt.
In het ziekenhuis kwam alles langzaam maar zeker op gang. De politie ontfermde zich over de dode jongen en zou de familie inlichten. Ze hadden zijn spullen bekeken. Het adres stond op een label aan zijn tas. Er werden twee jonge agenten naar Dunloaghaire gestuurd.
'Geven jullie door dat hij op slag dood was?' vroeg John Foley. 'Dat weet ik niet,' zei de ene agent. 'Is dat wel zo?'
'Ja, dat is zo. Bovendien kan het een troost zijn voor de nabestaanden,' zei John Foley zacht.
Een oudere agent dacht er anders over.
'Je kan nooit weten, dokter, er zijn nogal wat moeders die graag zouden willen dat hun zoon nog de tijd had gehad om zijn akte van berouw te prevelen.'

John Foley wendde zijn hoofd af om zijn ergernis te verbergen.
'En het was niet zijn schuld, dat moet er zeker bij verteld worden,' probeerde hij.
'Ik ben bang dat mijn mannen daarover geen...' begon de oudere politieman weer.
'Ik weet het, ik weet het.' De dokter klonk vermoeid.

De verpleegster zei dat ze natuurlijk de telefoon mochten gebruiken, maar dat ze zich beter eerst konden laten onderzoeken. Dan wisten ze tenminste wat ze hun ouders konden vertellen. Dat klonk redelijk.
De uitslag was gunstig: kleine verwondingen, niet diep, een tetanusinjectie voor de zekerheid en een kalmeringsmiddel tegen de shock.
Eve was een ander geval. Gebroken ribben en een lichte hersenschudding. Verschillende hechtingen boven haar oog en een gebroken pols. Ze zou zeker enkele dagen in het ziekenhuis moeten blijven, waarschijnlijk wel een week. Ze vroegen wie ze op de hoogte moesten stellen.
'Daar moet ik even over nadenken,' zei Benny.
'Dat zou jij toch moeten weten. Jij bent haar vriendin,' zei de sociaal werkster verbaasd.
'Ja, maar zo eenvoudig ligt dat niet.'
'Wat zit er in haar portemonnee?'
'Daar zit niks in. Niks over familie of zo. Mag ik alstublieft een ogenblik nadenken. Ik moet even uitzoeken wat het beste voor haar is.'
Benny besloot haar ouders niet in te lichten over het ongeluk, maar ze moest namens Eve beslissen welke van de twee kloosters ze op de hoogte zou stellen. Hoe zou Eve reageren als moeder Francis van al die leugens zou horen en ook van haar eenzaamheid en de omstandigheden die haar helemaal naar de andere kant van de stad hadden gevoerd, waardoor ze uiteindelijk in een ziekenhuisbed was beland?
Zou moeder Clare wel zo'n akelig mens zijn als Eve had verteld? Ze was toch ook een non. Ze moest toch enig meegevoel kunnen opbrengen, als ze zich tenminste aan haar kloostergelofte wilde houden.
Benny pijnigde haar hersens.
'Zou het helpen als je het tegen mij vertelt?' vroeg Nan Mahon. Ze zaten aan een tafeltje en dronken een kop thee.
'Het lijkt wel een sprookje van Grimm,' zei Benny.
'Vertel op,' zei Nan.
Dus vertelde Benny het verhaal, maar ze voelde zich toch een beetje een verraadster.
Nan luisterde en stelde vragen.
'Bel moeder Francis,' zei ze op het laatst. 'Zeg maar dat Eve haar vandaag wilde bellen.'

'Maar dat is niet zo.'
'Daardoor zal ze zich beter voelen. En wat maakt het uit op welke dag ze precies van plan was te bellen?'
Daar zat iets in, daar zat *echt* iets in.
'Maar moeder Clare dan?'
'Die heks?'
'Tja, ze lijkt me afschuwelijk. Ze zou moeder Francis, die schat, zeker overdonderen. Dat kan ik haar natuurlijk niet aandoen.'
'Het is inderdaad veel beter om niet die kwaaie op te bellen en hel en verdoemenis over je af te roepen.'
'Ik denk dat je gelijk hebt.'
'Goed, vertel je het dan tegen die zuster daar? Anders gaat ze nog denken dat jij ook een hersenschudding hebt opgelopen of iets dergelijks. En trouwens, vraag er gelijk een of andere arts bij die moeder Francis kan inlichten over Eve's verwondingen. Anders jaag je haar de stuipen op het lijf.'
'Waarom zeg jij niks tegen je ouders?'
'Omdat mijn moeder in een hotelwinkel werkt waar ze er niet bepaald dol op zijn om getrouwde vrouwen in dienst te hebben. Dus ik wil haar niet door iets onbenulligs als dit in de problemen brengen. En mijn vader...' Nan zweeg even.
Benny wachtte.
'Mijn vader, dat is een geval apart.'
'Je bedoelt dat het hem niets kan schelen?'
'Nee, integendeel. Het kan hem juist te veel schelen. Hij zou hier razend en tierend binnenstormen en er een hele scene van maken dat zijn arme lieve meisje gewond was geraakt, voor het leven getekend, en wie dat allemaal op zijn geweten had.'
Benny lachte.
'Echt waar. Zo is hij altijd geweest. Het kan goed en het kan slecht uitpakken. Meestal goed, omdat ik meestal mijn zin krijg.'
'En als het slecht uitpakt?'
'Ach, dat weet ik niet. Dan pakt het gewoon slecht uit.' Nan haalde haar schouders op. De vertrouwelijkheid was voorbij.
'Vooruit, roep die aardige zuster, voordat we die gesteven schort weer op ons dak krijgen.'

Kit Hegarty was in de grote slaapkamer aan de voorkant, de kamer waar de twee broers uit Galway waren ondergebracht. Aardige nette jongens, vond ze, goed opgevoed door hun moeder. Ze vouwden hun kleren altijd netjes op, wat voor de verandering wel eens prettig was. Van hen zou ze dit jaar weinig last hebben. De een studeerde landbouwkunde, de ander economie. Je kon zeggen wat je wilde, het geld

zat bij de boeren. Heel wat boerenzoons zouden vandaag voor het eerst de universiteit betreden.
Ze dacht aan haar eigen zoon, die zich vandaag in die menigte zou bevinden. Hij zou de trappen beklimmen met gespeeld zelfvertrouwen, dat wist ze. Ze had al zoveel studenten zien komen en gaan. Eerst waren ze verlegen en zenuwachtig, maar na een paar weken gedroegen ze zich alsof ze hun hele leven nooit anders waren geweest dan student.
Voor Frank zou het gemakkelijker zijn omdat hij Dublin al kende. Hij hoefde geen nieuwe stad te leren kennen, zoals de jongens uit de provincie.
Ze hoorde het tuinhek piepend opengaan. Toen ze de twee jonge agenten aarzelend het tuinpad op zag komen, wist Kit Hegarty meteen, zonder een rest van twijfel, wat ze kwamen vertellen.

Jack Foley was al verschillende jongens van school tegengekomen. Geen dikke vrienden, maar hij was blij genoeg om bekenden te zien in die zee van gezichten. En zij leken eveneens blij om hem te zien.
Er was om twaalf uur een inleidend college, maar tot die tijd hadden ze niet veel anders te doen dan wat rond te kijken.
'Het is net een school zonder leraren,' zei Aidan Lynch, die zich tijdens zijn schooltijd met Jack Foley nooit veel van leraren had aangetrokken.
'Dat is nou wat ze bedoelen met karaktervorming, weet je nog?' zei Jack. 'Je moet zelf bepalen of je de hele tijd wilt studeren of niet.'
'Wat inhoudt dat we helemaal niets hoeven te doen,' zei Aidan opgewekt. 'Zullen we eens om de hoek kijken? Ik zag hele legers beeldschone vrouwen die kant opgaan.'
Aidan had meer verstand van vrouwen dan alle anderen samen, dus volgden ze hem graag.
Bij de hoek aangekomen, zagen ze dat er een ongeluk was gebeurd. Er stonden nog steeds mensen na te praten. Er was een student zeer ernstig gewond geraakt, zeiden ze, waarschijnlijk dood. Ze hadden een deken over zijn hoofd gelegd toen hij werd weggedragen.
De motor waarop hij had gereden lag in puin tegen de muur. Iemand zei dat de jongen een ingenieursopleiding had willen volgen.
Aidan keek naar het verwrongen staal.
'Jezus, ik hoop niet dat het die kerel was met wie ik van de zomer in Peterborough bonen heb ingeblikt, Frank Hegarty. Hij wilde ook zo'n motor kopen en hij wilde ook ingenieur worden.'
'Het kan iedereen geweest zijn...' begon Jack Foley, maar toen zag hij opeens de auto die van de plek des onheils werd weggesleept. Overal lag bloed en glas op straat. De auto werd weggehaald om het verkeer weer vrije doorgang te geven.
Het was de auto van zijn vader.

'Zijn er nog meer gewonden?'
'Een meisje, een jong ding. Ze was er erg slecht aan toe,' zei een man. Hij was van het soort dat je altijd bij ongelukken kunt aantreffen, vol praatjes en pessimisme.
'En de man... de bestuurder van de auto?'
'O, die had niks. Droeg een mooie jas met zo'n bontkraag. Je kent dat type wel. Stapte uit, deelde links en rechts bevelen uit, net een generaal.'
'Hij is dokter, vandaar,' zei Jack verdedigend.
'Hoe weet jij dat?' vroeg Aidan Lynch verbijsterd.
'Het is onze auto. Gaan jullie maar koffie drinken. Ik ga naar het ziekenhuis om te kijken of hem echt niks mankeert.'
Hij stak de verregende straat over en was al bij het ziekenhuis voordat iemand iets had kunnen zeggen.
'Vooruit,' zei Aidan. 'Het belangrijkste bij vrouwen is de eerste te zijn die ze tegenkomen. Dat vinden ze prachtig. Het geeft je een enorme voorsprong op iedereen.'

Moeder Francis inlichten was veel makkelijker dan Benny had gedacht. Ze was kalm gebleven en had er helemaal geen probleem van gemaakt dat Eve zich niet aan de zorgvuldig uitgedachte plannen had gehouden. Ze was ook heel praktisch geweest.
'Bernadette, vertel me zo snel en duidelijk mogelijk waar moeder Clare denkt dat Eve vandaag is.'
'Nou, moeder...' Benny voelde zich weer een kind van acht, in plaats van bijna achttien. 'Dat zit een beetje moeilijk.' Het had voor een deel te maken met het feit dat moeder Francis haar Bernadette noemde. Dat voerde haar rechtstreeks terug naar de schoolbanken.
'Dat geloof ik best, maar het is toch beter dat ik alles te horen krijg. Dan weet ik precies wat ik tegen moeder Clare moet gaan zeggen.' De stem van de non klonk vriendelijk. Natuurlijk kon zij er zich niet met liegen vanaf maken.
Benny waagde het erop. 'Ik denk dat zij denkt dat Eve op de een of andere manier al in het ziekenhuis is. Ik denk dat Eve dat zou hebben verteld als ze u had kunnen bellen...'
'Ja, dat zal wel. Hou alsjeblieft op met die onzin, Bernadette. Ik vind het veel belangrijker dat Eve weer beter wordt en dat we haar kunnen helpen. Kun je iets preciezer zijn...'
Bijtend op haar lip vertelde Benny met tegenzin het verhaal van de verzonnen bloedonderzoeken. Het werd zonder onderbrekingen aangehoord.
'Dank je wel, Bernadette. Kun je me nu iemand geven die me kan vertellen hoe Eve er aan toe is?'
'Ja, moeder.'

'Bernadette?'
'Ja, moeder?'
'Bel jijzelf eerst je vader op zijn werk. Zeg maar dat je moeder in gesprek was. Het is makkelijker om zoiets tegen mannen te vertellen. Die maken minder heisa.'
'Maar u dan, moeder, u maakt helemaal geen drukte.'
'Ach kind, dat is iets anders. Ik ben een non,' zei ze.
Benny gaf de hoorn aan de verpleegster. Ze ging zitten en verborg haar hoofd in haar handen.
'Was het moeilijk?' vroeg Nan meelevend.
'Nee, eigenlijk een fluitje van een cent. Je had gelijk.'
'Zo gaat 't altijd als je het goed aanpakt.'
'Nu moet ik mijn ouders bellen. Hoe zal ik dat doen?'
'Eens kijken, wat wil je voor *hen* verborgen houden?' Nan leek zich te vermaken.
'Niks. Ze maken alleen altijd zo'n drukte. Ze denken dat ik nog een luier aan moet.'
'Alles hangt er vanaf hoe je begint. Zeg nooit dat er "iets vreselijks" is gebeurd.'
'Hoe moet ik dan beginnen?'
Nan werd ongeduldig. 'Misschien *moet* je nog wel luiers aan,' pestte ze.
De moed zonk Benny in de schoenen. Het was waarschijnlijk waar. Ze wàs een grote baby.
'Hallo, vader,' zei ze door de telefoon. 'Je spreekt met Benny. Er is niks met me, hoor. Ik probeerde moeder te bereiken, maar er was iets mis met de verbinding.' Ze keek naar Nan, die haar duim opstak.
'Nee, ik ben niet *in* de collegezaal, maar er net naast. De mensen hier zijn overdreven voorzichtig, weet u. Ze houden overal rekening mee en hebben ons daarom gevraagd om naar huis te bellen, hoewel er niks aan de hand is...

Sean Walsh rende door Knockglen om het nieuws aan Annabel Hogan over te brengen. Mevrouw Healy zag hem voorbijsnellen terwijl ze voor het raam stond. Ze wist dat er iets aan de hand moest zijn, want die jongeman schreed normaal gesproken altijd als een heer over straat. Hij stopte niet toen Dessie Burns hem vanuit de ijzerwinkel toeriep en hij merkte niet dat meneer Kennedy hem over zijn bril heen bekeek, onder het inspecteren van de potjes en flesjes in zijn etalage. Hij rende voorbij de cafetaria, waar hij de avond daarvoor nog met Benny had zitten koffiedrinken, voorbij de kiosk, de snoepwinkel, de kroeg en voorbij de zaak van Paccy Moore. Hij schoot het tuinpad van de Hogans op. De grond was vochtig en bedekt met bladeren. Als ik hier zou wonen, dacht hij bij zichzelf, zou ik aan een goeie opknapbeurt begin-

nen en er een fraai hek laten plaatsen. Iets indrukwekkenders dan wat de Hogans ervan gemaakt hadden.
Patsy deed de deur open. 'Sean,' zei ze zonder veel enthousiasme. Sean voelde dat hij bloosde. Als hij hier heer en meester was, zou hij niet toestaan dat de dienstmeid de belangrijkste medewerker van haar baas met zijn voornaam aansprak. Het zou meneer Walsh moeten zijn of gewoon meneer. En uit haar kleding diende te blijken dat ze de dienstmeid was, in ieder geval zou ze een schort dragen.
'Is mevrouw Hogan thuis,' vroeg hij uit de hoogte.
'Kom maar binnen. Ze staat net te bellen,' zei Patsy onverschillig.
'Bellen? Doet de telefoon het dan weer?'
'Hij heeft het de hele tijd gedaan,' zei Patsy verbaasd.
Ze bracht hem naar de woonkamer. In de verte kon hij mevrouw Hogan tegen iemand horen praten. De telefoon stond in de bijkeuken. Daar zou hij hem nooit zetten. Een telefoon hoorde op een halvemaanvormig tafeltje in de hal. Op een glimmend gelakt tafeltje onder een spiegel. Misschien met een vaas bloemen ernaast, die fraai weerspiegeld zou worden in het tafelblad. Sean snuffelde altijd rond als hij bij mensen thuiskwam. Hij wilde weten hoe het hoorde. Voor als hij zelf aan bod kwam.
De woonkamer stond vol versleten stoelen en in de serre hingen verschoten gordijnen. Het zou een stijlvolle kamer kunnen worden, dacht Sean, terwijl hij hem in gedachten opnieuw inrichtte. Hij merkte nauwelijks dat Patsy weer was binnengekomen.
'Ze zegt dat je naar haar toe moet komen.'
'Komt mevrouw Hogan niet hierheen?' Hij wilde het nieuws niet vertellen waar de dienstmeid bij was, maar toch volgde hij haar gehoorzaam naar de rommelige bijkeuken.
'Dag Sean.' Annabel Hogan was beleefd tegen hem, in tegenstelling tot haar dienstmeid.
'Het spijt me dat ik slecht nieuws kom brengen, maar er is een ongeluk gebeurd,' zei hij op de sombere toon van een begrafenisondernemer.
'Ik weet het al. Die arme Eve... Moeder Francis heeft het me net verteld.'
'Maar, mevrouw Hogan, Benny was er ook bij betrokken...'
'Ja, maar haar mankeert niets. Dat heeft ze zelf tegen moeder Francis en tegen haar vader gezegd. Er was iets met onze telefoon of misschien was ik net in gesprek met vader Rooney.'
'Ze heeft schaafwonden en een verstuikte enkel.' Sean kon er niet bij dat iedereen zo kalm bleef. Hij had gedacht dat hij slecht nieuws kwam brengen, zodat hij daarna had kunnen troosten, maar mevrouw Hogan vatte het zo luchtig op. Onbegrijpelijk.
'Ja, maar ze is helemaal in orde. Ze blijft nog even in het ziekenhuis,

zodat ze op haar kunnen letten en vanavond brengt iemand haar naar de bus. Dat is allemaal al geregeld. Ze is met de schrik vrijgekomen, zegt moeder Francis.' Het is beter dat ze nog even rustig blijft zitten bij mensen met kennis van zaken.'
Sean voelde dat al zijn wapens hem uit handen werden geslagen.
'Ik dacht dat ik naar Dublin moest rijden om haar op te halen,' zei hij.
'Maar Sean, dat kunnen we toch niet van je verlangen.'
'Misschien vindt ze het vervelend om in het ziekenhuis te moeten rondhangen, weet u. Al die zieke mensen en die lucht van ontsmettingsmiddelen... De winkel gaat vandaag vroeg dicht en ik was al van plan om meneer Hogan te vragen of ik de auto kon lenen.'
Annabel Hogan keek naar het bezorgde gezicht van Sean Walsh en plotsklaps was de kalmerende werking van moeder Francis' woorden uitgewerkt.
'Heel aardig van je, Sean, maar als het zo erg is kan mijn man misschien beter zelf gaan...'
'Maar mevrouw Hogan, als ik u even mag onderbreken... Het is erg moeilijk om de auto te parkeren in het centrum van Dublin. Meneer Hogan is de laatste jaren het drukke stadsverkeer ontwend en ik zou toch al naar Dublin gaan om wat staalkaarten op te halen. Als je wacht tot ze gestuurd worden, kun je wel tot sint-juttemis blijven wachten... ze doen het toch niet.'
'Zal ik dan met je meegaan?'
Sean Walsh maakte snel een rekensommetje en kwam tot een conclusie.
'Ik ga liever alleen, mevrouw Hogan, als u dat goed vindt. Dan kunt u hier voorbereidingen treffen.'
Hij had de juiste snaar geraakt. Annabel zag in gedachten al een invalide Benny arriveren.
Sean glimlachte toen hij buiten stond. Ditmaal rende hij niet door de hoofdstraat van Knockglen. Hij wandelde naar de overkant en knikte dokter Johnson toe, die juist zijn praktijk uitkwam. Hij gluurde in de etalage van Peggy Pine's damesmodezaak en herkende met afschuw de pasteltinten die Benny de avond tevoren had bewonderd. Benny was zo'n forse meid, zij kon die kleren onmogelijk zelf dragen. Het was goed dat ze hem om advies had gevraagd.
Hij zag dat het komend weekeinde *Les vacances de Monsieur Hulot* zou draaien. Dat kwam goed uit, Benny zou nog niet genoeg hersteld zijn om te gaan. Sean hield niet van buitenlandse films. Die kon hij niet zo goed volgen.
Hij rechtte zijn rug. Het was ook helemaal niet nodig om alles te kunnen volgen. Hij was zo al tevreden genoeg over zichzelf.
Het enige dat hem nu nog te doen stond, was meneer Hogan te vertellen

hoe overstuur mevrouw Hogan was geweest en hoe hij uitkomst had gebracht.

Voordat hij naar huis ging, zei dokter Foley, wilde hij even kijken hoe het met het meisje was dat bij het ongeluk gewond was geraakt.
'Mijn afspraken voor vanochtend zijn afgezegd... Loop je straks even met me mee naar de taxistandplaats,' vroeg hij aan Jack.
'Ik kan er ook hier een aanhouden en samen met u naar huis gaan.'
'Nee, nee, je weet dat ik dat niet wil. Blijf jij hier even wachten, Jack.'
Jack ging zitten in de helverlichte wachtkamer met zijn gele muren. Aan een tafel zaten twee meisjes. Het ene was een oogverblindende blonde schoonheid, het andere, een fors meisje met lang kastanjebruin haar, had haar voet in het verband. Hij begreep dat ze bij het ongeluk betrokken moesten zijn geweest.
'Was het erg?' informeerde hij, terwijl hij vragend naar de lege stoel keek, alsof hij op hun toestemming wachtte om te mogen gaan zitten. Ze boden hem de stoel aan en vertelden wat er was gebeurd. Ze hadden gehoord, zeiden ze, dat de dokter erin was geslaagd hen te ontwijken door zijn auto tegen een lantaarnpaal aan te rijden. Alleen Eve was door de auto geraakt en was gewond, maar zelfs zij zou binnen een week uit het ziekenhuis worden ontslagen.
Ze praatten rustig, Benny stotterde af en toe en zat met haar mond vol tanden als ze naar de knappe jongen naast haar keek. Nooit eerder had ze met zo iemand gesproken. Als ze aan een zin begon, wist ze niet of ze die tot een goed einde zou brengen.
De ogen van Jack Foley waren bijna voortdurend gefixeerd op Nans gezicht, maar zij leek dit niet te merken. Ze praatte alsof ze alledrie gelijkwaardige gesprekspartners waren. Jack vertelde dat zijn vader achter het stuur van de auto had gezeten. Nan zei dat zij en Benny niet te veel ophef wilden over hun schaafwonden en blauwe plekken om thuis niet allerlei onrust los te maken.
'Ik heb geen zin om naar college te gaan. Jullie wel?' Ze keek van de een naar de ander. Het was alsof ze wist dat er iemand met een voorstel zou komen.
'Zal ik jullie allebei op een zak patat trakteren?' vroeg Jack.
Benny klapte als een kind in haar handen. 'Ik wist niet dat mijn hart daar zo naar uitging. Hoewel, met mijn hart heeft het natuurlijk weinig te maken, eerder met mijn maag,' zei ze. Ze moesten allebei om haar lachen.
'Ik zet mijn vader eerst even in een taxi en dan kom ik bij jullie terug.' Hij keek Nan recht in de ogen.
'Waar zullen we eens heengaan? Een beter voorstel hebben we vandaag nog niet gehad,' zei Nan.

'Hij is erg aardig,' zei Benny toen Jack weg was.
'Hij is nu al de held van de universiteit, nog voor hij goed en wel aan zijn studie is begonnen,' zei Nan.
'Hoe weet jij dat nou?'
'Ik zag hem spelen in de finale.'
'Wat speelt hij?'
'Rugby. Hij is echt erg goed.'
'Hoe kom jij bij een rugbywedstrijd verzeild?'
'Iedereen gaat er heen. Het is een soort sociaal gebeuren.'
Benny besefte dat er een heleboel gebieden waren waar ze niets vanaf wist. Rugbywedstrijden waren daar maar een klein deel van. Dat gebrek aan kennis zou ze nooit kunnen aanvullen als ze haar hele leven in Knockglen bleef wonen.
Plotseling wilde ze dat ze heel iemand anders was. Slanker, met een fijn gezicht en kleine voeten, zoals Nan had. Ze zou willen dat *zij* tegen mannen moest opkijken en niet andersom. Ze zou willen dat haar ouders ver weg op een eilandje zaten, zodat ze niet iedere avond naar huis hoefde. Ze voelde het verlangen opkomen om haar haar te blonderen en dit te blijven doen, zodat je nooit kon zien dat het niet echt blond was. Aan haar figuur was weinig te doen. Die brede schouders en grote voeten bleef ze houden, zelfs als ze slanker zou zijn. Er was nog geen operatie uitgevonden om voeten kleiner te maken.
Met walging keek ze ernaar, naar haar voeten in de plompe schoenen en dik in het verband. Haar moeder had normale voeten en haar vader ook. Waarom waren die van haar dan zo groot? Op school had ze ooit het verhaal gehoord van een of ander dier dat was uitgestorven omdat het zulke grote platvoeten had. Benny had niet geweten of ze het beest moest benijden of beklagen.
'Doet het erg pijn?' Nan had Benny naar haar voeten zien kijken en dacht dat ze pijn had.
Op dat moment kwam Jack terug.
'Zo,' zei hij tegen Nan.
Ze stond op. 'Ik denk dat Benny last heeft van haar voet.'
'Ach, wat vervelend.' Hij keek haar vluchtig aan met een vriendelijke glimlach.
'Nee, het gaat best,' zei ze.
'Echt waar?' vroeg hij beleefd. Misschien wilde hij er alleen met Nan vandoor. Misschien ook niet. Maar zo zou het altijd wel gaan, dus er was geen enkele reden om er moeilijk over te doen.
'Je keek ernaar en je fronste je wenkbrauwen,' zei Nan.
'Nee, ik zat te denken aan al die gebeden die we altijd moesten opzeggen voor de bekering van China. Waren dat geen drie weesgegroetjes?'
'Ik dacht dat het bij ons om de bekering van Rusland ging,' zei Jack,

'maar dat weet ik niet zeker. Dat geeft wel aan hoeveel waarde ik er altijd aan heb gehecht.'
'Ik begrijp niet waarom we voor ze moesten bidden,' zei Benny quasi verontwaardigd. 'Ze hebben daar fraaie gewoonten. Ze binden bij iedereen de voeten af.'
'Wat?'
'Ja hoor, zodra ze geboren worden. Niemand hoeft er over zijn eigen voeten te struikelen. Iedereen heeft daar kleine, ingebonden voetjes. Zo elegant!'
Jack leek haar nu pas voor het eerst op te merken.
'En nu patat,' zei hij, terwijl hij haar aankeek. 'Vier borden. Voor ieder één en nog een bord voor ons allemaal. En een heleboel ketchup.'
Ze hoorde de verpleegster tegen iemand zeggen dat juffrouw Hogan in de wachtkamer zat. Daar kwam Sean Walsh al op hen af. Een donkere wolk trok over Benny's gezicht.
'Ik kom je ophalen, Benny,' zei hij.
'Ik heb tegen vader gezegd dat ik met de bus ga,' zei ze koel.
'Maar hij heeft me de auto meegegeven...'
Jack keek van de magere jongen naar het stevige meisje met het roodbruine haar.
Niemand werd voorgesteld.
Benny schoot zo uit haar slof dat ze er zelf van schrok.
'Nou, ik hoop dat je in Dublin nog iets anders te doen hebt, Sean. Dat je niet speciaal voor mij bent gekomen, want ik moet nu weg. En ik kom zoals afgesproken met de bus naar huis.'
'Waar ga je dan heen? Je moet mee naar huis. Nu. Met mij,' smeekte Sean.
'Ze moet mee voor nader onderzoek,' zei Jack Foley. 'Ik breng haar even. U zou toch niet willen dat zij er niet heen ging?'

Hoofdstuk 5

Benny wist dat ze haar van de bus zouden komen halen. Maar ze had ze niet alledrie verwacht – niet dat Patsy ook mee zou komen en niet dat ze met de auto zouden zijn. Sean moest wel met allerlei vreselijke verhalen zijn thuisgekomen dat nu iedereen bij de bushalte stond. Voordat Mikey de bus tot stilstand had gebracht zag ze hun bleke gezichten al schemeren in de regenachtige avond, onder twee paraplu's. Dat overbekende gevoel van irritatie vermengd met schuldgevoel kwam bij haar op. Niemand ter wereld had zo'n liefhebbende familie en niemand ter wereld voelde zich zo opgesloten en verstikt.
Met bezwaard gemoed liep ze door het gangpad naar voren. Slaap lekker, Mikey.
'Dank je, Benny. Is er iets mis met je voet?'
'Ik heb me bezeerd,' zei ze, maar bedacht toen dat zijn vrouw het verhaal waarschijnlijk allang gehoord zou hebben.
'Jullie studenten zitten ook de hele dag te zuipen. Dan krijg je dat,' zei hij en brulde van de lach om zijn eigen grapje.
'Ja, dan krijg je dat,' herhaalde zij op matte, beleefde toon.
'Daar is ze!' riep haar vader, alsof er gerede twijfel had bestaan aan haar komst.
'O, Benny, is alles goed?' Haar moeder had een angstige blik in haar ogen.
'Moeder, dat heb ik vader toch al door de telefoon verteld. Er is echt niets aan de hand. Helemaal niets.'
'Maar waarom moest je dan later nog een keer behandeld worden?' Annabel Hogan keek alsof ze dacht dat er slecht nieuws voor haar werd achtergehouden. 'We zijn zo geschrokken toen Sean vertelde dat ze je nog een keer moesten onderzoeken. Je had ons daar helemaal niet over gebeld... dus we waren zo ongerust...'
Het gezicht van haar vader was getekend door zorgen.
'Sean had daar helemaal niets te zoeken. Het was helemaal niet nodig dat hij zich ermee kwam bemoeien of bevelen uitdelen. Hij heeft daar en bij jullie iedereen op stang gejaagd.' Benny sprak kalm, maar een beetje luider dan gewoon.
Ze zag dat mevrouw Kennedy van de drogisterij zich omdraaide en naar hen keek. Dat werd vanavond vast en zeker onderwerp van ge-

sprek. Een scène bij de bushalte, en uitgerekend de familie Hogan. Nou, nou, nou. Was het achteraf dan toch een vergissing geweest om die Benny helemaal in haar eentje naar Dublin te laten gaan? 'Hij is alleen gegaan om ons gerust te stellen,' zei Benny's vader. 'We maakten ons zorgen.'
'Nee vader, dat is niet waar. Eerder was u blij dat ik met de bus naar huis zou komen. Door de telefoon zei u dat u opgelucht was en dat moeder dat ook zou zijn, en dan weet Sean opeens alles te bederven.'
'Die jongen is, op zijn vrije middag, helemaal naar Dublin gereden om jou op te halen. Toen hij terugkwam zei hij dat je nog naar een andere dokter moest. En dan ben je verbaasd dat wij ongerust zijn ?' Eddie Hogan wist niet wat hij met de situatie aan moest. Naast hem stond Annabel ongeduldig te wachten op meer informatie. Zelfs Patsy leek er niet van overtuigd dat alles in orde was.
'Ik wilde helemaal niet dat hij kwam. U hebt tegen mij niet gezegd dat hij zou komen. Jezus, er was niks aan de hand. Begrijp dat dan toch. Mij mankeerde niets, maar er is een jongen verongelukt. Hij stierf vlak voor mijn ogen. Hij leefde nog een minuut en toen was hij dood. Een gebroken nek. En Eve ligt in het ziekenhuis met gebroken ribben en een hersenschudding en allerlei andere dingen. En het enige wat Sean Walsh doet, is als een zoutzak het ziekenhuis binnensloffen en over mij beginnen!'
Tot haar schrik merkte Benny dat de tranen haar over de wangen stroomden en dat een klein groepje mensen haar met groeiende bezorgdheid gadesloeg. Twee schoolmeisjes uit het klooster, die samen met een non boeken waren gaan kopen in Dublin, bleven staan om te zien wat er aan de hand was. Voor bedtijd zou het praatje het klooster wel zijn rondgegaan.
Benny's vader kwam in actie. 'Ik breng haar wel naar de wagen,' zei hij. 'Patsy wil jij bij dokter Johnson langsgaan en vragen of hij zo snel mogelijk komt? Kom, Benny, rustig maar. Er is niets aan de hand. Dit is heel natuurlijk, je hebt alleen een shock opgelopen.'
Benny vroeg zich af of je ook een 'woede' kon oplopen, want dat was het wat ze voelde: machteloze woede.

In recordtijd was iedereen in Knockglen op de hoogte, maar wat ze wisten had weinig met de feiten te maken. Mevrouw Healey had gehoord dat de meisjes samen liepen te giebelen zoals ze in Knockglen ook altijd deden en dat ze toen door een auto waren aangereden. Voor de zekerheid waren ze allebei in het ziekenhuis opgenomen. Sean Walsh was erheen gereden en had Benny thuis weten te krijgen. Het was een goede les geweest over hoe je je in het drukke, gevaarlijke verkeer van Dublin moest gedragen als je uit een kleine plaats als Knockglen kwam.

Meneer Flood zweeg en prees zichzelf gelukkig toen hij het nieuws vernam. Volgens hem was het duidelijk als een of andere waarschuwing bedoeld. Wat voor waarschuwing kon hij niet zeggen, maar zijn familieleden merkten tot hun schrik dat hij weer naar buiten was gegaan om de boom te raadplegen. Ze hadden gehoopt dat die malle gewoonte verdwenen was.

Mevrouw Carroll meende dat het zonde van het geld was om meisjes naar de universiteit te sturen. Zelfs al was hun kruidenierszaak drie keer zo groot als die van Findlater in Dublin, dan nog zou ze Maire en haar zusjes niet laten studeren. Je kon net zo goed je geld door de plee spoelen. Wat hadden ze op hun eerste dag gedaan behalve onder de eerste de beste auto lopen? Maire Carroll, die in de winkel hielp en dat vreselijk vond, vond het net goed wat er met Eve en Benny was gebeurd, maar natuurlijk deed ze alsof ze zeer bezorgd was en begaan met hun lot.

Bee Moore, die in de Westlands werkte en een zus was van Paccy Moore de schoenmaker, had gehoord dat Eve aan verschrikkelijke verwondingen was overleden en dat Benny in zo'n shocktoestand verkeerde dat ze het haar niet durfden te vertellen. De nonnen zouden binnenkort allemaal naar Dublin gaan om het ontzielde lichaam op te halen.

Birdie Mac van de snoepwinkel vertelde iedereen dat het tegenwoordig veel moeite kostte om te geloven dat God rechtvaardig was. Was het al niet erg genoeg dat het arme kind geen ouders had dat ze totaal verstoten was door haar familie in de Westlands, dat ze als wees in tweedehands kleren in het klooster was opgegroeid en dat ze voor secretaresse moest leren, terwijl ze zo graag aan de universiteit wilde studeren, zonder meteen al door een auto overhoop te worden gereden. Birdie leed soms onder twijfels over de gerechtigheid in het leven doordat ze haar beste jaren voorbij had zien gaan aan het ziekbed van een hulpbehoevende moeder en zo haar kansen had verspeeld op een zeer geschikte man uit Ballylee, die uiteindelijk met een ander trouwde, met iemand die geen hulpbehoevende moeder had.

Dessie Burns zei dat er veel waarheid verborgen zat in de theorie dat je je nooit bezeerde als je dronken was. Een theorie die hij maar al te vaak had uitgetest. Het waren juist meisjes zoals Eve Malone, die nooit een druppel dronken, die in het ziekenhuis belandden.

Pater Ross zei dat moeder Francis het er moeilijk mee zou hebben. Ze hield van het meisje alsof het haar eigen kind was. Geen moeder zou méér voor haar hebben gedaan dan zij deed. Hij hoopte dat moeder Francis zich niet al te veel zorgen zou maken.

Moeder Francis had snel gehandeld toen ze het had gehoord van Eve. Ze ging meteen naar Peggy Pine en wachtte geduldig tot de laatste klanten de winkel uit waren.
'Wil je me een plezier doen, Peg.'
'Zeg het maar.'
'Kun je mij naar Dublin brengen als je winkel dicht is?'
'Wanneer?'
'Zo snel mogelijk, Peg.' Peggy trok het oranje plastic rolgordijn naar beneden om te voorkomen dat de spullen in de etalage zouden verkleuren. Ze deed dit niet alleen in de zomer als de zon scheen, maar ook in de winter, als het overbodig was.
'We gaan,' zei ze.
'Maar de winkel?'
'Luister eens, Bunty, je kiest precies het goede moment uit om een gunst te vragen. Als je zou besluiten over de kloostermuur te klimmen en er vandoor te gaan om in Engeland een nieuw leven te beginnen, zou je dat waarschijnlijk uitgerekend op de dag doen dat ik vroeg sluit.' Ze pakte haar handtasje, zocht de sleutels, deed haar jas aan en trok de deur achter zich dicht. Het had zo z'n voordelen om vrijgezel te zijn. Je hoefde niemand te vertellen wat je deed. Of waarom.
Je hoefde zelfs een ander niet naar het waarom te vragen.

'Moeder Francis...' De stem van Eve klonk zwakjes.
'Je wordt weer helemaal beter.'
'Wat is er met me gebeurd? Alsjeblieft, moeder, zeg iets. Andere mensen zeggen alleen "stil maar" en "rustig maar" tegen me.'
'Het heeft inderdaad niet veel zin om zoiets tegen jou te zeggen.' De non hield Eve's magere hand vast. 'Je hebt een paar gebroken ribben, maar die groeien wel weer aan elkaar. Je pols zal nog wel een tijdje pijn blijven doen, maar die geneest ook. En een paar hechtingen. Echt, ik heb nooit tegen je gelogen. Je wordt weer helemaal beter.'
'Moeder, het spijt me zo.'
'Kind, je kon er toch niets aan doen.'
'Nee. Tegenover u. Dat u er op zo'n manier achter bent gekomen.'
'Ik weet dat je van plan was om me te bellen. Dat heeft Benny tegen me gezegd. Ze zei dat je op het punt stond om te bellen.'
'Ik heb nooit tegen u gelogen, moeder. Ik was helemaal niet van plan u op te bellen.'
'Misschien niet meteen, maar later zou je zeker gebeld hebben.'
'Mag ik u de vraag stellen die me echt bezighoudt?'

'Natuurlijk.'
'Wat moet ik doen, moeder, wat moet ik in hemelsnaam doen wanneer ik hier uit kom?'
'Dan kom je naar huis om op te knappen en daarna bedenken we wel iets.'
'En moeder Clare?'
'Laat die maar aan mij over.'
Jack kwam door de zijdeur binnen en trof Aengus in de vestibule, waar hij zijn bril aan het bestuderen was.
'Jezus, toch niet *weer*.'
'Het is niet mijn schuld, Jack, ik heb niks gedaan, dat zweer ik. Ik kwam gewoon langs die jongens en toen riep er een: "Hé jij, met die borrelglazen." Ik deed net of ik niks hoorde, zoals jij altijd zegt dat ik moet doen, maar toen kwamen ze me achterna en pakten mijn bril af en gingen erop staan.'
'Dus is het mijn schuld.' Jack bekeek de bril. Niet meer te repareren. Soms lukte het hem om het montuur recht te buigen en de glazen er weer in te zetten, maar dat was ditmaal niet te doen.
'Luister, Aengus, maak er niet te veel drukte over. Ze hebben het hier vandaag al moeilijk genoeg...'
'Maar, wat moet ik dan zeggen?' Aengus zag er zonder bril naakt en weerloos uit. 'Ik bedoel, ik kan toch moeilijk zeggen dat ik er zelf op heb staan stampen.
'Nee, natuurlijk niet. Luister, ik kom morgen wel met je mee en ram die jongens die jou gepakt hebben in elkaar.'
'Nee, nee, Jack, alsjeblieft. Dat maakt het alleen maar erger.'
'Niet als ik ze tot moes sla. Dan durven ze niet meer. Dan zijn ze veel te bang om mij weer tegen te komen.'
'Maar ze weten ook dat jij niet altijd bij me bent.'
'Ik kan hier altijd onverwachts langskomen. Toevallig voorbij komen als ze op het schoolplein staan, snap je.'
'Denken ze dan niet dat ik een verklikker ben?'
'Nee hoor.' zei Jack achteloos. 'Jij bent kleiner, hebt een bril nodig om goed te kunnen zien en als ze dat niet mee willen tellen, moet je versterkingen laten aanrukken... zo werkt dat nu eenmaal.'
In hun huis was geen gong nodig. Daar zorgde de Heilige-Moederkerk wel voor, zei Lilly Foley altijd. Zodra de kerkklok zes uur sloeg, kwamen ze uit alle hoeken en gaten van het huis te voorschijn en verzamelden zich rond de eettafel. Jacks vader had gevraagd in het bijzijn van de jongere kinderen niet over het ongeluk te beginnen. Zijn vader zag bleek, vond Jack. Zijn oog was een beetje gezwollen, maar misschien viel dat niet op als je niet wist dat hij bij een ongeluk betrokken was

geweest. Geen van zijn broers had door dat er iets aan de hand was. Ronan maakte grapjes. Hij kon goed gezichten trekken en deed een frater van school na, die met drukke gebaren probeerde de kinderen tot stilte te manen. Daarna schakelde hij over op een vernietigende imitatie van de stotterende agent die op school de jaarlijkse les over verkeersveiligheid had gegeven.
Ronan had de verkeerde dag uitgekozen voor zijn grapjes.
Op een ander moment zou zijn vader er misschien wel om gelachen hebben of hij had zwakjes geprotesteerd tegen deze brutale vertoning. Maar vandaag bleef het gezicht van dokter Foley somber.
'Wat zijn spraakgebrek ook geweest moge zijn, ik denk niet dat de domkoppen die grapjes over hem maken ook maar iets hebben opgevangen van wat hij heeft verteld,' zei de dokter streng.
'Maar...' Ronan was stom van verbazing.
'Met je gemaar schieten jij en die andere grappenmakers niet veel op als ze onder een tientonner lopen.'
Er viel een stilte. Jack zag dat zijn broers elkaar geschrokken aankeken en dat zijn moeder zijn vader stilletjes een wenk gaf.
Het schoot Jack opeens te binnen wat dat meisje Benny eerder die dag tegen hem had gezegd. Dat ze het verlangen had om gesprekken naar haar hand te kunnen zetten. Als je dat kon, zou je de hele wereld in je macht hebben, had ze lachend gezegd.
'Je bedoelt zoals Hitler?' had hij plagend gevraagd.
'Ik bedoel het tegenovergestelde van Hitler. Ik bedoel de dingen eenvoudiger maken in plaats van gecompliceerder.'
Op dat moment had de ongelooflijk mooie Nan Mahon haar ogen opgeslagen. Iedereen kan dingen eenvoudiger maken, had ze gezegd en ze schudde haar prachtige blonde krullen. Het gaat er juist om er méér van te maken. Ze had Jack recht aangekeken toen ze dat zei.

Nan Mahon stak de sleutel in de deur van Maple Gardens 23. Ze had geen idee of er al iemand thuis was. Het was kwart over zes. Wie er het eerst was, zette de verwarming in de hal aan om de kilte uit het huis te verdrijven en stak dan de gaskachel in de keuken aan. Ze aten allemaal aan de grote keukentafel. Er was nooit bezoek, dus wat maakte het uit. De hal was al een beetje warm. Er moest dus al iemand thuis zijn.
'Hallo...' riep Nan.
Haar vader kwam de keuken uit.
'Een leuke boodschap was dat. Daar heb je zeker goed je best op gedaan, om ons zo de stuipen op het lijf te jagen.'
'Waar heb je het over?'
'Waar ik het over heb? Waar ik het over heb? Over mijn grootje! Godallemachtig, Nan, ik heb hier twee uur zitten wachten zonder ook maar iets van je te horen.'

'Ik heb toch een boodschap achtergelaten, dat er een ongeluk gebeurd was. Ik was het niet eens van plan, maar het ziekenhuis zei dat we dat moesten doen. Dus heb ik een boodschap achtergelaten bij de werkplaats. Ik heb Paul gevraagd om je te vertellen dat er niets met me aan de hand is. Heeft hij dat niet gedaan?'
'Die idioot zit met z'n ene hand in een tijdschrift te bladeren en zich vol te proppen met de andere, hoe kun je *die* idioot in godsnaam iets toevertrouwen...'
'Nou, u was er niet.' Nan had haar jas uitgedaan en bekeek de modderspatten. Voorzichtig hing ze het ding op een houten kleerhanger en begon de modder weg te borstelen.
'Er is iemand verongelukt, Nan. Er is een jongen doodgegaan.'
'Dat weet ik,' zei ze traag. 'We hebben het gezien.'
'Waarom ben je niet direct naar huis gekomen?'
'Naar een leeg huis?'
'Het zou niet leeg zijn geweest. Ik zou naar huis zijn gekomen en we zouden je moeder hebben afgehaald.'
'Ik wilde haar niet storen terwijl ze toch niets had kunnen doen.'
'Zij maakt zich ook dodelijk ongerust. Je kunt haar beter bellen. Ze zei dat ze zou wachten voor het geval je naar het hotel zou komen.'
'Nee, *jij* kunt haar beter bellen. Ik heb haar niet ongerust gemaakt.'
'Ik begrijp niet waarom je zo gevoelloos bent...' Hij keek haar verbaasd aan.
Nans ogen vlamden op. 'Je wilt me niet begrijpen... Je hebt er geen idee van hoe het was, al die auto's, het bloed en het gebroken glas en die jongen met het laken over hem heen, en het meisje dat haar ribben had gebroken, en al dat wachten... het was... het was... gewoon afschuwelijk.' Hij kwam naar haar toe en stak zijn armen uit, maar zij ontweek hem.
'O, Nan, mijn arme kind,' zei hij.
'Dat is precies de reden waarom ik niet wilde dat je naar het ziekenhuis kwam. Ik ben niet "je arme kind". Ik heb alleen maar wat schaafwonden. Ik wilde niet dat je je zou gaan aanstellen.'
Hij kromp ineen.
Nan ging verder. 'En ik heb Em niet gebeld omdat het als getrouwde vrouw al moeilijk genoeg is om je baan te houden zonder dat hysterische dochters opbellen en hun mammie nodig hebben. Er zijn dagen geweest dat ik ook liever wilde dat ze thuis was, als ik hoofdpijn had of als een van de nonnen tegen me was uitgevallen. Maar ik probeer aan haar te denken. Jij, jij denkt alleen maar aan jezelf Jij zou haar nog opbellen als je sokken niet op de goede plek lagen.'
Brian Mahon balde zijn hand tot een vuist. Langzaam schoof hij naar de plaats waar zijn dochter weer bezig was om haar jas, die aan de keukenkast hing, te ontdoen van de modder.

'Verdomme, zo praat je niet tegen mij. Je mag dan overstuur zijn, daarom hoef je mij nog niet als oud vuil te behandelen. Je eigen vader, die zich de hele dag afbeult om jou te kunnen laten studeren. Mijn God, je neemt het terug of je verdwijnt uit mijn huis.'
Op Nans gezicht bewoog geen spiertje. Onverstoorbaar bleef ze doorborstelen. Ze keek met aandacht naar de korsten modder die neervielen op de krant die ze op de grond had opengespreid. Ze zei niets.
'Dan blijf je niet meer onder mijn dak.'
'O, dat doe ik wel,' zei Nan, 'voorlopig tenminste.'

Moeder Francis had haar bezoek aan moeder Clare zo lang mogelijk uitgesteld. Het telefoontje had ze opzettelijk vaag gehouden. Maar in ieder geval zou ze nu snel de regen in moeten om een bus naar het klooster te zoeken. Peggy had ze naar huis gestuurd. Ze zag nogal op tegen de ontmoeting.
Maar, dacht ze en rechtte haar schouders, als ze een echte moeder was geweest, had ze met haar tienerdochter soortgelijke problemen gehad. Als onderwijzeres wist ze hoe kinderen hun ouders het leven zuur konden maken. Biologische moeders hadden het zwaar te verduren. Met dat in gedachten sloeg ze de gang in en liep terug naar de wachtkamer, waar een vrouw zat te huilen, haar schouders hoog opgetrokken van verdriet.
Naast haar stond een vriendelijke, volslanke vrouw met grijs haar, die niet goed wist of ze de huilende vrouw nu moest troosten of laten uithuilen.
'Frank...' snikte de vrouw. 'Frank... Zeg dat het niet waar is, zeg dat het iemand anders is, zeg dat het iemand is die op jou lijkt...'
'Ze zoeken weer een verpleegster,' zei de grijze vrouw. 'Een paar minuten geleden ging het nog wel redelijk met haar. Ik heb al een taxi besteld. Ik zou haar mee naar huis nemen...'
'Was hij haar zoon?' vroeg moeder Francis.
'Haar enige kind...' De vrouw keek helder, maar bezorgd uit haar ogen. 'Ik ben haar buurvrouw. Ze slaapt vanavond bij mij. Ik heb mijn zus naar haar huis gestuurd om op de jongens te passen.'
'Op de jongens?'
'Ze heeft een pension voor studenten. Voor haar zoon was het ook de eerste dag op de universiteit.'
De non keek bedroefd toe. Naast hen wiegde Kit Hegarty gekweld heen en weer.
'Ach, moeder, ik ben niet de geschikte persoon voor haar. Ik heb alles. Een man, een gezin... en Kit heeft niets meer. Ze wil niet bij een gezin als het onze zijn. Ze wil niet iets leuks en normaals en geborgens. Het herinnert haar alleen maar aan wat zij niet heeft.'

Moeder Francis keek de vrouw goedkeurend aan. 'U bent kennelijk een goede vriendin, mevrouw...?'
'Hayes, Ann Hayes.'
Moeder Francis knielde naast de moeder van Frank Hegarty en pakte haar hand vast.
Verward keek Kit op.
'Over een paar dagen, als de begrafenis achter de rug is, zou ik graag zien dat u een tijdje bij mij komt,' zei ze zachtjes.
Een getergd gezicht keek haar aan. 'Wat bedoelt u? Wie bent u?'
'We hebben iets gemeenschappelijk. In zekere zin heb ik ook mijn kind verloren. Ik zou u erover kunnen vertellen. Misschien kunt u mij raad geven, want, ziet u, ik ben geen echte moeder. U bent dat wel.'
'Ik was een moeder...' Kit glimlachte met een verwrongen gezicht.
'Nee, u bent het nog steeds. U zult altijd zijn moeder zijn, na alles wat u hem hebt gegeven en wat u voor hem hebt gedaan, kan niemand u dat meer afnemen.'
'Ik heb hem niet veel gegeven. Ik heb niet veel voor hem gedaan. Hij mocht van mij die motor hebben.' Al pratend greep ze de hand van moeder Francis.
'Dat moest u wel doen. U moest hem vrijheid geven. Dat was uw belangrijkste geschenk. Dat was het allerliefste dat hij wilde hebben. U gaf hem het beste dat hij zich kon wensen.'
De hele dag had nog niemand zoiets tegen Kit gezegd. Op de een of andere manier kon ze weer diep ademhalen en ademde ze niet meer met korte, snelle stootjes, zoals ze daarvoor had gedaan.
Moeder Francis praatte verder. 'Ik woon in een klooster in Knockglen. Het is er sober en rustig. U kunt er een paar dagen logeren. Het is er anders, moet u begrijpen, dat is het belangrijkste. Er zijn geen herinneringen.'
'Ik kan niet. Ik kan het huis niet achterlaten.'
'U hoeft niet meteen te komen natuurlijk, maar wanneer u er klaar voor bent. Ann zal een paar dagen de zaak waarnemen. Ann Hayes en haar zuster.'
Haar stem had een hypnotisch effect. De vrouw werd rustiger.
'Waarom biedt u me dit aan?'
'Omdat mijn hart dat ingeeft. Omdat mijn kind bij hetzelfde ongeluk gewond is geraakt... ze maakt het goed, maar het was een grote schok voor me om haar zo bleek in een ziekenhuisbed te zien liggen...'
'Het komt vast goed met haar,' zei Kit mat.
'Ja, ik weet het. Ik weet dat u elk letsel van uw zoon zou hebben geaccepteerd als u maar had geweten dat hij op een dag weer bij u zou zijn.'
'Uw kind, wat bedoelt u...?'
'Ze is in ons klooster opgegroeid. Ik hou van haar alsof ze mijn eigen

dochter is. Maar ik ben eigenlijk niet geschikt als moeder. Ik ben geen vrouw van de wereld.'
Ondanks de tranen lukte het Kit om weer een beetje te lachen.
'Ik kom, moeder, ik kom naar het klooster in Knockglen. Maar hoe kan ik u vinden? Naar wie moet ik vragen?'
'Ik vrees dat u mijn naam niet makkelijk zult vergeten. Ik ben vernoemd naar Sint Franciscus, net als uw zoon.'
Mario keek afkeurend naar de gele stropdas van Fonsie.
'Zo maak je de mensen nog aan het schrikken.'
'Wat ben je toch een sukkel, Mario. Dat is de mode tegenwoordig.'
'Jij mij geen sukkel noemen. Ik weet heus wel wat sukkel betekent.'
'Dat is dan ook het *enige* normale woord dat je kent.'
'Zo jij niet praten tegen je oom.'
'Luister, Mario, geef me die koekblikken eens aan. Als we de pickup op iets metaalachtigs zetten dan klinkt het wat meer naar echte muziek.'
'Het klinken afschuwelijk, Fonsie, wie wil er nou naar zoiets hards komen luisteren?' Mario drukte zijn handen tegen zijn oren.
'De jeugd.'
'De jeugd heeft geen geld.'
'De ouderen horen hier anders niet thuis.'
De deur ging open en Sean Walsh kwam binnen.
'Zie je nou wel!' schreeuwde Fonsie.
Op hetzelfde moment zei Mario: 'Nou, wat zei ik!'
Sean keek met afkeer van de een naar de ander. Hij kwam hier zelden en nu was hij er binnen vierentwintig uur al twee keer geweest. De vorige avond met Benny en vanavond omdat het na zijn vruchteloze rit naar Dublin te laat was geworden om boodschappen te doen. De twee kruidenierswinkels waren gesloten. De ene dag kocht Sean Walsh bij Hickey, naast meneer Flood, de andere dag ging hij naar de winkel van Carroll, direct naast Hogan's Herenmode. Het was alsof hij zich al aan het voorbereiden was op de dag dat hij zelf een belangrijk man zou zijn, die iedereen te vriend wilde houden door te zorgen dat iedereen een klant in hem kon zien. Als hij iemand was geweest die graag een borreltje lustte, dan zou hij in elk café een half glas drinken. Het was *de* manier om vooruit te komen. Maar vanavond had hij geen tijd gehad om kaas, sardientjes of ham te halen voor zijn avondeten. Sean hield er namelijk niet van om in zijn kamertjes boven Hogan's Herenmode te koken, omdat de etenslucht er bleef hangen. Hij was hier even binnengewipt voor een snel hapje om op de been te blijven. Voor hij naar huis terugging, wilde hij nog nadenken over de situatie die hij zo slecht had afgehandeld.
Nu leek het wel of Mario en zijn halfgare neef grapjes over hem maakten.

'Hij is oud en is hier al tweemalen gekomen,' zei Mario.
'Hij is niet oud en het woord is tweemaal, zultkop,' zei Fonsie dwars.
Sean wenste dat hij naar Birdie Mac was gegaan en op de deur had geklopt voor een reep chocola. Alles was beter dan tegen deze twee te moeten aankijken.
'Krijg ik iets te eten of stoor ik een talentenjacht voor komische nummers?'
'Hoe oud ben je, Sean?' zei Fonsie. Ongelovig keek Sean hem aan. Zijn hoge spekzolen maakten hem een paar centimeter langer dan hij in werkelijkheid was. Zijn haar was met een of ander vies vet in golven gekamd, hij droeg een smalle stropdas en een enorme mauve-kleurige jas.
'Bent u gek?'
'U mij vertellen hoe oud u bent,' zei Mario onverwacht heftig.
Sean had het idee dat de hele wereld op zijn kop stond. Eerst had Benny hem in het openbaar de rug toegekeerd en gezegd dat hij maar zonder haar moest vertrekken, terwijl hij speciaal voor haar was gekomen. En nu kreeg je deze twee in de cafetaria. Het leidde tot een van die zeldzame momenten in het leven van Sean Walsh dat hij niet uit berekening sprak.
'Ik ben vijfentwintig,' zei hij. 'In september geworden.'
'Zie je wel!' riep Fonsie triomfantelijk.
'Niks!' Mario was overtuigd van zijn eigen gelijk.
'Waar hebben jullie het in godsnaam over.' Sean keek geërgerd van de een naar de ander.
'Mario denkt dat deze tent voor oudere mensen is. Ik zeg dat het voor jonge mensen is, zoals jij en ik,' zei Fonsie.
'Sean is geen jonge mens, hij is zakenman.'
'Jezus, wat maakt het ook uit. Zoals Sean is er in het dorp geen tweede. Wat wil je hebben, Sean? Zalm of kabeljauw?'

Patsy was een wandeling gaan maken met Mossy Rooney. Zonder iets te zeggen was hij in de keuken blijven wachten tot de dochter des huizes was gekalmeerd en naar bed gebracht. Net als Sean Walsh zou Mossy willen dat de keuken en de woonkamer van de Hogans meer waren gescheiden. Dan had hij het bovenste knoopje van zijn overhemd en zijn veters los kunnen maken en rustig de krant kunnen lezen tot Patsy klaar was. Maar de Hogans zaten meteen boven op je lip als je naar hun huis ging. Je had de baas, een notabele van dit dorp, van wie je zou mogen verwachten dat hij gesteld zou zijn op een goed geregeld huishouden. En dan had je de vrouw van de baas, die in alle opzichten veel ouder was dan haar echtgenoot en die veel te veel drukte maakte over die uit de kluiten gewassen dochter.

Vanavond was er een heleboel heisa. De dokter was geweest en had haar twee pillen gegeven. Hij had gezegd dat haar niets mankeerde, niet meer dan elke gezonde meid zou mankeren als ze een dodelijk ongeluk had gezien. Ze was flink geschrokken en wat in de war, maar ze had vooral rust nodig en een beetje afzondering.

Mossy Rooney, een man die weinig sprak maar veel opmerkte, zag de opluchting op Benny Hogans gezicht toen ze met een kruik en een beker warme melk naar bed werd gestuurd. Hij zag ook hoe haar ouders haar nakeken toen ze de keuken uitging. Die blik zag je ook bij moedereenden als ze hun jonkies voor het eerst meenamen naar de waterkant.

Als hij met een ander dienstmeisje uit het dorp verkering had gehad, zouden ze bij slecht weer binnen kunnen blijven om te praten. Maar hier, met de Hogans voortdurend om je heen, moest hij met Patsy naar buiten, de regen in.

'Zouden jullie met dit rotweer niet liever binnen blijven?' had mevrouw Hogan vriendelijk aangeboden.

'Nee hoor, mevrouw, ik haal graag even een frisse neus,' zei Patsy weinig enthousiast.

Annabel en Eddie Hogan zaten lange tijd te zwijgen.

'Maurice heeft gezegd dat we ons nergens zorgen over hoeven te maken,' zei Eddie opeens.

Maurice Johnson had maar al te goed door wie in dit huis de werkelijke patiënten waren. Hij had meer adviezen tegenover hen uitgesproken dan tegen het meisje dat hij eigenlijk kwam behandelen.

'Maurice heeft makkelijk praten. Wij maken ons ook geen zorgen over zijn kinderen,' zei Annabel.

'Dat is waar, maar eerlijk gezegd maken hij en Grainne zich over die kinderen ook niet veel zorgen.'

Kit Hegarty lag in haar smalle bed en luisterde naar de misthoorn en de klok van het stadhuis en naar het geluid van de auto's die af en toe voorbijkwamen. De slaappillen hadden niet gewerkt. Haar ogen stonden wijd open.

Iedereen was zo aardig voor haar geweest. Iedereen had zich voor haar uitgesloofd. De jongens in het huis hadden, asgrauw van schrik, aangeboden om te vertrekken. Hun ouders hadden gebeld van het platteland. En die kleine mevrouw Hayes van hiernaast, die ze nauwelijks kende, was als een rots in de branding geweest. Ze had haar zuster gestuurd om te koken en de boel in het gareel te houden. Ook de paters in Dunloaghaire waren geweldig. Ze liepen de deur plat – drie, zelfs vier waren er geweest, die vriendelijke dingen zeiden en allerlei mensen te woord stonden. Het leek allemaal wat minder vreemd, zoals ze daar thee zaten te drinken. Maar het liefst had ze toch gewenst dat ze haar alleen lieten.

Het enige wat haar van die verwarde dag, die een eeuwigheid leek te hebben geduurd, was bijgebleven, was de non. Misschien was ze de tante van een meisje dat bij het ongeluk gewond was geraakt. Zij had begrepen dat Frank die motor moest hebben. Niemand anders had dat begrepen. Stel je voor, een non die het wel doorhad. Ze had er op gestaan dat ze zou komen. Kit dacht dat ze haar een keer in dat klooster zou opzoeken. Later, als ze weer helder kon denken.

Te oordelen naar het geroezemoes moest iedereen op de universiteit elkaar snel hebben leren kennen, bedacht Benny toen ze de volgende ochtend de trap opliep. De hal was vol jongelui die in groepjes stonden te praten, er klonk gelach op en men begroette elkaar luidruchtig. Iedereen had al vrienden gemaakt.

Op andere dagen zou dat Benny hebben beziggehouden, maar vandaag niet.

Ze liep een stenen trap af naar een kelder waar je je jas kon ophangen. Het rook er vaag naar carbol, zoals op school. Weer boven, ging ze naar de leeszaal voor meisjes. Het was er heel anders dan op school. Om te beginnen leek niemand te vinden dat je in een leeszaal behoorde te lezen. Sommige meisjes stonden zich op te maken voor de spiegel boven de schoorsteenmantel en anderen speurden de mededelingen op het prikbord af: te koop aangeboden, bijles, kamers, ledenwerving door verenigingen.

Een heel zelfverzekerd groepje zat te lachen en haalde herinneringen op aan hun verblijf als au pair in het buitenland. Ze waren in Spanje geweest, Italië, Frankrijk... Het enige dat ze gemeen hadden, was dat ze weinig van de taal hadden opgestoken en dat ze de kinderen die aan hen waren toevertrouwd afschuwelijk hadden gevonden. Ze waren blij dat ze terug waren.

Benny zoog het allemaal in zich op voor Eve. Ze zou haar vanmiddag weer opzoeken. Vanochtend was ze nog erg bleek geweest, maar ze was weer opgewekt als vanouds. Moeder Francis zou alles in orde maken. Ze zou geen straf krijgen.

'Ik ga proberen om op de universiteit te komen, Benny,' had ze gezegd, met van enthousiasme stralende ogen. 'Dan ben ik maar een paar weken achter. Ik ga proberen om een baantje te krijgen, echt waar. Dus hou alles maar goed voor me in de gaten, zodat ik alles kan inhalen.'
'Ga je de Westwards om steun vragen?'
'Dat sluit ik niet uit.'

Er waren altijd veel studenten die Engels als hoofdvak kozen. De colleges werden gegeven in een grote zaal, die verwarrend genoeg het Natuurkundig Theater werd genoemd. Benny liet zich met de menigte mee naar binnen voeren. Het was volstrekt anders dan de klassen op school. Het leek meer op een amfitheater, met rijen stoelen die naar achteren toe in een halve cirkel opliepen. Enkele jonge studerende nonnen zaten al op hun plaats. Ze zaten op de voorste rijen, nieuwsgierig en bang dat ze iets zouden missen. Benny liep langzaam naar de hoge plaatsen achterin, waar ze dacht minder op te vallen.

Vanuit haar uitkijkpost zag ze hen binnenkomen: ernstig kijkende jongens in duffelse jassen, serieuze vrouwen met brillen en in zelfgebreide vesten, de seminaristen in hun zwarte pakken, die er opmerkelijk frisser en netter uitzagen dan de mannen die niet voor het religieuze leven waren voorbestemd. En de meisjes, de zelfverzekerd lachende meisjes.

Zouden zij echt allemaal pas eerstejaars zijn, deze meiden in hun vrolijk gekleurde jurken, die hun haar achterover gooiden, zich goed bewust van de indruk die ze daarmee maakten. Misschien waren ze na hun schooltijd een jaar naar het buitenland geweest, dacht Benny afgunstig. Of misschien hadden ze zelfs al een vakantiebaantje gehad. Wat het ook was, ze kwamen in ieder geval niet uit een gat als Knockglen.

Plotseling zag ze Nan Mahon. Nan droeg de mooie marineblauwe jas die ze ook gisteren aan had gehad, maar ditmaal had ze er een lichtgele wollen jurk onder. Om de band van haar schoudertas had ze losjes een blauwgele sjaal geknoopt. Haar krullende haar had ze wat meer naar achteren geborsteld dan gisteren en ze droeg gele oorbellen. Toen ze binnenkwam, met aan beide zijden een jongen die om haar aandacht bedelde, keek iedereen naar haar. Ze speurde de collegebanken af om te kijken waar ze zou gaan zitten. Opeens zag ze Benny.

'Hé, *daar* ben je!' riep ze.

Mensen draaiden zich om en keken naar wie ze zwaaide. Benny bloosde onder al die blikken, maar Nan schudde haar twee bewonderaars af en kwam naar de achterste rij. Benny stond verstomd. Ze wist zeker dat Nan binnen een paar dagen iedereen op de universiteit zou kennen. Het verbaasde haar dat zij uitverkoren was. En dan nog met zoveel warmte.

'En, hoe ging het?' vroeg ze kameraadschappelijk.

'Wat?'

'Je weet wel, je poeierde die jongeman af en hij zei dat je daar nog wel spijt van zou krijgen. Ik heb in jaren niet zoiets dramatisch meegemaakt.'

'Die kun je niks aan zijn verstand brengen,' zei Benny vastberaden. 'Het is nog een geluk dat hij me niet thuis zat op te wachten. Dat had ik eigenlijk gedacht... met van die grote hondeogen.'

'Waarschijnlijk houdt hij nu nog hartstochtelijker van je dan ooit.' Nan was vrolijk, alsof het om goed nieuws ging.

'Ik denk dat hij in de verste verte niet weet wat liefde is. Hij is koud als

een vis. Een vis met een goed oog voor groot aas. Een goudvis met goudkoorts.'
Ze giechelden bij de gedachte.
'Met Eve gaat het goed,' zei Benny. 'Ik ga er vanmiddag weer heen.'
'Mag ik mee?'
Benny aarzelde. Eve was vaak zo prikkelbaar, zelfs als ze blaakte van gezondheid. Zou ze het prettig vinden om het mooiste meisje van de collegezaal naast haar bed te hebben?
'Ik weet het niet,' zei ze na een tijdje.
'We waren er toch allemaal bij betrokken. En ik weet nu alles van haar, van het gedoe met moeder Clare en moeder Francis.'
Even wenste Benny dat ze het verhaal niet tot in de kleinste details had verteld. Eve zou het zeker niet prettig vinden dat haar problemen werden besproken zonder dat zij het wist.
'Dat is allemaal goed gekomen,' zei Benny.
'Dat dacht ik wel.'
'Kun je anders morgen meegaan?'

Hoofdstuk 6

Het stoffelijk overschot van Frank Hegarty lag opgebaard in de kerk van Dunlaoghaire.
Dokter Foley was samen met zijn oudste zoon aanwezig bij de gebedsdienst en de uitvaart.
Ook moeder Francis, die wat langer in Dublin had moeten blijven om alles met moeder Clare te regelen, was aanwezig. Peggy had meteen aangeboden haar later op te halen. Ze wist dat er iets aan de hand was, maar had er niet naar gevraagd. Ze steunde moeder Francis op haar eigen manier.
'Wat ze ook tegen je zegt, Bunty, vergeet niet dat ze uit een familie van ketellappers komt.'
'Dat is niet waar.'
'Nou ja, kooplui dan. Dat geeft je toch een voordeel bij de onderhandelingen.'
Dat was natuurlijk niet zo. Moeder Francis keek somber voor zich uit terwijl ze in de grote kerk op de begrafenisstoet zat te wachten. Ze wist niet waarom ze hier zat. Het was alsof ze Eve wilde vertegenwoordigen.
Nan Mahon stapte in Dunlaoghaire uit de bus en sloot zich aan bij het groepje achterin de kerk. Ze werd onmiddellijk opgemerkt door Jack Foley, die naar haar toekwam.
'Dat is aardig van je, om hier helemaal naar toe te komen,' zei hij.
'Jij bent er toch ook.'
'Ik ben hier met mijn vader. Dat groepje daar zijn jongens die samen met hem vakantiewerk hebben gedaan. Daar staat Aidan Lynch – die zat bij mij op school, en een heleboel anderen. Die hebben allemaal samen bonen staan inblikken.'
'Hoe hebben zij het nieuws gehoord?'
'Zijn foto stond in de krant en op zijn faculteit hebben ze vandaag een mededeling voorgelezen,' zei hij. 'Waar is Benny? Heb je haar gezien vandaag?'
'Ja, maar ze kon niet komen. Ze moest naar huis, elke avond met dezelfde bus.'
'Wat rot voor haar,' zei Jack.
'Ik vind het eerder stom,' zei Nan.

'Wat kan ze eraan doen?'
'Ze had er vanaf het eerste begin een punt van moeten maken.'
Jack keek naar het aantrekkelijke meisje naast hem. Zij zou er zeker een punt van hebben gemaakt, daar was hij van overtuigd. Hij dacht aan de mollige, zachtmoedige Benny.
'Ze wist anders wel van zich af te bijten toen die vreselijke kerel met die bleke tronie haar gisteren probeerde mee te slepen.'
'Ja, als je niet eens tegen zo iemand op kunt, waar blijf je dan?' zei Nan.

'Dit is Eve Malone,' zei Benny toen Nan aan het voeteneind van het ziekenhuisbed ging zitten.
Ze wilde graag dat Eve Nan zou mogen, dat ze zou inzien dat Nan op allerlei andere plaatsen had kunnen zijn, maar ervoor had gekozen hierheen te komen om Benny's vriendin te zien. Benny had die Aidan Lynch bijna horen smeken of Nan met hem ging lunchen.
Nan had geen bloemen, druiven of een tijdschrift meegebracht. In plaats daarvan had ze het enige bij zich dat Eve echt wilde: een studiegids. Allerlei informatie over inschrijvingen, verlate inschrijving, colleges, tentamens, diploma's. Ze groette het meisje in bed niet eens en begon meteen over datgene waar Eve de hele tijd over na zat te denken.
'Jij wilt toch proberen op de universiteit te komen, hè? Misschien is dit wel handig voor je,' zei ze.
Eve nam de gids aan en bladerde er snel doorheen. 'Dit is precies wat ik nodig heb. Hartstikke bedankt,' zei ze.
Toen fronste ze haar wenkbrauwen.
'Hoe kwam je erop om me dit te geven?' vroeg ze wantrouwend.
Nan haalde haar schouders op. 'Omdat je het wel kunt gebruiken volgens mij.'
'Nee, ik bedoel hoe *wist* je dat ik het kon gebruiken?'
Waarom was Eve toch zo prikkelbaar, dacht Benny. Wat maakte het uit dat Nan Mahon wist wat zij voor plannen had? Het was toch helemaal niet nodig om zo geheimzinnig te doen.
'Ik vroeg het alleen maar. Ik wilde weten wat je ging doen en toen vertelde Benny me dat je je nog niet had ingeschreven.'
Eve knikte. De spanning was voorbij. Ze bladerde opnieuw door het boek en Benny had plotseling spijt dat *zij* niet aan zoiets praktisch had gedacht.
Langzamerhand liet Eve haar achterdocht varen. Benny zag hoe gemakkelijk de twee meisjes met elkaar praatten en het werd haar duidelijk dat ze verwante geesten waren.
'Denk je dat je het binnenkort allemaal voor elkaar krijgt?' vroeg Nan.
'Ik moet nog iemand om geld vragen. Dat zal niet makkelijk zijn, maar met uitstellen los ik niks op,' zei Eve.

Benny stond versteld. Eve zei nooit iets over haar eigen problemen en over het feit dat ze de Westwards om geld ging vragen had ze zelfs nauwelijks met Benny gesproken. Nan was zich daar niet bewust van.
'Ga je het slachtoffer uithangen?' informeerde ze.
Eve zat op dezelfde golflengte. 'Misschien wel. Ik heb het overwogen, maar het gaat om iemand die dat als zwakheid en huichelarij zou kunnen opvatten. Ik moet er nog over nadenken hoe ik het precies ga aanpakken.'
'Wat steekt hier eigenlijk achter?' vroeg Nan geïnteresseerd.
Toen Eve het verhaal begon te vertellen over de Westwards, het verhaal dat ze nooit tegen iemand had verteld, zag Benny met een schok dat Nan volledig deed alsof ze het voor het eerst hoorde. Zij had Nan gevraagd haar mond te houden en die instructie volgde ze naar de letter op. Maar te oordelen naar de manier waarop Eve haar in vertrouwen nam, was die voorzorg onnodig geweest.

Moeder Francis vond het moeilijker dan ze had verwacht om de zaak met moeder Clare te regelen. Soms richtte moeder Francis zich rechtstreeks tot Onze-Lieve-Vrouw en bad om hulp.
'Ik heb *gezegd* dat het me spijt, ik heb *gezegd* dat wij nu voortaan voor Eve zullen zorgen, maar moeder Clare blijft maar zeggen dat het haar plicht is om te weten wat er met het meisje gaat gebeuren. Waarom kan ze zich er niet gewoon buiten houden? Waarom, Heilige Moeder, zeg het me?'
Uiteindelijk kreeg moeder Francis antwoord op haar vragen. Ze nam aan dat het van de Moeder Gods afkomstig was, hoewel het werd uitgesproken door Peggy Pine.
'Het enige wat die oude soepkip wil is dat ze als een pauw kan rondstappen en roepen: "Ik heb het wel gezegd." Ze wil dat jij door het stof gaat, dan heeft ze haar zin en gaat ze iemand anders treiteren.'
Moeder Francis kon zich erin vinden om de tactiek van de zelfvernedering toe te passen. 'U hebt al die tijd gelijk gehad, moeder Clare,' schreef ze in de meest schijnheilige brief die ze ooit had geschreven. 'Het was onze fout om u op te schepen met iemand als Eve, van wie wij in ons kleine klooster ten onrechte grote verwachtingen hadden gekoesterd. Ik kan alleen maar zeggen dat ik, zoals zo vaak, het hoofd voor u buig en hoop dat de zusters niet al te veel last hebben gehad van het experiment, waarvan u al vooruit wist dat het tot mislukken gedoemd was.'
Het bleek de juiste aanpak. Het was afgelopen met de verongelijkte ondervragingen door moeder Clare.
Dat was maar net op tijd. Eve mocht nog geen week na het ongeluk het ziekenhuis verlaten.

'Ik kom met de bus naar huis, samen met Benny,' had Eve door de telefoon gezegd.
'Nee, daar komt niets van in. Hier staat een heel stel mensen te trappelen om jou op te kunnen halen. Ik vraag Peggy liever niet opnieuw, maar mevrouw Healy zal graag komen.'
'O nee, alsjeblieft niet, moeder.'
'Goed dan. Sean Walsh? Nee, laat maar...'
'Ik heb al voor genoeg problemen gezorgd. Ik rij met iedereen mee als u dat wilt, hoewel ik liever met de bus zou gaan.'
'Mario?'
'Geweldig. Ik ben dol op Mario.'
'Goed dan, tot morgen. Ik ben zo blij dat je thuis komt, Eve. Ik heb je gemist.
'Ik u ook, moeder. We hebben veel bij te praten.'
'Natuurlijk doen we dat. Kleed je goed aan, hoor.'
Toen Eve had opgehangen, bleef moeder Francis een ogenblik stil voor zich heen kijken. Het was waar dat zij heel wat hadden bij te praten. Serieus bij te praten.
Terwijl ze daar zo zat, ging de telefoon opnieuw.
'Kan ik moeder Francis spreken?'
'Daar spreekt u mee.'
Er viel een korte stilte.
'Moeder, u hebt mij in een opwelling van odelmoedigheid aangeboden... ik bedoel, u vroeg of ik... Het vreemde is dat ik daar tussen alle commotie door steeds aan terug moet denken. Ik vraag maar, zou u het raar vinden als ik echt kwam...?'
De vrouw brak haar aarzelende betoog af.
Er verscheen een tevreden glimlach op het gelaat van moeder Francis.
'Mevrouw Hegarty, wat heerlijk om van u te horen. Dit weekeinde zou uitstekend uitkomen. Zegt u maar met welke bus u komt, dan haal ik u af. De halte is maar een paar minuutjes lopen van het klooster. Ik ben erg blij dat u van plan bent ons te komen opzoeken.'
Ze vroeg zich af waar ze de vrouw moest laten slapen. Ze had eerst gedacht haar in de kamer van Eve onder te brengen, maar er was ook nog een extra kamer, waar ze altijd al een gastenverblijf van had willen maken. Er moesten alleen nog gordijnen komen. Ze zou van Peggy wel wat stof kunnen krijgen en ze zou zuster Imelda kunnen vragen om ze te laten maken tijdens de huishoudles in de zesde klas. Dessie Burns zou ze om een bedlampje kunnen vragen en drogist Kennedy een stukje lekkere zeep.

'Eve mag vandaag naar huis,' deelde Benny mee toen ze met Nan koffie zat te drinken in de Annexe, zoals iedere ochtend.

'Dat weet ik. Ze heeft het me gisteravond verteld.'
'He?'
'Vooral 's avonds heeft ze behoefte aan bezoek. Omdat jij dan allang naar huis bent, heb ik een paar jongens meegenomen om haar op te vrolijken.'
Benny moest even iets verwerken. Ze wist dat Nan en Eve goed met elkaar konden opschieten... maar jongens meenemen naar het ziekenhuis!
'Welke jongens?' vroeg ze mat.
'Nou, je weet wel, Aidan Lynch en nog een paar van dat clubje. Bill Dunne – ken je die?'
'Nee.'
'Die is erg aardig, studeert economie. Je kent hem beslist van gezicht. Hij staat altijd met een groepje voor de geschiedenisbibliotheek.'
'Vond Eve het leuk dat ze kwamen?'
'Ja, geweldig. Wat dacht jij dan?'
'Nou, omdat ze soms een beetje moeilijk doet... je weet wel, een beetje afstandelijk.'
'Daar heb ik nooit iets van gemerkt.'
Dat was waar. Eve leek een stuk minder snibbig als Nan binnenkwam. Nan had een talent om de dingen simpel te houden, iedereen kon met haar opschieten. Op dat moment kwamen er vier jongens naar hun tafeltje. Ze keken allemaal naar Nan.
'Hebben jullie zin om met ons in Grafton Street echte koffie te gaan drinken? Lekkere koffie voor de verandering,' zei de woordvoerder, een magere jongen in een schipperstrui.
Nan keek hem met een warme glimlach aan.
'Dank je wel, maar nu niet. We hebben om twaalf uur college. In ieder geval bedankt.'
'Toe nou, het is maar een hoorcollege. Niemand zal je missen.' Hij voelde zich aangemoedigd door haar glimlach en dacht dat het alleen een kwestie was van doorvragen.
'Nee, echt niet...' Plotseling zweeg ze, alsof ze zich achteloos had opgesteld. 'Maar ik spreek alleen namens mezelf. Benny, heb jij zin?'
Benny bloosde. Ze wist dat die jongens niet op haar uit waren. Ze kwamen op Nan af. Maar ze hadden aardige gezichten en zagen er een beetje verloren uit, zoals iedereen hier.
'Waarom komen jullie niet bij ons zitten?' stelde ze met een brede glimlach voor.
Dat was precies de bedoeling. Stoelen en banken werden bijgeschoven en iedereen stelde zich voor. Ze hadden het over allerlei mensen. Kenden ze die en die? Wat studeerden ze? Waar woonden ze? Het was veel gemakkelijker dan Benny had gedacht om midden in zo'n groepje te

zitten. Ze vergat helemaal dat ze zo groot en fors was en dat zij jongens waren. Ze vroeg nieuwsgierig naar de studentenverenigingen, welke leuk waren en waar ze de leukste feesten hadden.

Nan spande zich veel minder in, maar ze was blij met al die informatie. Ze lachte stralend en Benny kon zien dat de jongens het er gewoon warm van kregen als zij een van hen aankeek.

De jongens vertelden dat de dispuutavonden op zaterdag geweldig waren. Daarna kon je nog naar de Solicitor's Apprentice of de Four Courts. Ze keken van het ene naar het andere meisje.

Benny zei dat ze jammer genoeg in de weekeinden naar huis moest. Terwijl ze dat zei, hoorde ze zelf hoe saai dat klonk, dus voegde ze er snel op opgewekte toon aan toe dat het alleen voor dit semester gold. Daarna zou het misschien anders worden. Ze was vrolijk en de jongens schenen haar best leuk te vinden. Ze wist dat ze er allemaal op zaten te vlassen om Nan zaterdag mee te nemen, maar Nan bleef er koel onder.

Als ze kon, zou ze misschien wel meegaan. Ze had eerst niet willen gaan omdat ze er niemand kende, zei ze.

'Je kent ons toch,' zei de magere jongen in de grove witte trui.

'Nu wel, ja.' Nans glimlach deed hem bijna smelten.

Benny wist dat het een geweldige avond zou worden. Dat kon ze nu al merken. Natuurlijk, zij zou dan in Knockglen zitten, maar toch lachte ze vrolijk. Want een van de dingen waar ze bang voor was geweest, was dat ze niet zou weten hoe ze op de universiteit met jongens moest omgaan. Thuis had ze niet veel ervaring kunnen opdoen. Daar moest ze maar aan denken. Aan de positieve dingen en niet alleen aan de negatieve, zoals dat ze naar huis moest als het leuk begon te worden.

Mario kwam Eve met zijn ijscowagen ophalen, maar Fonsie rende de trappen van het ziekenhuis op om de patiënte naar de auto te brengen.
'Je moet het rustig aan doen, denk daar aan.' De verpleegster keek bezorgd naar haar begeleider.
'Bij een rustige dans gebeuren juist de gekste dingen.' Fonsie draaide zich om en knipte met zijn vingers. De verpleegster kon er niet om lachen.
'Je gaat toch naar een klooster?'
'Geen vooroordelen alsjeblieft,' waarschuwde Fonsie. 'Dat ik er niet als een non uitzie, wil nog niet zeggen dat...'
'Hou op, Fonsie. Mario krijgt in de auto zowat een toeval.'
Het was de eerste keer sinds het ongeluk dat ze buiten kwam. Eve huiverde toen ze de hoek zag waar het was gebeurd. Ze hielpen haar in de bestelauto en reden geanimeerd ruziënd en babbelend terug naar Knockglen.
Over sommige onderwerpen kon ze meepraten – over de nieuwe ver-

lichting en de muziek in de zaak en dat ze de cafetaria nu een café noemden en dat 'Island in the sun' zo hard over straat schalde dat je wel naar binnen *moest* komen.
'Eerder de politie binnen *moet* komen,' vond Mario.
Van andere onderwerpen wist ze niets af – of Mario's broer nou een idioot was geweest om met een Iers meisje te trouwen, de moeder van Fonsie, of dat Fonsie's moeder nou gek was geweest om met een Italiaan te trouwen, namelijk Mario's broer. Bij dat onderwerp sukkelde ze in slaap. Ze wist dat ze daar toch nooit uit zouden komen.

Eve zat rechtop in bed en dronk haar bouillon.
'Zuster Imelda heeft hem gemaakt. Wil je proeven?'
Benny nam een slokje.
'Patsy heeft haar bij Flood om schenkel horen vragen en ze wees op haar enkel voor het geval hij haar niet zou begrijpen. Meneer Flood zei: "Ik weet heus wel wat schenkel is, zuster. Ik weet niet veel, maar wat schenkel is weet ik nog net wel".'
'Gaat Patsy nog steeds met die domme Mossy?'
'Ja, moeder is als de dood dat ze met hem gaat trouwen.'
'Is hij zo erg?'
'Nee hoor, maar we willen gewoon liever niet dat Patsy gaat trouwen, omdat ze dan bij ons weggaat.'
'Dat is niet zo aardig tegenover Patsy,' zei Eve. 'Ik voel me net de verloren zoon. Hij was me in de bijbel nooit zo opgevallen, maar het is best een prettig gevoel. Door het ongeluk heeft iedereen zo met me te doen dat ze vergeten dat ik al die leugens heb opgedist en dat ik zo bot was tegen die afschuwelijke moeder Clare. Luister, dat wou ik je nog vertellen, het raarste van alles. De jongen die verongelukt is, Frank Hegarty... moeder Francis heeft diezelfde dag zijn moeder ontmoet. Ik weet niet precies hoe het gegaan is, maar in ieder geval raakten ze aan de praat en nu komt ze een paar dagen hier in Knockglen logeren.'
'Slaapt ze in het hotel van Healy?'
'Nee, hier in het klooster. Ze hebben een van de kamers ingericht als slaapkamer.'
'Vertel verder!'
'Ze komt vandaag met de bus. Het zal heel moeilijk zijn om met haar te praten.'
'Dat lijkt mij ook,' stemde Benny in. 'Alles wat je zegt kan verkeerd vallen. Misschien wil ze er helemaal niet over praten, maar aan de andere kant kan het gevoelloos lijken om maar over koetjes en kalfjes te beginnen.'
'Nan zou het wel weten,' zei Eve opeens.
Benny's hart verkilde. Het was een gemene gedachte, als je in aanmer-

king nam hoe aardig Nan voor haar was geweest en hoe ze haar bij van alles had betrokken, maar Benny had het gevoel dat Nan te veel lof kreeg toegezwaaid. Was het wel zo dat zij onder alle omstandigheden wist wat ze moest doen? Ze voelde een steek van jaloezie. Ze zei niets, uit angst dat haar stem haar zou verraden.
Eve had niets gemerkt. Ze was nog steeds aan het bedenken wat Nan zou hebben gedaan of gezegd.
'Ik denk dat het komt doordat ze nooit twijfelt zoals wij. Het lijkt alsof ze altijd weet wat ze wil, of het nu wel of niet zo is. Dat is het geheim.'
'Dat zal wel,' zei Benny, hopend dat de gemene ondertoon niet te horen zou zijn.
'Nan krijgt alles voor elkaar,' zei Eve. 'Dank zij haar mochten we zelfs op de zaal roken!'
'Maar jij rookt helemaal niet!' riep Benny stomverbaasd uit.
Eve giechelde. 'O, ik deed voor de lol mee, dat deden ze allemaal. Daar ging het om.'
'Wat gaat ze hier de hele dag doen, die mevrouw Hegarty?' vroeg Benny.
'Dat weet ik niet. Wat rondkijken. Ze zal zich hier wel eenzaam voelen en niet erg op haar gemak.'
'Dat zal thuis ook wel zo zijn, denk ik,' zei Benny.
'Heb je Sean nog gesproken?'
'Niet echt. Vorig weekeinde liep hij nog met zijn neus in de lucht, je kent dat wel. Hij keek snel de andere kant op toen hij mij in de kerk zag, dat stuk chagrijn. Helaas duurde dat niet lang. Gisteravond kwam hij langs om te vragen of ik mee naar de film ging. Ik moest nogal schaamteloos misbruik van jou maken: ik heb gezegd dat ik niets kan afspreken zolang jij nog in de lappenmand bent.'
'Dat zal hij niet leuk gevonden hebben.'
'Volgens hem doet het verhaal de ronde dat jij de hele tijd bij Mario rondhangt en geintjes maakt met Fonsie... Hij vond het maar niks.'
Eve schaterde het uit.
'Wat zou Fonsie daarvan zeggen? Hij is zo grappig, echt waar. Hij denkt dat ie de grote baas van Knockglen gaat worden.'
'Nou ja, dat lijkt me niet zo vreselijk moeilijk.'
'Dat heb ik ook gezegd. Maar daar komt meer bij kijken, zegt hij. Hij wil niet alleen de grote baas worden, maar hij gaat ook heel Knockglen grootmaken. Dat zou gelijk op gaan met zijn carrière.'
'Laat hem dan maar een beetje opschieten. Dat kan mij niet snel genoeg gaan,' zei Benny mistroostig.
'Goh, je lijkt wel een kruising tussen pater Rooney en mevrouw Healy met die sombere toon van je,' waarschuwde Eve haar.

'Misschien ben ik dat wel. Misschien hebben mijn ouders de verkeerde baby meegekregen.'
'Tjee, dat zou me een mooie vergissing zijn,' zei Eve en toen begonnen ze weer helemaal van voren af aan.
Kit Hegarty zei dat ze nog nooit zo'n heerlijke kamer was tegengekomen. Precies wat ze wilde. Hij was klein, met een laag plafond en er waren geen schaduwen of hoekjes die haar 's nachts uit haar slaap konden houden. Ze voelde dat ze hier eindelijk weer goed zou kunnen slapen. Ze wilde ook graag helpen, zei ze. Ze kon niet veel, maar een grote huishouding doen was ze gewend.
Moeder Francis remde haar wat af. Nu niet, misschien later. Ze moest eerst rusten. Ze liet haar de kapel zien. Het was er donker en stil. Twee nonnen lagen geknield voor het altaar met het Heilig Sacrament, zoals moeder Francis uitlegde. Later zouden de zusters hier gezamenlijk hun avondgebed doen. Als ze wilde kon ze komen luisteren naar de zingende nonnen.
'Ik weet niet of...'
'Ik ook niet,' zei moeder Francis kordaat. 'Misschien maakt het u verdrietig, aan de andere kant is dat misschien net wat u nodig hebt, in een kerk te zitten temidden van onbekenden en te huilen om uw zoon... Daar zijn de kassen. Die zal ik u ook laten zien. Ze verkeren niet in erg goede staat. We hebben geen geld en personeel om ze te onderhouden. Ach, als u ze gezien had toen Eve's vader nog leefde...'
Ze vertelde de vrouw het verhaal dat bijna nooit werd verteld. De arbeider en de rusteloze dochter van het grote landgoed. De onmogelijke verbintenis, de zwangerschap, het huwelijk, de geboorte van Eve en de twee sterfgevallen.
Kit Hegarty's ogen schoten vol tranen. 'Waarom vertelt u me dit?' vroeg ze.
'Ik denk dat het een onhandige poging van me is om u te laten weten dat er ook andere nare dingen op aarde gebeuren,' zei moeder Francis.

'Ga je vanavond niet uit?' vroeg Annabel Hogan aan Benny toen ze na het avondeten opstonden van tafel. 'Uit' betekende uit met Sean Walsh. Benny deed net alsof haar neus bloedde.
'Nee, Eve moet het nog rustig aan doen. Ze mag al wel op en zo en vanavond eet ze met de zusters en mevrouw Hegarty,' zei ze achteloos.
'Zo, draait er niets in de bioscoop?' vroeg haar moeder even onschuldig.
'Maar natuurlijk draait er iets, moeder. *Fail Safe*. Het schijnt een spannende film te zijn, over de geluidsbarrière.'
'Wil je daar dan niet heen?' vroeg haar vader.

'Ik heb niet veel zin om alleen te gaan, vader. Maar we zouden natuurlijk met z'n allen...' De Hogans gingen bijna nooit naar de bioscoop. Ze wist dat ze haar graag af en toe met Sean zagen uitgaan. Ergens in hun warrige hoofden moesten ze denken dat hij voor haar leuk gezelschap betekende, plezier, een afspraakje waard. Misschien bekeken ze het vanuit het standpunt van Sean, die het als een eer beschouwde om de dochter van de baas mee uit te nemen, zodat iedereen het kon zien. Op de een of andere manier maakte het de dingen overzichtelijk voor hen. Veilig. Als Sean gelukkig was, zou hij nooit weggaan, naar een betere zaak, in een grotere stad. Zo dachten ze er waarschijnlijk over, hoe dom en kortzichtig dat ook was.
'Je weet toch dat wij nooit naar de bioscoop gaan,' zei haar moeder.
'We dachten dat je misschien met Sean ging?'
'Sean? Sean Walsh?' vroeg Benny alsof het dorp vol Seans zat die allemaal zaten te springen om haar mee naar de bioscoop te nemen.
'Je weet heel goed dat ik Sean Walsh bedoel,' zei Annabel streng.
'O nee, ik denk niet dat het een goed idee is om altijd met hem uit te gaan.'
'Maar je gaat niet altijd met hem uit.'
'Nee, maar als Eve hier niet is, zit het gevaar erin dat het een gewoonte wordt.'
'En wat kan dat voor kwaad?'
'Het kan geen kwaad, moeder, maar je begrijpt best wat ik bedoel.'
'Heeft hij je nog niet gevraagd? Tegen *mij* zei hij dat hij je zou vragen.'
Eddie Hogan keek verbaasd. Hij hield niet van dingen die niet duidelijk waren.
'Ik heb nee tegen Sean gezegd omdat ik niet wil dat Sean denkt en ik denk en heel Knockglen denkt dat we bij elkaar horen.'
Het was voor het eerst dat dit onderwerp hier thuis werd aangesneden. Benny's ouders keken elkaar verloren aan.
'Ik vind niet dat jullie meteen een stelletje zijn als je af en toe samen naar de bioscoop gaat,' zei Annabel Hogan.
Benny's gezicht klaarde op. 'Dat bedoel ik nou. Ik heb er niets op tegen om *af en toe* met Sean naar de film te gaan, maar niet elke week. Af en toe, zo heb ik het ook precies tegen hem gezegd, geloof ik.'
Eigenlijk had ze de woorden 'heel soms, misschien, maar niet in de nabije toekomst' gebruikt, waarop hij haar met zijn kille spleetogen had aangekeken. De rillingen waren haar over de rug gelopen. Het had geen nut dit aan haar ouders uit te leggen. Wat ze nu gezegd had, was duidelijk genoeg.
Jack Foley en Aidan Lynch besloten naar het dispuut op zaterdagavond

te gaan. Het werd gehouden in het Natuurkundig Theater. Het was tamelijk informeel, hoewel de debatterende partijen en de jury in smoking waren. Ze moesten genoegen nemen met een plaatsje aan de zijlijn en stonden in de deuropening toe te kijken. Middenin een zee van herenjasjes ontwaarde Aidan het blonde hoofd van Nan Mahon. Ze lachte, met haar hoofd in haar nek en fonkelende ogen. Ze had een dunne witte blouse aan, met een roos in het bovenste knoopsgat en een zwarte rok. Van alle meisjes in de zaal trok zij de meeste aandacht.

'Kijk, die verrukkelijke Nan,' fluisterde Aidan en floot zachtjes tussen zijn tanden. 'Ik heb gevraagd of ze met mij hierheen wilde gaan, maar ze ging liever alleen, zei ze.'

'Zo, ze ging liever alleen,' zei Jack en keek nog eens goed naar haar.

'Ik dacht dat ze me leuk vond,' zei Aidan teleurgesteld.

'Nee, dat is niet waar. Je dacht dat ze Bill Dunne leuk vond. En ik dacht eigenlijk dat ze *mij* leuk vond,' zei Jack.

'Er blijven er zat over die jou leuk vinden,' mompelde Aidan. 'Nee, ik dacht dat ik iets voor Nan betekende. Ze heeft me meegenomen naar het ziekenhuis om haar vriendin op te zoeken.'

'Jij bent een geboren ziekenbezoeker,' lachte Jack. 'Kijk toch. Zij vindt iedereen leuk.'

Hij keek met een spijtig gezicht naar het meisje middenin de menigte. 'Wat was dat voor een vriendin in het ziekenhuis?' vroeg hij aan Aidan om hun gedachten af te leiden van hun gemiste kansen bij Nan.

'Ach,' zei Aidan lusteloos, 'een beetje mager en bits, maar verder best aardig, geloof ik.' Terwijl hij dat zei, drong tot hem door dat het niet bepaald vriendelijk klonk. 'Niet dat ik nou zelf zo'n Adonis ben,' voegde hij toe.

'Je ziet er geweldig uit, kerel!' zei Jack Foley. 'Kom op, ik heb er genoeg van om als een zombie naar onze Nan te staan staren. Zullen we een pilsje pakken?'

'Dat lijkt me wel wat,' zei Aidan.

Bij het verlaten van de zaal keek Jack nog één keer langdurig en indringend naar Nan, maar haar ogen gaven geen enkel teken van herkenning, niet toen hij was binnengekomen en niet toen hij wegging. Jack zou hebben gezworen dat ze hen bij binnenkomst recht had aangekeken, maar misschien was het zo'n gedrang bij de deur dat ze niet waren opgevallen.

Eve vond het niet leuk dat moeder Francis de moeder van Frank Hegarty te logeren had gevraagd. Het zou in de eerste plaats betekenen dat hun gesprek moest worden uitgesteld, terwijl ze zo ongeduldig was en nieuwsgierig hoe moeder Francis zou vinden dat ze de Westwards moest benaderen. Ze was enkel van plan om collegegeld te vragen. Ze zou wel een gezin vinden waar ze als au pair voor de kinderen kon zorgen. Dat moest mogelijk zijn. Niet iedere student had ouders die alles konden betalen. Er moesten toch meer werkstudenten zijn. Overdag werken en 's avonds studeren leek haar niks. Ze had natuurlijk weleens gehoord dat er mensen waren die het op die manier gehaald hadden, maar ze dacht niet dat het iets voor haar was. Dat soort studenten was saai en vroeg oud. Ze haastten zich de collegezaal in en gingen dan weer zo snel mogelijk naar huis. Eve Malone wilde niet alleen een titel halen. Het ging haar ook om het studentenleven, het leven dat ze had kunnen hebben als alles anders was gelopen.

Ze hoopte dat die mevrouw Hegarty niet te lang in Knockglen zou blijven, want ze wilde snel actie ondernemen. Ze kon niet lang meer in dit klooster blijven rondhangen en zo de stelling van moeder Clare bewijzen dat ze een blok aan het been was. Als ze zich dit jaar nog aan de universiteit wilde inschrijven, dan moest ze dat binnen een paar dagen doen. En als er een onaangenaam onderhoud met Simon Westward moest komen, dan kon ze dat maar beter zo snel mogelijk achter de rug hebben. Had ze de aandacht van moeder Francis nu maar voor zichzelf alleen.

Na het eten zat Eve in de warme keuken. Zuster Imelda had warme melk met een beetje peper klaargemaakt, wat heel gezond moest zijn. De natte theedoeken hingen te drogen. Het rook vertrouwd, naar thuis. Maar Eve voelde zich toch niet zo op haar gemak.

Met haar gebruikelijke kalmte kwam moeder Francis binnen en ging tegenover haar zitten. 'Drink maar niet op als je het vies vindt. We spoelen het wel door de gootsteen.'

Eve glimlachte. Zo was het altijd geweest, zij tweetjes tegen de rest van de wereld.

'Het gaat best... als ik had kunnen kiezen had ik iets anders gekozen, maar...'

'Je *kunt* kiezen, Eve, keuze genoeg.'

'Maar dan zal ik toch naar de Westlands moeten, of niet?'

'Dat hangt ervan af waar je je zinnen op hebt gezet...'

'En wat moet ik zeggen?'

'Het is geen toneelstuk dat je vooraf opschrijft, Eve.'

'Dat weet ik, maar we kunnen toch een strategie uitdenken.' Er viel een stilte. 'Ik neem aan dat *u* ze al hebt benaderd?' Het was de eerste keer dat Eve hierover begon.

'Dat is heel lang geleden, toen je een jaar of twaalf was. Ik vond toen dat we met ze moesten praten, voor het geval ze jou naar een protestantse school wilden sturen.'

'Geen reactie?'

'Dat ligt zo gevoelig. Het is zes jaar geleden en daar kwam ik, een non in

het zwart, bedekt met rozenkransen en kruisbeelden... zo zagen zij het waarschijnlijk.'
'Was dat de laatste keer? Hebt u ze ook nog benaderd voor collegegeld?'
Moeder Francis wendde haar blik af. 'Niet persoonlijk, nee.'
'Maar u hebt geschreven?'
De non gaf haar de brief van Simon Westward. Al lezend versomberde Eve's gezicht.
'Dat is nogal definitief, hè?'
'Dat kun je wel zeggen. Maar je kunt er ook anders tegenaan kijken. Je zou ook kunnen zeggen dat het verleden tijd is. Nu kun je zelf met je vragen komen.'
'Misschien zeggen ze wel dat ze nooit van me horen, behalve als het om geld gaat.'
'Nou, daar hebben ze geen ongelijk in.'
Eve keek verbaasd op.
'Dat is niet eerlijk, moeder. U weet hoe ik me al deze jaren heb gevoeld. Ik heb me niet willen verlagen door met de pet in de hand naar ze toe te gaan, terwijl u zoveel voor mij hebt gedaan en zij helemaal niets. Het zou een soort verraad aan het klooster zijn geweest.' Ze was nijdig over de onrechtvaardige opmerking van de non.
Moeder Francis bleef zachtmoedig 'Dat weet ik. Natuurlijk weet ik dat. Ik probeer het alleen vanuit hun standpunt te bekijken. Anders heeft het geen zin.'
'Ik ga *niet* zeggen dat iets me spijt. Ik ga niet doen alsof...'
'Daar heb je gelijk in, maar hoe zinvol is het om met zo'n houding naar ze toe te gaan?'
'Wat voor andere houding zou ik dan moeten aannemen?'
'Er zijn nog zoveel mogelijkheden, Eve. Maar er zal niets werken, behalve...'
'Behalve...?'
'Behalve als je meent wat je doet. Je hoeft niet te kruipen en een genegenheid voor te wenden die je niet voelt, maar je hoeft er ook niet heen te gaan met haatgevoelens.'
'Wat voor gevoelens zou u hebben, als u ging?'
'Dat heb ik je al verteld. *Jij* bent degene die moet gaan.'
'Help me, moeder.'
'Wat dit betreft heb ik je nooit veel kunnen helpen. Dit moet je zelf oplossen.'
'Hebt u geen belangstelling meer voor me? Maakt het u niet uit wat er van me wordt?' Eve stak haar kin vooruit, zoals ze altijd deed als ze zich gekwetst voelde.
'Als je dat denkt...' begon moeder Francis.

107

'Nee, dat is niet zo. Het lijkt op het moment alleen zo'n doolhof van doodlopende straten. Zelfs al kreeg ik collegegeld los, dan moest ik ook nog woonruimte en een baan zoeken.'
'Doe één ding tegelijk,' zei moeder Francis. Eve keek haar aan. Op het gezicht van de non lag de blik die ze vroeger altijd had als er een verrassing in de lucht hing.
'Weet u al wat voor me?' vroeg Eve gretig.
'Mijn voorlaatste idee had niet erg veel succes, of wel soms? Ga nu maar slapen, Eve. Je zult al je krachten nodig hebben als je naar de Westwards gaat. Ga er pas vroeg in de middag naartoe. Om elf uur gaan ze naar de kerk.'

De weg zat vol gaten en in het midden van wat ooit een goed onderhouden oprijlaan was geweest, schoot onkruid op. Eve vroeg zich af of haar vader nog aan deze weg had gewerkt. Moeder Francis bleef altijd tamelijk vaag als ze naar Jack Malone informeerde. Hij was een goed mens geweest, een aardige man en dol op zijn dochtertje. Dat was zo'n beetje wat ze vertelde. En zo *moet* je een kind dat ook vertellen, besefte Eve. Over haar moeder wist ze nog minder. Ze moest in haar jeugd beeldschoon zijn geweest. Ze was altijd even vriendelijk, had moeder Francis gezegd. Wat kon ze verder nog vertellen over een tuinman en de gestoorde dochter van het grote landgoed? Eve had zich vast voorgenomen om haar achtergrond helder te blijven bekijken. Ze had allang begrepen dat het geen nut had om haar verleden te romantiseren. Ze rechtte haar rug en liep op het huis af. Van dichtbij zag het er minder fraai uit dan vanaf de weg. De verf bladderde. Het geheel was rommelig en slecht onderhouden. Op het gras lag een hoop croquethamers en boogjes, alsof het spel hier vele maanden geleden een keer ooit was gespeeld, waarna niemand de moeite had genomen op te ruimen en nooit de lust was ontstaan om nog eens te spelen. In de hal stonden laarzen en oude golfclubs met beschadigde handvatten. Kromgetrokken tennisrackets staken uit een grote bronzen paraplubak.
Door de glazen deuren heen zag Eve in de hal een tafel bezaaid met catalogi, brochures en enveloppen. Het was heel anders dan het nette, schoongeboende klooster waar zij woonde. Op de tafel in hun hal, onder de afbeelding van Onze-Lieve-Vrouwe Middelares, zag je nog geen snippertje papier liggen. Als er al eens iets op terechtkwam, werd dat meteen weggeruimd. Het kwam haar vreemd voor om in een huis te wonen waar je de haltafel nauwelijks kon zien door alles wat erop lag. Ze belde aan. Drie personen zouden de deur open kunnen doen. De eerste was Bee, de zuster van schoenmaker Paccy Moore. Bee was dienstmeisje op het landgoed. Of de kokkin zou kunnen komen, als Bee haar vrije dag had. Mevrouw Walsh werkte al sinds mensenheugenis

bij de familie. Ze kwam niet uit Knockglen en ging niet met de mensen uit het dorp om, hoewel ze katholiek was en altijd naar de ochtendmis ging. Ze was een lange vrouw die er op haar fiets nogal vervaarlijk uitzag. Of misschien zou Simon Westward zelf naar de deur komen. Zijn vader zat in een rolstoel en was er, naar verluidde, steeds slechter aan toe, dus die zou ze niet aan de deur hoeven te verwachten.

Al zolang ze zich kon herinneren, had Eve een bepaald spelletje gedaan – net zoiets als niet op de voegen tussen de tegels trappen. Het was iets dat moeder Francis waarschijnlijk bijgeloof zou noemen. Maar ze had het altijd al gedaan. 'Als de eerste vogel die op de vensterbank komt zitten een spreeuw is, dan slaag ik voor mijn examen. Als het een merel is, dan zak ik. Als het meer dan vijfentwintig tellen duurt voordat de deur van het klooster in Dublin opengaat, dan zal ik het er afschuwelijk vinden.' Op de een of andere manier kwam vooral tegenover gesloten deuren haar behoefte op om dit spel te doen.

Voor de ongastvrije ingang van het landhuis dat eens haar moeders thuis was geweest, vertelde Eve Malone zichzelf met klem dat het een goed teken zou zijn als Bee Moore open kwam doen, dat ze dan het geld zou krijgen. Als Simon Westward verscheen, zou dat een slecht teken zijn. Als mevrouw Walsh aan de deur zou komen, dan kon het alle kanten op. Haar ogen straalden verwachtingsvol. Na een korte tijd wachten hoorde ze het geluid van toesnellende voetstappen. Het silhouet van een schoolmeisje van een jaar of tien, elf kwam naar de deur rennen. Ze moest op haar tenen gaan staan om bij de klink te kunnen en keek Eve met belangstelling aan. Ze droeg het soort korte overgooier van de meisjes op protestantse scholen. In het klooster moesten die dingen altijd wat langer en minder opvallend zijn. Ze had haar haar in twee staarten, die als een soort handvatten boven haar oren uitstaken, alsof iemand haar daaraan zou kunnen optillen en meedragen. Ze was niet dik, maar wel breed en gedrongen. Ze had sproeten op haar neus en haar ogen waren van hetzelfde donkerblauw als haar schoolkleding.

'Hoi,' zei ze tegen Eve. 'Wie ben jij?'
'Wie ben *jij*?' vroeg Eve. Als ze allemaal zo klein waren, was ze voor niemand bang in het grote huis.
'Ik ben Heather,' antwoordde het kind.
'Ik ben Eve.'
Er viel een korte stilte, waarin Heather over iets nadacht.
'Bij wie moet ik zeggen dat je er bent?' zei ze bedachtzaam.
Eve keek haar verrast aan. Het kind probeerde te weten te komen of Eve voor de heer des huizes of voor het personeel kwam. Ze had zich zeer netjes uitgedrukt.
'Ik kom voor Simon Westward,' zei ze.

'O, natuurlijk. Kom binnen.'
Eve liep achter het kleine meisje aan door de hal, die vol donkere schilderijen hing, waarschijnlijk jachttaferelen. Het was moeilijk te zien. Heather? Heather? Ze had nooit gehoord van een of andere Heather in dit huis, maar ze had zich dan ook nooit erg beziggehouden met wie wie was in deze familie. Als mensen in Knockglen over de familie spraken, mengde ze zich nooit in het gesprek. Soms hadden de nonnen het over hen, maar dan schudde Eve haar hoofd en wendde zich af. Een keer kwam ze een artikel over hen tegen in een chique tijdschrift en ze had driftig verder gebladerd om niet nog meer te weten te komen. Benny zei altijd dat ze, als de Westwardfamilie haar familie was geweest, alles zou willen weten en zelfs een plakboek zou bijhouden. Typisch Benny. Die zou waarschijnlijk een soort loopjongen voor hen zijn geworden en bedanken voor iedere kruimel die van hun tafel viel, in plaats van de koele onverschilligheid te bewaren die Eve nu al zo lang koesterde.

'Ben je een van Simons vriendinnen?' vroeg het kind om een gesprek te beginnen.

'Nee, zeker niet,' zei Eve vlak.

Ze kwamen bij de zitkamer. De zondagskranten lagen uitgespreid op een bijzettafeltje. Op een zilveren dienblad stonden een karaf sherry en glazen. Majoor Charles Westward zat voor het raam in zijn rolstoel. Aan zijn afhangende schouders zag je zelfs van een afstand meteen dat hij zich niet helemaal bewust was van zijn omgeving. De plaid was van zijn knieën half op de grond gegleden.

Deze man was Eve's grootvader. Andere mensen waren dol op hun grootvader. Ze noemden hem opa en zaten bij hem op schoot. Grootvaders gaven je geld en maakten foto's van je eerste en tweede communie. Ze waren trots op je en stelden je voor aan mensen. Maar deze man had zijn kleindochter Eve nooit willen zien en als hij nog bij zijn volle verstand was, zou hij haar misschien wel weg laten sturen, zoals hij met haar moeder had gedaan. Ooit had ze ervan gedroomd dat hij haar vanaf zijn paard of vanuit zijn auto zou zien en zou vragen wie dat prachtige kind was. Dat ze trekken had die hem aan zijn eigen familie deden denken. Maar dat was lang geleden. Ze had niet het gevoel iets gemist te hebben. Ze betreurde het niet dat de dingen anders waren gelopen. Ze schrok niet van zijn zwakke gezondheid en het hinderde haar ook niet om hem nu, na al die jaren van afwijzing, van dichtbij te zien.

Heather keek haar nieuwsgierig aan. 'Ik ga nu Simon voor je zoeken. Kan ik verder nog iets voor je doen?' zei ze.

Het kind had een open gezicht. Eve vond het moeilijk om pinnig tegen haar te zijn.

'Dank je. Heel erg bedankt,' zei ze stijfjes.

Heather lachte naar haar. 'Je lijkt helemaal niet op zijn andere vriendinnen.'

'Nee?'
'Nee, jij ziet er veel normaler uit.'
'Fijn.' Eve moest ongewild lachen.
Het kind bleef benieuwd. 'Gaat het over de merrie?'
'Nee, niet over de merrie. Ik kan nog geen merrie van een nachtmerrie onderscheiden.'
Heather lachte en ging naar de deur. Eve was zelf verbaasd dat ze aan het voorgaande nog iets toevoegde.
'Ik ben niet een van zijn vriendinnen,' riep ze. 'Ik ben een van zijn nichtjes.'
Dat beviel Heather. 'O, dan ben je ook een nichtje van mij. Ik ben het zusje van Simon.'
Een brok in haar keel belette Eve het spreken. Wat ze ook had verwacht toen ze naar de Westlands ging, dit niet. Ze zou vooraf nooit hebben geloofd dat er een Westward bestond die het leuk zou vinden om haar te zien.

Moeder Francis drukte Kit Hegarty op het hart dat er geen haast bij was om terug naar Dublin te gaan. Ze kon blijven zolang ze wilde, misschien wel een week.
'Ga niet te snel terug. De rust van het klooster zou geen uitwerking hebben als u te snel naar de stad terugging.'
'Dat is echt weer iets voor mensen van het platteland. Die denken allemaal dat heel Dublin net als de O'Connell Street is. Wij wonen in een buitenwijk, vlak bij de kust. Het is een heerlijke buurt met veel frisse lucht.'
Moeder Francis wist dat de rust van Knockglen niets te maken had met stad of platteland. Het grote voordeel van Knockglen was dat het ver van het huis lag waarnaar Frank Hegarty nooit meer zou terugkeren.
'Blijf hier toch maar een tijdje en adem wat van onze rustige sfeer in.'
'Ik loop hier in de weg.' Kit had gemerkt hoe graag Eve moeder Francis voor zich alleen wilde hebben.
'Integendeel. U bent erg nuttig, in die zin dat Eve tijd nodig heeft om met andere mensen van gedachten te wisselen voordat ze haar leven in handen neemt. Het heeft geen zin dat zij en ik in cirkeltjes ronddraaien. Hoe jammer ik het ook vind, ik besef dat ze zelf moet beslissen.'
'U zou een geweldige moeder zijn geweest,' zei Kit.
'Dat weet ik niet zo zeker. Het is makkelijker om er iets verder vanaf te staan.'
'U staat er niet verder vanaf. U bent in staat datgene niet te doen dat wij allemaal wel doen – u zeurt niet.'
'Ik denk anders niet dat u zo'n zeurkous bent,' glimlachte moeder Francis.

'Hebt u nooit willen trouwen en een gezin willen stichten?' vroeg Kit.
'Ik had mijn zinnen gezet op een wilde, ongeschikte boerenzoon die ik niet kon krijgen.'
'Waarom kon u hem niet krijgen?'
'Omdat wij geen boerenland hadden om als bruidsschat in te brengen. Of misschien dacht ik dat ook maar. Als hij me echt had gewild dan had hij me wel genomen, land of geen land.'
'Wat is er met hem gebeurd?'
'Hij trouwde met een meisje dat veel mooiere benen had dan Bunty Brown en dat *wel* een boerderij als bruidsschat kon inbrengen. Ze kregen in vijf jaar tijd vier kinderen en toen nam hij een ander, zeggen ze.'
'Wat deed zijn vrouw daarna?'
'Ze maakte zich in de hele omgeving belachelijk. Dat had Bunty Brown nooit gedaan. *Zij* zou hem eruit gegooid hebben en een pension zijn begonnen en *zij* was trots gebleven.'
Kit Hegarty lachte. 'Bent *u* echt Bunty Brown?'
'Niet meer, al heel lang niet meer.'
'Hij was gek dat hij u niet nam.'
'Dat heb ik ook gedacht. Drie jaar lang heb ik dat dag en nacht gedacht. Ze wilden me eerst niet eens in het klooster opnemen. Ze dachten dat ik vluchtte, me probeerde te verschuilen voor de wereld.'
'En heeft u er spijt van dat u niet op een andere boerenzoon hebt gewacht?'
'Nee, niet in het minst.'
Haar ogen staarden in de verte.
'In zekere zin hebt u alles wat uw hart begeert,' zei Kit. 'U kent de vreugde van kinderen op school.'
'Dat is waar,' zei moeder Francis. 'Ieder jaar nieuwe kinderen, ieder jaar nieuwe gezichten van binnenkomende leerlingen.' Maar ze keek bedroefd.
'Zal het Eve lukken?'
'Natuurlijk lukt het haar. Waarschijnlijk praat ze nu al met hem.'
'Met wie?'
'Met haar neef, Simon Westward. Ze wil hem om collegegeld vragen. Ik hoop niet dat ze haar beheersing verliest. Ik hoop niet dat ze haar eigen glazen ingooit!'

Zodra haar broer binnenkwam, ging Heather de kamer uit. Eerst liep Simon naar de gebogen figuur in de rolstoel, pakte de plaid van de grond en knielde neer om de oude man in te stoppen. Hij kwam weer overeind en liep terug naar de haard. Hij was klein en donker en had een knap, smal gezicht met donkere ogen en bruin haar dat bijna over zijn ogen hing. Hij had het al zo vaak met een hoofdbeweging moeten

wegschudden dat het gebaar tot een zenuwtrek was verworden. Hij droeg een rijbroek en een tweed jasje met leren lappen op de ellebogen.
'Wat kan ik voor je doen?' Zijn stem klonk koel maar beleefd.
'Weet u wie ik ben?' zei Eve op even koude toon.
Hij aarzelde. 'Niet echt,' zei hij.
Haar ogen fonkelden. 'U weet het wel of u weet het niet,' zei ze.
'Ik denk dat ik het weet. Ik heb het aan mevrouw Walsh gevraagd. Ze zegt dat je de dochter bent van Sarah. Klopt dat?'
'Dus u hebt van me gehoord?'
'Ja, natuurlijk. Ik herkende je niet toen je de oprijlaan op kwam, dus heb ik nagevraagd wie je was.'
'Wat heeft mevrouw Walsh nog meer gezegd?'
'Dat lijkt me niet belangrijk. Mag ik nu weten waarom je hier bent?'
Hij had de situatie zozeer onder controle dat Eve wel in huilen wilde uitbarsten. Voelde hij zich maar slecht op zijn gemak of schuldig over de manier waarop zijn familie haar had behandeld, of verward en onzeker over de afloop van deze situatie. Maar Simon Westward scheen perfect te weten hoe hij in deze omstandigheden moest handelen.
Ze zweeg en keek naar hem. Onbewust imiteerde ze zijn houding, handen op de rug, knipperende ogen, de mond in een harde dunne lijn. Ze had zich zorgvuldig gekleed en bewust niet haar mooiste kleren aangedaan, zodat hij niet zou denken dat ze speciaal voor hem opgedoft was of dat ze van de ochtendmis kwam. In plaats daarvan droeg ze een rok met Schotse ruit en een grijs gebreid vest. Ze had een blauw sjaaltje rond haar hals geknoopt omdat ze dacht dat het een nette indruk zou maken.
Ze bleef hem strak aankijken.
'Wil je een glas sherry?' vroeg hij. Dat betekende dat ze de eerste ronde had gewonnen.
'Graag.'
'Zoet of droog?'
'Ik weet het verschil niet. Ik heb nog nooit sherry gedronken.' Ze zei het trots. Eve Malone had de maniertjes van haar meerderen niet nodig. Even dacht ze dat ze hem zijn wenkbrauwen zag fronsen in een moment van aan verbazing grenzende bewondering.
'Neem dan de zoete. Die neem ik ook.'
Hij schonk twee glazen vol. 'Ga zitten.'
'Ik blijf liever staan. Ik blijf niet lang.'
'Goed.' Hij zei niets meer en wachtte.
'Ik wil dit semester naar de universiteit,' begon ze.
'In Dublin?'
'Ja, alleen zijn er een paar problemen.'
'O ja?'

'Onder meer dat ik het niet kan betalen.'
'Hoeveel kost het tegenwoordig om op Trinity College te komen?'
'Ik wil niet naar Trinity en dat weet u maar al te goed. Ik wil naar het University College Dublin.
'Sorry hoor, dat wist ik niet. Echt niet.'
'Trinity heeft jarenlang geen katholieken toegelaten. Nu ze er wel op mogen, heeft de aartsbisschop gezegd dat het een zonde is om er naar toe te gaan. Daarom wil ik naar het UCD.'
Hij stak zijn armen uit alsof hij haar wilde afweren. 'Al goed, al goed,' zei hij.
Eve ging verder. 'Nu u het toch vraagt, het collegegeld is vijfenzestig pond per jaar tot aan de graad van bachelor. Daarna wil ik het diploma bibliotheekwetenschap halen en dat kost nog eens vijfenzestig pond. En ik zal ook boeken moeten kopen. Al met al komen de kosten op zo'n honderd pond per jaar.'
'En?'
'En ik had gehoopt dat u me dat zou willen geven,' zei ze.
'Geven? Niet lenen?'
'Nee, geven. Want ik kan het toch niet terugbetalen. Ik zou een oplichter zijn als ik u om een lening vroeg.'
'Waar moet je van leven? Je zult ook een kamer moeten huren en zo.'
'Ik zei toch al dat ik niet naar Trinity ging. Ik hoef geen kamer te huren. Ik neem een baantje in de huishouding om kost en inwoning te verdienen. Dat moet lukken. Ik heb alleen geen geld om het collegegeld te betalen.'
'En jij vindt dat wij dat moeten betalen.'
'Ik zou erg blij zijn als u dat deed.' Niet dankbaar, dacht Eve. Ze had gezworen dat woord niet te gebruiken, ondanks de raad van moeder Francis. Dankbaarder dan gewoon 'blij' kon ze niet zijn.
Simon dacht na. 'Honderd pond per jaar,' herhaalde hij.
'Vier jaar lang,' zei Eve. 'Ik kan niet echt aan mijn studie beginnen voordat ik weet dat ik niet ieder jaar om dat bedrag hoef te komen bedelen.'
'Je bent nu ook niet bepaald aan het bedelen,' zei Simon.
'Dat is waar, dat doe ik niet,' zei Eve. Ze voelde haar hoofd bonken. Ze had geen idee gehad dat het op deze manier zou lopen.
Hij lachte naar haar, een echte lach. 'Ik bedel ook nooit. Dat moet een familietrekje zijn.'
Eve voelde woede in zich oplaaien. Hij ging niet alleen haar verzoek weigeren, maar hij nam haar ook nog in de maling.
Ze had vooruit geweten dat hij haar zou afwijzen, maar ze dacht dat de deur met een paar koele en afstandelijke verontschuldigingen voor haar neus zou worden dichtgegooid. Voor altijd deze keer. Daar had ze

zich tegen gewapend. Er zouden geen tranen komen en geen smeekbedes. Ook zou ze hem geen verwijten maken. Ze had genoeg roddels gehoord in het dorp om te weten dat haar vader deze familie al vele jaren geleden had beschimpt en vervloekt. Ze wilde niet dat de geschiedenis zich zou herhalen.
Ze had erop geoefend om kalm te blijven.
'Wat doen we nu?' zei ze op vlakke toon. Ze wist dat het geen zin had om arrogant te doen of om te gaan smeken.
'Het lijkt me redelijk,' zei Simon.
'Wat?'
'Het bedrag dat je vraagt. Ik zie geen beletsels.' Hij lachte charmant. Ze voelde dat het beantwoorden van zijn glimlach haar op de een of andere manier in gevaar zou brengen.
'Waarom nu wel?' vroeg ze. 'Waarom eerder niet?'
'Je hebt me nooit eerder iets gevraagd,' zei hij eenvoudig.
'Nee, niet persoonlijk,' gaf ze toe.
'Het maakt nogal een verschil als het je indirect wordt gevraagd door een kloosterorde waar je nooit enig ander contact mee hebt gehad.'
'Hoe hadden ze het dan moeten doen?'
'O, dat weet ik niet. Dat is moeilijk te zeggen. Ik kan niet zeggen dat ik het leuk zou hebben gevonden als ze me op de thee hadden gevraagd of als ze een vriendschapshand hadden voorgewend die ik niet voelde. Maar ik vond het niet fraai om hier uit jouw naam geld te komen halen, alsof je zelf niet het verstand of de mond hebt om het te vragen.'
Ze dacht erover na. Het was waar. Maar het was natuurlijk even waar dat ze nooit verplicht had moeten zijn hem of enig ander lid van de Westwardfamilie iets te vragen wat haar rechtmatig toekwam. En moeder Francis was tot tweemaal toe met een kluitje in het riet gestuurd.
Maar om deze zaken ging het nu niet. Ze moest kalm blijven en niet het verleden oprakelen.
'Ik begrijp het,' zei ze.
Simon leek al bijna niet meer geïnteresseerd. Hij wilde liever over iets anders praten.
'Wanneer beginnen je colleges? Of zijn ze al begonnen?'
'Vorige week. Maar ik kan me nog inschrijven.'
'Waarom heb je dat niet op tijd gedaan?'
'Ik heb eerst iets anders geprobeerd. Daar kon ik het niet uithouden.'
Hij moest gewend zijn aan korte antwoorden. Hij leek er tevreden mee te zijn.
'Ach, ik weet zeker dat je in die paar dagen nog weinig gemist hebt. Als ik in Dublin kom, zie ik de studenten van de twee universiteiten alleen maar koffiedrinken en praten over het verbeteren van de wereld.'

'Misschien doen ze dat ook wel, ooit.'
'Natuurlijk,' zei hij hoffelijk.
Zij zweeg. Ze kon hem niet vragen om het geld nu al te geven. Ze wilde geen bedankjes uitdelen. Het woord 'dankbaar' zou haar kunnen ontglippen. Bedachtzaam nipte ze aan haar sherry.
Hun blikken kruisten elkaar. 'Ik haal een cheque,' zei hij en liep de hal in. Eve hoorde hem rommelen in de stapels papieren en documenten op de tafel in de hal.
De oude man zat voor het raam stilletjes naar de verwaarloosde tuin te staren. Op het gazon speelde het zusje, dat zeker twintig jaar jonger moest zijn dan haar grote broer, met een stel grote honden. Ze gooide stokken voor ze. Het was voor Eve een andere planeet.
Ze was en bleef een bezoeker, die stond te wachten tot Simon weer binnenkwam.
'Je moet het me niet kwalijk nemen, ik zeg dit niet om je te beledigen, maar ik weet niet of je Maloney heet, O'Malone of...?'
'Eve Malone,' antwoordde ze vlak.
'Dank je. Ik wilde het niet aan mevrouw Walsh vragen. Het was het een of het ander. Ik moest het aan jou vragen of aan haar.' Hij glimlachte.
Eve beantwoordde de glimlach niet. Ze knikte vaagjes. Hij schreef de cheque langzaam en omslachtig uit, vouwde hem dubbel en gaf hem haar.
De normale goede omgangsvormen dwongen haar om hem te bedanken. De woorden bleven in haar keel steken. Wat had ze eerst ook alweer gezegd. Welk woord was haar zo goed bevallen? Blij.
Ze gebruikte het opnieuw. 'Ik ben blij dat u dit hebt willen doen.'
'Ik ben ook blij,' zei hij.
Ze noemden elkaar niet bij de naam. Ze wisten dat ze elkaar niets meer te zeggen hadden. Eve stopte de cheque in haar zak en stak haar hand uit.
'Tot ziens,' zei ze.
Simon Westward zei tegelijkertijd hetzelfde.
Ze zwaaide vrolijk naar het kind, dat teleurgesteld leek dat ze wegging. Ze liep met rechte rug de oprijlaan af van het huis waar haar moeder zo lang had gewoond. Vanuit het huis werd ze natuurlijk nagekeken. Uit de keuken, uit de tuin waar de honden speelden, uit de zitkamer en uit de rolstoel.
Pas toen ze uit het zicht was, begon ze te huppelen.

In het klooster zaten moeder Francis en Kit Hegarty te lunchen voor het raam van de eetzaal. Er was ook gedekt voor Eve.
'We hebben maar niet op je gewacht,' zei moeder Francis, terwijl haar ogen nieuwsgierig Eve's gezicht afzochten naar een antwoord.

Eve knikte twee keer. Het gezicht van de non werd stralend.
'Ik moet nu gaan. Ik heb nog een heleboel te doen. Eve, je eten staat in de keuken. Haal het even, wees een brave meid en ga bij mevrouw Hegarty zitten.'
'Misschien...' Kit keek onzeker. 'Zal ik niet liever gaan en jullie twee alleen laten?'
'Nee, nee, u bent nog niet klaar met eten, ik wel. En Eve en ik wonen hier. We hebben nog jaren de tijd om te praten. U vertrekt binnenkort weer.'
Eve kwam terug met een opgewarmd bord vol gebakken spek en kruimige aardappels met een witte saus erover. Ze zette het op tafel en keek naar het droevige, vermoeide gezicht van de oudere vrouw tegenover haar.
'Zuster Imelda probeert me altijd vet te mesten, maar dat heeft geen zin. Als je bent zoals ik dan verbrand je alles meteen.'
Mevrouw Hegarty knikte.
'Ik geloof dat voor u hetzelfde geldt,' zei Eve. Ze voelde zich bijna licht in het hoofd van opluchting. Ze wilde over ditjes en datjes praten tot de lunch voorbij was, tot ze naar buiten kon rennen om Benny het nieuws te vertellen en tot ze met moeder Francis onder vier ogen kon spreken nadat deze verdrietige vrouw was vertrokken.
'Ja, voor mij geldt hetzelfde,' zei Kit Hegarty 'Ik heb nooit rust, ik slaap nauwelijks. Ik pieker te veel.'
'U hebt een boel om over te piekeren,' zei Eve meelevend.
'Dat is het niet alleen. Frank zei altijd tegen me dat ik nooit rustig kon zitten, dat ik altijd rusteloos rond zat te kijken.'
'Dat zeggen ze ook van mij,' zei Eve verrast.
Ze bekeken elkaar met hernieuwde belangstelling, de twee die om het hardst om moeder Francis' tijd en aandacht hadden gevochten. Ze vonden het niet vreemd dat zij niet weer bij hen kwam zitten. Ze merkten niet dat zuster Imelda niet binnenkwam om hun borden af te ruimen. Ze zaten te praten tot de grijze wolken, die achter de bomenrijen in de kloostertuin voorbijdreven, donker werden en de korte wintermiddag in avond veranderde.
Hun verhalen grepen ineen, als stukjes van een legpuzzel. Eve Malone had een plek nodig om te wonen, een plek waar ze haar kost en inwoning kon verdienen door in het huishouden te helpen. Kit Hegarty had iemand nodig die haar in haar kosthuis kon helpen. Ze durfde er niet de hele dag alleen te zijn, nu Frank, voor wie ze het allemaal had gedaan, er niet meer was. Ze zagen allebei de oplossing, maar durfden die niet uit te spreken.
Eve begon er als eerste over. In het klooster dat altijd haar thuis was geweest, begon Eve bijna te fluisteren toen ze het vroeg. Eve, die nooit

om een gunst wilde vragen, die niet in staat was geweest het juiste dankwoord te vinden voor de vierhonderd pond die nu in haar zak zat, kon ten slotte de woorden vinden om Kit Hegarty te vragen of ze bij haar mocht wonen.
Kit Hegarty boog over de tafel en nam de handen van Eve in de hare.
'Het zal ons lukken om er iets van te maken,' beloofde ze.
'Het zal ons lukken om er iets *geweldigs* van te maken,' verzekerde Eve haar.
Toen gingen ze het aan moeder Francis vertellen, die zeer verrast leek en meende dat hier sprake was van een directe tussenkomst van God.

Hoofdstuk 7

Brian Mahon was nu al een paar dagen aan het drinken. Het was nog geen veldslag, niet op geweld en uitspattingen uitgelopen zoals soms het geval was, maar hij hield het tempo er goed in. Emily wist dat er ruzie in de lucht hing. Ditmaal zou het over Nans kamer gaan. Nan had besloten dat ze daar voortaan 's avonds zou studeren. Ze zei dat het onmogelijk was om beneden te studeren, waar de radio aanstond en iedereen de hele tijd in en uit liep. Nasey had een eenvoudig bureautje voor haar getimmerd en Paul had gezorgd voor een aansluiting voor het straalkacheltje. Hier zou ze voortaan gaan zitten werken. Emily zuchtte. Ze wist dat Brian zich zou roeren zodra hij erachter kwam. Waarom hadden ze het hem niet gevraagd? Wie moest de elektriciteit betalen? Wie dacht Nan wel dat ze was?

Het antwoord op die vraag was deels dat Nan vond dat ze veel te goed was voor Brian Mahon en Maple Gardens. Haar moeder had haar dat door de jaren heen wel duidelijk gemaakt. Altijd wanneer Emily het gouden haar van haar dochter borstelde, had ze het meisje voorgehouden dat er een beter leven voor haar was weggelegd. Nan had daar nooit aan getwijfeld. Ze voelde er niets voor om zich aan te passen aan de gewoonten van een gezin dat getiranniseerd werd door een dronken vader.

Nan Mahon was niet bang voor haar vader. Met een zekerheid die haar moeder had helpen opbouwen, wist ze dat haar toekomst niet in het soort leven van haar vader lag. Zonder arrogant te zijn, wist ze dat haar schoonheid het middel was om te ontsnappen.

Emily hoopte dat het mogelijk zou zijn om Brian apart te nemen en hem zo te bepraten dat hij zou luisteren. Dat hij echt zou luisteren en het zou begrijpen. Ze zou tegen hem kunnen zeggen dat het leven zo kort was en dat het niets opleverde om Nan dwars te zitten. Laat haar op haar eigen kamer leren als ze dat wil. Wees aardig – doe er een beetje vriendelijk over, dan heb je tenminste kans dat ze na het studeren nog naar beneden komt en bij de anderen wil zitten.

Maar Brian luisterde de laatste dagen niet naar Emily. Als hij al ooit naar haar had geluisterd. Ze zuchtte terwijl ze de nieuwe zending Belleekporselein openmaakte en de verpakking netjes in de grote afvalbak onder de toonbank deponeerde. Ze schikte de kleine potjes en bordjes

op zo'n manier op een plank dat ze de aandacht zouden trekken en begon toen in haar keurige handschrift prijskaartjes te schrijven. Emily Mahon zuchtte opnieuw. Het was zo simpel om een hotelwinkel en zo moeilijk om een gezin te leiden. Men besefte niet hoe graag ze hier soms wilde blijven, in haar kleine wereldje tussen al die mooie spulletjes. Dat zou een stuk makkelijker zijn dan terug te gaan naar Maple Gardens. Natuurlijk had ze het goed aangevoeld. De ruzie barstte meteen los toen Emily Mahon binnenkwam.
'Weet jij hier iets van?' brulde Brian.
Emily had besloten de boel niet op de spits te drijven.
'Nou, wat een aardige verwelkoming voor een werkende vrouw,' zei ze en keek van het roodaangelopen gezicht van haar echtgenoot naar het rustige, onaangedane gelaat van Nan.
'Ach, hou toch op met die flauwekul over werkende vrouwen. We weten allemaal dat het nergens voor nodig is dat jij uit werken gaat. Alleen omdat *jij* je dat in je kop hebt gezet. Als je gewoon thuisgebleven was en het huishouden deed, dan zaten we nu niet zo in de problemen.'
'Wat voor problemen?' vroeg Emily.
'Wat voor problemen! Jij weet nog niet eens wat er in je eigen huis omgaat.'
'Waarom begin je nu tegen Em?' vroeg Nan. 'Ze komt net binnen. Ze heeft haar jas nog niet eens uit of haar tas neergezet.'
Haar vader loerde op elke mogelijkheid. 'Noem je moeder niet bij haar voornaam, brutaal nest.'
'Dat doe ik helemaal niet.' Dit was een makkie voor Nan. 'Ik noem haar M, de afkorting van moeder, mama, mater.'
'Je haalt die boel boven nu meteen weg en je komt gewoon beneden zitten. Hier hebben we verwarming. Je studeert gewoon hier als een normaal mens.'
'Neem me niet kwalijk dat ik erover begin,' zei Nan, 'maar hoe moet een normaal mens studeren in een kamer waar de mensen lopen te ruziën en te schreeuwen.'
'Nou moet je eens goed luisteren, brutale aap... nog één opmerking en je kan een klap krijgen.'
'O pap, niet slaan...' Nasey was opgestaan.
'Opzij jij...'
Nan verroerde zich niet. Ze week nog geen duimbreed van haar plek. Trots, jong en zelfverzekerd bleef ze daar staan in haar frisse groenwitte blouse en haar donkergroene rok. Ze had haar boeken onder de arm en had zonder meer model kunnen staan voor een fotoreportage over studentenmode.
'Werk ik me daarvoor uit de naad? Om me te laten afbekken waar het hele gezin bij is? Sloof ik me uit voor een ongemanierde slet?'

'Ik heb helemaal niets ongemanierds gezegd, paps, alleen dat ik boven ga studeren om een beetje rustig te kunnen werken. Om uiteindelijk mijn doctoraal te halen, zodat jij trotser dan ooit op me kunt zijn.'
De woorden zelf waren onschuldig, maar Brian Mahon kon de toon die zijn dochter aansloeg niet langer verdragen.
'Verdwijn dan naar boven! Ik kan je voor de rest van de avond niet meer luchten of zien.'
Nan glimlachte. 'Als je me nodig hebt, Em, roep me dan maar,' zei ze en liep met verende tred de trap op.

De drie studenten die bij mevrouw Hegarty een kamer huurden keken uit naar de komst van Eve. Ze voelden zich onzeker en ongemakkelijk in een huis waar de zoon zo tragisch om het leven was gekomen. Nu werd er tenminste een poging ondernomen om de zaak weer in de richting van het normale te leiden.
Eve viel in de smaak. Klein, maar op een weerbarstige manier aantrekkelijk en van aanvang aan vastbesloten om geen flauwekul te tolereren.
'Van nu af aan zorg ik voor jullie ontbijt. Mevrouw Hegarty staat erop dat jullie eten als dokwerkers, dus jullie krijgen elke dag spek, eieren en worstjes en op vrijdag roerei. Ik heb drie keer in de week om negen uur college, dus als jullie dan zo vriendelijk zouden willen zijn om mij op die dagen te helpen met de afwas, dan ren ik op de andere dagen als een hondje achter jullie aan met nog een kopje thee en nog een geroosterd boterhammetje met dik boter.'
Ze konden goed met haar overweg en deden meer dan gevraagd werd. Stoere jongens die thuis niet zouden weten waar de stofzuiger stond, tilden die op dinsdagen voor Eve uit de kast voordat ze de trein naar college namen. Ze veegden hun voeten keurig op de deurmat. Ze zeiden dat ze nooit meer zo'n ontvangst wilden meemaken als die keer toen ze per ongeluk wat modder mee naar binnen hadden genomen op het tapijt dat Eve zojuist had uitgeklopt. Ze hielden de badkamer veel schoner dan ze ooit hadden gedaan voordat Eve haar intrede deed. Kit Hegarty nam haar terzijde om te zeggen dat ze veel eerder een vrouwelijke student in huis had genomen als ze had geweten dat de aanwezigheid van een meisje zo'n uitwerking zou hebben op het gedrag van de jongens.
'Dat had u toch wel kunnen doen. Meisjes zijn veel makkelijker.'
'Geloof dat maar niet. Ze zijn altijd hun haar aan het wassen, ze zeuren over een druppeltje op de wc-bril, ze hangen was te drogen over de stoelen en worden altijd verliefd op de verkeerde...' had Kit lachend gezegd.
'Bent u niet bang dat een van die dingen ook met mij gebeurt?' vroeg Eve. Ze konden nu zo goed met elkaar opschieten dat ze zonder problemen over elk onderwerp konden praten.

'Geen schijn van kans. Jij valt nooit op de verkeerde, zo'n hardvochtig klein bijdehandje als je bent.'
'U vond toch dat ik op u leek?' Eve was onder het praten deeg aan het rollen. Zuster Imelda had haar al brood leren bakken toen ze zes was. Ze had geen idee van het recept, ze deed het automatisch.
'Maar je *bent* ook zoals ik en ik viel ook niet voor de verkeerde. Er zat genoeg goeds in Joseph Hegarty. Alleen, op den duur bleek ik daar niet meer bij te horen.' Ze klonk verbitterd en bedroefd.
'Hebt u ooit geprobeerd om hem op te zoeken, gewoon, om over Frank te vertellen?'
'Hij wilde niets van Frank weten. Niet toen hij leerde zwemmen, niet toen hij zijn eerste tandje wisselde en niet toen hij examen deed. Waarom zou ik hem dan nu wel iets laten weten?'
Eve kon een heleboel redenen bedenken, maar ze dacht niet dat het nu het juiste tijdstip was om erover te beginnen.
'Als hij terug zou komen,' vroeg Eve, 'als Joe op een dag zou komen binnenwandelen...'
'Gek, ik heb hem nooit Joe genoemd, altijd Joseph. Dat zegt ook beslist iets over hem of over mij. Als hij terug zou komen...? Het zou zijn alsof de meteropnemer langskwam. Ik ben al jaren geleden opgehouden met naar hem uit te kijken.'
'En toch hebt u van hem gehouden? Of in ieder geval gedacht dat u dat deed?'
'O, zeker heb ik van hem gehouden. Ik kan dat niet ontkennen omdat het niet wederzijds was en niet eeuwig duurde.'
'Het raakt u niet erg, lijkt het.'
'Je hebt me vroeger niet gekend. Laat me even nadenken. Als je me vroeger gekend had, zo rond de tijd dat jij één of twee was, dan had je niet gezegd dat het me niet raakt!'
'Ik heb nog nooit van iemand gehouden,' zei Eve plotseling.
'Omdat je er altijd bang voor bent geweest.'
'Nee hoor, de zusters zijn vrijer dan de meeste mensen denken. Ze hebben me geen angst voor mannen aangepraat.'
'Nee, ik bedoelde bang om jezelf te laten gaan...'
'Dat kan wel waar zijn. Ik voel de dingen erg sterk, zoals haat bijvoorbeeld. Ik haat die verrekte Westwards. Ik haat het om daar om geld te moeten vragen. Ik kan u niet vertellen hoeveel moeite het heeft gekost om daar die zondag heen te gaan. Maar ik ben ook heel loyaal, als iemand ook maar iets over moeder Francis of zuster Imelda zou durven zeggen, dan zou ik hem vermoorden.'
'Je ziet er gevaarlijk genoeg uit met dat mes. Leg het alsjeblieft neer.'
'O...' Eve lachte toen ze merkte hoe ze stond te zwaaien met het mes waar ze een patroon mee in het deeg wilde kerven. 'Dat had ik helemaal

niet door. Nou ja, je kunt er niemand mee doodsteken. Het is zo bot als wat. Je komt niet eens door de boter. Een van die natuurkundestudenten moet het maar eens meenemen naar het laboratorium om het te laten slijpen.'
'Ooit zul je van iemand houden,' zei Kit Hegarty.
'Ik kan me niet voorstellen van wie.' Eve dacht na. 'Om te beginnen moet-ie zowat een heilige zijn om mijn humeur te kunnen verdragen en bovendien heb ik niet veel mensen gezien bij wie de liefde goed heeft uitgepakt.'

'Heb je al plannen voor zondag?' vroeg dokter Foley aan zijn oudste zoon.
'Wat haal ik me op de hals als ik die nog niet heb?' lachte Jack.
'Zeg alleen maar ja of nee. Als je het druk hebt, zal ik je niet lastig vallen.'
'Maar dan loop ik misschien iets leuks mis.'
'Daar gaat het in het leven om. Je moet risico's durven nemen.'
'Wat is het, pa?'
'Je hebt dus niets te doen.'
'Kom op, vertel.'
'Je kent Joe Kennedy? Hij heeft een drogisterij op het platteland. Hij wil me spreken. Ik geloof dat het niet goed met hem gaat. We kennen elkaar al heel lang. Hij vroeg of ik langs wilde komen.'
'Waar woont hij?'
'In Knockglen.'
'Dat is kilometers rijden. Hebben ze daar geen dokters?'
'Jazeker, maar hij heeft meer behoefte aan een vriend dan aan een arts.'
'En jij wilt dat ik meega?'
'Ik wil graag dat jij rijdt, Jack. Ik ben een beetje uit mijn doen.'
'Onmogelijk.'
'Zo erg is het nou ook weer niet, maar ik heb weinig trek in een lange rit over natte, gladde wegen. Ik zou je heel dankbaar zijn.'
'Goed,' zei Jack. 'Maar wat doe ik in de tijd dat jij met hem praat?'
'Dat is een probleem. Ik kan niet beweren dat er veel te doen is daar, maar misschien kun je wat in de omgeving rondrijden of in de auto de zondagsbladen lezen.'
Ineens klaarde Jack op. 'Ik weet het al. Ik ken een meisje dat daar woont. Ik bel haar even.'
'Zo ken ik je weer. Nog maar een paar maanden op de universiteit en nu al een schatje in ieder stadje.'
'Zo'n soort meisje is het niet. Ze is gewoon een leuke meid,' verklaarde Jack. 'Waar is het telefoonboek? Zoveel Hogans kunnen er niet in Knockglen wonen.'

123

Nan was heel opgewonden toen Benny vertelde dat Jack Foley haar had gebeld.

'Heel wat meisjes zouden er alles voor over hebben om door hem opgebeld te worden, dat kan ik je wel vertellen. Wat trek je aan?'
'Ik geloof niet dat hij voor iets speciaals langskomt. Ik bedoel, niet voor iets om je op te kleden. Ik trek er niks voor aan,' zei Benny blozend.
'Dat is een leuke verrassing voor hem als je de deur opendoet,' zei Nan.
'Je weet best wat ik bedoel.'
'Toch denk ik dat je je mooi moet aankleden. Neem die leuke roze blouse en je zwarte rok. Het is gewoon een feest als een kerel als Jack Foley bij je langskomt. Als hij naar Maple Gardens kwam, zou ik zeker iets leuks aantrekken. Ik geef je een roze en een zwart lint om in je haar te doen. Dat zal je geweldig staan. Je hebt prachtig haar.'
'Nan, dat staat niet geweldig op een regenachtige zondag in Knockglen. Daar staat helemaal niets geweldig. Het zou er heel overdreven uitzien.'
Nan keek haar peinzend aan. 'Je kent die grote bruine zakken wel, waar ze suiker in verkopen. Waarom doe je die niet over je hoofd, dan knip je er twee gaatjes in voor je ogen. Dat staat misschien leuk.'

Annabel Hogan en Patsy waren van plan om koekjes te bakken en cake en appeltaart. Vooraf zouden ze broodjes met eiersalade serveren en een schaal sardientjes.
'Overdrijven we niet een beetje?' zei Benny.
'Het is helemaal niet overdreven om je vriend een goed verzorgde lunch voor te zetten.' Benny's moeder voelde zich aangevallen door de suggestie dat dit niet de normale zondagse gang van zaken zou zijn.
Iedere dag staken ze de haard in de zitkamer aan om het vertrek voor de komende gelegenheid voor te verwarmen. Benny's ouders zouden zich na de thee terugtrekken in de bijkeuken en de jongelui alleen laten.
'Er is helemaal geen reden om ons alleen te laten,' had Benny tevergeefs gezegd. 'Hij komt alleen maar langs omdat hij niets anders te doen heeft,' legde ze uit. Ze wilden er niet van horen, zo'n aardige jongeman die dagen van tevoren zo hoffelijk vroeg om langs te mogen komen. Daar kon je niet zomaar omheen. Er waren genoeg andere dingen die hij in Knockglen had kunnen doen.
Persoonlijk kon Benny maar weinig dingen bedenken. Etalages kijken kon je wel vergeten. De bioscoop was 's middags niet open. Healy's Hotel zou hem na een half uur de strot uitkomen en ze zag Jack Foley nog niet zo gauw een middag bij Mario doorbrengen, hoe onderhoudend Fonsie ook kon zijn. De Hogans waren zijn enig mogelijke vertier.
Toch was het aardig dat hij aan haar had gedacht. Benny probeerde de roze en zwarte haarlinten uit. Het stond leuk. Op vrijdagavond deed ze

ze al in, zodat ze thuis niet zouden denken dat het iets speciaals betekende.
Toen Sean haar meevroeg naar de bioscoop, zei ze nee, ze moest zaterdag thuisblijven om dingen in orde te maken, omdat er iemand uit Dublin overkwam.
'Iemand uit Dublin!' snoof Sean. 'Mogen we haar naam weten?'
'Het is een hij, niet een zij,' zei Benny pinnig.
'O pardon,' zei Sean.
'Dus kan ik niet met je mee, snap je,' zei ze mat.
'Natuurlijk.' Sean wist wel hoe laat het was.
Om een reden die ze niet begreep, hoorde Benny zichzelf zeggen: 'Het is gewoon een vriend, meer niet.'
Sean glimlachte koeltjes. 'Natuurlijk is dat zo, Benny. Ik had niet anders van je verwacht. Maar het is aardig dat je het nog eens rechtstreeks tegen me zegt.'
Hij stond zelfingenomen te knikken. Alsof hij genereus was en haar toestond eigen vrienden te hebben totdat het zover was. Hij gaf haar een klopje op de schouder omdat ze had gezegd dat het alleen maar om vriendschap ging.
'Ik hoop dat het een gezellig middagje wordt. Voor jullie allemaal,' zei Sean Walsh en hij probeerde een sierlijke buiging te maken. Dat had hij van Errol Flynn of Montgomery Clift afgekeken en voor de juiste gelegenheid bewaard.

Jack Foley was de makkelijkste gast die de Hogans ooit over de vloer hadden gehad. Hij at alles wat hem werd voorgezet. Hij vond alles heerlijk. Hij dronk drie koppen thee. Hij bewonderde de theepot en vroeg of het Birmingham-zilver uit de jaren dertig was. Dat was het. Verbazingwekkend dat je dat weet, zeiden ze. Nee, zei Jack, zulk zilver hadden ze bij hem thuis ook. Hij vroeg zich alleen af of het precies hetzelfde was. Als ze het over de universiteit hadden, stootte hij Benny speels aan als een broer. Hij zei hoe geweldig hij het vond dat jongens en meisjes bij elkaar in de klas zaten. Hij had zich eerst zo onhandig gevoeld, omdat hij van een jongensschool kwam. Benny zag dat haar vader en moeder ernstig zaten te knikken en het met hem eens waren. Hij vertelde over zijn ouders en zijn broers en over Aengus, wiens bril op school altijd kapotgetrapt werd.
Hij vertelde dat de disputen op zaterdag altijd geweldig waren. Je leerde er een hoop van en je kon er veel plezier hebben. Was Benny er wel eens geweest? Nee, nog nooit. Want ze moest op tijd in Knockglen terug zijn, zei ze met vlakke stem. O, wat jammer, vond hij, het hoorde echt bij het studentenleven. Misschien kon Benny een keer bij haar vriendin Nan logeren, die ging er soms wel heen. Allen knikten. Misschien. Een keer.

Hij reageerde tactvol op de vraag waarom zijn vader bij meneer Kennedy op bezoek was. Het kon van alles zijn, zei hij, de rugbyclub, zaken, nieuwe medicijnen of een reünie van hun oude school. Je wist het nooit met zijn vader. Die had zoveel hobbies.
Bewonderend keek Benny hem aan. Hij wekte niet de indruk dat hij toneel speelde.
De enige andere persoon die Benny kende en die ook zo was, was Nan. In vele opzichten pasten ze perfect bij elkaar.
'Het is hier heel gezellig. Denk je dat je me het dorp kan laten zien?' vroeg hij aan Benny.
'We wilden jullie net alleen laten... om bij te praten,' begon Benny's moeder.
'Ik heb zoveel gegeten... Ik denk dat ik er even uit moet.'
'Dan doe ik andere schoenen aan.' Benny droeg platte pumps, meer dansschoenen.
'Pak je laarzen maar, Benny,' riep hij haar achterna. 'Na zoveel lekkers moeten we een stevige wandeling maken.'

Ze liepen kameraadschappelijk naast elkaar. Benny droeg haar winterjas, waar haar mooie paarse blouse goed bij kleurde. Ze had regenlaarzen aangedaan en ze voelde hoe de koude wind haar wangen kleurde. Maar dat maakte niet uit. Jack had de paarsgroene das van de rechtenfaculteit rond zijn nek gewonden.
Er waren meer mensen die op deze stralende winterdag een wandeling maakten. Het zou al gauw gaan schemeren.
'Waar gaan we naartoe?' vroeg hij toen ze voor het tuinhek van de Hogans stonden.
'Laten we door het dorp naar de Westlands lopen. Dat zal na al die appeltaart wel nodig zijn.'
'Die arme meneer Kennedy heeft niet lang meer te leven. Hij wilde er met mijn vader over praten. Kennelijk kan hij dat niet met de dorpsarts.'
'Wat erg. Zo oud is hij nog niet,' zei Benny. 'Daar woont de dorpsarts, zoals jij hem noemt.' Ze wees met haar vinger in de richting van het huis van dokter Johnson, waar kinderen met een hond speelden.
'Ik wilde het niet tegen je ouders zeggen...' zei Jack.
'Ik zal het ook niet doen, wees maar niet bang,' zei Benny.
Ze wisten allebei dat het nieuws dan als een lopend vuurtje zou rondgaan.
Benny wees dingen aan en gaf er commentaar bij. Bee Moore riep in de deuropening van Paccy Moore's winkel dat Peggy Pine prachtige nieuwe rokken had ingekocht.
'Echt iets voor jou, Benny,' zei Bee en voegde daar, zonder enige beledi-

gende opzet, aan toe dat ze zelfs een olifant zouden passen omdat ze van stretchstof waren gemaakt.
'Leuk!' grinnikte Jack.
'Ach, ze bedoelt het niet kwaad,' zei Benny.
Vanuit de cafetaria wierpen zowel Mario als Fonsie Benny kushandjes toe. Bij de ijzerwinkel van Dessie Burns vroegen ze zich af wie er had bedacht om 'Nuttig cadeau' op een zaag te zetten. Zonder iets te zeggen liepen ze snel voorbij de drogisterij van meneer Kennedy, die binnen met de vader van Jack zat te praten. Benny ging Jack voor naar de overkant van de straat om in de etalage van Hogan's Herenmode een paar mooie pakken aan te wijzen.
Beleefd bewonderde Jack de winkel en vond hem ingetogen, maar stijlvol. Aan de buitenkant kon je niet zien hoe het binnen was. Benny vroeg zich af of dat gunstig zou zijn en besliste dat dat waarschijnlijk het geval was. De mensen op het platteland waren anders – ze wilden niet dat iedereen alles maar onmiddellijk kon zien.
Ze zei tegen Jack dat hij in de spiegeling van de etalageruit mevrouw Healy kon zien, die hen van de overkant nauwlettend in het oog hield. Jack kende het verhaal al over de corsetten van mevrouw Healy, die verbazingwekkende kwaliteiten schenen te bezitten. Er werd verteld dat mevrouw Healy een plomp mens was, maar niemand, behalve haar overleden echtgenoot, kon dat bewijzen. Iedere keer als ze in Dublin kwam, kocht ze nieuwe modellen die nog steviger waren en het gerucht ging dat ze zelfs een keer naar Londen was gegaan om corsetten te kopen. Maar dat was alleen maar een gerucht.
Pas toen mevrouw Healy het hotel weer was binnengegaan, vond Benny het veilig genoeg om verder te lopen. Ze liet Jack de schone toonbank in de slagerij van meneer Flood zien. Ze vertelde dat zijn zoon, Teddy Flood, er niet wilde werken, maar wat kon hij anders doen? Het was lastig om als zoon van een middenstander geboren te worden. Meneer Flood was de laatste tijd erg vreemd gaan doen.
Jack zei dat hij dat had kunnen weten zonder dat iemand het had verteld. Het deed niemand goed om zoveel dood om zich heen te hebben. Het moest mensen wel beïnvloeden als ze de hele dag maar dode stukken varken, koe en lam verhandelden. Bij meneer Flood in de winkel hingen altijd zielige beesten je aan te staren. Veel dood vlees eten kon ook niet goed zijn. Daar ging het niet om, vond Benny, het ergste was dat hij nu voortdurend tegen iemand in de boom sprak. Een heilige misschien, maar in ieder geval een non. Zijn familie maakte zich grote zorgen en het veroorzaakte veel hilariteit onder de klanten als hij ineens ophield met hakken en snijden om de verschijning in de boom te raadplegen.
Ze kwamen langs de kerk en bleven staan om het programma van de

missieweken te bestuderen die binnenkort door de kerk gehouden zouden worden. Benny vertelde dat er tijdens de missieweken bijbels, rozenkransen en andere heilige dingetjes werden verkocht in houten kraampjes en dat de kerk dan goede zaken deed. Was dat in Dublin ook zo? Jack moest het antwoord schuldig blijven. Hij wist het niet. Hij was er natuurlijk wel eens geweest, maar Aidan en hij kwamen, net als iedereen, alleen maar voor de lezingen over seks. Dan was het meestal ontzettend druk, maar de missionarissen werden steeds sluwer. Ze deden elke dag alsof de grote zedenpreek over seks de volgende dag zou worden gehouden en zo kwamen er steeds massa's mensen om hem maar niet te missen.
Benny zei dat mannen veel eerlijker waren dan vrouwen.
Meisjes voelden precies hetzelfde, alleen gaven ze het niet toe.
Ze liet hem het plein zien waar de bushalte was. Mikey reed net weg.
'Hoe gaat het met Benny,' riep hij.
'Prima hoor,' zei Benny met een brede glimlach.
Ze rustten even uit voor de poort van St. Mary en Benny wees allerlei dingen aan. De brede lanen, de korenvelden, het tuinhuis en het winderige pad dat door de moestuin naar het bergpad voerde, waar het huisje van Eve stond.
Ze kende alles en iedereen, zei hij, en aan alles wat ze zagen was een verhaal verbonden.
Dat deed haar plezier. Hij verveelde zich in ieder geval niet.
Geen van beiden merkte dat ze vanuit de snoepwinkel van Birdie Mac werden gadegeslagen door Sean Walsh. Op zondag schonk Birdie vaak een kopje thee en Sean Walsh was even langsgewipt. Hij had een starre blik in zijn ogen terwijl hij naar Benny en die arrogante jonge hond keek, met wie ze de eerste de beste dag al op stap was gegaan. De manier waarop die twee zich aan de kloosterpoort voor de ogen van het hele dorp uitsloofden, beviel hem absoluut niet.
Ze stonden bij het hek dat een goed uitzicht bood op het landgoed van de Westwards. Benny wees het kerkhof aan waar alle Westwards begraven lagen. Omdat veel van hen in de oorlog waren gesneuveld, stond er een klein gedenkteken, waar in november bloemenkransen werden neergelegd.
'Is het niet gek om te bedenken dat ze in allerlei oorlogen gestorven zijn en dat ze *hier* woonden,' zei Benny.
'Dat was hun cultuur en traditie en zo,' zei Jack.
'Dat weet ik, maar terwijl anderen opkwamen voor hun volk en vaderland en hun koning of koningin... hadden zij het eigenlijk alleen maar over Knockglen.'
'Niet afgeven op je dorp. Knok voor Knockglen,' zei hij lachend.
'Laat Fonsie van de cafetaria dat maar niet horen, want hij maakt er meteen een nummer-één-hit van. Opzij Bill Haley... zo is Fonsie...'

'Hoe komt hij aan zijn naam?'
'Alphonsus.'
'Mijn God.'
'Jazeker, dan kom jij er met je gewone alledaagse naam maar wat makkelijk vanaf, Jack Foley.'
'En hoe zit het met jouw naam... van Benedicta?'
'Nee, niet zo exotisch. Gewoon Mary Bernadette, vrees ik.'
'Benny is leuk. Het past bij je.'
Het was donker toen ze terugliepen. In het klooster waren de lichten aan. Benny vertelde Jack over Eve's leven daar en over haar prachtige kamer, waaruit je over het dorp kon uitkijken.
'Ik heb je veilig thuisgebracht,' zei ze toen ze hem voor de deur van de drogisterij afzette.
'Kom je nog even mee naar binnen?'
'Nee, misschien is hij wel van streek.'
'Bedankt, Benny. Ik vond het een heel leuk bezoek.'
'Ik vond het gezellig dat je er was. Ik vond het ook heel leuk.'
'Kun je niet een keer 's avonds in Dublin blijven?' zei hij plotseling, ook voor zichzelf bijna als een verrassing.
'Nee, niet 's avonds. Ik ben Assepoester, weet je nog. Maar ik zie je toch nog wel een keer?'
'Misschien in de middagpauze.'
'Ja, zou dat niet geweldig zijn?' zei ze en liep de donkere straat in.

'Arme Joe,' zei zijn vader na een lange stilte in de auto.
'Heeft hij kanker?'
'Ja, het zit overal. Ik denk dat hij nog een paar maanden te leven heeft.'
'Wat heb je hem verteld?'
'Hij wilde alleen maar dat ik luisterde.'
'Is hier niemand die wil luisteren?'
'Nee, volgens hem is er hier alleen een arrogante, slecht-gehumeurde arts. Zijn vrouw, die denkt dat alles goed komt als je maar op Gods voorzienigheid en meer van dat soort nuttige autoriteiten vertrouwt, wil er niet met hem over praten. Maar genoeg hierover, hoe was het met je vriendin. Joe vertelde dat het een aardig meisje is, een boom van een meid noemde hij haar.'
'Het is jammer dat hij geen betere manier kon vinden om mensen te beschrijven.'

'Ik kan het niet geloven,' zei Nan. Haar ogen stonden wijd open van verbazing. 'Hij vroeg je mee uit. Ik bedoel, hij sprak de woorden "Ik wil dat je een keer een avond met me uitgaat" en jij zei nee?'
'Nee, ik zei geen nee, en hij vroeg het niet op die manier.'

Nan keek naar Eve om steun. Gedrieën zaten ze te wachten tot de lector binnenkwam. Ze waren een eind van de grote groep studenten af gaan zitten om de zaak te bespreken.
'Heeft-ie je nou gevraagd of niet?' vroeg Eve.
'Hij vroeg het zoals hij het aan een vriend zou vragen. Gewoon. Het was geen afspraakje.'
'Dat is het zeker niet als je nee zegt,' zei Eve droog.
'Hou er nou maar over op.' Benny keek van de een naar de ander. 'Ik beloof dat ik mee zal gaan *als* hij me mee uitvraagt. Zijn jullie nu tevreden?'
'Waar slaap je dan in Dublin?' vroeg Eve.
'Ik zou toch wel bij jou kunnen logeren, Nan?'
'Eh, natuurlijk.' Het antwoord kwam een halve seconde te laat. Benny keek naar Eve. 'Als dat problemen geeft, kan ik toch altijd nog bij jou overnachten, Eve, in Dunlaoghaire.'
'Tuurlijk.' Dit antwoord kwam er wat vlotter uit, maar haar ouders zouden haar nooit laten slapen in een huis vol jongens bij een vrouw die ze niet eens kenden, ook al woonde Eve daar. Benny kreeg iets berustends over zich. Het zou er toch nooit van komen. Waar waren die plannen dan goed voor?

In de vrouwenleeszaal hing tussen de wirwar van mededelingen een opgevouwen briefje. 'Benny Hogan, eerstejaars kunstgeschiedenis.' Ze vouwde het voorzichtig open. Het moest van die bleke student uit het klooster zijn die een college had gemist en aan wie ze haar aantekeningen had beloofd. Benny had eraan gedacht om carbonpapier mee te nemen. Hij kon de kopie houden. Zijn naam wist ze niet. Het was een zorgelijke jongen, bepaald niet sterk. Zijn gezicht leek nog witter door de zwarte kleren die hij droeg. Ze kreeg een vreemd gevoel toen ze zag dat het briefje van Jack Foley was. Het was als de schok die je krijgt als je iets vastpakt dat te warm of te koud is.

Lieve Benny,
Je zei dat je 's avonds moeilijk een afspraak kunt maken. Wat denk je er daarom van om in de Dolfijn te gaan lunchen. Ik ben er nog nooit geweest, maar heb er veel over gehoord. Is volgende week donderdag goed? Ik kan me herinneren dat je zei dat je donderdags weinig te doen hebt. Misschien zie ik je voor die tijd nog, maar als je niet kunt of wilt komen, wil je dan een briefje bij de portier achterlaten? Ik hoop niets van je te horen, want dat betekent dat ik je donderdag om drie uur in de Dolfijn zie.
Nog bedankt voor de heerlijke middag in Knockglen.

Liefs, Jack

Liefs Jack, liefs Jack. Ze herhaalde het steeds weer in zichzelf. Ze sloot haar ogen en zei het nog een keer. Het was mogelijk, toch? Het was mogelijk dat hij haar aardig vond. Hij *hoefde* haar niet uit te vragen of haar eraan te herinneren dat ze op donderdag een vrije middag had. Hij *hoefde* niet aardig te zijn en met haar te gaan lunchen. Hij had ook een kaartje kunnen sturen als hij goedgemanierd wilde overkomen, zoals haar vader dat zou noemen. Jack Foley *hoefde* haar niet mee te vragen naar een duur hotel waar hooggeplaatste figuren uit het hele land naar toe gingen. Hij moest het gedaan hebben omdat hij graag bij haar wilde zijn en omdat hij haar aardig vond.

Ze durfde het niet te geloven.

Benny hoorde de aanstekelijke lach van Nan in de gang. Haastig stopte ze het briefje diep in haar schoudertas. Het was misschien een beetje min, in aanmerking genomen hoe enthousiast Nan en Eve altijd tegenover haar waren, maar ze kon niet hebben dat ze haar steeds van advies wilden dienen over wat ze moest aantrekken en wat ze moest zeggen. En het ergste van alles... ze kon er niet tegen dat ze zouden denken dat Jack Foley misschien een oogje op haar had, terwijl ze wanhopig hoopte dat het wèl zo was.

Hoofdstuk 8

Benny besloot dat ze donderdag slank moest zijn. Ze wilde ingevallen wangen en een lange slanke hals. Dat betekende natuurlijk dat ze niets meer mocht eten. Gemakkelijk was dat niet in een huis waar Patsy je iedere ochtend een bord havermoutpap met room en suiker voorzette. En dan waren er ook nog de bruine boterhammen met jam en haar ouders die ervan overtuigd waren dat je de dag goed moest beginnen. Benny besefte dat je bij haar thuis heel vindingrijk moest zijn om een paar pond te kunnen afvallen. Eerst deed ze net alsof ze geen havermoutpap meer lustte. Eigenlijk was ze er dol op, dik in de room en overdekt met bruine suiker. Ze probeerde zo laat mogelijk klaar te zijn met alles en schreeuwde dan: 'Is het al zo laat! Ik neem mijn brood wel mee.' En als niemand keek gooide ze het in het kippenhok van dokter Johnson of in een vuilnisbak die buiten stond.
Dan had je de lunch. Ze vond het ondoenlijk om naar een café te gaan, waar de geur van worstjes en patat en amandelbroodjes haar het water in de mond deed lopen.
Ze zei tegen Nan en Eve dat ze moest werken en bleef de hele lunchpauze vastbesloten in de bibliotheek zitten.
De stoffige bibliotheek en de honger bezorgden haar hoofdpijn en ze voelde zich de hele middag slap. Vervolgens kwam de aanslag op haar wilskracht om de snoepwinkels voorbij te lopen, vooral omdat ze wist dat een rol snoep haar alle energie zou geven om de bus te halen. Terug in Knockglen moest ze ook nog eens het lekkers bij de thee weerstaan.
'Ik heb in de stad al zoveel gegeten,' zei ze verontschuldigend.
'Waarom doe je dat nou als je weet dat er hier allerlei lekkers op je staat te wachten?' vroeg haar moeder dan verbaasd.
Of ze vertelde dat ze zich niet lekker voelde doordat ze moe was. Maar dat vonden ze ook niet leuk. Misschien moesten ze dokter Johnson erbij halen? Hoe kon een gezonde meid nu zo moe zijn? Benny wist dat het geen zin had om de waarheid te vertellen en te zeggen dat ze wilde afvallen. Ze zouden zeggen dat ze slank genoeg was. Ze zouden zich zorgen maken en over niets anders meer praten. Elke maaltijd zou het vechten worden. Het was al moeilijk genoeg om de stroopwafels van Patsy te weerstaan en het bij één aardappelkoekje te houden terwijl ze er wel vijf zou lusten. Wie mooi wil zijn, moet pijn lijden, wist Benny,

maar gedeprimeerd vroeg ze zich af of iedereen er zo'n moeite mee had. Ze vroeg zich af of ze een corset zou gaan dragen net als mevrouw Healy, maar misschien niet met van die opzichtige baleinen. Ze had er een in een advertentie gezien. 'Een corset van Back... rekt mee als je buigt, bukt of draait... zit als gegoten en kruipt niet op.' Het kostte nog net geen pond en beloofde alles wat je maar kon dromen. Alleen was het natuurlijk geen probaat middel voor de hals en de wangen. Benny zuchtte aan een stuk door. Zou het niet heerlijk zijn om in een leuk café in de stad te gaan lunchen als ze zo klein en sierlijk zou zijn als Eve. Of, nog beter, als ze eruitzag als Nan. Was ze maar zo mooi dat iedereen naar haar keek, zodat Jack Foley trots en tevreden kon zijn dat hij haar had gevraagd.

Omdat Benny de lunch oversloeg, gingen Nan en Eve vaak samen naar een van de cafés vlakbij de universiteit. Eve vond het geen onverdeeld genoegen dat de jongens overal waar ze heengingen op hen afkwamen. Nan voert een verbazingwekkend toneelstuk op, dacht Eve bij zichzelf. Ze had een aangeboren charme zonder overdreven uitbundig te zijn. Eve kende niemand die op die manier een rol kon spelen. Maar *speelt* ze wel toneel, was eigenlijk de vraag. Ze leek zich volkomen natuurlijk te gedragen en was voortdurend hartelijk en lief tegen de mensen die haar benaderden. Bijna koninklijk, dacht Eve. Het was alsof ze wist dat ze overal aanbeden werd en of ze eraan gewend was daarmee om te gaan. Eve nam altijd aan de gesprekken deel, want op die manier – zo vertelde ze aan Kit Hegarty, met wie ze in Dunlaoghaire meer dan vriendschappelijk omging – kwam ze in contact met elke vrije man op de universiteit.

'Natuurlijk zien ze me als haar schaduw,' zei Eve ernstig. 'De maan schijnt ook niet uit zichzelf, ze weerspiegelt het licht van de zon.'
'Onzin,' zei Kit loyaal. 'Zo bescheiden ken ik je helemaal niet.'
'Ik ben praktisch,' zei Eve. 'Het kan me niet schelen. Er is in elke generatie maar één Nan.'
'Is zij de schoonheidskoningin van het University College?'
'Ik denk het, hoewel ze zich er niet naar gedraagt. Niet zoals die Rosemary, die denkt dat ze de hele dag op een feestje is. Rosemary heeft vijftien lagen make-up op en wimpers van een halve meter, je gelooft je ogen niet. Ze loopt voortdurend te knipperen, zodat iedereen ze goed kan zien. Ik begrijp niet dat ze niet duizelig of blind wordt,' zei Eve bloeddorstig.
'Maar Nan is niet zo?' Kit wilde dit volmaakte schepsel wel eens ontmoeten.
'Nee, ze is even aardig tegen afschuwelijke kerels als tegen knappe binken. Ze praat uren met jongens die onder de puisten zitten en zelf geen

woord kunnen uitbrengen. En daar worden de spetters weer gek van.'
'Maar heeft ze geen oogje op iemand in het bijzonder?' vroeg Kit.
Ze vond steeds meer dat Eve te veel naar de oogverblindende Nan keek en te weinig met haar oude vriendin Benny Hogan optrok.
'Blijkbaar niet.' Eve was daar ook verbaasd over. 'Ze kan iedereen krijgen die ze leuk vindt, zelfs Jack Foley, maar ze lijkt niemand te willen. Het is alsof er nog iets anders is, iets waar wij geen weet van hebben.'
'Marsmannetjes?' stelde Kit voor.
'Mij zou het niet verbazen.'
'Hoe gaat het trouwens met Benny?' Kit probeerde het zoveel mogelijk langs haar neus weg te zeggen.
'Tja, gek eigenlijk. Ik heb haar al de hele week niet gezien, behalve onder de lessen en dan zwaaiden we alleen naar elkaar.'
Kit Hegarty wist wel beter dan te gaan preken of kritiek leveren, maar haar hart ging uit naar dat grote, slordige meisje met haar brede glimlach. Het meisje met wie Eve zo dik bevriend was geweest en dat nu aan de kant leek te zijn gezet. Voor gewone motten en insekten werd het zwaar als er een mooie vlinder als Nan op het toneel verscheen.

'Eve, ga je naar de Annexe?' Aidan Lynch leek overal op te duiken. Hij had een reebruine duffelse jas aan die zijn beste tijd had gehad en zijn lange krullende haar viel in zijn ogen. Het donkere hoornen montuur van zijn bril, waarin volgens zijn eigen zeggen gewoon glas zat, maakte een echte intellectueel van hem.
'Ik was het niet van plan, nee.'
'Kan de gedachte aan mijn gezelschap en de mogelijkheid dat ik je op koffie en een vliegenkerkhof trakteer je misschien op andere gedachten brengen?'
'Ik ben dol op een vliegenkerkhof,' zei Eve, doelend op een gebakje met zwarte, papperige vulling. 'Ik zorg voor het ontbijt van al die grote hongerige mannen en vergeet zelf iets te eten.'
'Grote, hongerige mannen?' vroeg Aidan nieuwsgierig. 'Woon je in een mannenharem?'
'Nee, in een pension. Ik help in de huishouding om kost en inwoning te verdienen.' Ze praatte zonder zelfmedelijden of bravoure. Daar stond die grappige Aidan eens een keer met zijn mond vol tanden. Maar niet lang.
'Dan is het mij niet alleen een genoegen, maar zelfs een plicht om je te voeden,' zei hij.
'Nan is er niet, hoor. Ze heeft college.'
Er gleed een geërgerd trekje over zijn gezicht. 'Ik wil helemaal niet dat Nan erbij is. Het gaat me om jou.'
'Goed geantwoord, meneer Lynch.' Ze lachte naar hem.

'Kan het leven zwaarder zijn dan wanneer je verkeerd wordt beoordeeld en je motieven valselijk worden verstaan?' vroeg hij pathetisch.
'Ik zou het niet weten.' Eve mocht de slungelige rechtenstudent wel. Ze had hem eigenlijk altijd bekeken als een onlosmakelijk onderdeel van het groepje van Jack Foley. Hij zat natuurlijk vol onzin en prietpraat, maar eigenlijk was het een beste jongen.
Samen liepen ze door de gang naar de stenen trap die naar de Annexe leidde, de universiteitskantine. Ze kwamen langs de vrouwenleeszaal. Door de deur ving ze een glimp van Benny op, die alleen zat.
'Aidan, wacht even. Ik vraag Benny of ze met ons meegaat.'
'Nee! Ik heb *jou* gevraagd,' zei hij kregelig.
'Nou ja, godallemachtig, de kantine is open voor iedereen. Je hebt me niet voor een romantisch etentje bij kaarslicht gevraagd,' blies Eve hem toe.
'Dat had ik zeker gedaan als ik had geweten waar dat op dit uur had gekund,' zei hij.
'Doe niet zo lollig. Wacht hier even.'
Benny leek te dagdromen. Eve tikte haar schouder aan.
'O, hallo,' zei ze opkijkend.
'Nou, je geeft tenminste nog toe dat je me wel eens gezien hebt. Laat ik me nog maar even voorstellen. Ik ben Eve Malone. We hebben elkaar eerder ontmoet in,,, waar was het ook al weer... Knockglen... ja, daar moet het geweest zijn!'
'Niet doen, Eve.'
'Wat is er? Waarom kom je niet meer met me buiten spelen?'
'Dat kan ik je niet vertellen.'
'Je kunt mij alles vertellen,' zei Eve en knielde naast de stoel.
In de gang schraapte Aidan Lynch zijn keel.
'Ga nou maar. Er staat iemand in de gang op je te wachten.'
'Vertel nou.'
'Ik ben op dieet,' fluisterde Benny.
Eve gooide het hoofd in de nek en barstte in lachen uit. Iedereen in de zaal keek hun kant uit. Benny bloosde diep.
'Kijk nou wat je gedaan hebt,' siste ze woedend.
Eve keek haar vriendin recht in de ogen. 'Ik lach alleen maar omdat ik opgelucht ben, idioot die je bent. Is dat alles? Ik zie absoluut niet in waarom je dat doet. Je bent wie je bent. Als je per se wilt afslanken, moet je dat doen, maar loop niet bij iedereen weg. Ik dacht dat ik je iets vreselijks had aangedaan.'
'Natuurlijk niet.'
'Nou, vooruit. Ga met Aidan en mij koffiedrinken.'
'Nee, ik kan niet tegen al die etenslucht', zei Benny vol zelfbeklag. 'Mijn enige hoop is om er vandaan te blijven.'

'Laten we tijdens lunchtijd dan een wandeling in het park maken. Daar is geen eten,' stelde Eve voor.
'We zouden iemand kunnen tegenkomen die de eendjes voert en dan ruk ik het oude brood uit zijn handen en ren weg en prop alles snel naar binnen,' zei Benny met een lach in haar stem.
'Zo ken ik je weer. Ik zie je om één uur bij de hoofdingang.'
'Wil je het tegen niemand vertellen.'
'O, Benny, erewoord!'
'Waar ging dat allemaal over?' vroeg Aidan, die blij was dat Eve in haar eentje terugkwam.
'Ik heb tegen Benny gezegd waar ik heen ga en gevraagd of ze de politie wil waarschuwen als ik niet op een bepaalde tijd terug ben,' zei Eve tegen hem.
'Mevrouw houdt van een grapje.'
'Nou, jij neemt het leven anders ook niet zo serieus,' zei ze pinnig.
'Ik wist dat we bij elkaar pasten. Ik wist het vanaf het eerste moment dat ik je zag. In bed.'
Eve sloeg alleen haar ogen ten hemel, om hem niet aan te moedigen. Maar Aidan ging door op het onderwerp.
'Is het geen mooi verhaal om ooit aan onze kleinkinderen te vertellen?'
'Wat?'
Aidan sprak met een kinderstem. 'Opa, vertel eens hoe jij en oma elkaar hebben ontmoet? En dan zeg ik: Luister, kleine jongen, ik zag haar voor het eerst in bed. In een of ander bed heeft iemand ons aan elkaar voorgesteld. Zo ging dat in de jaren vijftig. Dat was nog eens een snelle tijd, hi, hi, hi.'
'Je bent een idioot,' Eve lachte naar hem.
'Dat weet ik toch, daarom passen we zo goed bij elkaar,' zei hij, terwijl hij haar bij de arm nam en ze zich aansloten bij de menigte die op weg was naar de koffie.

Benny pakte een zakspiegeltje uit haar handtasje. Ze legde het tussen de bladzijden van *Tudor England* en bestudeerde nauwkeurig haar gezicht. Na vijf dagen nauwelijks te hebben gegeten, zag haar gezicht er nog steeds rond uit. Haar wangen waren nog steeds stevig en een zwanehals was ver te zoeken. Je zou bijna van je geloof vallen.

'Zitten er vrouwen achter je aan op de universiteit?' vroeg Aengus aan Jack Foley.
'Ik heb er niet op gelet.' Jack was met iets anders bezig.
'Dat zou je gemerkt moeten hebben. Dan ademen ze heel zwaar,' ging Aengus door.
Jack keek van zijn aantekeningen op. 'Is dat zo?'

'Dat heb ik gehoord.'
'Van wie hoor je zoiets?'
'Nou, van Ronan. Hij deed zo'n grappige imitatie van kreunende en steunende mensen in een auto en volgens hem doen meisjes zo als ze opgewonden raken.'
'En waar heeft hij dat allemaal gezien dat hij het zo goed kan imiteren?' vroeg Jack een beetje van slag.
Aengus wist van niets. 'Geen idee, je kent Ronan toch?'
Jack kende zijn broer Ronan inderdaad en hij had het ongemakkelijke gevoel dat er iemand in de buurt was geweest toen hij de vorige avond afscheid nam van Shirley. Shirley was heel anders dan de andere meisjes op de universiteit. Ze was een jaar in Amerika geweest en dat had haar erg ervaren gemaakt. Ze had Jack zaterdag na een dansavondje in de Four Courts een lift naar huis aangeboden. Ze had haar eigen auto en haar eigen stijl. Ze had de auto recht voor hun huis onder de lantaarnpaal gezet.
Toen hij had gemompeld dat ze beter in de schaduw konden gaan staan, had Shirley gezegd: 'Ik wil graag zien met wie ik zoen.'
Nu leek het erop dat zijn broer ook had meegekeken.
Jack zou Shirley voortaan maar met rust laten. De volgende keer zou hij Rosemary vragen of misschien zelfs die koude Nan Mahon. Geen gekke dames meer, dank je wel.

Benny at in het parkje van St. Stephen's een appel. Ze voelde zich al wat beter. Eve bracht haar dieet niet meer ter sprake. Benny wist dat ze haar niet eens extra op het hart hoefde te binden om het niet tegen Nan te vertellen. Niet dat Nan niet behulpzaam zou zijn, ze zou juist erg behulpzaam zijn. Het was alleen dat Nan zoiets nooit hoefde te proberen. Zij had een perfect figuur en dat maakte haar tot iemand uit een andere wereld.
Ze praatten over Aidan Lynch, die naar Dunlaoghaire zou komen om met Eve naar de film te gaan. Hij wist dat ze na het avondeten eerst nog moest afwassen en hij zou later met de trein komen.
'Ik heb je erg gemist, Eve,' zei Benny plotseling.
'Ik jou ook. Waarom kunnen we 's avonds niet een keer in de stad blijven.
'Je weet best waarom dat niet gaat.'
Eve wist het. Al die argumenten om iedere avond thuis te komen, de donkere nachten. Het was zo moeilijk er iets tegenin te brengen, dat ze besloten te wachten tot het moment dat Benny een echt afspraakje had, een echte reden om in de stad te blijven. Het leek bijna verspilling om er samen een avond op uit te gaan zoals vroeger.
'Ik zou het ook leuk vinden als je een keer naar huis kwam, naar

Knockglen,' zei Benny. 'Ik wil je niet dwingen, maar voor moeder Francis zou het ook prettig zijn.'
'Ik kom echt,' beloofde Eve. 'Maar ik heb ook verplichtingen. In de weekeinden heeft Kit de meeste hulp nodig. Zaterdags gaat het avondeten in zo'n tempo dat je er duizelig van wordt. Ik blijf de jongens maar inprenten dat ze de trein van half zeven moeten hebben als ze nog wat willen meemaken in de stad. Ze begrijpen niet waar ik het over heb, maar alleen op die manier pomp ik nog wat leven in ze. Anders blijven ze de hele avond daar rondhangen.'
Benny giechelde. 'Je bent een vreselijke tiran.'
'Onzin. Ik ben opgevoed door een ijzervreter in St. Mary, dat is alles. Moeder Francis kreeg *alles* voor elkaar. Mijn zondagsregel is: een stevige lunch en 's avonds zelfbediening, dan staat er voor iedereen onder een handdoek een schaal met salade klaar.'
'Ik weet zeker dat Kit je geweldig vindt,' zei Benny.
'Ik ben gewoon wat gezelschap. Dat is alles.'
'Praat ze nog wel eens over haar zoon?'
'Niet veel. Maar 's nachts huilt ze om hem. Dat weet ik.'
'Is het niet vreemd dat mensen zoveel van hun kinderen kunnen houden dat ze op de een of andere manier voor hen leven?'
'Jouw ouders doen dat ook. Dat is het probleem juist. Toch is het leuk om te weten dat ze het doen,' zei Eve.
'Jouw ouders zouden het ook hebben gedaan als ze lang genoeg hadden geleefd.'
'En als ze verstandig waren geweest,' zei Eve droog.

Benny zat naast Rosemary tijdens een geschiedeniscollege. Ze had nooit echt met haar gesproken. Ze wilde de make-up van Rosemary van dichtbij bekijken om te zien of ze er iets van kon leren.
In afwachting van de docent praatten ze over ditjes en datjes.
'Knockglen?' zei Rosemary. 'Dat is al de tweede keer vandaag dat ik erover hoor praten. Waar ligt dat?'
Benny duidde het uit en voegde er mistroostig aan toe dat het te ver was om snel even naar toe te gaan en te dichtbij om in Dublin te gaan wonen.
'Wie vertelde er me ook alweer over?' Rosemary was nog met haar make-up bezig, maar probeerde tegelijk na te denken. Meestal smeerde ze als niemand keek een beetje vaseline op haar wimpers. Dat was bedoeld om ze te laten groeien. Nu deed ze het waar Benny bij zat, die was geen rivale voor wie ze haar schoonheidsgeheimen moest verbergen. Benny keek geïnteresseerd toe. Toen schoot het Rosemary weer te binnen.
'Ik weet het. Het was Jack. Jack Foley. Hij vertelde dat een vriend van

hem verkikkerd is op iemand in Knockglen. Ben jij dat toevallig?'
'Nee, dat denk ik niet.' Benny's hart voelde als lood. Rosemary en Jack waren bevriend en nu maakte Jack grapjes over Knockglen.
'Het ging over zijn vriend Aidan, je weet wel, sulletje Aidan Lynch. Hij is soms best grappig. Dat maakt weer een boel goed.'
Benny voelde haar wangen gloeien. Praatten de mensen op deze manier met elkaar? Mensen als Jack en Rosemary en misschien zelfs Nan? Hadden mooie mensen andere regels?
'Had Jack nog enige waardering voor de voorkeur van Aidan?' Ze wilde dat Jack het onderwerp van gesprek bleef, hoe pijnlijk dat ook voor haar was.
'O ja. Hij zei dat het een leuk dorpje is. Hij is er geweest.'
'Echt waar?' Benny herinnerde zich elke seconde van de dag dat Jack samen met haar in haar ouderlijk huis en in haar dorp was geweest. Ze zou zelfs woord voor woord kunnen opschrijven, zoals bij rechtszaken gebeurde, wat er die dag was gezegd.
'Hij is fantastisch,' vertrouwde Rosemary haar toe. 'Weet je, hij is niet alleen een rugby-ster, maar hij is nog intelligent ook. Hij heeft zes eervolle vermeldingen bij zijn eindexamen gekregen. En hij is nog aardig ook.'
Ze stak Jack in de hoogte omdat hij cum laude zijn eindexamen had gehaald, net zoals Benny had gedaan.
'Ga je met hem uit?' vroeg Benny.
'Nog niet, maar dat komt wel. Daar werk ik aan,' zei Rosemary.
Tijdens de les over Ierland onder heerschappij van de Tudors keek Benny zo nu en dan naar haar buurvrouw. Het was zo vreselijk onrechtvaardig dat een meisje als Rosemary met repen chocola in haar tas liep en geen puistjes en een dubbele onderkin had.
Wanneer had ze eigenlijk al die gesprekken met Jack Foley gehad? 's Avonds waarschijnlijk of laat in de middag, als die arme Benny Hogan als een groot vrachtpakket zat te wachten op de bus terug naar Knockglen.
Benny wilde dat ze die appel niet had gegeten. Misschien was haar stofwisseling gebaat bij een rigoureuze schoonmaak. Helemaal geen eten meer na die achttien jaar waarin ze te veel had gehad. Misschien had de appel het proces vertraagd.
Ze keek naar haar buurvrouw en vroeg zich af of er enige hoop was dat hetgene waar Rosemary aan werkte zou mislukken.

'Hoe gaat het met je studie, Nan?' Bill Dunne vond van zichzelf dat hij op een geweldige manier met vrouwen omging. Volgens hem was de reputatie van Aidan Lynch volkomen onterecht. Op de middelbare school was het leuk als iemand steeds grappen maakte, maar vrouwen

139

kwamen naar de universiteit omdat ze wilden studeren. Of de suggestie wilden wekken dat ze studeerden. Je kon niet de clown uithangen en als een schooljongen gekheid maken tegen studenten. Je moest in ieder geval de schijn ophouden dat je hun studie serieus nam. Nan glimlachte zoals alleen zij dat kon. 'Ik geloof dat het met mij net zo gaat als met alle anderen,' zei ze. 'Als je het college leuk vindt, als het onderwerp je ligt, dan is het leuk. Als dat niet zo is, dan is het een ramp en wordt het heel zwaar.'
De woorden betekenden op zichzelf niets, maar de toon beviel Bill. Er sprak warmte en affectie uit.
'Ik dacht, misschien wil je een keer met mij uit eten.' zei hij. Hij had hier lang over nagedacht. Een meisje als Nan werd natuurlijk voortdurend mee uitgevraagd naar feestjes en cafés en de film. Hij moest het stapje voor stapje aanpakken.
'Dank je, Bill.' Ze glimlachte nog steeds vriendelijk. 'Maar ik ga niet veel uit. Ik ben nogal saai, eigenlijk, en ik studeer doordeweeks. Om bij te blijven.'
Dat was een pijnlijke verrassing. Hij had gedacht dat een etentje wel zou werken.
'Misschien kunnen we in het weekend eens gaan eten. Als je het niet te druk hebt.'
'Op zaterdag ga ik meestal naar het dispuut en dan naar de Four Courts. Het is een soort vaste gewoonte geworden.' Ze lachte verontschuldigend.
Bill was niet van plan om op z'n knieën te gaan. Hij zag in dat ook dat nergens toe zou leiden.
'Dan zie ik je daar wel een keer,' zei hij hooghartig, om zijn teleurstelling te verbergen.

Nans kamer werd haar thuis. Ze had er een elektrisch kookplaatje en twee mokken staan, zodat ze voor zichzelf en een gast thee kon zetten. Soms kwam haar moeder boven en dan praatten ze wat.
'Het is heerlijk rustig hier,' zei Emily.
'Daarom wil ik ook juist hier werken.'
'Hij is nog steeds boos.' Nans moeder klonk alsof ze ieder moment kon gaan smeken.
'Daar is geen reden voor, Em, ik ben altijd de beleefdheid zelve. *Hij* is degene die zulke taal uitslaat en zich niet meer kan beheersen.'
'Ach, kon je hem maar begrijpen.'
'Dat doe ik wel. Ik begrijp dat er twee karakters in hem schuilen. Maar ik wil niet afhankelijk zijn van zijn stemmingen. Dus ben ik dat niet. Ik ga niet beneden zitten wachten of hij misschien een keer thuis wil komen en dan maar hopen dat hij in een goed humeur is.'

Er viel een stilte.
'Jij wilt dat ook niet, Em,' zei ze uiteindelijk.
'Voor jou is het makkelijk. Jij bent jong en knap. Je hebt je hele toekomst nog voor je.'
'Em, je bent nog maar tweeënveertig. Jij hebt ook nog een hele toekomst voor je.'
'Niet als ik wegloop, dan heb ik die niet.'
'Ach, je wilt helemaal niet weglopen,' zei Nan.
'Ik wil dat *jij* hier weg komt.'
'Dat komt nog wel, Em.'
'Je gaat helemaal niet met jongens uit. Je hebt nooit eens een afspraakje.'
'Daar wacht ik nog mee.'
'Waarom?'
'Ik wacht tot ik de ware ontmoet, mijn prins, een ridder op een wit paard, een edelman, of wie het ook is die ik volgens jou zal ontmoeten.'
Verschrikt keek Emily haar dochter aan.
'Je weet best wat ik bedoel. Iets beters dan dit hier. Iets dat ver boven Maple Gardens verheven is. Je komt dat soort mensen tegen onder je vrienden – rechtenstudenten, aankomende ingenieurs, die jongens hebben vaders op hoge posities.'
'Dat is hetzelfde als Maple Gardens, alleen hebben zij een iets grotere tuin en een grotere kelder.'
'Waar heb je het over?'
'Ik ben niet in mijn dromen blijven geloven om uiteindelijk terecht te komen in net zoiets als Maple Gardens, met een of andere aardige kerel die op het laatst toch net zo'n drankorgel wordt als mijn vader.'
'Sst, zeg dat niet.'
'Je vroeg ernaar, dus geef ik antwoord.'
'Goed, je hebt gelijk. Maar waar hoop je dan op?'
'Op wat jij me hebt verteld. Dat ik alles kan krijgen wat ik wil.'
Trots en zelfverzekerd zat ze aan haar bureau, in haar hand een mok thee, haar blonde haren naar achteren gebonden en op geen enkele manier van haar stuk gebracht door het gesprek dat zij en haar moeder voerden.
'Dat kun je ook.' Emily voelde het geloof dat ze al die tijd in haar hart had gekoesterd weer opbloeien.
'Dus zie ik niet in waarom ik uit zou gaan met lui die ik helemaal niet in mijn buurt wil hebben. Dat is alleen maar tijdverspilling.'
Emily huiverde. 'Er kunnen heel, heel aardige mensen tussen zitten.'
'Dat kan, maar het zijn niet de mensen die jij en ik op het oog hebben.'
Emily's ogen gleden over het bureau en ze zag tussen Nans boeken tijdschriften liggen – roddelbladen, societynieuws, royalty. Ze had zelfs

een boek over etiquette uit de bibliotheek geleend. Nan Mahon studeerde heel wat meer dan alleen maar kunstgeschiedenis.

Mevrouw Healy keek door de dikke vitrage en zag Simon Westward uit zijn auto stappen. Hij had zijn kleine, gedrongen zusje bij zich. Misschien kwam hij naar het hotel om haar te trakteren op limonade. Mevrouw Healy adoreerde de jonge landjonker, zoals zij hem noemde, al een hele tijd. Ze koesterde zelfs zekere ideetjes met betrekking tot hem. Hij was een man rond de dertig, niet zoveel jonger dan zij. Ze stond in het dorp bekend als een fatsoenlijke, degelijke weduwe. Iemand met een onberispelijke reputatie. Natuurlijk niet helemaal zijn sociale klasse en niet van het juiste geloof... maar mevrouw Healy was een praktisch iemand. Ze zag in dat het met de oude waarden en normen niet meer zo'n vaart liep als mensen zo aan de grond zaten als bij de Westwards het geval leek. Ze wist dat Shea al vanaf kerst geld tegoed had van Simon Westward voor de drank die hij had ingekocht voor een jachtpartij en de ontvangst op tweede kerstdag. In het hotel van mevrouw Healy kwamen heel wat mensen die bij een borrel vrijuit praatten, in de veronderstelling dat de ernstige en gereserveerde gastvrouw niet de minste interesse had in de roddels uit de omgeving.
In de meeste gevallen hadden ze gelijk, maar in informatie over de Westwards was mevrouw Healy altijd geïnteresseerd. Ze was opgegroeid in Engeland, waar adellijke families een belangrijke plaats innamen. Het verbaasde haar dan ook keer op keer dat in haar woonplaats niemand geïnteresseerd leek in het reilen en zeilen in de Westlands.
Tot haar grote teleurstelling gingen Simon en Heather Westward naar Hogan's Herenmode aan de overkant van de straat.
Wat zouden ze daar moeten? Meestal gingen ze naar Callaghan in Dublin of naar Elvery. Misschien konden ze daar niet langer op krediet kopen en probeerden ze het nu bij meneer Hogan, die te aardig was om eerst naar geld te vragen voordat hij de stoffen uit het rek pakte en de maten opnam.

Vanuit zijn donkere winkel, glurend achter de altijd half-gesloten luiken, zag Eddie Hogan tot zijn grote genoegen dat Simon Westward en diens kleine zusje op de zaak afkwamen. Had hij maar de tijd gehad om een beetje op te ruimen.
'Je raadt het nooit,' fluisterde hij tegen Sean.
'Ik weet het al,' fluisterde Sean Walsh terug.
'Wat is het hier donker,' klaagde Heather en ze wreef in haar ogen om te wennen aan de overgang van het zonnige winterweer naar de duisternis.
'Stil.' Haar broer wilde niet dat ze zeurde.

'Wat een eer...' begon Eddie Hogan.
'O, goedemorgen meneer... Hogan, neem ik aan?'
'Ja natuurlijk,' zei Heather. 'Het staat op het raam.'
Simon keek geërgerd. Heather toonde meteen berouw.
'Sorry,' murmelde ze en bestudeerde de vloer.
'Ik ben inderdaad Edward Hogan en dit is mijn assistent Sean Walsh.'
'Hoe maakt u het, meneer Walsh.'
'Meneer Westward,' Sean boog licht.
'Het gaat helaas maar om iets kleins. Heather wil een cadeautje kopen voor haar grootvader, iets leuks voor zijn verjaardag.'
'Natuurlijk. Ik kan u de linnen zakdoeken aanbevelen.' Eddie Hogan haalde een paar dozen te voorschijn en trok een la met apart verpakte zakdoeken open.
'Hij heeft zoveel zakdoeken dat hij niet weet wat hij ermee moet doen,' snoof Heather. 'Hij kan trouwens niet eens goed zijn neus meer snuiten.'
'Een sjaal, misschien?' Wanhopig probeerde Eddie Hogan ze van dienst te zijn.
'Hij gaat nooit naar buiten. Hij is oud, erg oud.'
'Dan wordt het ingewikkeld.' Eddie krabde op zijn hoofd.
'Ik dacht dat u misschien wat snuisterijtjes had,' zei Simon en keek glimlachend van de een naar de ander. 'Het maakt eigenlijk niet veel uit. Grootvader is niet meer in staat om veel te waarderen... maar ziet u...' Hij maakte met zijn hoofd een gebaar in de richting van Heather, die aandachtig de winkel rondsnuffelde.
Eddie Hogan begreep het probleem. 'Juffrouw Westward, als ik u advies mag geven... als het alleen een aardigheidje is om uw grootvader op zijn verjaardag een plezier mee te doen, dan kunt u misschien beter aan snoep denken dan aan kleren.'
'Tja.' Heather twijfelde.
'Ja, het lijkt er nu misschien op dat ik mijn klanten wegjaag, maar we willen het beste voor iedereen. Een doos bonbons bijvoorbeeld. Birdie Mac zal hem mooi inpakken en doet er ook nog een leuke kaart bij.'
Simon keek belangstellend. 'Ja, misschien is dat toch verstandiger. Dom van ons dat we daar niet aan gedacht hebben. Dank u wel.'
Hij moest de teleurstelling op het gezicht van meneer Hogan hebben gezien. 'Sorry dat we u hebben gestoord en beslag op uw tijd hebben gelegd, meneer Hogan.'
'Het was me een genoegen, zoals ik al zei, meneer Westward,' zei Eddie een beetje dommig. 'Misschien dat u, nu u hier geweest bent, nog eens terugkomt.'
'Ongetwijfeld.' Simon hield de deur open voor zijn kleine zusje en ging naar buiten.

'Dat was erg slim van u, meneer Hogan,' zei Sean Walsh instemmend.
'Hij zal zich nu wel aan ons verplicht voelen.'
'Ik dacht eigenlijk alleen maar aan een cadeautje dat een klein meisje aan haar grootvader zou kunnen geven.'

Het was eindelijk donderdag. Benny bekeek zichzelf in de spiegel in de badkamer. Ze staarde langdurig en ingespannen. Misschien dat er wat vet van haar schouders was afgegaan. Het zou kunnen, maar als het al waar was, dan was het een waardeloze plaats om vet kwijt te raken. De vorige dag had ze haar haar gewassen. Het zag er mooi uit en het glansde. Peggy Pine had over de rok gezegd dat hij misschien kon kreuken, en hij kreukte inderdaad. Het ding zag er afschuwelijk uit. Maar de mooie blauwe kleur beviel haar goed, beter dan het marineblauw en het bruin van het schooluniform. Dat waren kleuren die niet opvielen. De blouse zag er een beetje flodderig uit, niet als de stijve blouses die ze meestal droeg. Ze zag er zo veel vrouwelijker uit. Als ze eenmaal aan het tafeltje tegenover die knappe Jack Foley zat, zou hij alleen maar haar bovenlichaam kunnen zien. Ze *moest* wel iets modieus aandoen als ze niet op een gouvernante of een schoolhoofd wilde lijken.
Haar hart bonkte heftig en sloeg wel een aantal keren over terwijl ze zich aankleedde. Hij had zich die dag in Knockglen zo ontspannen en natuurlijk gedragen. Maar op de universiteit was het anders. Je hoorde altijd mensen over hem praten alsof hij een soort Griekse god was. Zelfs de heilige boontjes onder haar jaargenoten hadden het over hem. Zelfs deze meisjes, met hun steile haar en brillen en sjofele vesten, die harder werkten dan de nonnen en die geen enkele tijd leken te hebben voor mannen of een sociaal leven, hadden het over Jack Foley.
En vandaag zou zij met hem uitgaan. Ze had het maar wat graag aan Rosemary willen vertellen. Die zou een gezicht hebben getrokken! En dan de gezichten van alle anderen. Ze zou graag naar de winkel van Carroll gaan en op de deur bonzen en die verschrikkelijke Maire Carroll, die haar op het schoolplein altijd rare bijnamen gaf, vertellen hoe goed het met haar ging. Maire, die niet was toegelaten voor de studie die ze wilde volgen, zat te pruilen in de kruidenierswinkel van haar ouders, terwijl Benny in de Dolfijn met Jack Foley lunchte.
Benny vouwde de dunne blouse op en stopte hem in haar schoudertas. Ze deed er ook een tandenborstel en een tube tandpasta in en het talkpoeder van haar moeder, dat ze per ongeluk zou hebben geleend als haar moeder erachter kwam. Het was vijf over half acht. Over zes uur zou ze tegenover hem zitten. Ze bad tot God dat ze niet te veel zou praten en geen stomme dingen zou zeggen waar ze later spijt van kreeg. En als ze toch stomme dingen zou zeggen, moest ze eraan denken om niet te hard te gaan lachen.

Ze voelde zich een beetje schuldig dat ze Eve niet over haar afspraakje had verteld. Het was voor het eerst dat ze iets voor haar vriendin had achtergehouden. Maar ze had er geen tijd voor gehad en ze was ook bang dat Eve het aan Nan zou vertellen. Waarom was ze daar bang voor? Nan zou vast geweldig zijn geweest en haar handtas hebben uitgeleend of haar oorbellen omdat die zo goed bij haar rok pasten. Maar ze wilde niet dat het allemaal zo gepland en voorbereid was. Ze wilde het in haar eentje doen en zichzelf zijn. Of in ieder geval een beetje zichzelf. Benny grijnsde naar haar spiegelbeeld. Het zou natuurlijk niet precies haar eigen ik zijn die over zes uur de Dolfijn binnenwandelde, maar een uitgehongerde en opgedofte Benny, die de laatste tien dagen geen minuut in haar studieboeken had gekeken.
'Ik wil weten wat er mis is met mijn havermoutpap, Benny.' Patsy was alleen in de keuken toen Benny naar beneden kwam.
'Niets, Patsy, hand op m'n hart.'
'Het is alleen dat ik, als ik ooit trouw, mijn man en zijn moeder een behoorlijk bord havermout wil kunnen voorzetten.'
'Zijn moeder?'
'Nou, ik zal me toch zeker ergens in moeten trouwen. Ik heb geen bruidsschat.'
'Heb je soms een oogje op iemand, Patsy?'
'Wij kunnen maar beter geen oogje op iemand hebben. Ik heb geen rooie cent en jij moet zorgen dat degene die verliefd op jou wordt zo groot als een beer is, zeker zo groot als je zelf bent,' zei Patsy vrolijk.

Op de een of andere manier ging de ochtend voorbij. Benny sloeg het college van twaalf uur over. Ze wilde niet door het hele park, Grafton Street en langs de Ierse Bank moeten rennen om op tijd in de Dolfijn te zijn. Dat zou wel lukken, maar dan kwam ze met een verhit gezicht aan. Ze wilde rustig en op haar gemak komen aanwandelen. Op het laatste moment zou ze dan in het damestoilet van het dichtstbijzijnde café nog wat poeder opdoen en haar tanden poetsen.
Ze had medelijden met de mensen die ze langzaam door de straten van Dublin zag gaan. Ze zagen er grijs en geslagen uit. Ze liepen ineengedoken in de wind en niet, zoals Benny, met opgeheven hoofd. Ze zouden waarschijnlijk doodgewone, alledaagse dingen gaan eten bij de lunch. Of ze gingen met de bus naar huis, waar de radio aanstond en de kinderen huilden, of ze moesten in de rij gaan staan voor een maaltijd in een restaurant, waar het ontzettend druk was en het mengsel van etensgeuren je de honger benam.
Ze bekeek zichzelf voor het laatst in een etalageruit en concludeerde dat ze er op haar best uitzag. Ze had natuurlijk eerder kunnen beginnen met afslanken, drie jaar geleden bijvoorbeeld, maar veel zin had het niet om daar nu al te lang bij stil te staan.

Twee weken geleden in Knockglen was ze groot en dik geweest, maar dat had hem niet belet haar uit te nodigen. Ongelovig keek ze naar de Dolfijn. Hij had niet geschreven in welk gedeelte hij zou zitten. Ze kon zijn brief dromen. Hij moest de hal bedoelen.
Er stonden drie mannen bij de ingang. Jack was er niet bij. Zij waren veel ouder. Ze zagen er rijk uit, misschien waren ze in de stad voor de races.
Met een schok van herkenning zag ze dat een van hen Simon Westward was.
'Hallo,' zei Benny die even vergat dat ze hem alleen maar kende uit verhalen van Eve.
'Hallo,' zei hij beleefd maar verstrooid.
'Ik ben Benny Hogan, van de winkel in Knockglen.'
Ze praatte op een natuurlijke toon en zonder boosheid omdat hij haar niet herkend had. Simons glimlach was nu vriendelijk.
'Gisteren was ik nog in de winkel van je vader.'
'Dat heeft hij me verteld. Met uw kleine zusje.'
'Ja. Een erg hoffelijk man, je vader. En zijn assistent...?'
'O ja,' zei Benny niet erg enthousiast.
'Niet uit hetzelfde hout gesneden?'
'Helemaal niet. Maar zegt u dat maar niet tegen mijn vader. Hij vindt hem aardig.'
'Geen zoons om te helpen?'
'Nee, hij heeft alleen mij.'
'Woon je in Dublin?'
'Was dat maar zo. Nee, ik ga iedere dag op en neer.'
'Dat moet vermoeiend zijn. Heb je een rijbewijs?'
Simon leefde in een andere wereld, concludeerde Benny.
'Nee, ik ga met de bus,' zei ze.
'Maar dat je in een tent als deze leuk kunt lunchen, dat maakt toch een hoop goed.' Goedkeurend keek hij om zich heen.
'Het is voor het eerst dat ik hier ben. Ik heb met iemand afgesproken. Denkt u dat ik het best in de hal kan blijven wachten?'
'In de bar, denk ik,' zei hij en wees.
Benny bedankte hem en ging naar binnen. Het was druk, maar ze zag hem meteen staan, in de hoek... Hij zwaaide.
'Daar is ze!' riep Jack. 'Nu zijn we er allemaal.'
Hij stond middenin een groep van zeven mensen en lachte naar haar. Het was geen afspraakje. Het was een feestje. Ze waren nu met hun achten. Eén van hen was Rosemary Ryan.

Benny kon zich later niet veel van het feestje herinneren voor het moment dat ze de eetzaal binnengingen. Ze voelde zich duizelig, gedeelte-

lijk van de schok, maar ook omdat ze de afgelopen dagen zo weinig had gegeten. Ze keek schichtig om zich heen om te zien wat de anderen dronken. Een paar hadden er sinaasappelsap, maar het kon ook gin met sinaasappelsap zijn. De jongens dronken bier.
'Ik wil er wel zo een.' Ze wees wijfelend naar een glas bier.
'Die goeie oude Benny, een echte kerel,' zei Bill Dunne, een jongen die ze al vanaf het begin mocht. Nu wilde ze echter het liefst de asbak pakken en ermee op zijn hoofd slaan tot ze zeker wist dat hij dood was.
Iedereen was ontspannen en genoeglijk aan het babbelen. Benny nam de andere meisjes op. Rosemary zag eruit als altijd, alsof ze uren in een schoonheidssalon had doorgebracht en net onder de droogkap vandaan kwam. Ze was perfect opgemaakt. Ze lachte beminnelijk naar iedereen. Carmel was klein en mooi. Ze was al vanaf haar vijftiende of zestiende met haar vriendje Sean. Ze stonden op de universiteit bekend als het Perfecte Stel. Sean keek hevig verliefd naar Carmel en dronk ieder woord dat ze zei in alsof het een evangelie betrof. Carmel was geen bedreiging. Zij heeft oog voor niemand, zelfs niet voor Jack Foley. Aidan Lynch, de lange slungel die Eve mee naar de film had gevraagd, was er ook. Benny slaakte een zucht van opluchting dat ze niemand over haar afspraakje had verteld. Wat zou ze zich dom hebben gevoeld als dat verhaal de ronde had gedaan. Maar natuurlijk zou Aidan aan Eve vertellen dat Benny er ook bij was geweest en Eve zou zich waarschijnlijk afvragen waarom zij daar niets van wist. Benny voelde zich boos, gekwetst en in de war.
Het laatste meisje was Sheila. Zij studeerde rechten. Een nogal bleek meisje vond Benny en keek haar onbeschaamd aan. Bleek en nogal saai. Maar ze was slank. God, wat was ze slank en klein. Zij moest tegen Jack opkijken en keek niet over hem heen, zoals Benny. Ze herinnerde zich wat Patsy over haar had gezegd, dat ze een man zo groot als een beer moest hebben. Benny verdrong haar tranen.
Geen van allen was ooit eerder in de Dolfijn geweest. Het hoorde allemaal bij het plan van Jack, zeiden ze... het plan dat van hen bekende en, tegen de tijd dat ze waren afgestudeerd, gerespecteerde personen zou maken. Allerlei advocaten en mensen uit de paardenwereld ontmoetten elkaar hier. Het enige wat je moest doen, was hier regelmatig komen.
De woorden van het menu duizelden Benny voor de ogen. Voor het eerst in tien dagen ging ze weer een echte maaltijd eten. Ze voelde dat ze erin zou stikken.
Toen de tafelschikking uiteindelijk was geregeld, zat ze tussen Aidan Lynch en de zwijgzame Sean. Jack Foley zat tegenover haar, tussen Rosemary en Sheila in. Hij keek kwajongensachtig en tevreden, verrukt over zijn idee om de vier jongens deze heerlijke lunch te laten betalen.

De anderen waren ook blij met hem.
'Ik moet zeggen dat je alles hebt gedaan om de allerbesten van ons eruit te pikken,' zei Aidan Lynch met zwier.
'Vuil varken,' dacht Benny, want zij wist dat hij eerder deze week onvoorwaardelijke trouw had gezworen aan Eve.
'Alleen het beste is goed genoeg.' Jack lachte iedereen met grote warmte toe.
Benny stak haar hand uit naar de boter, maar trok hem terug. Tot haar grote ergernis merkte Bill Dunne het op.
'Hier, pak aan, Benny. Ga je maar eens flink te buiten,' zei hij en schoof de botervloot naar haar toe.
'Je zou eens moeten zien wat ze je bij Benny thuis voorzetten,' zei Jack om Benny te complimenteren. 'Ik ben er laatst geweest. Ze hebben stijl. Taart en cake en koek en dan was het gewoon een zondag.'
'Zo gaat dat op het platteland. Daar willen ze je vetmesten. Daar houden ze niet van arme magere stadsmusjes,' zei Aidan.
Benny keek naar de anderen. De luchtige blouse met zijn versieringen was geen goede keuze geweest. De blauwe rok ook niet. Ze rook de lichte geur van het talkpoeder dat ze onder haar oksels en in haar bh had gedaan. Ze was niet het soort meisje waar jongens voor vielen en dat ze wilden beschermen, zoals Rosemary Ryan en de liefelijke kleine Carmel en de bleke Sheila van de rechtenfaculteit. Benny was alleen maar meegevraagd omdat ze grappig was en omdat je met haar over volproppen en je flink te buiten gaan kon praten.
Ze lachte dapper.
'Zo zit dat, Aidan. Jij komt een keer naar Knockglen en dan zullen we jou eens vetmesten. Net zoals ze ganzen volproppen om een lekkere vette lever te maken.'
'Benny, alsjeblieft.' Rosemary knipperde met haar wimpers alsof ze ieder moment kon flauwvallen.
Maar Bill Dunne begon het net leuk te vinden. 'Jaaahh, dan staat er binnenkort Lynch-lever op de kaart.'
Jack deed mee. 'Een specialiteit uit Knockglen. Vetgemest op het platteland!' zei hij.
'Ik moet onderduiken. Ze willen me dood hebben, mijn leven is geen cent meer waard. God, Benny, wat ben je met me van plan?'
'Denk er toch eens aan hoe lekker je zult zijn,' zei Benny. Haar wangen gloeiden. Vetgemest op het platteland. Had Jack dat echt gezegd? Was dat misschien een grapje over haar geweest? Het belangrijkste was om niet gekwetst te lijken.
'Het is wel een hoge prijs die ik moet betalen.' Aidan keek nadenkend alsof hij de mogelijkheid serieus overwoog.
'Ik vind het nogal wreed om grapjes te maken over het vetmesten en

opeten van arme dieren die zich niet kunnen verdedigen,' zei Rosemary met een broos geluidje.
Benny wilde dat ze zich kon herinneren wat Rosemary had besteld. Maar dat hoefde niet. Jack wist het nog.
'Doe niet zo hypocriet,' zei hij. 'Je hebt net kalfskoteletten besteld... de kalfjes waren er heus niet blij mee dat ze dat moesten worden, of dacht jij wel soms?'
Hij lachte haar toe vanaf de overkant van de tafel. De ridder was haar te hulp gekomen.
Rosemary mokte en pruilde een beetje, maar toen niemand daar aandacht aan besteedde, ging het al snel een stuk beter.
Rosemary en Sheila bedelden de hele maaltijd door om Jacks aandacht. Carmel was alleen maar geïnteresseerd in wat Sean van dit of dat gerecht vond. Ze aten van elkaars bord. Benny amuseerde Bill Dunne en Aidan Lynch alsof ze een ingehuurde clown was. Ze deed zo haar best dat het zweet in straaltjes van haar voorhoofd liep. Ze werd beloond met hun aandacht en gelach. Zo nu en dan probeerde Jack mee te doen, maar hij leek te veel in beslag genomen door de beide vrouwen naast hem.
Hoe minder ze probeerde met hem in gesprek te komen, hoe beter hij zijn best deed om met haar te kunnen praten. Het was duidelijk dat hij prijs stelde op haar gezelschap, maar dan alleen omdat je met haar kon lachen. Met een glimlach die bijna haar gezicht in tweeën spleet, wist ze diep van binnen dat Jack Foley daar wilde zijn waar het gezellig was en waar gelachen werd. Hij zou er in geen miljoen jaar aan denken om iemand als Benny in haar eentje mee uit te vragen.
Simon Westward liep voorbij de tafel.
'Ik zie je wel weer eens in Knockglen,' zei hij tegen Benny.
'Wie is dat? Wat een stuk,' zei Rosemary. Ze leek op punten te verliezen van Sheila, die het voordeel had dat ze haar collegedictaat met dat van Jack kon vergelijken. Rosemary had zeker besloten om over te gaan op het aloude 'hoe-maak-ik-hem-jaloers'.
'Dat is een van de weinigen in Knockglen die we nog niet helemaal goed hebben vetgemest,' zei ze.
Iedereen moest lachen, behalve Jack.
'Knok voor Knockglen,' zei hij zacht.
Hij had dit al eerder gezegd. Dit keer leek hij er alleen iets anders mee te willen uitdrukken.

Mossy Rooney werkte aan het dak van het huisje bij de steengroeve. Door een stevige wind waren er elf dakpannen afgewaaid. Die lagen waarschijnlijk onderin de steengroeve aan gruzelementen.
Moeder Francis had hem gevraagd zo snel mogelijk te komen om de

schade te herstellen. Ze was ook zelf naar het huisje gekomen en keek enigszins bezorgd toe terwijl hij aan het werk was.
'Het wordt toch niet te duur, Mossy?'
'Niet voor u, moeder Francis.' Zijn gezicht was uitdrukkingsloos als altijd.
'Je moet in elk geval betaald worden voor je werk,' zei ze bezorgd.
'Aan mij zal het klooster niet failliet gaan,' zei hij.
Nooit liet hij merken of hij het raar vond dat het klooster een huisje onderhield dat door niemand werd gebruikt. Niets in wat hij zei wees erop dat hij het vreemd vond dat deze plek als een soort aandenken werd bewaard voor een meisje dat ergens in Dublin studeerde en er niet naar omkeek.
Mossy was er de persoon niet naar om bij zulke dingen lang stil te staan. Bovendien zat zijn hoofd al vol met andere gedachten. Misschien zou hij Patsy kunnen vragen of ze zijn moeder wilde ontmoeten. Maar eerst moest hij informatie over haar inwinnen. Hij wilde niet betrokken raken bij zaken waaruit hij zich later weer zou moeten redden...

'Simon, kom je me opzoeken op school?'
'Wat?' Hij bestudeerde een grootboek.
'Je hebt me wel gehoord. Je zegt alleen maar "wat" om te zorgen dat je langer de tijd hebt om na te denken,' zei Heather.
'Ik kan niet, Heather. Ik heb hier veel te veel te doen.'
'Niet waar,' gromde ze. 'Je gaat altijd naar Dublin. Zelfs naar Engeland. Waarom kom je me niet een keer opzoeken? Het is er afschuwelijk. Je hebt geen idee. Net een gevangenis.'
'Ach, dat valt wel mee. Het is er best in orde. Scholen zijn altijd vervelend. Het wordt beter als je ouder bent.'
'Was die van jou ook vervelend?'
'Wat?' Hij lachte. 'Ja, inderdaad. Kom op, het is weer snel vakantie. Je krijgt nu een leuk semester en voor je het weet ben je weer thuis voor Kerstmis.' Hij glimlachte breed.
'Hebben we geen andere familieleden? Ze laten alleen familie op bezoek komen.'
'Niet hier, dat weet je.'
Ze had neefjes in Engeland en in Noord-Ierland. Maar Simon en haar grootvader waren de enige nog levende leden van de Westward-familie die op het grote landgoed in de Westlands woonden.
Niemand durfde het hardop te zeggen, maar de vervloeking die Jack Malone in zijn waanzin uitsprak over de Westward-familie leek uit te komen. Er waren nog maar heel weinig Westwards over.

'Ik zag gisteren je vriendin Benny nog. Ik neem aan dat ze het je wel verteld heeft.' Aidan Lynch zat geduldig in de keuken te wachten tot Eve klaar was met de afwas en ze weg konden gaan.
'Pak eens een droogdoek, slimmerik, dan zijn we eerder klaar,' zei Eve.
'Heeft ze niks verteld?'
'Tot mijn grote verbazing niet, nee. Het komt je misschien vreemd voor, maar er is een hele dag voorbij gegaan zonder dat jouw wangedrag per tamtam is doorgegeven.'
'Ik dacht dat ze het wel zou hebben aangeroerd. Per slot kom je niet iedere dag in de Dolfijn.'
'Was Benny in de Dolfijn?'
'Ik ook. Ik was er ook, vergeet mij niet.'
'Ik zal m'n best doen,' zei Eve.
'Misschien wilde ze me niet verraden.'
Eve had eventjes genoeg van Aidans geleuter. Ze was meer geïnteresseerd in de vraag wat Benny in de Dolfijn moest.
'Heeft ze goed gegeten?' informeerde ze.
'Als een paard. Alles wat ze voor haar gezicht kreeg ging erin,' zei Aidan.

'Ik wist niet dat jij Jack Foley kende,' zei Rosemary de volgende dag tegen Benny.
'Niet zo goed.'
'Nou, wel zo goed dat hij bij jou op theevisite in Knockglen komt.'
'O, hij was gewoon toevallig in de buurt. Zijn vader moest iemand opzoeken.'
Rosemary was nog niet tevreden. 'Zijn je ouders soms bevriend met de zijne?'
'Nee. Het was een leuke lunch, he?'
'Jazeker. Aidan Lynch is een vreselijk doetje, vind je niet?'
'Ik vind hem wel aardig. Hij gaat zo af en toe met een vriendin van mij naar de bioscoop. Ze zegt dat hij erg grappig is.'
Rosemary Ryan was niet overtuigd.
'Word je ook niet ziek van Sean en Carmel met hun kleffe gedoe?'
'Ja, het is wel erg dik aan tussen die twee.' Benny's ogen fonkelden van afkeuring.
Nu was natuurlijk Sheila aan de beurt.
'Kende jij die ene al, die Sheila?'
'Nee.' Benny keek onschuldig. 'Ze schijnt het in alle vakken goed te doen. Ik geloof dat ze allemaal nogal weg zijn van haar.'
Rosemary boog zich vol afkeer weer over haar aantekeningen. Benny zag dat ze af en toe een hapje nam van een notenreep. Lekkere trek noemden ze dat. Benny wist daar alles van.

Brian Mahon was vrijdagavond verschrikkelijk dronken. Nan had er maar weinig van gemerkt. Ze had haar deur op slot gedaan en de radio aangezet, zodat ze niet hoefde te horen wat er werd gezegd. Ze wist dat haar moeder geen hoer was en Paul en Nasey wisten dat ook. Net als hun vader als hij nuchter was. Maar in beschonken toestand schreeuwde hij dat ze niet alleen een hoer was, maar ook nog eens frigide en hoe eerder iedereen dat wist hoe beter. Nan wist ook dat haar moeder het huis nooit zou ontvluchten, hoewel ze steeds vaker vernederd werd.

'Het is voor jou, Eve.' Het was zaterdag en een van de studenten in Kits pension had de telefoon aangenomen.
'Ik kom eraan.' Eve hoopte dat het Benny was. Misschien kon ze die middag met de bus naar Knockglen gaan. Kit had gezegd dat ze de rest van de dag vrij kon nemen als ze daar zin in had.
Maar het was Benny niet. Het was Nan.
'Kan ik je verleiden tot een wandeling?'
'Ja, dat is leuk. Zal ik naar jou toekomen? Dan leer ik dat deel van de stad eens wat beter kennen. Ik kom je wel afhalen.'
'Nee,' zei Nan scherp. Toen praatte ze weer zachter. 'Trouwens, bij jou in de buurt is het veel leuker. We kunnen op de pier gaan wandelen. Ik haal *jou* wel af.'
'Goed.'
Eve voelde zich een beetje teleurgesteld. Ze had het leuker gevonden als Benny had gebeld om te zeggen dat ze bij de bushalte op haar zou wachten.
Vijf minuten later belde Benny. Maar nu was het te laat.
'Kun je Nan niet afbellen?'
'Kan niet, ik heb haar telefoonnummer niet. Heb jij het?'
'Nee.' Benny had gehoopt dat ze naar huis zou komen.
'Je hebt me helemaal niet verteld dat je in de Dolfijn bent geweest,' zei Eve uitdagend.
'Ik wou je er alles over gaan vertellen.'
'En dat niet alleen, je had het ook nog op de lever van Aidan voorzien.'
'Ik moest toch wat zeggen.'
'Waarom?'
'Dat verwachten ze van me.'
'Om de dooie donder verwachten ze niet dat je zoiets zegt,' zei Eve.
'Maar ze schenen het leuk te vinden. Eet je ook weer?'
'Nou en of. Patsy is krentenbrood aan het bakken. Je zou het moeten ruiken.'

Nan droeg een witte plooirok en een donkergroen jasje. De jongens in het pension waren een en al belangstelling toen ze binnenkwam.

Ook Kit Hegarty bekeek haar met interesse. Ze was ontegenzeglijk een oogverblindende jongedame. Vooral omdat ze zichzelf zo in de hand leek te hebben. Ze sprak met een zachte heldere stem, waarin de zekerheid besloten lag dat anderen zich graag zouden inspannen om naar haar te luisteren.
Kit hoorde de bezoekster in Eve's slaapkamer het uitzicht bewonderen.
'O, wat ben jij een bofkont, Eve – uitzicht op zee.'
Het knagende gevoel van verlies kwam weer bij Kit op toen ze Eve hoorde uitleggen: 'Dit was de kamer van Frank Hegarty. Ik wilde wat van zijn spulletjes hier laten staan, maar dat mocht niet van Kit.'
'Wat trek je aan?' vroeg Nan.
'Hoezo? We gaan toch alleen maar wat lopen op de pier!' protesteerde Eve.
'Overal loop je zomaar wat. Dus moet je er goed uitzien. Zo zit dat.'
Kit hoorde Eve zuchten. De deur ging dicht en ze verkleedde zich in haar rode blazer en de rode Schotse ruitrok, die haar beeldig stonden en zo goed pasten bij haar donkere uiterlijk.
Maar in haar hart was Kit het met Eve eens. Het ging alleen maar om een wandeling op de pier. Nan deed alsof het een openbaar optreden betrof. Misschien deed ze het altijd zo.
Zo liepen ze samen tussen de mensen uit Dublin, die uit het centrum van de stad waren gekomen om hun eten te laten zakken of om de kinderen en de schoonmoeders een uitje te bezorgen.
'Kijk eens naar die kinderen,' zei Nan plotseling en ze wees naar een sliert schoolmeisjes die in het kielzog van twee dik ingepakte onderwijzeressen voorbij kwam.
'Wat is daar mee?' vroeg Eve.
'Kijk dan toch, er zwaait er eentje naar je.'
Eve keek naar ze. Het was waar. Een van de in het blauw gestoken figuurtjes zwaaide en maakte gebaren.
'Eve, hallo Eve.' Ze riep vanachter haar hand, zodat de onderwijzeressen het niet zouden merken.
'Wie is dat?' vroeg Nan.
'Geen idee.' Eve was stomverbaasd. Het kind droeg een schoolbaret en had een rond gezicht, een mopsneus en sproeten. Toen zag Eve aan beide kanten van haar hoofd een paardestaart als een handvat uitsteken. Het was Heather Westward. Het kleine zusje van Simon.
'Hé, hallo,' zei Eve zonder veel enthousiasme.
'Woon je hier in de buurt?' fluisterde het meisje.
'Hoezo?' vroeg Eve voorzichtig.
'Zou jij me niet zo nu en dan mee uit willen nemen. Een keer een uurtje?'
'Je mee uitnemen? Waar naartoe? Waarom?'

'Overal naartoe. Ik zal niet lastig zijn.'
'Waarom moet ik dat doen?'
'We mogen alleen met familie mee en jij bent mijn nicht. Alsjeblieft?'
'Nee, dat kan ik niet. Dat is onmogelijk.'
'Het kan *wel*. Als je mijn school belt en zegt dat je mijn nicht bent.'
'En je broer?'
'Die komt nooit. Hij heeft het te druk thuis. Hij moet altijd van alles regelen.'
'Andere familieleden?'
'Die heb ik niet.'
De kinderen waren even stil blijven staan bij een groot postschip dat aanlegde bij een steiger. Nu liepen ze verder. Bij het weggaan waakten de onderwijzeressen over hen als herders over hun kudde.
'Alsjeblieft,' riep Heather Westward nog.
Sprakeloos stond Eve ze na te kijken.
'Nou?' vroeg Nan.
'Ik denk dat ik niet veel anders kan,' zei Eve.
'Natuurlijk doe je het.'
'Ze is nog maar een kind. Een kind mag je niet teleurstellen,' zei Eve humeurig.
'Dat zou ook stom zijn. Kijk eens naar alle voordelen.'
'Voordelen?'
'Nou, ze zullen je op het landgoed uitnodigen als je een vriendin van Heather bent. Dan staan ze bij je in het krijt, vergeet dat niet. Je hoeft niet meer met de pet in je hand te staan.'
'Ik ga daar niet naar toe, pet of geen pet.'
'Natuurlijk ga je,' zei Nan vastberaden. 'En je neemt mij mee.'

Hoofdstuk 9

Peggy Pine had gemengde gevoelens over de komst van haar nichtje Clodagh. Het meisje droeg erg, erg korte rokjes en was luidruchtig en opzichtig. Ze had twee jaar in een winkel in Dublin gewerkt en was afgelopen zomer in Londen geweest. Volgens haar tante beschouwde ze zichzelf als een autoriteit op het gebied van kleding en het koopgedrag van vrouwen.
Ze wilde van alles aan de winkel van haar tante gaan veranderen.
'*Misschien* is het wel een leuke vriendin voor jou,' zei Annabel Hogan tegen Benny, maar ze twijfelde. 'We zullen zien. Misschien is ze te frivool voor Knockglen, tenminste als we Peggy moeten geloven en op de eerste indruk afgaan.'
'Sean in de winkel heeft geen goed woord voor haar over,' zei Eddie Hogan.
'Dan vind ik haar nu al leuk,' merkte Benny op.
'Je hebt een vriendin nodig nu je Eve niet meer ziet,' zei Annabel Hogan.
Benny stond perplex. 'Hoe bedoelt u, moeder? Ik zie Eve toch drie of vier keer per week tijdens college?'
'Dat is niet hetzelfde,' zei haar moeder. 'Ze komt hier nooit meer over de vloer en ze heeft nu haar eigen vrienden in dat huis in Dunlaoghaire waar ze werkt. En dan is die Nan er nog. Je hebt het nooit meer alleen over Eve, maar aldoor over Eve èn Nan.'
Benny zei niets.
'Het was ook te verwachten,' vond haar moeder. 'Maar je maakt heus wel genoeg nieuwe contacten. Daar waar je ze nodig hebt... hier in de buurt.'

'Wie heb jij voor het bal gevraagd?' vroeg Bill Dunne aan Jack toen ze gezamenlijk de collegezaal uitliepen. Over een paar weken werd het grote universiteitsbal gehouden.
'Ik dacht al dat je niet met je hoofd bij de grondwet was,' zei Jack.
'We hebben toch al een grondwet. Weinig reden dus om ons daar druk over te maken,' zei Bill.
'Daar heb je gelijk in. Ik heb nog niks geregeld. En jij?'
'Ik wacht af om te zien wie jij vraagt, dan kan ik de kruimels oppikken die je hebt achtergelaten.'

'Je bent een ramp. Je begint al net zo wazig te praten als Aidan.'
'Die mag ik anders wel.' Hij gaat Eve Malone vragen, denk ik, als hij er de moed voor heeft. Ze is in staat om hem zijn kop af te bijten. Voor mij is meer van belang wat *jij* gaat doen.'
'Ik wou dat ik het wist.'
'Nou, vraag gewoon iemand,' smeekte Bill, 'En laat dan de rest voor ons over.
Dat was nu net het probleem. Wie moest hij vragen. Steeds als Shirley belde had hij zich op de vlakte gehouden. Hij deed zijn best om zich van haar los te maken. Sheila, die onder college naast hem zat, had nogal overduidelijke hints gegeven. En de lieftallige Rosemary Ryan had hem deze week een keer gebeld met de mededeling dat ze twee vrijkaartjes had voor een voorstelling. Dat betekende natuurlijk gewoon dat ze twee kaartjes had gekocht, maar dat mocht hij niet weten.
Nan Mahon had vaak naar hem gelachen, in de Annexe en op andere plaatsen waar ze elkaar tegenkwamen. In vele opzichten wilde hij haar graag vragen. Ze was aardig maar tegelijk zo onbereikbaar.
Plotseling kreeg hij een ingeving.
'Ik weet wat we doen,' zei hij tegen Bill Dunne en sloeg hem van puur enthousiasme op de schouder. 'We vragen ze allemaal. Alle meisjes die we leuk vinden. We laten ze zelf betalen en dan hebben wij het voor het kiezen.'
'Dat kunnen we niet maken!' Bill stond paf van dit schaamteloze plan.
'Dat is uiterst gemeen. Daar gaan ze zeker niet mee akkoord. Ze gaan liever met andere kerels die wel voor ze betalen.'
'We kunnen vooraf zelf een feestje organiseren.' Jack dacht diep na.
'Waar? Je kunt meisjes in avondjurk niet uitnodigen in een kroeg als Dwyer of Hartigan.'
'Nee, in een huis.'
'Wiens huis?'
'In dat van mij, zou ik zeggen.'

'Waarom kun je niet net als iedere andere jongen gewoon een meisje uitnodigen voor een bal,' gromde Jacks vader.
'Ik weet niet wie ik moet kiezen,' zei Jack simpel en eerlijk.
'Je zit niet gelijk voor je leven aan haar vast als je in het eerste jaar het verkeerde meisje meevraagt.'
'Ik dacht dat jullie misschien van de gelegenheid gebruik wilden maken om...?' Jack keek hoopvol naar zijn vader en moeder.
'Van de gelegenheid gebruik maken om wat?' vroeg Lilly Foley.
'Nou, jullie willen toch eens wat vaker mensen uitnodigen om iets te komen drinken...'
'Ja...?'

'En jullie mopperen altijd dat jullie mijn vrienden nooit te zien krijgen.'
'Ja.'
'Nou, ik dacht... misschien kunnen jullie een borrel houden op de avond van het bal, dat zijn twee vliegen in een klap...'
Jack glimlachte op z'n overtuigendst. In een paar minuten was alles geregeld.

Rosemary Ryan bood Benny een pepermuntje aan. Ze wilde natuurlijk informatie lospeuteren voor een of ander speurwerk. Benny was benieuwd waar het om ging.
'Jack Foley heeft me voor het bal gevraagd,' zei ze.
'O, leuk.' Benny's hart werd zo zwaar als lood.
'Ja, ik heb je toch eerder dit jaar verteld dat ik daaraan werkte.'
'Dat is zo, ja.'
'Ik denk dat het een groot feest wordt.'
'Dat zit meestal wel goed, heb ik gehoord,' zei Benny. Het ging dan ook nergens anders meer over in de vrouwenleeszaal en op het damestoilet van de verschillende cafés. De studenten gingen in groepjes van tien of twaalf naar het bal. De jongens beslisten over de samenstelling van de groep en de meisjes waren hun gast. Een kaartje kostte bijna twee pond. Er was een diner en iedereen danste met iedereen, maar het meest met degene die je persoonlijk had gevraagd, vooral tegen het einde. Ze had een klein beetje hoop dat Aidan Lynch een groepje bij elkaar zou trommelen waar zij bij zat. Maar dat zou onmogelijk zijn als ze niet door een jongen van het groepje werd gevraagd. Dat waren de regels.
Rosemary kauwde tegelijk op haar potlood en op haar pepermuntje.
'Het is eigenlijk nogal raar. We gaan met een grote groep en we zien elkaar eerst bij Jack thuis. Ik vroeg me af of je ook gaat?'
'Voor zover ik weet niet,' zei Benny vrolijk.
'Ben je niet gevraagd?'
'Nee, nog niet. Wanneer ben *jij* gevraagd?'
'Een uurtje geleden,' gaf Rosemary met tegenzin toe.
'O, dan is er nog hoop.' Benny vroeg zich af of gezichten stuk konden gaan van dat onechte glimlachen.
Na het college kwam ze toevallig Jack Foley tegen in de hal.
'Jij bent net het meisje dat ik zoek. Wil je meedoen met onze groep? We maken er een Amerikaanse fuif van.'
'O leuk,' zei Benny. 'Zetten we cowboyhoeden op?'
'Nee, ik bedoel dat iedereen voor zichzelf betaalt.' Jack was in verlegenheid gebracht.
'Heel verstandig, dan zijn we allemaal zo vrij als een vogeltje,' zei ze.
Hij keek verbaasd naar haar. 'Als een vogeltje?'
'Wel allemaal verschillende soorten vogeltjes natuurlijk – mussen,

spreeuwen, meeuwen – maar vrij,' zei ze. Zou ze gek aan het worden zijn, dat ze zulke idiote taal uitsloeg?'
'Kom je dan?'
'Graag.'
'We drinken eerst wat bij mij thuis. Ik schrijf het adres op. Mijn ouders nodigen ook een paar van hun vrienden uit. Zouden jouw ouders misschien ook zin hebben om te komen, denk je?'
'Nee!' Haar stem klonk als een pistoolschot. 'Nee, ik bedoel, mijn ouders komen nooit in Dublin. Maar bedankt.'
'Het zou een reden voor ze kunnen zijn om eens te gaan,' zei hij beleefd. Hij had geen idee hoe zij haar ouders daar zou haten.
'Het is erg aardig van je, maar ik denk het niet. Maar *ik* kom heel graag.'
'Dat is mooi,' zei hij tevreden. 'We hebben iemand nodig die ons opvrolijkt in deze donkere en deprimerende dagen.'
'O, dan zit je met mij goed.' zei Benny. 'Altijd klaar met mijn babbel, dat ben ik ten voeten uit.'
De wind speelde met zijn haar. Hij zag er zo knap uit in zijn schipperstrui en mariniersjasje dat ze haar handen zou willen uitstrekken en hem strelen.
Hij lachte naar haar alsof hij nog nooit tegen iemand anders op de wereld zo had gelachen.
'Ik ben hartstikke blij dat je komt,' zei hij.

'Hou op, zeg. Je doet alsof je voor het vuurpeleton wordt gesleept,' zei Kit tegen Eve. 'Het is nog maar een kind.'
'Dat op een dure, bekakte, protestantse school zit,' gromde Eve.
'Helemaal niet. Het is er armoediger dan op onze scholen, dat kan ik je wel vertellen.'
'Maar toch vreselijk arrogant en opgeprikt.'
'Zo arrogant en opgeprikt kan ze niet zijn. Ze heeft een oude zeurpiet als jij gesmeekt om haar op te komen zoeken.'
Eve grinnikte. 'Je hebt gelijk. Het is alleen dat ik bang ben dat we elkaar niets te zeggen hebben.'
'Waarom neem je niet iemand mee? Dat is makkelijker.'
'O God, Kit, wie kan ik nu naar zoiets meenemen?'
'Aidan Lynch?'
'Nee, die jaagt haar meteen de stuipen op het lijf.'
'Nan?'
'Nee, Nan niet,' zei Eve.
Kit fronste haar wenkbrauwen.
Iets in Eve's toon gaf aan dat de zaak was gesloten. Moeder Francis had Kit hiervoor gewaarschuwd. Volgens haar was Eve soms onberekenbaar en kon ze op sommige terreinen onbenaderbaar zijn.

Eve was ondertussen heel ergens anders met haar gedachten. Ze dacht na over de opmerking van Nan dat ze het kind moest benutten om geaccepteerd te worden op het landgoed in de Westlands. Dat was niet als grapje bedoeld. Ze had het gemeend. Ze had gezegd dat ze mee naar Knockglen zou gaan en bij Benny zou logeren als ze de kans kreeg om de familie Westward te ontmoeten.
'Maar de hele familie bestaat uit een seniele opa, een kind en Simon, een verwaande kwast met een bekakt accent, die altijd in een rijbroek rondloopt,' had Eve gesputterd.
'Dat is een goed begin,' had Nan uiterst serieus geantwoord.
Eve was ervan geschrokken dat iemand zo kil en berekenend kon zijn. Ook in haar nederlaag bleef ze stijlvol. Toen Eve had gezegd dat Nan *nooit* op haar voorspraak bij de Westwards op visite zou gaan, haalde ze haar schouders op. 'Dan maar ergens anders met iemand anders,' had ze met een glimlach gezegd.

Heather had haar baret al op en haar jas al aan toen Eve op school arriveerde. Ze werd ontboden bij het hoofd, een vrouw met zulk kort haar dat het geschoren leek. Zou ze echt denken dat dit aantrekkelijk was, vroeg Eve zich af. Het zag er zo ouderwets uit, zoals schoolhoofden er uitzagen op plaatjes in schoolboeken uit de jaren twintig en dertig.
'Juffrouw Malone. Fijn dat u zo punctueel bent. Heather staat al klaar vanaf het moment dat ze wakker is, geloof ik.'
'Dat is mooi. We hadden om twee uur afgesproken.' Eve keek de kamer rond. Het was vreemd om in een school te zijn waar niet overal afbeeldingen van heiligen aan de muur hingen. Geen beelden, geen Heilig-Hartlampjes. Eigenlijk leek het helemaal niet op een school.
'Heather moet voor het avondeten terug zijn. Om kwart voor zes willen we de meisjes weer hier hebben.'
'Natuurlijk.' De moed zonk Eve in de schoenen. Hoe moest ze dat kind vier uur lang vermaken?
'Zoals u voorstelde, hebben we meneer Simon Westward gebeld, maar hij was niet thuis. We hebben met de huishoudster, mevrouw Walsh, gesproken. Zij bevestigde dat u inderdaad een nichtje van hem bent.'
'Ik wilde er alleen maar zeker van zijn dat ze het goed vonden. Ik heb lange tijd geen contact met ze gehad.'
'Ik begrijp het,' zei het hoofd, die maar al te goed doorhad waarom. Dit enigszins armoedige meisje met de achternaam Malone kon nooit een nauwe verwant zijn. Toch had de huishoudster gezegd dat het allemaal in orde was.
'Veel plezier, Heather, en probeer niet al te lastig te zijn voor juffrouw Malone.'

'Ja, juffrouw Martin. Nee, juffrouw Martin,' zei Heather.
Samen liepen ze de oprijlaan af.
Ze praatten een tijdlang niet, maar toch voelden ze zich niet ongemakkelijk.
Eve zei: 'Ik weet niet wat je graag wilt doen. Wat doe je meestal als je een dagje uitgaat?'
'Ik ga nooit een dagje uit,' zei Heather.
'Waar denk je dat je zin in hebt?'
'Maakt mij niet uit. Echt niet. Alles is goed. Gewoon buiten zijn, gewoon weg van daar is al geweldig.'
Ze keek achterom naar de school alsof ze een ontnapte gevangene was.
'Is het er zo vreselijk?'
'Het is er zo eenzaam.'
'Waar zou je dan willen zijn?'
'Thuis. Thuis in Knockglen.'
'Is het daar ook niet eenzaam?'
'O nee, het is er heerlijk. Daar is mijn pony Malcolm en Clara de hond en mevrouw Walsh en Bee en grootvader natuurlijk.'
Ze klonk enthousiast als ze over hen praatte. Dat grote lege huis was haar thuis. De school met al haar leeftijdgenootjes was een gevangenis.
'Wil je een sorbet?' zei Eve plotseling.
'Dat vind ik heerlijk. Aan het einde van de middag als je het goed vindt. Dan heb ik wat om naar uit te kijken... het moet een kroon op de dag worden.'
Eve's hele gezicht glimlachte. 'Goed, dat wordt de kroon op onze dag. Dan maken we eerst een strandwandeling om alvast flinke honger te krijgen.'
'Gaan we vlak langs de zee lopen, zodat je het water voelt spatten?'
'Ja, dat is het leukste.'
Ze waren doodmoe toen ze bij de Italiaanse ijssalon aankwamen.
'Als we met de school gaan wandelen, mogen we nooit dicht bij de zee komen,' zei Heather.
'Dan moet ik je dus eerst een beetje fatsoeneren, zodat ze het niet ontdekken.'
'Neem je een Knickerbocker Glory?' vroeg Heather terwijl ze de kaart bestudeerde.
'Nee, ik denk dat ik koffie neem.'
'Is een Knickerbocker Glory te duur?' vroeg Heather.
Eve pakte de kaart. 'Hij is een beetje duur, maar het is de kroon op je dag, dus dan mag het.'
'Je neemt toch geen koffie omdat het ijs te duur is?' vroeg Heather bezorgd.
'Nee, echt niet. Ik wil een sigaret en dat past beter bij koffie dan bij een sorbet.'

Ze was tevreden. Heather babbelde over de wedstrijden op school, lacrosse en hockey.
'Wat speelde jij?' vroeg ze aan Eve.
'Geen van beide. Wij speelden camogie.'
'Wat is dat?'
'Tja, hoe leg je dat uit. Het is een soort Ierse versie van hockey en een vrouwelijke variant van hurling.'
Heather luisterde vol belangstelling.
'Waarom hebben Simon en ik jou niet eerder leren kennen?' vroeg ze.
'Dat heb je vast ook al aan Simon gevraagd, die dag dat ik bij jullie thuis was.'
'Heb ik gedaan, ja,' zei Heather. 'Maar hij zei dat het een lang verhaal was.'
'Dat is het ook.'
'Maar het heeft toch niets met een geheim of een misdaad te maken, of wel?'
'Nee,' zei Eve nadenkend. 'Nee, dat niet. Mijn moeder heette Sarah Westward en ik denk dat ze een beetje grillig was of een beetje vreemd, maar hoe het ook zij, ze werd verliefd op Jack Malone. Hij was de tuinman van het klooster en ze waren gek op elkaar.'
'Wat is daar vreemd aan?'
'Het was vreemd omdat zij een Westward was en hij een tuinman. Ze trouwden en ik werd geboren. Toen ik geboren werd, stierf mijn moeder. Mijn vader droeg mij in zijn armen naar het klooster. De nonnen gingen zo snel ze konden naar ons huisje, maar het was al te laat. Ze haalden dokter Johnson en het werd een heel drama.'
'Wat gebeurde er toen?'
'Op de begrafenis van mijn moeder ontstond er een soort ruzie met veel geschreeuw.'
'Wie schreeuwde er dan?'
'Mijn vader, geloof ik.'
'Wat schreeuwde hij?'
'O, voornamelijk een hoop onzin... over de Westwards die zouden moeten sterven... omdat ze zich zo slecht tegenover Sarah hadden gedragen.'
'Waar was de rouwdienst?'
'In een protestantse kerk. Jullie kerk. Ze is begraven in het familiegraf. Onder de naam Westward, niet Malone.'
'En wat is er met het huisje gebeurd?'
'Dat staat er nog steeds. Het is van mij, geloof ik. Ik gebruik het alleen nooit.'
'Dat zou ik ook nooit doen. Was Sarah mijn tante?' vroeg Heather.
'Ja. Je vader was haar oudere broer... er waren vijf kinderen, geloof ik.'

'En die zijn nu allemaal dood,' zei Heather met gevoel voor realiteit.
'Wat je vader bij de begrafenis heeft geschreeuwd lijkt uit te komen.'
'Wat is er met jouw ouders gebeurd?'
'Ze zijn omgekomen bij een verkeersongeval in India. Ik kan ze me niet herinneren. Simon natuurlijk wel, omdat hij al oud is.'
'Hoe oud is hij?'
'Bijna dertig. Ik vraag me af of hij weet wat er op de begrafenis van jouw moeder is gebeurd. Volgens mij was hij erbij.'
'Dat zou kunnen. Hij moet toen een jaar of elf zijn geweest.'
'Ik weet het zeker.' Heather schraapte haar glas leeg.
'Ik vind het niet per se nodig...' begon Eve.
Heather keek op en hun ogen ontmoetten elkaar. 'O, ik zal hem niets over ons gesprek vertellen,' zei ze en schakelde over op een leuker onderwerp. 'Vertel eens, is het waar dat nonnen zich 's nachts in een lijkkleed wikkelen en net als vampieren in een doodskist slapen?'

Eddie en Annabel Hogan waren blij dat Benny voor het bal was gevraagd.
'Leuk dat ze met een groep gaan. Of niet soms?' Annabel vroeg om bijval. 'Ze heeft toch nog geen speciale jongen op wie ze erg gesteld is of zoiets.'
'In mijn tijd namen de mannen een vrouw mee naar het bal, betaalden alles en brachten ze ook weer netjes thuis,' klaagde Eddie.
'Ja, ja, ja, maar wie komt er helemaal naar Knockglen om Benny op te halen en dan weer helemaal terug te brengen? Houd erover op en ga geen problemen zoeken waar ze niet zijn.'
'Vind jij het goed dat ze in dat pension in Dunlaoghaire overnacht?' Eddie keek bezorgd naar zijn vrouw.
'Het is niet zomaar een pension. Daar gaan we weer. Jij verdraait alles. Herinner je je die vrouw nog die een tijdje bij moeder Francis heeft gelogeerd in St. Mary nadat haar zoon was verongelukt. Benny overnacht bij haar. Ze slaapt in één kamer met Eve.'
'Goed, als jij het goed vindt.' Hij klopte haar op haar hand. Shep zat tussen hen in voor de haard en keek alsof hij tevreden was dat ze elkaar aanraakten.
Benny was met Sean Walsh naar de bioscoop.
'Ik ben blij dat ze naar het bal gaat en bij Eve overnacht. En natuurlijk, natuurlijk wil ik dat ze een geweldige avond heeft. Een onvergetelijke avond, die haar altijd bijblijft...'
'Maar...?'
'Ik weet niet wat er met haar gebeurt daar. Later.'
'Nou, je zei toch dat ze naar dat pension ging, dat geen echt pension is.'
Eddie keek verward.

'Niet zozeer na het bal, maar na... na alles.'
'Niemand weet wat de toekomst brengt.'
'Misschien hebben we er verkeerd aan gedaan om haar daarheen te sturen. Misschien had ze een boekhoudcursus moeten doen en bij jou in de winkel moeten gaan werken. Misschien hadden we al die universiteitsplannen moeten laten varen.'
Annabel beet op haar lippen.
'Hebben we het daar al niet over sinds ze geboren is?'
'Dat weet ik wel.'
Ze zwegen een tijdje. De wind floot rond het huis en zelfs Shep schoof dichter naar de haard. Ze zeiden tegen elkaar dat ze blij waren dat ze binnen, in hun eigen huis zaten op een avond als deze. Blij dat ze niet ergens uit hoefden te gaan in Knockglen, met de mensen die nog doende waren om hun leven op orde te brengen. Sean en Benny zouden dadelijk uit de bioscoop komen en een kopje koffie gaan drinken bij Mario. Patsy was bij mevrouw Rooney, waar ze aan een inspectie werd onderworpen om te zien of ze een goede huwelijkskandidaat was voor Mossy. Clodagh, de nicht van Peggy Pine, liep met haar tante de bestellingen door. Steeds meer mensen vonden het een misvatting dat de jeugd niet zou willen werken. Sommige jongelui konden juist niet stoppen met werken. Kijk naar Clodagh en Fonsie en Sean Walsh. Mensen als zij zouden een plaats als Knockglen binnen tien jaar ingrijpend veranderen.
'Ik hoop dat het na alle veranderingen nog altijd een plek is waar je fijn kunt wonen,' zei Eddie weifelend.
'Dat zal onze tijd wel duren. Wij moeten aan Benny denken.'
Ze knikten. Ze dachten trouwens bijna uitsluitend aan Benny en wat de toekomst voor haar in het verschiet had. Ze hadden hun hele leven binnen een straal van veertig kilometer doorgebracht. Een grote stad als Dublin had hen nooit aangetrokken.
Ze konden zich simpelweg geen ander leven voor Benny voorstellen dan in Knockglen en in Hogan's Herenmode. En ze wisten, hoewel ze daar nauwelijks met elkaar over durfden te praten, dat Sean Walsh daar iets mee te maken moest hebben.

Benny keek over de tafel heen naar Sean. In het felle licht zag zijn gezicht er erg mager en bleek uit en kon ze de zwarte kringen onder zijn ogen zien.
'Is het zulk zwaar werk in de winkel?' vroeg ze.
'Niet echt zwaar, niet lichamelijk... of in uren... ik probeer gewoon mijn best te doen, eigenlijk.'
'Hoe bedoel je?'
Voor het eerst vond Benny het gemakkelijk om met Sean te praten. Dat

kwam door Nan Mahon. Nan wist wat je in zulke situaties moest doen. Nan had tegen Benny gezegd dat ze altijd heel aardig moest zijn tegen Sean. Er viel niets bij te winnen als ze probeerde hem te kleineren. Ze kon hem op duizend-en-één manieren duidelijk maken dat er nooit sprake van zou zijn dat zij samen iets hadden, maar dat hij als assistent van haar vader erg gewaardeerd werd. Op die manier joeg ze hem niet tegen zich in het harnas en waren haar ouders ook gelukkig.
'Ik weet zeker dat ik het verkeerd doe,' had Benny gezegd. 'Je kent me toch. Dan denk ik dat ik aardig en afstandelijk ben en voor ik het weet loop ik bij pater Ross de huwelijksceremonie door te nemen.'
Maar volgens Nan was het gemakkelijk. 'Laat hem alles over zichzelf vertellen. Wees geïnteresseerd, maar raak niet betrokken. Vertel hem alleen dingen over jezelf die je wilt vertellen en beantwoord vragen nooit direct, dat is het hele geheim.'
Tot nu toe leek het goed te gaan. Sean zat in de cafetaria en verhief zijn stem om boven het geluid van Guy Mitchell op de radio uit te komen. Hij had het erover hoe de kledingindustrie veranderde en hoe de mensen tegenwoordig naar Dublin gingen om een confectiepak te kopen en dat de bus uit Knockglen zo dicht bij McBirney in Dublin stopte dat McBirney net zo goed een winkel naast meneer Flood had kunnen openen.
Sean zei dat het moeilijk was om meneer Hogan ervan te overtuigen dat een verandering op zijn tijd goed was. Maar misschien was hij ook niet in de juiste positie om dit te zeggen.
Benny luisterde met een vriendelijk gezicht en een kwart van haar gedachten. De rest van haar denken was bezet door het dansfeest en de vraag wat ze aan zou doen. Ze was weer op dieet en dronk zwarte koffie in plaats van de koffie met room en veel suiker die iedereen in de cafetaria bestelde. Ze speelde met de verpakte chocoladekoekjes op de schaal en maakte er patronen mee: de witte onder en de bruine bovenop. Ze moest zich bedwingen om er niet eentje open te scheuren en op te slokken.
Geen enkele winkel in Dublin had een jurk die groot genoeg voor haar was. Nou ja, ze waren er wel, maar niet in de winkels waar zij het moest zoeken. Alleen in de zaken waar rijke oude dames kwamen. Jurken met zwarte borduursels erop of grijze met een gekruiste voorkant. Geschikt voor vrouwen op hun zestigste bij een banket. Niet voor Benny's eerste bal.
Maar er was nog tijd genoeg. Misschien had Nan een oplossing, zoals ze altijd voor alles had. Benny had gevraagd of ze na het feest bij Nan mocht slapen.

Nan had geen ja en geen nee gezegd. Ze had Benny gevraagd waarom ze niet bij Eve wilde slapen.

'Ik weet het niet. Het is tenslotte ook de plek waar ze werkt.'
'Onzin. Het is haar thuis. Jullie zijn oude vrienden. Het is veel leuker voor je om daar te logeren.'
Misschien bedoelde Nan zoiets met het niet rechtstreeks beantwoorden van vragen. In ieder geval had Benny zich helemaal niet aangevallen gevoeld. Het moest heerlijk zijn om met mensen om te kunnen gaan zoals Nan dat kon.
Sean zeurde nog steeds door over de voor- en nadelen van een uitverkoop. Volgens meneer Hogan zouden de mensen bij een uitverkoop denken dat hij zijn slechte spullen probeerde te slijten. En de mensen die kleren tegen de volle prijs hadden gekocht, wat zouden ze niet denken als een paar weken later diezelfde bullen in prijs waren verlaagd?
Sean had wel oog voor deze bezwaren, maar vroeg zich tegelijkertijd af hoe je mensen hun sokken kon laten kopen bij Hogan's Herenmode in plaats van bij O'Connell in Dublin.
Benny keek naar hem en vroeg zich in gemoede af wie er met hem zou willen trouwen en de rest van haar leven de hele dag naar zoiets zou willen luisteren. Ze hoopte dat deze nieuwe tactiek van vriendelijk maar niet betrokken zijn, zou werken.
'Wat denk je van volgende week?' zei Sean toen hij haar naar huis bracht.
'Wat is er dan, Sean?' zei ze beleefd.
'*Jamaica Inn*,' riep hij triomfantelijk. Hij had de aanplakbiljetten gezien.
De oude Benny zou een grapje hebben gemaakt en hebben gezegd dat ze echt niet helemaal naar Jamaica ging met hem. De nieuwe Benny lachte hem toe.
'O, met Charles Laughton, hè? En Maureen O'Hara?'
'Ja,' zei Sean een beetje ongeduldig. 'Je hebt hem nog niet gezien. Ik kan me niet herinneren dat hij hier eerder heeft gedraaid.'
Beantwoord een vraag nooit rechtstreeks. 'Het boek vind ik prachtig. Maar ik denk dat ik *Rebecca* mooier vind. Heb jij *Rebecca* gelezen?'
'Nee, ik lees niet veel. Ik heb niet veel licht.'
'Dan heb je een lamp nodig,' zei Benny geestdriftig. 'Ik weet zeker dat we er een in de logeerkamer hebben die we nooit gbruiken. Ik zal het eens aan vader vragen.'
Ze was zo enthousiast over dit idee en ze stak zo vastberaden haar hand uit om die van hem te schudden dat hij haar niet meer kon vragen of ze nu wel of niet meeging naar de film. Ook kon hij zijn kille, dunne lippen niet op de hare drukken.

Moeder Francis scharrelde door het kleine huis. Ze had moed gekregen door het bericht van Kit Hegarty over de ontmoeting tussen Eve en

Heather. Misschien stond de deur naar de verzoening toch nog open. De overeenkomst die was bereikt om het collegegeld te betalen, had Eve niet milder gestemd over de familie die haar moeder, haar vader en haarzelf zo hardvochtig had behandeld. Op de een of andere manier had het haar houding om hen in niets tegemoet te komen juist versterkt.

Kon moeder Francis haar maar overhalen een nacht in het huisje door te brengen, zodat ze zou voelen dat het van haar was. Als Eve Malone wakker werd en over de steengroeve uitkeek, zou ze misschien voelen dat ze ergens thuishoorde en niet gedwongen was om zomaar ergens neer te strijken, wat ze nu deed. Moeder Francis hoopte dat ze Eve met Kerstmis hier kon huisvesten. Maar ze moest uiterst voorzichtig te werk gaan.

Het zou niet goed zijn om te doen alsof ze de kamer van Eve in het klooster nodig hadden. Dat was zelfs het ergste dat ze kon doen. Het meisje zou het idee krijgen dat ze uit haar eigen huis werd verstoten. Misschien zou moeder Francis kunnen zeggen dat de oude nonnen er zo graag eens uit wilden, maar dat zij het kloosterterrein niet konden verlaten en het daarom wel leuk zou zijn als Eve in haar huisje een theepartijtje zou organiseren. Maar Eve zou het meteen doorhebben.

Toen moeder Francis en Peggy Pine nog jong waren, zei Peggy altijd 'Uiteindelijk komt het allemaal wel goed'.

Voor het grootste deel was dat al waar geworden. Er was veel tijd voor nodig geweest om vrede te hebben met wat er in het huisje was gebeurd. Ze sloot het huisje altijd zorgvuldig af met een grote sleutel en stopte die onder de derde steen van het muurtje bij het ijzeren hek. Mossy had voorgesteld een groot kettingslot aan het hek te hangen, maar dat zag er zo lelijk en verboden uit. Moeder Francis nam liever het risico om het zonder te doen.

Er kwamen maar weinig mensen deze kant op, tenzij ze er iets speciaals te doen hadden. Je ging langs het met braamstruiken overwoekerde pad langs het klooster of je kon, als je een goed uitzicht wilde hebben op de steile rotswanden, de bredere en betere weg kiezen die vanaf het pleintje waar de bus iedere dag keerde geleidelijk naar boven liep.

Toen ze zich omdraaide, zag ze tot haar grote schrik een paar meter verderop iemand staan.

Het was Simon Westward. Hij stond met zijn rug naar haar toe en keek naar het donkere, mistige landschap. Ze rammelde met de poort, zodat hij haar zou horen en niet zou schrikken.

'O... eh, goedemiddag,' zei hij.

'Goedemiddag, meneer Westward.'

Het kloosterleven kende een deel van de dag wat men de Grote Stilte noemde. Die hield in dat de nonnen het niet erg vonden als er niet werd

gesproken. Moeder Francis wachtte rustig tot de kleine donkere man weer zou beginnen met praten.
'Rotweer,' zei hij.
'Nooit erg goed, november.' Ze had net zo goed op een tuinfeest kunnen zijn en niet bij een steengroeve in regen en mist met een man met wie ze meerdere keren de degens had gekruist.
'Mevrouw Walsh zei dat u hier vaak komt,' zei hij. 'Ik vertelde haar dat ik me in het klooster niet op mijn gemak zou voelen. Ik wilde graag weten waar ik u toevallig tegen het lijf zou kunnen lopen.'
'U zou bijzonder welkom zijn in het klooster, meneer Westward. Dat bent u altijd geweest.'
'Dat weet ik. Ja, dat weet ik.'
'Maar hoe dan ook, u hebt me gevonden.'
Het zou verstandiger zijn geweest als ze naar het huisje waren teruggelopen, maar ze dacht er niet over hem één stap over Eve's drempel te laten doen. Het zou het ultieme verraad zijn geweest. Ze zei niets.
'Het gaat over Eve,' zei hij uiteindelijk.
'Ja.'
'Ze is zo vriendelijk geweest om naar de school van mijn zusje te gaan en haar mee uit te nemen. Ik vrees dat Heather dat heeft gevraagd. Ik weet het eigenlijk wel zeker. Maar goed, Eve is met haar op stap gegaan en zal dat vaker doen...'
'Ja.' De schrik sloeg moeder Francis om het hart. Zou hij op het punt staan om haar te vertellen dat Eve uit de buurt van de familie moest blijven? Als dat zo was, zou ze even verbitterd worden als Eve.
'Mogelijk zou u tegen haar willen zeggen, eh...'
De non vertrok geen spier.
'Kunt u haar misschien zeggen dat ik bijzonder dankbaar ben. Dat meen ik oprecht.'
'Waarom vertelt u dat zelf niet?' Moeder Francis merkte dat de woorden met een zucht van verlichting uit haar mond stroomden.
'Dat zou ik wel willen, natuurlijk. Maar ik weet niet waar ze woont.'
'Ik zal het voor u opschrijven.' Ze begon in de zakken van haar zwarte mantel te zoeken.
'Dat doe ik wel. Boeren hebben altijd stukken envelop in hun zak om dingen op te krabbelen.'
Ze lachte naar hem. 'Nee, laat *mij* het maar opschrijven. Nonnen hebben altijd opschrijfboekjes en pennen met zilveren dopjes bij zich.'
Ze toverde het schrijfgerei uit haar zakken te voorschijn en ze tekende met bevende hand iets dat leek op de contouren van een olijftak.

Clodagh Pine kwam Hogan's Herenmode binnen.
'Hoe gaat het met u, meneer Hogan? Kunt u me wat van die hoedenstandaards lenen?'

'Natuurlijk, natuurlijk.' Eddie Hogan haastte zich naar het magazijn om ze te zoeken.
'Gaan we een hoedenzaak beginnen?' vroeg Sean Walsh hooghartig.
'Kijk uit wat je zegt, Sean. Je weet niet met wie je te maken hebt,' zei ze met een luide lach.
Sean keek haar humeurig aan. Ze was knap, zeker, maar een beetje hoerig. Met haar waanzinnig korte rokje liet ze aan ieder die maar wilde haar lange benen zien. Ze droeg een felgroen jurkje met een zwart jasje erop en een paars sjaaltje. Haar oorbellen waren uitzonderlijk lang en hadden precies dezelfde kleur als haar jurk. Haar opzichtige, blondgeverfde haar werd door twee zwarte strikken bij elkaar gehouden.
'Nee, waarschijnlijk niet.'
'Dat merk je dan nog wel,' zei ze.
Alleen zij tweeën waren in de winkel. Oude Mike was bezig kleren te verstellen en meneer Hogan was buiten gehoorsafstand.
'Ik kan je missen, dat is zeker.'
'Maar dat hoeft helemaal niet.' Ze begreep hem expres verkeerd. 'We kunnen vrienden zijn of vijanden. Vrienden is waarschijnlijk beter.'
'Ik dacht dat iedereen jouw vriend was, Clodagh.' Hij lachte gemeen.
'Dat zie je verkeerd. Heel veel mensen zijn mijn vrienden helemaal niet. Maar mijn tante is dat wel. Ik ben haar etalage ingrijpend aan het veranderen. "Mode Markt" is al jaren uit. Wacht maar tot je de nieuwe belettering ziet.'
'Maandag, hè?' vroeg hij nog steeds uit de hoogte.
'Nee, wijsneus. Vanmiddag! De dag waarop we vroeg dichtgaan is de enige dag waarop de mensen echt de etalage bekijken.'
'Moet ik je feliciteren?'
'Ja, dat zou je moeten doen. Het is voor mij moeilijker om in de zaak te komen dan voor jou. Ik heb geen plannen om met mijn tante te trouwen.'
Sean keek nerveus naar meneer Hogan, die inmiddels een aantal hoedenstandaards had gevonden en er triomfantelijk mee terugkwam.
'Ik weet zeker dat je nieuwe etalage een succes wordt,' zei hij gehaast.
'Ja, hij wordt fantastisch,' zei ze. Ze gaf de verraste Eddie Hogan een zoen op zijn voorhoofd en hij werd zo rood als een kreeft.

'Ik geef mijn zuurverdiende geld niet uit aan een jurk,' zei Eve met een dreigende blik toen Nan begon te praten over wat ze moesten dragen. Ze verwachtte dat Nan weer zou gaan vertellen dat je bent zoals je erbij loopt en dat de mensen je zullen nemen zoals je je presenteert. Dat was een van Nans stokpaardjes.
'Je hebt gelijk,' beaamde Nan onverwacht. 'Je hoeft niet per se een avondjurk te kopen.'

'Dus...?' Eve was op het verkeerde been gezet. Ze had tegenwerpingen verwacht.
'Dus wat ga je doen?' vroeg Nan.
'Kit zei dat ik bij haar in de kast mocht kijken. Ze is wel langer dan ik, maar dat is iedereen. Ik kan de zoom innemen als ik iets vind.'
'Of je kunt mijn rode wollen rok lenen,' zei Nan.
'Dat denk ik niet...' Eve raakte geïrriteerd.
'Nou, niemand op de universiteit heeft 'm gezien. Rood staat je goed. Je kunt er een mooie blouse bij uitzoeken of misschien heeft Kit er een. Waarom niet?'
'Ik weet dat het ondankbaar klinkt, maar ik wil jouw afdankertjes niet aan.' zei Eve ronduit.
'Maar je hebt er toch ook niks op tegen om die van Kit Hegarty te dragen, of wel soms?' zei Nan snel.
'Als zij het aanbiedt... weet ik dat er niks achterzit.'
'En bij mij dan? Is dat bij mij niet zo?'
'Dat weet ik eerlijk gezegd niet.' Eve speelde met haar theelepeltje.
Nan ging er niet tegenin en haalde ook niet haar schouders op. Ze zei simpelweg: 'Je kunt hem krijgen. Hij is mooi en zou je geweldig staan.'
'Waarom leen je hem aan mij uit? Ik bedoel, wat wil je ermee bereiken?'
Eve wist dat ze nu net een klein kind leek, maar ze wilde het weten.
'We gaan met een groep vrienden naar het bal. Ik wil dat we er verpletterend uitzien. Ik wil dat we lui als die stomme Rosemary en die saaie Sheila de ogen uitsteken. Daarom!'
'Dat zou ik geweldig vinden,' zei Eve grinnikend.

'Moeder, is het erg als ik u om een voorschot vraag voor wat stof voor een jurk?'
'We kopen een jurk voor je, Benny. Het is je eerste grote bal. Ieder meisje moet dan een nieuwe jurk zo uit de winkel hebben.'
'Die in de winkels passen me niet.'
'Stel je niet zo aan. Natuurlijk wel. Je hebt niet gezocht.'
'Ik stel me helemaal niet aan. Vrouwen hebben pas mijn maat als ze oud zijn. Nu ik het *weet*, maakt het me niet zoveel meer uit. Ik dacht altijd dat mensen geboren werden met lange botten en een reuzengestalte, maar kennelijk word je pas zo op je achtenzestigste. U kunt maar beter uitkijken, moeder, het kan u ook overkomen.'
'Wanneer heb je die onzinnige theorie ontwikkeld, als ik vragen mag?'
'Nadat ik alle winkels in Dublin heb afgelopen. In de pauzes, moeder. Ik heb geen college gemist!'
Ze leek er in het geheel niet door aangedaan. Annabel zag dat met opluchting. Maar misschien was ze het toch, van binnen. Dat was moeilijk te zeggen bij Benny. Daar kwam je niet achter als je er nader op inging. Benny's moeder besloot tot een praktische aanpak.

'Wat voor stof had je in gedachten?'
'Ik weet het niet. Iets sjieks... Misschien is het belachelijk, maar ik heb iets in een tijdschrift gezien. Een grote vrouw en ze had iets aan dat wel een wandkleed leek...'
Benny lachte breed, maar was niet geheel zeker van zichzelf.
'Wandkleed?' Haar moeder klonk weifelend.
'Misschien is het niks. Misschien dat ik eruit kom te zien als een leunstoel of een sofa.'
Annabel zou haar dochter in haar armen willen sluiten, maar ze wist dat ze zoiets niet moest doen.
'Bedoel je brokaat?' vroeg ze.
'Precies.'
'Ik heb een prachtige brokaten jurk.'
'Die past me niet, moeder.'
'We kunnen er wat zwart fluweel tussen zetten en dat met brokaat afwerken. Wat denk je daarvan?'
'We kunnen toch niet uw mooiste jurk verknippen?'
'Wanneer draag ik hem nou nog? Ik wil graag dat jij de allermooiste van het bal bent.'
'Weet u het wel zeker?'
'*Natuurlijk*. En dit wordt mooier dan wat je in de winkel koopt.'
Dat was zeker zo. Dat wist Benny. Alle moed ontviel haar bij de gedachte aan het ontwerp dat haar moeder in haar hoofd had.
Plotseling herinnerde ze zich haar tiende verjaardag. De dag waarop ze een feestjurk hoopte te krijgen en het cadeau een degelijk matrozenpak bleek. De pijn kwam nu nog even hard aan als toen. Maar er waren weinig alternatieven.
'Wie gaat de jurk maken, denkt u?'
'De nicht van Peggy is geweldig met naald en draad, zeggen ze.'
Benny's gezicht klaarde op. Clodagh Pine zag er allesbehalve tuttig uit. Het plan was misschien toch niet gedoemd te mislukken.

Beste Eve,
Ik schrijf je dit kleine briefje om je hartelijk te bedanken voor je bezoek aan mijn zusje op kostschool. Heather heeft in een enthousiaste brief geschreven hoe aardig je voor haar bent geweest. Ik wil mijn waardering hierover uitspreken en zeggen dat je je niet verplicht hoeft te voelen tot een tegenprestatie omdat onze familie je geld heeft gegeven. Ik wil daar nog uitdrukkelijk aan toevoegen dat je in de kerstvakantie welkom bent op de Westlands wanneer je maar zin hebt.

Hartelijk dank,
Simon Westward

Beste Simon,
Ik bezoek Heather omdat ik dat wil en zij graag wil dat ik kom. Het heeft niets met een tegenprestatie te maken, zoals u dat noemt. Tijdens de kerstvakantie ben ik in het klooster van St. Mary in Knockglen. Mocht u me willen bellen, dan ben ik daar te bereiken.

Met vriendelijke groeten,
Eve Malone

Beste meneer en mevrouw Hogan,
Zoals Benny u wellicht heeft verteld, gaat een groepje van ons volgende week vrijdag naar het semesterbal. Mijn ouders houden een kleine borrel bij ons thuis in Donnybrooke, waar we samenkomen voor we naar het bal gaan. Ze hebben voorgesteld om een aantal ouders te vragen of ze misschien zin hebben om langs te komen als ze in de gelegenheid zijn. Ik begrijp dat het voor u nogal ver is, maar ik wilde u graag op de hoogte stellen, voor het geval u toch mogelijkheden ziet.
Nogmaals bedankt voor de heerlijke middag een aantal weken terug bij u thuis, tijdens mijn bezoek aan Knockglen.

Met vriendelijk groeten,
Jack Foley

Beste Fonsie,
Ik moet je dringend vragen te stoppen mij van die briefjes te schrijven. Mijn tante denkt dat er maar één mevrouw Pine in de wereld bestaat en dat zij dat is. Ze heeft me jouw brieven over 'hartstikke leuk' zijn en meegaan naar plaatsen waar wat te beleven valt hardop voorgelezen. Ze begint me al te vragen wat 'me wild maken' inhoudt en waarom mensen 'het was tof' zeggen.
Ik heb alle respect voor mijn tante. Ik ben hier gekomen om haar winkel te moderniseren en te verbeteren. Ik heb geen zin om iedere ochtend naar haar te moeten luisteren terwijl ze me jouw versies van 'See you later Alligator' voorleest.
Ik heb er niets op tegen om je te ontmoeten en met je te praten, maar die schrijverij moet ophouden.

Hartelijke groeten,
Clodagh

Lieve moeder Francis,
Om verschillende redenen ben ik van plan om Kerstmis in St. Mary in Knockglen door te brengen. Ik hoop niet dat dit de rust in het klooster verstoort. Ik neem nog contact op voor nadere afspraken.

Uw zuster in Christus,
Moeder Clare

Lilly was blij met de fuif. John zou het leuk vinden. Hij hield ervan het huis gevuld te zien met licht en bloemen, ruisende avondjurken en mooie meisjes. Haar man speelde graag gastheer voor knappe jonge mensen. Het gaf hem het gevoel dat hij van hun leeftijd was. Ze was vastbesloten om er iets moois van te maken en om er zelf op haar best uit te zien. Stel je voor dat hij naar haar zou kijken en denken dat ze vergeleken bij al die glitter slonzig en grijs was. Over haar eigen kleding zou ze later nadenken. Ondertussen moest alles goed voorbereid worden. Ze wilde Jack niet laten merken hoe welkom zijn excuus was. Ze zou hem en zijn vader laten zien wat voor fantastische vrouw en moeder ze was, door al hun wensen te vervullen.
'Zouden ze worstjes en hapjes lusten, denk je?' vroeg Lilly Foley.
'Ze eten alles wat ze voorgezet krijgen.' Jack was niet geïnteresseerd in de details.
'Wie moet alles serveren? Doreen kan wel wat hulp gebruiken.'
Jack keek de tafel rond. 'Aengus,' zei hij.
'Mag ik dan een servet over mijn arm doen?' vroeg Aengus.
'Je kan er misschien beter ook een onder je kin binden,' zei Ronan.
Hun moeder fronste haar wenkbrauwen.
'Het zijn *jouw* vrienden, Jack. Ik had gehoopt dat je wat meer belangstelling zou hebben.'
'Jullie vrienden komen toch ook? Kom op, kijk toch eens blij. Het hek is geschilderd en u hebt die nieuwe gordijnen waar u het altijd over had.'
'Het is echt iets voor jou om dat tegen iedereen te gaan vertellen.'
'Natuurlijk doe ik dat niet. Ik heb al tien keer gezegd dat het geweldig is dat al jullie vrienden komen.'
'En al jouw vrienden!'
'De mijne zijn hier maar een paar uur. Die van jullie blijven de hele avond en gaan zich misdragen. Het is maar goed dat ik daar geen getuige van ben.'
'Hoe zit het met de ouwelui, zoals jij ze noemt? De ouders van je vrienden.'
'Ik heb de ouders van Aidan Lynch gevraagd. Die kennen jullie al.'
'En of ik die ken.' Mevrouw Foley hief haar ogen ten hemel.

'En de ouders van Benny Hogan, die mensen uit Knockglen. Maar die kunnen niet komen. Ze hebben geschreven, weet u nog? Er komen alleen mensen als oom Kevin en de buren en al jullie kennissen. Onze groep valt amper op.'
'Wist ik maar waarom je ons hiermee hebt opgescheept,' zei zijn moeder.
'Omdat ik niet wist welk meisje ik moest vragen, heb ik ze allemaal maar gevraagd.' Jack keek haar volkomen oprecht aan.

Het weekeinde voor het bal kwam Eve naar Knockglen.
'Ik ben veel te lang niet geweest,' bekende Eve aan Benny in de bus op vrijdagavond. 'Dat kwam omdat ik Kit niet in de steek wou laten. Denk je dat moeder Francis dat begrijpt?'
'Leg het maar uit,' zei Benny.
'Dat doe ik zeker. Ze zei dat ze me iets wilde vragen. Wat zou dat kunnen zijn, denk je?'
'Laat me raden. Misschien moet je haar helpen om een whiskeystokerij op te zetten in de kloostertuin?'
'Daar zou ik goed in zijn. Of misschien wil ze me, vanwege mijn enorme ervaring in het afslaan van de avances van Aidan Lynch, seksuele voorlichting laten geven aan de zesde klas.'
'Misschien moet je de oudere nonnen een dagje meenemen naar Belfast om een verboden film met ze te gaan zien.'
'Misschien moet je Sean Walsh een stofdoek over zijn edele delen hangen voordat hij als naaktmodel voor de tekenklas wordt gezet.'
Ze moesten zo vreselijk lachen dat Mikey, de bestuurder, zei dat hij zich niet meer op de weg kon concentreren.
'Jullie doen me denken aan de Dikke en de Dunne. Weten jullie wie dat zijn?' Mikey schreeuwde naar ze.
Die kenden ze. Mikey was altijd erg subtiel.

'Ik kan haar niet weigeren.' Moeder Francis zette Eve in de keuken de zaak uiteen.
'Ja, dat kunt u wel, moeder, dat kunt u verdomme wel.'
'Eve! Alsjeblieft!'
'Nee, echt waar, u kunt doen wat u wilt. Dat hebt u toch altijd al gedaan. Altijd al.'
'Ik begrijp niet waar je dat idee vandaan hebt.'
'Door hier te wonen en naar u te kijken. U kunt moeder Clare verdomme heel goed vertellen dat het jullie niet uitkomt dat ze hier komt omdat ze haar in Dublin met Kerstmis liever kwijt dan rijk zijn.'
'Het is niet menslievend om zoiets te zeggen of te doen.'
'Sinds wanneer heeft dat er iets mee te maken?'

'Nou zeg, ik dacht dat we je wat meer begrip hadden bijgebracht. Het is de opzet dat menslievendheid het een en ander te maken heeft met het kloosterleven.'
Daar moesten ze beiden om lachen.
'Moeder, ik kan niet met haar onder één dak wonen.'
'Dat *hoeft* ook niet Eve.'
'Hoe bedoelt u?'
'Jij hebt je eigen huisje, als je het wilt gebruiken.'
'Weer zo'n trucje van u!'
'Op mijn erewoord. Als je denkt dat ik me bewust de moeilijkheid op de hals heb gehaald om moeder Clare hier te laten komen alleen om jou in dat huisje te krijgen, dan heb je het goed mis.'
'Dat zou inderdaad een beetje ver gaan,' gaf Eve toe.
'En...?'
'Nee.'
'Waarom niet? Geef één goede reden.'
'Ik wil hun liefdadigheid niet. Ik wil niet in dat huisje wonen als een gebroken stalknecht die een heel leven lang de paarden heeft verzorgd en dan een lapje grond krijgt om zijn laatste dagen dankbaar de laatste haren uit zijn hoofd te rukken.'
'Zo zit het niet.'
'Wel waar, moeder, zo is het. Zij is eruit gegooid omdat ze niet goed genoeg was om onder hun dak te wonen en ooit nog een stap binnen te zetten. Maar omdat ze haar niet langs de kant van de weg wilden laten doodgaan, gaven ze haar een huisje dat niemand wilde, omdat het te ver van alles af lag en omdat het, wat nog het ergste was, naast een katholiek klooster stond.'
'Ze vonden het mooi, Eve. Dat was de plek waar ze samen wilden leven.'
'Ik niet.'
'Wil je er niet eens kijken? Ik heb er zoveel moeite voor gedaan om het voor jou in goede staat te houden. Ik hoopte dat je er op een dag blij mee zou zijn.'
Moeder Francis keek vermoeid, uitgeput bijna.
'Het spijt me.'
'Ik wist zo zeker dat je er baat bij zou vinden om een plaats te hebben waar je je kon terugtrekken... maar ik zat ernaast moet ik toegeven.'
'Ik zou het niet erg vinden om er even een kijkje te nemen, moeder. Om u een plezier te doen. Maar met hen heeft het niets te maken!'
'Morgenochtend dan. Dan gaan we er samen naar toe.'
'En mijn kamer hier...'
'Dat blijft jouw kamer zolang je leeft.'

'Wat denk je ervan?' Benny keek bezorgd naar Clodagh.
'Het is mooi spul. Zonde om het te verknippen.'
'Jij hebt meer mensen naar zulke gelegenheden zien gaan. Komt het er goed uit te zien?'
'Het is een sensatie als ik ermee klaar ben.'
Benny keek onzeker naar de kleren van Clodagh. Ze droeg een witte kiel over een mauve-gekleurde jumper met een hoge kraag en iets dat op een maillot leek, ook in mauve. Het was verre van wat men in Knockglen gewend was.
'We snijden het lijfje uit tot... tot hier ongeveer.'
Benny stond erbij in haar onderbroek. Eve zat gezellig op de radiator een sigaret te roken en commentaar te geven.
Clodagh maakte een gebaar dat een opzienbarend laag decolleté beloofde.
'Tot waar wil je het uitsnijden?' gilde Benny. Clodagh gebaarde opnieuw.
'Dan zag ik het toch goed. Jezus, op die manier vallen ze nog in mijn bord.'
'Ik neem aan dat je ondergoed aanhebt om dat te voorkomen.'
'Ik zal een bh van staalplaat aantrekken...'
'Ja en dan moet je je borsten zo omhoog persen.'
Clodagh greep naar haar en Benny gilde.
'Ik heb in jaren niet zoveel lol gehad,' zei Eve.
'Zeg nou toch wat, Eve. Zeg dat mijn moeder dit beslist niet betaalt. Zij hier wil me de deur uitsturen als de hoer van Babylon.'
'Het ging toch om een bal?' vroeg Clodagh. 'Het is toch geen feest ter gelegenheid van je heiligverklaring of zoiets?'
'Clodagh, je bent niet goed bij je hoofd. Dat kan echt niet. Zelfs niet als ik er het lef voor had.'
'Goed, dan maken we er een fatsoenlijk vestje bij.'
'Een wat?'
'We knippen de jurk op zo'n manier dat-ie je als gegoten zit. En dan maak ik iets van geplisseerd linnen of zo, met een paar haakjes, en dan zeggen we tegen je moeder dat je dat er overheen doet. En dat trek je weer uit zodra je Knockglen uit bent.'
Clodagh rommelde, drapeerde stof en speldde af.
'Doe je schouders eens naar achteren, Benny,' beval ze. 'Borsten naar voren.'
'Jezus, Maria en Jozef. Ik lijk wel een boegbeeld,' zei Benny ontsteld.
'Precies. Goed, hè?'
'Jongens zijn dol op boegbeelden,' zei Eve. 'Dat zeggen ze altijd.' 'Hou je mond, Eve Malone. Of ik steek je met de schaar.'
'Helemaal niet. Dat is mijn dure kleermakersschaar. Nou, is dat niet

fraai?' Clodagh keek tevreden. Zelfs aan de ruwe vorm konden ze zien wat ze voor Benny in gedachten had. Het zag er inderdaad geweldig uit.
'De Verstandige Vrouw zou haar moeder nooit toelaten bij het passen van zo'n jurk,' zei Eve met nadruk.
'In deze jurk hou je ze niet meer van je lijf,' zei Clodagh blij toen ze de spelden eruit begon te halen.
'Dat zou fantastisch zijn,' zei Benny en ze glimlachte verrukt naar haar eigen spiegelbeeld.

Hoofdstuk 10

'Leuk dat je vanavond overwerkt,' zei Nan tegen haar moeder. Aan de keukentafel schonk ze een nieuw kopje koffie in. Het bal was in hetzelfde hotel als de winkel van Emily. Nan wilde haar vrienden voorstellen en hun mooie kleren laten zien.
'Doe geen moeite, hoor. Ik kan altijd nog even in de balzaal gluren.'
'Ik vind het juist leuk, Em. Ik wil graag dat je ze ziet en dat zij jou zien.'
Het werd niet uitgesproken, maar beiden was duidelijk dat Nan haar vrienden nooit zou meenemen naar Maple Gardens.
'Maar dan alleen als het uitkomt. Er zijn misschien mensen bij die je niet naar een winkeltje meeneemt... begrijp je.'
Nan legde haar hand op die van haar moeder.
'Nee, dat begrijp ik toevallig niet. Wat bedoel je?'
'Nou, we hadden toch gehoopt... jij en ik, dat je dit allemaal achter je zou kunnen laten.' Emily keek rond in het kleine, weinig aangename huis. 'Misschien wil je zulke voorname mensen niet naar mijn winkeltje meetronen.'
Emily lachte verontschuldigend.
'Het is een prachtige winkel. Je hebt er een droom van gemaakt. Ik ben er trots op als ze jou daar kunnen zien,' zei Nan.
Ze zei er niet bij dat haar hoop om van Maple Gardens weg te komen niet gevestigd was op de Aidan Lynches, de Bille Dunnes of de Jack Foleys. Ze had haar zinnen op iets veel hogers gezet.

'Jammer dat je niet naar de borrel gaat,' zei Eve tegen Kit.
'Ach, ik ben niet goed in zulke dingen. Ik zou steeds over mijn woorden struikelen. Ik ben nooit een ster geweest in sociale aangelegenheden.'
'De ouders van Aidan Lynch komen ook. Dan kun je over hem praten!'
'Eve, kind, laat me met rust. Ik ben een miljoen keer liever hier. Ann Hayes en ik gaan naar de film. Dat past beter bij ons dan borrelen met dokters op Ailesbury Road.'
'Het is niet Ailesbury Road,' zei Eve verdedigend.
'Ver zit ik er niet naast.' Haar gezicht werd zachter. 'Dat ik gevraagd ben, is me meer dan genoeg. Heb je het bed voor Benny al opgemaakt?'
'Ja. We zullen geen lawaai maken. Je kunt rustig doorslapen.'
'Ik ben anders al snel wakker. Ik slaap zo licht. Misschien kunnen jullie

me over het feest komen vertellen. Die kleren staan je prachtig. Ik heb nog nooit zoiets gezien.'
De avond tevoren hadden ze generale repetitie gehouden met het damestasje dat ze van mevrouw Hayes hadden geleend en met de blouse uit Kits klerenkast, die net zo lang gestoomd en gestreken was tot hij er als nieuw uitzag. Maar Kit had nu ook nog een cadeautje voor Eve. Scharlakenrode oorbellen die precies bij haar rok pasten.
'Nee, niet doen. Je moet geen cadeautjes voor me kopen,' stotterde Eve.
Iets in het gezicht van Kit bracht Eve op de gedachte dat Frank Hegarty zich nu ook in het pak zou hebben gestoken, als de dingen anders waren gelopen.
'Heel, heel erg bedankt,' zei ze.
'Wat ben je mooi. Echt oogverblindend.'
'Volgens mij lijk ik een beetje op een vogel,' zei Eve in ernst. 'Een verdwaasde merel met zijn kop een beetje schuin, die ieder moment naar dingen kan gaan pikken.'
Kit moest erg lachen. 'Toch meen ik het, echt waar,' zei ze. 'Je bent *heel* aantrekkelijk. Weliswaar zo gek als een deur, maar met een beetje geluk merken ze dat niet.'

De jurk van Benny zat verpakt in een doos met vloeipapier. Hij was thuis erg in de smaak gevallen. Het was even een spannend moment toen Patsy grinnikend zei dat ze hoopte dat niemand Benny's vestje zou pikken. De Hogans hadden elkaar verschrikt aangekeken.
'Waarom zou er zoiets gebeuren?'
Benny had Patsy dreigend aangekeken, zodat ze verward naar haar gasfornuis terugsnelde.
'Wat zou ik graag willen zien hoe jullie er vanavond allemaal bij lopen,' zei Benny's moeder. 'Jij en Eve en al jullie vrienden.'
'Ja, u had natuurlijk naar de borrel van dokter Foley kunnen gaan. Jullie *waren* uitgenodigd.'
Benny voelde zich een hypocriet. Ze had het vreselijk gevonden als ze waren gegaan.
'Ja, dat was erg aardig van ze,' zei Eddie Hogan. 'Om zo onze gastvrijheid voor die jongen terug te betalen.'
Benny rilde van schaamte. Wat waren ze toch provinciaals en ouderwets vergeleken bij mensen uit Dublin. Toen welde er een golf van schuldgevoel op en voelde ze dat ze haar ouders moest verdedigen. Waarom *zouden* ze zich hetzelfde moeten gedragen als mensen die geregeld cocktailparty's bezoeken?
'Je komt 's morgens terug met de bus, he?' zei haar moeder hoopvol.
'Misschien iets later. Als ik toch in Dublin ben, kan ik misschien met de meisjes afspreken om te gaan koffiedrinken of lunchen.

'Maar bel je dan?' zei haar vader.
'Natuurlijk bel ik.' Ze had verschrikkelijke zin om weg te gaan. 'Morgenochtend.'
'Je hebt het vast naar je zin in Dublin.' Haar vader zei het zo weifelend alsof ze naar de achterkant van de maan ging.
'Ik ga er toch iedere dag heen, vader?'
'Maar niet iedere avond.'
'Ik ben veilig bij mevrouw Hegarty, dat weet u toch.' Lieten ze haar nu maar weggaan.
'Ik hoop dat je van iedere minuut zult genieten,' zei haar moeder.
'Ik moet nu echt de bus nemen, moeder. Ik wil me niet hoeven haasten, niet terwijl ik dit pak bij me heb.'
Ze stonden op de stoep voor het huis – moeder, vader, Patsy en Shep. Als Shep een klein beetje meer had begrepen, had hij zijn staart opgetild en gezwaaid. Dat had hij zeker gedaan.
'Veel plezier op het bal, Benny,' riep dokter Johnson haar na.
Clodagh die bezig was de inmiddels veelbesproken etalageruiten te zemen, maakte weidse gebaren om aan te geven dat ze vanavond haar vest af diende te rukken en zoveel mogelijk boezem moest tonen.
Aan de overkant van de straat keek Fonsie belangstellend toe.
'Hé, lekker stuk,' riep hij.
'Ja, het grootste stuk van Knockglen,' stemde Benny in.
'Zet 'm op, groot stuk,' zei Fonsie bemoedigend.
Buiten Hogan's Herenmode stond Sean Walsh de koperen naamplaat te poetsen.
'Is de grote avond aangebroken?' zei hij met een trage glimlach.
Denk aan het advies van Nan. Het doet nooit kwaad om aardig te zijn. Het doet zelfs vaak goed. Benny glimlachte terug. 'Dat klopt, Sean,' zei ze.
'Ik heb je ouders ervan proberen te overtuigen dat ik ze naar die receptie kon brengen waar ze voor waren uitgenodigd.'
'Het is geen receptie. Gewoon een paar drankjes bij dokter Foley thuis'.
'Dat bedoel ik. Je vader heeft me de uitnodiging laten zien. Voor mij was het geen enkele moeite om ze erheen te rijden.'
'Maar dat wilden ze niet?' Ze merkte dat haar stem oversloeg.
'Ach, ze hoeven alleen maar de hoorn van de telefoon te nemen en door te geven dat ze toch komen. Ik heb meer dan eens gezegd dat ze het zichzelf moeten gunnen om zo nu en dan eens uit te gaan.'
'Heb je dat echt gezegd?'
'Ja. Ik zei, toch geen geschikter moment dan de avond van Benny's grote bal?'
'Jammer dat ze geen zin hadden.'
'De dag is nog jong,' zei Sean Walsh en hij ging de winkel weer in.

Dat zei hij alleen maar om haar te pesten. Hij moest in de gaten hebben hoe vreselijk ze het zou vinden als haar ouders bij zoiets aanwezig zouden zijn. Ze voelde zich een beetje duizelig en leunde even tegen de muur bij Birdie Mac.
Birdie klopte op het raam en Benny zag haar mond bewegen.
God, dacht Benny, net wat ik nodig heb. Ze gaat me natuurlijk chocolade of zoiets geven, voor de energie.
'Hallo, mevrouw Mac.' Ze probeerde doortastend te klinken. Ze moest proberen helder te blijven denken. Haar ouders hadden net afscheid van haar genomen. Ze waren niet van plan om naar Dublin te gaan, want anders waren ze al een week van tevoren aan allerlei voorbereidingen begonnen.
Birdie stond nu in de deur. 'Benny, je moeder belde me net. Ze wil dat ik haar vanochtend bij haar thuis kom permanenten. Ik heb vergeten te vragen of ze een droogkap heeft.'
Birdie Mac keek bezorgd naar Benny.
'Gaat het wel goed met je, meisje? Je ziet zo bleek.'
'Permanenten zei u?'
'Ja, voor mij is het geen probleem. Ik ga nu even langs en doe haar de krulspelden in en dan kom ik later terug om het uit te borstelen. Maar ik moet natuurlijk wel weten of ze een droogkap heeft.'
'Ze heeft een droogkap.' Benny sprak als een robot.
Ze liep door naar het plein zonder dat ze er erg in had. Ze schrok wakker bij de bushalte.
'Nou Benny, stap je nog in? Of moet ik je er speciaal voor uitnodigen?'
'Sorry, Mikey. Ga je al weg? Ik had het niet door.'
'Doet u vooral kalm aan, mevrouw. We hebben de tijd aan onszelf, al wordt het midden in de nacht. Daar adverteren we ook mee. Nooit de passagier opjagen, dat is ons motto.'
Het kon niet waar zijn dat ze naar Dublin gingen, naar de Foleys. Niet vanavond.

Rosemary was niet bij het geschiedeniscollege.
'Ze is naar de kapper,' zei Deirdre, een druk en bemoeiziek meisje dat alles wist. 'Waarschijnlijk gaat ze vanavond helemaal opgedirkt naar het grote bal. Ze gaan eerst allemaal wat drinken bij Jack Foley thuis. Stel je voor, bij hem thuis.'
'Ik weet er alles van,' zei Benny afwezig. 'Ik ga ook.'
'Wat?'
'Ik ga ook.' De onaangename verrassing van het meisje was niet erg complimenteus.
'Nou, nou,' zei Deirdre.
'Niemand neemt iemand mee. Iedereen betaalt voor zichzelf.' Ze was

vastbesloten om Rosemary op de een of andere manier naar beneden te halen, zo ver als ze kon.
'Om daarbij te horen. Hemeltjelief.' Deirdre nam Benny van onder tot boven op.
'Ja, dat wordt leuk.' Benny wist dat er een grimmige, wanhopige blik op haar gezicht lag.
Afgezien van de angsten die ze al had, was er nu de vrees dat haar ouders er zouden zijn. Onhandig en paniekerig en bovenal diep geschokt door de hoeveelheid boezem die ze zou laten zien. De mogelijkheid bestond zelfs dat ze zouden eisen dat ze zich ging fatsoeneren. Bij die gedachte brak Benny het koude zweet uit.
'Het heeft er zeker mee te maken dat je bevriend bent met Nan Mahon,' zei Deirdre na een tijdje.
'Wat precies?'
'Nou, dat je overal wordt uitgenodigd. Het is geweldig om zo'n vriendin te hebben'
Deirdre had schrandere varkensoogjes.
Benny keek haar een paar tellen met afschuw aan.
'Ja, daar kies ik meestal mijn vrienden voor,' zei ze.
Te laat dacht ze aan de waarschuwingen van moeder Francis tegen het gebruik van sarcasme.
'Zo kun je dat aanpakken, ja,' zei Deirdre en knikte ernstig.

De dag leek zo lang. Met Eve nam ze de trein van vijf uur naar Dunlaoghaire. Hij zat vol ambtenaren op weg naar huis. Op sommige stations stapten kinderen in schooluniform in. Benny en Eve stootten elkaar aan van puur plezier dat ze tot een andere wereld behoorden. Een wereld waarin ze met een grote, schitterende groep jongens en meisjes naar een dansfeest gingen.
Kit had boterhammen voor ze gemaakt.
'Daar ben ik veel te opgewonden voor,' protesteerde Eve.
'Ik ben op dieet. Ik mag natuurlijk niet over de laatste hindernis struikelen,' vond Benny.
Kit was onvermurwbaar. Ze wilde niet dat ze op het bal flauw zouden vallen. Trouwens, eten moest eerst verteerd worden voor het in vet werd omgezet en er was geen tijd meer om dat te laten gebeuren. Benny hoefde heus niet bang te zijn dat ze uit haar avondjurk zou barsten. Kit had de badkamer vanavond tot verboden terrein uitgeroepen voor haar huurders. Echt nodig was dat volgens haar niet, want de meesten zagen toch niet in waarom ze daar uren zouden doorbrengen.
Kit had de koffie en boterhammen op een dienblad in hun kamer gezet. Ze leek te begrijpen dat die twee er behoefte aan hadden om samen wat te giechelen en elkaar moed in te praten.

181

Kit zou die avond ook voor het eten zorgen, zei ze. Eve mocht niet eens aan koken of opdienen denken.
Ze deden bij elkaar de ritssluitingen en knopen dicht. Ze lichtten elkaar bij voor de spiegel, zodat ze eyeliner en oogschaduw konden opbrengen. Ze adviseerden elkaar over de hoeveelheid lipstick die ze moesten gebruiken en Eve deed een hoop poeder op Benny's borsten, die witter waren dan haar hals en armen.
'Dat is waarschijnlijk bij iedereen zo. Alleen bij de meesten krijg je de kans niet om het te zien.'
Benny's hand gleed naar haar decolleté.
'Niet doen. Volgens Clodagh lijkt het zo net of je de aandacht erop wilt vestigen.'
'Zij heeft makkelijk praten. Vooral als je zo'n kiel draagt als zij.'
'Kom op. Zie je er dank zij haar niet geweldig uit?'
'Meen je dat, Eve? Of sta ik voor schut?' Benny zag er zo bezorgd en paniekerig uit dat Eve ervan schrok.
'Kop op. We zijn allemaal een beetje zenuwachtig. Ik vind dat ik er uitzie als een enge roofvogel, maar als ik objectief probeer te zijn denk ik dat het waarschijnlijk wel meevalt.'
'Natuurlijk valt het mee. Jij ziet er geweldig uit. Dat *moet* je weten. Kijk toch naar jezelf in de spiegel, in hemelsnaam. Jij bent zo tenger en sprankelend.' Benny struikelde haast over haar woorden, zo vurig wenste ze haar kleine, bezorgde vriendin te overtuigen.
'*Jij* moet net zo goed weten dat je er geweldig uitziet. Wat scheelt nog eraan? Wat bevalt je niet?'
'Mijn borsten.'
'Niet weer, he!'
'Ik ben bang dat de mensen er iets van zullen denken.'
'Die vinden het fantastisch...'
'Nee, niet de mannen. Gewone mensen.'
'Wat voor gewone mensen?'
'De mensen die me daarvóór zien. Bij de borrel, begrijp je. Ze denken misschien dat ik een slet ben.'
'Doe niet zo idioot.'
Kit riep onderaan de trap. 'Kan ik komen kijken? Meneer Hayes komt jullie over tien minuten ophalen.'
'Kom maar en probeer mijn vriendin enig verstand bij te brengen.'
Kit kwam boven en zette zich op het bed voor inspectie. Ze was vol lof.
'Benny maakt zich zorgen over haar decolleté,' zei Eve.
'Daar lijkt me weinig reden voor. Laat de andere meisjes zich maar zorgen maken en jaloers op haar zijn.' Kit zei het op zo'n manier dat er geen discussie meer mogelijk was.
'Maar...'

'Je bent hier niet in Knockglen. En je ouders zien je niet.' Eve stopte plotseling. 'Wat is er?'
'Niets.' Er scheen een vreemd licht in Benny's ogen.
Eve en Kit wierpen elkaar een blik toe.
'Mevrouw Hegarty, mag ik uw telefoon even gebruiken?'
'Natuurlijk,' zei Kit. 'Het is wel een toestel waar je munten in moet doen.
Benny pakte haar handtasje en rende naar beneden.
Eve en Kit keken elkaar verbaasd aan.
'Wat krijgen we nou?'
'Ik heb geen idee,' zei Eve. 'Het heeft iets te maken met Knockglen. Ze belt naar huis. Daar durf ik om te wedden.'

'Hallo Patsy, met Benny.'
'O, ben je nog niet op het bal?'
'We gaan bijna weg. Is moeder daar, of vader?'
'Nee, die zijn weg, Benny.'
'Ze zijn wat?'
'Ze zijn weg. Om zes uur zijn ze vertrokken.'
'Waar zijn ze naartoe?'
'Dat hebben ze mij niet verteld,' zei Patsy.
'Dat moet. Ze zeggen altijd waar ze heen gaan.'
'Nou, dit keer niet. Waar moet je ze over spreken?'
'Luister, hadden ze zich mooi aangekleed?'
'Hoe bedoel je?'
'Wat hadden ze aan, Patsy? *Alsjeblieft.*'
'Mijn hemel, Benny, ik let er nooit op wat mensen aanhebben. Ze hadden iets warms aan, dacht ik.' Patsy deed haar best.
'Zijn ze naar Dublin, denk je?'
'Vast niet. Dat zouden ze gezegd hebben.'
'Heeft Sean Walsh ze afgehaald?'
'Ik weet het niet. Ik was in de bijkeuken.'
'Je moet toch *iets* hebben gezien.' Benny klonk uiterst ongeduldig. Patsy was in haar wiek geschoten.
'Ik had een heleboel gezien als ik van tevoren wist dat je me aan een kruisverhoor zou onderwerpen,' zei ze beledigd.
'Het spijt me.'
'Het is al goed,' zei Patsy, maar ze meende het niet.
'Ik zie je morgen en dan vertel ik alles.'
'Leuk.'
'Als ze terugkomen...'
'Lieve hemel, Benny, ik hoop maar dat ze terugkomen.'
'Als ze terugkomen, zeg dan dat ik heb gebeld om ze voor alles te bedanken, voor de mooie jurk en zo.'

183

'Goed, Benny. Ik zal zeggen dat je gebeld hebt.'
Benny bleef een paar tellen in de hal staan om op adem te komen. Ze wilde Eve hier niet mee belasten. Ze zou haar schouders naar achteren trekken en haar borsten vooruit steken. Ze ging gewoon naar het feest. Als haar ouders opdoken zou ze zeggen dat ze het vest had verloren. Dat het was weggewaaid toen ze het uitpakte. Ze zou vrolijk zijn en grapjes maken en plezier hebben. Zelfs als haar ouders gênante dingen zouden zeggen tegen iemand als Rosemary, als ze onbehouwen opmerkingen maakten over gastvrijheid die werd terugbetaald, dan nog zou ze het hoofd niet laten zakken. Niemand zou te weten komen dat onder de stalen beugels die haar borsten ondersteunden een loodzwaar hart schuilging vol nerveuze en onbestemde gevoelens.

De bel ging en ze deed open. Er stond een man met een hoed op en een overjas aan voor de deur.

'Ik ben Johnny Hayes en kom twee dames afhalen voor Donnybrook,' zei hij. Hij keek goedkeurend naar de omvang van haar borsten en voegde daaraan toe 'of zal ik jou in je eentje de auto inslepen, dan maken we een ritje in de bergen, lekker brok.'

Nu het eenmaal begonnen was, kreeg Lilly Foley er steeds meer plezier in. Jack had gelijk. Het was inderdaad hoog tijd geweest dat ze een borrel gaven en dit was een ideale gelegenheid. De buren bewonderden met graagte de jongelui die naar het bal gingen. Het huis vulde zich met jongemannen in smoking en meisjes in lange, zwierige jurken en toch had het gezelschap niets pretentieus. Deze grote huizen waren speciaal op dit soort gelegenheden gebouwd, zei Lilly Foley tegen zichzelf. Maar ze zei dat niet tegen haar echtgenoot of zoons. Die hadden de neiging de draak te steken met haar gedachten. Dus als Lilly Foley graag auto's op hun oprijlaan zag stoppen en graag lange jurken de trap naar de voordeur op hoorde ruisen, dan hield ze dat pleziertje voor zichzelf.

Een van de eersten was Sheila, een studiegenote van Jack. Door de telefoon had ze op Lilly een degelijke indruk gemaakt. Ze wilde nog wat aantekeningen met Jack doornemen. Nu ze er was, bleek het een aantrekkelijk meisje in een geel met zwarte jurk, dat volgens Lilly te veel haar best deed om indruk te maken. Ze was druk doende om uit te leggen dat ze een oom had die rechter was en een neef die advocaat was, zodat ze welbeschouwd voor jurist in de wieg was gelegd. Vlak na haar arriveerden Sean en Carmel, een jong stel dat geanimeerd met elkaar en verder met niemand sprak. Lilly was blij om Bill Dunne te zien... een voorkomende en laconieke jongeman. Hij vormde een aardige tegenhanger van Aidan Lynch, wiens grappen ze nooit begreep en wiens ouders allebei een stem als een misthoorn hadden.

Trots keek ze naar Jack, die er in zijn gehuurde smoking buitengewoon knap uitzag en die de gasten verwelkomde met een ontspannen glimlach. Dan sloeg hij zijn arm om dit en dan weer om dat meisje. Je moest een betere speurneus zijn dan Lilly Foley zichzelf beschouwde om erachter te komen welk meisje hij het leukst vond. Het heel knappe, maar overdadig opgemaakte meisje Rosemary gunde Lilly slechts een korte blik voor ze zich met al haar charmes op dokter Foley stortte.
Aengus zag er bijzonder overtuigend uit als kelner. Hij stond beneden aan de trap, met beslagen brilleglazen en een prachtige, gespikkelde vlinderdas. Hij voelde zich het middelpunt van de belangstelling. Iedereen moest hem bij binnenkomst wel opmerken, omdat hij hun jassen aannam.
Tot nu toe waren het allemaal onbekenden. Met enige opluchting zag hij Aidan Lynch, een schoolvriend van Jack.
'Goedenavond,' zei Aidan stijfjes. 'Bent u van een cateringbedrijf? Ik kan me niet herinneren dat ik u eerder heb gezien in de horeca van Dublin.'
'Ik ben Aengus,' zei Aengus, in zijn nopjes dat hij niet herkend was.
'Heel vriendelijk dat ik u bij uw voornaam mag noemen. Ik ben Aidan Lynch. Mijn ouders zijn al naar de zitkamer en worden, denk ik, van een drankje voorzien door dokter Foley. Kan ik hier mijn bestelling opgeven... eh, Aengus, was het toch?'
'Aidan, ik ben het. Aengus. De broer van Jack.' Hij lachte triomfantelijk.
'*Aengus*. Nu zie ik het pas. Onherkenbaar!' zei Aidan en greep vertwijfeld naar zijn voorhoofd.
'Er is droge sherry, zoete sherry, bier en jus d'orange,' zei Aengus.
'Grote genade,' Aidan verzonk in gepeins.
'Maar één drankje tegelijk.'
'Ach, wat een teleurstelling. Ik wilde net vragen of ik ze allemaal samen in een groot glas kon krijgen met een toefje slagroom erop,' zei hij bedroefd.
'Omdat je een vriend van Jack bent, zal ik vragen of dat kan...' Aengus stond op het punt om naar de keuken te gaan waar de drank stond.
'Kom terug, idioot. Zeg, heb je al een mooi, klein, donker meisje naar binnen zien gaan?'
'Ja, die is binnen. Ze is met een of andere kerel. Ze zit steeds aan zijn oor te likken en uit zijn glas te drinken.'
Aidan duwde hem opzij en snelde de zitkamer in. Hoe kon Eve zich zo gedragen? Misschien had zij ook alle drankjes door elkaar gehad. Hij zag haar nergens. Zijn ogen vlogen de grote, sfeervol verlichte kamer rond. Voor het raam stond een enorme kerstboom. Hij zag een heleboel bekende gezichten, maar geen Eve.

185

Hij ging terug naar Aengus.
'Waar is ze dan? Zeg op.'
'Wie?' zei Aengus nerveus.
'Dat mooie donkere meisje.'
'Die steeds aan de oren van die kerel zit te lebberen?'
'Ja, ja.' Aidan was geprikkeld.
Aengus liep naar de deur. 'Daar!' Hij wees naar Carmel en Sean, die zoals gewoonlijk erg dicht bij elkaar stonden.
Aidan slaakte een zucht van verlichting.
Carmel en Sean zagen hem en zwaaiden.
'Je ziet er prachtig uit, Carmel,' zei Aidan. 'Laat meteen deze man in de steek. Ik bied je een beter leven. Ik heb al zo vaak over je gedroomd. Kom en maak mijn dromen werkelijkheid!'
Carmel toonde de glimlach van een zelfbewuste, volwassen vrouw-van-de-wereld en klopte op zijn hand.
Op datzelfde moment hoor Aidan de stem van Eve achter zich.
'Hé, dag Aidan. Daar ben je. Met je mond vol tanden natuurlijk en sprakeloos als altijd.'
Hij draaide zich om, om haar te kunnen zien. Ze was zo mooi dat hij even moest slikken en een paar seconden letterlijk niet in staat was een woord uit te brengen.
'Je ziet er fantastisch uit,' zei hij eenvoudig en oprecht.
Nan had Eve op het hart gedrukt om niet te zeggen dat ze de rode rok geleend had. Neem complimentjes altijd in dank aan, had Nan gezegd. Waarom zou je een pluim niet op je hoed steken?
Eve had nooit anders dan in grapjes met Aidan gesproken, maar zijn bewondering van nu was ondubbelzinnig.
'Dank je,' zei ze ingetogen.
Toen kwamen ze weer bij hun positieven en praatten met elkaar zoals ze gewoon waren.
'Je komt gelukkig net op het goede moment binnen, want Carmel deed me allerlei oneerbare voorstellen. Nogal pijnlijk, zo recht voor de neus van Sean, maar wat kon ik doen?' Aidan keek haar hulpeloos aan.
'Daar zul je je hele leven wel last van houden. Het zal wel iets lichamelijks zijn, net zoals beesten op elkaars stank afkomen. Het kan onmogelijk met je intellect te maken hebben.'
Eve lachte een gelukkige lach en liet zich de bewonderende blikken van Bill Dunne welgevallen.
'Je ziet er *prachtig* uit,' zei Bill Dunne tegen haar. 'Waarom heb je niet altijd zulke kleren aan?'
'Dat wilde ik jou ook net vragen.' Ze lachte hem toe.
Bill trok zijn stropdas recht en grinnikte dom. Aidan leek van zijn stuk gebracht. Hij sprak gehaast tegen Jack, die naast hem stond.

'Ik weet niet of dit nou wel zo'n goed idee was.'
'Wat?' Jack keek naar het glas bier in Aidans hand. 'Lust je het niet?'
'Nee, ik bedoel alle meisjes vragen. We dachten dat we ze dan allemaal onder controle hadden, maar misschien raken we ze juist allemaal kwijt.'
'Jack?' Aengus kwam zorgelijk kijkend op zijn broer af.
'Aha, daar hebben we de loopjongen,' zei Aidan boosaardig. Hij zou Aengus nooit vergeven dat hij hem aan het begin van de avond zo in verwarring had gebracht.
'Jack? Zal ik al met de worstjes rondgaan? Mama wil weten of iedereen er is.'
'Nan ontbreekt nog. Wacht maar even.'
'Alle anderen zijn er toch wel, of niet?' Aidan keek de kamer rond. Het beviel hem niets dat Bill Dunne met Eve stond te lachen. Hij vond het evenmin prettig dat de oudere mensen aan de andere kant van de kamer zijn ouders zo enorm hard lieten lachen.
'Ik dacht het wel. Kijk, daar heb je Nan ook.'
Nan Mahon stond volkomen op haar gemak in de deuropening, alsof ze elke avond van haar leven dit soort feestjes bezocht. Ze droeg een prachtig citroengeel pakje, de rok van golvende zijde en daarboven een strapless topje bezet met duizenden kleine pareltjes op een citroengele tafzijden ondergrond. Haar blote schouders kwamen sierlijk boven het topje uit. Haar enorme bos goudblonde krullen had ze met een speld opgestoken en eveneens versierd met kleine pareltjes. Haar huid zag eruit alsof ze nog nooit een pukkeltje of oneffenheidje had gehad.
Jack ging haar begroeten en trok haar mee naar zijn ouders.
'Is dat z'n minnares, denk je?' vroeg Aengus hoopvol aan Aidan Lynch.
Aidan wilde zo nu en dan wel eens uit de school klappen.
Dat zat er ditmaal niet in.
'Het is verregaand dom en onverstandig, jongeman, om over minnaressen te praten tegen een man die een katholieke opvoeding heeft genoten en weet dat zulke zaken bestendigd dienen te worden door de heilige verbintenis van het huwelijk.'
'Ik bedoel zoals in de film...' verdedigde Aengus zich.
'Je weet niet waar je over praat. Je verstand is één chaotische slangekuil. Ga maar snel de worstjes halen nu je tenminste nog in het bezit bent van een paar levende hersencellen,' beval Aidan.
'Ze zijn er nog niet allemaal,' zei Aengus opstandig.
'Jawel hoor, iedereen is er.'
'Nee, er zit nog iemand op het toilet. Daar zit ze al vanaf het moment dat ze binnenkwam.'
'Die is waarschijnlijk uit het raampje geklommen en er vandoor gegaan,' zei Aidan. 'Ga de worstjes halen of ik trek je kop eraf.'

Het ging ook allemaal veel te goed, dacht Aengus. Zijn vlinderdas, al die aandacht en de mensen die hem bedankten. Nu praatte Aidan Lynch tegen hem zoals ze op school ook altijd deden.
Chagrijnig ging hij naar de keuken om de hapjes te halen. In de hal stond een groot meisje zich zonder veel plezier in de spiegel te bekijken.
'Hallo,' zei hij.
'Hallo,' antwoordde ze. 'Ben ik de laatste?'
'Ik denk het. Ben jij Nan?'
'Nee, die hoorde ik net naar binnen gaan.'
'Ze zeiden dat ik pas met de hapjes rond mocht gaan als Nan er was. Dat was de enige nog die ontbrak.'
'Nou, dan denk ik dat ze mij vergeten waren,' zei ze.
'Dat moet dan wel,' antwoordde hij troostrijk.
'Ben jij de broer van Jack?'
'Ja, ik ben Aengus Foley.'
'Aangenaam. Ik ben Benny Hogan.'
'Hou je van worstjes?'
'Ja, hoezo?'
'Ik ga ze nu halen. Ik dacht dat je er misschien wel een paar zou lusten voor je naar binnengaat, als een soort bodem.'
'Dank je, maar liever niet. Ik ben bang dat ik uit mijn jurk barst.'
'Voor een groot deel barst je er al uit,' zei Aengus, op haar borsten wijzend.
'Mijn God,' steunde Benny.
'Dus kun je net zo goed een paar worstjes nemen,' zei hij blijmoedig. 'Ik kan het beste maar naar binnen gaan,' zei ze.
Ze rechtte haar rug en probeerde de jongen te vergeten die dacht dat haar jurk opengescheurd was. Ze trok haar schouders naar achteren om, zoals ze Clodagh had beloofd, als een waar slagschip haar entree in de zitkamer te maken.
Bill Dunne en John O'Brien zagen haar het eerst.
'Lieve hemel, is dat Big Ben? Ze ziet er fantastisch uit,' zei Bill achter zijn hand.
'Dat noem ik nog eens een bos hout voor de deur hebben,' zei John O'Brien.
'Waarom een bos hout?' vroeg Bill, die altijd om tekst en uitleg vroeg.
'Dat is een uitdrukking.' John O'Brien keek nog steeds naar Benny. 'Ze mag er best wezen, of niet soms?'
Benny zag hen niet. Haar ogen zochten de kamer af om te zien of haar ouders ergens in deze vrolijke, zelfverzekerde menigte waren – onhandig en slecht op hun gemak, of nog erger, aan het uitweiden over zaken die alleen in Knockglen interessant waren. Maar het allerergste zou zijn als ze een scène gingen maken om haar jurk.

Voor zover ze kon zien, waren ze nergens te bekennen. Ze gluurde, draaide zich in allerlei bochten en keek over de hoofden van mensen heen om te zien of ze zich misschien hadden verstopt in dat groepje oudere mensen, waar een man met een luide lach het hoogste woord voerde.
Nee, ze waren er absoluut niet.
Ze had een Morris Cowley zien wegrijden net op het moment dat Eve en zij arriveerden. Er had één persoon in de auto gezeten. Het was te donker om het gezicht van de bestuurder en het kenteken te zien. Het had *hun* auto kunnen zijn. Daar was ze van in paniek geraakt. Ze had tegen Eve gefluisterd dat ze maar alleen naar binnen moest gaan en was de wc ingevlucht.
'Ik wacht op je,' had Eve gezegd, in de veronderstelling dat ze gewoon even naar het toilet moest.
'Als je dat doet, dan vermoord ik je waar iedereen bij is. Door al het bloed krijg je een blouse van dezelfde kleur als je jurk.'
'Ik heb aan een half woord genoeg, hoor. Ik ga wel zonder je naar binnen,' had Eve geantwoord.
Een kwartier lang was Benny op de wc gebleven.
Verschillende keren was er aan de deurklink gerammeld omdat er een meisje naar binnen wilde om zich wat op te knappen. Maar er hing in de garderobe ook een spiegel en daar moesten ze het dan maar mee doen.
Uiteindelijk hoorde ze geen geluiden van binnenkomende gasten meer en kwam te voorschijn.
Ze voelde zich belachelijk en een donkere blos van woede verspreidde zich over haar gezicht. Sean Walsh had haar in de maling genomen door haar te laten denken dat de avond verpest zou worden. Ze voelde zich razend omdat die arme Patsy er niet achter was gekomen waar haar ouders heen waren. Maar ze voelde vooral een overweldigend gevoel van ergernis tegenover zichzelf.
Nu ze er zeker van was dat haar ouders niet in de kamer waren, kon ze zich afvragen wat er nu zo erg aan was als ze wel waren gekomen.
Langzaam werd ze weer normaal en met een schok drong het tot haar door dat ze in het middelpunt van ieders belangstelling stond.
'Wat zie jij er buitengewoon chique uit.' Rosemary deed niet eens moeite om haar verrassing te verbergen.
'Dank je, Rosemary.'
'Waar heb je dat vandaan?'
'Knockglen.' zei Benny kort. Ze wilde Eve's blik een moment vangen om te laten zien dat alles weer goed was. Maar Eve stond met de rug naar haar toe.
Voor ze haar kon aanschieten, had ze alweer een paar complimentjes te

pakken. Voor zover ze het kon beoordelen was het allemaal gemeend. Maar die openlijk getoonde verbazing was minder vleiend. Toch bracht het haar in een lichte roes.

Ze pakte Eve bij de schouder.

'Ik ben er weer,' zei ze met een brede grijns.

Eve keerde zich van het groepje af. 'Is het weer toegestaan om met je te praten of ben je nog steeds van plan om me in kleine stukjes te snijden?'

'Dat is weer over.'

Eve begon te fluisteren. 'Luister...'

'Wat is er dan?'

'Iedereen in de kamer kijkt naar ons tweeën. We zijn net een Assepoestersprookje dat uitkomt.'

Benny durfde niet te kijken.

'Ik meen het,' zei Eve. Van sekspoezen als Rosemary en Sheila en zelfs Nan wordt gewoon verwacht dat ze er grandioos uitzien op zo'n avond. Jij en ik zijn de grote verrassing. We gaan de benen uit onze kont dansen. Heb je me gehoord?'

'Eve, wat zou de Verstandige Vrouw nu doen?'

'In jouw geval zou de Verstandige Vrouw een drankje bestellen en in haar ene hand het glas en in haar andere hand haar tasje vasthouden. Op die manier kun je niet steeds proberen om je boezem te verbergen.'

'Noem het niet steeds boezem,' smeekte Benny.

'Zuster Imelda noemde het altijd de krop. Je weet wel, zoals bij een duif. "Let op dat je krop goed bedekt is, Eve." Alsof er bij mij wat te bedekken viel.'

'Alsof iemand zich iets van haar aantrok.'

Nan kwam aanlopen en nam hen beiden bij een arm. Voor Nan was het niets bijzonders om aanbeden te worden en ze leek absoluut niet verbaasd dat haar vriendinnen nu ook uit hun schulp waren gekropen. Ze gedroeg zich alsof ze niet anders had verwacht dan dat haar vriendinnen er ravissant uitzagen.

Je kon haar bijna horen spinnen.

'Dames, wij hebben die akelige Rosemary's en Sheila's opgerold en ingepakt.'

Ze lachten allemaal vrolijk, maar Benny was nog gelukkiger geweest als de knappe jonge gastheer Jack Foley, die samen met zijn broertje borden ronddeelde, enige blijk had gegeven dat hij haar aanwezigheid in de kamer had opgemerkt. Te oordelen naar de veelbetekenende blikken zag ze er met haar bijna niets verhullende decolleté zeer aantrekkelijk uit.

Het laatste autoportier werd dichtgeslagen en de jongelui gingen op weg. John en Lilly Foley stonden bovenaan de trap en zwaaiden ieder-

een uit. Binnen was nog een levendige borrel gaande met hun eigen vrienden en de ouders van Aidan Lynch. Lilly wist dat ze er goed uitzag. Ze had er veel tijd aan besteed om precies de juiste avondjurk te vinden. Veel glitter, maar niet te. Ze was elegant, maar niet alsof ze met de jongelui mee naar het bal ging. De jurk was van lila stof en ze droeg oorringen die er goed bijpasten. Haar voeten deden pijn in de nieuwe schoenen, maar dat zou niemand te weten komen. Zeker de lange, knappe man die naast haar stond niet.
'Dat was leuk, hè? Je bent een geweldige gastheer.' Ze lachte naar haar man en complimenteerde hem alsof hij het was die de borrel had georganiseerd.
'Je bent geweldig, Lilly,' zei hij. Hij kuste haar op het voorhoofd en legde zijn arm om haar schouders toen ze weer naar binnen gingen naar de gasten.
Het was het werk waard geweest, alleen hierom al.

Het damestoilet was vol opgewonden meisjes die hun haar kamden en hun lippen op allerlei vreemde manieren aan het tuiten waren om er lipstick op te kunnen smeren. Twee vrouwen achter een toonbank namen de jassen in ontvangst en gaven er roze garderobebonnetjes voor terug, die de meisjes in hun tasje stopten.
Er hing een geur van parfum en poeder, vermengd met een beetje angstzweet.
Nan was als eerste klaar, zich niet bewust van de lichtelijk jaloerse blikken van de anderen. Opeens leek het alsof hun jurken op een achternamiddag in elkaar waren geflanst. Ze voelden de vetrolletjes door de stof heen bollen. Hoe kon het haar van Nan zo perfect in vorm blijven zonder dat ze er bussen lak op had gespoten? Waarom hoefde ze geen crème op haar kin te smeren om pukkeltjes weg te werken?
'Ik ga alvast wat rondkijken tot jullie klaar zijn,' zei ze tegen Benny en Eve. 'Dan gaan we even naar de winkel om mijn moeder gedag te zeggen.'
Ze verdween gracieus in een zee van andere meisjes, die druk de trap op en af hobbelden. Zij zag er heel rustig uit.
Nan ging de hotelbar binnen en lachte vriendelijk in het rond alsof ze er met iemand had afgesproken.
Het was een ruimte met donkere eikehouten panelen en roodpluchen banken. Aan de bar stond een groot aantal mannen te praten. De drankjes waren hier heel wat duurder dan in een gewone kroeg in Dublin. Dit was een bar voor de rijken.
Je kon er rijke boeren tegenkomen die in Dublin volbloed paarden kwamen kopen of een stuk land. Er liepen effectenmakelaars rond, bankiers, bezoekers uit Engeland en mensen met adellijke titels. Het

was niet het soort bar waar je zomaar om je aardige gezicht werd toegelaten.
Nu er een bal in het hotel werd gehouden, leek het heel aannemelijk dat er een meisje-alleen binnenliep om haar partner te zoeken. Nan stond op een plek waar het licht goed op haar viel en keek om zich heen. Het duurde niet lang voor alle mannen haar zagen. Ze hoefde niemand in het bijzonder aan te kijken om te weten dat iedereen op de hoogte was van haar aanwezigheid en dat ze werd bewonderd – de koele, jonge vrouw met het goudblonde haar en de exclusieve jurk die zo zelfverzekerd in de deuropening stond.
Toen ze allemaal de tijd hadden gehad om haar te bekijken, draaide ze zich om en ging vol verrukking naar de foyer, waar Eve en Benny wachtten.
'Waar was je?' vroeg Eve.
'Kijken of er leuke kerels in de bar zitten,' antwoordde Nan.
'Is er op het bal nog niet genoeg keuze? Mijn God, je bent onverzadigbaar, Nan Mahon.'
'Laten we dat maar niet te hard tegen mijn moeder zeggen.'
Nan bracht ze naar de hotelwinkel, waar een leuke, maar nogal vermoeid ogende vrouw aan de kassa zat. Ze had net zulk prachtig haar als haar dochter, maar het was dof geworden. Ook had ze een lieve glimlach, maar die was verflauwd. Nan moest haar verblindend mooie trekken van haar vader hebben meegekregen, bedacht Eve. De vader waar Nan het bijna nooit over had.
Nan stelde hen voor en zij showden hun jurken. Emily Mahon merkte precies de juiste dingen op. Tegen Eve zei ze dat de scharlakenrode rok veel beter stond bij een donker iemand. Die opmerking trok eventjes alle kleur weg uit Nans gezicht. Tegen Benny zei ze dat je van kilometers afstand al kon zien dat ze prachtig, duur brokaat droeg en dat degene die de jurk had vermaakt een genie moest zijn. Ze bracht het enorme decolleté niet ter sprake, waar Benny erg blij om was. Als er nog iemand anders over begon, zou ze het vest te voorschijn halen en aantrekken.
'Hebben jullie een speciaal vriendje voor vanavond?' vroeg Emily nieuwsgierig.
'Er is een jongen, genaamd Aidan Lynch, die een oogje op Eve heeft,' zei Benny trots en voegde er voor de goede orde aan toe 'En iedereen valt op Nan.'
'Ik denk dat jij Johnny O'Brien van je af zal moeten slaan,' zei Nan tegen Benny. 'Hij volgt je overal, alsof je een grote magneet bij je hebt.'
Benny wist maar al te goed welk deel van haar lichaam zo'n magnetische kracht uitoefende op Johnny O'Brien.
Emily was blij dat haar dochter zulke leuke vriendinnen had. Ze had bijna nooit iemand ontmoet van de mensen die Nan kende. Ze waren

nooit voor toneelvoorstellingen of concerten op school uitgenodigd zoals andere ouders. Nan wilde absoluut niet dat haar vader iets afwist van schoolactiviteiten. Toen ze een kind was, leefde ze altijd in grote angst dat haar vader in beschonken toestand haar kloosterschool zou bezoeken. Voor Emily Mahon was het dan ook een belangrijk moment dat ze nu Eve en Benny ontmoette.

'Ik wilde jullie wat parfum aanbieden uit een proefflesje, maar jullie ruiken al zo lekker,' zei ze.

Ze vonden dat ze nog lang niet lekker genoeg roken. Ze wilden graag een vleugje van het een of ander proberen.

Ze bogen zich voorover naar Emily, die hen rijkelijk met Joy besprenkelde.

'Het enige probleem is nu dat jullie allemaal hetzelfde ruiken,' lachte ze. 'De mannen kunnen jullie niet meer uit elkaar houden.'

'Dat is prima,' zei Nan instemmend. 'Als groep maken we meer indruk op ze. Zo zullen ze ons nooit vergeten.'

Er kwam een klant de winkel binnen, die misschien geholpen wilde worden.

'We kunnen beter gaan, Em. We willen natuurlijk niet dat je er om ons uitvliegt,' zei Nan.

'Het was een feest om jullie te zien. Veel plezier vanavond.' Ze had ze maar wat graag bij zich gehouden.

'Voor mij hoeft u zich niet te haasten,' zei de man. 'Ik kijk alleen maar even.'

Door die stem draaide Eve zich automatisch om.

Het was Simon Westward. Hij had haar niet gezien. Hij had alleen maar oog voor Nan.

Zoals gebruikelijk was Nan zich er niet van bewust dat iemand haar aanstaarde. Ze was blijkbaar opgegroeid met zulke bewonderende blikken, net als ik met het geluid van klokgelui, dacht Eve. Het werd een deel van je leven. Het viel niet meer op.

Simon begon wat in de winkel rond te snuffelen. Hij pakte hier en daar iets van de plank en keek naar de prijskaartjes.

Emily glimlachte naar hem. 'U zegt het maar als ik u kan helpen. Ik sta hier gewoon even te babbelen...'

Haar onderdanigheid deed Nan licht fronsen.

'Ga uw gang, hoor,' mompelde hij en keek vervolgens Nan recht aan.

'Hé, hallo,' zei hij vriendelijk, 'Zag ik je daarnet niet in de bar?'

'Ja, ik was op zoek naar mijn vriendinnen.' Ze straalde. 'En ik heb ze gevonden.' Ze wees met een groots gebaar naar Eve en Benny.

Beleefdheidshalve keek hij even van Nan opzij, in de richting die ze aanwees.

'Daag,' grijnsde Benny. Simon keek haar verbaasd aan. Hij had haar

eerder gezien, maar waar? Een fors, markant meisje met een gezicht dat hij beslist kende.
Hij keek naar het kleinere, donkere meisje naast haar. Dat was zijn nichtje Eve!
'Nee maar, goeienavond,' zei ze een beetje bars. Ze had het gevoel dat zij in het voordeel was. Ze had hem al eerder herkend en toegekeken hoe hij naar haar vriendin lonkte.
'Eve!' Zijn glimlach straalde warmte uit. Maar het leek geen onvergankelijke warmte.
Nu herinnerde hij zich ook wie Benny was. Zij was het meisje van Hogan.
'Kleine wereld,' zei Eve.
'Gaan jullie allemaal naar een bal?'
'Nee, bewaar me. Dit is ons wekelijkse vrijdagavondje uit. We kleden ons op de universiteit altijd zo, zie je. We zijn geen saaie studentes van Trinity College, die altijd maar in duffelse jassen rondschuifelen.' Haar ogen twinkelden, wat enigszins de scherpte uit haar antwoord haalde.
'Ik had jullie willen complimenteren vanwege jullie fraaie verschijning. Maar als dat iedere vrijdagavond zo is, dan heb ik heel wat van het uitgaansleven hier gemist.'
'In het echt gaan we natuurlijk wel naar een bal,' zei Benny.
'Dank u, juffrouw Hogan.' Hij kon zich haar voornaam niet herinneren. Hij hoopte dat zij hem aan Nan zou voorstellen, maar dat gebeurde niet.
'Gaat u dit weekend Heather opzoeken,' vroeg Eve.
'Helaas niet, nee. Ik moet naar Engeland. Wat ben je geweldig aardig voor haar geweest.'
'Ik vind het leuk om haar te zien. Ze heeft veel pit. En dat heeft ze ook wel nodig in dat mausoleum.'
'Het is een van de beste...'
'Natuurlijk, het is zo'n beetje de enige plek waar mensen als jullie haar heen kunnen sturen,' verzekerde Eve hem. Maar ze suggereerde dat er veel meer plaatsen waren waar een kind heen kon, als Simon en zijn soortgenoten maar niet zo kortzichtig waren.
Simon liet opnieuw een korte stilte vallen, lang genoeg om aan het blonde meisje te worden voorgesteld. Maar er gebeurde niets.
Zelf stak ze haar hand niet uit om zich voor te stellen en hij wilde er niet om vragen.
'Goed, ik ga weer verder met mijn inkopen. Dan laat ik jullie alleen om te gaan dansen. Veel plezier,' zei hij.
'Zoekt u iets speciaals?' vroeg Emily zakelijk.
'Ik heb een klein cadeautje nodig voor een dame in Hampshire.' Al pratend keek hij naar Nan.

'Iets typisch Iers?' vroeg Emily.
'Ja, maar niet te souvenir-achtig.'
Nan speelde al een tijdje met een presse-papier van Iers marmer en legde hem nu nogal in het oog vallend terug op een plank.
Simon pakte het ding op.
'Een leuk ding.' Hij keek haar in de ogen. 'Ik denk dat dit een heel goed idee is. Dank je wel...?' Hij eindigde zijn zin als een vraag, zodat ze nu haar naam had kunnen zeggen, als ze dat wilde.
'Ja, dit is erg leuk,' zei Emily. 'Als u wilt kan ik hem in een klein doosje doen.' Hij keek nog steeds naar Nan.
'Heel graag,' zei hij.
Aidan Lynch verscheen in de deuropening.
'Ik weet dat ik de schrik ben van elk feest, maar bestaat er nog een kans dat jullie je bij ons aansluiten, dames? Niet dat het belangrijk is of zo. Alleen willen de mensen bij de ingang weten waar de rest van ons groepje is en die vraag wordt steeds moeilijker te beantwoorden.'
Hij keek van de een naar de ander.
Nan hakte de knoop door.
'We zaten op een zijspoor,' zei ze ter verklaring. 'Kom op, Aidan, leid ons naar het bal.'
Ze pakte de twee anderen beet, als een kloek die haar kuikens verzamelt. Benny en Eve zeiden gedag en Nan glimlachte uit de deuropening.
'Dag, Em. Tot ziens.'
Ze zei niet dat ze haar vanavond weer zou zien, of thuis. Simon bleef ze nakijken, zoals ze samen met Aidan Lynch naar de feestzaal liepen.
'Wat een geweldig mooi meisje is dat,' zei Simon.
Emily wendde ook haar blik naar de drie meisjes en de jongen die door het drukke hotel liepen.
'Ja, beslist,' zei Emily Mahon.

Ze zaten op het balkon aan een tafel voor zestien personen. Het dansen was al begonnen toen ze binnenkwamen. Meisjes van andere tafels keken op toen Jack Foley langsliep en er gingen mensen op hun tenen staan om te zien met welk meisje hij was.
Degenen die vooraf hadden geraden, kregen allemaal ongelijk. Hij kwam al babbelend met Sean en Carmel binnen.
De jongens aan de andere tafels bekeken de tafel van Jack Foley met afgunst, omdat daar Rosemary *en* Nan Mahon zaten. Dat was te veel voor één feestje. Schoonheden moesten een beetje verdeeld worden.
Sommigen vroegen zich verwonderd af hoe dat eitje van een Aidan Lynch het toch altijd voor elkaar kreeg om er middenin te zitten en een paar jongens vroegen elkaar wie dat lange meisje was met dat geweldige decolleté.

Aan tafel nam Jack het plan de campagne nog eens door. Iedereen dronk een glas water uit de kan die op tafel stond. Zodra die leeg was zouden de acht jongens ieder de kwart liter gin die ze in hun zak hadden in de kan gooien. De rest van de avond zouden ze alleen frisdranken bestellen. Dan konden ze gin uit de kan bij de jus d'orange of de andere frisdranken gieten. De hotelprijzen voor de drankjes kon niemand betalen. Dit was de slimste oplossing. Maar de essentie was dat de kan met het zogenaamde water niet werd weggehaald of, bijna nog erger, werd bijgevuld, waardoor de gin zou worden verdund. De tafel mocht nooit helemaal leeg zijn en aan de luimen van de obers worden overgelaten.
De bandleider deelde mee dat er nu een aantal calypso's zou worden gespeeld.
Bill Dunne stond als eerste op en vroeg Rosemary ten dans. Zij was naast Jack gaan zitten, maar dat bleek de verkeerde plek. Te laat kwam ze erachter dat ze tegenover hem plaats had moeten nemen. Op die manier had hij haar blik niet kunnen ontlopen. Met een moeizame, geforceerde glimlach stond ze op en ging met Bill naar beneden om zich bij de dansers te voegen.
Johnny O'Brien vroeg Benny. Ze stond gretig op. Ze kon goed dansen. Moeder Francis had eens in de week een danslerares laten komen, die hen eerst de wals en de foxtrot had geleerd, maar later ook Latijnsamerikaanse dansen. Benny glimlachte bij de gedachte dat de meisjes uit Knockglen waarschijnlijk ieder meisje uit Dublin zouden verslaan als het om de samba, de mambo of de cha cha cha ging.
Ze speelden 'This is my island in the sun'. Johnny bekeek Benny met schaamteloze bewondering.
'Ik wist niet dat je zo'n lekkere...' Hij stopte.
'Lekkere wat?' vroeg Benny meteen.
Johnny O'Brien krabbelde terug. 'Lekker parfum,' zei hij.
Het *was* ook een lekker parfum. De geur was bedwelmend en hing als een wolk om haar heen.
Natuurlijk had hij het parfum helemaal niet bedoeld. Hij had gelijk. *Dat* zag er ook lekker uit.

Aidan danste met Eve.
'Dit is voor het eerst dat ik mijn armen om je heen kan doen zonder dat je me slaat met die knokige vuistjes,' zei hij.
'Geniet er maar van,' zei Eve. 'Je krijgt weer met deze knokige vuistjes te maken als je wilt dansen in de auto van je vader.'
'Heb jij mijn vader gesproken?' vroeg Aidan.
'Dat weet je best. Je hebt me drie keer aan hem voorgesteld.'
'Het is best een goeie vent. Mijn moeder is ook prima – een beetje luidruchtig, maar over het algemeen prima.'

'Ze zijn niet veel luidruchtiger dan jij,' zei Eve.
'O jawel. *Zij* brullen. Ik heb gewoon een krachtige stem.'
'Zij zijn simpelweg wat directer. In hun meningen en in alles,' zei Eve terwijl ze aan hen dacht.
'Wat ben je mooi.'
'Dank je, Aidan. Jij ziet er ook goed uit in smoking.'
'Wanneer geef je het hopeloze gevecht tegen de lichamelijke passie die je voor mij voelt eens op en bezwijk je voor me? Sta het jezelf toch toe en laat je gaan.'
'Je zou dood neervallen als ik dat deed.'
'Je kunt er zeker van zijn dat ik heel snel weer op de been ben.'
'Hoe dan ook, het zal nog wel een tijd duren. Dat van dat bezwijken, bedoel ik. Een *hele* tijd.'
'Dat heb je nou met zo'n meisje dat door de nonnen is opgevoed. Misschien moet ik wel wachten tot ik een ons weeg.'
'Ze zijn anders niet half zo vervelend als iedereen denkt.'
'Wanneer stel je me voor?'
'Doe niet zo idioot.'
'Hoezo? Ik heb jou toch ook meegenomen naar mijn familie.'
'Lieg niet! Ze waren daar toevallig.'
'Maar jij hebt voor je nonnen geen motorfietsen gehuurd om mee naar de borrel te scheuren. Logisch dat ze niet gekomen zijn,' zei Aidan.
'Ze konden helemaal niet komen,' legde Eve uit. 'Vrijdag is hun pokeravond en die geven ze voor niks en niemand op.'

Sean en Carmel dansten innig ineengestrengeld. Er speelde '*Brown skin girl stay home and mind bay-bee*'.
'Denk je eens in. Over een tijdje hebben wij ook een *baybee*,' zei Carmel.
'Nog vier jaar,' zei Sean gelukkig.
'En we zijn al bijna vier jaar bij elkaar als je de tweede klas meetelt.'
'Natuurlijk tel ik die mee. Je spookte dat hele jaar door mijn hoofd.'
'Zijn we niet gelukkig?' zei Carmel, hem nog steviger tegen zich aandrukkend.
'Erg gelukkig. Iedereen hier is jaloers op ons,' zei Sean.
'Word je niet ziek van Sean en Carmel?' zei Eve tegen Benny toen ze allemaal weer de trap opliepen.
'Tja, je hebt niet veel aan ze als je ze uitnodigt,' beaamde Benny.
'Ze doen me denken aan die beesten in de dierentuin die de hele tijd aan elkaar zitten, op zoek naar vlooien,' zei Eve.
'Stil, Eve,' lachte Benny. 'Straks horen ze ons nog.'
'Je weet wel, van die aapjes die alleen maar oog voor elkaar hebben. Sociaal gedrag noemen ze het, geloof ik.'

Jack en Sheila zaten nog aan de tafel. Jack had zich opgeofferd om als eerste over de kan gin te waken. Sheila was natuurlijk blij dat zij gekozen was om bij hem te blijven, maar had nog liever met hem op de dansvloer gestaan.
Nan kwam naar de tafel terug met Patrick Shea, student bouwkunde, een schoolvriend van Jack en Aidan. Patrick zag er verhit uit en zweette. Nan kon in een frisse bries op een ijsschots hebben staan dansen. Op haar gezicht was geen teken van inspanning te zien.
Benny keek haar over de tafel heen vol bewondering aan. Ze had de zaken zo goed onder controle en toch was haar moeder nogal verlegen, helemaal geen zelfverzekerd type. Misschien had Nan het allemaal van haar vader. Over wie ze het nooit had.
Benny vroeg zich af waarom Eve haar niet aan Simon had voorgesteld. Het was niet zoals het hoorde. Als het iemand anders was geweest, had Benny het zelf wel geregeld, maar Eve was zo lichtgeraakt als het om de Westwards ging.
Maar Nan had ook niets gezegd. Haar kennende zou ze er wel om gevraagd hebben als ze voorgesteld had willen worden.
Johnny O'Brien bood haar een glas jus d'orange aan. Benny nam dankbaar een grote slok en pas toen ze die in haar mond had wist ze weer dat er gin in zat.
Ze slikte manmoedig en zag Johnny in aanbidding naar haar kijken.
'Je bent tenminste een vrouw die weet wat drinken is,' zei hij.
Dat was nou niet precies iets waarvoor ze graag complimentjes kreeg, maar het was in ieder geval beter dan dat ze ervan moest overgeven of ziek werd.
Rosemary had naar haar zitten kijken.
'Dat je dat kan!' zei ze. 'Ik word al duizelig na een klein slokje.'
Ze wierp een breekbare blik om zich heen, met de goede hoop dat de anderen haar stilzwijgend zouden bewonderen om haar vertoon van vrouwelijkheid.
'Dat geloof ik best,' zei Benny stuurs.
'Het moet een plattelandsgewoonte zijn,' zei Rosemary met een blik van voorgewende bewondering. 'Ze zullen daar wel veel drinken, he?'
'Jazeker,' zei Benny. 'Maar anders. Als ik thuis gin drink, is het meestal uit de fles. Het gebeurt maar zelden dat je het in een glas krijgt of met sinaasappelsap erdoor.'
Iedereen moest lachen, zoals ze had verwacht.
Het was niet moeilijk ze aan het lachen te krijgen. Maar des te moeilijker was het om ze met andere ogen naar je te laten kijken.
Benny keek naar Jack, die blij en ontspannen in zijn stoel hing. Hij hield zowel wat er om hem heen gebeurde als de tafeltjes beneden bij de dansvloer in de gaten. Hij zou een perfecte gastheer zijn. Hij was van plan om elk meisje aan de tafel ten dans te vragen.

Ze voelde een onweerstaanbare behoefte om over de tafel heen te reiken en zijn gezicht te aaien, alleen zijn wangen zachtjes aan te raken. Zou ze misschien gek worden? Zo'n behoefte had ze nooit eerder gevoeld.
Hij zou haar nu snel ten dans vragen. Misschien nu meteen, misschien bij de volgende dans zou hij zich over de tafel buigen en glimlachen. Hij zou een hand naar haar uitsteken en haar toelachen met een vragende blik. Ze zag het zo duidelijk voor zich dat ze bijna dacht dat het al gebeurd was.
'Benny...?' zou hij misschien zeggen. Ze zou opstaan en hand in hand met hem de trap aflopen. En dan zouden ze elkaar simpelweg in de armen nemen.
De bandleider riep dat hun zanger Tab Hunter van de sokken kon zingen en om dat te bewijzen zou hij nu 'Young love' zingen.
Benny wenste vurig dat Jack haar blik opving en drie schuifelnummers met haar ging dansen, te beginnen met 'Young love'.
Maar zijn blik viel het eerst op Rosemary. Benny begreep niet hoe ze dat voor elkaar had gekregen. Misschien had het iets te maken met het ijselijke geknipper van haar wimpers, maar in elk geval was het haar gelukt om zijn aandacht te trekken.
'Rosemary... ?' zei hij met de stem waarmee hij 'Benny...?' had moeten zeggen.
Haar hart werd een steen.
'Durf jij het aan, Benny?' Aidan Lynch stond naast haar.
'Leuk, Aidan. Graag.'
Ze stond op en liep naar beneden naar de dansvloer, waar Jack Foley en Rosemary al aan het dansen waren. Rosemary had beide armen om zijn nek geslagen en hing een beetje achterover, alsof ze hem op die manier beter kon bekijken.

Het bal was ieder jaar een succes. De organisatoren meenden dat het dit jaar nog beter was dan de voorgaande jaren. Ze maten zoiets af aan het enthousiasme. Zo verliepen de prijsvragen meer dan uitstekend.
'De eerste heer die hier is met... een gat in z'n sok.'
Aidan Lynch won dat met gemak. Hij wees de opening van zijn sok aan en verkondigde luid dat dat een gat was. Ze moesten hem de prijs geven. Er ging een gejuich op.
'Hoe kwam je daarop?' Benny was onder de indruk.
'Een vriend van me heeft hier als ober gewerkt. Ik ken alle mogelijkheden.'
'Wat zijn de andere vragen?' vroeg Benny.
'Er komt er één waarbij ze een meisje vragen dat een afbeelding van een konijn bij zich heeft. Da's een makkelijke.'

199

'Is dat zo? Wie heeft er nu een plaatje van een konijn bij zich?'
'Iedereen met een muntje van drie pence. Daar staat toch een konijntje op.'
'Dat klopt! Wat ben je toch geniaal, Aidan.'
'Je hebt gelijk, Benny. Maar dat wordt niet door iedereen erkend, afgezien van jou en mij dan.'
Toen ze bij hun tafel terugkwamen, werden ze als helden verwelkomd en de gewonnen wijn werd ontkurkt.
'Nog meer drank. Je bent geweldig, Benny,' zei Rosemary. Ze was zo gaan zitten dat ze een beetje tegen Jack aanleunde. Benny had zin om op te staan en haar een dreun te verkopen. Maar gelukkig stond Jack op, waarmee ook de behoefte om ze uit elkaar te meppen wegebde.
Er werden walsen aangekondigd. Benny zou nu niet graag met Jack dansen. Walsen waren te draaierig en gingen te snel. Geen tijd om tegen hem aan te hangen of toevallig zijn gezicht aan te raken.
De anderen stonden net op het punt om naar beneden te gaan toen de muziek begon. *'Che sera, sera, whatever will be, will be.'*
Een lange, knappe jongen kwam naar de tafel en vroeg hoffelijk: 'Mag ik Nan voor dit ene nummer ten dans vragen? Jullie hebben haar de hele avond nog... Is dat goed? Nan, wil je?'
Nan keek op. Alle anderen leken al bezet te zijn.
'Natuurlijk,' zei ze en liep stralend naar de dansvloer.
Benny herinnerde zich van school hoe afschuwelijk het was als je bij gymnastiek als laatste werd gekozen. Nog erger was als er een oneven aantal kinderen was en moeder Francis op het allerlaatst zei: 'Goed Benny, ga jij dan maar bij dat team.' Ze wist ook nog dat ze bij stoelendans er altijd als eerste uitlag. Ze had het ongemakkelijke gevoel dat nu weer hetzelfde ging gebeuren.
Jack danste alweer met Rosemary! Aan het einde van de tafel, kilometers ver van waar zij zat, zag ze Bill Dunne praten met een andere jongen, Nick Hayes. Het zou prettig zijn als ze haar zouden opmerken en vragen of ze bij hen kwam zitten.
Benny zette een glimlach op en speelde met de menukaart, waarop stond dat ze meloensoep en kip en custardpudding zouden krijgen. Zouden ze er niet aan gedacht hebben dat het vrijdag was? Ze schonk zichzelf nog een glas jus d'orange in en dronk ervan. Uit haar ooghoek zag ze een ober naderen met een grote metalen kruik om de waterkannen op tafel bij te vullen.
Benny stond op. 'Nee,' zei ze. 'Nee, ze willen niet meer.'
De ober was al oud. Hij zag er vermoeid uit. Hij had zoveel dezelfde studentenfeesten meegemaakt.
'Toe maar, juffrouw. Ik vul hem wel even bij.'
'Nee.' Benny kwam je niet voorbij.

'Misschien wilt u geen water, maar de mensen die hebben gedanst willen straks vast wel als ze terugkomen,' zei hij.
Er was iets in zijn sussende en tegelijk minachtende manier van praten waardoor Benny tranen in haar ogen voelde prikken.
'Ze hebben gezegd dat ze geen water meer wilden. Voordat ze gingen dansen. Echt waar.'
Ze moest hem niet achterdochtig maken. Stel je voor dat hem iets verdachts zou opvallen aan deze tafel.
Benny werd opeens heel moe. 'Luister,' zei ze. 'Het maakt me ook geen barst uit. Ze hebben gezegd dat ze niet meer willen, maar mij maakt het niet uit. Vul maar bij als u zo graag wilt. Wat kan mij het schelen.'
Hij keek haar ongemakkelijk aan. Hij dacht waarschijnlijk dat ze een beetje gek was en dat een of ander vriendelijk iemand haar op een uitje had getrakteerd.
'Dan sla ik deze tafel maar over,' zei hij gehaast.
'Prima,' zei Benny.
Ze vond het vreselijk om alleen te zitten. Ze zou naar het toilet kunnen gaan. Ze hoefde zich tegenover niemand te verontschuldigen. Nick en Bill zaten aan de andere kant van de tafel druk met elkaar te praten. Ze zagen haar niet eens weggaan.
Ze zat op de wc en maakte plannen. De volgende dans was denkelijk rock 'n roll. Daar wilde ze niet op dansen met Jack. Daar zou ze zijn aandacht niet voor proberen te trekken. Ze kon beter wachten op nieuwe schuifelnummers. Misschien speelden ze *'Unchained melody'*. Dat nummer vond ze prachtig. Of *'Stranger in paradise'*. Dat vond ze ook heel mooi. *'Softly, softly'* was een beetje erg sentimenteel. Maar het kon ermee door.
Tot haar grote verbazing hoorde ze de stem van Rosemary buiten bij de wasbakken.
De walsen konden nog niet afgelopen zijn. Normaal speelden ze er drie achter elkaar.
'Hij is vreselijk knap, vind je niet?' zei Rosemary tegen iemand.
'En aardig is-ie ook. Niet zo zelfingenomen als veel van die sporttypes die er aardig uitzien.'
Benny herkende de stem van het andere meisje niet. Wie het ook was, Jack en Rosemary waren toch samen?
'Ga je allang met hem?' vroeg de ander nieuwsgierig.
'Nee, ik ga helemaal niet met hem. Nog niet,' voegde Rosemary er dreigend aan toe.
'Hij zag er fantastisch uit op de dansvloer.'
Benny's hart bonkte.
'Hij is in dansen al net zo goed als in alles wat hij doet. Maar walsen is mijn sterkste punt niet. Ik deed net of ik door mijn enkel ging. Ik moest echt even rusten.'

'Dat is slim.'
'Nou ja, een trucje is soms nodig. Ik heb gezegd dat ik hem later bij een andere dans nog wel te pakken krijg, omdat we deze niet hebben afgemaakt.'
'Je hebt toch geen concurrentie.'
'Het bevalt me niet hoe Nan Mahon eruitziet. Heb je die jurk gezien?'
'Die is fantastisch. Maar jij ziet er zeker zo goed uit.'
'Dank je,' zei Rosemary blij.
'Waar is hij nu?'
'Hij zei dat hij de walsen ging afmaken met Benny.'
Benny's gezicht gloeide. Hij *wist* dat ze een muurbloempje was. Hij wist het verdomme. Hij vond zichzelf te goed om haar voor een hele dans te vragen, maar als die heerlijke Rosemary het liet afweten, dan was die goeie ouwe Benny goed genoeg om het af te maken.
'Wie is Benny?'
'Die kolossale meid – van het platteland. Hij kent haar familie of zoiets. Ze duikt altijd weer op bij zulke gelegenheden.'
'Ook geen concurrentie dus?'
Rosemary lachte. 'Nee, dat dacht ik niet. In ieder geval moeten haar ouders veel geld hebben. Op de een of andere manier kennen ze de Foleys en zij heeft een enorm dure jurk aan. Ik weet niet waar ze die vandaan heeft, maar hij is prachtig met allemaal brokaat en hij zit als gegoten. Ze wordt er heel wat slanker door. Ze zegt dat ze hem uit Knockflash heeft, of hoe dat oord ook mag heten.'
'Knockflash?'
'Zoiets. Dat gehucht waar ze vandaan komt. Maar als ze hem daar heeft gekocht, ga ik de volgende keer midden op zee winkelen.'
Hun stemmen stierven weg. Ze hadden zich opgefrist, hun haar opnieuw met lak bespoten en meer parfum opgedaan. Klaar om er weer vol zelfvertrouwen tegenaan te gaan.
Benny zat op het toilet en had het ijskoud. Ze was kolossaal. Voor niemand een concurrente. Ze was iemand met wie je vlug een dans afraffelde, niet iemand die je als eerste koos.
Ze keek op het kleine polshorloge dat ze van haar vader en moeder had gekregen voor haar zeventiende verjaardag. Het was vijf over tien.
Op dit moment wilde ze niets liever dan thuis voor de open haard zitten. Haar moeder in de ene stoel en haar vader in de andere, met Shep die verward als altijd in de vlammen staarde.
Ze wilde dat ze de keukendeur hoorde opengaan en dat Patsy thuiskwam van haar wandeling met Mossy, waarna ze chocolademelk ging klaarmaken. Ze wilde niet op een plek zijn waar de mensen zeiden dat ze zo groot was en geen concurrentie en dat haar ouders wel veel geld moesten hebben en huisvrienden van de Foleys moesten zijn om haar

overal uitgenodigd te krijgen. Ze had geen zin om karaffen gin te verdedigen voor mensen die niet met haar wilden dansen.
Maar door haar ogen dicht te doen kwam ze niet van deze vernederende plek vandaan. Benny besloot dat ze haar voordeel moest doen met dat wat ze had gehoord. Het was een mooi ding dat haar jurk er duur en perfect gemaakt uitzag. Het was beslist even prettig als triest om te horen dat ze er zoveel slanker uitzag in haar jurk. Het was uitstekend dat Rosemary helemaal niet zeker was van Jack. En het was meer dan uitstekend dat hij haar niet eenzaam en verlaten aan tafel had aangetroffen, zodat hij niet het gevoel kon krijgen dat zijn plicht was vervuld door een walsje met haar te dansen. Dat was een heel stel goede dingen, zei Benny Hogan tegen zichzelf en ze haalde het stukje watten te voorschijn dat Nans moeder met parfum had doordrenkt en haalde het achter haar oren langs.
Ze ging terug! Rosemary zou nooit te weten komen dat haar wrede, beledigende opmerkingen er enkel toe hadden bijgedragen dat Benny zich doelgerichter en zelfverzekerder voelde dan ooit.

Op het podium riepen ze om dat de maaltijd binnen niet al te lange tijd zou worden geserveerd en dat de vrijdagse vasten ditmaal niet nageleefd hoefde te worden, dank zij speciale dispensatie van de bisschop. Er werd luid geapplaudisseerd.
'Hoe hebben ze dat voor elkaar gekregen?' vroeg Eve.
'De aartsbisschop weet dat we allemaal geweldig braaf zijn geweest en hij wil ons belonen,' suggereerde Jack.
'Welnee, kip is voor zo'n feest gewoon het makkelijkst. Iedereen krijgt een vleugel en de Kerk fokt voor plechtige gelegenheden speciale kippen, met tien vleugels,' zei Aidan.
'Nee serieus, waarom zou de aartsbisschop ons kip laten eten?' vroeg Benny.
'Dat is zo afgesproken,' legde Aidan uit. 'De organisatoren beloven geen dansfeesten op zaterdagavond te houden, want dan zou de zondagsrust in gevaar komen, en daarom laat de Kerk ons op vrijdag kip eten.'
'Hé, jij was er vandoor.' Net toen de soep werd opgediend, richtte Jack zich tot Benny.
'Wat was ik?'
'Je was er vandoor. Ik wilde met je walsen.'
'Ik was er niet vandoor,' zei Benny lachend. 'Dat was Rosemary. Ze had pijn aan haar enkel. Je haalt ons een beetje door elkaar, maar voor jou lijken we natuurlijk ook allemaal op elkaar.'
Er werd gelachen. Maar niet door Rosemary. Ze keek argwanend naar Benny. Hoe wist ze van die enkel?

Jack maakte van de gelegenheid gebruik om een complimentje uit te delen. 'Jullie lijken helemaal niet op elkaar. Maar jullie zien er allemaal geweldig uit. Ik kan niet anders zeggen.' Terwijl hij dat zei, keek hij Benny aan. Ze glimlachte terug en slaagde erin om geen grapje of snedige opmerking te maken.

Tijdens de maaltijd was er een loterij en de organisatoren kwamen Rosemary en Nan vragen of ze lootjes wilden verkopen.
'Waarom?' zei Rosemary. Ze wilde haar post niet verlaten. Het comité legde liever niet uit dat het makkelijker was om mensen kaartjes te laten kopen van mooie meisjes, maar Nan was al opgestaan.
'Het is voor een goed doel,' zei ze. 'Ik doe het graag.'
Rosemary Ryan ergerde zich enorm. Niets ging deze avond zoals zij wilde. Nan had door dit kleine incident alweer iedereen op haar hand en Benny leek aan de overkant van de tafel op een afschuwelijk zelfvoldane manier naar haar te glimlachen.
'Ik doe natuurlijk ook mee,' zei ze en sprong op.
'Kijk uit voor je enkel,' zei Jack. Ze keek hem fel aan. Hij was misschien alleen maar bezorgd, maar er was iets in Benny's ogen wat haar niet beviel.
De man die dacht dat hij straatlengten voorlag op Tab Hunter, maar alleen nog niet de kans had gehad om door te breken, dacht dat hij ook een goede Tennessee Ernie Ford kon neerzetten en hij ging tot het uiterste met *'Sixteen tons'*. Dit liedje verafschuwde Benny al vanaf haar middelbare-schooltijd. Maire Carroll vond dat ze het steeds in haar aanwezigheid moest zingen.
Benny danste met Nick Hayes.
'Je danst heerlijk. Het is alsof ik een veertje vastheb,' zei hij een beetje verbaasd.
'Dat is niet moeilijk als iemand goed leidt,' zei ze vriendelijk.
Hij kon ermee door, Nick Hayes, maar dat was ook alles.
Jack danste met Nan.
Op de een of andere manier was dat verontrustender dan hem te zien dansen met Rosemary.
Nan probeerde niet met foefjes indruk te maken. Ze deed helemaal geen moeite voor hem en dat moest iemand als Jack Foley, die eraan gewend was dat iedereen hem aanbad, gek maken. Eigenlijk leken ze wel op elkaar, die twee. Het was haar eerder ook al opgevallen.
Allebei zo zelfverzekerd, omdat ze niet hoefden te vechten voor aandacht zoals anderen dat wel moesten. Juist omdat ze daar volkomen zeker van waren, konden ze het zich permitteren om aardig en gemakkelijk in de omgang te zijn. Door hun mooie uiterlijk konden ze elke persoon zijn die ze maar wilden.

'Ik kom je 's avonds nooit ergens tegen,' zei Nick.
'Dat doet niemand,' zei Benny. 'Waar ga jij zoal heen?'
Het maakte haar niet uit waar hij naartoe ging. Ze wilde gewoon dat hij verder praatte, zodat ze aan Jack kon denken en niet hoefde te luisteren, ook niet naar de vreselijke muziek waarop werd gedanst.
'Ik heb een auto,' zei hij dwars door haar gelukkige gedachten heen, over hoe Jack haar voor de volgende dans zou vragen. 'Ik kan een keertje langskomen in Knockglen. Jack heeft me verteld dat hij een heel leuke dag had bij jullie thuis.'
'Heeft hij dat gezegd? Mooi, ik ben blij dat hij het leuk vond.' Dat gaf hoop. Dat gaf heel veel hoop. 'Misschien moeten jullie een keer samen komen, dan zal ik mijn best doen om jullie alletwee te vermaken.'
'O nee, dat is onze bedoeling niet. Wij willen je uitsluitend voor ons alleen,' zei Nick met een wellustige blik. 'We willen toch niet dat Jack Foley achter onze geheimpjes komt, of denken jullie daar anders over?'
Hij gebruikte een maniertje alsof hij van koninklijke bloede was. Maar op de een of andere manier was het alleen maar flauw en stom en werkte het niet. Hij kon mensen niet aan het lachen maken, zoals Aidan Lynch of zij dat konden.
Ze moest iets doen aan de pijn die ze voelde als ze naar Jack en Nan keek, die met elkaar dansten.
Nick Hayes keek haar aan en wachtte op een antwoord.
'Ik heb altijd een verschrikkelijke hekel aan dit liedje gehad,' zei ze plotseling tegen hem.
'Waarom? Ik vind het wel aardig.'
'De tekst.'
Hij zong een willekeurig stukje mee met de zanger. 'Wat is er in hemelsnaam fout aan?' vroeg hij.
Ze keek hem aan. De eerste regel deed hem kennelijk niets: 'Je verzet zestien ton en wat krijg je terug...'
Het raakte hem niet.
Het zat alleen in *haar* hoofd. Niemand had zich bij de eerste regel naar Benny omgedraaid. Dat moest ze onthouden. En ze moest onthouden dat zowel Johnny O'Brien als Nick Hayes een afspraakje met haar wilden.
Dat waren de dingen die ze van het feestje zou onthouden. En natuurlijk de dans met Jack, als hij haar zou vragen.

Hij vroeg haar om vijf over half twaalf. Ze dimden het licht en de zanger zei dat hij Frankie Laine's liedje '*Your eyes are the eyes of a woman in love*' zou zingen, omdat Frankie Laine zelf niet kon komen. Jack Foley boog zich naar haar over aan tafel en zei: 'Benny...?'
Ze dansten soepel samen, alsof ze al lange tijd partners waren.

205

Ze dwong zichzelf niet te babbelen en te kletsen en allerlei grapjes te maken. Hij leek het prettig te vinden om onder het dansen niet te praten. Als ze soms over zijn schouders keek, zag ze mensen naar hen kijken. Ze was net zo groot als hij, dus ze kon niet naar hem opkijken om iets te zeggen, ook al had ze dat gewild. Hij trok haar iets dichter naar zich toe. Dat vond ze geweldig, maar ze was bang dat hij zijn hand op een plek zou leggen waar een vetrolletje zat, bijvoorbeeld dat onder de sluiting van haar bh uitpuilde. God, stel je voor dat hij haar daar vastpakte – net of hij zich aan een reddingsgordel vastgreep. Hoe kon ze hem zover krijgen dat hij zijn hand ergens anders legde? Hoe? Dat kon je alleen in de praktijk leren en niet uit een collegedictaat.
Gelukkig was het lied afgelopen. Ze stonden kameraadschappelijk naast elkaar te wachten op het volgende nummer. Hij boog zich naar haar toe en raakte een lok van haar haar aan.
'Zakt mijn kapsel in elkaar?' vroeg Benny bezorgd.
'Nee, het zit prachtig. Ik deed maar net of er iets niet goed zat, zodat ik je gezicht even aan kon raken.'
Wonderlijk dat hij haar gezicht wilde aanraken, terwijl zij het zijne al de hele avond had willen strelen.
'Ik ben bang...' begon ze.
Ze wilde gaan zeggen: 'Ik ben bang dat mijn gezicht bezweet is. Je vinger blijft er misschien wel aan plakken.'
Maar ze zei het niet.
'Waar ben je bang voor?' vroeg hij.
'Ik ben bang dat na vanavond alle vrijdagavonden erg saai zullen zijn.'
'Niet afgeven op je dorp. Knok voor Knockglen.' Dat zei hij altijd. Het was iets wat alleen zij tweeën begrepen.
'Je hebt gelijk. Wie weet wat voor plannen Mario en Fonsie met het dorp hebben.'
De zanger zei dat hij het jammer vond dat Dino niet kon komen en dat hij daarom maar zijn eigen versie van het nummer '*Memories are made of this*' van Dean Martin ten gehore zou brengen.
Jack trok Benny naar zich toe en dit keer lag zijn hand veilig hoog op haar rug, zodat hij niet dat vervelende vetrolletje hoefde te voelen.
'Jij bent een geweldig iemand om op een feestje te hebben,' zei hij.
'Waarom zeg je dat?' Haar gezicht verried geen enkele emotie. Niets van de wanhoop die ze voelde, omdat hij haar alleen als gangmaker beschouwde.
'Omdat het zo is,' zei hij. 'Ik ben maar een domme ouwe rugbyspeler. Wat weet ik nou van woorden?'
'Je bent geen domme ouwe rugbyspeler. Je bent een geweldige gastheer.

We hebben allemaal een heerlijke avond gehad doordat jij deze groep hebt gevormd en bij je thuis hebt uitgenodigd.' Ze lachte en hij omarmde haar even. Maar toen hij haar eenmaal vasthad, liet hij niet meer los. Hij fluisterde in haar oor. 'Je ruikt heerlijk.' Ze zei niets. Ze deed haar ogen niet dicht. Dat leek te aanmatigend Ze keek ook niet in het rond om de jaloerse blikken op te vangen omdat ze in de armen lag van de meest begeerde man in deze zaal. Ze keek alleen maar naar beneden. Ze zag de achterkant van zijn jasje en de krullen in zijn nek. Zo stevig tegen hem aangedrukt, kon ze zijn hart horen. Of was het haar eigen hart? Ze hoopte dat het het zijne was, want als het haar hart was, zou het overdreven hard bonzen.
Zelfs na het derde liedje, 'The man from Laramie', stelde Jack nog niet voor om terug te gaan naar de tafel. Hij wachtte op de volgende dans.
Benny bad ter plekke voor haar danslerares, die in een gedeukte oude auto door Ierland reed om de in gympakjes gestoken meisjes van Ierland te leren dansen. Ze bad uit het diepste van haar hart voor haar, terwijl zij en Jack een opwindende dans uitvoerden op 'Mambo Italiano' en 'Hernando's hideaway'. Lachend en verhit kwamen ze terug bij hun tafel. Sheila deed niet eens meer alsof ze luisterde naar Johnny O'Brien en Rosemary was helemaal uit het veld geslagen. Nan ving Benny's blik op en stak in alle discretie haar duim omhoog. Aidan Lynch had zijn arm losjes om de schouder van Eve gelegd en schonk Benny een samenzweerderige grijns. Ze stonden aan haar kant.
'We dachten dat we je voor rest van de avond kwijt waren,' zei Nick Hayes humeurig.
Zowel Benny als Jack besteedden er geen aandacht aan. Aidan Lynch had opnieuw een prijs gewonnen – een enorme doos chocolade, die al geopend was. Carmel was druk doende om Sean zijn lievelingsbonbons te voeren.
Rosemary graaide de doos met een dwaas gebaar weg om hem aan Jack te geven.
'Probeer er één voordat ze allemaal op zijn,' zei ze. Maar ze deed het te snel en alles viel op de grond.
Benny keek toe. Dit soort dingen zou zij normaal hebben gedaan. Geweldig dat Rosemary ditmaal zo deed.
'Ik heb nog een dans van je tegoed omdat we er een niet hebben afgemaakt,' zei Rosemary, terwijl iedereen bonbons raapte.
'Zeker. Ik was niet van plan om je dat te laten vergeten,' zei Jack galant. Zijn vingers hielden Benny nog steeds vast. Ze was er zeker van dat hij nog een keer met haar zou dansen.
Maar plotseling werd de laatste dans aangekondigd. Iedereen moest de dansvloer op voor 'California here I come'.
Benny kon wel huilen.

Op de een of andere manier had ze toch weer de slag met Rosemary verloren. Zij had de laatste dans met Jack moeten hebben. Zowel Nick als Johnny O'Brien wilden graag met haar dansen. Ze dacht dat ze iets van spijt op Jacks gezicht zag. Maar ze moest het zich hebben verbeeld, want toen zij en Johnny O'Brien de dansvloer opkwamen zag ze Jack en Rosemary lachend met elkaar in de weer. Ze dacht dat ze hem een haarlok uit Rosemary's gezicht zag strijken zoals hij bij haar had gedaan, maar daar was ze niet zeker van.
Ze zette een vriendelijke glimlach op tegen Johnny. De gedachte flitste door haar hoofd dat Jack misschien een allemansvriend was. Misschien zei hij wel aardige dingen tegen ieder meisje. Niet omdat hij onbetrouwbaar of uitgekookt was, maar omdat hij echt het gevoel had dat iedere vrouw aantrekkelijk voor hem was.
Dat moest het zijn, dacht Benny, want de manier waarop hij haar bij het dansen had vastgehouden leek verdacht veel op de manier waarop hij Rosemary vasthield terwijl ze dansten op '*Goodnight sweetheart, see you in the morning*'.

Het was een drukte van belang bij de deur, waar een aantal fotografen zich had verzameld om de bezoekers te vereeuwigen. Je kreeg een roze kaartje met hun adres, waar je de foto's de volgende dag kon bekijken.
Net toen Benny naar buiten wilde gaan, riep Jack.
'Kom,' riep hij. 'Benny, kom hier en laat ons poseren voor het nageslacht.'
Ze kon nauwelijks geloven dat hij haar had geroepen en sprong op hem toe.
Net op dat moment kwam Nan de trap aflopen.
'Nan ook,' zei hij.
'Nee, nee.' Ze deed een stapje opzij.
'Kom op,' zei hij. 'Hoe meer zielen, hoe meer vreugd.'
Met hun drieën glimlachten ze naar de camera. Na vele malen 'welterusten', 'tot gauw' en 'was het niet geweldig' te hebben gezegd, stapten ze in de auto's die Jack had geregeld. Nick Hayes reed Benny, Eve en Sheila naar huis, omdat zij allemaal in zuidelijke richting woonden. De anderen woonden niet meer dan een paar kilometer van het centrum af.
Nan reed mee met Sean en Carmel.
Rosemary had tot haar grote woede een lift gekregen van Johnny O'Brien, die bij haar in de straat woonde.

Kit had boterhammen klaargemaakt en een briefje neergelegd waarop stond dat ze niet wakker gemaakt wilde worden, omdat ze tot laat in de avond had gekaart.
Ze kropen in bed.

'Hij is echt aardig, Aidan Lynch,' zei Benny terwijl ze zich uitkleedde.
'Ik bedoel, *echt* aardig. Niet alleen maar grapjes en gek doen.'
'Ja, maar negen van de tien keer praat hij als een idioot. Het is alsof ik een nieuwe taal moet leren om hem te begrijpen,' klaagde Eve.
'Hij lijkt je heel leuk te vinden.'
'Wat zou er met hem mis zijn. Erfelijke krankzinnigheid misschien? Zijn ouders zijn een stel herriemakers! Heb je ze gehoord?'
Benny giechelde.
'Hoe zit het met Jack en jou? Het ging geweldig.'
'Dat dacht ik eerst ook.' Haar stem klonk loom en treurig. 'Maar dat was niet echt zo. Hij is gewoon een droomprins die aardig is tegen iedereen. Hij wil graag de hele wereld om zich heen hebben en iedereen in een goed humeur zien.'
'Dat is geen slechte eigenschap,' zei Eve. Ze lag in haar bed met haar armen achter haar hoofd gevouwen. Ze zag er veel vrolijker en gelukkiger uit dan een paar maanden geleden.
'Nee dat is het ook niet. Maar je moet er niet te veel van verwachten. Dat moet ik me steeds inprenten,' zei Benny.

De volgende ochtend werden ze gewekt door Kit.
'Er is telefoon voor je, Benny.'
'O God, mijn ouders.' Ze sprong uit bed.
'Nee, helemaal niet. Een jongeman,' zei Kit en trok goedkeurend haar wenkbrauwen op.
'Hallo Benny, met Jack. Je zei dat je bij Eve sliep. Ik heb Aidan om het telefoonnummer gevraagd.'
Haar hart bonsde 'zo hard dat ze bang was om tegen de grond te gaan.
'Dag Jack,' zei ze.
'Zou je met me willen lunchen,' zei hij.
Ze wist nu gelukkig wat dat betekende. Lunchen was met veel mensen rond een tafel zitten terwijl Benny ze moest vermaken.
Hij was nu eenmaal iemand die altijd zijn vrienden om zich heen wilde hebben. Benny was blij dat ze dat gisteravond nog tegen Eve had vastgesteld. Dat ze het zichzelf niet had aangedaan om hoop te koesteren.
Het duurde een paar seconden voor ze ja zei. Alleen omdat ze al deze dingen nog eens streng tegen zichzelf moest herhalen.
'Ik bedoel met ons tweeën,' zei hij. 'Dit keer alleen jij en ik.'

Hoofdstuk 11

Eddie en Annabel Hogan keken elkaar verwonderd aan toen ze Patsy luid mopperend door de keuken zagen stampen om het ontbijt klaar te maken. Ze hadden geen idee wat er aan de hand was.
Soms konden ze wat van het gemopper ontcijferen... in al die jaren dat ze hier werkte was er nog nooit zo tegen haar gesproken, was er nog nooit zo tegen haar geschreeuwd en was ze nog nooit zo beledigd. Mopper, mopper, pats, beng.
'Misschien heeft ze ruzie gehad met Mossy,' fluisterde Annabel op het moment dat Patsy naar buiten ging om de vier kippen in de kleine kippenren eten te geven.
'Dan zou zij de eerste zijn die dat voor elkaar heeft gekregen. Ik heb van mijn leven nog nooit zo'n stille man gezien,' fluisterde Eddie terug.
Ze waren inmiddels te weten gekomen dat Benny vanuit Dublin had gebeld, vlak voordat ze naar het bal zou gaan, terwijl zij een avondwandeling aan het maken waren.
Dokter Johnson had tegen Annabel gezegd dat ze meer moest bewegen en dat een dagelijkse wandeling haar goed zou doen. De vorige avond hadden ze met Shep een heel eind gelopen langs de weg naar Dublin en daarom hadden ze het telefoontje gemist.
'Was het alleen maar om ons te bedanken voor de jurk, Patsy? Was dat alles?' vroeg Annabel weer.
'Dat zei ze,' zei Patsy kwaad.
De ouders van Benny begrepen er niets van.
'Misschien was ze een beetje over haar toeren,' zei Eddie na lang nadenken.
'Dat kunt u wel zeggen, ja,' beaamde Patsy.

Clodagh Pine zei tegen haar tante dat ze tussen de middag open moesten blijven.
'Kind, door jou komen we allemaal nog in het ziekenhuis terecht als we zo door blijven werken.'
Peggy Pine begreep absoluut niet meer hoe ze ooit had kunnen denken dat haar nichtje een luie donder zou worden. Ze had de omzet beduidend weten te verhogen en ondanks haar uiterlijk, dat op zijn minst excentriek te noemen was, slaagde ze erin de oude klanten aan zich te binden.

'U moet het zo zien, tante Peggy. Wanneer kunnen mensen als Birdie Mac anders naar onze nieuwe jassen komen kijken? Wanneer moet mevrouw Kennedy onze nieuwe blouses bewonderen? Mevrouw Carroll sluit haar kruidenierswinkel tussen de middag, maar als je op haar magere verschijning afgaat, besteedt ze haar lunchpauze niet aan eten. Zou ze niet even tijd hebben om hier naartoe te wandelen en de nieuwe rokken te bekijken?'
'Het lijkt me toch een beetje oneerlijk. Oneerlijk tegenover de anderen.'
Peggy wist dat ze een beetje verward klonk.
'Zeg eens, tante Peg, heb ik tijdens mijn wandelingen door Knockglen soms iets over het hoofd gezien? Zijn er hier concurrerende damesmodezaken? Zijn er meer vrouwen die een winkel als de onze hebben en die het ongepast vinden dat wij tussen de middag open zijn?'
'Dat heeft er niets mee te maken,' zei Peggy.
'In alle ernst. Wie kan er nou tegen zijn?'
'Ze zouden kunnen denken dat we erop uit zijn om geld te verdienen. Dat is alles,' verdedigde Peggy zich.
'O jeetje, ja dat zou vreselijk zijn. Al die jaren hebt u natuurlijk geprobeerd om *geen* geld te verdienen. Of liever nog om geld te verliezen. Hoe kan ik zo stom zijn?' Clodagh toverde een grijns op haar gezicht.
'Dat wordt de benen uit ons lijf lopen.'
'Niet als we een nieuw meisje in dienst nemen.'
'Daar is geen geld voor.'
'Loop met mij vandaag de boeken maar eens door en dan zult u zien dat het *wel* kan.'

Mevrouw Kennedy keek niet erg blij toen ze Fonsie in de deuropening zag verschijnen.
'Hoe gaat het met de drogisterij, mevrouw K.?' zei hij. Hij gaf haar altijd een klein knipoogje, alsof ze bij iets duisters was betrokken.
'Wat kan ik voor u doen?' vroeg ze met afgemeten stem.
'Ik zoek een lekker stukje zeep.'
'Ja... Nou.' Het lukte haar om te suggereren dat die aankoop hoog tijd was ook.
'Iets voor meisjes,' zei hij.
'Een cadeautje?' Ze leek verrast.
'Nee, voor het nieuwe damestoilet,' zei Fonsie trots.
Hij had veel tijd nodig gehad om Mario ervan te overtuigen dat ze de twee schuurtjes als toilet moesten inrichten en dat het damestoilet er aantrekkelijk uit diende te zien. Meisjes vonden het leuk om zich op te maken en hun haar te doen. Fonsie was er een keer op uitgegaan en had een grote spiegel gekocht waar ze later een plank onder hadden gezet. Wat ze nu nog nodig hadden was een paar mooie handdoeken op een rol en om te beginnen... een lekker stukje zeep.

211

'Zou "Appelbloesem" te goed zijn voor wat u in gedachten hebt?' Mevrouw Kennedy haalde een doos met zeep te voorschijn. Fonsie bedacht zich dat hij Clodagh moest opjutten om zeep en talkpoeder haar winkel binnen te smokkelen voordat Peggy kon protesteren dat ze klanten afpakten van de drogisterij. Mevrouw Kennedy was een oude heks, en een hele kwaaie. Ze verdiende het niet om het monopolie op zeep te hebben in het dorp.
Daar zou een einde aan komen. Dat duurde niet lang meer.
Maar ondertussen...
'Dat is precies wat we zoeken, mevrouw Kennedy, hartelijk dank,' zei hij met een stralende glimlach en schoof geld over de toonbank zonder ook maar met zijn ogen te knipperen toen hij de prijs hoorde.

Sean Walsh zag door het winkelraam dat mevrouw Healy bezig was de koperen naamplaat van het hotel te poetsen. Ze keek er kritisch naar. Zou de plaat misschien beschadigd zijn? Ze keek zo zorgelijk.
Er was niemand in Hogan's Herenmode, dus ging hij even naar de overkant om te zien wat er aan de hand was.
'Je krijgt het vuil zo moeilijk uit de letters,' zei mevrouw Healy. 'Het blijft in de groeven plakken.'
'Zoiets moet u toch niet doen, mevrouw Healy. Dat hoort niet,' zei hij.
'Laat iemand van uw personeel het koperwerk doen.'
'U doet het toch ook aan de overkant. Ik heb het u zelf zien doen,' antwoordde ze.
'Maar dat ligt anders. De zaak is niet van mij.'
'Nog niet,' zei mevrouw Healy.
Sean deed alsof hij het niet had gehoord. 'U moet toch iemand hebben die het voor u kan doen, mevrouw Healy. Iemand uit de keuken misschien?'
'Die zijn zo onbetrouwbaar. Die gaan de hele dag met de voorbijgangers staan kletsen. Maar werken, ho maar.' Mevrouw Healy leek zich niet te realiseren dat zij precies hetzelfde deed.
'Als u wilt, doe ik uw bord ook, tegelijk als ik het onze doe,' bood Sean aan. 'Maar dan wel 's morgens vroeg, als niemand het ziet.'
'Dat is buitengewoon aardig van je.' Mevrouw Healy keek hem verbaasd aan, alsof ze zich afvroeg waarom hij dit aanbood. Ze liet zich erop voorstaan dat ze mensenkennis had. In een hotel kwam je allerlei types tegen en leerde je de mensen in te schatten. Het was moeilijk te bepalen wat Sean Walsh voor iemand was. Hij had het duidelijk op de dochter van de baas voorzien. Een grote stevige meid, met een eigen willetje. Mevrouw Healy vond dat Sean Walsh er verstandig aan zou doen als hij zijn plannen wat vaster omlijnde. Benny Hogan was dan wel een fors meisje dat niet veel gevraagd zou worden, maar als ze een-

maal afgestudeerd was, kon er toch wel eens iemand met haar vandoor gaan. Dan vielen de plannetjes van Sean Walsh in duigen.

Moeder Francis was blij dat het een mooie stralende zaterdagochtend was en dat het niet motregende, zoals het de hele week had gedaan. Nadat ze op school klaar was, wilde ze in het huisje gaan kijken wat er nog gedaan moest worden. Soms vond ze zichzelf net een klein meisje dat met een poppenhuis speelde. Misschien kwam op deze manier bij haar het verlangen tot uiting dat elk mens wel heeft naar een eigen huis. Ze hoopte niet dat dit de basis van haar roeping tot het religieuze leven aantastte. Je moest juist afzien van een eigen huis en familie en je alleen maar aan je roeping wijden. Maar er stond nergens geschreven dat je geen weeskind mocht helpen dat door de tussenkomst van God aan je was toevertrouwd.

Moeder Francis vroeg zich af hoe haar weesje het op het bal had gehad. Kit Hegarty had gebeld en verteld dat ze er prachtig uitzag. Het enige dat moeder Francis graag gewild had, was dat het geen geleende jurk was geweest, ongeacht hoe mooi en hoe diep de rode kleur ervan was. Ze wenste dat de schooltijd voorbij was, zodat ze de meisjes naar buiten kon laten. Die stonden te trappelen om naar de cafetaria van Mario te gaan en om Peggy Pine's nieuwe etalage te bekijken. Zou het niet fantastisch zijn als ze nu de bel kon laten luiden, om half twaalf 's ochtends, en roepen: 'Jullie zijn vrij.'

De kinderen zouden dat hun hele leven niet vergeten. Maar moeder Clare zou er ongetwijfeld weet van krijgen. Wanneer ze aan haar medezuster dacht, kreeg ze altijd een bezwaard gemoed. Als moeder Clare niet was gekomen, hadden ze misschien Kit Hegarty kunnen uitnodigen voor Kerstmis. Nu kon dat niet. Moeder Clare zou zeggen dat ze het klooster in een pension veranderde.

Over tweeënhalf uur zou ze de sleutel van zijn plekje onder de steen halen en het huisje binnengaan. Ze zou de piano oppoetsen en de door rook verkleurde schoorsteenmantel met een prachtig goudkleurig wandkleed bedekken. Een van de zusters had het meegenomen uit Afrika. Iedereen vond het heel mooi, maar het was geen religieuze afbeelding. Het leek niet echt geschikt om in een klooster te hangen. Misschien dat ze nog wat andere spulletjes in die kleur kon bemachtigen. Zuster Imelda kon misschien wat goudkleurige kussenovertrekken op de kop tikken.

Eve danste op en neer op haar bed toen ze over de lunchafspraak hoorde.
'Ik *zei* het toch. Ik *zei* het toch.' Ze bleef het maar herhalen.
'Nee, niet waar. Je zei dat het leek alsof hij het leuk vond om met me te dansen. Dat was alles.'

'Nou, volgens jou deed hij alsof het een marteling was en keek hij steeds smekend over je schouder of iemand hem alsjeblieft kwam redden.'
'Dat heb ik niet gezegd,' zei Benny. Maar ze had het wel bijna gedacht. Nadat ze de zes heerlijke dansen keer op keer in haar hoofd had afgedraaid, werd ze verscheurd door twee gedachten. Of hij had er net zo van genoten als zij of hij had het alleen maar als zijn plicht gezien. Nu leek het erop alsof hij het echt leuk had gevonden. Het overblijvende probleem was nu wat ze moest dragen om te gaan lunchen.
Alleen de jurk van gisteren was beschikbaar. Maar op een gewone zaterdagochtend kon je helaas geen avondjurk aandoen en overal je boezem laten zien.
'Ik heb zeventien pond. Ik kan je wel wat lenen als je iets wilt kopen,' zei Eve.
Maar kopen had geen zin. Niet voor Benny. Er waren simpelweg geen kleren in haar maat.
Als het om Eve was gegaan, dan waren ze zo naar Marine Road in Dunlaoghaire gerend en hadden in twee minuten iets bij Lee of McCullogh kunnen kopen. Als het om Nan ging, hoefden ze alleen maar een kast open te doen en te kiezen. Maar Benny's kleren, de enige kleren die haar pasten, hingen vijftig kilometer verderop in Knockglen.
Knockglen.
Ze kon beter even haar ouders bellen om uit te vinden waar ze geweest waren en om door te geven dat ze met de avondbus kwam en om iets tegen Patsy te zeggen.
Ze pakte een stel muntjes en liep naar de telefoon.
Haar ouders waren blij dat het bal zo'n succes was geweest en ze wilden weten wat ze te eten hadden gekregen. Ze waren verbijsterd toen ze hoorden dat ze dispensatie hadden gekregen om vlees te eten. Ze waren uit wandelen toen ze belde. Heel lief van haar om op te bellen. Was de borrel bij de Foleys leuk geweest? En had ze nog eens benadrukt hoe dankbaar ze waren voor de uitnodiging?
Benny's ogen werden vochtig.
'Zeg tegen Patsy dat ik een paar nylons voor haar heb als cadeautje,' zei ze plotseling.
'Je had geen beter moment kunnen kiezen om haar wat te geven,' zei de moeder van Benny op samenzweerderige toon. 'Ze loopt de hele dag al rond met een gezicht als een oorwurm. Als een oorwurm die vreselijk de pest in heeft, zou je kunnen zeggen.'
Eve zei dat Kit wel een oplossing zou vinden voor het probleem met de kleren. Kit wist overal raad op.
'Niet als het om grote maten gaat,' zei Benny somber.
Maar ze zat ernaast. Kit bedacht dat een van de studenten in huis een prachtige smaragdgroene trui had. Die kon ze lenen. Ze ging zeggen

dat-ie gestikt moest worden of zoiets. Jongens zien zulke dingen toch niet. En als hij hem vandaag aan wilde, dan kon dat mooi niet. Kit zou er een kanten kraagje van haarzelf aannaaien en Benny kon haar groene handtas lenen. Ze zou eruit zien om op te vreten.

Fonsie wilde dat Clodagh als eerste het nieuwe damestoilet zou zien. 'God, het is prachtig.' Ze was vol bewondering. 'Roze handdoeken, roze zeep en paarse gordijnen. Het is geweldig.'
Hij maakte zich zorgen over de verlichting. Was die niet te fel? Clodagh dacht van niet. Als het om jonge mensen ging in ieder geval niet. Als het om ouderen ging wel, want dan zag je hun rimpels zo goed. Maar die moesten de verschrikkingen maar onder ogen zien.

Clodagh hoopte dat ze haar tante zover kon krijgen dat ze twee paskamers liet installeren. Peggy vond dat in een dorp als Knockglen niet nodig. De mensen konden dingen op zicht meenemen. Als ze het niet mooi vonden, brachten ze het gewoon terug.

Dat was natuurlijk niet erg economisch en bovendien konden ze het met de groeiende hoeveelheid nieuwe kleren steeds moeilijker in de gaten houden. Clodagh had voor haar doel het oog laten vallen op een stuk van het magazijn. Er waren alleen nog spiegels, tapijt, licht en mooie gordijnen nodig.

Ze moesten er van zuchten, Clodagh en Fonsie, van al die gevechten om een beetje vooruitgang die ze met hun familie moesten leveren.

'Laten we wat gaan drinken bij Healy's,' zei Fonsie plotseling.

'Ik heb eigenlijk beloofd dat ik de nieuwe zending van vanmorgen nog zou uitpakken.'

'Om mijn nieuwe toiletten te vieren en plannen te maken voor jouw nieuwe paskamers,' smeekte hij.

Als twee vrienden liepen ze naast elkaar over straat. Clodagh droeg een korte jurk van witte wol over een flodderige paarse broek en een paars poloshirt heen. Onder haar vilten mannenhoed, versierd met een paarswitte band, dansten grote oorbellen van wit plastic.

De sponzige schoenzolen van Fonsie maakten geen enkel geluid op de stoep. Op zijn gekreukte, rood-fluwelen jasje zat een gele ceintuur, de bovenste knoopjes van zijn overhemd stonden open en links en rechts van zijn kraag bungelden twee rode sliertjes als stropdas. Zijn donkerrode broek zat zo strak dat je het gevoel kreeg dat iedere stap hem pijn moest doen.

Tijdens lunchtijd op zaterdag leek de bar in Healy's Hotel soms net een kleine sociëteit. Eddie Hogan kwam meestal een borreltje halen en praatte met dokter Johnson die net terugkwam van zijn huisbezoeken. Soms dook pater Ross op en als Dessie Burns weer eens van de drank af was dan dronk hij er slurpend een glas sinaasappelsap, in de prettige wetenschap dat hij hier welkom was.

Meneer Flood was de laatste tijd niet geweest. De verschijningen die hij zag hielden hem te veel bezig. Men had hem weer voor zijn winkel zien staan terwijl hij bedachtzaam naar de boom stond te kijken. Meneer Kennedy was een vaste klant geweest toen hij nog leefde. Zijn vrouw zou er niet eens over willen dromen om zijn plaats in dit gezelschap in te nemen. Soms wipte Peggy even binnen om samen met Birdie Mac snel een gin met vermout te drinken.
Clodagh en Fonsie hielden even stil in de deuropening. Ze wilden zich niet bij de ouwelui voegen, maar het zou brutaal zijn om ze botweg te negeren.
Maar ze hoefden geen beslissing te nemen.
Tussen hen en de bar in stond plotseling de in het corset geregen mevrouw Healy.
'Kan ik iets voor jullie doen?' Ze keek van de een naar de ander zonder haar walging te verbergen.
'Vast wel. Maar ik denk dat we het op dit moment maar bij een drankje houden.' Fonsie lachte en haalde een hand door zijn vette zwarte haar.
Clodagh giechelde en keek naar omlaag.
'Nou, misschien is het leuk om bij Shea wat te gaan drinken, of nog ergens anders,' zei mevrouw Healy.
Ze keken haar ongelovig aan. Ze zou hen toch niet de toegang tot de bar weigeren?
De stilte bracht haar enigszins in de war. Mevrouw Healy had protesten verwacht.
'Misschien dat jullie hier eens kunnen komen... hum... als jullie beter gekleed zijn,' zei ze met een valse glimlach op haar gezicht.
'Weigert u ons iets te schenken, mevrouw Healy?' zei Fonsie met luide stem, zodat iedereen in de zaak het wel moest horen.
'Ik geef jullie alleen maar de raad om gepaste kleding aan te trekken als jullie een drankje willen drinken in een hotel van dit kaliber,' zei ze.
'Weigert u ons omdat we er niet netjes genoeg uitzien om hier iets te drinken?' vroeg Clodagh. Ze keek naar de hoek waar twee voddig geklede boeren de geslaagde transactie van een stuk land vierden.
'Ik denk dat je uit respect voor je tante, die hier een zeer gewaardeerde gast is, beter op je woorden kunt passen,' zei mevrouw Healy.
'Ze maakt een grapje, Clodagh. Let maar niet op haar,' zei Fonsie die langs de vrouw probeerde te komen.
Twee rode vlekken in het gezicht van mevrouw Healy waarschuwden dat ze absoluut geen grapje maakte.
Fonsie zei dat er in de bar vier mannen zonder stropdas zaten en dat hij best zijn das wilde strikken als dat zou betekenen dat hij een glas bier kon krijgen.
Clodagh wilde, als haar kleren bij mevrouw Healy niet in de smaak

vielen, ze best een voor een uittrekken om uit te vinden of ze er in hemd of onderbroek misschien acceptabel uitzag.
Na een tijdje kregen ze genoeg van het spelletje. Overdreven gesticulerend en protesterend gingen ze de bar uit. Bij de deur draaiden ze zich nog een keer om, allebei met een gezicht als van een opgejaagde zware misdadiger, maar hun gelach was tot ver in de gang en op straat te horen.
Het groepje in de hoek keek elkaar verontrust aan. Het grootste probleem was Peggy, een van de meest gerespecteerde burgers van het dorp. Hoe zou zij het opnemen dat haar nichtje de toegang tot het hotel was geweigerd? Alle vaste klanten in het hotel van mevrouw Healy keken steels naar de grond.
Mevrouw Healy sprak met vaste stem: 'Iemand moet toch ergens een grens trekken.'

Lilly Foley zei dat die verschrikkelijke ouders van Aidan Lynch niet wisten waar ze een grens moesten trekken.
Jack vroeg waarom ze niet waren gestopt met het verstrekken van drank. Dan zouden de Lynches wel naar huis zijn gegaan. Maar nee, dat was al vroeg op de avond even geprobeerd – de flessen waren letterlijk bij Aengus weggehaald – maar ze waren toch gebleven met hun gebulder.
'Het ergerde je vader,' zei Lilly tegen Jack.
'Waarom heeft hij er dan niets aan gedaan? Hij had toch best "Lieve hemel, is het al zo laat" kunnen zeggen?' Jack begreep niet waarom ze zich zo druk maakte over een paar ongezellige mensen die wat te lang bleven plakken.
'Het is de taak van de vrouw om zulk soort dingen te regelen. Het werd gewoon aan mij overgelaten. Zoals ik altijd overal alleen voor sta.' Lilly Foley leek aan het eind van haar Latijn.
'Maar afgezien daarvan was het een leuke borrel. Bedankt.' Jack grinnikte naar haar.
Het kalmeerde haar een beetje. Ze had gemerkt dat haar zoon alweer aan de telefoon had gehangen om een meisje mee uit lunchen te vragen. Ze had niet begrepen wie het was, maar ze veronderstelde dat het de aantrekkelijke Rosemary was, of dat jaargenootje dat een beetje opschepperig deed over haar relaties in de juridische wereld, of misschien dat hele mooie meisje, Nan, in die jurk met al die kleine pareltjes erop. Dat kind had bijna niets gezegd, maar toch had ze de hele tijd in het middelpunt van de belangstelling gestaan.
Lilly keek vertederd naar haar oudste zoon. Zijn haar zat in de war en hij rook naar zeep. Hij had een stevig ontbijt achter de kiezen en las de sportpagina's van twee kranten. Hij had Aengus wat geld gegeven voor zijn goede hulp bij de borrel.

Lilly wist dat hij een hartenbreker was, net als zijn vader, en dat hij dat tot aan zijn dood zou blijven.

Hij had de naam van het restaurant genoemd alsof iedereen het moest kennen. Carlo's. Benny had er wel eens van gehoord. Het was vlak bij de haven, waar ze vaak op de bus naar Knockglen had staan wachten. Het was een klein Italiaans restaurant. Ze had Nan ooit horen zeggen dat ze er een avond geweest was en dat ze er kaarsen in wijnflessen hadden staan, net als in de film.

Ze was natuurlijk veel te vroeg. In een parfumeriezaak ging ze wat naar de kosmetica kijken. Ze vond een groene oogschaduw en deed er wat van op haar oogleden.

Het was precies dezelfde kleur als de enorme trui van de student diergeneeskunde. Het winkelmeisje probeerde haar ervan te overtuigen dat het een ideale aankoop zou zijn, omdat het vaak zo moeilijk was om de juiste kleur oogschaduw te vinden. Vooral als je er op een cruciaal moment naar op zoek was.

Benny legde uit dat het haar eigen trui niet was, maar dat ze hem van een jongen had geleend. Ze vroeg zich af waarom ze zoveel vertelde tegen een vreemde.

'Misschien leent hij hem nog eens aan je uit,' zei het meisje. Ze droeg een kort, roze nylon jasje en nam haar taak als kosmeticaverkoopster kennelijk serieus.

'Ik betwijfel het. Ik weet niet eens wie het is. Zijn hospita heeft de trui voor me achterover gedrukt.'

Benny wist dat ze erg vreemd klonk, maar een gesprek over wat dan ook maakte haar minder bang voor de lunch die haar te wachten stond.

Het was zo makkelijk geweest toen ze naar Joy geurde en in zijn armen kon dansen. Maar het was anders om in een groene sweater tegenover hem aan een tafel te zitten. Hoe moest ze glimlachen, hoe moest ze hem voor zich winnen en vasthouden? Gisteravond moest er toch iets geweest zijn dat hem in het bijzonder aantrok. Het konden toch niet haar halfnaakte borsten zijn geweest, of wel?

'Denk je dat ik wat Joy op kan doen zonder een flesje te kopen,' smeekte ze het meisje.

'Dat is niet de bedoeling.'

'Alsjeblieft.'

Ze kreeg een vleugje. Genoeg om hem aan de vorige avond te doen denken.

Carlo's had een smalle toegangsdeur. Dat was een slecht begin. Benny hoopte dat ze niet ook van die afschuwelijk nauwe stoeltjes hadden. Van die kerkstoeltjes die de laatste tijd zo populair waren. Het was ver-

schrikkelijk moeilijk om je daarin te wurmen. Hoewel een koud winterzonnetje buiten alles in een scherp licht zette, was het binnen donker en warm.
Ze gaf haar jas af aan de ober.
'Ik heb een afspraak met iemand,' zei ze.
'Hij is er al.'
Dat betekende dat Jack hier bekend was, dacht ze met een gevoel van teleurstelling. Misschien kwam hij hier iedere zaterdag met een ander meisje.
'Hoe weet u dat dat ik die persoon moet hebben?' vroeg ze argwanend aan de ober. Denk je de vernedering eens in om voor het oog van iedereen naar de verkeerde tafel te worden geleid en dat Jack haar uit die situatie moest redden.
'Er is hier maar één andere persoon,' zei de ober.
Hij kwam overeind om haar te begroeten.
'Gelet op de vorige avond zie je er fraai en goed uitgerust uit,' zei hij met duidelijke bewondering in zijn stem.
'Dat komt door die struise wind in Dunlaoghaire,' zei ze.
Waarom had ze dat gezegd. Er waren van die woorden, zoals 'struis', die je niet gebruikte. Zo'n woord deed denken aan grote, jolige meiden op trektocht. Net zoiets als het woord 'potig'.
Maar hij had geen boodschap aan associatieve woordspelletjes. Hij bleef vol bewondering.
'Wat het ook is, het werkt. Bij ons thuis hangt zo'n katterig gevoel, met glazen en asbakken die staan opgestapeld in de keuken.'
'Het was een leuk feestje, nog bedankt.'
'Ja, het was leuk. Aengus doet je de hartelijke groeten. Hij was erg van je onder de indruk.'
'Volgens mij dacht hij dat ik gek was.'
'Welnee, waarom zou hij dat denken?'
Dat had ze niet moeten zeggen. Waarom zei ze nu weer zoiets? Ze haalde zichzelf alleen maar naar beneden. Waarom had ze niet gewoon gevraagd hoe het Aengus de avond verder was afgegaan?
De ober kwam en ontfermde zich over hen. Het was een aardige man, een magerder versie van Mario. Benny vroeg zich af of ze familie van elkaar waren. Zoveel Italianen werkten er nu ook weer niet in Ierland. Benny besloot dat ze het hem wel kon vragen.
'Hebt u familie die in Knockglen werkt?'
Hij herhaalde de naam van het stadje een aantal malen achtereen en kneep er zijn ogen steeds argwanender bij samen.
'Waarom denkt u dat ik familie in Knocka Glenna heb?'
'Daar woont een Italiaan die Mario heet.'
Benny wenste dat het paarse met rode tapijt onder haar voeten zou opensplijten, zodat ze erin kon verdwijnen.

Jack redde haar. 'Het is waarschijnlijk net zoiets als "Bent u Amerikaan? Dan kent u mijn oom Mo uit Chicago zeker wel." Ik vraag ook altijd dat soort dingen.'
Ze kon zich niet voorstellen dat hij dat ooit zou doen. Was er dan geen enkele manier om iets van de betovering van de vorige avond terug te halen? Ze waren nog niet eens aan de lunch begonnen en hij had nu vast al spijt dat hij haar had gevraagd. Zij met haar praatjes over 'struise' wind in Dunlaoghaire, wat hem vast deed denken aan dikke dames op ansichtkaarten. En dan zeggen dat zijn broertje wel moest denken dat ze gek was... Waarom betrok ze de ober in een uitzichtloos en verwarrend gesprek over de vraag of hij een Italiaan kende die ver hiervandaan op het platteland woonde? Wat was ze toch een lolbroek. Er zat zelfs niemand in het restaurant die hem enige afleiding had kunnen verschaffen, zodat hij het gevoel kreeg dat het uitje nog wat voorstelde. Benny zou willen dat ze weer in de Dolfijn zat met half Dublin en al die Rosemary's en Sheila's en zelfs Carmel en Sean, die maar niet van elkaar af konden blijven en elkaar stukjes brood voerden.
Alles was beter dan dit.
'Is het niet fantastisch om het restaurant voor onszelf te hebben?' zei Jack plotseling. 'Ik voel me net een sultan of een oliebaron. Die doen dat gerust, hoor, restaurants opbellen en alle tafels reserveren om ongestoord te kunnen eten.'
'Echt waar?' vroeg Benny belangstellend.
Uiteindelijk kwam er dan toch een gesprek op gang en hij leek het beste te willen maken van dit lege restaurant.
'Dat heb ik vandaag natuurlijk ook gedaan! Carlo, we hebben de hele tent voor onszelf nodig. Heb je misschien een pianist bij de hand? Nee? Nou ja, laat maar. Een paar violisten aan de tafel dan maar. Laat in elk geval geen gepeupel binnen, geen afgrijselijke Dubliners die hier de lunch willen gebruiken of iets anders walgelijks.'
Ze lachten. Ze lachten net zoals de vorige avond.
'Wat zei Carlo toen?'
'Hij zei: "Voor jou, Signore Foley, ik doen alles wat oe wielen, maar alleen als Signorina ies bellissima".'
De woorden beten zich in haar vast. Ze wilde bijna zeggen: 'Nou, dan zal het zo meteen wel vollopen, denk je niet?'
Ze wilde zichzelf naar beneden halen uit pure angst dat ze zou kunnen gaan denken dat ze er misschien best leuk uitzag. Maar gelukkig hoorde ze ook het kleine stemmetje dat 'Niet doen!' zei. Ze hield haar hoofd een beetje schuin en glimlachte naar hem.
'Toen je binnenkwam heeft hij gezien hoe mooi je bent en het bordje VOL op de deur gehangen,' zei Jack.

'Is dat Carlo zelf die ons bedient, denk je?' vroeg Benny.
'Geen idee,' zei Jack. 'Hij ziet er meer uit als iemand die een geheime neef in Knockglen heeft wonen, maar niet wil dat iemand daar achterkomt.'
'Ik moet alles van deze tent onthouden, zodat ik Mario erover kan vertellen,' zei Benny en keek innig tevreden in het rond.
'Je bent mooi, Benny,' zei Jack en legde zijn hand op de hare.

Clodagh vertelde aan haar tante dat ze Healy's Hotel niet in mocht. Het maakte niet zoveel uit, omdat ze toch niet van plan was geweest om er vaak naar toe te gaan, maar ze vond dat Peggy het moest weten voordat ze het van een ander te horen kreeg.
'Wat hebben jullie tweeën dan gedaan?' vroeg Peggy.
'Ik zou het echt wel zeggen als we iets hadden gedaan, dat weet u. Maar we kwamen gewoon binnenwandelen. Ons uiterlijk stond haar simpelweg niet aan.'
'Volgens de horecawet mag ze zoiets helemaal niet doen.'
'Volgens mij wel. De directie behoudt zich het recht voor om... Ik vond dat jij en Mario het moesten weten, maar Fonsie en mij maakt het niets uit. Dat is echt waar.'
Maar even waar was dat het Peggy en Mario *wel* uitmaakte. Veel zelfs. Geen van beiden was het eens met de manier waarop de twee jongelui zich kleedden. Dat was zelfs de bron van hun geregelde gemopper. Maar om ze daarom de toegang tot het enige hotel in het dorp te weigeren, was iets heel anders. Dat betekende oorlog.

Het duurde niet lang of mevrouw Healy ontdekte waar de grens moest worden getrokken. Meneer Flood, die een helder ogenblik had en zijn non in de boom eens niet ter sprake bracht, zei dat het tijd werd dat iemand een duidelijk standpunt innam. Die twee nozems waren een gruwel. Hij had in de krant gelezen dat er een internationale beweging gaande was die de beschaafde wereld wilde overnemen. De leden zouden elkaar herkennen aan de kleren die ze droegen. Het was geen toeval dat Clodagh en Fonsie zich tot elkaar aangetrokken voelden, zei hij en schudde daarbij ernstig het hoofd. Ook mevrouw Carroll was het met mevrouw Healy eens. Hoe eerder het dorp deze ongewenste elementen afstrafte, hoe beter. Deze twee jonge mensen hadden geen van beiden ouders die hen onder handen konden nemen, alleen een alleenstaande tante en een vrijgezelle oom. Geen wonder dat ze losgeslagen waren. Haar eigen dochter Maire, die haar in de zaak hielp en die een schriftelijke cursus boekhouden volgde, had zich ook al vaak aangetrokken gevoeld tot het felle licht van de cafetaria en de opzichtige kleren in de etalage van wat eens een respectabele winkel was. Heel goed van mevrouw Healy dat ze pal had gestaan.

Mevrouw Kennedy dacht er anders over. Waar haalt mevrouw Healy het lef vandaan, zei ze. Ze was niet eens in Knockglen geboren. Wie dacht ze wel dat ze was om iedereen in het dorp de regels voor te schrijven. Mevrouw Kennedy zei dat het op marktdag in de hoek van de bar vol zat met onsmakelijke figuren en dat handelsreizigers die duidelijk te veel hadden gedronken er in het hotel altijd nog wel iets bij konden bestellen. Mevrouw Kennedy, die de jonge weduwe nooit had gemogen en vond dat wijlen haar man veel te veel avonden in Healy's had doorgebracht, was ziedend dat mevrouw Healy een nicht van Peggy Pine een drankje had durven weigeren, hoe dwaas het wicht zich ook had aangekleed.
Birdie Mac wist het allemaal niet precies. Ze was een timide vrouw die al heel lang haar bejaarde moeder verzorgde. Ook toen was het niet zo geweest dat ze die taak graag of met tegenzin op zich had genomen. Birdie Mac kon gewoon geen beslissingen nemen. Ze had nooit ergens een mening over. Ook al was ze een vriendin van Peggy, ze luisterde evengoed naar wat mevrouw Carroll zei. Mario was een goede klant van haar en kwam iedere dag koekjes kopen, maar ze was het toch met die arme meneer Flood eens dat de neef van Mario te ver was gegaan en dat je zoiets alleen maar een halt kon toeroepen als iemand halt riep.
Ze had niet veel op met mevrouw Healy als persoon, maar ze bewonderde de moed waarmee zij haar bedrijf leidde in deze mannenwereld, in plaats van nederig achter een kassa in een snoepwinkel te kruipen. En dan was dat nog het enige onafhankelijke waartoe Birdie Mac in haar leven in staat was geweest.
Dokter Johnson vond dat het mevrouw Healy vrijstond om te schenken of te weigeren wie ze maar wilde. Pater Ross wilde zich er niet mee bemoeien. Paccy Moore vertelde tegen zijn neef Dekko dat mevrouw Healy aan iedere voet een eksteroog had. Dat was zijn enige commentaar. Het werd uitgelegd als steun aan Clodagh en Fonsie.
Eddie en Annabel Hogan hadden het er tijdens hun zaterdagse lunch lang over gehad. Het was natuurlijk mogelijk dat Clodagh en Fonsie het dorp Knockglen niet begrepen en dat ze te ver waren gegaan. Beiden liepen vrijwel altijd rond in kleren die nog het best pasten op een mal feest. Maar het waren wel harde werkers, dat kon niet ontkend worden. Daardoor gingen ze uiteindelijk vrijuit. Als het types waren geweest die de halve dag op een straathoek sigaretten stonden te paffen, dan was er geen enkele steun voor hen geweest.
Niemand kon hen van luiheid beschuldigen. En in Knockglen praatte dat een groot aantal zonden goed, bijvoorbeeld die van het te rebels gekleed gaan.
'Als er iemand de winkel binnenkomt, dan laat je het toch niet van zijn kleren afhangen of je hem helpt, Eddie?'

'Nee, maar als het iemand is met poep aan zijn schoenen dan zou ik vragen of hij er niet mee naar binnen komt,' zei hij.
'Maar ze hadden geen poep aan hun schoenen,' zei Annabel Hogan. Ze vond altijd dat mevrouw Healy voor mannen een speciaal glimlachje had, maar voor de vrouwen kon er amper een woord af. En Clodagh had zo'n mooie jurk voor Benny gemaakt dat het moeilijk was om niet haar kant te kiezen. Al dat brokaat had er zo prachtig uitgezien. Er zat wat kastanjebruin in, in dezelfde kleur als Benny's haar, en dan dat prachtige witte vestje dat haar boezem bedekte. Het zag er zo luxueus uit. Zo elegant en vrouwelijk, niet in het minst in de stijl die je van Clodagh zou verwachten.
Ook moeder Francis had van de scène in het hotel gehoord. Peggy reed die middag naar het klooster voor een kop thee en goede raad.
'Sta er boven, Peggy, sta er boven.'
'Dat is niet makkelijk als je in de grote boze buitenwereld leeft, Bunty.'
'Het is ook niet makkelijk als je in een klooster woont. Met kerst krijg ik moeder Clare over de vloer. Probeer je eens voor te stellen hoe het is om daar boven te staan.'
'Ik ga er nooit meer iets drinken.'
'Denk goed na, Peggy, denk na. Als je iets wilt drinken, waar ga je dan heen? Naar het gerochel en het zaagsel in de kroeg van Shea misschien? Of naar andere miezerige gelagkamertjes? Neem geen overhaaste beslissingen.
'Tjonge, Bunty, voor een non weet je wel erg veel van alle kroegen in het dorp af,' zei Peggy Pine bewonderend.

Ze spraken over het bal en hoe geweldig Aidan Lynch was geweest. Er was geen andere tafel die zoveel prijzen had gewonnen. Jack vertelde dat op een zeker moment een meisje aan een andere tafel was flauwgevallen. Toen ze haar kleren losmaakten om haar lucht te geven, waren er twee broodjes uit haar bh gevallen. Jack moest er hartelijk om lachen. Benny bedacht hoe het meisje zich vandaag moest voelen en dat haar herinneringen aan het feest altijd verbonden zouden blijven met gevoelens van schaamte.
'Och, kom op, het is *grappig*,' zei hij. Ze wist dat ze het grappige ervan moest inzien. 'Ja, en met al die kruimels in haar jurk zal het flink krabben zijn geweest.' Ze voelde zich als een Judas tegenover dit meisje dat ze niet eens kende, maar ze werd beloond met zijn glimlach.
'Zoiets zal jij nooit nodig hebben, Benny,' zei hij en glimlachte nog eens vanaf de andere kant van de tafel.
'Iedereen is anders.' Ze voelde zich ernstig in verlegenheid gebracht en keek naar beneden.
'Maar dan ben jij wel anders op de goede manier,' zei hij.

Gelukkig had de student diergeneeskunde uit het pension van Kit een trui die ideaal slobberig was. Je kon de rondingen van haar borsten niet eens zien. Ze keek met opluchting op haar boezem neer. Wat kon ze nu zeggen om van onderwerp te veranderen? Er kwam een ander stel binnen. Jack rechtte zijn rug.
'Ik had gezegd dat er alleen familie uit Napels binnen mocht en dan uitsluitend als ze stil zouden zijn.' Hij keek met waarschuwende blik naar de nieuwkomers.
Het was een stel Dubliners van middelbare leeftijd. Ze huiverden van de kou.
'Waarschijnlijk twee ambtenaren die een verhouding hebben,' fluisterde Benny.
'Nee, twee schoolinspecteurs die een plan beramen om iedereen volgend jaar te laten zakken,' was zijn tegenvoorstel.
Het grootste deel van de tijd was het makkelijk om met hem te praten. Hij was zo normaal en ontspannen en er was niets in zijn manier van doen dat haar bang maakte. Het lag gewoon aan haar. Benny kwam tot het besef dat ze zich jarenlang anders had voorgedaan dan ze was en de clown had gespeeld. Maar nu ze een romantische rol moest spelen, had ze geen flauw idee hoe ze dat moest doen. Maar het ergste was dat ze niet wist of ze wel geacht werd die rol te spelen. Ze hoopte maar dat ze zijn signalen kon opvangen en zou begrijpen wat hij bedoelde. Als dat nu maar duidelijk werd, dan kon ze reageren.
Het ijs werd geserveerd. De ober legde uit waaruit deze cassata bestond. Verrukkelijk Napolitaans ijs, zei hij, met heerlijke stukjes fruit, noten, geconfituurde sinaasappelschilletjes en bitterkoekjes. *Fantastico.*
Neem het ervan, zei iets in Benny, het is goed, denk niet aan dieet, calorieën of de lijn.
Ze zag dat het gezicht van Jack straalde. Hij had ook genomen.
De ober zag ze naar elkaar lachen.
'Het is een erg donkere middag. Ik steek een kaars aan zodat jullie elkaar beter kunnen zien als jullie praten,' zei hij.
Het overhemd van Jack was lichtroze. Het zag er prachtig uit bij kaarslicht. Ze voelde opnieuw die behoefte om hem te strelen. Niet zijn lippen te kussen of zich tegen hem aan te drukken, maar gewoon haar hand uitstrekken naar zijn gezicht en zijn wang te strelen.
Ze had maar één glas wijn gedronken. Het gevoel kon niet door de drank zijn veroorzaakt.
Benny keek toe alsof het iemand anders was die driemaal over zijn gezicht aaide.
De derde keer pakte hij haar hand vast en bracht die naar zijn lippen. Met zijn hoofd voorover gebogen, zodat zij zijn ogen niet kon zien, kuste hij haar hand.

Toen liet hij haar los.
Het was onmogelijk dat hij de spot met haar dreef of een gek overdreven gebaar maakte, zoals Aidan Lynch dat kon doen.
Niemand hield je hand zo vast en kuste die zo lang, behalve als die iemand dat wilde.
En wilde hij dat dan? Wou hij dat echt?

Dessie Burns zei dat mevrouw Healy soms een beetje arrogant kon zijn en er waren inderdaad keren geweest dat ze hem feller had toegesproken dan nodig was. Maar om eerlijk te zijn was er dan drank in het spel geweest en misschien waren er mensen die zouden zeggen dat de vrouw in haar goed recht stond. Maar niemand was gewetensvoller en eerlijker dan Dessie Burns als hij droog stond.
Alles goed en wel, maar die Fonsie was een jonge hond, en een jonge hond moest zo nu en dan eens op zijn donder krijgen om een brave hond te worden, zo zat dat. Je moest Fonsie gewoon duidelijk maken dat hij niet in het dorp kon rondlopen alsof hij hier de baas was. Wat was-ie helemaal? De neef van een spaghettivreter. En van zijn spaghettivretermoeder en zijn sullige vader geen spoor vanaf het eerste moment dat hij een voet in het dorp had gezet. Het was een jochie zonder achtergrond, zonder geschiedenis, en nu in Knockglen. Hij kon beter maar wat opsteken van zijn aanwezigheid hier. En wat de nicht van Peggy betrof, die was een regelrechte beproeving met haar wilde etalage-ideeën. Misschien werd ze hier wat rustiger van, zodat ze zich hier thuis kon gaan voelen.

Mario zei dat hij voor het oog van iedereen de trap van het hotel zou beklimmen, in de deuropening zou gaan staan en eerst naar binnen en daarna naar buiten zou spuwen. Dan zou hij naar huis gaan en naar Fonsie spuwen.
Fonsie vond dat ze daar niets mee opschoten en dat ze beter naar Liverpool konden gaan om die tweedehands Wurlitzer-jukebox te kopen waarmee geadverteerd werd.
Mario ontwikkelde een geheel onverwachte loyaliteit tegenover Fonsie. Hoewel hij hem voorheen altijd bij iedereen afkraakte, zei hij nu dat het kind van zijn zuster het zout der aarde was, een steun voor zijn oude dag en de rijzende hoop voor Knockglen.
Iedereen die het maar wilde weten, vertelde hij ook dat hij nooit meer iets in Healy's Hotel wenste te drinken. Gezien het feit dat hij er toch nooit iets dronk, lag het dreigende karakter daarvan meer in de woorden dan in de daad.

Simon Westward verscheen die middag in het hotel van mevrouw Healy om te vragen of ze maaltijden serveerde.

'Iedere dag, meneer Westward.' Het verheugde mevrouw Healy zeer om hem eindelijk in haar zaak te zien. 'Mag ik u iets aanbieden van het huis om uw eerste bezoek hier te vieren?'
'Erg aardig van u... eh... mevrouw... eh...'
'Healy.' Ze keek nadrukkelijk naar het naambord.
'O, natuurlijk, dom van me. Dank u wel, maar ik heb nu geen tijd om iets te blijven drinken. U serveert dus maaltijden. Dat is fantastisch. Ik was er niet zeker van.'
'Iedere dag tussen twaalf uur en half drie.'
'O...'
'Komt die tijd u ongelegen?'
'Nee hoor, die tijden zijn prima. Maar ik dacht aan het diner, 's avonds.'
Mevrouw Healy ging er prat op dat ze altijd klaar stond voor De Gelegenheid.
'Tot nu toe, meneer Westward, serveerden wij meestal alleen 's middags, maar nu Kerstmis voor de deur staat doen we ook 's avonds een diner,' zei ze.
'Dat begint wanneer?'
'Dat begint aanstaand weekend, meneer Westward,' zei ze en keek hem recht in de ogen.

De ober vond dat ze een Sambuca moesten nemen. Dat was een Italiaanse likeur. Een rondje van de zaak. Hij deed er een koffieboon in en stak het drankje aan. Het was een verrukkelijk drankje voor na de maaltijd op een winterse dag.
Ze zaten daar en vroegen zich af of het humeurige paar er ook een zou krijgen of dat deze traktatie alleen bestemd was voor gelukkige mensen.
'Zien we u volgend weekend weer?' vroeg de ober gretig. Benny kon hem wel vermoorden. Het ging net zo goed. Waarom moest die ober over een nieuw afspraakje beginnen?
'Zeker een ander keertje... hoop ik,' zei Jack.
Ze wandelden langs de kaden, die er voor Benny vaak koud en mistroostig hadden uitgezien. Maar deze middag was er een prachtige zonsondergang, die alles in een roze gloed zette.
De winkels met tweedehands boeken hadden kraampjes buiten staan.
'Het lijkt Parijs wel,' zei Benny gelukkig.
'Ben je daar weleens geweest?'
'Nee, natuurlijk niet,' lachte ze goedgeluimd. 'Ik schep alleen maar een beetje op. Ik heb er foto's van gezien en ben naar films geweest.'
'En je studeert natuurlijk Frans. Jij neemt dat er vast zo eventjes bij.'
'Dat betwijfel ik zeer. Interessante gesprekken over Racine en Corneille voer ik heel wat beter in het Engels.'

'Nonsens. Ik ga er zonder meer van uit dat jij mijn gids bent als ik in het Parc des Princes een wedstrijd moet spelen,' zei hij.
'Dat zal wel.'
'Nee, nu schep ik op. Als ik zo door blijf eten als gisteravond en vandaag dan speel ik nooit meer rugby. Het is eigenlijk de bedoeling dat ik train. Hoewel dat niet erg opvalt.'
'Je hebt geluk dat je vandaag niet hoefde te trainen. Dat doe je toch vaak op zaterdag, of niet?'
'Dat klopt, ja. Ik heb de training overgeslagen,' zei hij.
Met een ruk keek ze hem aan. De oude Benny zou een grapje gemaakt hebben. De nieuwe Benny deed dat niet.
'Ik ben blij dat je dat hebt gedaan. Het was een heerlijke lunch.'
Ze kocht een buskaartje in een winkel vlakbij het busstation. Samen liepen ze naar de bus.
'Wat ga je vanavond doen?' vroeg hij.
'Ik ga naar Mario om iedereen over het bal te vertellen. En jij?'
'Geen idee. Ik hoop dat er een paar uitnodigingen zijn als ik thuiskom.'
Hij lachte loom. Hij was iemand die zijn leven niet hoefde te plannen.
Ze stapte in de bus en overhandigde haar kaartje. Benny hoopte vurig dat Mikey geen cynische opmerkingen zou plaatsen.
'Hé, Benny, daar ben je. Ik kon wel merken dat je gisteren niet meereed. De bus lag een stuk lichter op de weg,' zei hij.
Jack had het niet gehoord of hij had het gemompel van Mikey niet begrepen. Dat hield ze zichzelf voor toen de bus wegreed en zij naar de stad keek, waar de lichten aangingen, en vervolgens naar het schemerduistere platteland.
Ze had dicht tegen Jack Foley aan gedanst, die haar daarna voor de lunch had uitgenodigd. Ze had niet al te stomme dingen gezegd. Hij had gezegd dat hij haar maandag in de Annexe zou zien. Hij had haar hand gekust. En hij had gezegd dat ze mooi was.
Ze was volkomen uitgeput. Ze had het gevoel alsof ze kilometers lang een zwaar gewicht had moeten dragen voor een of andere wedstrijd. Maar wat voor wedstrijd het ook was geweest en wat de regels ook waren, ze had het gevoel dat ze had gewonnen.

Hoofdstuk 12

Heather wilde alles over het dansfeest weten en vooral wat voor pudding ze hadden gehad. Ze stond versteld toen Eve zich dat niet kon herinneren. Ze kon niet begrijpen dat er zoveel andere dingen konden gebeuren dat je de pudding vergat.
Ze verklapte een geheim. Simon had gezegd dat hij hen op hun uitje gezelschap zou houden.
'Daar weet ik helemaal niets van,' zei Eve geërgerd.
'Ik heb het niet verteld, omdat ik bang was dat je dan niet zou komen.'
Heather was zo eerlijk dat het moeilijk was om tegen haar uit te vallen.
'Nou, als je *hem* hebt...'
'Ik wil jou,' zei Heather eenvoudig.
Simon kwam met de auto.
'Zie mij maar als chauffeur,' zei hij. 'De dames hebben het voor het zeggen.'
Bijna onmiddellijk kwam hij met zijn eigen plannen voor die middag. Een ritje door het landschap van Wicklow en daarna thee in een leuk hotel dat hij wist.
Eve en Heather hadden de trein naar Bray willen nemen om een ritje in de botsautootjes te maken en ijs met warme butterscotch-saus te eten.
Eve hoorde met vreugde hoe tam en saai Simons plannen waren, vergeleken met die van haar. Er was weinig twijfel waar Heather de voorkeur aan zou geven.
Maar Heather was een plichtsgetrouw zusje en ze zag Simon toch al zo weinig. Ze toonde zich gematigd enthousiast. Eve deed na een weloverwogen stilte hetzelfde.
Simon keek naar die twee. Hij wist natuurlijk dat dit het op een na beste plan was. Onderweg was hij erg opgewekt en beantwoordde alle vragen van Heather over haar pony, over de jonkies van Clara en over Woffles, het konijn.
Hij vertelde dat mevrouw Walsh nog steeds even stil en statig op haar fiets zat als altijd. En dat Bee Moore van slag was omdat een jongeman die zij had willen hebben meer aandacht voor een ander had. Eve moest een grote grijns achter haar hand verstoppen toen uit de vragen van Heather bleek dat de man Mossy Rooney was en die ander Patsy.
'Hoe gaat het met opa?' vroeg Heather.

'Hetzelfde. Maar kom, we vervelen Eve.'
'Het is anders ook de opa van Eve.'
'Dat is zo, ja.'
Het onderwerp was afgesloten. Eve wist dat hij iets wilde, maar ze had geen idee wat het was.
Onder de thee kwam hij ermee voor de draad.
'Dat was een bijzonder knap meisje, jouw vriendin.'
'Welke vriendin?'
'In de winkel, op het bal. Dat blonde meisje.'
'O, die.'
'Ik vroeg me af wie dat is?'
'Viel ze zo in de smaak?'
'Ja, dat klopt,' zei hij kortaf.
Nog lang daarna gaf Eve zichzelf schouderklopjes en feliciteerde zich met het feit dat het haar gelukt was om zo'n directe vraag niet meteen te beantwoorden met wat hij wilde horen. En toch was ze volkomen beleefd gebleven. Voor een meisje dat alles eruit flapte en dat in het klooster van St. Mary een legende was op het terrein van de brutaliteit, was dat een ware zege.
'Wie dat is? Tja, een studente bij ons aan de universiteit. Eerstejaars kunstgeschiedenis, maar daar zijn er ongeveer zeshonderd van.'
Met haar glimlach liet ze Simon Westward weten dat hij niet meer te horen kreeg dan dit.

De student diergeneeskunde was een aardige jongen die Kevin Hickey heette. Hij was erg beleefd en hij bedankte mevrouw Hegarty dat ze in de hals van zijn nieuwe groene trui een lusje had gemaakt voor het geval hij hem wilde ophangen. Hij had altijd gedacht dat je zoiets moest opvouwen of in de kast hangen aan een klerenhanger, maar toch was het erg aardig van haar. Misschien kon hij hem vanavond aandoen. De kleur was prachtig. Toen hij de trui oppakte, dacht hij een vage parfumlucht te ruiken, maar dat moest hij zich inbeelden. Of anders was het misschien het parfum van mevrouw Hegarty. De moeder van Kevin Hickey was dood. Het was prettig om in een huis te wonen waar een vriendelijke vrouw voor hem zorgde. Hij had zijn vader gevraagd om haar met Kerstmis een kalkoen te sturen. Die zou per trein worden verstuurd, verpakt in stro en goed met touw ingesnoerd.
Hij rook opnieuw aan zijn groene trui. Dat was duidelijk parfum. Als hij het ding bij het open raam hing, in de frisse lucht, dan ging het misschien weg.
Hij hoorde de poort opengaan en holde naar achteren. Hij wilde niet dat mevrouw Hegarty zag dat hij de trui luchtte. Maar het was niet mevrouw Hegarty, terug van de boodschappen. Het was een donkerharige man, die hij nooit eerder had gezien.

De deurbel bleef maar overgaan, dus rende Kevin naar beneden om open te doen. Mevrouw Hegarty was er niet, zei hij. De man wilde wel even wachten. Hij zag er ordentelijk uit. Kevin wist niet wat hij moest doen.
'Het is echt in orde.' De man lachte hem toe. 'Ik ben een oude vriend.'
'Mag ik uw naam weten?'
'Ik heet toevallig ook Hegarty.'
De trap oplopend keek Kevin nog even om en zag de man, die in de hal zat, een foto van mevrouw Hegarty's overleden zoon oppakken. Waarschijnlijk was hij familie.

Het was Sheila opgevallen dat Jack de laatste dagen meteen na college wegging. Hij hing niet meer rond om te babbelen. Geen grapjes meer. Nee, hij ging er als een haas vandoor. Een paar keer had ze gevraagd waarom hij zo'n haast had.
'Trainen,' had hij gezegd met die kwajongensachtige glimlach waardoor hem alles werd vergeven.
Sheila dacht dat hij zich zo haastte om bij de faculteit kunstgeschiedenis Rosemary Ryan te zien.
Ze informeerde bij Carmel of het waar was. Het was makkelijk om met Carmel te praten, omdat zij niet in hetzelfde spelletje meedraaide. Zij was zo met haar eigen Sean bezig dat alle anderen slechts een vage achtergrond vormden.
'Rosemary en Jack? Dat geloof ik niet,' zei Carmel na lang nadenken.
'Nee, ik heb ze helemaal niet samen gezien. Ik heb Jack een paar keer 's ochtends in de Annexe gezien, maar dan praatte hij alleen met Benny Hogan.'
'O, dan is het goed,' zei Sheila opgelucht.

Benny en Patsy waren weer vrienden geworden. Het had haar de beloofde nylons gekost plus een busje talkpoeder en de verklaring dat ze een beetje overspannen was geweest doordat ze bang was om naar het bal te gaan. Toen Patsy zichzelf eenmaal gewonnen had gegeven, was ze zoals vanouds weer dikke maatjes met de dochter des huizes.
'Waar moest jij nu bang voor zijn? Je bent toch een flinke, gezonde meid die alle tekenen vertoont van een goed leven?'
Daar was Benny juist altijd bang voor. Dat je dat zo duidelijk zag. Maar dat was moeilijk uit te leggen aan die kleine arme Patsy, die in een weeshuis was grootgebracht en altijd te weinig te eten had gehad.
'Hoe gaat het met de liefde?' vroeg ze.
'Hij zegt niet zoveel,' klaagde Patsy.
'Maar de dingen *die* hij zegt, zijn die de moeite waard?'
'Het is moeilijk te begrijpen wat mannen bedoelen,' zei Patsy ernstig.

'Je zou iemand achter je moeten hebben staan die je influistert dit betekent zus en dat betekent zo.'
Benny was het er roerend mee eens. Toen Jack Foley een keer zei dat hij haar op een feestje had gemist, bedoelde hij toen dat hij had rondgekeken en had gedacht dat het alleen leuk kon zijn als Benny er ook was? Had hij dat de hele avond gedacht, of maar één keer? En als hij haar zo miste, waarom was hij er dan heengegaan? Op de borrel bij Jacks ouders had Aengus aan Benny gevraagd of zij een van die mensen was die altijd belden om te vragen waar Jack was. Ze had zich vast voorgenomen nooit een van hen te worden. Zoals nu was het ook goed gegaan. Of niet soms? Patsy had gelijk. Je kon onmogelijk begrijpen wat mannen bedoelden. Nan zei altijd dat ze nooit iets bedoelden, maar dat was te negatief om in overweging te nemen.

Het stelde mevrouw Healy teleur dat Sean Walsh niet was opgedaagd om haar in deze hachelijke situatie de helpende hand te bieden. Ze wist dat hij een diepe afschuw had voor de manier van leven van Fonsie en Clodagh. Maar Sean was geen vaste klant in Healy's Hotel. Hij wilde zich waarschijnlijk niet opdringen, bedacht ze. Hij wilde zich niet op de voorgrond plaatsen of gelijkstellen met mevrouw Healy, omdat hij maar in loondienst was.
Het was een goed ding om zoveel respect te zien, maar soms dreef Sean het te ver door. Bijvoorbeeld wat betreft het poetsen van de koperen naamplaten en het wonen in een pijnlijk klein woninkje boven de winkel. Hij leek zijn tijd af te wachten, maar misschien wachtte hij wel te lang.
'U moet Sean Walsh eens meenemen om hier iets te komen drinken,' stelde ze aan Eddie Hogan voor.
Het eerlijke gezicht van Eddie Hogan verried wat ze allang wist. 'Ik heb het hem al tien keer gevraagd, maar hij gaat niet mee. Ik denk dat-ie niet van alcohol houdt. Mogen we ons niet gelukkig prijzen sinds de dag dat hij naar Knockglen kwam?'

Emily Mahon stond versteld over de manier waarop Nan haar eigen kleren en haar eigen kamer schoonhield. Ieder kledingstuk werd afgeborsteld en uitgehangen zodra ze het had gedragen. Haar mantels en jasjes zagen er altijd uit of ze net van de stomerij kwamen.
Haar schoenen, die in een rek bij het raam stonden, kregen altijd een prop oude kranten in de neuzen. Ze poetste haar riemen en handtasjes tot ze glommen. Op de wasbak in haar kamer lagen allerlei stukjes zeep, monstertjes die Emily voor haar uit het hotel had meegenomen. Naast de spiegel stond een boek over hoe je je moest opmaken. Nan Mahon ging niet op haar tijdschriften en zondagskranten af om te leren wat stijl was. Ze maakte daar een grondige studie van.

Emily keek glimlachend een openliggend boek over etiquette in, dat Nan even hard bestudeerde als haar collegedictaten. Nan had haar moeder een keer verteld dat iedereen met iedereen kon praten als ze de regels maar wisten. Dat was gewoon een kwestie van uit je hoofd leren. Op de pagina waar ze nu las, stond hoe het voorstellen in zijn werk ging.
'Markiezen, graven, burggraven, baronnen en hun vrouwen worden voorgesteld als Lord of Lady X., andere edelen gewoon als meneer.'
Stel je voor dat Nan ooit in een wereld zou verkeren waarin zulke kennis van nut kon zijn. Het lag niet eens zo ver buiten haar bereik. Alleen al hoe ze er op het bal had uitgezien. Zelfs mensen die niet tot het studentengezelschap behoorden, hadden met open mond naar haar staan staren. Ze zou wel eens in twinset en met parels om op de trappen van een groot huis terecht kunnen komen, met honden naast zich en bedienden die het werk deden.
Emily Mahon had deze droom altijd gehad voor haar dochter. De vraag was alleen welke rol zij erin kon vervullen. Het viel haar zwaar om aan haar man te denken, die niets aan die prachtige levensstijl zou bijdragen.
Als Nan in die wereld terechtkwam, zou ze ontegenzeglijk niet meer op Maple Gardens thuishoren.

Rosemary Ryan had zich voor overdag veel te zwaar opgemaakt. Benny kon dat nu goed zien. Er zat een duidelijke afscheiding onderaan haar kaak, waar haar make-up ophield.
Ze was slimmer dan de meeste mensen dachten. Als ze onder de mensen was, speelde ze altijd het domme blondje, maar tijdens de colleges was ze zo scherp als een scheermes.
'Wat ga je hierna eigenlijk doen?' vroeg ze aan Benny.
'Dan ga ik naar de Annexe.' Benny zou Jack ontmoeten. Ze hoopte niet dat Rosemary ook zou gaan. 'Ik heb afgesproken met een heel stel andere mensen,' zei ze haastig om haar te ontmoedigen.
'Nee, ik bedoel na dit, dit allemaal.' Rosemary wuifde vaag met haar hand door de collegezaal.
'Dan wil ik nog een diploma halen en bibliothecaresse worden, denk ik,' zei Benny. 'En jij?'
'Ik denk dat ik stewardess word,' zei Rosemary.
'Daar heb je helemaal geen graad voor nodig.'
'Nee, maar het helpt wel.' Rosemary had het allemaal al in kannen en kruiken. 'En het is een perfecte manier om aan een man te komen.'
Benny wist niet of ze nu het studeren bedoelde of het stewardess worden. Ze had ook geen zin om het te vragen. Het was zo'n vreemd toeval dat Rosemary hierover begon, want gisteren had Carmel nog aan Nan

gevraagd of ze bij Air Lingus wilde gaan werken. Ze had er het uiterlijk en de stijl voor. En ze zou er zoveel mannen kunnen tegenkomen.
'Alleen maar zakenlui,' had Nan gezegd alsof daarmee de kous af was. Carmel had haar ogen toegeknepen. Haar Sean studeerde bedrijfskunde en was hard op weg om een zakenman te worden.
'Volgens Carmel vindt Nan het geen goede baan,' zei Rosemary. 'Denk je dat Nan met Jack Foley uitgaat?'
'Hoe kom je daarbij?'
'Ik weet het niet. De laatste tijd zien we hem niet veel meer. Misschien houdt-ie het met een geheim iemand.'
'*Ik* zie hem zo nu en dan,' zei Benny.
'O, dan is het goed,' zei Rosemary tevreden. 'Hij is er nog. Hij is niet onder onze neus weggekaapt. Wat een opluchting!'

Kit Hegarty kwam binnen en trof haar man Joseph in de keuken aan. Ze liet de boodschappen op de grond ploffen en steunde op de leuning van een keukenstoel.
'Wie heeft jou binnengelaten?' vroeg ze.
'Een jongen met sproeten en een Westiers accent. Maak hem geen verwijten. Hij heeft me uitgebreid ondervraagd en toen gezegd dat ik in de hal kon wachten.'
'Wat je niet hebt gedaan.'
'Ik had het koud.'
'Heb je hem verteld wie je bent?'
'Alleen dat mijn naam toevallig ook Hegarty is. Ga zitten, Kit. Dan maak ik een lekker kopje thee voor je.'
'Je maakt helemaal niets in mijn keuken,' zei ze.
Maar ze ging aan de andere kant van de tafel zitten en keek naar hem. Hij was vijftien jaar ouder dan de dag waarop hij de postboot had genomen en uit hun leven was verdwenen.
Hoe vaak had ze zich niet in slaap gehuild, omdat ze zo graag wenste dat hij terugkwam? Hoe vaak had ze niet gerepeteerd dat hij thuiskwam en de rol gespeeld waarin ze hem vergaf? Maar in die versie was Frank nog klein geweest en was hij met uitgestrekte armen op hen beiden afgerend, al schreeuwend dat hij eindelijk weer een vader en een echt thuis had.
Hij zag er nog steeds aantrekkelijk uit. Zijn haar vertoonde nog niet veel grijs. Maar zijn hele uiterlijk was armoediger geworden dan ze zich kon herinneren, alsof het geluk hem in de steek had gelaten. Zijn schoenen waren niet gepoetst. Ze moesten nodig naar de schoenmaker. Zijn manchetten waren nog niet gerafeld, maar wel heel dun.
'Heb je het gehoord van Frank?' vroeg ze.
'Ja.'

Een lang moment was het stil.
'Ik kom zeggen hoeveel het me spijt,' zei hij.
'Maar nooit was het genoeg om hem eens op te zoeken of je betrokken te voelen bij zijn leven... toen hij nog leefde.'
Ze keek hem zonder haatgevoelens aan, de man die hen in de steek had gelaten.
Ze hadden haar verteld dat hij bij haar was weggegaan om met een serveerster te kunnen samenleven. Toentertijd had dat het op de een of andere manier nog erger en nog vernederender gemaakt, dat het een serveerster was. Het sprak toen volledig vanzelf dat ze zo reageerde. Maar nu vroeg ze zich af waarom ze de baan van die vrouw zo belangrijk had gevonden.
Ze dacht aan alle vragen die ze over hem had ontweken en soms ook had beantwoord toen haar zoon groter werd. Hij wilde weten waarom hij thuis niet hetzelfde had als alle andere kinderen op school.
Ze dacht aan de dag dat haar zoon zijn eindexamen had gehaald en met zijn diploma op zak thuis was gekomen en hoezeer zij toen, nog maar een paar maanden geleden, de behoefte had gevoeld om haar verloren gewaande man te zoeken en hem te vertellen dat hun kind naar de universiteit zou gaan.
In de eindeloze slapeloze nachten die volgden op het ongeluk, terwijl allerlei verwarde gedachten door haar geest spookten, was ze blij dat ze haar amoureuze echtgenoot niet had bereikt en hem de broze, nu uiteengespatte trots had verschaft dat hij de vader van een universitair student was.
Dat alles bedacht ze daar op de keukenstoel tegenover hem.
'Ik maak thee voor je,' zei ze.
'Doe geen moeite.'
'Heeft ze je eruit gegooid?' vroeg Kit. Ze vroeg het omdat hij er niet uitzag als een man die door een vrouw werd verzorgd. Zelfs niet door de onbeschaamde vrouw die hem van haar had afgenomen en die geweten moest hebben dat hij een vrouw en een kind in Ierland had.
'O, dat is al heel lang geleden afgelopen. Jaren en jaren geleden.'
Het was afgelopen. Maar hij was niet teruggekomen. Eenmaal weg, voorgoed weg. Op de een of andere manier was dit nog treuriger dan wat ze altijd gedacht had. Jarenlang had ze zich hem samen met die vrouw voorgesteld. Maar misschien had hij al die tijd alleen gewoond, op kamers of in een pension.
Dat was erger dan dat hij haar had verlaten voor een grote liefde, hoe hard dat ook was. Ze keek naar hem met een gevoel van intense triestheid.
'Ik dacht...' zei hij.
Ze keek hem aan, de theepot in haar ene en de fluitketel in haar andere hand.

234

Hij wilde gaan vragen of hij terug mocht komen.

Nan wilde weten of Eve in het weekend iets met Heather was gaan doen. Ze vroeg vaak naar haar, merkte Eve op. Ze vroeg zelden naar haar studie of naar moeder Francis en het klooster.

Ze vertelde dat ze naar Wicklow waren geweest, dat het er nat en mistig was en dat ze naar een hotel waren gegaan waar thee met een broodje twee keer zo duur was als op een normale plek ijs met butterscotchsaus.

'Dan moeten jullie met een auto zijn geweest,' zei Nan.

'Ja.' Eve keek haar recht aan.

'Heeft Aidan jullie gereden?'

'Mijn God, ik kan Aidan toch niet bij haar in de buurt laten. Hij is al eng genoeg voor iemand van onze leeftijd. Hij zou haar nachtmerries bezorgen.'

Nan liet het onderwerp Aidan Lynch graag voor wat het was.

'Wie reed er dan?'

Eve wist dat het belachelijk was om het niet te vertellen. Ze zou er toch wel achterkomen. Het zou zijn alsof ze een achtjarig kind was dat er geheimpjes op nahield voor haar klasgenootjes. Ze maakte er een te groot punt van.

'Haar broer Simon,' zei ze.

'Die we in de winkel van mijn moeder hebben gezien en aan wie je me niet hebt voorgesteld?'

'Dezelfde.'

Nan schaterlachte. 'Je bent geweldig, Eve,' zei ze. 'Ik ben maar blij dat ik je vriendin ben. Ik zou niet graag ruzie met jou hebben.'

De meeste huisjes langs de weg naar de steengroeve achter het klooster waren vervallen. Het was geen plek waar iemand graag zou willen wonen. Dat was anders toen er nog gewerkt werd in de afgraving. In die tijd waren er mensen te over die hier een huisje wilden. Nu brandden er bijna nergens meer lichtjes achter de ramen. Mossy Rooney woonde hier, in een heel klein huisje, samen met zijn moeder. Het gerucht ging dat Mossy was gesignaleerd met bouwmateriaal en dat hij van plan was om een extra kamer aan het huisje te bouwen. Zou dit betekenen dat hij wilde gaan trouwen?

Mossy was niet een man die overhaaste dingen deed. De mensen zeiden dan ook dat Patsy haar zegeningen niet te vroeg moest tellen.

Soms liep Sean Walsh op zondag te wandelen langs de steengroeve. Moeder Francis groette hem altijd beleefd en dan knikte hij heel vormelijk terug.

Als hij zich al ooit afvroeg wat de non daar deed – zich een weg banend

door het overwoekerde pad of haar mouwen opstropend om te gaan vegen en boenen – dan liet hij zijn nieuwsgierigheid nooit blijken. Ook zij stond er niet bij stil wat hij daar deed. Hij was een eenzame jongeman, niet echt uitnodigend om mee te praten. Ze wist dat Eve hem nooit had gemogen. Maar dat was misschien iets kinderachtigs, een loyaliteitsverklaring aan Benny, die haar vaders assistent niet erg mocht.
Tot haar verbazing sprak hij haar op een dag aan. Na een lange reeks verontschuldigingen vroeg hij of ze wist van wie die huisjes waren en of ze misschien bij het klooster hoorden. Moeder Francis legde uit dat ze ooit van de Westwards waren geweest, maar dat ze na verloop van tijd in handen van mijnwerkers en anderen waren gekomen. Ze keek hem beleefd aan en hield haar hoofd op een vragende manier schuin, want ze hoorde graag waarom hij dit wilde weten.
Even hoffelijk zei Sean dat zijn vraag misschien onzinnig was geweest en beter tussen hen kon blijven, omdat er in een dorp nogal snel werd geroddeld.
Moeder Francis zuchtte. Ze veronderstelde dat de arme jongen de vage hoop koesterde om met het geld dat hij bij Hogan verdiende ooit een huisje te kopen en een gezin te stichten. Waarschijnlijk was hij realistisch genoeg om eerst op dit onherbergzame weggetje te gaan kijken, waar niemand uit vrije wil ging wonen.

Benny ging niet graag naar de Coffee Inn. De tafeltjes waren er zo smal. Ze was bang dat ze met haar jurk of haar tas een kopje koffie op de grond zou gooien.
Het gezicht van Jack klaarde op toen hij haar zag. Hij had met enige moeite een stoel bezet weten te houden.
'Deze boerenpummels wilden je stoel inpikken,' fluisterde hij.
'Plattelandsvolk is anders heel voorkomend,' zei zij. Ze keek naar hen op en zag tot haar grote schrik dat de drie die de slag om haar stoel hadden verloren studenten van Kit Hegarty waren, de jongens die in het huis woonden waar Eve werkte. Een van hen, een grote jongen met sproeten, droeg een fraaie smaragdgroene trui.
Aidan Lynch vroeg of Eve een keer meewilde om zijn ouders te ontmoeten.
'Ik heb ze al ontmoet,' zei Eve onbeleefd en gaf hem een nieuw bord aan om af te drogen.
'Nou, je zou ze nog een keertje kunnen ontmoeten.'
Eve wilde ze niet nog een keer zien. Het ging te snel. Het zou dingen betekenen die er nog niet waren, dat Eve het vriendinnetje van Aidan zou zijn en dat was ze niet.

'Hoe moet het verder met deze relatie?' vroeg Aidan aan het plafond. 'Ze wil mijn familie niet leren kennen. Ik mag niet te dicht bij haar komen. Ze wil alleen een afspraakje met me maken als ik naar Dunlaoghaire kom en de afwas doe.' Hij klonk alsof hij medelijden met zichzelf had.
Eve dacht aan andere dingen. Aidan kon zichzelf uren bezighouden als hij in een van zijn retorische buien was. Afwezig lachte ze naar hem. Kit was er niet. Dat was voor het eerst sinds ze hier werkte. Maar wat gekker was, er lag geen briefje.
Kevin, de leuke sproetige student diergeneeskunde van wie Benny een trui had geleend, had gezegd dat mevrouw Hegarty met een man was uitgegaan.
'Iedereen gaat uit met mannen,' had Aidan opgemerkt. 'Zo werkt de natuur. Vrouwtjeskanaries gaan uit met mannetjeskanaries. Ooien gaan uit met rammen. En vrouwtjesschildpadden gaan uit met mannetjesschildpadden. Alleen Eve zit vol bedenkingen.'
Eve nam het voor kennisgeving aan. Ze dacht ook aan Benny. Een hele week lang had ze Jack bijna iedere dag ontmoet, de ene keer in de Annexe en dan weer in de Coffee Inn of een andere bar. Ze zei dat ze erg goed met hem kon praten. Ze had nog niet één echte miskleun begaan. Als Benny over hem praatte, begon haar gezicht te stralen alsof iemand daarbinnen een kaarsje had aangestoken.
'En het spreekt vanzelf dat deze Eve, waar ik ongelukkig genoeg voor gevallen ben, niet in Dublin blijft om in de kerstvakantie samen met mij feesten af te lopen. Ze laat me aan mijn lot over, zodat andere vrouwen onbekommerd hun gang kunnen gaan en zondige dingen uithalen met mijn lichaam.'
'Ik moet naar Knockglen, idioot,' zei ze.
'Waar geen feestjes zijn, waar de mensen naar buiten gaan om het gras te zien groeien en de regen te zien vallen en waar de koeien met zwaaiende vuile staarten over straat lopen.'
'Je weet er niets van,' schreeuwde Eve. 'We hebben een fantastische tijd in Knockglen, iedere avond bij Mario. En natuurlijk zijn daar ook feesten!'
'Noem mij er eens eentje,' zei Aidan snel.
'Nou, ik geef er één, bijvoorbeeld,' zei Eve gepikeerd.
Even stond ze bewegingloos met een bord in haar handen.
O God, dacht ze. Nu moet ik wel.

Nan belde de krant en vroeg naar de sportredactie. Nadat ze was doorverbonden, informeerde ze wat voor races er in de dagen voor Kerstmis werden gehouden.
Niet veel, kreeg ze te horen. Voor het begin van het echte seizoen was

het aanbod altijd wat slapjes. Natuurlijk was er iedere zaterdag een race. Maar het eigenlijke seizoen begon pas weer op tweede kerstdag. De dag na kerst werd er gelopen in Leopardstown en Limerick. Dan kon ze kiezen. Nan vroeg wat mensen die vaak naar de races gingen, deden als het aanbod minder was. Bij de krant waren ze eraan gewend om vreemde vragen te krijgen. Er werd even over nagedacht. Het hing ervan af wat voor soort mensen je bedoelde. Sommigen zouden hun geld misschien opsparen, anderen zouden misschien gaan jagen. Het hing ervan af.
Nan bedankte op haar vriendelijke ongedwongen manier. Ze had nooit geprobeerd om het spraakgebruik te imiteren van de klasse waartoe ze wilde behoren. Een logopedist op school had een keer laten vallen dat er niets zieliger was dan mensen met een stevig Iers accent iets te horen zeggen als 'Amice, hoe staen de zaeken'. Als je hogerop wilde komen, had je er niets aan om geaffecteerd te gaan praten.

Kit en Joseph Hegarty zaten in een café in Dunlaoghaire. Ze zaten tussen mensen die heel gewone dingen deden, zoals een kopje koffie drinken voor ze naar hun typecursus of naar de film gingen.
Gewone mensen met gewone levens die over niets beters wisten te praten dan de elektrische haard die stroom vrat en of ze nu twee kippen of een kalkoen voor Kerstmis moesten nemen.
Joseph Hegarty speelde met zijn lepeltje. Ze zag dat hij geen suiker meer in zijn koffie deed. Misschien had die vrouw hem dat afgeleerd. Misschien hadden zijn reizen hem naar plaatsen gevoerd waar geen suiker op tafel stond. Hij had eerst de ene verzekeringsmaatschappij voor een andere ingeruild. Hij was daar weer weggegaan en bij een makelaar gaan werken, daarna voor zichzelf begonnen en uiteindelijk weer bij een andere verzekeraar aan de slag gegaan. Verzekeringen was niet meer wat het geweest was, vond hij.
Ze keek naar hem met een blik die niet hardvochtig of koud was. Ze zag hem zoals hij was. Hij was vriendelijk en zachtaardig, wat hij altijd geweest was. In die eerste maanden nadat hij haar had verlaten, had ze dat vooral gemist.
'Je kent hier niemand meer,' zei ze aarzelend.
'Ik kan ze weer leren kennen.'
'Het is hier moeilijker om verzekeringswerk te vinden dan daar. Het gaat nogal slecht met Ierland.'
'Daar wilde ik toch mee ophouden. Maar ik dacht dat ik je misschien kon helpen... om de zaak op te bouwen.'
Ze dacht erover na en zat heel stil met haar blik naar beneden gericht, zodat ze niet de hoop in zijn ogen hoefde te zien. Ze bedacht hoe hij aan het hoofd van de tafel zou zitten, zodat het net zou zijn alsof het pen-

sion door een gezin werd geleid. Ze kon bijna zien hoe hij goede raad zou geven en jongens als Kevin Hickey aan het lachen zou maken, hoe geïnteresseerd hij zou zijn in hun studie en sociale leven.
Maar waarom had hij dat niet voor zijn eigen zoon kunnen opbrengen? Voor Frank Hegarty, die misschien nog steeds had geleefd als een strenge vader hem die motornonsens uit het hoofd had weten te praten.
'Nee Joseph,' zei ze zonder op te kijken. 'Het zou niet kunnen.'
Hij zat daar heel stil. Hij dacht aan zijn zoon, zijn zoon die al die jaren naar hem had geschreven. Zijn zoon die hem in de zomer had opgezocht toen hij een weekend vrij had van het bonen inblikken. Frank, de jongen die drie glazen bier met zijn vader had gedronken en hem alles verteld had over het huis in Dunlaoghaire en dacht dat zijn moeder misschien wat milder was geworden. Maar hij had zijn moeder nooit van de brieven en het bezoek verteld. Joseph Hegarty zou dat ook niet doen. Frank moest zijn redenen hebben gehad. Zijn vader wilde hem nu niet verraden of de herinnering van zijn moeder aan hem geweld aandoen.
'Goed, Kit,' zei hij. 'De beslissing is aan jou. Ik wou het je gewoon graag vragen.'

De Westwards stonden in het telefoonboek. De telefoon werd opgenomen door een oudere vrouw.
'Het gaat om een persoonlijk gesprek voor meneer Simon Westward met Sir Victor Cavendish,' sprak Nan met de onpersoonlijke stem van een secretaresse. Ze had de naam uit een society-blad.
'Het spijt me, meneer Westward is er niet.'
'Waar kan Sir Victor hem bereiken, alstublieft?'
Mevrouw Walsh gehoorzaamde onmiddellijk aan de vertrouwelijke toon die een antwoord wilde.
'Hij is gaan lunchen in de Hibernian, geloof ik,' zei ze. 'Misschien dat Sir Victor hem daar kan bellen?'
'Hartelijk bedankt,' zei Nan en hing op.

'Jij krijgt vandaag je kerstcadeautje al,' zei Nan in de centrale hal tegen Benny.
'O, Nan, ik heb helemaal niets voor jou,' zei Benny geschrokken.
'Maakt niet uit. Ik trakteer je op een lunch.'
Ze wilde van geen weigering weten. Iedereen verdiende het om minstens een keer in zijn leven bij de Hibernian te lunchen. Nan en Benny vormden daarop geen uitzondering. Benny vroeg zich af waarom Eve niet meemocht.

In het kleine park naast de universiteit kwamen ze Bill Dunne en Johnny O'Brien tegen.

De jongens stelden voor om iets te gaan drinken. Toen dat werd afgeslagen, kwamen ze met het idee om kipkroketten met patat te gaan eten bij Bewley's, met kleverige amandelbroodjes toe. Lachend zei Benny dat ze naar de Hibernian gingen.
'Dan moeten jullie wel een paar suikeroompjes hebben,' zei Bill Dunne stekelig, om zijn teleurstelling te verbergen.
Benny wilde zeggen dat Nan trakteerde, maar dat leek haar eigenlijk niet gepast. Misschien zou Nan er niet voor willen uitkomen dat het alleen voor Benny gold. Ze keek hoopvol naar haar vriendin en wachtte op een teken. Maar het gezicht van Nan verried geen enkele emotie. Ze zag er zo volmaakt uit, dacht Benny opnieuw met een schok. Het moest geweldig zijn om 's ochtend wakker te worden en te weten dat je er de rest van de dag zo zou uitzien en dat iedereen die je zag je prachtig vond.
Benny wenste dat Bill Dunne er niet zo verongelijkt uitzag. Op een gewone dag zou het leuk zijn geweest om met hem naar Bewley's te gaan. Jack was de hele middag op het rugbyveld. In velerlei opzichten zou ze het met Bill en Johnny leuk hebben gevonden. Het waren vrienden van Jack. Ze waren deel van zijn leven. Ze voelde zich ontrouw aan Nan en haar genereuze aanbod. En was het niet geweldig om voor iets anders bij de Hibernian naar binnen te kunnen gaan dan alleen direct naar het damestoilet door te lopen? Want dat was het enige dat ze er tot op heden had gedaan.

Eve had die middag geen college. Ze kon Benny en Nan niet vinden. Aidan Lynch had haar gevraagd of ze meekwam naar zijn ouders, die het in deze weken leuk vonden om een uurtje boodschappen voor de feestdagen te combineren met vier uur durende lunches. Ze had beleefd geweigerd en gezegd dat het haar voorkwam als een mijnenveld.
'Als we getrouwd zijn, dan moeten we ze wel opzoeken, als je dat maar weet, en ze uitnodigen om gegrild lamsvlees met muntsaus te komen eten,' had hij gezegd.
'Dat is de eerste twintig jaar dus nog geen probleem,' had Eve bars tegen hem gezegd.
Het was onmogelijk om Aidan Lynch af te schrikken. Hij was te vrolijk en er absoluut van overtuigd dat ze van hem hield. Wat ze natuurlijk niet deed. Eve hield van niemand, zoals ze had proberen uit te leggen. Ze voelde alleen diepe genegenheid voor moeder Francis en Benny en Kit. Niemand had haar ooit kunnen aantonen waarom liefde zo belangrijk was, zei ze tegen hem. Kijk wat de liefde haar vader en moeder had aangedaan. Kijk hoe saai Carmel en Sean ervan geworden waren. Kijk hoe Kits leven was verwoest.
Terwijl ze aan Kit dacht, voelde ze dat ze daarheen wilde. Ze wilde naar

huis, naar Dunlaoghaire. Kit had er de laatste dagen vreemd uitgezien. Eve hoopte dat ze niet ziek was of dat de man van die middag niet degene was die Eve had gevreesd.
Ze nam de trein naar Dunlaoghaire. Ze belde niet aan en kwam met haar eigen sleutel binnen. Kit zat in de keuken met haar hoofd in haar handen. Er was niets aangeraakt sinds Eve die ochtend was vertrokken. Ze hing haar jas op.
'Zuster Imelda had een geweldige gewoonte. Ze geloofde dat je elk probleem op aarde veel beter te lijf kon met een schaal aardappelkoekjes. En ik moet zeggen dat ik het met haar eens ben.'
Al pratend haalde ze koude aardappelpuree uit de schaal, maakte een zak bloem open en liet een stuk boter in de koekepan glijden.
Kit keek nog steeds niet op.
'Niet dat het vanzelf iets oplost, maar toch. Ik weet nog dat niemand me wilde vertellen waarom mijn vader en moeder op verschillende kerkhoven waren begraven. Toen aten we ook aardappelkoekjes. Moeder Francis en ik. Niet dat het iets ophelderde. Maar door de koekjes voelden we ons een stuk beter.'
Kit tilde haar hoofd op. De vertrouwde stem en de rituele handelingen van het koken deden haar goed. Eve onderbrak haar activiteiten niet één moment terwijl Kit Hegarty het verhaal vertelde van de echtgenoot die haar had verlaten en die weer was opgedoken en die nu was weggestuurd.

Nan zag Simon Westward onmiddellijk toen zij en Benny de eetzaal werden binnengeleid. De ober was van plan om de twee jonge studentes ergens in een hoek weg te moffelen, maar Nan vroeg of ze meer in het midden konden zitten. Ze praatte als iemand die hier regelmatig kwam. Er was geen enkele reden waarom ze geen betere tafel zouden krijgen.
Ze bestudeerden de kaart en Nan vroeg naar de gerechten die ze niet kenden.
'Laten we iets nemen dat we nooit hebben gegeten,' stelde ze voor.
Benny had lamsvlees op het oog, omdat het veilig en vertrouwd was. Maar Nan trakteerde.
'Zoals?' vroeg ze angstig.
'Hersentjes,' zei Nan. 'Die heb ik nog nooit gehad.'
'Is dat niet een beetje zonde. Stel je voor dat het vreselijk vies is?'
'In een zaak als deze hebben ze niets dat vies is. Waarom neem je geen zwezerik of parelhoen of snip.'
'Wat is snip?'
'Het staat bij de wildgerechten. Ik denk dat het een vogel is.'
'Vast niet. Ik heb er nog nooit van gehoord. Volgens mij is het een ziekte: krijg de snip.'

Nan lachte. 'Het is "krijg de pip", idioot.'
Op dat moment keek Simon Westward op. Nan kon hem vanuit haar ooghoeken zien. Ze had al geregistreerd dat hij met een stel aan tafel zat, een zeer landelijk uitziende oudere man en een jonge, paardachtige vrouw.
Nan wist dat ze was opgemerkt. Ze leunde achterover in haar stoel. Ze hoefde nu alleen nog maar af te wachten.
Benny worstelde met de vreemde namen die ze aan de gerechten hadden gegeven.
'Ik zou scampi kunnen nemen. Dat ken ik niet.'
'Dat ken je wel. Dat zijn grote garnalen.'
'Ja, maar ik heb ze nog nooit geproefd, dus is het nieuw voor mij.'
In elk geval was ze dan verlost van de dreiging van hersentjes en zwezerik en andere verdacht klinkende gerechten.
'Mejuffrouw Hogan. U komt werkelijk op de beste plaatsen.' Simon Westward stond naast haar.
'Ik ga bijna nooit naar zoiets duurs, maar als ik ga dan bent u er in elk geval ook.' Ze lachte hem vriendelijk toe.
Hij hoefde niet eens vragend naar de overkant van de tafel te kijken om Benny aan te zetten hem voor te stellen. Heel simpel, heel correct. Ze deed het helemaal volgens de regels van Nans etiquetteboek. Niet dat ze het ooit had gelezen.
'Nan, dit is Simon Westward. Simon, dit is mijn vriendin Nan Mahon.'
'Hallo Nan,' zei Simon en greep haar uitgestoken hand.
'Hallo Simon,' zei Nan met een glimlach.

'Je bent met een suikeroompje uit eten geweest, hoorde ik,' beschuldigde Jack haar de volgende dag met een lach.
'Nee, helemaal niet. Nan heeft me mee uit lunchen genomen in de Hibernian. Zij trakteerde. Een kerstcadeautje.'
'Waarom deed ze dat?'
'Dat zei ik toch. Als kerstcadeautje.'
Jack schudde zijn hoofd. Het klopte niet.
Benny beet op haar lip. Was ze maar niet gegaan. Eigenlijk dacht ze dat al op het moment dat ze er was. Ze had aardappelen bij de scampi besteld. Ze wist niet dat er eigenlijk rijst bij hoorde tot ze het verbaasde gezicht van de ober zag. Van het kaasplateau had ze van alles een beetje gevraagd in plaats van er twee te kiezen, zoals andere mensen deden. En toen ze om een lekkere romige cappucino had gevraagd, werd haar deftig gezegd dat die niet in de eetzaal werd geserveerd.
Er was ook iets tussen Nan en Simon geweest waardoor ze zich ongemakkelijk voelde. Het leek alsof ze een spel speelden, een spel dat alleen zij begrepen. Alle anderen waren buitenstaanders.

En nu insinueerde Jack dat Nan een bijbedoeling moest hebben gehad om haar mee uit lunchen te nemen.
'Wat is er aan de hand?' Hij zag haar verward kijken.
'Niets.' Ze zette haar vrolijke glimlach op.
Ze had iets heel kwetsbaars. Jack dacht soms dat hij kon zien hoe Benny als kleuter was geweest, een vier- of vijfjarig meisje dat vol kon houden dat alles in orde was, ook als dat niet zo was.
Hij sloeg zijn arm om haar heen terwijl ze een zebrapad overstaken. In alle etalages hingen kerstversieringen. De straten waren met lichtjes versierd. Een koortje, dat stond te bibberen van de kou, zette een schrijnend lied in. De collectebussen rammelden. Haar gezicht zag er heel onschuldig uit. Hij voelde de behoefte om haar tegen van allerlei te beschermen. Tegen Bill Dunne, die had gezegd dat een meid met zulke grote borsten wel een grote flirt zou worden. Tegen verdwaasde zwervers met een woeste kop haar en een fles drank in de vuist. Hij wilde zorgen dat ze op de stoep bleef, zodat het drukke verkeer haar niet kon deren. Hij wilde haar beschermen tegen de kleine kinderen die lieve mensen als Benny hun laatste centen konden aftroggelen. Hij wilde niet dat ze 's middags alweer met de bus naar Knockglen terug zou gaan en dat ze er de hele vakantie, die drie weken duurde, zou blijven.
'Benny?' zei hij.
Ze keerde haar gezicht naar hem toe om te zien wat hij wilde. Hij pakte haar hoofd met beide handen vast en kuste haar zacht op de lippen. Toen stapte hij iets naar achteren om de verrassing in haar ogen te zien. Hij omhelsde haar midden in de drukste straat van Dublin en drukte haar tegen zich aan. Hij voelde hoe ze haar armen om hem heen sloeg en ze drukten zich tegen elkaar aan alsof de wereld alleen om hen tweeën draaide.

243

Hoofdstuk 13

Fonsie had een nieuwe zwart fluwelen jas voor Kerstmis. Clodagh had lila knopen voor hem gemaakt en een enorme zakdoek die hij in zijn borstzak kon stoppen. Hij joeg de inwoners van Knockglen in de gordijnen door uitgerekend in deze kleren de mis bij te wonen.
'Nu heeft hij ook al godslastering op zijn lange lijst van zonden staan,' fluisterde mevrouw Healy tegen de Hogans, die naast haar zaten.
'Hij moet toch in een toestand van genade zijn, anders kwam hij niet,' zei Annabel. Ze vond dat mevrouw Healy van een mug een olifant maakte. Ze benijdde Peggy en Mario omdat ze zulk jong bloed in hun zaak hadden. Hadden Benny en Sean het maar samen geprobeerd, dan zou misschien het trieste vooruitzicht van mislukking niet voor de deur van de Hogans staan, terwijl het de twee andere winkels steeds beter ging. Ze keek naar Eddie die naast haar zat. Waar wou hij voor bidden? Hij was altijd uitermate vroom, alsof hij in de kerk tegen God zelf sprak. Bij haar was dat anders. Annabel had ten hoogste het gevoel dat ze tijdens de mis haar angsten voor het dagelijks leven kon bedwingen, niet zozeer dat ze dichter bij God kwam. Benny bad niet. Dat was zeker. Niemand had onder het bidden zo'n merkwaardig afwezig uiterlijk.
Annabel Hogan wist zo goed als zeker dat haar dochter verliefd was.

Clodagh Pine keek met plezier naar haar vriend Fonsie. Hij zag er echt knap uit. En hij *was* een knappe vent. Ze had in de verste verte niet gedacht dat ze iemand als Fonsie zou ontmoeten toen ze in dit gehucht was gekomen. Het streven was geweest om haar wat rustiger te maken door verbanning naar Knockglen. Haar tante was ook erg aardig voor haar geweest, veel aardiger dan ze had durven dromen. Ze gaf haar veel complimentjes voor haar vernieuwingen, terwijl ze zich tegelijkertijd verzette tegen iedere nieuwe verandering die zich aandiende. Maar als ze eenmaal een idee had geaccepteerd, zette Peggy Pine haar tanden erin en was niet meer te stoppen. Zoals de mooie zelfgebreide truien, waarvoor de mensen eerst nog naar Dublin moesten, en zoals het idee om labels in de kleren te naaien met Pine erop.
Dat alles had bijgedragen tot een stijgende omzet. En de winkel zag er mooi en vrolijk uit. Voor beiden was het een succes.

Clodagh wilde zich dit keer niet de woede van Knockglen op de hals halen. Dus droeg ze naar de mis op Eerste Kerstdag een jas met visgraatmotief en een zwarte leren riem. Ze had hoge zwarte laarzen aan en de zwarte leren baret had ze naar een kant van haar hoofd getrokken. Hij zou echt geweldig hebben gestaan met grote opzichtige oorbellen. Maar tijdens de dienst wilde ze zich ingetogen gedragen. Ze was zich er niet van bewust dat haar tante met het hoofd in de handen naast haar knielde en de Moeder Gods vroeg waarom een meisje dat zo lief en behulpzaam was als Clodagh zich moest kleden als een hoer.

Sean Walsh knielde stijfjes. Hij zat erbij als iemand die erop wachtte tot hem een klap zou worden verkocht. Hij staarde strak voor zich uit, misschien uit vrees dat hij betrapt zou worden als hij zomaar wat in het rond keek.

Sean was dit jaar bij de Hogans uitgenodigd om de kerstmaaltijd te gebruiken. De voorafgaande jaren was hij naar huis gegaan, naar een wereld waar hij nooit over sprak, naar een stad die niemand wist, omdat hij die nooit had genoemd. Maar dit jaar had hij meneer Hogan overgehaald om op kerstavond langer open te blijven en tussen de middag niet te sluiten zoals ze andere jaren altijd deden.

Zoveel mensen moesten op kerstavond nog wat cadeautjes kopen, zei Sean. En als Hogan's Herenmode niet open was, dan konden ze altijd nog zakdoeken krijgen bij Peggy Pine, sigaren bij Birdie Mac of zeep met een mannelijk geurtje bij meneer Kennedy. Al die zaken zouden open zijn om de verdiensten niet mis te lopen. Knockglen veranderde snel.

'Maar dat kan jij toch niet doen,' pleitte meneer Hogan. 'Dan mis je de bus naar huis.'

'Er is daar heus niet veel van Kerstmis te merken, meneer Hogan,' had Sean een beetje zielig gezegd, in de wetenschap dat ze hem nu wel uit moesten nodigen. Sean keek ernaar uit om op kerst bij de Hogans te eten. Het gaf hem het gevoel dat hij een belangrijk persoon was. Hij had een boeket droogbloemen voor mevrouw Hogan gekocht. Iets dat het hele jaar door op tafel kon staan, zou hij zeggen. En voor Benny talkpoeder met de naam Talc de Coty. Het was een nogal duur poeder, maar een bescheiden flesje, zodat ze er onbekommerd blij mee kon zijn en niet in verlegenheid gebracht door de prijs.

Ze was vanmorgen erg aardig tegen hem geweest. Ze had lief naar hem gelachen en gezegd dat ze het leuk vond om hem om één uur bij haar thuis te zien.
Het deed hem deugd dat ze gezegd had hoe laat hij werd verwacht. Hij had zich al afgevraagd of hij na de mis meteen met ze mee naar huis moest gaan. Goed dat ze hem erop gewezen had.

Benny had zich, in het besef dat ze toch niet om Sean heen kon, voorgenomen dat ze ook aardig tegen hem kon zijn. Patsy vertelde dat haar ouders behoorlijk bang waren dat ze er moeilijk over zou gaan doen.
'Het is maar een lunch. Geen heel leven,' had Benny filosofisch gezegd.
'Ze zouden anders best blij zijn als het een heel leven werd.'
'Nee, Patsy, dat meen je niet. Toch niet meer, hè? Misschien dat ze dat ooit hebben gedacht.'
'Ik weet het niet. Je kunt niet in wetten vastleggen wat de mensen mogen denken en hopen.'
Patsy zat er naast. Benny was ervan overtuigd dat haar ouders geen hoop konden hebben dat zij ooit wat in Sean zou zien. De zaken gingen slecht. Veel geld was er niet meer. Dat wist ze. En ze zouden haar toch niet van hun zuurverdiende centen laten studeren tenzij ze hoopten dat er voor haar iets beters binnen bereik lag. Als de bedoeling was dat ze met Sean Walsh trouwde en dat hij de zaak overnam, dan hadden ze haar wel gedwongen een of andere secretaresse- of boekhoudcursus te gaan volgen. Dan hadden ze haar in de winkel laten helpen en niet laten kennis maken met een wereld die alles in zich had. De wereld van Jack Foley.

De mis in het klooster was altijd een waar genoegen. Pater Ross hield van de zuivere stemmen van de jonge nonnen in het koor. Er werd nooit gekucht of geproest of gewiebeld als hij de mis opdroeg in de kapel van St. Mary. De nonnen zongen prachtig en luidden op tijd de bel. Hij had niet te maken met slaperige of recalcitrante misdienaartjes. En het leek in de verste verte niet op de verbazingwekkende en in hoge mate oneerbiedige modeshow waarop de parochiekerk in Knockglen vanochtend was getrakteerd. Hier maakte iedereen deel uit van het religieuze leven, op de jonge Eve na natuurlijk, maar die was hier opgegroeid.
Zijn ogen rustten op het kleine donkere meisje toen hij de laatste zegen gaf: 'Ite Missa Est'.
Hij zag dat ze net zo eerbiedig haar hoofd boog als de nonnen terwijl ze 'Deo Gratias' zei.
Hij had zich zorgen gemaakt toen hij hoorde dat ze in het huisje wilde gaan wonen waar haar moeder tijdens haar geboorte was bezweken en waar ook haar arme vader het leven had gelaten. Ze was te jong om zelfstandig te wonen, wat immers zovele gevaren in zich borg. Maar moeder Francis, die een bewonderenswaardig verstandige vrouw was, was er voor.
'Het ligt bij ons achter de tuin, pater,' had ze hem verzekerd. 'In zekere zin hoort het huisje bij het klooster. Het is alsof ze ons helemaal niet verlaat.'
Hij keek uit naar zijn maaltijd in de salon. De geur en smaak van zuster

Imelda's knaperig gebakken bacon en aardappeltaart konden een man overal heen lokken en hem alles in de wereld doen vergeten.
Mevrouw Walsh fietste uit Knockglen terug naar de Westlands. Meneer Simon en juffrouw Heather zouden om half twaalf naar de kerk gaan. De oude man ging al een hele tijd niet meer. Het was droevig om hem zo krachteloos in zijn rolstoel te zien zitten, maar toch waren er momenten waarop hij zich dingen goed kon herinneren. Meestal overigens dingen die je het best snel kon vergeten. Tragische gebeurtenissen, ongelukken, rampen. Nooit leuke momenten. Geen trouwpartijen, doopfeesten of andere festiviteiten.
Mevrouw Walsh praatte nooit over haar leven op het landgoed. Ze had veel publiek kunnen krijgen voor verhalen over het kind. Hoe ze met Clara over haar jonge hondjes praatte en tegen Woffles over de sla die hij voor Kerstmis zou krijgen en hoe ze tegen de pony vertelde dat ze zadelmaker wilde worden om iets zachters uit te kunnen vinden voor het bit in zijn mond.
Mevrouw Walsh had Bee Moore gewaarschuwd dat er ook van haar geen verhalen werden verwacht. De mensen hadden altijd heel vlug hun oordeel klaar over een familie die anders was dan de mensen in het dorp. De Westwards hadden een ander geloof, behoorden tot een andere klasse en hadden ook nog een andere nationaliteit. De Anglo-Ieren mochten zichzelf dan wel als Ieren beschouwen, zei mevrouw Walsh vaak om haar standpunt aan Bee Moore meer kracht bij te zetten, maar dat waren ze natuurlijk niet. Ze waren even Engels als de mensen die overzee woonden. Het enige probleem was dat *zij* dat niet doorhadden.
Meneer Simon had een oogje op een Engelse dame uit Hampshire. Hij wilde haar uitnodigen om te komen logeren. Maar niet op het landgoed. Ze zou in Healy's Hotel moeten overnachten, wat zijn manier was om te zeggen dat hij er nog niet helemaal uit was of hij haar wel wilde trouwen.
Mevrouw Walsh fietste terug om het ontbijt klaar te maken. Ze vond dat meneer Simon slecht was ingelicht. Healy's Hotel was niet een oord waar je een rijke vrouw uit Hampshire liet overnachten. Het was rommelig ingericht en had bedompte kamers. De vrouw zou op die manier geen goede indruk krijgen van meneer Simon en de Westlands. Ze zou met al haar geld weer snel naar Hampshire teruggaan.
En het doel van de uitnodiging was toch om haar te laten blijven en een huwelijk te arrangeren, zodat er meer Engels bloed in de familie en, nog aanzienlijk belangrijker, meer geld in het laatje zou komen.

Moeder Clare bekeek Eve met minachting. Ze deed weinig moeite om dat te verbergen.

'Blij te zien dat je van al je verschillende ziektes bent genezen, of wat het ook geweest moge zijn,' zei ze.
Eve glimlachte haar toe. 'Dank u, moeder. U bent altijd erg goed voor mij geweest.
Het spijt me dat ik het toen niet op de juiste manier heb kunnen teruggeven.'
'Heb je *iets* teruggegeven dan,' snoof moeder Clare.
'Ik denk dat ik dat op een bepaalde manier wel heb gedaan, door niet langer voor uw voeten te lopen,' zei Eve vriendelijk en onschuldig. 'U hoeft zich het hoofd er niet meer over te breken hoe u mij in uw wereld in moet passen, alleen uit vriendelijkheid tegenover moeder Francis.'
De non keek haar argwanend aan, maar kon in de woorden geen ironie of dubbelzinnigheid ontdekken.
'Het lijkt me dat *jij* alles hebt gekregen wat je wilde,' zei ze.
'Niet alles, moeder.' Eve vroeg zich af of ze de Heilige Augustinus zou citeren en opmerken dat onze harten rusteloos blijven tot ze bij de Heer zullen rusten. Maar het leek haar beter om het niet te doen. Dat zou te ver gaan.
'Nee, niet alles, maar wel veel,' zei ze. 'Wilt u mijn huisje zien? We moeten wel even door de struiken lopen en zo, maar het pad is niet glibberig.'
'Later, kind. Een andere dag.'
'Dat is ook goed. Maar ik weet niet hoe lang u blijft...' Opnieuw trok ze een onschuldig gezicht.
Afgelopen nacht had ze met moeder Francis gepraat, net zoals op zoveel vroegere kerstavonden. Bij deze gelegenheid had ze de non zelfs een beetje verteld over haar gekke, geestige vriendschap met Aidan Lynch.
Moeder Francis had gezegd dat het ergste van moeder Clare's bezoek was dat er geen einde aan leek te komen. Ze kon de zuster natuurlijk niet vragen wanneer ze weer zou vertrekken. Eve had beloofd dat zij dat in haar plaats zou doen.
Moeder Clare hield er niet van als er zo openlijk naar haar plannen werd gevraagd.
'O... nou... eh,' stotterde ze.
'Als u zegt op welke dag u precies weggaat, kunnen we iets afspreken, moeder Clare. Ik wil beslist de tijd hebben om het u te laten zien. U hebt mij uw huis laten zien, het is niet meer dan logisch dat ik u het mijne laat zien.'
Ze dwong moeder Clare een datum te noemen En tot ieders grote verrassing bleek Peggy Pine net die dag naar Dublin te rijden. Het vertrek was geregeld.
Moeder Francis wierp een dankbare blik naar Eve.

Een blik van dankbaarheid en liefde.
Patsy had van Mossy voor kerst een horloge gekregen. Dat betekende maar één ding. Het volgende cadeau zou een ring zijn.
'Eve beweert dat hij achter zijn huis aan het bouwen is,' zei Benny.
'Ach, dat is moeilijk te zeggen met Mossy,' zei Patsy.
Ze hadden de tafel gedekt en versierd met slingers, wat ze, zolang Benny zich kon herinneren, ieder jaar hadden gedaan. Rond het huis hingen lampions. In de kerstboom voor het raam hingen al jaren dezelfde ballen. Dit jaar had Benny er een paar nieuwe bijgekocht in Dublin.
Ze voelde een brok in haar keel toen haar vader en moeder er met zoveel plezier naar keken, alsof ze iets speciaals betekenden tussen de rode en fonkelende ballen die je overal tegenkwam.
Ze waren hevig geroerd door alles wat ze voor hen deed, maar zij was juist degene die *hen* zou moeten bedanken. Je hoefde geen Einstein te zijn om te zien dat het met de winkel helemaal niet goed ging. Dat het een zware strijd voor hen was om vol te houden en haar het geld te geven voor haar studie. En toch kon ze het niet over haar hart verkrijgen om te vertellen dat ze het op dezelfde manier zou willen doen als Eve. Haar eigen studie betalen door te werken, door te helpen in de huishouding of op kinderen te passen.
Ze zou alles aanpakken, al moest ze op handen en knieën openbare toiletten schoonmaken. Als dat maar zou betekenen dat ze niet iedere avond terug hoefde naar Knockglen en als het maar zou betekenen dat ze in dezelfde stad kon wonen als Jack Foley.
'Arme Sean. Hij is toch niet lastig?' Benny's moeder maakte een vraag van haar opmerking.
'Ik kan hem toch niet de hele dag laten werken en dan niet vragen of hij een hapje mee wil eten, als ik zie dat hij de bus naar huis mist?' De opmerking van haar vader leek ook meer op een vraag.
'Zou hij hier ooit een plek voor zichzelf krijgen, een huis of zo?' vroeg Benny.
'Grappig dat je dat vraagt. Het praatje gaat dat hij boven bij de steengroeve aan het rondkijken is. Misschien is dat een plek waar hij zou willen wonen.'
'Hij spaart met zijn kamers boven de winkel vast niet genoeg geld uit voor een eigen huis,' zei Eddie Hogan een beetje spijtig.
Hij hoefde dat niet te zeggen, want iedereen wist dat er geen sprake van was dat Sean werd onderbetaald. Het was alleen dat er bij die lage omzet niet veel was om iemand van te betalen.
Alles gebeurde tegelijkertijd. Sean Walsh klopte op de voordeur, die nooit door iemand werd gebruikt, maar hij dacht dat met Kerstmis al-

les anders ging. Aan de achterdeur verscheen Dessie Burns, die zo dronken was als een tor en riep dat hij alleen maar op zoek was naar een stal om in te slapen, alleen maar een stal. Dat was goed genoeg geweest voor Onze Heiland, dus was het ook goed genoeg voor Dessie Burns. En een hapje eten zou ook geen kwaad doen. Dokter Johnson kwam in paniek het tuinpad oplopen om de auto van Eddie Hogan te lenen. 'Die verdomde klootzak in de Westlands moet me verdomme uitgerekend met kerst lastig vallen. Ik zou net mijn vork in die verdomde kalkoen zetten.' En hij scheurde er vandoor in de Morris van de Hogans.

Birdie Mac kwam opgewonden binnen en vertelde dat meneer Flood, die normaal één non in de boom zag, er nu drie zag en met een stok stond te zwaaien om hun aandacht te trekken en ze uit te nodigen voor de thee. Birdie was naar Peggy Pine geweest om advies te vragen, maar die had al te veel drank op en gezegd dat hij de boom in kon om ze gezelschap te houden.

Jack Foley belde uit Dublin en trotseerde het postkantoor waar ze er een verschrikkelijke hekel aan hadden om met Kerstmis telefoongesprekken door te verbinden, tenzij het om spoedgevallen ging.

'Het is een spoedgeval,' had hij geroepen.

Toen Benny aan de telefoon kwam, zei hij dat dit het dringendste spoedgeval in zijn leven was. Hij moest per se laten weten hoe erg hij haar miste.

Patsy ging met Mossy wandelen toen alles weer was opgeruimd. Voor het eerst dit jaar stelde Benny voor dat iedereen met opruimen en afwassen zou helpen. Ze deden de voor- en achterdeur open om alles door te laten luchten. Benny zei dat het niet erg tactvol was tegenover de kippen om ze met de geur van gebraden kalkoen te confronteren, maar misschien hadden kippen de speciale gave om zich van zoiets af te sluiten, want erg nerveus werden ze niet. Sean wist niet hoe hij op dit soort gebabbel moest reageren. Hij overwoog een paar standpunten en besloot toen maar om streng toe te kijken.

De grote antieke klok in de hoek tikte luid toen eerst Eddie Hogan en vervolgens Annabel in slaap vielen voor het warme haardvuur. Shep kon het ook niet meer houden, zijn ogen vielen langzaam en onwillig toe, alsof hij bang was om Sean en Benny alleen te laten.

Benny wist dat ze ook in slaap kon vallen, of kon doen alsof. Sean zou dit niet als onbeschaamdheid opvatten, maar als een soort bewijs dat hij bij de familie hoorde. Maar hoe dan ook, ze was veel te opgewonden om te slapen.

Jack had opgebeld met de mededeling dat iedereen bij hem thuis spelletjes zat te doen en dat hij er even tussenuit was geknepen om haar te vertellen dat hij van haar hield.

Benny was nog nooit zo wakker geweest. Ze verlangde naar leuker gezelschap dan Sean Walsh, maar toch had ze medelijden met hem. Vanavond zou hij terug moeten naar zijn kamertje boven de winkel. Er had niemand gebeld om te zeggen dat hij gemist werd. Ze kon het zich veroorloven om edelmoedig te zijn.
'Neem nog een chocolaatje, Sean.' Ze hield hem de doos voor.
'Dank je wel.' Het lukte hem zelfs er onhandig uit te zien als hij zo iets gewoons deed als een chocolaatje eten. Het ging met grote moeite naar binnen. Hij moest vaak slikken en zijn keel schrapen.
'Je ziet er erg... hmm... leuk uit vandaag, Benny,' zei hij na enig nadenken. Te lang nadenken voor zo'n simpele opmerking.
'Dank je, Sean. Volgens mij voelt iedereen zich met kerst op z'n best.'
'Ik anders bepaald niet, tot op heden,' biechtte hij.
'Het eten was toch gezellig, of niet?'
Hij ging er eens goed voor zitten. 'Niet alleen het eten. *Jij* was ook gezellig. Dat geeft me hoop.'
Ze keek naar hem met een opwelling van sympathie. Ze had nooit gedacht dat haar zoiets kon gebeuren. Binnen een uur verklaarden twee mannen haar hun liefde. In de film wisten vrouwen daar mee om te gaan en waren ze zelfs in staat om de rivalen tegen elkaar uit te spelen. Maar dit was geen film. Dit was de arme, zielige Sean Walsh, die serieus dacht dat hij zich in de zaak kon trouwen. Ze moest hem duidelijk zien te maken dat dit nooit zou gebeuren. Er moesten toch woorden te vinden zijn die hem in zijn waarde lieten en tegelijk zichtbaar maakten dat de dingen er niet beter op werden als hij haar opnieuw zou vragen. Sean was nog van de oude stempel. Hij dacht dat een vrouw 'ja' bedoelde als ze 'nee' zei en dat je gewoon na zo lang moest aandringen tot ze toegaf. Ze probeerde zich voor te stellen hoe zijzelf een- afwijzing zou willen horen. Stel je voor dat Jack te vertellen had dat hij van iemand anders hield, wat zou dan de beste manier zijn? Zij zou willen dat hij eerlijk was en dat hij het haar heel direct zou melden, zonder excuses of spijtbetuigingen. Alleen de feiten. En dan wilde ze dat hij weg zou gaan, zodat ze het in haar eentje kon verwerken.
Zou dit ook voor Sean Walsh gelden?
Ze keek naar het haardvuur terwijl ze praatte. Op de achtergrond klonk het zware ademen van haar slapende ouders. De klok tikte en Sheps oogleden trilden soms een beetje.
Ze vertelde Sean over haar plannen en haar dromen. Dat ze in Dublin wilde wonen en dat ze alle hoop had dat haar dat uiteindelijk zou lukken.
Sean luisterde het onverstoorbaar aan. Toen ze vertelde over de persoon van wie ze hield, moest hij glimlachen. Een vals klein glimlachje.
'Denk je ook niet dat dit nu, wat ze noemen, een "bevlieging" is.'

Benny schudde haar hoofd.
'Maar het is nergens op gebaseerd. Jullie hebben geen gemeenschappelijke dromen en plannen, zoals bij een echte verhouding.'
Benny keek hem verbijsterd aan. Sean Walsh sprak over serieuze verhoudingen alsof hij ook maar in de verste verte wist wat dat waren. Ze probeerde hem nog te ontzien. 'Natuurlijk zit daar wat in. Misschien gaat het niet, maar ik hoop toch dat het lukt.'
Zijn glimlach werd nog wranger. 'En is die gelukkige kerel op de hoogte van jouw waanzinnige verliefdheid. Weet hij alles af... van jouw hoop?'
'Natuurlijk weet hij dat. En hij denkt er net zo over,' zei ze verrast. Sean dacht waarschijnlijk dat ze verliefd was op een onbereikbaar iemand, een filmster of zo.
'Ach, we zien wel,' zei hij en hij staarde met zijn treurige bleke ogen naar het vuur.

Patsy was 's avonds naar het huisje van Mossy gegaan. Ze droeg het nieuwe horloge en onderwierp zich aan nadere inspectie door Mossy's moeder. De getrouwde zus van Mossy en haar man waren er ook, zodat haar bezoek nog meer betekenis kreeg.
'Ik geloof dat ze me wel aardig vonden,' zei Patsy opgelucht.
'Vond jij *hen* aardig?'
'Het is niet aan mij om er meningen op na te houden, dat weet je, Benny.'
Het was niet voor het eerst dat Benny het weeshuis zou willen opzoeken waar Patsy zonder hoop en vertrouwen was opgegroeid, om iedereen daar te wurgen. Patsy wilde weten wanneer Sean was weggegaan, want ze had hem zo laat nog het pad naar de steengroeve op zien lopen. Hij zag er bezorgd uit, rapporteerde Patsy, alsof hij diep over iets nadacht. Benny wilde er niets meer over horen. Ze ging handig over op een ander onderwerp. Brandde het licht in het huisje van Eve, wilde ze weten.
'O ja, het zag er zo schattig en gezellig uit. Ze heeft een klein kerstkribje in het kozijn staan, met een lichtje erin. En ze heeft een kerstboom, een kleintje, maar met van alles erin.'
Eve had Benny al verteld over het kribje, een geschenk van het klooster. En alle nonnen hadden iets voor de boom gemaakt. Engeltjes van pitriet, kleine balletjes van wol, een kerstster van aluminiumfolie en kleine figuurtjes die uit kerstkaarten waren geknipt en verstevigd met karton. In die versieringen had uren werk gezeten.
De zusters waren trots maar ook droevig dat Eve naar haar eigen huisje was verhuisd. Natuurlijk waren ze al een beetje gewend geraakt aan haar verblijf in Dublin. De eerste weken hadden ze haar aanwezigheid in het klooster elke dag gemist, vooral de gesprekken die ze vroeger met haar in de keuken hadden.

Maar zoals moeder Francis al zei, het huisje lag maar aan de andere kant van de tuin.
Moeder Francis zei dat nooit tegen Eve zelf. Ze legde er steeds de nadruk op dat ze volledig vrij was in haar handelen en dat ze uiteraard het gewone pad buitenom kon gebruiken. Het was haar huis en ze mocht uitnodigen wie ze wilde.
Toen Eve vroeg of ze een feestje mocht geven, zei moeder Francis dat ze het halve land kon uitnodigen als ze daar zin in had. Eve zei quasi zielig dat waarschijnlijk half Dublin over de vloer zou komen. Omdat ze zo had opgeschept over Knockglen dacht iedereen dat hier pas echt iets te doen viel.
Volgens moeder Francis was dat niet meer dan de waarheid. Ze vroeg hoe Eve het wilde regelen om half Dublin te eten te geven.
'Ik heb een heleboel ingekocht. Tweede Kerstdag komen Clodagh en Benny langs om te helpen.'
'Dat is geweldig. Vergeet niet dat zuster Imelda het altijd leuk vindt als iemand haar vraagt om pasteitjes te bakken.'
'Maar dat kan ik toch niet...'
'Pasteitjes zijn overal op de wereld in trek. Zelfs in Dublin. Het zal zuster Imelda een grote eer zijn.'

Clodagh en Benny kwamen in alle vroegte bij het huisje aan.
'Soep, dat heb je nodig,' zei Clodagh vastberaden.
'Ik heb geen grote pan.'
'Ik wed dat het klooster er een heeft.'
'Clodagh, waarom ben ik hier aan begonnen?'
'Om je huis in te wijden. Om het gezelliger te maken.' Clodagh was bezig de borden te tellen en lijstjes te maken en uit te zoeken waar ze de jassen konden ophangen. Benny en Eve keken vol bewondering toe.
'Die daar zou de wereld wel willen regeren als ze de kans kreeg,' zei Eve.
'Ik zou er in ieder geval meer van bakken dan die sukkels die nu de dienst uitmaken,' zei Clodagh blijmoedig.

De Hogans waren verbaasd om Sean Walsh op tweede kerstdag opnieuw hun tuinhek te zien binnenkomen.
'We hebben hem toch niet gevraagd voor vandaag?' zei Annabel ongerust.
'Ik niet in ieder geval. Misschien Benny,' zei Eddie weifelend.
Maar niemand had Sean Walsh uitgenodigd. Hij kwam met meneer Hogan over zaken praten. Hij had een lange wandeling langs de steengroeve gemaakt en had alles op een rijtje gezet. Sean Walsh wilde meneer Hogan het voorstel doen dat hij zou worden aangenomen als compagnon in de zaak.

Hij wist dat er niet genoeg geld was voor een loonsverhoging. De enige oplossing was dat meneer Hogan hem zou vragen als medefirmant.

Mario stond erbij te kijken terwijl Fonsie de deur van de bestelwagen openmaakte en de platenspeler inlaadde.

'Wij teruggaan naar rust en stilte?' vroeg hij hoopvol.

Fonsie nam niet eens de moeite om te antwoorden. Hij wist dat alles wat Mario tegenwoordig zei meer een soort ritueel protest was dan een werkelijke klacht.

De cafetaria was onherkenbaar veranderd sinds Fonsie naar het dorp was gekomen. De zaak was in vrolijke kleuren geschilderd en er stapten mensen over de drempel die hier vroeger nooit binnen waren geweest. Fonsie had ingezien dat er mogelijkheden waren om 's ochtends rond koffietijd een ouder publiek te trekken en hij deed er alles aan om dat binnen te krijgen. Tenslotte was dit het deel van de dag waarop de echte klanten, de jongelui, vastzaten op school of op hun werk. De zaak was dan bijna leeg.

Fonsie draaide ouderwetse muziek en zag tot zijn grote tevredenheid de vrouw van dokter Johnson, mevrouw Hogan, mevrouw Kennedy van de drogisterij en Birdie Mac langskomen om koffie te drinken, omdat het hier niet zo duur was en er een ongedwongener sfeer hing dan in Healy's Hotel.

Wat de jongelui betrof, hij had plannen voor een reusachtige jukebox, die zichzelf in zes maanden kon terugbetalen. Dat hoefde hij heus vandaag niet aan zijn oom uit te leggen, daar was later nog tijd genoeg voor. Ondertussen vertelde hij dan toch maar dat hij de platenspeler aan Eve had uitgeleend, voor haar feestje.

'Veel beter om dat ding daar te laten spelen,' gromde Mario. 'Bij de steengroeve is het goed. Alleen de vogels die er vliegen, kunnen er doof van worden.'

'Je blijft toch niet te lang op dat feest, he?' Benny's vader keek haar aan over zijn bril.

Het maakte hem oud. Ze vond het vreselijk als hij zo gluurde. Een bril was om doorheen te kijken of je moest hem afzetten, had ze hem ongeduldig willen toeschreeuwen.

Ze toverde echter een geruststellende glimlach op haar gezicht.

'Dit is het enige feest dat ooit in Knockglen is gehouden, vader. Dat weet u. Er kan niet veel kwaads gebeuren, lijkt me, daar achter in de kloostertuin.'

'Het is anders een glibberig oud pad langs het klooster.'

'Dan kom ik wel over de weg die op het pleintje uitkomt.'

'Daar is het pikdonker,' droeg haar moeder bij. 'Je kunt misschien beter door de kloostertuin komen.'

'Er zijn genoeg mensen die met me mee teruglopen. Clodagh of Fonsie. Maire Carroll zelfs.'
'Misschien kom ik je wel tegemoet tegen de tijd dat het is afgelopen.
Shep, jij houdt toch wel van een wandeling midden in de nacht, of niet soms?'
De oren van de hond spitsten zich bij de gedachte aan welke wandeling dan ook.
Als ze nu de goede woorden maar kon vinden. De formule om te voorkomen dat haar vader haar kwam afhalen en door de ramen naar Eve's feestje kwam gluren en het voor iedereen zou verpesten. Heus niet alleen voor Benny, maar voor iedereen.
Als ze nu maar de goede woorden vond om hem ervan te weerhouden om haar, hoe goed bedoeld ook, veilig thuis te brengen.
Nan zou er wel weg mee weten. Wat zou Nan doen ? Nan zei altijd dat je zo dicht mogelijk bij de waarheid moest blijven.
'Vader, ik wil liever niet dat u me komt halen. Dat zou een beetje kinderachtig overkomen op al die mensen uit Dublin, denkt u niet? Het is het enige feest dat ooit in Knockglen is gehouden en misschien wel het laatste. U begrijpt toch zeker dat ik niet gebracht en gehaald wil worden als een klein kind?'
Hij zag er een beetje gekwetst uit, alsof een vriendelijk aanbod was geweigerd.
'Goed, lieverd,' zei hij na een korte stilte. 'Ik wilde alleen maar behulpzaam zijn.'
'Dat weet ik, vader, dat weet ik,' zei ze.

Deze kerst was de vader van Nan er slechter aan toe dan anders. De feestdagen leken hem niet op te vrolijken. De jongens trokken zich niets van hem aan. Paul en Nasey waren steeds minder thuis te vinden. Emily probeerde hem te verontschuldigen. Ze verdedigde hem tegenover Nan.
'Hij meent het niet. Als je eens wist hoeveel spijt hij later heeft.'
'Dat weet ik,' zei Nan. 'Ik moet het iedere keer weer aanhoren.'
'Hij heeft er enorme spijt van dat hij ons van streek heeft gemaakt. Vandaag is hij vast zo mak als een lammetje.' Em smeekte om begrip.
'Wat mij betreft doet hij vandaag precies waar hij zin in heeft, Em. Ik blijf het in elk geval niet aankijken. Ik ga naar de races.'
Ze had haar uitmonstering uitgebreid bestudeerd. Het leek haar een perfecte keuze. Haar crèmekleurige pakje, afgezet met bruin, de hoed die zo goed kleurde bij haar blonde krullen. Een klein, degelijk handtasje en schoenen die niet in de modder zouden zakken completeerden het geheel. Ze ging met de bus naar de races, samen met andere Dubliners op hun dagje uit.

Terwijl die alle paarden bespraken, zat Nan Mahon door het raam naar buiten te kijken.
Ze had heel weinig belangstelling voor paarden.
Het duurde niet lang voor ze hem had gevonden. Even snel vond ze een plek waar ze goed in het oog viel. Bij een van de vele gloeiende komforen langs de omheining stond ze haar handen te warmen. Ze concentreerde zich op de warmte, maar zag hem vanuit haar ooghoeken naderen.
'Wat leuk je weer eens te ontmoeten, Nan Mahon,' zei hij. 'Waar zijn de andere meiden met wie je altijd op pad bent?'
'Hoe bedoel je?' zei ze warm en met een vriendelijke glimlach.
'Ik zie je bijna nooit zonder een regiment vrouwen in je kielzog.'
'Vandaag niet. Ik ben hier met mijn broers. Ze zijn gaan inzetten op een paard.'
'Mooi. Kan ik je dan iets te drinken aanbieden?'
'Ja, dat lijkt me leuk. Maar één drankje dan, want ik zou ze na de derde race weer ontmoeten.'
Ze gingen de drukke bar in, waarbij hij haar met zijn hand onder haar elleboog lichtjes leidde.
Van her en der kwamen glimlachjes en er waren mensen die zijn naam riepen. Ze voelde zich zelfverzekerd, alsof ze hun gelijke was. Ze werd niet misprijzend aangekeken. Van deze mensen kon niemand weten welke straat ze vanochtend achter zich had gelaten, of dat ze moest rennen om de bus te halen. Ook wisten ze niet dat bij haar thuis veel drank had gevloeid, dat er een lamp was gebroken en dat de kerstpudding in dronken razernij tegen het behang was gesmeten. Deze mensen accepteerden Nan als hun gelijke.

Eve keek blij haar huisje rond.
De olielampen waren ontstoken en gaven een warme gloed. In de haard brandde het vuur.
Moeder Francis had wat zij noemde een paar oude spulletjes achtergelaten. Het waren precies de soort dingen waar Eve dol op was. Een grote blauwe vaas, waar ze de wilgetakjes in kon zetten die ze had geplukt. Een stapeltje boeken om de boekenplank in de hoek te vullen. Twee licht beschadigde Chinese kandelaars voor op de schoorsteen en een glanzend gepoetste kolenschop.
Aan een ouderwets rek in de keuken hingen pannen die van het klooster afkomstig waren. Uit de tijd van haar ouders was niet veel bruikbaars overgebleven.
Alleen de piano, de piano van Sarah Westward. Eve liep met haar vingers over de toetsen en had spijt dat ze niet beter had opgelet toen zuster Bernard haar les had gegeven. Moeder Francis had zo graag met Eve

haar grote liefde voor muziek willen delen. Haar moeder had een hele kast volgepropt met bladmuziek, muziekboeken en partituren. Door de jaren heen had moeder Francis alles netjes opgeruimd en vochtvrij bewaard. Wanneer de pianostemmer op school kwam, werd hem altijd gevraagd of hij nog een extra klusje wilde doen. Dan leidde ze hem over het pad langs het klooster naar de piano die, zoals hij elke keer tegen moeder Francis herhaalde, twintig keer beter was dan wat ze in het muzieklokaal van St. Mary hadden staan.
'Hij is niet van ons,' zei moeder Francis dan altijd.
'Waarom moet ik hem dan stemmen?' vroeg hij ieder jaar.
Eve zat voor het vuur en feliciteerde zichzelf.
Moeder Francis had weer eens gelijk gehad. Het was erg prettig om een plekje voor jezelf te hebben.

De Hogans hadden besloten om voorlopig tegen Benny hun mond te houden over het voorstel, of liever het ultimatum, van Sean Walsh. Hij had het erg hoffelijk gebracht, maar er bleef weinig te raden over. Als hij geen volwaardige compagnon kon worden, ging hij weg en zou iedereen ervan horen. Iedereen in Knockglen zou vinden dat hij oneerlijk was behandeld. Ze wisten allemaal hoe groot zijn inzet was geweest en hoe verregaand zijn loyaliteit. Sean hoefde hen niet te vertellen hoe de toekomst van de winkel eruit zou zien als hij op zou stappen. In feite was hij degene die de winkel draaiende hield. Meneer Hogan had geen echt zakeninstinct waar het de moderne klant betrof. En de oude Mike kon hem in dat opzicht geen enkele hulp bieden.
Ze zouden er met Benny over praten, maar niet nu. Niet nu ze zo haar best had gedaan om beleefd en aardig tegen hem te zijn tijdens de kerstmaaltijd. Misschien zou ze geweldig opvliegen en dat wilden ze niet riskeren.
'Is Sean ook voor het feestje bij Eve gevraagd?' vroeg Eddie, hoewel hij natuurlijk wist dat er geen sprake van kon zijn dat de jongen was uitgenodigd.
'Nee, vader.'
Tot Benny's opluchting ging de telefoon, hoewel het op zich verontrustend was dat er 's avonds om negen uur nog werd gebeld. Ze hoopte niet dat het Jack was om af te bellen voor het feest.
Benny nam op. Nan Mahon was aan de lijn en smeekte of ze morgenavond na het feestje kon blijven slapen. Nan had eerst gezegd dat ze hoogstwaarschijnlijk niet naar Knockglen zou kunnen komen. Waardoor zou ze van gedachten zijn veranderd? Kennelijk was er heel wat gebeurd. Ze zou het allemaal uitleggen als ze in het dorp was. Nee,

het was niet nodig om haar van de bus te halen. Ze zou een lift krijgen. Ook dat zou ze later uitleggen. Nee, geen idee hoe laat. Zouden ze maar afspreken om elkaar op het feest te zien?

De volgende ochtend, op de dag van het feestje, wandelde Benny naar het huisje van Eve om haar het nieuws te vertellen. Eve was woedend.

'Wie denkt ze verdomme wel dat ze is. Ze kondigt haar komst aan alsof ze over koninklijk bloed beschikt.'

'Je hebt haar anders zelf uitgenodigd,' zei Benny zacht.

'Ja, en ze zei nee.'

'Ik snap niet waar je je druk om maakt. Hoe meer zielen, hoe meer vreugd. *Ik* heb met Patsy de hele avond met bedden lopen slepen en gecontroleerd of de meubels niet te stoffig zijn, voor het geval Nan de boel zou gaan inspecteren.'

Eve wist niet waarom ze zo boos was. Nan was haar vriendin. Nan had haar prachtige rode rok aan haar geleend. Nan had Eve uitgelegd hoe ze zich moest opmaken en hoe ze iedere avond haar schoenen moest verzorgen. De anderen zouden blij zijn om haar te zien. Door haar aanwezigheid zou het feest alleen nog maar beter worden. Vreemd dat ze zo wrevelig was.

Ze dronken koffie in de keuken van Eve's huisje en probeerden te bedenken wie haar een lift zou geven. Jack kon het niet zijn, zei Benny, want die reed al met Aidan Lynch, Carmel en Sean. Ze kon ook onmogelijk meerijden met Rosemary Ryan en Sheila, omdat die nog steeds gezworen vijanden waren. Rosemary en Sheila zaten overigens tot hun eigen spijt in de auto bij Bill Dunne en Johnny O'Brien.

Benny dacht aan Jack en aan Rosemary en Sheila, die na vannacht hun hoop op hem zouden moeten opgeven als ze eenmaal hadden gezien wat hij en Benny voor elkaar voelden. Hij zou zonder omwegen zeggen dat hij haar had gemist, zoals hij aan de telefoon had gedaan. Wat een prachtig moment was dat geweest.

Eve had diepe rimpels in haar voorhoofd. Ze wilde dat ze kon geloven dat Nan alleen maar voor het feestje kwam. Ze wist bijna zeker dat ze op een uitnodiging voor de Westlands aasde. Maar die zou ze van Eve niet krijgen. Zeker niet!

Heather stond aan de deur in ruiterjasje en -petje.

'Je ziet eruit alsof je net van een paard stapt,' zei Eve.

'Dat is ook zo.' Trots wees Heather naar de pony die ze aan het hek had vastgebonden.

Hij rommelde in de struiken die binnen zijn bereik waren. Paniekerig riep Eve dat het vreselijke beest aan haar enige tuinplanten zat te vre-

ten. Heather lachte en zei dat het onzin was. Haar prachtige paardje snuffelde alleen maar wat. Hij moest er niet aan denken om tussen de maaltijden door iets te eten. Benny en Eve liepen met haar mee en aaiden de grijze pony, Malcolm, de lust van Heathers leven. Ze bleven angstvallig uit de buurt van de bek met grote gele tanden en bewonderden Heather omdat ze helemaal niet bang leek. Heather kwam om te helpen, zei ze. Ze dacht dat ze zich nuttig kon maken door spelletjes te verzinnen en stond perplex toen bleek dat er helemaal geen spelletjes gedaan zouden worden. Er werd niet aan koekhappen gedaan zoals op verjaardagen. Heather was laatst op een feestje geweest waar iedereen de koppen van advertenties had uitgeknipt. De dingen waar reclame voor gemaakt werd, waren weggehaald – die moest je raden. Iedereen had pen en papier gekregen en wie de meeste goede antwoorden had, had gewonnen.
Om haar toch het gevoel te geven dat ze nuttig kon zijn, stelden ze voor dat ze ballonnen kon opblazen. Dat vond ze leuk. Ze had adem genoeg, zei ze trots. Midden in een groeiende berg groene, rode en gele ballonnen vroeg ze ineens of Simon toevallig ook op het feestje was uitgenodigd.
'Nee, het is niet echt zijn soort feestje,' zei Eve. 'En trouwens, hij is er te oud voor.'
Ze vroeg zich af waarom ze excuses verzon voor het feit dat ze hem niet had uitgenodigd. Ze had hem nooit gemogen. Maar wie had kunnen voorzien dat de dingen zo zouden lopen dat ze heel erg op zijn jongere zusje gesteld zou raken en dat ze in dit huisje zou gaan wonen terwijl ze had gezworen daar nooit aan te beginnen. Het leek goed mogelijk dat haar neef Simon Westward op een dag voet over de drempel zou zetten, maar voorlopig zag ze dat nog niet gebeuren.

Jack Foley werd beschouwd als Knockglen-expert. Hij was er tenslotte al eens geweest. Hij kende het huis van Benny. Hem was bovendien nauwkeurig uitgelegd hoe je bij de steengroeve kwam. Je kwam net als de bus op het pleintje aan en dan moest je een bergachtig pad nemen dat geen naam had en eruitzag alsof het naar een boerderij voerde.
Er was een andere weg, langs het klooster, maar daar kon je niet met de auto langs en Eve had iedereen op het hart gedrukt om geen geintjes uit te halen in de buurt van haar nonnen.
Aidan wilde eerst even bij het klooster kijken. Gezamenlijk keken ze uit de auto naar de hoge muren en het grote gietijzeren hek.
'Stel je voor dat je op zo'n plek opgroeit. Is het geen mirakel dat ze normaal is?' zei hij.
'Maar *is* ze wel normaal?' wilde Jack weten . 'Ze lijkt een oogje op jou te hebben en dat is geen reclame voor haar geestelijke vermogens.'

259

Ze reden langzaam over het gevaarlijke pad. De gordijnen in het huisje waren open en binnen konden ze een haardvuur, olielampen, een kerstboom en ballonnen zien.

'Is het niet prachtig?' hijgde Carmel, die zich voornam om in de toekomst, als Sean een gevestigd zakenman zou zijn, voor de weekeinden net zo'n huisje te huren.

Jack vond het ook prachtig.

'Je bent overal los van. Je kunt hier zitten en niemand die er iets van weet.'

'Tenzij natuurlijk het geluid van "*Good Golly, Miss Molly*" keihard uit de ramen schalt,' riep Aidan vrolijk en hij sprong uit de auto om Eve te gaan zoeken.

Clodagh had een kapstok en kleerhangertjes uit de winkel meegenomen. Zo zou het bed van Eve niet onder de jassen worden bedolven en konden de meisjes rustig voor de kaptafel zitten om zich mooi te maken.

Benny was bezig de laatste hand aan haar uiterlijk te leggen toen ze de stem van Jack hoorde. Ze moest nu niet meteen naar buiten rennen en hem in de armen vliegen, ook al wilde ze niets liever. Het was belangrijker dan ooit dat ze hem de eerste stap liet doen. Een man als Jack, die eraan gewend was dat meisjes zich op hem stortten, zou het niet leuk vinden als zij dat ook al deed.

Ze zou wachten, al was het tot ze een ons woog.

De slaapkamerdeur ging open. Dat zou Carmel wel zijn, die haar gezicht kwam poederen en iets gezelligs over Sean wilde vertellen.

Ze keek in de spiegel en over haar schouder zag ze Jack binnenkomen. Hij deed de deur achter zich dicht, kwam naar haar toe en legde zijn hand op haar schouder. Hij keek naar haar spiegelbeeld.

'Vrolijk kerstfeest,' zei hij met zachte stem.

Ze glimlachte naar hem. Ze keek naar zijn ogen en niet naar die van haarzelf, zodat ze niet wist hoe ze eruitzag. Ze hoopte niet dat ze te gulzig en smachtend zou lijken.

Clodagh had een strapless bh bekleed met koninklijk blauw fluweel, zodat het een mooi topje leek.

Natuurlijk had Benny er een blouse overheen gedragen toen ze van huis was weggegaan, maar die lag nu mooi opgevouwen te wachten tot het feest zou zijn afgelopen. Clodagh had een wit vestje afgezet met hetzelfde blauw. Dat kon ze dragen als het fris werd.

Hij zat op de rand van Eve's bed en hield haar beide handen vast.

'Ik heb je echt gemist,' zei hij.

'Wat heb je gemist?' Ze zei dit niet om te koketteren. Ze wilde het gewoon graag weten.

'Ik heb gemist dat ik je geen dingen kon vertellen en niet naar je kon luisteren. Ik miste je gezicht en ik miste het dat ik je niet kon zoenen.'
Hij trok haar naar zich toe en gaf haar een lange kus.
De deur ging open en Clodagh kwam binnen. Ze was van top tot teen gekleed in zwart kant. Ze droeg een kanten sluier en had een hoge kam in het haar. Ze zag eruit als een flamencodanseres. Haar gezicht was wit gepoederd en ze had felrode lippenstift op.
'Ik kwam alleen maar kijken of ik je kon helpen met je jurk, maar ik zie dat het niet nodig is,' zei Clodagh, zonder ook maar in het minst in de war te zijn gebracht door wat ze zojuist had gezien.
'Dit is Clodagh,' mompelde Benny.
Jacks ogen begonnen te glinsteren, zoals altijd gebeurde als hij aan vrouwen werd voorgesteld. Het was niet dat hij ze met zijn ogen probeerde uit te kleden. Hij probeerde niet eens met ze te flirten. Hij hield gewoon van vrouwen. Benny herinnerde zich plotseling dat zijn vader precies hetzelfde was. Dokter Foley was tijdens de borrel iedere keer zeer verheugd geweest als hij weer aan een nieuw meisje werd voorgesteld. Hij had steeds hartelijk en warm gereageerd. Zo was het ook met Jack. Vanavond als alle anderen er zouden zijn, zou hij zich ook zo gedragen.
Het moet geweldig zijn om zo populair te zijn, dacht ze. Om alleen al door je aanwezigheid mensen blij te maken.
Clodagh legde aan Jack uit dat ze het kant had gevonden in een oude koffer op zolder bij mevrouw Kennedy. Mevrouw Kennedy vond het best dat ze er rondsnuffelde en ze had geweldige spullen gevonden. In ruil had ze voor mevrouw Kennedy vier simpele rokken gemaakt met een plooi aan de achterkant. Het was ongelooflijk dat sommige mensen er bij wilden lopen als grauwe mussen, terwijl er overal kleurige veren voor het oprapen lagen.
Jack legde zijn arm om de schouders van Benny.
'Ik heb in Knockglen nauwelijks mussen gezien. Jullie zien er voor mij allemaal uit als fraaie exotische vogels.'
Jack had zijn arm nog steeds om haar heen toen ze, gevolgd door Clodagh in oogverblindend zwart, Eve's slaapkamer uitkwamen. Voor het oog van Sheila en Rosemary, van Fonsie en Maire, van Bill Dunne en Johnny O'Brien schaarden ze zich onder de feestgangers.
Zonder dat Benny Hogan er moeite voor had hoeven doen, waren ze als paar op het feest verschenen.

Niemand had ooit zo'n geweldig feest meegemaakt. Daar was iedereen het over eens. Van Fonsies geweldige solodemonstraties en de momenten dat iedereen op de dansvloer stond tot en met Guy Mitchell en *'I never felt more like singing the blues'*. De soep was een geweldig idee.

Kop na kop werd uitgedeeld, broodjes, worstjes en nog meer soep. Blozend en opgewonden schepte Eve de soep uit de grote pan van het klooster. Dit was haar huis. Dit waren haar vrienden. Het kon niet beter.
Pas tijdens het eten viel het haar op dat Nan er nog niet was.
'Misschien heeft ze toch geen lift gekregen,' zei Benny, die in de zevende hemel was.
'Hebben we haar verteld hoe ze mijn huis kan vinden?'
'Iedereen in Knockglen kan haar uitleggen waar je woont.' Benny kneep Eve in haar arm. 'Het gaat fantastisch, vind je niet?'
'Ja, hij kan zijn ogen niet van je afhouden.'
'Dat bedoel ik toch niet... Ik heb het over het hele feest.'
Natuurlijk had Benny dat andere ook bedoeld. De hele avond was Jack niet van haar zijde geweken. Voor de vorm danste hij af en toe met anderen, maar verder was hij steeds bij haar. Hij lachte en danste met haar, raakte haar aan, hield haar vast en betrok haar bij ieder gesprek. Rosemary Ryan had de eerste dansen verbijsterd toe staan kijken.
'Ik wist niets van jou en Jack,' zei ze, toen ze met Benny een glas punch stond te drinken.
'Nou, ik *heb* je verteld dat ik af en toe met hem in de Annexe afsprak.'
'Dat is waar. Dat heb je gedaan...'
Benny sprak met Jack af. Als Rosemary daar niets achter zocht, dan was dat haar eigen fout.
'Je ziet er goed uit.' Ze deed haar best om aardig te zijn, maar het kostte moeite. 'Ben je afgevallen of heb je meer make-up op of zo?'
Benny reageerde niet eens. Ze wist ook niet wat het was, maar Jack scheen het leuk te vinden. En het kon hem niet schelen dat anderen het wisten. Benny had gedacht dat het op de een of andere manier geheim had moeten blijven.

Aidan vroeg Eve om een pond suiker.
'Waar heb je dat voor nodig?'
'Ik heb gelezen dat een auto niet meer start als je suiker in de benzine gooit.'
'Wat dacht je ervan om iets te zoeken waardoor de auto gegarandeerd *wel* start. Dat lijkt me heel wat beter,' zei Eve.
'Je ziet het verkeerd. Ik wil dat de auto van Jacks vader nooit meer start. Dan kunnen we hier op deze betoverende plaats blijven en hoeven we nooit meer weg.'
'Jaaahh, geweldig. Dan moet ik ook nog een plek vinden voor Sean en Carmel,' zei Eve.
'Als ik nou in m'n eentje zou blijven, neem je me dan morgen mee om kennis te maken met de zusters?' vroeg Aidan.

Eve verzekerde hem dat er geen enkele kans was dat hij zou blijven. Zeker nu niet, want moeder Clare hield vanuit het klooster iedere beweging in de gaten. Misschien stond ze zelfs wel met een zaklantaarn tussen de fuchsia's. Maar ze was blij dat hij haar huisje leuk vond. Als het mooier weer werd, kon hij misschien een keer een hele dag komen.

Aidan zei dat ze hier waarschijnlijk een groot deel van hun volwassen leven zouden doorbrengen – in de lange vakanties die ze zouden nemen als hij eenmaal advocaat was. Dan vluchtten ze hier met de kinderen naartoe, ver weg van de brullende stemmen van zijn ouders.

'En hoe zit het met *mijn* baan?' vroeg Eve. Of ze wilde of niet, toch moest ze lachen om Aidans fantasieën.

'Jouw taak is natuurlijk om voor mij te zorgen en met je universitaire opleiding onze acht leuke kinderen een goede algemene ontwikkeling te verschaffen.'

'Dan moet je toch wel erg veel geluk hebben, Aidan Lynch.' Ze schaterlachte.

'Ik heb al geluk gehad. Ik heb jou ontmoet, Eve Malone,' zei hij, zonder een spoortje van zijn gebruikelijke joligheid.

Bill Dunne was de eerste die Nan zag binnenkomen. Haar ogen schitterden en ze keek opgetogen de kamer rond.

'Geweldig is het,' zei ze. 'Eve heeft me niet verteld dat het zoiets als dit zou worden.'

Ze droeg een witte coltrui en een rok met Schotse ruit onder een zwarte jas. Ze had een kleine leren koffer bij zich en vroeg waar de slaapkamer van Eve was.

Benny riep naar de keuken om Eve te laten weten dat Nan er was.

'Verdorie! De soep is net op,' zei Eve tegen Aidan.

'Dat had ze natuurlijk nooit verwacht, om deze tijd al,' plaagde hij haar.

Het was inderdaad erg laat om nog aan te komen. Eve dacht al dat ze een paar minuten eerder een auto had horen wegrijden, maar ze had tegen zichzelf gezegd dat het waarschijnlijk inbeelding was.

Iemand moest Nan bij de deur hebben afgezet, want het regende buiten en Nan zag er onberispelijk uit. Ze kon nooit het pad zijn opgeklommen met dit weer.

Eve legde wat broodjes en pasteitjes op een schaal en liep de woonkamer in. Ze moest Fonsie en Clodagh omzeilen, die zich zo vurig in een Spaanse zigeunerdans hadden gestort dat iedereen er klappend en juichend in een kring omheen was gaan staan. Ze klopte op de deur van haar eigen slaapkamer, voor het geval Nan zich aan het verkleden was, maar ze zat gewoon voor de kaptafel. Rosemary Ryan hing op bed en vertelde over het 'paar van het jaar' – Jack Foley en Benny Hogan, wie had dat ooit gedacht, waren onafscheidelijk.

263

'Wist jij dat?' hield Rosemary aan.
'Ja, min of meer.' Nan klonk niet alsof het haar veel kon schelen. Ze leek met haar gedachten ergens anders te zijn.
Toen zag ze Eve. 'Eve, het is hier fantastisch. Een juweeltje. Je hebt ons nooit verteld dat het er zo uitzag.'
'Het ziet er ook niet altijd zo uit.' Eve voelde zich gestreeld, ondanks haar tegenstrijdige gevoelens. Complimenten van Nan waren echte complimenten.
'Ik heb een hapje voor je meegebracht... voor het geval je je wilt verkleden,' zei ze.
'Nee, zo gaat het best.' Nan dacht er niet over om zich te verkleden. Ze zag er altijd goed uit, wat ze ook droeg. Ze had geen echte feestkleding aan. Alle anderen waren opgetut. Feestjes waren nu ook weer niet zo gewoon dat je simpelweg in rok en trui verscheen. Maar haar stond het prachtig.
Ze gingen allemaal de kamer in. Nan vond alles mooi. Ze gleed overal met haar vingers langs, langs de olielampen, langs het mooie hout van de boekenplanken en de piano. Stel je voor, een piano voor jezelf. Mocht ze het keukentje ook zien?
Eve liep met haar het stenen trapje af. Hier stond het vol met potten en pannen en allerlei rommel, dozen, flessen en glazen. Maar Nan zag alleen de dingen waar ze complimentjes over kon maken. Het aanrecht was prachtig. Waar kwam het vandaan? Eve had het zich nooit afgevraagd. En die prachtige oude schaal. Dat was pas het echte werk, niet zoals die verschrikkelijke moderne prulletjes.
'Ik geloof zeker dat een heleboel van die spullen uit je moeders huis komen,' zei ze. 'Het lijkt me allemaal goede kwaliteit.'
'Misschien hebben ze deze dingen samen gekocht.' Op de een of andere manier wilde Eve haar vader verdedigen tegen het idee dat kwaliteit en zijn naam niet samengingen.
Nan zei dat ze te opgewonden was om iets te eten. Het was geweldig om hier te zijn. Haar ogen glinsterden. Ze zag er koortsig en onrustig uit. Iedereen in de kamer voelde zich tot haar aangetrokken, maar ze was zich van niemand bewust. Ze wees iedereen die met haar wilde dansen af, omdat ze eerst alles in zich op wilde nemen. Ze liep rond, raakte alles aan en zuchtte van bewondering.
Bij de piano stond ze stil en deed de klep open om de toetsen te zien.
'Is het niet jammer dat we geen van allen hebben leren spelen?' zei ze tegen Benny. Het was voor het eerst dat Benny merkte dat Nan Mahon bitter klonk.
'Ga je nog dansen of duurt deze inspectie de hele avond?' vroeg Jack Foley.
Plotseling leek Nan weer bij haar positieven te komen. 'Ik ben natuurlijk vreselijk onbeleefd,' zei ze en keek hem aan.

'Zie je wel, Johnny,' zei Jack tegen Johnny O'Brien. 'Ik wist wel dat je haar alleen maar uit haar trance hoefde te halen. Het werkt. Volgens Johnny is hij al tien minuten bezig om je ten dans te vragen en je hoort hem niet eens.'

Als Nan al teleurgesteld was dat Jack haar niet ten dans had gevraagd, dan merkte niemand daar iets van. Ze glimlachte zo hartverwarmend tegen Johnny dat hij bijna wegsmolt tot een plasje water op de grond.

'Wat leuk, Johnny,' zei ze en legde haar arm om zijn hals.

Er werd *Unchained melody* gespeeld, een lekker langzaam schuifelnummer. Benny was blij dat Jack haar niet voor Nan in de steek had gelaten toen Fonsie dat lied opzette. Het was een van haar lievelingsnummers. Had ze ooit kunnen dromen dat ze, hier in Knockglen, op dat nummer zou dansen met de man van wie ze hield? Hij had zijn armen om haar heen geslagen en leek ook van haar te houden. En dat in aanwezigheid van al haar vrienden.

Ze deden meer turf en hout op het vuur, maar toen een van de olielampen dreigde uit te gaan, deed niemand moeite om hem bij te vullen.

Ze zaten verspreid in groepjes of met zijn tweeën. De avond naderde zijn einde.

'Kan iemand goed pianospelen?' vroeg Nan.

Tot ieders verbazing zei Clodagh dat ze dat kon. Fonsie staarde haar met open mond aan. Ze kon alles, vertelde hij trots aan iedereen. Clodagh ging achter het klavier zitten en bracht een repertoire ten gehore dat iedereen versteld deed staan. Liedjes van Frank Sinatra waarbij iedereen kon meezingen, malle solo's... het lukte haar zelfs om anderen solo's te laten zingen.

Bill Dunne verbaasde iedereen door met een prachtige stem een oud volksliedje te zingen.

'Dat heb je altijd goed geheim gehouden,' zei Jack tegen hem toen ze voor hem applaudisseerden.

'Dit durf ik alleen maar als ik niet in Dublin ben en jullie niet overal publiek vinden om de gek met me te steken,' zei Bill. Hij bloosde van plezier door alle bewondering.

Iedereen riep dat Knockglen niet genoeg kon worden geroemd en dat ze, nu ze wisten waar het was, regelmatig langs zouden komen. Fonsie zei dat ze de volgende keer wat vroeger op de dag moesten komen. Zo rond de tijd dat Mario openging, binnenkort het meest modieuze café van Ierland. Trends moesten toch ergens beginnen en waarom niet in Knockglen?

Eve zat op de grond naast een van haar twee versleten fauteuils. Op advies van Clodagh hadden ze spreien over het oude meubilair gelegd. Het zag er heel exotisch uit in het flakkerende licht.

Ze moest eigenlijk opstaan om nog wat koffie te zetten voor de vertrek-

kende gasten, maar ze wilde niet dat het afgelopen was. Te oordelen aan de manier waarop Aidan zijn arm om haar heen had geslagen en haar streelde, dacht hij er hetzelfde over.
Nan zat op een krukje, met de armen om haar knieën.
'Ik heb je grootvader ontmoet,' zei ze plotseling tegen Eve. Eve voelde een koude rilling door haar heen gaan. 'Is dat zo?'
'Ja. Echt een lieve oude man, vind je niet?'
Benny voelde de behoefte opkomen om zich los te maken uit de armen van Jack. Ze wilde bij Eve zijn, om haar te ondersteunen. Op de een of andere manier wilde ze een buffer zijn tussen haar en dat wat Nan zei. Als Eve nu maar niets kribbigs of kwetsends zei. Kon ze voor dit ene moment haar mond maar houden, zodat het feest niet met ruzie zou eindigen. Het was alsof Eve haar gedachten had gelezen.
'Hoe heb je hem ontmoet?' Maar ze wist hoe. Ze wist het maar al te goed.
'O, ik kwam Simon gisteren tegen op de races en we raakten aan de praat. Hij bood me een lift aan voor het geval ik 'ns deze kant op moest. Maar we waren hier een beetje vroeg en eh... nou, toen heeft-ie me meegenomen naar de Westlands.'
Als ze hier zo idioot vroeg waren, had Nan mooi op tijd kunnen komen in plaats van op een tijdstip dat iedereen al had gegeten, dacht Eve. Ze had zichzelf niet genoeg in de hand om er meer over te zeggen. Maar Nan was nog niet klaar met het onderwerp.
'Je kunt echt goed zien hoe hij vroeger geweest moest zijn. Heel rechtschapen en streng. Het moet vreselijk voor hem zijn om in die rolstoel te zitten. Hij was thee aan het drinken. Ze behandelden hem met veel egards, hoewel hij zo nu en dan tot eigenlijk niets in staat is.'
Ze was daar al vanaf theetijd geweest. Op z'n laatst om vijf uur en ze had geen enkele moeite gedaan om eerder dan negen uur op het feest te verschijnen. Eve voelde hoe haar keel werd dichtgeknepen van woede. Nan moest iets doorkrijgen. 'Ik heb steeds weer aan Simon gevraagd of hij me hier naartoe wilde rijden, maar hij stond erop om me alles te laten zien. Nou ja, jij bent daar natuurlijk zo vaak geweest.'
'Je weet best dat dat niet zo is.' De stem van Eve klonk beangstigend kalm.
Alleen Benny en Aidan, die haar door en door kenden, merkten dat ze trilde.
Aidan wisselde een blik met Benny. Maar ze konden niets doen.
'Dan zou je er een keer heen moeten gaan, Eve. Je moet je eens door hem laten rondleiden. Hij is er zo trots op. En hij vertelt er zo mooi over, helemaal niet opschepperig of zo.'
'Waar hebben jullie het over?' Sheila hoorde graag verhalen over imposante huizen en belangrijke mensen.

'De familie van Eve. Op het landgoed. Een paar kilometer... die kant op... toch?' Nan wees met haar vinger.
Eve zei niets. Benny zei dat het zo'n beetje de goede richting was. Benny vroeg ook of er nog mensen koffie wilden, maar niemand had behoefte. Ze wilden lui een beetje wegdromen bij de muziek en wat babbelen. En als het aan hen lag, praatte Nan verder. Dat kwam door de manier waarop haar gezicht straalde, door het vuur en door het huis waar ze over vertelde... Ga door, Nan.
'Hij heeft me alle familieportretten laten zien. Je moeder was erg knap, vind je ook niet, Eve?' Nan praatte met onverbloemde bewondering.
Ze deed niet triomfantelijk omdat ze daar was geweest of omdat ze een rondleiding had gehad en de portretten had gezien die Eve bij haar visite niet te zien had gekregen. Nan had altijd tegen Eve gezegd dat ze de strijdbijl moest begraven in het conflict met haar familie. Waarschijnlijk dacht ze dat Eve wist hoe haar moeder eruit had gezien.
'Je moet een uitputtende rondleiding hebben gehad.' Eve stikte zowat in haar woorden.
'Nou! Het was moeilijk om weg te komen.'
'Het is je dan toch gelukt,' zei Aidan Lynch. 'Fonsie, als we geen cel in het klooster krijgen, zoals mij plechtig was beloofd, dan doen we er denk ik beter aan om de spieren los te maken voor de terugreis. Wat denk je ervan, man?'
Fonsie had al snel doorgehad dat Aidan een geestverwant was. Hij sprong op en liep de platenhoezen door.
'Dat wordt vechten tussen Lonnie Donegan met "*Putting on the style*" en Elvis met "*All shook up*",' zei hij na een ogenblik stilte.
'Zulke helden kunnen we niet beledigen. We draaien ze allebei!' riep Aidan en begon te klappen om iedereen weer aan het dansen te krijgen.

Benny was Eve naar de keuken gevolgd.
'Ze begrijpt het niet,' zei Benny.
Eve sloeg met beide handen op het aanrecht.
'Natuurlijk begrijpt ze het. Hoe vaak hebben we het daar niet over gehad?'
Toch niet met haar. Echt, met haar niet. Tegen Nan doen we altijd alsof alles perfect in orde is. Anders zou zij er wel voor zorgen dat alles perfect in orde kwam. Toch?'
'Dit vergeef ik haar nooit.'
'Natuurlijk doe je dat wel. Je vergeeft het haar nu meteen nog, anders bederft het je hele feest. En het was fantastisch. Uniek. Echt waar.'
'Dat is zo.' Eve ontspande. Binnen zag ze Aidan naar haar wenken. Iedereen was op de dansvloer. Ook Benny ging terug. Jack en Nan waren aan het dansen. Ze lachten vrolijk. Geen van beiden leek te vermoeden dat er iets mis was.

267

Hoofdstuk 14

Beste mevrouw en meneer Hogan,
Dank u voor het heerlijke verblijf in Knockglen. U was zo gastvrij dat ik me erg welkom heb gevoeld. Zoals ik al zei, vind ik uw huis erg mooi. Het is echt geweldig om in een huis te zijn dat nog in een authentieke stijl is gebouwd. Benny mag zich gelukkig prijzen.
U was zo vriendelijk om me te vragen nog eens langs te komen. Ik zal dat met alle plezier doen. Wilt u ook de groeten doen aan Patsy en haar bedanken voor het lekkere ontbijt?

Met vriendelijke groeten,
Nan Mahon

Eddie Hogan zei tegen zijn vrouw dat hij voor sommige mensen met plezier het vuur uit zijn sloffen wilde lopen en dat Nan Mahon er een van was.
Annabel kon daar volkomen mee instemmen. Ze hadden nog nooit zo'n charmant meisje ontmoet. En ze had ook zulke goede manieren. Ze had Patsy een fooitje gegeven toen ze wegging. Het was een echte dame.

Lieve Kit,
Hoe langer ik erover nadenk, hoe meer ik me realiseer dat het idioot was om te denken dat ik na al die jaren gewoon weer kon binnenwandelen en doen alsof er niets aan de hand was. Gezien de manier waarop ik jou heb behandeld en het feit dat ik voor Frank zo weinig heb gedaan, had je er alle recht toe om mij bij kop en kont te pakken en eruit te smijten.
Maar je bleef kalm en verstandig. Daar zal ik je altijd dankbaar voor zijn.
Ik wilde je laten weten dat ik al aan het begin van ons huwelijk een verzekering voor je heb afgesloten, zodat jij en je zoon een appeltje voor de dorst zouden hebben als mij iets overkwam. Ik wens je al het geluk toe dat ik je niet heb kunnen geven.

Liefs, Joe

Kit Hegarty vouwde het briefje op van de man die iedereen altijd Joe had genoemd. Zij had hem altijd Joseph genoemd. Hun laatste ontmoeting was zo anders geweest dan ze zich altijd had voorgesteld. Haar plan was om hem alles voor zijn voeten te gooien. Maar in feite was het net of hij een verre vriend was die niet veel geluk had gehad. Hij had ook zijn adres geschreven. Maar ze kon de brief niet beantwoorden.

Beste moeder Francis,
Mijn welgemeende dank voor de uitnodiging om het Heilige Kerstfeest door te brengen bij u en de congregatie van St. Mary. Ook hartelijk bedankt voor het regelen van de lift terug naar Dublin met uw vriendin juffrouw Pine. Een vrijmoedige vrouw, maar zonder twijfel een goed christen, die met dat nichtje van haar een zwaar kruis te dragen heeft.
Het verheugde me om te zien dat Eve Malone haar plek heeft gevonden en dat ze begonnen is iets terug te betalen van het werk dat onze kloosterorde in haar opvoeding heeft gestoken. Het was bemoedigend om te zien dat ze zo hard studeert.

Uw zuster in Christus,
Moeder Mary Clare

Moeder Francis lachte schamper toen ze de brief las, vooral bij het stukje waarin stond dat zij moeder Clare hadden 'uitgenodigd'. Het was een groot geluk geweest dat ze Eve had kunnen waarschuwen voor het verrassingsbezoek dat moeder Clare haar in haar huisje wilde brengen. Mossy Rooney was stilletje met zijn kar langsgegaan en had alle flessen en dozen weggehaald. Ze hadden de deuren en ramen in het huis tegenover elkaar opengezet om de rook- en dranklucht van de vorige avond te verdrijven. Moeder Clare ontdekte tot haar grote woede dat Eve onschuldig zat te studeren in plaats van, zoals ze had gehoopt, rond te hangen tussen de puinhopen van een feestje. En zo zou ze haar beslist hebben aangetroffen als moeder Francis er niet was geweest.

Beste Sean,
Zoals je hebt gevraagd, bevestig ik hierbij schriftelijk het feit dat ik je wil uitnodigen om mijn compagnon te worden in Hogan's Herenmode. Ik zal mijn notaris, de heer Gerald Green van Green & Mahors, vragen naar Knockglen te komen, zodat we aan het begin van het nieuwe jaar alle formaliteiten kunnen afhandelen.
Ik zie uit naar een vruchtbare samenwerking in 1958.

Hoogachtend verblijf ik,
Edward James Hogan

Mevrouw Healy las de brief aandachtig, woord voor woord, en knikte toen instemmend naar Sean Walsh. Het kon geen kwaad zulke dingen zwart op wit te hebben, zei ze tegen hem. Mensen konden altijd terugkomen op wat ze hadden gezegd. Maar geen kwaad woord over meneer Hogan, hoor. Hij was de aardigste man in de wijde omtrek, maar het werd tijd dat men inzag wat Sean Walsh waard was en dan ook met erkenning kwam.

Eddie Hogan stierf op een zaterdag rond lunchtijd. Nadat hij een kopje thee en een stukje cake had gehad, stond hij van tafel op om weer naar de winkel te gaan.

'Als het aan Sean ligt, dan sluiten we niet tussen de mi...' begon hij, maar hij kon de zin niet meer afmaken.

Hij ging op de bank zitten met zijn hand aan zijn borst. Zijn gezicht zag bleek en zijn ademhaling klonk vreemd toen hij zijn ogen sloot. Patsy hoefde eigenlijk niet eens meer naar dokter Johnson te rennen.

De dokter kwam in hemdsmouwen aangesneld. Hij vroeg om een glaasje brandy.

'Hij drinkt nooit sterke drank, Maurice, dat weet je toch!' Van angst greep Annabel naar haar keel. 'Wat is het? Is het een soort beroerte?'

Dokter Johnson zette Annabel Hogan in een stoel en gaf haar de brandy.

'Opdrinken, Annabel. Goed zo, zo mag ik het zien.'

Hij zag Patsy staan. Ze had haar jas aan, alsof ze pater Ross wilde gaan halen.

'Neem maar kleine slokjes. Hij stierf zonder pijn. Zonder er iets van te weten.'

De dokter wenkte Patsy.

'Voordat je de priester haalt, Patsy, waar is Benny?'

'Ze is de hele dag in Dublin, meneer. Ze had met Eve Malone afgesproken. Ze gingen naar een bijzonder college. Ik geloof tenminste dat ze dat zei.'

'Bel Eve Malone dat Benny terug moet komen,' zei dokter Johnson.

Eddie Hogan lag op de sofa alsof hij een tukje deed voor hij weer terugging naar de winkel. Dokter Johnson legde een deken over hem heen.

Annabel zat heen en weer te wiegen en kreunde van ongeloof.

Dokter Johnson liep nog even achter Patsy aan.

'Het is niet nodig om dat geraamte in de winkel al in te lichten.'

'Nee, meneer.'

Dokter Johnson had altijd al een hekel gehad aan Sean Walsh. Hij zag al zo'n beetje voor zich hoe Sean een van de duurste zwarte stropdassen uit de voorraad koos en dan nauwgezet zijn dunne sluike haar kamde. Hij kon zich precies voorstellen hoe hij het juiste droevige gezicht zou

opzetten om de weduwe en haar dochter zijn condoléances te gaan aanbieden.
Als ze Benny tenminste konden vinden.

Benny en Jack liepen hand in hand op de Killiney-heuvel. Het was een heldere, vrieskoude wintermiddag, die alweer naar zijn einde ging. Ze konden de eerste lichtjes van Dunlaoghaire onder zich zien glinsteren en daarachter de weidse uitgestrektheid van Dublin Bay. Ze zouden straks Aidan en Eve ontmoeten in het huis van Kit. Kit zou voor worstjes en patat zorgen voordat ze met de trein naar het dispuut in de stad gingen. Vanavond was het onderwerp sport en Jack twijfelde of hij zou gaan spreken of niet. Hij wist niet of hij nu juist veel aanmoediging en ondersteuning nodig had of dat hij beter kon spreken op een avond dat er geen bekenden waren die hem konden zien afgaan.

Benny was sinds het bal voor Kerstmis niet meer in de gelegenheid geweest om een nachtje in Dublin te blijven. Jack werd steeds ongeduldiger.

'Wat moet ik met een meisje dat altijd vele kilometers van me vandaan is? Het lijkt meer alsof ik een correspondentievriendin heb,' had hij geklaagd.

'We zien elkaar elke dag.' Maar angst had haar de keel dichtgeknepen. Hij had chagrijnig gereageerd.

'Wat heb je daaraan? Ik heb je 's avonds nodig om samen dingen te kunnen doen.'

Ze had thuis net gedaan of er deze zaterdag college was en gevraagd of ze er voor een keertje ook een nacht aan mocht vastknopen.

Ze had nog een ander probleem. Hij bleef maar aandringen dat ze een weekend met hem naar Wales zou gaan.

Zijn rugbyteam moest daar een vriendschappelijke wedstrijd spelen. Er zouden heel veel mensen gaan. Hij stond erop dat zij ook meeging.

'Dit is toch niet normaal,' had hij verbolgen gezegd. 'Ieder ander zou meegaan. Rosemary, Sheila, Nan... die hebben tenminste stuk voor stuk ouders die inzien dat als hun kinderen oud genoeg zijn om te studeren, dat ze dan ook oud genoeg zijn om een paar dagen met de boot weg te gaan.'

Ze had er een bloedhekel aan als hij zei dat haar ouders niet normaal waren. En ze had een bloedhekel aan haar ouders omdat ze niet normaal genoeg waren om haar te laten gaan.

Al snel was het zo donker dat je het eigenlijk geen dag meer kon noemen. Naast elkaar liepen ze door het hoge gras en slenterden over de weg langs de baai van Killiney, waarvan men zei dat hij net zo mooi was als de baai van Napels.

'Ik zou graag naar Napels willen,' zei Benny.

'Misschien mag je van je ouders als je negentig bent,' gromde Jack. Ze lachte, hoewel ze het eigenlijk helemaal niet grappig vond.
'Wie er het eerst is,' zei ze en lachend renden ze naar het station, waar ze de trein naar Dunlaoghaire namen.

Zodra Kevin Hickey de deur voor ze opendeed, wist Benny dat er iets aan de hand was.
'Ze zitten in de keuken,' zei hij zonder haar aan te kijken. Achter hem zag ze als in een levend schilderij Kit, Eve en Aidan zitten, in afwachting van haar. Er hing heel slecht nieuws tussen hen in.
Het was alsof alles ophield. Het geluid van het verkeer, het tikken van de klok, het krijsen van de meeuwen boven de haven.
Benny liep langzaam naar hen toe. Ze zou er niet aan ontkomen om te horen wat ze te vertellen hadden.

Shep leek iedereen de hele tijd voor de voeten te lopen. Hij zocht zijn baasje Eddie, maar er was geen spoor van hem te bekennen. Bijna ieder ander uit Knockglen leek hier de deur plat te lopen, maar van het baasje geen teken.
Op het laatst ging hij maar naar buiten en vlijde zich neer naast de kippenren. Alleen de kippen gedroegen zich nog normaal.
Peggy Pine was twee schalen aan het vullen met boterhammen. Ze vroeg aan Fonsie of hij bij Shea het een en ander te drinken wilde gaan halen.
'Ik denk dat "je weet wel" al aan het halen is bij Healy.'
'Nou, dan is "je weet wel" mooi te laat,' zei Peggy en plukte tien pond uit haar portemonnee. 'We betalen contant. Dan kan hij er niks meer aan doen.'
Ze grijnsden naar elkaar. Het enige lichtpuntje op deze donkere dag was dat ze zowel Sean Walsh als mevrouw Healy konden pesten.
Tegen theetijd was het hele dorp op de hoogte. Iedereen was geschokt. Eddie was absoluut nog niet oud, berekenden ze. Tweeënvijftig op zijn hoogst, op z'n allerhoogst. Misschien nog niet eens vijftig. Zijn vrouw was ouder. Ze probeerden het te begrijpen. Hij dronk niet veel en was geen dag ziek. Waren hij en zijn vrouw onlangs niet begonnen met gezonde wandelingen? Bewees dat niet dat alles van tevoren beschikt was en dat je, wat je ook deed, ging als je tijd kwam?
Hij was zo'n echte heer. Geen onvertogen woord kwam ooit uit zijn mond. Hij was helemaal niet op de penning geweest. Een boer die een tijdje zijn rekening niet had betaald, zat hij heus niet achter de broek. En hij was ook niet iemand die met alle winden meewaaide. De etalage van zijn winkel was in de loop der jaren niet veel veranderd. Maar een echte heer. Zo geïnteresseerd in iedereen die binnenkwam, in hun fami-

lie en hun nieuwtjes. Hij had alle tijd van de wereld voor ze. En die arme Mike had hij aangehouden, ook al was dat eigenlijk al lang niet meer nodig.
De gebeden die de mensen in het dorp die avond voor Eddie Hogans zielerust baden, waren gemeend en vol warmte. Maar die veelheid van gebeden was eigenlijk nauwelijks nodig. Want als iemand de hemel had verdiend, dan was het Eddie Hogan wel.

Eve had Sean Walsh kunnen weerhouden om Benny in Dublin te komen ophalen.
Ze was er ook in geslaagd om hem aan te praten dat Benny nu met geen mogelijkheid te vinden was, omdat haar bijzondere college een soort veldonderzoek was. Niemand wist waar ze zaten. Ze zouden moeten wachten tot ze om zes uur thuiskwam.
'Ze brengen haar vader toch vanavond nog niet naar de kerk?' had Eve gevraagd.
Het was ondenkbaar dat Benny er niet bij zou zijn als het lichaam van haar vader in de parochiekerk van Knockglen zou worden opgebaard.
'Dat hadden ze misschien wel gedaan als Benny te vinden was geweest,' zei Sean verongelijkt.
Jack zei dat hij de auto van zijn vader zou gaan halen.
'Misschien hebben ze hem zelf nodig,' zei Benny die er bleek en leeg bij stond. 'Ze zouden hem voor iets belangrijks nodig kunnen hebben.'
'Er is niets belangrijkers dan dit,' zei Jack.
'Zullen we meegaan?' vroeg Aidan Lynch aan Eve.
'Nee,' zei Eve. 'Wij gaan morgen met de bus.'
Ze kon het bijna niet verdragen om naar het gezicht van Benny te kijken, die wezenloos voor zich uit staarde.
'Dood,' zei ze herhaaldelijk zachtjes en schudde dan haar hoofd. Ze had met haar moeder gesproken aan de telefoon. Haar moeder had slaperig geklonken, zei ze. Dat leek ook zo onwerkelijk.
'Ze hebben haar een kalmerend middel gegeven om haar wat rustiger te maken. Daar is ze slaperig van geworden,' legde Kit uit.
Maar Benny vond het allemaal onzin. Wat voor pil je ook nam, dat kon je niet slaperig maken. Niet als vader dood was. Dood. Het maakte niet uit hoe vaak ze het zei, het wilde maar niet tot haar doordringen.

Mevrouw Hayes, de buurvrouw, bracht hen met de auto naar het huis van de Foleys.
Jacks moeder deed open. Benny merkte op dat ze een mooi wollen broekpak droeg met een crèmekleurige blouse eronder. Ze had oorbellen in en geurde naar parfum.
Ze omarmde Benny om haar medeleven te tonen.

273

'Doreen heeft wat broodjes en een thermosfles koffie voor jullie gemaakt voor onderweg' zei ze.
Het klonk alsof Knockglen aan de andere kant van Europa lag.
'We vinden het allebei heel, heel erg,' zei ze. 'Als er iets is dat we kunnen doen...'
'Ik denk dat we beter op weg kunnen gaan.' Jack kapte de blijken van deelneming af.
'Waren ze van plan om uit te gaan vanavond?' vroeg Benny.
'Nee. Hoezo?'
Hij probeerde zich door de zaterdagse spits van Dublin heen te slaan en de stad uit te komen. Daar kon hij de stille afslag naar Knockglen nemen.
'Het leek of ze zich speciaal had aangekleed.'
'Nee hoor, helemaal niet.'
'Ziet ze er altijd zo uit?'
'Ik denk het.' Hij was verrast en keek haar aan.
Ze zat een tijdje stilletjes voor zich uit te staren. Ze voelde zich koud en onwezenlijk.
Keer op keer kwam die domme wens naar boven. Dat het weer vanochtend kon zijn. Kon het maar weer acht uur vanmorgen zijn.
Haar vader had gezegd dat het een mooie, stralende dag zou worden. 'Jammer dat je net nu een college hebt. Het had een prachtige dag in Knockglen voor je kunnen zijn. Je had me samen met Shep wat vroeger kunnen afhalen uit de winkel en dan waren we gaan wandelen.'
Mocht ze het maar weer overdoen. Dan zou ze niet liegen over colleges die niet bestonden. Dan zou ze zich niet schamen omdat hij haar de hemel inprees omdat ze zo graag wilde studeren.
Ze zou alles hebben afgezegd. Alleen maar om erbij te zijn geweest, bij hem te zijn geweest toen hij stierf.
Ze geloofde niet dat het zo snel was gegaan dat hij er niets van had gemerkt. Ze had zo graag in de kamer willen zijn.
Ook voor haar moeder. Moeder, die nooit zelf een beslissing had hoeven nemen... had nu alles in haar eentje moeten oplossen.
Benny's ogen waren nog droog, maar haar hart vulde zich met schaamte dat ze er niet bij was geweest.
Jack kon de juiste woorden niet vinden. Een paar keer wist hij het bijna. Maar steeds kwam hij er niet uit.
Hij kon het niet langer verdragen en stopte langs de kant van de weg. Twee vrachtwagens claxonneerden boos naar hen.
'Benny, schat,' zei hij terwijl hij zijn armen om haar heen sloeg. 'Huil alsjeblieft. Het is afschuwelijk om je zo te zien. Ik ben hier. Benny, huil maar, huil maar om je vader.'
Ze klampte zich aan hem vast en huilde en huilde tot hij dacht dat haar

lichaam door al het verdriet en gesnik nooit meer zou ophouden met trillen.

Ze spelen allemaal een rol in een toneelstuk, dacht Benny. Iedereen liep de hele avond het toneel op en af. Het ene moment zag ze Dekko Moore ernstig in een hoek van de kamer staan praten en vond ze de kleine kop en schotel er belachelijk uitzien in zijn grote handen. Het andere moment zag ze pater Ross weer in die hoek staan en zijn wenkbrauwen fronsen terwijl hij naar de verhalen over meneer Floods verschijningen luisterde en zich afvroeg hoe je daar het beste mee om kon gaan.

In de bijkeuken stond Mossy Rooney, die geen deel wilde uitmaken van het gezelschap dat zich over het hele huis had verspreid, maar die klaarstond als Patsy om hulp vroeg. Op de trap zat Maire Carroll, aan wie Benny op school zo'n hekel had gehad. Vanavond was ze hartelijk en vol lof over haar vader. 'Zo'n aardig man, die met iedereen een praatje maakte.'

Benny vroeg zich verward af waar haar vader in godsnaam met die onappetijtelijke Maire over had moeten praten.

Haar moeder, die in het midden zat om de condoléances in ontvangst te nemen, zag er nog het meest onwerkelijk uit van iedereen. Ze droeg een zwarte blouse die Benny nog nooit had gezien. Ze kwam tot de conclusie dat Peggy hem aan haar moeder moest hebben geleend. De ogen van haar moeder zagen rood, maar ze was kalmer dan Benny voor mogelijk had gehouden in deze omstandigheden.

De begrafenisondernemer had gezegd dat haar vader boven lag. Jack ging samen met haar de trap op naar de logeerkamer, waar kaarsen brandden en alles was toegedekt en schoongemaakt. Het zag er helemaal niet meer uit als de logeerkamer. Het leek meer een kerk.

Vader leek ook helemaal niet op vader. Een van de zusters van St. Mary zat naast hem. Dat deden ze soms, bij mensen langsgaan die gestorven waren om naast het lichaam te gaan zitten. Op de een of andere manier maakte het de familie rustiger en minder bang als ze een zuster naast het lichaam zagen waken.

Jack hield haar hand stevig vast toen ze neerknielden bij het bed en drie weesgegroetjes baden. Daarna gingen ze de kamer weer uit.

'Ik weet niet waar je moet slapen,' zei Benny.

'Hoezo?'

'Vannacht. Ik dacht dat je in de logeerkamer kon slapen. Ik had er niet aan gedacht...'

'Liefste, ik moet terug. Dat weet je toch wel. Ik moet in ieder geval de auto terugbrengen...'

'Natuurlijk. Niet aan gedacht.'

Ze had aangenomen dat hij bij haar zou blijven, haar bij alles zou steu-

nen. Hij was zo'n troost geweest in de auto, toen ze op zijn schouder had kunnen uithuilen. Ze was bijna gaan denken dat hij er altijd voor haar zou zijn.
'Ik kom natuurlijk terug voor de begrafenis.'
'De begrafenis. Ja.'
'Ik moet zo dadelijk gaan.'
Ze had geen idee hoe laat het was. Of hoe lang ze al thuis waren. Iets in haar binnenste zei dat ze zich nu moest vermannen. Nu meteen. Ze moest hem bedanken omdat hij zo vriendelijk was geweest. Ze mocht zichzelf niet toestaan om een blok aan zijn been te zijn.
Ze liep met hem mee naar de auto. Het was een winderige avond geworden. Donkere wolken joegen door de lucht.
Knockglen zag er erg klein en rustig uit vergeleken bij de heldere stadslichten van de hoofdstad waar ze eerder waren... een tijd geleden. Hoe lang geleden wist ze niet.
Hij hield haar dicht tegen zich aan. Het was meer een broederlijke omhelzing dan een kus. Misschien dacht hij dat het op deze manier gepaster was.
'Ik zie je maandag,' zei hij zacht.
Maandag.
Het leek zo ver weg. Gek dat ze had gedacht dat hij het hele weekend zou blijven.

Aidan en Eve kwamen 's zondags.
Ze liepen vanaf de bushalte door de hoofdstraat.
'Dat is Healy's Hotel, waarvan ik zei dat je er moest overnachten.'
'Totdat ik je eraan herinnerde dat ik een armlastige student ben die nog nooit van zijn leven een nacht in een hotel heeft doorgebracht,' zei Aidan.
'Tja...'
Ze liet hem de winkel van meneer Hogan zien, waar een rouwadvertentie in de etalage hing. Ze vertelde hem hoe aardig Birdie Mac van de snoepwinkel en hoe afschuwelijk Maire Carroll van de kruidenierswinkel was. Van tijd tot tijd draaide Aidan zich om en keek naar het klooster. Hij had eerst daar voorgesteld willen worden, maar Eve had geweigerd. Ze waren hier niet voor hun plezier, zei ze, maar om Benny te helpen. Er zou tijd genoeg zijn om moeder Francis en zuster Imelda en de anderen te ontmoeten.
Ze kwamen langs de cafetaria van Mario, die zelfs als hij dicht was nog een sfeer van vrolijkheid en opwinding uitstraalde.
Aan het einde van de straat gingen ze de hoek om en liepen naar het huis van Benny.
'Wat afgrijselijk om pas bij mensen op bezoek te gaan als er iemand

dood is,' zei Aidan plotseling. 'Ik was hier liever gekomen toen hij nog leefde. Was hij aardig?'
'Erg aardig,' zei Eve. Ze stond even stil en leunde met haar hand op het tuinhek.
'Hij zag in niemand iets kwaads, maar hij begreep niet dat iemand volwassen werd. Hij noemde mij nog altijd kleine Eve en hij dacht dat Benny nog steeds negen was. En hij zag geen kwaad in Sean Walsh, die nu waarschijnlijk daarbinnen de baas speelt.'
'Zal ik die Sean Walsh eens aanpakken? Zal ik verbaal gehakt van hem maken?' vroeg Aidan gretig.
'Nee, Aidan, bedankt. Dat is nu niet erg gepast, denk ik.'

Het was een dag waar geen einde aan kwam, zelfs niet met Eve en Aidan erbij.
Benny had een hoofdpijn die nooit meer leek over te gaan. Er was zoveel vermoeiend bezoek geweest. Zoals mevrouw Healy bijvoorbeeld, die wilde weten of ze de familie misschien op de een of andere manier had beledigd. Nee? Nou, ze was in elk geval blij dat te horen, want ze had de familie zo graag willen helpen met de drankjes en toen hoorde ze dat men van haar diensten geen gebruik wilde maken.
Daarna had Benny het hoofd moeten bieden aan de oude Mike van de winkel. Er waren dingen gezegd die meneer Hogan nooit zo had kunnen bedoelen zoals meneer Walsh ze had uitgelegd.
Meneer Walsh? Ja, Mike had te horen gekregen dat het niet gepast was om een compagnon bij zijn voornaam te noemen, hoewel Mike hoofdkleermaker was toen Sean Walsh als leerjongen was binnengekomen.
Benny moest ook Dessie Burns zien te kalmeren, die weer van de drank af was maar dreigde er ieder moment weer aan te zullen gaan, omdat een man in geen geval dogmatisch mocht zijn.
Daarna kwam Mario, die zei dat in Italië de mensen dagenlang zouden zitten huilen om de dood van zo'n goeie man als Eddie Hogan in plaats van in zijn huis te gaan staan babbelen en drinken.
Toen begonnen de kerkklokken te luiden. In hun huis hoorden ze zo vaak de klokken luiden, maar meestal betekende dat het angelus of tijd voor de mis of iemand anders die naar de kerk werd gebracht. Benny had haar zwart kanten sluier om en liep naast haar moeder achter de kist over straat, waar de mensen ondanks de koude zondagmiddag naar hun deuren waren gekomen of buiten hun winkels waren gaan staan.
Toen ze voorbij de winkel liepen, werd het haar heel zwaar te moede. Van nu af aan zou het de winkel van Sean zijn. Of van meneer Walsh, zoals hij wilde dat men hem zou noemen.
Ze wenste dat ze met haar vader kon praten over Mike en dat ze hem

kon vragen wat er nu ging gebeuren. De begrafenisstoet hield even stil voor Hogan's Herenmode en ging toen weer verder. Ze kon nooit meer met haar vader praten, over de winkel of iets anders. En hij was niet meer bij machte om iets aan de winkel te doen waar hij zo van had gehouden. Kon *zij* misschien ingrijpen, *zelf* iets aan de situatie in de winkel doen?

Aidan Lynch werd voorgesteld aan moeder Francis.
'Ik heb mezelf benoemd tot schatbewaarder van haar zedelijkheid terwijl ze aan de universiteit studeert,' zei hij plechtig.
'Daar ben ik heel blij om,' zei moeder Francis met gespeelde dankbaarheid.
'Ik hoor niets dan goeds over de manier waarop u haar hebt opgevoed. Ik wou dat ik bij een klooster was achtergelaten.' Hij lachte aanstekelijk.
'Misschien hadden we met jou meer problemen gehad,' lachte moeder Francis.
Moeder Francis kwam met de oplossing om Aidan Lynch de nacht in het huisje van Eve te laten doorbrengen, terwijl Eve dan in het klooster kon slapen. Iedereen vond het een prettig idee om Eve weer onder hun dak te hebben. Haar kamer zou altijd voor haar in ere worden gehouden. Dat hadden ze haar beloofd.
Eve liet Aidan zien hoe hij de haard aan moest steken.
'Als we getrouwd zijn, moeten we volgens mij misschien iets moderners zoeken,' gromde hij.
'Welnee, we laten gewoon die acht kinderen van ons het vuur opstoken en de schoorsteen vegen als het nodig is'
'Neem je mij wel serieus?' zei hij.
'Natuurlijk. Alleen geloof ik in kinderarbeid. Dat is alles.'

Terug in het klooster dronk ze met moeder Francis chocolademelk in de keuken. Het was bijna niet te geloven dat ze ooit deze geborgenheid had verlaten.
'Een erg aardige jongeman,' zei moeder Francis.
'Maar van nature een beest natuurlijk, zoals u verteld hebt dat alle mannen zijn, vraatzuchtige beesten.'
'Dat heb ik je *nooit* verteld.'
'U hebt het geïnsinueerd.'
Tegenwoordig stonden ze meer en meer als twee zussen tegenover elkaar en minder als moeder en dochter. Ze zaten gezellig in de warme keuken te praten over leven en dood en het dorp en meneer Floods verschijningen en hoe moeilijk die arme pater Ross het had. Want als de verschijningen net zo echt waren als die van Fatima, waar iedereen *wel*

in geloofde, waarom konden ze dan niet die laatste hindernis nemen en geloven dat het allemaal ook in Knockglen zou kunnen gebeuren? Misschien omdat meneer Flood, de slager, niet de meest waarschijnlijke persoon was om te worden bezocht door een heilige non in een boom. Zelfs niet door een non op de grond, meende moeder Francis.

De rouwdienst begon om tien uur. Benny liep met haar moeder en Patsy naar de volgauto waar de begrafenisondernemer voor had gezorgd. Terwijl ze gearmd met haar moeder door het middenpad van de kerk liep, op weg naar de voorste rij, werd ze zich bewust van de vele mensen die gekomen waren om de laatste eer te bewijzen. De boeren waren gisteren al geweest, in hun zondagse pak, omdat ze op een doordeweekse dag op het land moesten werken. Maar vandaag waren er ook veel mannen in pakken – handelsreizigers, leveranciers, mensen uit heel andere parochies. Ze zag neven en nichten van haar vader en de broers van haar moeder. Midden in de troostende menigte zag ze ook haar eigen vrienden staan.
Daar was Jack. Hij was zo lang dat iedereen in de kerk hem wel moest zien. Hij droeg een zwarte stropdas en hij draaide zich om om hen te zien binnenkomen. Het was bijna als bij een bruiloft, waar de mensen zich omdraaien om de bruid te zien... flitste het door haar hoofd.
Bill Dunne was ook gekomen, wat erg aardig van hem was, en Rosemary Ryan. Ze stonden naast Eve en Aidan, hun gezichten vol medeleven. En Nan was er, in een zwarte blazer en een lichtgrijze rok. Ze droeg handschoenen en had een zwart handtasje bij zich. Haar kanten sluier zag eruit alsof die speciaal door een couturier voor haar blonde haar was gemaakt. Alle anderen droegen een slordig stuk sluier of een hoofddoek. Clodagh had een hoed op. Een grote zwarte strohoed. Dat was haar enige concessie aan de rouwkleuren. Verder was ze gehuld in een rood-wit gestreepte mantel, die aanzienlijk korter was dan Knockglen gewenst vond.
Maar het was moeilijk om Knockglen tevreden te stellen, want de jas van Fonsie viel ook al niet in goede aarde. Het was een lange jas zoals minister-president De Valera had kunnen dragen, alleen had deze een reusachtige fluwelen kraag en waren de zakken, kraag en manchetten afgezet met nep tijgerbont.
Moeder zag er erg oud en treurig uit. Zo nu en dan keek Benny naar haar. Soms vielen er tranen op het misboekje van haar moeder en een of twee keer boog Benny voorover om ze weg te vegen. Het leek of haar moeder niets merkte.
Gelukkig had Sean Walsh zich niet te veel opgedrongen. Geschokt doordat hij geen drankjes had mogen halen bij Healy's Hotel was hij voorzichtiger geworden met zijn avances dan Benny had dur-

ven hopen. Hij zat niet eens vlakbij hen in de kerk, in een rol als vooraanstaand rouwdrager. Ze moest haar hoofd erbij houden en hem niet de touwtjes in handen geven. Zijn manier van doen was zo anders dan die van haar vader – de hele manier waarop hij in het leven stond, liet bijna geen vergelijking toe.
Benny wilde dat ze iemand had met wie ze deze dingen kon doorpraten, iemand die daar echt begrip voor kon opbrengen. Haar blik viel op Jack Foley, wiens gezicht bewegingloos maar vol medeleven was. Ze wist dat ze hem er niet mee lastig zou vallen.
Je invechten in een armoedige dorpswinkel. Geen enkele vrouw zou het in haar hoofd halen om Jack met zoiets te vervelen.
Zelfs niet als ze van hem hield en hij van haar.

Na de mis bleven de mensen buiten zachtjes met elkaar staan praten. Ze leverden commentaar op het groepje jonge mensen uit Dublin. Dat moesten vrienden van Benny zijn, stelden ze vast.
'Een knap stel, die lange jongen en dat blonde meisje. Het lijken net filmsterren,' zei Birdie Mac.
Eve stond in de buurt.
'Dat is geen stel,' hoorde ze zichzelf zeggen. 'Die lange jongen is Jack Foley... Het vriendje van Benny. Hij en Benny zijn een stel.'
Ze wist niet waarom ze het zei en waarom Birdie Mac zo vreemd naar haar keek. Misschien had ze gewoon te hard gepraat.
Of misschien was dit niet het juiste moment om over het vriendje van Benny te beginnen.
Maar eigenlijk dacht ze dat Birdie haar niet geloofde.

Ze liepen langs de grafzerken naar de open grafkuil. Ineens stopte Eve en wees Aidan een kleine grafsteen aan.
'Ter nagedachtenis van John Malone' stond erop.
Het graf was goed onderhouden. Het onkruid werd kennelijk verwijderd en er groeide een rozestruik op.
'Hou jij dit bij?' vroeg hij.
'Af en toe. Moeder Francis doet het meeste. Dat had je kunnen raden.'
'En waar ligt je moeder?'
'Achter de heuvel. Op het protestantse kerkhof. Aan de dure kant.'
'We gaan haar graf ook bekijken,' vond hij.
Ze kneep in zijn hand. Dit was een van de weinige momenten in haar leven dat ze niets wist te zeggen.

Ze waren allemaal erg lief, de vrienden van Benny. Ze gaven haar veel steun. Ze stelden zich heel beleefd op tegenover de inwoners van Knockglen en waren behulpzaam toen ze na de begrafenis weer bij Benny thuis waren.

Sean Walsh bedankte Jack dat hij was gekomen, alsof Jack daar op een of andere manier was gekomen uit eerbied voor de verkoper van Hogan's Herenmode. Benny knarsetandde van woede.
'Meneer Hogan zou erg vereerd zijn geweest door je aanwezigheid,' zei Sean.
'Ik heb hem ontmoet en vond hem erg aardig. Ik was een paar maanden geleden een keer bij Benny op de thee.' Hij schonk haar een warme glimlach terwijl hij aan die dag terugdacht.
'Juist.' Tot Benny's teleurstelling kreeg Sean Walsh het door.
'Heb jij hier overnacht misschien?' vroeg Sean hooghartig.
'Nee hoor. Ik ben vanochtend gekomen. Hoezo?'
'Ik hoorde dat een van Benny's vrienden was gebleven, in het huisje bij de steengroeve.'
'O, dat was Aidan.' Jack was meegaand. Misschien had hij niet veel zin meer in Seans aanhoudende gezever, maar hij liet het niet merken. Uiteindelijk lukte het hem toch van Sean los te komen.
'Dat is toch die engerd?' fluisterde hij.
'Ja, dat is hem.'
'Heeft hij een oogje op jou?'
'Alleen een oogje op de zaak, die hij nu min of meer al heeft gekregen zonder mij.'
'Dan heeft hij in elk geval het beste verspeeld,' zei Jack.
Ze glimlachte plichtmatig. Jack zou zo weer weggaan, wist ze. Ze had hem tegen Bill Dunne horen zeggen dat er op z'n laatst om twee uur uit Knockglen werd afgereisd. Hij had gezegd dat Bill moest zorgen dat hij klaar stond.
Ze maakte het hem gemakkelijk. Ze zei dat hij een rots in de branding was geweest en dat ze het van iedereen geweldig vond dat ze het hele eind waren komen. Ze smeekte hem zelfs om weg te gaan nu het nog licht was.
Iedereen propte zich in de auto van Bill Dunne. Ze waren met z'n vieren gekomen, maar ze wilden Aidan en Eve nu ook proberen mee te nemen. Natuurlijk, had Benny gezegd, geweldig. Beter dan dat ze op de bus moesten wachten.
Ze lachte en bedankte allen met vaste stem.
Het was goed wat ze deed. Ze zag Jack goedkeurend naar haar kijken.
'Ik bel je vanavond,' beloofde hij. 'Om acht uur, voordat ik uitga.'
'Mooi,' zei ze en keek helder en levendig uit haar ogen.
Hij ging uit, hij ging ergens heen op de dag van haar vaders begrafenis. Waar kon hij op een maandagavond in Dublin naartoe?
Ze zwaaide de auto na tot die om de hoek verdween. Het maakte niet uit, zei ze tegen zichzelf. Ze zou er toch niet bij geweest zijn. De vorige maandagavond, toen vader nog gezond en wel was, was Benny Hogan om acht uur ook allang weer terug in Knockglen geweest.

Zo was het altijd gegaan en zo zou het altijd blijven gaan. Ze verontschuldigde zich bij de mensen die nog beneden waren en zei dat ze even een kwartiertje ging liggen.

In de verduisterde slaapkamer lag ze op haar bed en snikte wanhopig in haar kussen. Daar waren ook egoïstische tranen bij, tranen om een mooie jongen die lachend en zwaaiend terug naar Dublin was gereden. Ze huilde net zoveel om hem als om haar vader, die bedolven onder de bloemen op het kerkhof lag.

Ze hoorde Clodagh niet binnenkomen en een stoel bijschuiven. Clodagh, nog steeds met die belachelijke hoed op, pakte Benny's schouder vast en suste haar met precies die woorden die ze nodig had.

'Het komt wel goed, het komt wel goed. Het komt allemaal vanzelf weer goed. Hij is gek op je. Dat ziet iedereen, aan de manier waarop hij naar je kijkt. Het is veel beter dat hij nu is teruggegaan. Stil nou maar. Hij houdt van je, natuurlijk houdt hij van je.'

Er was ontzettend veel te doen.
Aan moeder had Benny weinig. Ze sliep enorm veel. Ze sukkelde zelfs in slaap als ze gewoon in haar stoel zat. Benny wist dat het door de kalmeringstabletten kwam die dokter Johnson haar had voorgeschreven. Hij zei dat zij een vrouw was die zich altijd alleen maar op haar man had gericht. Nu het middelpunt van haar leven was weggevallen, had ze tijd nodig om haar leven weer op orde te krijgen. Het is beter om haar geleidelijk aan nieuwe dingen te laten wennen, adviseerde hij. Je moet geen plotselinge veranderingen aanbrengen of haar dwingen beslissingen te nemen.

Maar er waren zoveel beslissingen nodig. Van kleine dingen, zoals bedankbrieven schrijven, Shep uitlaten en Patsy uitbetalen, tot grote dingen, zoals de vraag of Sean nu eigenlijk compagnon was of niet, of de winkel kon blijven voortbestaan en wat ze de rest van hun leven moesten doen zonder vader?

Meneer Green, de notaris, was op de begrafenis geweest en had gezegd dat er de komende dagen ruime gelegenheid was om alles te bespreken. Benny had niet gevraagd of het nu de bedoeling was dat Sean aan de gesprekken zou deelnemen of niet.

Had ze dat maar meteen gevraagd. Het was een volkomen acceptabele vraag geweest van iemand die in de war was en niet wist wat haar te wachten stond. Maar als ze hier nu mee kwam, zou het een vraag met een heel duidelijk doel lijken, alsof ze Sean wantrouwde. En dat deed ze niet – behalve dan op het persoonlijke vlak.

Het was opmerkelijk hoeveel van Nans uitspraken toepasbaar waren op compleet verschillende situaties. Nan zei altijd dat je het moeilijkste

altijd het eerst moest doen, wat het ook was. Zoals bijvoorbeeld het opstel dat je liever niet schreef of de leraar die je niet durfde te vertellen dat je scriptie nog niet af was. Nan had altijd gelijk.
Benny trok de ochtend na de begrafenis haar regenjas aan en ging naar de winkel om Sean Walsh op te zoeken.

Het eerste dat ze nu moest doen, was de oude Mike uit de buurt krijgen, die al naar haar toe kwam schuifelen met de bedoeling het gesprek af te maken dat hij bij haar thuis was begonnen. Luid en duidelijk, zodat Sean het goed kon horen, zei ze dat zij en haar moeder later heel graag met hem wilden praten, maar voor het ogenblik moest hij haar verontschuldigen, omdat ze het een en ander met Sean had te bespreken.
'Nou, dat is nog eens zakelijk.' Sean wreef op die gruwelijk irritante manier in zijn handen, alsof hij tussen zijn handpalmen grind tot poeder stond te vermalen.
'Bedankt voor alles wat je het afgelopen weekend hebt gedaan.' Het klonk huichelachtig. Ze probeerde wat vriendelijker te klinken, want hij had echt urenlang handen staan schudden en mensen staan bedanken voor hun aanwezigheid. Minder belangrijk was dat zij hem daar liever niet had gezien.
'Het was het minste dat ik kon doen,' zei hij.
'In ieder geval wilde ik je laten weten dat moeder en ik het erg op prijs hebben gesteld.'
'Hoe *gaat* het met mevrouw Hogan?' Er was iets onechts aan zijn bezorgdheid, zoals bij een acteur die zijn tekst niet goed beheerst.
'Ze heeft op het moment nog een kalmeringsmiddeltje nodig. Maar binnen een paar dagen is ze zeker de oude en zal ze zich weer met zakelijke besognes kunnen bezighouden.'
Benny vroeg zich af of Sean dit effect ook op andere mensen had. Ze gebruikte nooit een woord als 'besognes'.
'Dat is prima, prima.' Hij knikte ernstig.
Ze haalde diep adem. Dat had Nan ergens gelezen. Als je tot in je tenen inademde en dan langzaam uit, groeide je gevoel van zelfvertrouwen. Ze zei rechtuit dat ze aan het einde van de week een afspraak met de notaris wilde regelen. Zou hij misschien tot die tijd zo vriendelijk willen zijn om de winkel draaiende te houden zoals hij dat de afgelopen jaren zo goed had gedaan? Ze ging ervan uit dat er, uit respect voor haar vader nu geen veranderingen zouden worden doorgevoerd, geen *enkele* verandering. Ze knikte met haar hoofd in de richting van de achterkamer, waar de oude Mike zich angstig had teruggetrokken.
Sean keek haar verbijsterd aan.
'Ik geloof niet dat je helemaal begrijpt...' begon hij. Maar hij kwam niet verder.

283

'Daar heb je gelijk in. Dat begrijp ik niet helemaal.' Ze lachte naar hem alsof ze het eens waren. 'Er zijn zoveel gebieden waar ik nog niets van afweet, zoals de manier waarop een winkel wordt geleid en de veranderingen die doorgevoerd moeten worden... dat zei ik ook al tegen meneer Green.'
'En wat zei meneer Green?'
'Nou, niets. Niet op de dag van de begrafenis, natuurlijk,' antwoordde ze verwijtend. 'Maar nadat wij met hem hebben gesproken, moeten we allemaal nog eens rond de tafel gaan zitten.'
Ze feliciteerde zichzelf met haar woordkeus. Het was voor hem volstrekt onduidelijk of hij bij het gesprek betrokken zou worden of niet. En zo zou hij ook het enorme gat in Benny's echte kennis niet ontdekken.
Ze wist namelijk niet of hij op dit moment al compagnon was en of de papieren ondertekend waren.
Ze had duidelijk het gevoel dat haar vader was gestorven voordat alles was afgehandeld, maar daarnaast voelde ze zeker zo sterk dat ze moreel verplicht was om de laatste wensen van haar vader te vervullen.
Benny zag anderzijds in dat ze, wilde ze niet verdrinken in het troebele water waarin ze terechtgekomen was, Sean Walsh niet moest laten blijken hoe fatsoenlijk ze hem zou gaan behandelen. Want hoewel ze hem niet mocht of zelfs verachtte, wist ze dat Sean zich door zijn werk het recht had verworven om haar vader in de zaak op te volgen.

Bill Dunne zei tegen Johnny O'Brien dat hij erover dacht om Nan Mahon mee te vragen naar de film.
'Wat houd je tegen?' vroeg Johnny.
Wat hem natuurlijk tegenhield, was het schrikbeeld dat ze nee zou zeggen. Wie loopt er graag een blauwtje? Maar ze ging niet met iemand anders uit. Dat wisten ze. En dat was vreemd, gezien het feit dat ze zo knap was. Je zou verwachten dat de helft van alle mannen op de universiteit haar mee uit zou willen nemen. Zat daar de kneep? Iedereen *wilde* haar wel vragen, maar niemand die het deed?
Bill besloot het erop te wagen.
Nan zei nee, ze hield niet van film. Ze klonk spijtig, dus Bill dacht dat hij nog wel een kans had.
'Is er iets anders waar je heen wilt?' vroeg hij en hoopte maar dat hij zich niet te kruiperig opstelde.
'Nou ja, er is... maar ik weet niet...' Nan twijfelde.
'Ja? Wat?'
'Er is een nogal sjieke cocktail in het Russell. Een soort verlovingsfeest. Daar zou ik wel naartoe willen.'
'Maar daar zijn we niet uitgenodigd,' zei Bill geschokt.

'Dat weet ik.' De ogen van Nan fonkelden van opwinding.
'Bill Dunne en Nan gaan naar een feest waar ze niet voor zijn uitgenodigd,' zei Aidan tegen Eve.
'Waarom?'
'Al sla je me dood.'
Ze dachten er een tijdje over na. Waarom zou je ergens heen gaan waar je misschien niet welkom bent? Er waren zoveel plaatsen waar Nan Mahon gewoon naar binnen kon wandelen en iedereen blij zou maken. Ze leek op Grace Kelly, werd gezegd. Ze was mooi en zelfverzekerd zonder opzichtig te zijn. Dat was een hele kunst.
'Misschien doen ze het voor de spanning,' suggereerde Aidan. Dan zou het de sensatie zijn dat het mis zou kunnen gaan, dat ze gesnapt konden worden, een onderdeel van gevaar, zoals bij gokken.
'Waarom zou je anders naar een verlovingsfeest gaan waar allerlei paardenliefhebbers van het platteland staan te hinniken en te steigeren,' zei Aidan.
Nu Eve hoorde wat voor soort feest het zou zijn, wist ze ook meteen waarom Nan Mahon erheen wilde. En waarom ze daar iemand bij nodig had die zo fatsoenlijk en degelijk was als Bill Dunne.

Jack Foley vond het een fantastisch idee.
'Dat zeg je alleen omdat jij niet hoeft,' gromde Bill.
'Och, kom op. Zo moeilijk is het niet. Gewoon naar iedereen blijven lachen.'
'Dat zou makkelijk zijn als we allemaal jouw filmsterrengezicht hadden. Van die tandpastareclame.'
Jack lachte hem straal uit.
'Ik wou dat ze mij had meegevraagd. Volgens mij wordt het een te gek feest.'
Bill betwijfelde het. Hij had kunnen weten dat hij zich in de nesten zou werken als hij iemand als Nan Mahon mee uitvroeg. Wat was het leven toch moeilijk.
Het was ook zo raadselachtig. Wie wilde er in godsnaam naar zoiets toe? Waar iedereen iedereen kende, behalve zij dan.
Nan wilde niets uitleggen. Ze zei alleen dat ze nieuwe kleren had gekocht en dat het haar leuk leek.
Bill bood aan om haar thuis af te halen, maar dat mocht niet. Ze zouden elkaar ontmoeten in de foyer van het hotel.

De nieuwe kleren van Nan waren oogverblindend. Een lichtroze, nauwsluitende jurk met mouwen van roze kant. Ze had er een zilveren handtasje bij, waaraan een zijden roos was bevestigd.

Ze kwam zonder jas binnen.
'Voor het geval we moeten ontsnappen,' giechelde ze.
Ze zag er opgetogen en opgewonden uit, zoals op Eve's feestje in Knockglen. Alsof ze iets wist dat niemand anders wist.
Bill voelde zich erg ongemakkelijk toen ze de trap opliepen. Met nerveuze vingers maakte hij zijn das wat losser. Zijn vader zou hels zijn als dit hier in moeilijkheden eindigde.
Alles ging prima. De familie van de bruid dacht dat ze bij de bruidegom hoorden en de familie van de bruidegom dacht dat ze bij de bruid hoorden. Ze noemden gewoon hun echte namen. Ze lachten en zwaaiden en omdat Nan zonder twijfel het meest in het oog springende meisje in de hele zaal was, duurde het niet lang of ze was omgeven door mannen. Ze praatte niet veel, merkte Bill op. Ze lachte, glimlachte, was het met iedereen eens en toonde belangstelling. Zelfs als haar een directe vraag werd gesteld, wist ze die naar de vragensteller terug te spelen. Bill praatte nogal opgelaten met een saai meisje in een tweedjurk, dat nogal vals naar Nan keek.
'Ik wist niet dat het allemaal optutwerk zou worden,' zei ze.
'Ach...' Bill probeerde Nans methode om bijna niets te zeggen te imiteren.
'Tegen ons hebben ze gezegd dat het niet *te* moest zijn,' klaagde het tweedmeisje. 'Vanwege... je weet wel, hè?'
'Ja... tuurlijk,' mompelde Bill wanhopig.
'Nou, dat is toch duidelijk, of niet soms? Waarom zouden ze anders niet tot de lente wachten?'
'Zeker. De lente...'
Hij keek langs haar heen. Een tamelijk kleine man met donker haar stond met Nan te praten. Blijkbaar konden ze het goed met elkaar vinden. Het leek ze nauwelijks op te vallen dat er ook nog andere mensen in de zaal waren.

Lilly Foley bekeek zichzelf in de spiegel. Het was moeilijk te geloven dat deze rimpels niet zouden verdwijnen. Nooit meer.
Ze was gewend geraakt aan rimpeltjes van vermoeidheid of spanningen. Maar die verdwenen altijd als ze wat had uitgerust. Vroeger.
Vroeger hoefde ze zich ook niet druk te maken over haar bovenarmen, of die er een beetje uitgedroogd of zelfs kwabbig uitzagen.
Lilly Foley was voorzichtig geworden met wat ze at vanaf het moment dat ze haar oog had laten vallen op John Foley. Ze had ook altijd gelet op wat ze droeg, en om eerlijk te zijn, ook op wat ze zei.
Je kon de hoofdprijs alleen maar winnen en in bezit houden als je je rol waarmaakte.
Daarom was het ook zo pijnlijk om te zien dat die veel te struise snot-

neus van een Benny Hogan dacht dat ze een kans maakte bij Jack. Jack was zo aardig tegen haar. Hij had de manieren en de charme van zijn vader. Maar hij kon uiteraard geen serieuze bedoelingen met zo'n meisje hebben. Hij had haar naar Knockglen gereden en was naar de begrafenis gegaan uit beleefdheid en bezorgdheid. Het zou zielig zijn als dat kind verkeerde ideeën kreeg.
Lilly was verbijsterd toen ze Aidan Lynch over Benny en Jack had horen praten alsof ze een stel waren.
Ten minste was die Benny zo verstandig om hem niet de hele tijd te bellen, zoals andere meisjes deden.
Ze zag waarschijnlijk in dat het toch niets kon worden.

Benny zat aan de keukentafel en wenste dat de telefoon zou overgaan. Ze was omringd door papieren en boeken.
Ze was van plan om alles van de zaak te begrijpen voor ze aan het eind van de week met Sean en meneer Green ging praten. Ze kon geen hulp en advies aan de oude Mike vragen en het zag er ook niet naar uit dat ze veel aan haar moeder kon hebben. Benny had zwart omrand postpapier gekocht. Ze had een lijstje gemaakt van de mensen die bloemen hadden gestuurd, in de hoop dat haar moeder een kleine, persoonlijke dankbetuiging wilde schrijven. Ze adresseerde zelfs de enveloppen voor haar.
Maar Annabels hand was snel moe en ze voelde zich lusteloos. Het lukte haar niet om meer dan twee briefjes per dag te schrijven. Benny schreef ze uiteindelijk zelf. Ze bestelde bidprentjes, met een kleine foto van haar vader en met gebeden erop, die mensen in hun misboek konden stoppen om hen eraan te doen denken dat ze voor zijn ziel moesten bidden. Benny bestelde ook zelf voorbedrukte kaarten met een zwart lintje om alle andere mensen te bedanken voor hun medeleven.
Benny betaalde de begrafenisondernemer, de grafdelvers, de priester, drank, broodjes. Ze betaalde iedereen contant, want ze had een grote som geld van de bank in Ballylee gehaald. Fonsie had haar daar in zijn bestelwagen heen gereden.
'Wacht maar tot Knockglen eenmaal goed op de kaart staat,' had Fonsie gezegd. 'Dan hebben we een eigen bank en hoeven niet meer te wachten tot de rijdende bank donderdags komt, alsof we een uithoek in het Wilde Westen zijn.'
De man in de bank in Ballylee was meer dan vriendelijk, maar voelde zich ook een beetje ongemakkelijk omdat ze zoveel geld van de rekening wilde halen.
'Vrijdag heb ik een afspraak met meneer Green, de notaris,' verzekerde Benny hem. 'Alles wordt dan netjes geregeld.'

287

De opluchting op het gezicht van de bankbediende beeldde ze zich niet in.
Ze realiseerde zich dat ze niet het flauwste idee had hoe haar vader al die jaren zijn zaken had geregeld en dat er nog maar een paar dagen waren om erachter te komen.
Voor zover ze kon zien was het een kwestie van twee grote boeken en een geldlade met roze bonnetjes.
Er was een kasboek. Elk artikel dat werd verkocht, werd daarin opgeschreven. Sommige posten waren pijnlijk klein. De verkoop van boordeknoopjes, sokophouders, schoenlepels en schoenborstels.
En er was een grootboek. Een groot bruinleren boek met een soort venster aan de voorkant. Het was onderverdeeld in drie kolommen: cheques, contanten en overige. Overige kon een postorder betekenen of, zoals één keer het geval was, dollars van een Amerikaan op doorreis. Iedere donderdag had haar vader met alle anderen in de rij gestaan als de bank naar het dorp kwam. De handtekening van de bank onder het wekelijkse totaal was het ontvangstbewijs voor het geld dat op de rekening was gestort.
In de geldla lagen roze bonboekjes – loterijboekjes die regelmatig werden opgestuurd door de missie in verre landen. Ze waren ideaal om op te schrijven wat uit de kas was gehaald. Op ieder bonnetje stond een bedrag, met daarnaast waar het betrekking op had. '1 pond: benzine.'

Het was woensdag. De dag waarop er vroeg werd gesloten. Ze had beide boeken uit de winkel gehaald en in een grote tas gedaan.
Sean had geprotesteerd en gezegd dat de boeken nog nooit het pand hadden verlaten.
Benny zei dat dat onzin was. Vader had ze vaak genoeg mee naar huis genomen om ze in te kijken en ook haar moeder wilde ze zien. Veel meer dan een kleine troost was het niet in deze moeilijke tijden.
Sean was niet bij machte geweest om haar tegen te houden.
Benny wist niet eens waar ze naar op zoek was. Ze wilde er achter zien te komen waarom het zo slecht ging met de zaak. Ze wist dat er tijdelijke pieken en dalen waren. Na de oogst, als de boeren geld voor hun tarwe hadden ontvangen, kwamen ze allemaal een nieuw pak kopen. Het was niet dat ze naar fouten of vervalsingen zocht.
Daarom stond ze zo versteld toen bleek dat de journaalposten en de getallen in het grootboek niet overeenkwamen. Als ze zoveel per week hadden verdiend, dan moest er ook zoveel op het deposito staan. De roze bonnetjes uit de kassa waren niet zo belangrijk en konden bijna buiten beschouwing worden gelaten.
Maar na moeizaam lezen en rekenen kon ze zien dat er iedere week een tekort was. Soms wel tien pond.

Ze keek ernaar met een gevoel van schrik en wanhoop. Hoewel ze hem haatte en hem het liefst miljoenen kilometers van Knockglen vandaan wenste, was ze er geen moment op uit om te denken dat Sean Walsh geld uit de kas van de winkel had ontvreemd. Dat was onmogelijk. Ten eerste was hij een superfatsoenlijk persoon. En ten tweede, waarom zou hij geld stelen als hij compagnon zou worden? En het belangrijkste van alles, waarom droeg hij zulke versleten kleren en woonde hij in een paar armoedige kamertjes boven de winkel als hij dit maanden of misschien wel jaren achtereen had gedaan? Ze was door haar ontdekking helemaal verdoofd en hoorde amper de telefoon overgaan.
Patsy nam op en zei dat een jongeman Benny wilde spreken.
'Hoe gaat het?' Jack klonk bezorgd. 'Gaat het allemaal een beetje?'
'Ja hoor. Het gaat goed.' Haar stem klonk ver weg.
'Mooi... Je hebt niet gebeld.'
'Ik wilde je niet lastig vallen.' Het was nog steeds onwerkelijk. Ze hield haar ogen op de boeken gericht.
'Ik wou langs komen.' Hij bracht het al met spijt in zijn stem en wilde waarschijnlijk gaan zeggen dat hij niet kon komen. Trouwens, ze wilde hem hier niet. Ze was met te veel belangrijke zaken bezig.
'Hemeltje nee. Alsjeblieft.' Ze klonk vastberaden en dat voelde hij. Hij leek opgelucht.
'Wanneer kom je mij opzoeken?'
Ze zei dat ze aan het eind van de week de dingen op een of andere manier wel geregeld zou hebben. Misschien dat ze elkaar maandag in de Annexe zouden zien.
Haar gebrek aan belangstelling leek te worden beloond. Het leek hem *echt* te spijten dat hij haar niet kon zien.
'Dat duurt nog zo lang. Ik mis je.' Hij vond dat ze dat moest weten.
'En ik mis jou. Jullie waren geweldig, jullie allemaal, om naar de begrafenis te komen.'
Toen hij had opgehangen, was hij ook uit haar gedachten.
Er was niemand met wie ze over de boeken kon praten.
Ze wist dat Peggy, Clodagh, Fonsie en Mario het meteen zouden zien. Net als mevrouw Kennedy en alle andere middenstanders in het dorp. Maar ze was het aan de nagedachtenis van haar vader verplicht om hem niet als een onbenullig slachtoffer te kijk te zetten en ze was het aan Sean Walsh verplicht om geen woord over haar verdenkingen te zeggen tot ze zeker wist dat het waar was.

'Waarom mag ik je niet thuisbrengen?' vroeg Simon aan Nan na het diner.
Het was al de tweede keer dat ze elkaar die week zagen en zo buitengewoon toevallig.

Nan keek hem aan en zei eerlijk: 'Ik nodig nooit iemand bij mij thuis uit. Dat heb ik nooit gedaan.'
Het klonk niet verontschuldigend en niet uitdagend. Ze bracht het als een feit.
'Zou iemand mogen vragen waarom niet?'
Ze keek hem spottend aan. 'Dat mag, als die iemand drammerig en ziekelijk nieuwsgierig is.'
'Dat is-ie.' Hij reikte over de tafel en streelde haar hand.
'Wat je ziet, is hoe ik ben, hoe ik mezelf zie. Zo voel ik me en zo zal ik altijd zijn. Als jij of iemand anders met me mee naar huis zou gaan, zou alles anders worden.'
Voor Nan was dit een lang betoog over zichzelf. Hij keek haar verbaasd en toch ook bewonderend aan.
Hij wist dat ze ergens uit Noord-Dublin kwam. Haar vader zat in de bouw, dacht hij te hebben begrepen. Misschien woonde ze in zo'n wanstaltig nouveau-riche huis. Geld moesten ze beslist hebben. Haar kleren hadden stijl. Ze kwam altijd op de juiste plekken. Hij respecteerde haar voorwaarde om haar leven thuis voor zichzelf te houden en hij respecteerde haar eerlijkheid daarover.
Hij zei teder dat ze een gekkerd was. Hij schaamde zich niet voor *zijn* huis en dat was toch een vervallen landgoed in Knockglen, een plaats die heel wat betere tijden had gekend en waar hij nu leefde met onderbetaalde bedienden, een demente grootvader en een klein zusje dat paardengek was. Een tamelijk idiote wereld om iemand in binnen te leiden. Toch had hij haar daar uitgenodigd. Hij hield zijn hoofd schuin en keek haar plagend aan.
Nan was niet tot andere gedachten te brengen. Ze beleefde er geen plezier aan om haar vrienden mee naar huis te nemen. Als Simon daar moeite mee had, dan konden ze elkaar misschien beter niet meer zien.
Zoals ze had verwacht, had hij er geen moeite mee om dit onderwerp uit hun gesprekken en hun overwegingen te schrappen.
Eigenlijk was hij opgelucht. Dit was veel beter dan op te moeten draven bij zondagse lunches, waardoor maar allerlei verwachtingen werden gewekt.

Heather was op school erg slecht in handwerken. Maar na een gesprek met Dekko Moore, de zadelmaker in Knockglen, had ze besloten dat ze zou proberen om er goed in te worden. Hij zei dat er voor haar misschien een toekomst was weggelegd in het maken van jachtkleding voor dames. Die zou ze dan via Peggy Pine of Hogan's kunnen verkopen.
Heathers nieuwste plan was om in het nieuwe semester goed te leren naaien.

'Het is afschuwelijk, kruissteken en zo. Dingen die niets te maken hebben met het naaien van echte kleren,' gromde ze tegen Eve. Dit was haar twaalfde verjaardag en de school stond toe dat ze een hele middag met een familielid doorbracht, als ze maar om acht uur 's avonds terug was.
Ze aten taart bij Kit thuis en iedereen klapte toen ze alle kaarsjes uitblies. De studenten vonden Heather grappig, vooral haar onblusbare belangstelling voor eten.
Ze bespraken de naailessen op school en hoe oneerlijk het was dat de jongens niets over kruissteken hoefden te leren.
'Jij hoeft tenminste geen grote groene sportbroeken met inzetstukken te maken, zoals wij op school moesten doen,' zei Eve vrolijk.
'Waarom moesten jullie die maken?' Heather begon geobsedeerd te raken door de verhalen over het klooster.
Eve kon het zich niet herinneren. Ze dacht dat ze die over hun onderbroek en onder hun rok moesten dragen als ze een handstand deden. Of misschien fantaseerde ze maar wat. Ze wist het echt niet meer. Het ergerde haar dat Simon zijn zusje niet mee uit had genomen op haar verjaardag en dat hij haar een slap kaartje had gestuurd met een dame in een hoepeljurk. Er waren honderden leuke ansichtkaarten met paarden erop die hij had kunnen kopen.
Maar ze maakte zich meer zorgen om Benny. Er was iets aan de hand met de winkel. Benny had gezegd dat ze er over de telefoon niet over kon praten, maar dat ze volgende week alles zou vertellen.
Iets dat ze aan het eind van hun gesprek had gezegd, wilde maar niet uit Eve's gedachten verdwijnen.
'Als je ooit bidt, Eve, doe het dan nu.'
'Waar moet ik voor bidden?'
'O, dat alles weer goed komt.'
'Daar bid ik al jaren voor,' zei Eve gepikeerd. Ze ging niet bidden voor iets zonder omschrijving, vond ze.
'De Verstandige Vrouw zou het onderwerp een beetje vaag houden,' had Benny gezegd.

Benny had niet erg gelukkig geklonken.
'Simon heeft een nieuwe vriendin,' zei Heather vertrouwelijk. Ze wist dat Eve altijd geïnteresseerd was in zulke praatjes.
'Echt waar? Wat is er met die dame uit Hampshire gebeurd?'
'Ik denk dat ze te ver weg woont. In ieder geval woont deze in Dublin, zegt Bee Moore.'
Heel goed, dacht Eve, dat is de doodsteek voor Nan Mahon en haar plannetjes.
Ineens schoot haar iets anders in de zin. Dat was natuurlijk alleen maar zo als niet *Nan Mahon* de nieuwe vriendin was.

Hoofdstuk 15

Benny bracht de boekhouding de volgende morgen in alle vroegte terug naar de winkel. Ze nam Shep met zich mee. Het dier keek om zich heen, in de hoop dat hij Eddie handenwrijvend en stralend van genoegen uit de achterkamer zag komen om zijn brave oude hond te begroeten.
Ze hoorde voetstappen op de trap en besefte dat ze niet vroeg genoeg was. Sean Walsh was al op.
'Ha, Benny, jij bent het,' zei hij.
'Dat zou ik wel hopen. Het was niet best als allerlei anderen zichzelf hier zomaar binnen konden laten. Waar zal ik dit neerleggen, Sean?'
Verbeeldde ze het zich of keek hij haar oplettend aan? Hij pakte de twee boeken en legde ze op hun plaats terug. Het duurde nog ruim drie kwartier eer de winkel open zou gaan.
Het rook hier bedompt en muf. De winkel nodigde niet bepaald uit om iets te kopen. Niets dat een man tot een onbezonnen daad kon verleiden. Zomaar ineens een opzichtige das kopen of een gekleurd overhemd als je normaal alleen maar witte hemden droeg. Ze bekeek het sombere interieur en vroeg zich af waarom ze hier nooit op had gelet toen haar vader nog leefde, nog geen week geleden, en waarom ze hier nooit met hem over had gesproken.
Maar ze wist wel waarom. Bijna meteen gaf ze het antwoord op haar eigen vraag. Haar vader zou veel te blij zijn geweest met haar belangstelling. Hij zou misschien weer hoop hebben gekregen. De hele toestand over een verbintenis tussen haar en Sean Walsh zou weer van voren af aan zijn begonnen.
Sean zag haar rondkijken.
'Is er iets bijzonders...?'
'Ik kijk zomaar wat rond, Sean.'
'Er zal heel wat moeten veranderen.'
'Dat realiseer ik me.' Ze sprak op plechtige en gewichtige toon. Dat was de enig taal die hij verstond – zwaar aangezet, pontificaal. Maar ze meende een zweem van onrust in zijn ogen te bespeuren, alsof haar woorden een dreiging voor hem inhielden.
'Heb je in de boeken gevonden wat je zocht?' Zijn blik liet haar niet los.
'Ik was niet naar iets speciaals op zoek. Zoals ik al zei, ik wil alleen gewend raken aan de dagelijkse routine voordat ik meneer Green spreek.'

'Ik dacht dat je moeder ze wilde inzien.' Er kwam een minachtend lachje op zijn gezicht.
'Dat is ook zo. Ze snapt er meer van dan wij altijd hebben gedacht.'
Benny begreep niet waarom ze dit zei. Annabel Hogan wist niets van de zaak, die mede met haar bruidsschat was aangekocht. Ze had zich er met opzet verre van gehouden, omdat ze het als een mannenwereld beschouwde, waar de aanwezigheid van een vrouw als een inbreuk gold. Met een vrouw in de buurt kochten mannen geen kostuums en lieten zich niet de maat nemen.
Opeens besefte Benny dat dit de tragiek van het leven van haar ouders was. Had haar moeder zich maar met de winkel bemoeid, dan was alles heel anders gelopen. Dan zouden ze samen zoveel meer hebben gedeeld. Dan was hun aandacht voor haar misschien niet zo verstikkend geweest. Dan had haar moeder, die in veel opzichten bijdehanter en praktischer van aard was dan Eddie Hogan, de tekorten misschien wel ontdekt, als er tenminste echt tekorten waren, en zou ze er al lang geleden een stokje voor hebben gestoken. Lang voordat de zaken er zo slecht voorstonden als nu.

Emily Mahon klopte op de deur van Nans kamer en kwam binnen met een kop thee.
'Weet je zeker dat je er geen melk in wilt?'
Nan nam liever een schijfje citroen. Tot aanhoudende verbijstering van de rest van de familie, die hun thee met grote hoeveelheden melk nam en het vocht luidruchtig uit grote mokken opslorpte.
'Zo is het heerlijk, Em. Probeer maar,' drong Nan aan.
'Ik ben te oud om mijn gewoonten te veranderen en ik zie er ook geen reden toe – dat ligt bij jou anders.'
Emily wist dat haar dochter erin geslaagd was een speciaal iemand te vinden.
Ze maakte dat op uit de vele activiteiten die in deze kamer plaatsvonden, uit de nieuwe kleren, uit de hoeveelheid geld die ze haar vader aftroggelde, maar vooral uit de constante schittering in Nans ogen.
Op het bed lag een hoedje dat met bloempjes was versierd. Het stond prachtig bij de gewaagde zijden jurk en bolero in lila, die was afgezet met donkerder paars. Nan ging vandaag naar de paardenrennen. Voor de meeste mensen een gewone werkdag, voor studenten een collegedag, maar voor Nan was het een dag om naar de renbaan te gaan.
Emily had late dienst. Ze hadden in huis het rijk alleen.
'Zul je voorzichtig zijn, lieverd?'
'Hoe bedoel je?'
'Je begrijpt heus wel wat ik bedoel. Ik vraag niet naar hem, want ik weet dat het volgens jou ongeluk brengt. En we willen ons ook niet aan hem

opdringen, omdat het je kansen zou kunnen verpesten. Maar pas je wel goed op?'
'Ik ben niet met hem naar bed geweest, Em. Ik denk er niet aan.'
'Ik bedoel niet alleen dat.' Emily had wel alleen dat bedoeld, maar het klonk ineens zo grof nu het openlijk werd uitgesproken. 'Ik bedoelde ook, oppassen dat je je studie niet verwaarloost en niet meerijdt met mensen die te hard rijden.'
'Je bedoelde naar bed gaan, Em.' Nan lachte teder naar haar moeder.
'Ik heb het niet gedaan en ik zal het ook niet doen, dus rustig maar.'
'Blijven we voor altijd flirten of geven we eraan toe en gaan we eindelijk eens met elkaar naar bed?' vroeg Simon aan Nan toen ze samen naar de renbaan reden.
'Flirten wij dan met elkaar? Daar heb ik niks van gemerkt.'
Hij keek haar vol bewondering aan. Ze was onaantastbaar. Niets bracht haar in verlegenheid.
Ze zag er weer oogverblindend uit vandaag. Haar foto zou vast en zeker in de krant komen. Fotografen loerden altijd zowel op elegante verschijningen als op dames met rare hoedjes. Zij was er precies het meisje naar om uit te kiezen.
Zodra ze bij de renbaan arriveerden, kwamen ze vast te zitten in de menigte. Bij de paradeplaats stond Molly Black, een zeer bazig vrouwmens met een scherpe tong. Ze monsterde Nan van top tot teen. Haar eigen dochter had zich ooit in de belangstelling van Simon Westward mogen verheugen. Dit was een heel ander soort meisje, met wie hij zich nu liet zien. Knap was ze zeker. Zo te zien een studente uit Dublin, die haar afkomst goed verborgen wist te houden.
Mevrouw Black klaagde over het besluit van Buckingham Palace om de officiële presentatie van debutanten aan het hof af te schaffen.
'Ik bedoel, hoe weet je dan nog wie wie is, als ze daar niet meer aan doen?' zei Molly Black terwijl ze Nan met priemende oogjes aankeek.
Nan keek om zich heen of ze Simon zag, maar hij was elders in gesprek. Ze nam haar toevlucht tot de vertrouwde methode van het beantwoorden van de vraag met een wedervraag.
'Waarom denkt u eigenlijk dat ze het hebben afgeschaft?'
'Dat lijkt me duidelijk. Je moet geïntroduceerd worden door iemand die zelf al is geïntroduceerd. Maar sommigen van hen zijn zo aan lager wal geraakt dat ze voor een fooi de afstotelijke dochters van de vreselijkste zakenlui introduceren. Daar komt het allemaal door.'
'Hebt u zelf mensen geïntroduceerd?' zei Nan kalm en op hoffelijke toon.
Die was raak.
'Niet mijn directe familie, natuurlijk,' zei mevrouw Black geërgerd.

'Maar wel vrienden van ons en de kinderen van vrienden. Het was zo leuk voor de jongelui, zo'n goed systeem. Daar konden ze gelijkgestemde mensen ontmoeten, dat wil zeggen... tot dat gespuis binnenkroop.'
'Maar ik neem aan dat het niet moeilijk is om gelijkgestemde mensen te herkennen, of wel?'
'Nee, dat is niet zo moeilijk,' zei Molly Black bars.
Simon was terug en gaf haar een arm.
'Ik had net een alleraardigst gesprek met uw vriendinnetje over voorgesteld worden aan het hof,' zei mevrouw Black tegen hem.
'Leuk.' Simon trok Nan mee.
'Wat een dragonder,' zei hij.
'Waarom maak je je dan druk om haar?'
'Dat moet wel.' Hij haalde zijn schouders op. 'Teddy en zij zijn overal. Om hun dochters te beschermen tegen fortuinzoekers zoals ik.'
'Ben jij een fortuinzoeker?' lachte ze bemoedigend.
'Natuurlijk ben ik dat. Je hebt ons huis toch gezien,' zei hij. 'Kom, laten we een groot glas bestellen en meer geld op een paard inzetten dan we ons kunnen veroorloven. Daar gaat het om in het leven.'
Hij nam haar bij de arm en leidde haar door de drukte heen naar de bar.

De ontmoeting met meneer Green was een sombere aangelegenheid. Het was bij Benny thuis. Benny had haar moeder met sterke koffie en strenge woorden genoeg opgepept om erbij aanwezig te zijn.
Haar moeder moest niet vragen of de hele zaak afgeblazen of uitgesteld kon worden tot later. Anders was er geen later meer, benadrukte Benny. Hoe moeilijk het ook voor iedereen was, ze waren het aan vader verplicht om te zorgen dat er meer overbleef dan een puinhoop.
Benny had haar moeder gesmeekt of ze zich gesprekken kon herinneren over de wens van Sean om compagnon te worden. De brief bestond, de brief waarin stond dat het de bedoeling was. Wist ze of er een formele toezegging was gedaan?
Vermoeid zei Annabel dat vader steeds maar had gezegd dat er geen haast bij was, dat ze wel zouden zien, dat alles zijn tijd had.
Maar had hij dat in het algemeen gezegd, of speciaal met betrekking tot Sean?
Ze kon het zich echt niet meer herinneren. Het was erg moeilijk voor haar om herinneringen op te halen, klaagde ze. Het leek nog maar zo kort geleden dat Eddie in goede gezondheid zijn eigen zaken regelde. Ineens lag hij onder de grond en kwam er een notaris om zaken door te nemen waar zij niets van afwist. Kon Benny niet wat meer geduld en begrip opbrengen?
Patsy serveerde koffie in de zitkamer, die in gebruik was genomen omdat er zoveel bezoekers waren komen condoleren. De kamer was ge-

lucht. Nu zaten ze er met z'n drieën. Benny zei dat ze Sean Walsh moesten bellen om hem te vragen er straks even bij te komen zitten.
Meneer Green vertelde wat ze al wisten, namelijk dat wijlen de heer Hogan ondanks talrijke aansporingen, suggesties en waarschuwingen geen testament had laten opmaken. Hij vertelde ook iets wat zij niet wisten, namelijk dat het vennootschapscontract was opgesteld en klaarlag voor ondertekening, maar dat er nog geen handtekening onder stond.
Meneer Green was in januari elke vrijdagochtend gewoontegetrouw in Knockglen geweest, maar bij geen van die gelegenheden had meneer Hogan aanstalten gemaakt zijn handtekening onder het document te zetten.
Bij de enige gelegenheid dat meneer Green enigermate had aangedrongen, had wijlen de heer Hogan gezegd dat hij eerst nog ergens over moest nadenken.
'Denkt u dat hij misschien iets had ontdekt dat hem van gedachten deed veranderen? Hij heeft die brief tenslotte al voor Kerstmis aan Sean geschreven,' drong Benny aan.
'Dat weet ik. Ik heb een kopie van die brief. Die is me per post toegestuurd.'
'Door mijn vader?'
'Ik denk eerder door meneer Walsh.'
'Hebt u aanwijzingen of de suggestie gekregen... ik bedoel, had u het gevoel dat er iets niet klopte, op de een of andere manier?'
'Juffrouw Hogan, u moet het me niet kwalijk nemen dat ik me zo formeel uitdruk, maar ik houd me in mijn vak niet bezig met suggesties en gevoelens. Als jurist heb ik te maken met wat er geschreven staat.'
'Wat er geschreven staat, is dat Sean Walsh in de zaak wordt opgenomen, zo is het toch?'
'Dat is correct.'
Benny had geen bewijs, alleen haar intuïtie. Mogelijk had ook haar vader de laatste weken voor zijn dood gemerkt dat er iets niet klopte in de boekhouding. Maar het was niet tot een confrontatie gekomen. Was er sprake geweest van openlijke beschuldigingen, dan zou hij het zeker aan zijn vrouw hebben verteld en dan zou Mike in het atelier elk woord hebben kunnen horen.
Misschien had haar vader eerst de bewijzen willen vinden – dan was dat ook wat haar nu te doen stond.
Net als haar vader zou ze vragen om de overeenkomst uit te stellen, door te zeggen dat het moeilijk uit te maken was wie nu precies de participanten waren.
Meneer Green, een voorzichtig man, zei dat het altijd verstandig was om een radicale wijziging uit te stellen als het verlies nog niet was ver-

werkt. Ze waren het erover eens dat het nu tijd werd om Sean Walsh te laten komen.
Met dat Sean arriveerde, bracht Patsy verse koffie.
Hij meldde dat hij de winkel had moeten sluiten. Hij kon onmogelijk de zaken aan Mike overlaten. Die man had in het verleden zonder twijfel zijn verdiensten gehad, maar, zoals meneer Hogan placht te zeggen, die arme Mike was niet meer van deze tijd.
Haar vader zei dat inderdaad wel eens, herinnerde Benny zich, maar hij had het met genegenheid en bezorgdheid gezegd. Niet met de dreigende ondertoon van ontslag.
De afspraak was dat alles voorlopig bij het oude zou blijven. Vond Sean dat ze tijdelijk een extra kracht moesten aannemen? Volgens hem hing dat er vanaf.
Waar hing dat vanaf, vroegen ze. Van de vraag of juffrouw Hogan van plan was haar studie af te breken en in de winkel te komen werken. Als dat het geval was, was er geen invalkracht nodig.
Benny zei nadrukkelijk dat haar vader dat helemaal niet gewild zou hebben. Haar ouders wilden allebei niets liever dan dat ze zou afstuderen, maar ze zou niettemin een grote en voortdurende belangstelling voor de winkel hebben. Ze moest haar moeder bijna schoppen om aandacht te krijgen en haar te dwingen tot de stellige uitspraak dat zij het met het voorgaande roerend eens was.
Zeer terloops en zonder te laten doorschemeren dat er iets mis zou kunnen zijn, vroeg Benny of het eenvoudig ogende boekhoudsysteem toch aan hen kon worden uitgelegd. Sean gaf een wijdlopige uiteenzetting ten beste.
'Dus wat in de kasboeken staat, moet min of meer hetzelfde zijn als wat elke week in het grootboek wordt bijgeschreven?' vroeg ze onschuldig.
'Ja. Afgezien van de bonnetjes.'
'De bonnetjes?'
'Het geld dat je vader uit de kassa haalde.'
'O ja. Dat staat op die kleine roze bonnetjes, klopt dat?'
'Als hij eraan dacht.' Sean sprak met een grafstem, op een van-de-doden-niets-dan-goeds toon. 'Jouw vader was een bewonderenswaardige man, zoals je weet, maar zeer vergeetachtig.'
'Waarom haalde hij dat geld uit de kassa?' De schrik sloeg Benny om het hart. Ze zou nooit iets kunnen bewijzen, tenminste niet als dit geloofd werd.
'Eh, even denken...' Sean keek naar Benny. Ze droeg haar mooiste kleren, de nieuwe jurk en de bolero die ze met Kerstmis had gekregen.
'Misschien voor zoiets als jouw kleren, Benny. Hij kon geld pakken om kleren te betalen, zonder eraan te denken om een bonnetje te schrijven.'
Nu wist ze dat ze was verslagen.

Kevin Hickey vertelde dat zijn vader overkwam uit Kerry en hij wilde graag weten of mevrouw Hegarty misschien een goed hotel in Dunlaoghaire kon aanbevelen?
'Mijn God, Kevin, je komt er zelf elke dag een heleboel tegen,' zei Kit.
'Ik denk dat hij meer prijs stelt op uw keus dan op de mijne.'
Kit stelde het Marine Hotel voor en ze reserveerde een kamer voor zijn vader.
Ze nam aan dat Kevins vader wel nieuwsgierig zou zijn naar het huis waar zijn zoon het hele studiejaar woonde en drong er bij de jongen op aan om zijn vader op de thee te vragen.
Paddy Hickey was een grote, plezierige kerel. Hij vertelde dat hij op het platteland in machines deed. Hij had een klein lapje grond, maar boerenbloed was in zijn familie ver te zoeken. Zijn broers waren allemaal naar Amerika geëmigreerd en zijn zoons waren allemaal afgestudeerd in het een of het ander, maar niet in landbouwkunde.
Net als alle mensen uit Kerry, zei hij, vond hij een goede scholing van groot belang.
Kit en Eve vonden hem aardig. Hij praatte ongecompliceerd over de zoon des huizes die was overleden en vroeg of hij een foto van hem mocht zien.
'God hebbe zijn ziel. Die arme jongen heeft zelfs niet de kans gehad om uit te vinden hoe het hem hier beneden zou zijn bevallen,' zei hij.
Hij zei het onbeholpen maar aandoenlijk. Kit en Eve wisten geen van beiden iets terug te zeggen.
Hij bedankte hen voor het feit dat ze zijn zoon zo goed hadden opgevangen en aangemoedigd in diens eerste studiejaar.
'Heeft hij niet een kansje bij een aantrekkelijke jongedame als u?' vroeg hij aan Eve.
'Ach, hij kijkt niet eens naar me om,' zei Eve lachend.
'Trouwens, er is al een jonge rechtsstudent die haar het hof maakt,' voegde Kit eraan toe.
'Dan blijft u hier zeker af en toe eenzaam achter, mevrouw Hegarty,' zei hij, 'als de jongelui 's avonds uitgaan.'
'Ik red me best.'
Eve begreep dat de man zat te vissen naar een afspraakje met Kit Hegarty. Ze wist dat Kit dat zelf helemaal niet doorhad.
'Je redt je prima,' zei Eve. 'Natuurlijk doe je dat. Als je zou willen, kon je trouwens bij iedereen terecht. Maar ik zou het heel leuk vinden als je eens uit ging en de bloemetjes buiten zette, al was het maar voor een keertje.'
'Over bloemetjes buiten zetten gesproken,' zei de grote Paddy Hickey, 'is er misschien een mogelijkheid dat u een arme eenzame weduwnaar uit Kerry vergezelt op een avondje uit?'

'Nou, is dat niet *geweldig*,' riep Eve. 'Dan gaan we vanavond allemaal uit, niemand uitgezonderd.'
Kit keek stomverbaasd.
'Komt u haar maar om zeven uur ophalen, meneer Hickey. Dan zorg ik dat ze voor u klaarstaat,' zei Eve.
Toen hij was vertrokken, viel Kit woedend uit tegen Eve.
'Waarom gedraag jij je zo? Zo goedkoop en opdringerig? Zo ken ik je helemaal niet.'
'Het is ook niets voor mij. Maar ik deed het ook niet voor mij, ik deed het voor jou.'
'Ik kan toch onmogelijk met die man uitgaan. Ik ben een getrouwde vrouw.'
'O ja?'
'Jazeker. Ik ben getrouwd, wat Joseph in Engeland ook allemaal heeft uitgespookt.'
'O Kit, schei toch uit.'
'*Eve!*'
'Ik meen het. Echt waar. Niemand verwacht van jou dat je overspel pleegt met Kevins vader, rare. Ga gewoon met hem uit en vertel hem gerust over je sta-in-de-weg van overzee, als je dat zonodig wilt. Ik zou het persoonlijk achterwege laten, maar als jij denkt dat het zonder dat verhaal niet gaat... Maar wijs zo'n fatsoenlijke man niet botweg af,'
Ze keek zo verongelijkt dat Kit in lachen uitbarstte.
'Wat zal ik aantrekken?'
'Dat begint er al op te lijken.' Eve gaf haar een stevig knuffel terwijl ze samen de trap opliepen om in hun klerenkasten te gaan snuffelen.

'Zou jij er niet even uit willen, naar Wales...?' vroeg Jack hoopvol aan Benny.
'Nee, dat is te snel.'
'Ik vind dat je best wat verandering van lucht kunt gebruiken. Je hoort altijd zeggen hoe goed dat voor je is.'
Benny wist wat hij bedoelde. Ze was dolgraag met hem naar Wales gegaan. Ze zou dolgraag zijn vriendin willen zijn, samen op de boot van Dunlaoghaire naar Holyhead. Ze had dolgraag naast hem in de trein willen zitten en de anderen willen ontmoeten en dan was ze Benny Hogan, de vriendin van Jack Foley, geweest, met alles wat daar bij kwam kijken.
Ze wist dat een verandering van omgeving haar hoofd helder zou maken en haar zou verlossen van de verdenkingen die maar door haar hoofd bleven spoken.
Ze had geprobeerd haar moeder de deur uit te krijgen. Om haar broers op te zoeken. Bij de begrafenis waren ze allemaal erg bezorgd geweest.

Maar Annabel Hogan vertelde Benny bedroefd dat ze destijds haar huwelijk met Eddie stuk voor stuk hadden afgekeurd. Hij was te jong voor haar en had niets opgebouwd. Volgens hen had ze wel iets beters kunnen krijgen. Ze wilde niet bij hen logeren, in hun grote huizen op het platteland. Ze wilde niet praten over een huwelijk dat haar glukkig had gemaakt, maar waarvan haar broers geen hoge dunk hadden gehad.
Nee, ze bleef liever thuis en probeerde langzaam aan de nieuwe situatie te wennen.
Maar Benny had geen zin om dit allemaal aan Jack uit te leggen. Jack was niet een persoon waar je je huiselijke problemen aan voorlegde. Het was geweldig dat hij zo blij was om haar te zien. Hij lette geen moment op de bewonderende blikken die de meisjes uit alle hoeken en gaten van de Annexe op hem gericht hielden. Hij zat op zijn harde houten stoel en dronk de ene kop koffie na de andere. Hij ging gebakjes halen, maar Benny zei dat ze van het snoepen af was. In werkelijkheid liep het water haar in de mond, maar ze at geen taart, geen toetjes, geen patat en geen koekjes. Als Jack Foley er niet was geweest om haar op te vrolijken, zou het leven zeker saai zijn.

Nan was opgetogen om Benny weer op college te zien.
'Er was niemand om mee te praten. Het is geweldig dat je er weer bent,' zei ze.
Ondanks haar mineurstemming was Benny aangenaam getroffen.
'Je had Eve toch. Mijn God, ik benijd jullie, dat jullie de hele tijd hier zijn geweest.'
'Ik geloof niet dat Eve op dit moment zo blij met mij is,' bekende Nan.
'Ik ben met Simon uitgeweest, moet je weten, en ze is het daar niet mee eens.'
Benny wist het. Eve was het er niet mee eens. Maar dat zou voor iedereen gelden die met Simon uitging. Haar grief bleef dat hij niets had gedaan om een regeling voor haar, zijn nichtje, te treffen toen hij oud genoeg was om de situatie te begrijpen.
Ze vond ook dat Nan stiekem was geweest. Eve bleef erbij dat Nan indertijd Benny naar de Hibernian had meegesleept met het vooropgezette doel om aan Simon te worden voorgesteld. Benny kon zich dat niet indenken, maar er waren van die onderwerpen waarin Eve geen tegenspraak duldde.
'Waar neemt hij je mee naartoe?' Benny vond het heerlijk om naar Nans onderkoelde commentaar op de hoogste kringen te luisteren, de kringen waarin Simon Westward haar introduceerde.
Ze beschreef de dure clientèle van het Jammet's, de Red Bank, de Bailey en Davey Byrne's.

'Hij is zo'n stuk ouder,' legde Nan uit, 'dus de meesten van zijn vrienden spreken af in bars en hotels.'
Benny vond het zielig.
Stel je voor dat je nooit op de plaatsen kwam waar het *echt* lollig was, zoals de Coffee Inn, de Inca of de Zanzibar. Al die plaatsen waar ze samen met Jack was geweest.
'Mag je hem graag?'
'Heel graag.'
'Waarom kijk je daar zo zorgelijk bij? Het is duidelijk dat hij op je gesteld is als hij je steeds mee uitvraagt.'
'Ja, maar hij wil met me naar bed.'
Benny zette grote ogen op. 'Dat doe je toch niet, zeker?'
'Ik wil wel, maar hoe? Daar zit ik steeds maar over te piekeren. Waar en hoe.'

Uiteindelijk bleek Simon besloten te hebben waar en hoe het ging gebeuren. Hij had bedacht dat het moest gebeuren op de achterbank van de auto, ergens in de heuvels van Dublin. Hij zei dat het achterlijk was om net te doen alsof ze het niet allebei wilden.
Nan reageerde ijskoud. Ze zei dat ze niet van plan was om zulke dingen in een auto te gaan doen.
'Maar je wilt me toch?'
'Natuurlijk wil ik je.'
'Dus?'
'Jij hebt een perfect huis, waar het heel wat comfortabeler is.'
'Niet op het landgoed,' zei Simon.
'Maar *helemaal* niet in een auto,' zei Nan.

De volgende dag stond Simon op de hoek van Earlsfort Terrace en Leeson Street te wachten terwijl de studenten op fietsen of met stapels boeken langs hem stroomden. Ze gingen naar hun kosthuizen, studentenflats en restaurantjes ergens in de stad.
Nan wilde niet met Eve en Benny mee naar de Singing Kettle. Patat voor Eve en zwarte koffie voor de wilskrachtige Benny.
Ze hadden niet gezien dat haar ogen onrustig rondkeken, alsof ze wist dat er iemand op haar stond te wachten.
Zo ontging hen ook het moment dat Simon op haar afkwam en haar bij de hand nam.
'Wat ben ik gisteravond grof geweest,' zei hij.
'Och, dat geeft niet.'
'Ik meen het. Het was onvergeeflijk. Heb je misschien zin om met me uit eten te gaan in een aardig hotelletje. We zouden er ook kunnen overnachten. Als je wilt.'
'Dat wil ik zeker,' zei Nan. 'Maar jammer genoeg heb ik tot dinsdag geen tijd.'

'Je houdt me aan het lijntje.'
'Nee, echt niet.'
Maar het was waar, ze hield hem voorlopig aan het lijntje. Nan had uitgerekend wanneer het veilig was en aanstaande dinsdag op zijn vroegst durfde ze met Simon Westward naar bed.

Clodagh zat in de kamer achter de winkel te naaien. Ze had een glazen deur en kon dus zien of er een klant speciale aandacht nodig had. Anders konden haar tante en Rita, het nieuwe meisje dat ze hadden aangenomen, het heel goed alleen af.

Benny kwam binnen en ging naast haar zitten.
'Bevalt Rita een beetje?'
'Uitstekend. Je moet ze er uit weten te pikken – je ziet snel genoeg of je er wat aan hebt. En ze moeten ook weer niet te goed zijn, want anders jatten ze jouw ideeën en beginnen ze voor zichzelf. Dat is het hele eieren eten.'

Benny lachte droogjes. 'Ik wou dat iemand dat tien jaar geleden tegen mijn vader had gezegd,' zei ze spijtig.

Clodagh ging door met haar naaiwerk. Benny had bij haar de kwestie Sean Walsh nooit eerder ter sprake gebracht, hoewel hij de laatste weken onderwerp van gesprek was geweest in het dorp. Net na Kerstmis ging het praatje dat hij in de zaak zou worden opgenomen. De vaste bezoekers van Healy's Hotel zeiden dat mevrouw Healy dat met de grootste stelligheid beweerde. Sinds ze eruit was gegooid, mocht Clodagh graag uitvissen wat er in het hotel allemaal gaande was, inclusief de gesprekken aan de bar.

Ze wachtte af wat Benny te vertellen had.
'Clodagh, wat zou er gebeuren als Rita iets uit de kassa pikte?'
'Nou, om te beginnen zou ik daar aan het eind van de dag al achterkomen en anders toch wel aan het eind van de week.'
'Is dat zo?'
'Ja. Dan zou ik voorstellen om haar handen ter hoogte van de polsen af te hakken, maar tante Peggy zou zeggen dat we haar beter gewoon de zak konden geven.'
'Maar stel je voor dat je het niet kon bewijzen?'
'Dan zou ik heel voorzichtig zijn, Benny. Zo voorzichtig als je bijna niet zou geloven.'
'Als ze het op de bank had gezet, zou je daar dan achter kunnen komen?'
'O zeker. Maar ze zou het niet op de bank zetten, niet hier in de buurt. Ik denk eerder dat ze het geld gewoon ergens zou verstoppen.'
'Waar bijvoorbeeld?'
'Mijn God, dat zou ik niet weten. Maar ik zou in ieder geval oppassen dat ik niet betrapt werd bij het snuffelen.'

'Dus je zou het misschien laten voor wat het was, als je het niet kon bewijzen?'
'Hoe onverdraaglijk dat ook zou zijn, misschien wel, ja.'
Benny hoorde de waarschuwing in haar stem. Ze wisten allebei dat ze het niet hadden over de onschuldige Rita daar in de winkel. Ze beseften allebei dat het gevaarlijk was om nog meer te zeggen.

Jack Foley zei dat hij Benny wel zou bellen zodra hij in Wales was. Ze verbleven in een pension. Hij zou een kamer delen met Bill Dunne, met wie je goed kon lachen en drinken.
'Je zult me daar niet gauw missen,' zei Benny, lachend als een boer met kiespijn omdat ze niet mee kon.
'Hoe geschikt Bill Dunne ook is, het is geen vergelijking. Ik wou dat jij meeging.'
'Goed, bel me dan maar als de feestvreugde uit de hand loopt,' zei Benny.
Hij belde niet. Niet de eerste avond, niet de tweede, niet de derde. Benny zat thuis. Ze ging niet met haar moeder naar Healy's Hotel om een van de nieuwe avondmaaltijden uit te proberen, hoewel mevrouw Healy hen had uitgenodigd.
In plaats daarvan bleef ze thuis en luisterde naar het tikken van de klok en het snurken van Shep en naar Patsy die tegen Mossy zat te fluisteren, terwijl haar moeder naar de vlammetjes in de haard staarde en Jack Foley maar niet wilde bellen. Was het hoogtepunt van de feestvreugde nog niet bereikt?

Nan pakte haar weekendtas zorgvuldig in. Een kanten nachthemd, schone kleren voor de volgende dag, een leuke toilettas die ze bij Brown Thomas had gekocht, talkpoeder, een nieuwe tandenborstel en tandpasta. Ze gaf haar moeder een afscheidskus.
'Ik logeer bij Eve in Dunlaoghaire,' zei ze.
'Dat is goed,' zei Emily Mahon, die begreep dat Nan, waar ze ook heenging, in ieder geval niet bij Eve zou overnachten.

Bill Dunne liep in de centrale hal Benny tegen het lijf.
'Het was de bedoeling dat ik je per ongeluk zou tegenkomen om te zien hoe de wind waait,' zei hij
'Waar heb je het in godsnaam over?'
'Heb je onze vriend bij het oud vuil gezet, of hoe zit het?'
'Bill, je wordt nog erger dan Aidan. Praat eens gewoon.'
'Om het gewoon te zeggen: jouw zondige vriendje, jongeheer Foley, zou graag weten of hij nog welkom is, aangezien hij er niet in is geslaagd om je op te bellen.'

303

'Ach, doe niet zo raar,' zei Benny opgelucht. 'Jack weet dat ik niet zo'n soort meisje ben, met nukken en kuren.' Hij weet best dat ik dat niet erg vind. Als hij niet kon bellen, nou ja, dan niet.'
'Ik begrijp steeds meer waarom hij zo gek op je is. En waarom hij zo bang is om je te kwetsen,' zei Bill Dunne vol bewondering. 'Je bent een meisje uit duizenden, Benny.'

Heather Westward had de gedachte dat Aidan mee zou gaan op hun uitstapjes niet leuk gevonden, maar dat was voordat ze hem leerde kennen. Al snel klaagde Eve dat ze Aidan leuker vond dan haar. Zijn fantasiewereld was veel en veel amusanter dan de hare.
Hij vertelde Heather dat Eve en hij acht kinderen gingen krijgen, met tien maanden tussen ieder kind. Ze zouden in 1963 gaan trouwen en tot eind 1970 doorgaan met kinderen krijgen.
'Is dat omdat jullie katholiek zijn?'
'Nee, ik wil Eve wat om handen geven tijdens mijn eerste drukke jaren in de advocatuur. Ik zal dag en nacht in de juridische bibliotheek moeten zitten om genoeg geld te kunnen verdienen om al die bloedjes van kinderen eten en kleren te geven. 's Nachts neem ik dan nog een baantje als corrector bij de krant. Ik heb het allemaal al uitgedacht.'
Heather giechelde boven haar ijscoupe. Ze was er niet helemaal zeker van dat hij het meende. Ze keek naar Eve voor bevestiging.
'Zo denkt hij er nu over. Wat er eigenlijk gaat gebeuren, is dat hij een of ander dom blondje ontmoet, dat met lange valse wimpers naar hem gaat zitten lonken en giechelen, zodat hij mij en zijn lange-termijnplan op slag vergeet.'
'Zou je dat erg vinden?'
'Nee, eigenlijk zou het een opluchting voor me zijn. Acht kinderen is te veel van het goede. Herinner je je nog hoe Clara er met al die jonkies aan toe was?'
'Maar je hoeft ze toch niet allemaal tegelijkertijd te krijgen?' Heather vatte de zaak ernstig op.
'Hoewel dat zo zijn voordelen zou hebben,' zei Aidan peinzend. 'Dan kregen we heus wel gratis babyspullen en jij zou ons kunnen komen helpen, Heather. Jij neemt er vier voor je rekening en Eve zorgt voor de andere vier.'
Heather lachte uitgelaten.
'Ik zou geen dom blondje willen, echt niet,' zei Aidan tegen Eve. 'Ik ben Jack Foley niet.'
Eve keek hem verbaasd aan. 'Jack?'
'Je weet wel, dat uitstapje naar Wales. Het is alweer goedgekomen. Benny heeft het hem vergeven. Zegt Bill Dunne.'
'Ze heeft hem vergeven dat hij haar niet heeft gebeld. Ze weet helemaal

niets van een dom blondje waarvoor hij vergeving zou moeten krijgen.'
'O... ik dacht niet dat het echt iets...' Aidan probeerde terug te krabbelen.
De ogen van Eve schoten vuur.
'Nou ja, een vluchtige ontmoeting met een blondje uit Wales. Ik weet het ook niet, hoor. Luister nou toch, ik was er niet bij. Ik heb het alleen maar gehoord,' zei Aidan.
'O, mij hoef je niet te overtuigen dat je het hebt gehoord – met alle smerige details erop en eraan.'
'Nee, echt niet. En... eh... Eve, zeg het maar niet tegen Benny.'
'Ik ben haar vriendin.'
'Betekent dat ja of nee?'
'Dat betekent dat ik dat zelf wel uitmaak.'

Nan stapte bij Simon in de auto.
'Je ruikt heerlijk,' zei hij. 'Altijd de duurste parfums.'
'De meeste mannen hebben geen neus voor een goed parfum,' complimenteerde ze hem. 'Jij bent een goed waarnemer.'
Ze reden vanuit Dublin over Dunlaoghaire naar het zuiden, langs het huis van Kit Hegarty en langs de kostschool van Heather.
'Daar zit mijn zusje.'
Dat wist Nan. Ze wist dat Eve daar 's zondags heenging en Simon nooit. Ze wist dat Heather zich daar ongelukkig voelde. Ze wist dat Heather liever dichter bij huis op een dagschool zou zitten, in de buurt van haar geliefde pony en de hond en het buitenleven waar ze zo van hield, om in de omgeving van het landgoed rond te kunnen struinen. Maar ze liet Simon niet merken dat ze er iets van afwist.
Ze was vastbesloten zich tegenover Simon gereserveerd en afstandelijk op te stellen. Om weinig te vragen en weinig in te gaan op zijn familiebetrekkingen, zodat hij ook niet het recht zou hebben zich te bemoeien met de hare. Later, als ze hem echt voor zich gewonnen had, dan zou ze pas bereid zijn op zijn vragen in te gaan.
Tegen die tijd zou hij haar goed genoeg kennen om in te zien dat een dronken vader en een ontregeld gezin niet wezenlijk uitmaakten voor het leven dat *zij* leidde.
Ze vond dat ze lang genoeg met hem had geflirt en dat nu het moment was aangebroken om in dat hotel de nacht met hem door te brengen. Ze had het hotel opgezocht in een reisgids en wist er alles van. Nan Mahon ging nergens heen, zelfs niet naar het hotel waar ze haar maagdelijkheid zou verliezen, zonder zich eerst op de hoogte te hebben gesteld van de sociale achtergronden.
Hij glimlachte naar haar, een scheef misdadigersglimlachje. Hij was echt heel aantrekkelijk, dacht Nan, al had hij gerust wat langer mogen

zijn. Als ze met hem uitging, deed ze nooit hoge hakken aan. Hij had er alle vertrouwen in, alsof hij altijd had geweten dat het zover zou komen. Waarschijnlijk speelde die gedachte net door zijn hoofd.

'Ik ben heel blij dat je mee uit eten wilt en dat we de hele avond samen doorbrengen, in plaats van even snel heen en weer met een taxi,' zei hij.
'Ja, het is geloof ik echt een leuk hotel. Er hangen schitterende portretten en jachttaferelen.'
'Dat klopt. Maar hoe weet je dat?'
'Weet ik niet meer. Iemand heeft het me verteld.'
'Je bent hier toch niet met vroegere vriendjes geweest?'
'Ik ben nog nooit met iemand naar een hotel gegaan.'
'Ach, kom op.'
'Eerlijk waar.'
Hij keek lichtelijk ontsteld. Alsof dat wat komen ging nu lastiger en gecompliceerder werd dan hij had verwacht. Maar een meisje als Nan zou dit heus niet doorzetten als ze het ergens niet mee eens was. Trouwens, als ze zei dat ze nog nooit met een kerel naar een hotel was geweest, dan bedoelde ze dat waarschijnlijk letterlijk. Want een meisje als zij moest toch het een en ander hebben meegemaakt, of dat nu op een hotelkamer was geweest of in een duinpan. Hij zou wel zien.
Er stonden kaarsen op tafel. Ze aten in de schemerige eetzaal, waar grote schilderijen hingen van de roemruchte voorvaderen van de hotelier.
De ober sprak eerbiedig, als een oude bediende. Ze leken Simon te kennen en behandelden hem met alle respect.
Aan het tafeltje naast hen zat een echtpaar. De ober sprak de man aan met 'Sir Michael'. Nan sloot even haar ogen. In veel opzichten was het hier beter dan op de Westlands. Hij had gelijk gehad.
Het was hier als in een groots landhuis en ze werden behandeld alsof ze van adel waren. Niet slecht voor de dochter van Brian Mahon, aannemer en dronkelap.

Nan had niet gelogen, bemerkte Simon verrast en een beetje schuldbewust. Hij was inderdaad de eerste man met wie ze, in elke betekenis van het woord, naar een hotel was gegaan. Hij keek hoe ze daar lag, terwijl het maanlicht tussen de gordijnen door over haar volmaakte, slapende gezicht scheen. Ze was werkelijk een beeldschoon meisje en ze leek veel om hem te geven. Hij trok haar weer naar zich toe.

Benny wist dat het compagnonschap van Sean Walsh niet eeuwig kon worden uitgesteld. Kreeg ze haar moeder maar zover dat ze zich voor de zaak ging interesseren. Door de tabletten die Annabel innam om in slaap te komen, kon ze overdag maar moeilijk wakker worden. Het kostte haar uren om het gevoel van verdoving kwijt te raken.

Als ze weer helder was, kwam de eenzaamheid van haar bestaan in alle hevigheid boven. Haar man was te jong gestorven, haar dochter zat de hele dag in Dublin en Patsy stond op het punt haar verloving met Mossy Rooney aan te kondigen. Uit piëteit voor het verlies dat het gezin had geleden stelde ze dat nog wat uit.

Dokter Johnson vertelde Benny dat zulke zaken tijd namen. Soms een heleboel tijd, maar als Annabel Hogan uiteindelijk kon worden overgehaald om belangstelling voor de zaak te krijgen, zoals bij mevrouw Kennedy van de drogisterij was gebeurd, dan zou haar herstel zijn ingezet.

Dokter Johnson keek alsof hij nog iets had willen zeggen, maar dat op het laatste moment liever inslikte.

Hij had altijd een enorme hekel aan Sean Walsh gehad. Benny vroeg zich af of dat het misschien was.

'Het probleem is Sean, denk ik,' begon ze om hem uit zijn tent te lokken.

'Is dat ooit anders geweest?' vroeg dokter Johnson.

'Als moeder in de winkel zou willen helpen en de boel een beetje in de gaten kon houden...'

'Ik begrijp wat je bedoelt.'

'Denkt u dat ze dat ooit zal kunnen? Of jaag ik hiermee een hersenschim na?'

Hij keek het meisje met het kastanjebruine haar liefdevol aan. Het meisje dat hij van mollige peuter had zien opgroeien tot een fors, onbeholpen schoolmeisje en dan tot de jonge vrouw die ze nu was. Een beetje afgeslankt misschien, maar nog steeds aan de stevige kant. Benny mocht dan wat meer verwend zijn geweest dan de meeste andere kinderen bij wie hij de bof, waterpokken en mazelen had behandeld, maar veel vrijheid had ze nooit gehad.

Het leek erop dat de banden die ze met thuis had alleen maar strakker waren aangetrokken.

'Je moet aan je eigen leven denken,' zei hij streng.

'Met dat antwoord schiet ik niet veel op, dokter Johnson.'

Tot zijn eigen verbazing hoorde hij dat hij met haar instemde.

'Daar heb je gelijk in. Daar schiet je nu niet veel mee op. Maar we komen evenmin veel verder als we tegen je moeder zeggen: "Hou op met treuren en ga leven". Ze luistert toch niet. Net zoals ik er, jaren geleden, niet veel mee ben opgeschoten door Birdie Mac duidelijk te maken dat ze haar moeder naar een verzorgingstehuis moest brengen of door Dessie Burns naar Mount Mellary te sturen, naar de monnik daar die mensen van de drank afhelpt. Maar je moet zulke dingen blijven zeggen. Anders word je gek.'

307

Zolang ze hem kende, had ze hem nooit zulke dingen horen zeggen. Haar mond viel open van verbazing.
Hij hervond zich. 'Als ik zeker wist dat het zou helpen om die lange sladood van een Sean Walsh uit jullie winkel en uit ons dorp te verdrijven, dan gaf ik Annabel stimulerende middelen zodat ze twaalf uur per dag kon werken.'
'Mijn vader had beloofd om Sean compagnon te maken. Dat zullen we moeten respecteren.'
'Dat zal wel.' Dokter Johnson wist dat dit zo was.
'Tenzij er een bepaalde reden was waarom mijn vader het contract niet heeft ondertekend.' Ze keek hem onderzoekend aan. Ze had de vage hoop dat Eddie Hogan zijn verdenkingen misschien aan zijn oude vriend Maurice Johnson had toevertrouwd. Maar helaas. Tot haar grote teleurstelling hoorde ze dokter Johnson zeggen dat hij helaas geen reden kon bedenken.
'Het is niet het type kerel dat zich ooit laat betrappen met zijn vingers in de kassa. Sinds hij hier in het dorp is gekomen, heeft hij bijna geen stuiver voor zichzelf uitgegeven.'

Sean Walsh zat bij Healy's aan zijn ochtendkoffie. Door het raam kon hij zien of iemand bij Hogan's Herenmode naar binnen ging.
Mike kon het eenvoudige verkoopwerk wel aan en het lukte hem ook nog om de maat op te nemen van een vaste klant. Maar als het wat ingewikkelder werd, moest je hem in de gaten houden.
Mevrouw Healy kwam naast hem zitten. 'Nog nieuws over de vennootschap?'
'Ze gaan ermee akkoord. Dat hebben ze tegenover de notaris verklaard.'
'Dus ze doen het. Het had allang gebeurd moeten zijn. Jouw naam zou boven de winkel moeten prijken, zodat iedereen het kon zien.'
'Het is heel vriendelijk van u om zo'n hoge dunk van me te hebben... eh... Dorothy.' Hij zag haar nog steeds als mevrouw Healy.
'Niets te danken, Sean. Je verdient het gewoon dat je kunt laten zien wat je waard bent.'
'Dat zal ook gebeuren. Op een dag zullen de mensen het zien. Ik doe het stap voor stap. Dat is mijn aard.'
'Zolang je maar in beweging blijft.'
'Ik zit nooit stil,' verzekerde Sean Walsh haar.

'Wanneer zie ik je weer?' vroeg Simon toen hij Nan bij de universiteit afzette.
'Wat had jij gedacht?'
'Ik stel voor vanavond. Waar zullen we heen gaan?'

'We kunnen ergens wat gaan drinken.'
'Maar daarna?'
'Jij weet vast nog heel wat leuke hotels.' Ze lachte naar hem. Die wist hij zeker, maar hij kon ze zich niet veroorloven. En hij kon haar moeilijk meenemen naar Buffy en Frank, waar hij altijd logeerde als hij in Dublin was. Zij wilde hem niet mee naar haar huis nemen. De auto was uitgesloten en de Westlands ook wat hem betrof.
'We bedenken wel iets,' beloofde hij.
'Dag,' zei Nan.
Hij keek haar bewonderend na. Zo'n meisje was hij niet vaak tegengekomen.

'Benny, je ziet er verschrikkelijk uit. Je hebt zelfs je haar niet gekamd,' zei Nan.
'Nou bedankt. Dat was net wat ik nodig had.'
'Het *is* net wat je nodig hebt, als je het wilt weten,' zei Nan. 'De knapste vent van de hele universiteit loopt als een hondje achter je aan. Dan kun je er toch niet zo slordig bijlopen.'
'Goed, ik kam mijn haar wel,' zei Benny met tegenzin.
De knapste vent van de universiteit liep niet als een hondje achter haar aan. Hij leek eerder op een schuldbewust schaap. Iedere keer als hij haar zag, putte hij zich uit in verontschuldigingen voor die toestand in Wales. Benny had gezegd dat hij het maar beter kon vergeten, zulke dingen gebeurden wel eens. En zij maakte er toch geen punt van, waarom hij dan wel?
Ze had zelfs geregeld dat ze vrijdag in de stad kon blijven, zodat ze samen de avond konden doorbrengen. Ze had Eve gevraagd of ze in Dunlaoghaire kon logeren. Ze had tegen Patsy gezegd dat ze weg zou gaan en haar moeder uitgelegd dat ze een avond in de week in Dublin wilde blijven. Dat iedereen een verlies op zijn eigen manier moest verwerken en dat haar manier was om bij vrienden te zijn.
De blik van haar moeder, die lusteloos en dof was, werd nog somberder, alsof dit een extra klap betekende.
Het ergste was nog dat Jack doodleuk had gezegd dat vrijdag niet goed uitkwam. Ze hadden een bijeenkomst van de rugbyclub en daarna gingen ze met z'n allen een pilsje pakken.
'Kom maar een andere avond,' zei hij nonchalant. Benny had hem het liefst een klap in zijn gezicht gegeven. Hij was zo egocentrisch als een klein kind.
Waarom besefte hij niet hoe moeilijk het voor haar was om zoiets te regelen? Nu moest ze alles weer terugdraaien. Eve, Kit, Patsy, haar moeder. Verdorie, mooi niet. Ze zou hoe dan ook in Dublin blijven. Misschien kon ze met Eve en Aidan naar de bioscoop gaan. Ze hadden

haar vaak genoeg gevraagd. Daarna konden ze dan wat gaan eten.
Ze floten nog steeds het thema van de film *Bridge on the river Kwai* toen ze aankwamen bij de Golden Orient in Leeson Street. Ze kwamen Bille Dunne tegen, die net bij Hartigan naar buiten stapte. Hij wilde wel mee naar het Indiase restaurant.
Aidan gidste hen vakkundig door de menukaart.
Als ze allemaal iets verschillends bestelden, dan konden ze vier gerechten proeven en vandaag nog echte kerrie-experts worden.
'Maar we hebben allemaal het liefst korma,' klaagde Eve.
'Da's dan jammer, maar de moeder van mijn kinderen moet een beetje avontuurlijk zijn op culinair gebied,' zei Aidan.
'Waar is Jack?' vroeg Bill Dunne.
'Op een bijeenkomst van de rugbyclub,' zei Benny nonchalant.
Ze dacht dat de jongens een snelle blik wisselden, maar besloot dat ze het zich moest verbeelden. Door al dat in de gaten houden van Sean Walsh zag ze overal spoken.

Jack Foley belde haar 's zaterdags. Hij was erg boos.
'Ik hoor dat het gisteravond nogal gezellig is geweest. De enige avond van de week dat ik niet weg kan,' zei hij.
'Dat is anders nooit eerder zo geweest. Je zei altijd dat vrijdag de beste uitgaansavond is in Dublin.' Benny was in haar wiek geschoten door de onrechtvaardigheid van het geheel.
'Voor sommige mensen wel, heeft Bill Dunne me verteld.'
'*Welke* avond ben je volgende week vrij, Jack? Dan regel ik dat ik in de stad kan blijven.'
'Je bent chagrijnig,' zei hij. 'Vanwege dat gedoe in Wales.'
'Ik heb al gezegd dat ik begreep dat je geen tijd had om me te bellen. Daar ben ik niet chagrijnig om.'
'Niet om dat telefoontje,' zei hij. 'Om dat andere.'
'Welk andere?' vroeg Benny.

Nan en Simon ontmoetten elkaar drie keer zonder de kans te krijgen om te doen wat ze het liefst deden: met elkaar naar bed gaan.
'Wat is het toch jammer dat je geen flatje in de stad hebt,' zei hij tegen haar.
'Wat is het toch jammer dat jij dat ook niet hebt,' kaatste ze terug.
Wat ze echt nodig hadden, was een plek waar niemand ze zou kunnen zien, waar ze ongezien in en uit konden sluipen.
Dat hoefde niet per se in Dublin te zijn. Het mocht kilometers verderop zijn. Benzine was het probleem niet. Simon tankte blijkbaar op kosten van het boerenbedrijf. Het was ingewikkeld, maar het was gratis.

Hij moest alleen telkens terug naar Knockglen om te tanken. Nan dacht ineens aan het huisje van Eve bij de steengroeve. Ze had gezien waar Eve de sleutel onder een steen in de muur legde. Er kwam nooit iemand. Behalve af en toe een zuster die een oogje in het zeil hield. Maar die non zou heus niet 's nachts haar controlerende werk doen.

In één ander huisje brandde licht. Nan herinnerde zich dat dit het huisje was waar een opvallend stille man woonde, die Mossy heette. Ze had Benny en Eve een keer over hem horen praten.

'Dat is de man die onze Bee Moore voor zichzelf had bedacht, maar die door een ander is weggekaapt,' zei Simon, trots glimlachend vanwege zijn kennis van de plaatselijke omstandigheden.

Nan had een paar lakens, slopen en twee handdoeken meegebracht. Plus haar toilettas, waarin ze dit keer ook een zeepje had gedaan. Ze mochten geen sporen achterlaten.

Simon begreep niet waarom ze het niet gewoon aan Eve konden vragen. Volgens Nan was dat uitgesloten. Eve zou weigeren.

'Waarom? Jij bent haar vriendin. Ik ben haar neef.'

'Daarom juist,' zei Nan.

Simon had zijn schouders opgehaald. Ze waren hier al, dus wat maakte het uit? Ze durfden de haard of het fornuis niet aan te maken. Ze gingen meteen met de champagneflessen in bed liggen.

's Morgens was het behoorlijk fris.

'De volgende keer neem ik mijn gasbrander mee, als ik hem kan vinden,' zei Simon klappertandend.

Nan vouwde de lakens en de handdoeken nauwgezet op en deed ze in haar tas.

'Kunnen we die niet hier laten?' vroeg hij.

'Doe niet zo idioot.'

Nadat hij zich snel met koud water had gewassen, maar nog niet geschoren, bekeek Simon het huisje voor het eerst wat aandachtiger.

'Ze heeft hier een paar leuke spulletjes,' was zijn commentaar. 'Die komt vast en zeker van de Westlands.' Hij knikte naar de piano. 'Speelt Eve zelf?'

'Nee, ik geloof het niet.'

Hij liet zijn vingers over andere spullen gaan. Dit hier kwam zeker van het landgoed en dat daar waarschijnlijk ook. Gek dat hij dat nog wist. Hij was nog maar een kind geweest toen zijn tante aan haar ongewenste huwelijk begon en in dit huisje was gaan wonen in plaats van in het enorme huis waar ze was opgegroeid.

Hij lachte om een beeldje dat een ereplaats had gekregen op de schoorsteenmantel.

'Wie moet dat voorstellen?' zei hij. Het porseleinen figuurtje droeg een kroon, een wereldbol en een kruis.
'Dat is een kindje Jezus,' antwoordde Nan.
'Waarom staat die hier?'
'Waarschijnlijk heeft ze die van een van de zusters gekregen. Die komen hier langs om het huis schoon te maken. Waarom zou je het niet laten staan als je er de zusters een plezier mee doet en je er zelf nooit naar hoeft te kijken,' vond Nan.
Hij keek haar goedkeurend aan. 'Aan diplomatie geen gebrek, Nan Mahon. En waaraan eigenlijk wel?'
'Laten we gaan,' zei ze. 'Het zou verschrikkelijk zijn om de eerste keer al betrapt te worden.'
'Denk je dan dat we hier nog wel eens komen?' plaagde hij.
'Alleen als jij je gasbrander aan de praat krijgt,' rilde ze.

Op de eerste verdieping van Hogan's Herenmode waren de kamers groot en hoog. Daar had de vorige eigenaar vroeger met zijn gezin gewoond. Ook Eddie Hogan en zijn bruid hadden er het eerste jaar van hun huwelijk gewoond. Hun eigen huis hadden ze kunnen kopen vlak voordat Benny werd geboren.
De eerste verdieping lag vol met allerlei rommel. Er stonden oude meubels opgestapeld en daar bovenop was in de loop der jaren van alles en nog wat terechtgekomen – oude gordijnrails die in de winkel waren afgedankt, lege balen, dozen. Het was geen fraai gezicht.
De kamers waar Sean Walsh al weer meer dan tien jaar woonde, lagen op de verdieping daarboven.
Een slaapkamer, een kamertje dat je de zitkamer kon noemen en een compleet verouderde badkamer, met een geiser die eruit zag als een gevaarlijk projectiel.
Benny was sinds haar achtste of negende niet meer boven geweest. Ze wist nog dat haar vader aan Sean vroeg of hij een sleutel wilde voor zijn eigen etage. Maar Sean had dat met grote stelligheid van de hand gewezen.
Als hij het geld had gestolen, zou hij het nooit hebben verstopt in zijn eigen kamers. Dat was uiteraard de eerste plaats waar gekeken werd als het uit kwam. Het had geen zin om daar te gaan zoeken. Dat was zinloos en gevaarlijk. Ze was Clodaghs waarschuwing nog niet vergeten. Het zou al lastig genoeg worden als Sean Walsh geen compagnon werd. Maar het zou een regelrecht schandaal in Knockglen veroorzaken als hij vals beschuldigd werd van het bestelen van haar vader. Benny vond het een weerzinwekkende gedachte om in zijn privévertrekken te gaan zoeken naar bewijzen. Maar aan de andere kant wist ze zo zeker dat er *iets* moest zijn, misschien in de vorm van een spaarbankboekje van een of ander afgelegen bankfiliaal.

In eerste instantie, toen ze zich net door haar vaders eenvoudige en bepaald weinig-gedetailleerde boekhouding had gewerkt, had ze alleen maar *vermoed* dat Sean geld achteroverdrukte. Maar nu wist ze het zeker. Ze wist het door de domme leugen die hij had verteld. Toen ze hem in aanwezigheid van meneer Green had gevraagd het bonnetjessysteem uit te leggen, wilde ze ook graag een voorbeeld horen. Sean Walsh had gewezen op de kleren die ze aanhad en de suggestie gedaan dat Benny's eigen kleding wellicht was aangeschaft met geld dat haar vader uit de kassa had gehaald. Ze had een brok in haar keel gekregen bij de gedachte.
Later had ze de afschriften van de bank gezien. Haar vader had elk kledingstuk dat hij voor haar kocht op reguliere wijze betaald. Kleren die ze leuk had gevonden, kleren die ze vreselijk had gevonden, alles was bij Pine betaald met een cheque in zijn schuine handschrift.
Ze wou dat het allemaal achter de rug was. Dat ze Sean ontmaskerd had en dat hij uit het dorp zou zijn verdwenen. Dat haar moeder weer hersteld was en de winkel zou gaan drijven. En bovenal dat iemand haar eens precies vertelde wat er in Wales was gebeurd.

Simon nam zijn primus mee. Nan nam twee mooie porseleinen kandelaars mee en twee roze kaarsen.
Simon bracht een fles champagne, Nan twee eieren, kruiden, brood en boter. Ze had ook poederkoffie bij zich. Ze bakte de volgende ochtend een overheerlijke omelet.
Simon zei dat hij er zo opgewonden van werd dat ze meteen maar weer het bed in moesten duiken.
'We hebben net al haar spullen weer op hun plaats gezet, idioot,' zei Nan. Nan noemde Eve nooit bij haar naam.
Na een tijdje hield ook Simon ermee op haar Eve te noemen.

'Waar brengt die dochter van jou de nacht door?' vroeg Brian Mahon.
'Je bent een paar keer erg dronken geweest, Brian. Ik denk dat ze bang was. Ze gaat naar haar vriendin Eve in Dunlaoghaire. Die gaan zo leuk met elkaar om, samen met die Benny uit Knockglen. Dat zijn haar vriendinnen. We zouden blij moeten zijn dat ze die heeft.'
'Wat heeft het voor zin om kinderen te hebben als je ze 's nachts buiten laat rondhangen?' mopperde hij.
'Paul en Nasey komen ook vaak niet thuis. Over hen maak je je nooit zorgen.'
'Hen kan niets overkomen,' zei hij.
'Nan ook niet,' zei Emily Mahon en ze bad in stilte dat ze gelijk had. Nan bleef tegenwoordig wel drie dagen in de week weg.
Ze hoopte met hart en ziel dat haar beeldschone dochter niets zou overkomen.

Op een avond zag Mossy Rooney licht branden. Hij liep gewoon door. Eve Malone wil hier zeker rustig een nachtje alleen zijn, dacht hij bij zichzelf.
Daar had hij niets mee te maken.
De volgende dag vroeg moeder Francis of hij de dakgoot van het huisje wilde nakijken. Ze kwam langs om hem aan te wijzen waar de goot loshing.
'Eve is al weken niet meer langs geweest, het brutale nest,' mopperde moeder Francis. 'Als jij en ik er niet waren, dan was de boel hier allang ingestort.'
Mossy hield zijn mond.
Eve Malone had misschien helemaal op haarzelf in haar huisje willen zijn, zonder de zusters in te lichten.

Sean Walsh wandelde 's avonds laat over het pad naar de steengroeve. Je kwam hier weinig mensen tegen. Dat gaf hem de rust om na te denken over zijn plannen, zijn verlangens en zijn toekomst. Hier had hij de ruimte om na te denken over Dorothy Healy en de belangstelling die ze voor hem toonde. Ze was een aantal jaren ouder dan hij. Dat viel niet te ontkennen. Hij was er altijd vanuit gegaan dat hij met een veel jongere vrouw zou trouwen. Een meisje in feite.
Maar een verbintenis met een oudere vrouw had ook z'n voordelen. Eddie Hogan had dat immers ook gedaan. Het had zijn belangen nooit geschaad. Hij was volkomen tevreden geweest met zijn leven, hoe beperkt dat ook was. Hij had een dochter grootgebracht.
Seans gedachten waren in een stroomversnelling terechtgekomen tegen de tijd dat hij langs het huisje kwam. Hij was zich niet echt bewust van zijn omgeving.
Even meende hij binnen muziek te horen. Maar dat moest hij zich verbeeld hebben.
Eve was immers niet thuis en wie anders zou daar midden in de nacht piano zitten spelen?
Hij schudde zijn hoofd en probeerde uit te denken welke termijn meneer Green, de notaris, in gedachten had gehad toen hij had gesproken over de betreurenswaardige slakkegang van juridische processen.

Dokter Johnson boog zich over zijn bureau om zijn receptenboekje te pakken. Mevrouw Carroll was altijd al een moeilijk geval geweest. Hij had het gevoel dat ze beter naar pater Ross kon gaan. Maar was het niet oneerlijk om alle neurotische zeurkousen naar de priester te sturen en het hele geval af te doen als een geloofscrisis?
'Ik weet dat het me niet in dank zal worden afgenomen, dokter Johnson, maar ik moet het zeggen, omdat het de waarheid is. Het spookt in

dat huisje bij de steengroeve.' Die vrouw stierf daar brullend van de pijn en haar arme halfgare echtgenoot, God hebbe zijn ziel, benam zich er naar alle waarschijnlijkheid het leven. God zij genadig. Geen wonder dat het in zo'n huis spookt.'
'Spookt?' zei dokter Johnson vermoeid.
'Geen ziel is daar in vrede heengegaan. Geen wonder dat er eentje terugkomt om op de piano te spelen,' zei ze.

Heather belde naar de Westlands. Ze zou het komende weekeinde thuis zijn. Bee Moore vond het geweldig, ze zou het meteen tegen meneer Simon zeggen.
'Ik ga bij Eve theedrinken in haar huisje,' zei Heather trots.
'Dat zou ik persoonlijk niet zo leuk vinden. De mensen zeggen dat het er spookt,' zei Bee Moore, die had horen zeggen dat daar geen twijfel meer over bestond.

Heather en Eve waren hapjes aan het roosteren boven de haard in het huisje. Ze hadden lange roostervorken, die Benny voor hen had gevonden. Ze zei dat ze de wonderlijkste dingen had gezien op de eerste verdieping van Hogan's Herenmode, maar ze wilde het daar niet helemaal leeghalen voor het geval die verdomde Sean echt in de zaak zou worden opgenomen. Dus had ze alleen wat kleine dingetjes meegenomen, waarvoor Sean haar moeilijk voor het gerecht kon slepen.
'Staat het vast dat Sean in de zaak wordt opgenomen?' wilde Eve weten.
'Dat vertel ik je nog wel een keer, als je eens vijfendertig uur achter elkaar de tijd hebt...'
'Heb ik.'
'Niet nu.'
'Willen jullie dat ik wegga? Ik kan ook naar mijn pony gaan,' zei Heather.
'Nee, Heather, het is gewoon een heel lang verhaal. Ik zou er neerslachtig van worden als ik het moest vertellen en Eve zou er neerslachtig van worden als ze ernaar moest luisteren. Blijf alsjeblieft hier.'
'Goed.' Heather prikte nog een van zuster Imelda's heerlijke hapjes aan haar vork.
'Nog ander nieuws?' Eve vond dat Benny er zorgelijk uitzag.
Maar Benny schudde haar hoofd. Ze had een soort gelatenheid in haar gezicht die Eve niet beviel. Alsof Benny ergens flink herrie over wilde gaan schoppen, maar er de energie voor miste.
'Ik zou je kunnen helpen. Zoals vroeger. De Verstandige Vrouw gelooft dat twee meer weten dan één.'
'De Nog Verstandiger Vrouw zou misschien gewoon toegeven aan het onvermijdelijke.'

'Wat zegt je moeder ervan?'
'Heel weinig.'
'Benny, wil jij ook wat eten?' Heathers oplossing voor bijna elke crisis.
'Nee, ik hou mezelf voor de gek met de gedachte dat die kerel me leuker zal vinden als ik niet eet, zodat hij niet meer aan de rol gaat met dellen uit Wales.'
Eve zuchtte diep. Dus iemand had het haar verteld.

Het was een vrolijke fietstocht. Eve zwaaide zowat naar iedereen die ze passeerden. Heather kende er niemand van. Maar ze wist wel alle weiden waar ezels aan het hek zouden staan en waar een gat in de heg zat, zodat je een merrie met twee veulens kon zien. Ze vertelde Eve over de bomen en hun bladvorm en vruchten en over haar herbarium, het enige waar ze op school iets van bakte. Ze vond huiswerk helemaal niet erg, zolang het maar te maken had met het drogen van bloemen en bladeren of met het tekenen van de jaarringen van een beuk.

Eve dacht erover hoe merkwaardig het was dat twee nichtjes, die maar zeven jaar scheelden en die misschien twee kilometer van elkaar vandaan woonden, maar elkaar nooit hadden ontmoet, zo verschillend konden zijn. De een kende alle mensen op straat en de ander elk beest op elke boerderij.

Het was vreemd om de slecht onderhouden oprijlaan van het landgoed op te fietsen in het gezelschap van de jonge dochter des huizes.

Hoewel ze geen buitenstaander was en niet om een aalmoes kwam vragen, voelde Eve zich toch opgelaten en misplaatst.

'We gaan door de keuken naar binnen.' Heather had haar fiets tegen de muur gekwakt.

'Ik weet niet...' begon Eve. Haar stem was bijna een kopie van die van Heather toen ze in het klooster voor de lunch werd uitgenodigd.

'Kom op,' zei Heather.

Mevrouw Walsh en Bee Moore waren verrast haar te zien, maar niet onverdeeld blij.

'Met een gast hoor je door de voordeur binnen te komen,' zei mevrouw Walsh afkeurend.

'Het is Eve maar. We hebben tussen de middag in de keuken van het klooster gegeten.'

'Echt waar?' Uit het gezicht van mevrouw Walsh sprak duidelijk dat ze het heel onverstandig van Eve vond om de dochter van het landgoed zo armzalig te ontvangen. Het minste was toch geweest om de lunch in de salon te serveren.

'Ik heb haar verteld dat u heerlijke zandgebakjes kunt maken,' zei Heather hoopvol.

'We zullen er een keer een lekker trommeltje van meegeven.' Mevrouw

Walsh was beleefd maar afstandelijk. Ze wilde Eve Malone kennelijk niet op haar erf. Ergens in het huis hoorde Eve iemand pianospelen. 'O fijn,' zei Heather verheugd. 'Simon is thuis.'
Simon Westward was allervriendelijkst. Hij kwam met uitgestoken armen op Eve af.
'Wat leuk om je hier weer eens te zien.'
'Ik was niet echt van plan...' Ze wilde hem verschrikkelijk graag uitleggen dat ze niet van plan was om hier regelmatig over de vloer te komen. Ze moest hem duidelijk maken dat ze het deed om het kind een plezier te doen, een eenzaam kind dat het huis met haar wilde delen. Maar het was moeilijk daar woorden voor te vinden.
Simon had waarschijnlijk geen idee wat ze probeerde te zeggen.
'Het is geweldig dat je er bent. Het is al veel te lang geleden!' zei hij.
Ze keek om zich heen. Dit was niet de kamer waar ze tijdens haar eerste bezoek had gestaan. Deze lag op het zuiden, had versleten behang en oud meubilair. In de hoek stond een klein bureau dat was begraven onder de paperassen, bij het raam een grote piano. Stel je voor, één familie met zoveel kamers en ook nog genoeg meubilair om ze in te richten.
Genoeg schilderijen voor alle muren.
Haar ogen dwaalden langs de portretten, in de hoop dat haar moeder erbij hing. Het portret waarvan ze het bestaan niet had geweten.
Simon had haar gadegeslagen. 'Het hangt bij de trap,' zei hij.
'Pardon?'
'Ik weet dat Nan het je heeft verteld. Kom, dan zal ik het laten zien.'
Eve voelde haar gezicht gloeien. 'Het is niet belangrijk.'
'Dat is het wel. Een schilderij van je moeder. Ik heb het je die eerste keer niet laten zien omdat het er nogal gespannen aan toeging. Ik hoopte dat je nog eens zou komen. Maar dat deed je niet en Nan wel, dus heb ik het haar laten zien. Ik hoop dat je er niet boos om bent.'
'Waarom zou ik?' Ze balde haar vuisten.
'Ik zou het niet weten, maar Nan dacht dat je kwaad was.'
Hoe durfden ze over haar te praten. Hoe *durfden* ze. Of ze wel of niet kwaad zou zijn.
Achter haar ogen prikten tranen die ze nauwelijks kon bedwingen. Als een soort robot liep Eve mee naar de trap, waar een schilderij hing van een kleine donkere vrouw, met ogen en een mond die zo op de hare leken dat ze het gevoel had dat ze voor een spiegel stond.
Ze kon niet veel gemeen hebben met haar vader, omdat ze al zoveel van Sarah Westward had.
Sarah Westward hield haar hand op de rugleuning van een stoel, maar ze zag er niet kalm en ontspannen uit. Het leek alsof ze er hevig naar

verlangde dat dit alles voorbij was, zodat ze weg kon gaan. Ergens heen, het maakte niet uit waarheen, als het maar ergens anders was.
Ze had kleine handen en grote ogen. Haar donkere haar was kortgeknipt, zoals de mode in de jaren dertig voorschreef. Maar als je haar aankeek, kreeg je de indruk dat ze het liever halflang had gehad en achter haar oren had gestreken. Net als Eve.
Was ze mooi? Dat was moeilijk te zeggen. Nan had dat alleen maar gezegd om Eve te laten weten dat ze het schilderij had gezien.
Nan. Nan had in dit huis rondgewandeld, als gast.
'Is Nan hier later nog weleens geweest?' vroeg ze.
'Waarom vraag je dat?'
'Zomaar.'
'Nee. Dat was de enige keer dat ze op de Westlands is geweest,' zei hij. Er school iets aarzelends in de manier waarop hij dat zei, maar toch voelde ze dat het de waarheid was.
In de keuken werd met tegenzin opnieuw een maaltijd voor hen klaargemaakt. Eve vreesde dat er vandaag geen einde aan al dat eten zou komen, maar Heather vond het prachtig en het zou jammer zijn om haar pret te bederven.
Eve was vol lof over de pony en de manier waarop Heather het tuig onderhield. Ze bewonderde de jonkies van Clara en sloeg het aanbod af om er één als waakhond te nemen.
'Dan kan hij jouw huisje bewaken,' probeerde Heather haar te overreden.
'Ik kom daar veel te weinig.'
'Reden te meer. Zeg jij het, Simon.'
'Eve moet zelf beslissen.'
'Ik ben daar haast nooit. Alleen soms in een weekend. Een hond zou daar doodgaan van eenzaamheid.'
'Maar er is toch altijd wel iemand om met hem te wandelen.'
Heather hield een allerliefst klein hondje omhoog om het te laten bekijken. Hij was voor zevenachtste labrador, legde ze uit, en dat was prima, want het missende deel was precies het stukje gekheid dat er in labradors zit.
'Behalve ikzelf en moeder Francis af en toe, komt er niemand.'
'Slaapt ze daar ook?' vroeg Heather.
'Mijn God, nee. Dus je ziet dat een waakhond niet nodig is.'
Ze kwam niet op het idee om Heather te vragen waarom ze gedacht had dat moeder Francis in haar huisje overnachtte. Ze nam aan dat het hoorde bij Heathers oneindige onwetendheid met betrekking tot het kloosterleven. Ze merkte niet dat de uitdrukking op Simons gezicht veranderde.
Mevrouw Walsh kwam zeggen dat de thee werd geserveerd in de zitkamer.

Eve ging naar binnen, waar ze voor de tweede keer in haar leven haar grootvader zou zien. De grootvader van wie Nan Mahon tegen iedereen had gezegd dat het zo'n geweldige en zo'n aardige oude man was. Ze merkte dat ze vanzelf haar rug rechtte en een paar keer diep inademde, een les van Nan, die dat zo heilzaam noemde voor als je iets moest doen waar je een beetje tegen opzag. Alsof Nan daar iets van afwist! Hij zag er ongeveer hetzelfde uit. Misschien een beetje minder suf dan bij de vorige gelegenheid. Ze had gehoord dat hij op eerste kerstdag ziek was geworden en dat dokter Johnson erbij was gehaald, maar dat het allemaal weer goed was gekomen.

Het was ontroerend om Heather, het kind dat bij hem was opgegroeid en dat van hem hield omdat hij deel was van het enige leven dat zij kende, naast hem te zien zitten. Ze vleide zich behaaglijk tegen hem aan en hielp hem met zijn kopje thee.

'De sandwiches hoeven voor u vandaag niet in stukjes te worden gesneden, grootvader. Ze zijn al klein genoeg. Dat moeten ze gedaan hebben om indruk te maken op Eve.'

De oude man richtte zijn blik op Eve, die onhandig op een harde, ongemakkelijke stoel zat. Hij keek haar lang en doordringend aan.

'U herinnert zich Eve toch wel?' probeerde Heather.

Er kwam geen antwoord.

'Natuurlijk kent u haar, grootvader. Ik heb u toch verteld hoe aardig ze voor Heather is geweest. Ze heeft haar opgehaald van school...'

'Ja, ja, dat kan.' Hij was uitermate afstandelijk, alsof iemand hem vertelde dat een of andere bedelaar op straat ooit een keurige, hardwerkende arbeider was geweest.

Ze zou gewoon kunnen glimlachen en het laten voor wat het was. Maar er was iets in zijn manier van doen dat haar als een steek in het hart trof. Het temperament waarvan moeder Francis altijd had gezegd dat het nog eens haar ondergang zou worden, kwam omhoog borrelen.

'Weet u wie ik ben, grootvader?' zei ze op luide, heldere toon. Er was iets uitdagends in haar stem. Iedereen keek verbaasd op. Heather, Simon èn de oude man. Niemand stak hem de helpende hand toe.

Hij moest nu een antwoord geven of in ieder geval iets mompelen.

'Ja. Jij bent de dochter van Sarah en een of andere man.'

'De dochter van Sarah en haar echtgenoot Jack Malone.'

'Ja, mogelijk.'

Eve's ogen schoten vuur. 'Niet mogelijk. Zeker! Zo heette hij. U wilde hem hier niet ontvangen, maar hij was Jack Malone. Ze zijn in de parochiekerk getrouwd.'

Hij keek haar aan. Het waren dezelfde donkere, amandelvormige ogen die ze allemaal hadden, alleen waren die van majoor Westward kleiner en vernauwd.

Hij keek Eve scherp aan. 'Ik heb er nooit aan getwijfeld dat ze met die klusjesman, Jack Malone, is getrouwd. Ik zei alleen dat hij mogelijk jouw vader is, maar dat is helemaal niet zo zeker als jij denkt...'
Eve was sprakeloos van schrik. De van haat doordrenkte woorden leken nergens op te slaan. Op zijn ietwat scheefgetrokken gezicht was te zien dat hij moeite deed om helder te spreken en zich verstaanbaar te maken.
'Sarah was namelijk een hoer,' zei hij.
Eve hoorde de klok luid tikken.
'Ze was een hoer met jeuk, een jeuk waar heel wat mannen uit de buurt iets aan probeerden te doen. Ik weet nog dat we op die manier een stel uitstekende knechten zijn kwijtgeraakt.'
Simon was van afschuw overeind geschoten. Heather zat nog steeds op haar plaats, aan de voeten van haar grootvader, op een klein krukje dat met kraaltjes was afgezet. Haar gezicht was krijtwit.
Hij was nog niet uitgepraat.
'Maar laten we niet terugdenken aan die onaangename periode. Je bent wellicht inderdaad het kind van de klusjesman Jack Malone. Als je dat kunt geloven... ga je gang...'
Hij reikte naar zijn kopje thee. De inspanning van het spreken had hem uitgeput. Zijn kopje rinkelde en rammelde op het schoteltje.
Eve sprak heel zacht en daardoor klonk het des te dreigender.
'In mijn hele leven heb ik me maar voor één ding geschaamd. Namelijk dat mijn vader een religieuze gebeurtenis, en wel de begrafenis van mijn moeder, heeft misbruikt om u te vervloeken. Ik wou dat hij daarvoor geen begraafplaats naast een kerk had uitgekozen. Ik had gehoopt dat hij meer respect had gehad voor de mensen die daarheen waren gekomen om te rouwen. Ik heb zelfs gedacht dat God het hem kwalijk had genomen. Maar nu weet ik dat hij u niet genoeg heeft vervloekt en dat zijn wens niet in vervulling is gegaan. U hebt een leven lang mogen teren op gal en haat. Ik wil u nooit meer zien. En ik zal u nooit vergeven voor wat u vandaag hebt gezegd.'
Ze nam niet de tijd om te zien hoe de anderen op haar vertrek reageerden. Ze liep regelrecht de deur uit, door de grote hal de keuken in. Zonder een woord tegen mevrouw Walsh of Bee Moore ging ze door de achterdeur naar buiten. Ze stapte op haar fiets en zonder een blik over haar schouder reed ze de hobbelige oprijlaan van het huis van haar grootvader af.
Voor het raam van de zitkamer stond Heather. De tranen stroomden over haar wangen.
Simon wilde haar troosten, maar ze begon hem met haar vuisten op zijn borst te slaan.
'Het is jouw schuld! Jij hebt haar niet tegengehouden. Jij hebt *hem* niet tegengehouden. Nu wil ze nooit meer mijn vriendin zijn.'

Lieve Benny, lieve, lieve Benny,
Kun je je nog herinneren dat ik op school van die woedeaanvallen had? Ik dacht dat ze vanzelf over zouden gaan, zoiets als jeugdpuistjes, maar nee hoor. Ik voelde me zo wanhopig en gekwetst door de beledigingen van die duivel van Westward in zijn rolstoel, dat ik me niet meer kon beheersen. Ik ga terug naar Dublin. Ik heb tegen moeder Francis niets gezegd over de ruzie en ik wil er ook niets over zeggen tegen Kit of Aidan. Maar ik zal het jou vertellen, zodra ik me ertoe in staat voel. Neem het me alsjeblieft niet kwalijk dat ik er vandoor ben en je vanavond niet kan zien. Ik heb Mossy gevraagd dit briefje bij je te bezorgen. Dit is nu echt het beste.
Tot maandag,

Liefs van een zeer verwarde Eve

Toen Mossy haar het briefje overhandigde, dacht Benny eerst dat het van Sean Walsh was. Ze dacht dat het een soort waarschuwing of aanbeveling was om haar nasporingen te staken.
Ze was zeer geschokt toen ze van de ruzie vernam, die blijkbaar erg genoeg was geweest om Eve weer in een van haar zeer sombere stemmingen te brengen. Ze vond het enorm spijtig, te meer omdat die lieve Heather er ook getuige van was geweest.
Ook had ze een beetje medelijden met zichzelf, want ze had gehoopt Eve die avond te kunnen vertellen over haar groeiende overtuiging dat Sean Walsh geld had verduisterd en om er met haar over te speculeren waar ze het bewijs zou moeten zoeken.

Toen Eve thuiskwam, zat Kevin Hickey in de keuken.
'Niet uit? Niet achter de meiden aan op zaterdagavond, Kevin?' zei ze. Ze had zichzelf beloofd de dingen professioneel aan te pakken. Dit was haar baan, dit huis was haar werkterrein. Ze zou zichzelf niet toestaan haar woede af te reageren op de kostgangers.
Kevin zei: 'Ik was het wel van plan, maar ik vond dat ik beter hier kon blijven.' Hij wees met zijn hoofd naar boven, in de richting van Kits kamer.
'Ze heeft nogal slecht nieuws gekregen. Haar kerel is doodgegaan in Engeland. Ze haatte hem natuurlijk, maar het blijft toch een schok.'

Eve kwam met twee kopjes thee de donkere kamer binnen en ging op de rand van het bed zitten. Kit sliep heus niet.
Kit lag in een stapel kussens en rookte. Door het venster kon je de lichtjes van de haven van Dunlaoghaire zien schitteren.
'Hoe wist je dat ik je nodig had?'

'Ik ben helderziend. Wat is er gebeurd?'
'Ik weet het niet precies. Een operatie. Mislukt.'
'Wat erg voor je,' zei Eve.
'Ze zei dat het erg onverwacht kwam, die operatie. Dat hij geen idee had dat er iets mis met hem was. Als hij mocht komen te overlijden, moest ze mij bellen en zeggen dat hij geen idee had dat er iets mis met hem was.'
'Wie heeft dat allemaal gezegd?'
'Een of andere hospita. Hij had haar een enveloppe met vijftig pond gegeven, voor de moeite, had hij gezegd.'
Eve dacht na. Het was nogal merkwaardig en ingewikkeld en chaotisch, eigenlijk net als alles waar Joseph Hegarty zich tijdens zijn leven mee had bemoeid.
'Wat zit je dwars, Kit?'
'Hij moet hebben geweten dat hij dood ging. Daarom wilde hij natuurlijk terugkomen. Waarschijnlijk wilde hij zijn laatste weken hier doorbrengen. En ik heb hem weggestuurd.'
'Hij heeft daar toch geen problemen over gemaakt. Nee, hij heeft het niet geweten.'
'Hij heeft het niet *gezegd*, vanwege de verzekering.'
'De wat?'
'De levensverzekering. Hij heeft met zijn dood iets gedaan wat hij zijn hele leven heeft nagelaten: hij heeft ervoor gezorgd dat ik niets te kort kom.'
Eve voelde een brok in haar keel.
'Hij wordt het komende weekeinde in Engeland begraven. Ze doen dat daar heel anders dan bij ons. Begrafenissen zijn niet meteen de volgende dag. Ze wachten tot het weekeinde, zodat de mensen de tijd hebben om erbij te kunnen zijn. Ga je met me mee, Eve? Dan gaan we met de boot.'
'Natuurlijk ga ik mee.'

Lieve Heather,
Ik moet naar een begrafenis in Engeland. De ex-man van Kit is overleden. Ze wil graag dat ik meega. Daarom kan ik zondag niet komen. Verder heeft het nergens mee te maken. Tot volgend weekend. Misschien komt Aidan dan ook mee.
Het is een dringende zaak, daarom schrijf ik je. Anders was ik gewoon gekomen.

Liefs, Eve

Heather las de brief stilletjes onder het ontbijt. Juffrouw Thomson, die volgens Heather de enige aardige lerares was, keek naar haar.

'Alles in orde?'
'Ja.'
Juffrouw Thompson haalde haar schouders op en liet haar alleen. Je kon opgroeiende meisjes nooit tot vertrouwelijkheden dwingen als ze niet wilden.

Ze komt nooit meer, zei Heather steeds weer bij zichzelf. Ze zei het onder het ochtendgebed, onder wiskunde en onder aardrijkskunde. Op een gegeven moment was het als het refrein van een liedje dat je maar niet uit je hoofd kunt krijgen. 'Ze komt nooit meer. Ze komt nooit meer.'

Juffrouw Thompson kon zich de brief niet meer herinneren, maar ze had wel gemerkt dat Heather de hele week uitzonderlijk stil en teruggetrokken was geweest. Ze probeerde zich details voor de geest te halen, net als alle anderen deden, die vrijdagavond dat Heather niet aan tafel verscheen en nergens op het schoolterrein te vinden was. Ze was ook thuis niet komen opdagen. Iedereen die het eerst niet had willen geloven, moest het uiteindelijk toch toegeven: Heather was van school weggelopen.

Hoofdstuk 16

Zodra Simon vernam dat Eve Malone naar Engeland was vertrokken, zei hij dat Heather daar waarschijnlijk te vinden zou zijn.
Eve had geen antwoord gestuurd op het briefje waarin hij zich verontschuldigde en uitlegde dat zijn grootvader als gevolg van aderverkalking niet helemaal toerekeningsvatbaar meer was en dat diens opmerkingen en meningen daarom maar het beste genegeerd konden worden.
Simon vroeg zich af of zijn briefje misschien te vormelijk was geweest. Hij had er met Nan over gesproken en tot zijn verbazing had ze kritiek op hem gehad. Gewoonlijk was ze zo afstandelijk, zo onverstoorbaar en gaf ze weinig prijs van haarzelf en haar denkbeelden.
'Waarom is die brief zo afschuwelijk?' vroeg hij nieuwsgierig.
'Omdat de toon zo kil is. Net je grootvader.'
'Dat was mijn opzet niet. Ik wilde het rustig houden, om de gevoelens wat te laten afkoelen.'
'Daar ben je dan uitstekend in geslaagd,' antwoordde Nan.
Op vrijdag, nadat de school hen op de hoogte had gebracht, belde hij Nan.
'Weet je nog wat je over die brief zei... Denk je dat ze daarom Heather heeft meegenomen?'
'Natuurlijk heeft ze Heather niet meegenomen,' zei Nan beslist.
'Maar waar is Heather dan?'
'Die is weggelopen omdat jullie je met z'n allen zo afschuwelijk hebben gedragen.'
'Waarom loop jij dan niet ook weg?' zei hij geprikkeld.
'Ik hou van afschuwelijke mensen. Was je dat niet opgevallen?'

De schoolmeisjes waren doodsbang. Zoiets was nooit eerder voorgekomen. Er werden van die vreemde vragen gesteld. Hadden ze iemand in de school gezien? Hadden ze Heather met iemand zien weggaan? Haar schooljas was weg, maar de schoolbaret die ze zo haatte lag nog op haar bed. Haar pyjama en haar toiletspullen, haar herbarium, haar kiekjes van de pony en van Clara met haar jonkies waren allemaal verdwenen. Die foto's stonden eerst naast haar bed, waar andere meisjes portretten van hun familieleden hadden staan.
Aan Heathers klasgenootjes werd gevraagd of ze van streek was geweest. Ze hadden niets gemerkt.

'Ze is altijd heel stil,' zei de een.
'Ze vindt het hier niet leuk,' zei de ander.
'Er is weinig lol aan haar te beleven. We laten haar meestal links liggen,' zei de aanvoerster van de klas.
Juffrouw Thompson was het somber te moede.
Niemand had Heather in de bus gezien. Mikey zei dat hij haar goed kende. Een groot, dik kind dat hij zeker niet over het hoofd zou zien. Aan geld kon ze hoogstens een pond bij zich hebben, maar waarschijnlijk een stuk minder. Het was bekend dat Heather nogal wat uitgaf aan snoep.
De politie was al gewaarschuwd toen Simon bij de school arriveerde.
'Is het echt nodig om die erbij te halen?' zei hij.
Het schoolhoofd was verbaasd. 'Gezien het feit dat ze niet naar huis is gegaan en we geen flauwe notie hebben waar ze kan uithangen...'
Juffrouw Thompson bekeek Simon met enige antipathie.
'Feitelijk hebben we vastgesteld dat ze thuis niets te zoeken had, behalve dan haar pony en haar hond, en ze is daar in ieder geval niet heengegaan. Daarom dachten we dat u het wenselijk zou vinden om de politie te bellen. Dat zou iedereen in zo'n geval doen.'
Simon zag er aangeslagen uit. Het drong nu pas tot hem door hoe abnormaal het leven van die arme Heather eigenlijk altijd was geweest.
Hij zou het goedmaken als ze haar weer hadden teruggevonden in Engeland, want daar had Eve haar zonder twijfel mee naartoe genomen.

In het pension te Dunlaoghaire troffen de agenten en Simon drie studenten aan die de honneurs waarnamen. Mevrouw Hegarty was voor een begrafenis naar Engeland. Eve Malone was met haar meegegaan. Ja, natuurlijk hadden ze een nummer achtergelaten om te bellen in geval van nood.
Mevrouw Hegarty had gezegd dat ze in ieder geval de volgende ochtend zou bellen om te horen of het ontbijt was gelukt.
Het was nu vrijdagavond elf uur. De veerboot kon nog niet in Holyhead zijn aangekomen. Mevrouw Hegarty zou pas op zijn vroegst om zeven uur 's ochtends in Londen zijn. Eve en zij waren van plan om de nachttrein te nemen.
Simon opperde om de politie in Wales te bellen met het verzoek om naar Heather uit te kijken.
De twee agenten wisten niet of dat wel zo'n goed plan was.
'Bent u er echt zeker van dat uw zusje daarheen is gegaan, mijnheer?' vroegen ze opnieuw.
'Ik zou niet weten waar ze anders kon zijn.' Hij was er zeker van.
'Heeft iemand mevrouw Hegarty en juffrouw Malone naar de boot gebracht?' vroeg een van de agenten.

'Ik.' De jongen die dat zei, maakte zich bekend als Kevin Hickey, student diergeneeskunde.
'Was er een twaalfjarig meisje in hun gezelschap?'
'U bedoelt Heather?'
Simon en de agenten hadden het doel van hun ondervraging niet uiteengezet.
'Hadden ze haar bij zich?'
'Natuurlijk niet. Had dat maar gekund. Eve maakte zich grote zorgen omdat ze naar die begrafenis ging. Ze was bang dat Heather niet begreep dat ze *echt* weg moest.'
Ze had een doos bonbons achtergelaten die Kevin zondag bij de school zou afgeven, met een briefje van Eve erbij.
'U kunt het haar geven als u haar ziet,' zei hij tegen Simon.
Ze vroegen of ze het briefje mochten lezen.
Het was eenvoudig en kernachtig: 'Ik laat je even weten dat ik je niet vergeten ben. Volgende week mag jij uitkiezen waar we heengaan. Liefs, Eve.'
Terwijl Simon het las, kreeg hij voor het eerst sinds de vermissing van zijn kleine zusje was ontdekt tranen in zijn ogen.

Zaterdagochtend was er haast niemand in Knockglen die het nog niet wist. Bee Moore had haar gebruikelijke aandeel in de verspreiding genomen en meneer Flood, die het als een van de eersten had gehoord, was meteen zijn boom gaan raadplegen, maar kreeg tot zijn grote teleurstelling geen hemelse boodschap over Heather te horen.
'Ik had gehoopt dat ze misschien in de hemel zou zijn. Nou ja, haar soort hemel dan,' zei hij, want hij dacht er ineens aan dat de Westwards protestants waren.
Dessie Burns wist te melden dat er een mooie beloning klaarlag voor degene die haar zou vinden. Ze was ontvoerd, dat wist hij zeker, en wel ontvoerd door iemand die geen onbekende was.
Volgens Paccy Moore was de kans klein dat ze ontvoerd was door iemand die ze kenden. Als je een beetje op de hoogte was van de omstandigheden bij de familie Westward, dan wist je dat ze nauwelijks hun normale rekeningen konden betalen. *Als* het arme kind was ontvoerd, dan moest dat door een misdadige Dubliner zijn gedaan, die dacht dat ze rijk was omdat ze een bekakt accent had en in een groot huis woonde.
Mevrouw Healy zei tegen Sean Walsh dat ze op het landgoed nu wel een toontje lager zouden zingen. Ze hadden altijd zo afstandelijk en uit de hoogte gedaan, alsof de dingen die gewone mensen overkwamen hen nooit konden gebeuren.
Sean vroeg waarom ze zo fel over hen was. Maar mevrouw Healy zei

dat het wel meeviel, ze ergerde zich alleen een beetje. Meneer Simon Westward had laten doorschemeren dat hij in de nabije toekomst allerlei belangrijke mensen het hotel zou aanbevelen zodra er ook avondmaaltijden werden geserveerd. Mevrouw Healy had haar service in die zin uitgebreid, maar meneer Westward had niets meer van zich laten horen.
'Maar andere mensen wel,' zei Sean Walsh. 'Je hebt er al aardig aan verdiend, dat is toch het enige wat telt.'
Daar was mevrouw Healy het mee eens, maar het bleef onaangenaam te moeten dansen naar de pijpen van de grillige aristocratie.
Iets dergelijks zei ze ook tegen mevrouw Kennedy van de drogisterij. Deze keek haar peinzend aan en zei dat het een treurige zaak was om je gram te willen halen als het leven van een kind in gevaar was, waarna mevrouw Healy meteen inbond.
Clodagh vertelde het nieuws aan Peggy Pine. Clodagh had begrepen dat een man in een regenjas die arme Heather in de haven van Dunlaoghaire met een grote doos bonbons had meegelokt.
Mario zei dat alle mannen van Knockglen erop uit moesten trekken om de omgeving uit te kammen.
'Jij hebt te veel slechte films gezien,' vond Fonsie.
'Nou, waar denk jij dan dat ze is, meneer wijsneus?' wilde Mario weten.
'Ik heb ook te veel slechte films gezien. Ik denk dat ze er op die rotknol van haar vandoor is gegaan, de ondergaande zon tegemoet.'
Maar dat was een van de vele theorieën die geen steek hielden, omdat de pony nog steeds op de Westlands stond.
Peggy Pine ging naar het klooster om met moeder Francis te overleggen.
'Eve heeft uit Londen gebeld,' zei moeder Francis. 'Ik kon haar hier horen knarsetanden. Blijkbaar dachten ze dat zij Heather had meegenomen. Ik durf er niet aan te denken wat ze gaat doen als ze terug is.'
'Maar Eve zou zoiets toch nooit doen?'
'Dat weet ik ook wel. Maar vorige week is er op de Westlands een of andere ruzie geweest. Ik hoef zeker niet te zeggen dat juffrouw Malone *mij* daar niets van heeft verteld... Mijn God, Peggy, waar zou dat kind kunnen zijn?'
'Als je aan weglopen denkt, denk je aan teruggaan naar een plek waar je gelukkig bent geweest.'
Samen dachten ze na. Ze schoten er weinig mee op. Heather leek nergens gelukkig te zijn geweest.
Zuster Imelda begon een novene. Volgens haar hielp dat in alle omstandigheden.
'Het arme kind. Ik heb nog nooit een meisje meegmaakt dat zo dank-

baar is. Je moest haar horen vertellen hoe ze ervan had genoten om hapjes klaar te maken met Eve, boven de open haard in Eve's huisje.'
Opeens wist moeder Francis waar Heather was.
Ze tastte in het gat in de muur en zoals ze had verwacht lag de sleutel er niet meer.
Moeder Francis liep stilletjes naar de voordeur van Eve's huisje. Op slot. Ze keek door het raam naar binnen en zag een grote doos op tafel staan. Binnenin bewoog iets. Een kat, dacht ze eerst, een zwarte kat. Toen zag ze dat het een vogel was.
Een geknakte vleugel met zwarte veren hing uit de doos.
Heather had een gewonde vogel gevonden en besloten dat ze hem moest genezen. Niet met al te veel succes, zo te zien. Overal lagen veertjes en krantensnippers.
Heather was met rood gezicht en bange ogen aan het proberen de haard aan te maken. Ze had daar kennelijk alleen stokjes en stukken karton voor. Het vuur flakkerde even op en doofde dan langzaam weer uit.
Moeder Francis tikte tegen het raam.
'Ik laat u niet binnen.'
'Goed,' zei moeder Francis verrassend.
'Het heeft geen zin om daar te blijven staan. Echt niet.'
'Ik heb middageten voor je meegebracht.'
'Nee, niet waar. Het is een val. Zodra ik de deur opendoe, sleurt u me naar buiten. Achter de muur zitten mensen te wachten.'
'Wat voor mensen? Nonnen?'
'De politie. En misschien ook wel nonnen. Mijn broer. Mensen van school.'
Moeder Francis zuchtte. 'Nee, ze denken allemaal dat je in Londen zit. Toevallig zijn ze je daar aan het zoeken.'
Heather klom op een kruk en keek door het raam naar buiten. Er leek niemand anders te zijn.
'Zet u het eten maar op het stoepje.'
'Dat zou kunnen. Maar dan wordt het koud en ik moet het bord aan zuster Imelda teruggeven.'
'Ik ga niet naar huis of zo.'
Moeder Francis mocht naar binnen. Ze zette het afgedekte bord en de dik besmeerde boterhammen op het aanrecht.
Ze keek eerst naar de vogel.
'Arm ding. Waar heb je hem gevonden?'
'Op het pad.'
Moeder Francis tilde de vogel voorzichtig op. Ze praatte almaar door. Dit was nog maar een jonge kraai. Jongen vielen vaak uit te hoge bomen naar beneden. Sommige jonge vogels waren nogal klungelig. Het

was een sprookje dat alle vogels zo sierlijk waren en zomaar door de lucht konden zweven op elk moment dat ze dat wilden. De vleugel was niet gebroken, zei ze tegen Heather. Daarom deed het arme beestje nu zo zijn best om te ontsnappen. Hij was alleen even verdoofd geweest door de val.
Samen betastten ze de vogel en waren vertederd door het hartje dat zo driftig klopte en om de bange ogen die niet wisten wat er ging gebeuren. Moeder Francis voerde hem wat broodkruimels en toen brachten ze hem samen naar de deur.
Na een paar onzekere sprongetjes vertrok hij in een lage, scheve vlucht rakelings over de stenen muur.
'Zo, het wilde gedierte hebben we ook weer gehad. Nu moet je al die veertjes en snippers opruimen en die doos terugzetten in de keuken. Dan zet ik het eten op tafel.'
'Toch ga ik niet terug naar huis, ook al hebt u me met de vogel geholpen.'
'Heb ik iets gezegd over naar huis gaan?'
'Nee, maar dat komt vast nog wel.'
'Nee hoor. Misschien vraag ik je of ik iemand mag laten weten dat je veilig bent, maar meer ook niet.'
Moeder Francis stak de haard aan. Ze liet Heather de droge turf zien die tegen de muur was opgestapeld. Ze deed voor hoe je een nestje van takjes moet maken en dan wachten tot het vuurtje knettert voor je er turf op kunt leggen. Samen aten ze de lamsstoofpot van zuster Imelda, met de kruimige aardappelen en de dikke jus waar je je brood in kunt dopen. Als toetje was er voor allebei een appel en een stukje kaas.
Moeder Francis zei dat ze verder niets had kunnen meenemen, omdat het pad zo glad was en omdat ze in geen geval argwaan wilde wekken over de reden waarom ze hier naartoe ging.
'Hoe kan het dat u me hier bent komen zoeken?' vroeg Heather.
'Ik ben toch zeker lerares. Ik verbeeld me dat ik kinderen behoorlijk goed begrijp. Dat is een kleine zwakheid van me.'
'U kunt niets voor me doen.'
'Ach, dat kunnen we pas met zekerheid zeggen als we alle mogelijkheden hebben onderzocht.'

Eve belde Benny vanuit Engeland. Ze zei dat ze meer naar Ierland zat te bellen dan dat ze Kit tot steun was. De hele toestand was om razend van te worden. Ze zou dat fatterige strikdasje van Simon los willen rukken, om zijn magere kippenek draaien en dan zo strak aantrekken dat hij blauw aanliep. Ze zou pas loslaten als zijn tong en oogbollen naar buiten kwamen puilen.
'Zonde van je tijd,' zei Benny.

'Da's waar. Ik neem aan dat er geen nieuws is, of wel?'
'Nee, niet dat ik weet.'
'Ik heb net bedacht waar ze zou kunnen zijn. In mijn huisje misschien. Het is maar een idee,' zei Eve.
'Moet ik het tegen iemand zeggen? Tegen Simon?'
'Nee, ga zelf even kijken. Doe gewoon alsof je toevallig langskomt. Als de sleutel niet op zijn plaats ligt, weet je dat ze binnen is. En Benny, ik weet dat jij een geweldige trooster bent. Dat zal ze kunnen gebruiken. Prent haar in dat ik alles regel als ik terug ben.'
Onderweg bedacht Benny dat ze wel wat snoep kon kopen. Het zou het ijs kunnen breken als Heather overreed moest worden. Ze had geen geld bij zich, maar ze kon het bij Birdie Mac altijd laten opschrijven. Ze naderde Hogan's Herenmode en ineens schoten haar de bonnetjes te binnen. Ze zou zo'n roze papiertje kunnen ondertekenen en er '£1, diversen' op kunnen zetten. Waarom zou ze in een andere winkel gaan poffen als ze zelf een winkel had?
Sean keek nauwlettend toe.
'Ik denk dat het zo wel goed is, of niet?' lachte ze opgewekt.
'Je hebt veel belangstelling gekregen voor het reilen en zeilen van de winkel,' zei hij.
Ze wist dat hij iets te verbergen had. Ze *wist* het. Maar ze moest oppassen. Ze ging verder op dezelfde luchtige toon.
'Tja, hoe het ook uitpakt, ik zal van nu af aan meer bij de zaak betrokken moeten zijn,' zei ze.
Hij herhaalde die zin op verwonderde toon.
'Hoe het ook uitpakt?'
Dat had ze niet moeten zeggen. Je kon daaruit begrijpen dat er twijfel bestond aan zijn deelneming in de zaak. Ze had zich nog zo voorgenomen om voorzichtig te zijn. Ze kon nu beter doen alsof ze precies wist wat ze had gezegd.
'Je weet wel wat ik bedoel, Sean.'
'Doe ik dat?'
'Natuurlijk doe je dat.'
Ze rende zowat de winkel uit. Even snel naar Birdie Mac en dan gauw naar het plein. Ze kon beter niet via het klooster gaan, hoewel dat vlugger was. De zusters zouden haar misschien zien en vragen waar ze heenging.
Eve wilde dat dit in stilte werd afgehandeld.

Moeder Francis en Heather Westward hadden het over van alles en nog wat gehad. Over de school in Dublin en spelletjes en de andere meisjes die altijd ontzettend veel visite kregen en elk weekeinde naar huis gingen.

Over hoeveel Heather van de Westlands hield en hoe afschuwelijk haar grootvader tegen Eve had gedaan en over haar angst dat Eve misschien nooit meer zou komen.
Heather verzuchtte dat het zo fijn zou zijn als er een school bestond waar ze elke dag op de fiets heen kon.
'Die bestaat,' zei moeter Francis.
Er waren wel wat probleempjes die eerst uit de weg moesten worden geruimd, maar moeder Francis zei dat ze geen pogingen zouden doen om Heather tot het katholieke geloof te bekeren. Ze hadden er tegenwoordig al hun handen vol aan om hun eigen schaapjes bij de kudde te houden.
Ze zou niet hoeven knielen voor de beelden van de Heilige Maagd, al zouden er overal beelden van die Heilige Maagd staan voor de katholieke meisjes, die de Moeder Gods wel wensten te vereren.
Heather zou geen godsdienstlessen hoeven te volgen en ze hoefde zich echt geen zorgen te maken dat de paus de hoofdrol speelde bij de geschiedenislessen.
'Waar ging dat eigenlijk om, die scheiding?'
'Je bedoelt de Reformatie?'
'Ja. Was het omdat jullie afgoden dienden?'
'Ik geloof dat het nog het meest te maken had met de transsubstantiatie. Je weet wel, of er bij de communie werkelijk het Lichaam en het Bloed van Christus zijn of dat het brood en de wijn alleen een symbool zijn.'
'Ging het alleen daarover?' vroeg Heather verbaasd.
'Zo is het begonnen. Maar het liep uit de hand, je weet hoe dat gaat.'
'Ik vind dat ze er dan niet zo moeilijk meer over moeten doen.'
Heather leek behoorlijk opgelucht dat driehonderd jaar godsdiensttwist eigenlijk maar op zo'n klein verschil van mening berustte. Ze gaven elkaar plechtig een hand, toen er op de deur werd geklopt.
'U zei dat u het tegen niemand had verteld.' Heather sprong ontgoocheld op.
'Dat is echt zo.' Moeder Francis liep naar de deur.
Benny stond klaar om een verhaal te gaan afsteken. Haar mond viel open van verbazing toen ze moeder Francis samen met dat opgewonden standje zag.
'Eve heeft me gebeld. Ze had bedacht dat Heather misschien hier kon zijn. Ze vroeg of ik wilde kijken en... zodoende...'
'Heb je het tegen iemand verteld?' vroeg Heather schrikachtig.
'Nee, dat wilde Eve per se niet hebben.'
Haar gezicht ontspande.
Moeder Francis zei dat ze nu echt moest gaan, voordat de nonnen haar ook als vermist persoon over de radio zouden laten omroepen.
'Doen ze dat bij mij?'

'Nog niet. Maar heel wat mensen zijn erg ongerust. Ze zijn bang dat jou misschien iets vreselijks is overkomen.'
'Dan kan ik ze beter vertellen... denk ik.'
'Als je dat wilt, kan ik het voor je doen.'
'Wat zegt u dan?'
'Ik zou kunnen zeggen dat je later op de middag thuis bent en dat je het klooster hebt gebeld om te zeggen dat je een fiets komt lenen.'
Toen was ze weg.
Benny keek Heather aan. Ze schoof haar de doos bonbons toe.
'Kom, laten we die opeten. We werken ons er helemaal doorheen, tot op de bodem.'
'Hoe staat het met die man die zo gek is op vrouwen uit Wales, daar wou je toch voor afslanken?'
'Dat is wel voorbij, denk ik.'
Tevreden knauwden ze bonbons. Heather informeerde naar de school, naar de strenge en de vriendelijke leraressen.
Benny vroeg naar haar grootvader en of hij wel begreep wat voor vreselijke dingen hij had gezegd.
'Heeft ze het aan iedereen verteld?' zei Heather beschaamd.
'Alleen aan mij. Ik ben haar boezemvriendin.'
'Ik heb geen boezemvriendinnen.'
'Jawel toch. Je hebt Eve.'
'Niet meer.'
'Natuurlijk wel. Je snapt niks van Eve als je denkt dat zoiets één snars uitmaakt. Ze wilde jou eerst niet aardig vinden, omdat ze zulke nare herinneringen had aan vroeger. Maar ze is je toch aardig gaan vinden en dat blijft ze altijd doen.'
Heather twijfelde nog.
'Ja, en reken mij ook mee, als je wilt, en die gekke Aidan – dan heb je al een hele vriendenkring. Ik weet dat we een beetje te oud voor je zijn, maar doe het met ons tot je je eigen vrienden krijgt.'
'En hoe zit het dan met die man die er met slanke vrouwen uit Wales vandoor gaat? Hoort-ie ook bij onze vrienden?'
'Twijfelgeval,' zei Benny.
In zekere zin was dat dichter bij de waarheid dan haar lief was. Ze had Jack deze week twee keer gezien en beide malen had hij haast gehad. Hij moest vaak trainen en er was nauwelijks tijd om elkaar onder vier ogen te spreken.
Hij voelde zich zeer schuldig over een nog steeds onuitgesproken incident dat na de vriendschappelijke wedstrijd in Wales was voorgevallen. Er waren wat meisjes naar het clubhuis gekomen en iedereen had plezier gemaakt en gelachen, verder niets. De praatjes die de ronde deden, waren schromelijk overdreven. Vergeefs probeerde Benny hem uit

te leggen dat ze helemaal geen praatjes had gehoord, zodat niets erger of minder erg gemaakt kon worden, omdat er geen praatjes waren om te overdrijven.
Jack zei dat iedereen recht had op een beetje plezier. Hij had het helemaal niet erg gevonden dat zij zich bij Mario vermaakte als hij er niet bij was.
Het was hoogst onbevredigend.
Er was een oneven aantal bonbons, zodat ze de laatste deelden. Er zat mokkacreme in.
Ze ruimden Eve's huisje op en doofden het haardvuur. Samen gingen ze naar buiten en legden de sleutel weer in het gat in de muur.
Mossy kwam langs en knikte deftig naar hen.
'Wie is dat?' fluisterde Heather.
'Mossy Rooney.'
'Die heeft het hart van Bee Moore gebroken,' zei Heather afkeurend.
'Het is meegevallen. Zij wordt Patsy's bruidsmeisje als het zover is.'
'Waar de mensen al niet overheen komen,' zei Heather.
Moeder Francis leende Heather de fiets van Eve.
'En nu naar huis. Je broer zit op je te wachten. Ik heb tegen hem gezegd dat hij je op eigen houtje naar huis moest laten komen.'
Moeder Francis pakte Heathers tasje, haar herbarium, haar pyjama, de foto's van het paard en de hond en haar toilettas in bruin pakpapier, deed er een touw omheen en stopte het pakketje onder de snelbinders.
Benny en moeder Francis keken haar na terwijl ze wegfietste.
'U wist het meteen! Eve heeft altijd al gezegd dat u helderziend bent.'
'Met die gave kan ik zeggen dat jij gebukt gaat onder grote problemen.'
Benny zweeg.
'Ik zit niet te vissen,' zei moeder Francis.
'Nee, natuurlijk niet,' mompelde Benny in een automatische beleefdheidsfrase.
'Je moet weten, Benny, dat ik uit wat men ironisch "de echte wereld" noemt een heleboel hoor over de moeilijkheden van de mensen die daarin rondlopen.'
Benny keek haar onderzoekend aan.
'Peggy Pine en ik waren vroeger schoolvriendinnen, net zoals Eve en jij...'
Benny wachtte. Moeder Francis zei dat ze diende te weten dat Sean Walsh genoeg geld had, waar het ook vandaan kwam, om een van de huisjes aan het pad langs de steengroeve te kopen. Contant. Misschien had Benny hier wat aan.

Benny's moeder zei dat Jack Foley had gebeld. Nee, hij had geen boodschap achtergelaten. Benny voelde dat ze boos werd op Heather West-

ward, omdat ze vanwege haar niet thuis was geweest toen het telefoontje kwam. Was ze maar niet op stel en sprong voor Eve op onderzoek uitgegaan.
Maar Eve zou voor haar hetzelfde hebben gedaan. En als hij van haar hield en haar wilde spreken, dan belde hij wel terug.
Als hij van haar hield.

Nans moeder kwam zeggen dat er ene Simon Westward aan te lijn was. Nan antwoordde hem bepaald koel.
'Heb ik jou mijn telefoonnummer gegeven?' vroeg ze.
'Nee, maar dat doet er niet toe. Heather is weer thuis.'
'Daar ben ik blij om. Waar was ze?' Nan zat zich nog steeds af te vragen hoe hij aan haar telefoonnumer was gekomen. Ze was er altijd heel strikt in om haar nummer aan niemand te geven.
'Over toeval gesproken! Ze zat in het huisje van Eve.'
Voor hetzelfde geld waren Nan en Simon daar ook geweest. Ze werden even stil bij de gedachte.
'Is alles goed met haar?'
'Ze is in orde, maar ik kan niet weg. Ik moet een paar dingen met haar uitpraten.'
Nan was het afgelopen uur bezig geweest met het strijken van haar jurk. Er zaten moeilijke plooien in. Haar haar was net gewassen en ze had haar teennagels glanzend roze gelakt
'Ja, natuurlijk moet je daar blijven,' zei ze.
'O fijn. Ik dacht dat je het rot zou vinden.'
'Het belangrijkste is dat ze weer veilig thuis is.'
Er was niets te bespeuren van de woede die Nan voelde. Ze klonk volledig op haar gemak.
Simon vertelde dat Heather zich blijkbaar erg ongelukkig had gevoeld op de school in Dublin. Nan zuchtte. Eve liep al maanden hetzelfde te verkondigen. Heather had het waarschijnlijk al jaren geroepen, maar Simon had nooit geluisterd. Er waren maar een paar scholen geschikt voor zijn zusje en ze moest maar leren om de school waar ze op zat leuk te vinden. Dat was altijd zijn houding geweest.
'Dus misschien morgen?' zei hij zelfverzekerd.
'Wat zeg je?'
'Morgen, zondagavond. Dan zijn de zaken hier uitgesproken...'
'En dan?'
'En ik hoopte dat jij dan zou willen komen... en bleef slapen?'
'Nou graag.' Nan glimlachte. Eindelijk had hij haar uitgenodigd. Het had even geduurd, maar nu nodigde hij haar uit op de Westlands. Ze zou een logeerkamer krijgen en ze zou erheen gaan als de jongedame van meneer Simon.

'Dat is geweldig.' Hij klonk opgelucht. 'Als jij dan de laatste bus neemt, ga ik alvast naar het huisje om alles klaar te maken.'
'Het huisje?' zei ze.
'We weten toch dat Eve in Engeland is.'
Er viel een stilte.
'Wat is er?'
'Stel dat Heather weer op het idee komt om langs te wippen?'
'Dat gebeurt zeker niet. Die zal ik eens een lesje leren over respect voor andermans eigendommen.'
Hij zag er de ironie helemaal niet van in.
'Ik denk niet dat ik kom,' zei ze.
'Nan?'
Ze had de hoorn op de haak gegooid.

Joseph Hegarty had tijdens zijn jaren in Engeland een paar vrienden gemaakt. Veel waren het er niet. Ze hadden zich na de begrafenis verzameld om herinneringen aan hem op te halen. Ze zaten aan een tafel achterin een café. Het was een merkwaardig gezelschap. Er was een hospita bij die dol op hem was geweest. Iedere keer als hij de huur niet kon betalen, had hij allerlei klusjes in het huis gedaan. Daar had ze wel twintig keer een loodgieter mee uitgespaard, bekende ze. Eve kon aan Kits gezicht zien dat het verhaal haar pijn deed. Dat Joseph Hegarty de huur niet had kunnen betalen was al erg genoeg, maar dat hij liever had zitten klussen voor een vreemde vrouw in Engeland dan in zijn eigen huis in Dunlaoghaire was nog veel erger. Als de barmeid bij het groepje zat, dan maakte ze zich niet als zodanig bekend. De hele toestand was onwerkelijk. Eve had het gevoel dat er een toneelstuk aan de gang was. Elk moment zou het gordijn kunnen vallen en konden ze weer gewoon doen.
De enige reden waarom Joseph Hegarty het zo lang kon hebben uitgehouden in deze schemerwereld, waar hij weinig contact had gehad met de mensen om zich heen, werd verwoord door Fergus, die zich een vriend van hem noemde.
Fergus was al lang geleden uit Ierland weggegaan. Niet vanwege een ruzie of zoiets. Eigenlijk was er niets speciaals dat hem van zijn kleine stukje land in het westen van Ierland had verdreven. Op een dag had hij gewoon gemerkt dat hij vrij wilde zijn. Hij had de trein naar Dublin genomen en daarvandaan de boot.
Zijn vrouw was inmiddels overleden, zijn kinderen waren volwassen. Geen van hen wilde ooit meer iets met hem te maken hebben en in vele opzichten was dat ook maar het beste. Als hij was teruggegaan, had hij te veel moeten uitleggen.
'Joe heeft zijn zoon deze zomer tenminste nog gezien. Dat was iets geweldigs voor hem,' zei hij.

Kit keek verbaasd op.
'Nee, dat is niet waar. Frank heeft hem sinds zijn kinderjaren niet meer gezien.'
'Maar hij schreef aan zijn vader.'
'Nee,' zei Kit schril.
Later aan de bar ging Eve naast Fergus staan.
'Zo, hij heeft dus contact gehouden met zijn zoon?'
'Ja. Ik denk dat ik mijn mond voorbij heb gepraat. Die vrouw is erg verbitterd. Ik had het niet moeten zeggen... ik wist niet...'
'Over een tijdje zal ze er blij om zijn. Ik zal het haar nog wel eens uitleggen. Misschien dat ze u dan zou willen spreken.' Ze pakte haar agenda en een pen. 'Waar bent u als we u willen bereiken?'
'Tja, dat is moeilijk te zeggen.' De blik in Fergus' ogen werd behoedzaam. Hij was er de man niet naar om ver vooruit te kijken.

Ze hadden een gesprek met een verzekeringsman en er moesten een paar documenten worden ondertekend. Daarna gingen Eve en Kit naar het station en namen de trein naar Holyhead.
Kit Hegarty keek langdurig door het raampje naar buiten, naar het land waar haar echtgenoot zo lang had gewoond.
'Waar denk je aan?' vroeg Eve.
'Aan jou. Het was ontzettend aardig van je om met me mee te gaan. Diverse mensen dachten dat je mijn dochter was.'
'Ik heb geloof ik de grootste tijd aan de telefoon gehangen,' zei Eve verontschuldigend.
'Goddank is dat allemaal goed afgelopen.'
'Dat is nog niet zo zeker. Het zijn rare lui. Ze sturen haar gerust terug naar die school. Ik vind het afschuwelijk om familie van hen te zijn. Echt.'
'Daar hoef je niet over in te zitten,' zei Kit. 'Het eerste wat ik doe als ik dat verzekeringsgeld heb, is een deel ervan aan jou geven. Dan kun je dat huis binnenlopen en ze het geld voor hun voeten gooien.'

Patsy zei dat het weeshuis zoveel aandacht had besteed aan lessen in koken en schoonmaken dat ze bijna geen naaien hadden geleerd.
Mossy zei dat zijn moeder van Patsy verwachtte dat ze allerlei dingen voor haar uitzet zou maken, kussenslopen bijvoorbeeld.
Ze was in de keuken aan het prutsen. Het probleem was dat ze steeds in haar vingers prikte en dat het mooie linnengoed onder de bloedvlekken kwam.
'Hij is gek. Voor een prikje koop je bij McBirney in Dublin een hele stapel goede slopen,' zei Benny verontwaardigd.
Maar daar ging het niet om. Blijkbaar vond mevrouw Rooney dat een

geschikte bruid voor Mossy in staat moest zijn om met keurige steken een zoom in te leggen. Patsy moest gewoon wat meer haar best doen en ophouden met haar gespartel, want verder bracht ze niets in het huwelijk in. Geen familie, geen lapje grond en nog niet eens de naam van haar vader.
'Moet het echt met de hand worden gemaakt? Mag je het niet op de machine doen?' Benny kon niet helpen – ze was zelf nog veel onhandiger. Wat zij naaide, ging met enorme, ongeduldige steken.
'Onze naaimachine is al jaren kapot,' zei Patsy somber. 'En ik *moet* verder.'
'We vragen Paccy of hij hem kan repareren. We komen er wel uit,' dacht Benny.

Volgens Paccy Moore was er een olifant op hun naaimachine tekeergegaan. Zelfs een team dure ingenieurs kreeg dat ding niet meer aan de praat, zei hij. Zeg maar tegen mevrouw dat ze het ding bij de vuilnisbak zet, luidde zijn advies. Hadden ze niet ergens zo'n ouderwets model, zo'n onverwoestbaar ding uit vroeger tijden dat zelfs types als Benny en Patsy niet kapot zouden krijgen?
Ze keerden teleurgesteld huiswaarts. Het had niet veel zin om de vrouw des huizes wat dan ook te zeggen. Annabel Hogan was nog even lusteloos als voorheen.
Toch *moesten* ze ergens een oude trapnaaimachine hebben. Benny wist zeker dat ze het ding ooit had gezien. Ze had er als kind mee gespeeld. Moeder kon ze er niet over aanspreken. Die zou weliswaar proberen het zich te herinneren, maar dan zou ze zeggen dat haar hoofdpijn weer begon op te zetten.
Maar Benny kon het niet aanzien om Patsy, die met zo weinig aan het leven was begonnen, te laten doorploeteren om bij haar schoonmoeder in de smaak te vallen.
'Begrijp nou toch dat ik niet met gekocht spul kan komen aanzetten, Benny. Die ouwe tang geeft me zelf de stof, voor de zekerheid.'
'Ik ga Clodagh vragen of ze het voor je wil doen. Zij houdt ook wel van een uitdaging,' zei Benny.
Clodagh zei dat ze allebei de kogel verdienden voor hun onkunde op het gebied van de eenvoudigste naaldvakken. Ze deed het op de machine voor.
'Ga verder, probeer het zelf eens,' drong ze aan.
'Daar hebben we niet genoeg tijd meer voor. Doe jij het liever, dan doen wij in ruil iets voor jou. Zeg maar wat we voor je moeten doen.'
'Nodig mijn tante voor het middageten uit en hou haar de hele middag bezig. Ik wil de winkel een beetje anders inrichten. Als ik weet dat iemand Peg afleidt, ben ik al een heel eind geholpen. Als ze tegen de

avond terugkomt, is het te laat om alles nog terug te zetten.'
'Wanneer?'
'Donderdag, als we vroeg sluiten.'
'En jij zorgt voor al die kussenslopen, een paar lakens en twee kussens?'
'Afgesproken.'

Jack Foley zei dat hij donderdag niet naar college ging, zodat ze samen naar de film konden.
'Nee, donderdag niet. Liever een andere keer.'
'Verdorie nog aan toe. Dat is toch de dag dat je geen colleges hebt?'
'Ja, maar ik moet deze donderdag terug naar Knockglen. Ik heb daar van alles te doen...'
'Er is *altijd* van alles te doen in Knockglen,' zei hij.
'Vrijdag. Dan kan ik in Dublin blijven slapen.'
'Afgesproken.'
Benny wist dat ze iets moest doen om Jacks gekwetste gevoelens te balsemen. Ze was erg bang dat deze afspraak zou kunnen leiden tot gebeurtenissen in de auto die nog avontuurlijker waren dan wat ze al eerder hadden uitgespookt.
Patsy verkondigde het zeker drie keer per dag: mannen zijn duivels.

Nan had een risico genomen door het telefoongesprek met Simon zo abrupt af te breken. Ze had de hoorn onopvallend van de haak gelegd voor het geval hij terug wilde bellen. Ze liep kwaad naar haar kamer en ging op bed liggen. De pas gestreken jurk hing aan een knaapje, haar roze gelakte nagels glansden. Ze zou eigenlijk gewoon uit moeten gaan, zodat al dat mooi maken en optutten niet voor niets was geweest.
Maar Nan Mahon had geen zin om met Bill Dunne of Johnny O'Brien of wie dan ook af te spreken. Zelfs niet met de knappe Jack Foley, die met zijn ziel onder de arm liep sinds Benny zich niet meer liet zien. Benny. Simon moest haar telefoonnummer van Benny hebben gekregen. Hij had waarschijnlijk aangedrongen en gezegd dat het dringend was. Benny was naïef, vond Nan. Een knappe kerel als Jack Foley moest je niet alleen laten in Dublin. Je kon wel zeggen dat de Rosemary Ryans en de Sheila's wisten dat hij bezet was, maar als puntje bij paaltje kwam, hadden de mensen opeens geen principes meer. Er waren dingen die belangrijker waren dan principes.

'Je bent erg uit je humeur,' zei Heather.
'Natuurlijk ben ik dat. Waarom heb je ons nooit verteld hoe vreselijk het was?'
Dat had Heather vaak genoeg gedaan, maar niemand had ooit geluisterd. Haar grootvader had zijn blik dromerig afgewend en Simon had

gezegd dat iedereen een hekel aan school had. Je moest je lot maar dragen. Mevrouw Walsh had gezegd dat iemand van haar stand nu eenmaal een passende opleiding diende te volgen en dat ze om moest gaan met de mensen waar ze later ook mee te maken zou krijgen. Op een dorpsschooltje kwam je alleen de dochters van arme sloebers tegen. Heather had niet verwacht dat Simon zo boos zou zijn. Hij had over de telefoon met iemand staan praten en kwam heel chagrijnig terug.
'Gewoon de hoorn erop gegooid,' zei hij een paar keer.
Eerst was Heather blij dat hij zo was afgeleid, maar nu kreeg ze door dat het gesprek over haar toekomst er niet gemakkelijker op werd.
'Moeder Francis wil met jou over haar school praten,' begon ze.
'Dat is het enige waar dat verrekte mens op uit is. Eerst hebben ze Eve ingepikt en nu willen ze jou.'
'Dat is niet waar. Ze hebben Eve genomen omdat niemand anders haar wou.'
'Zo, jij bent goed geïndoctrineerd, merk ik.'
'Wie wou haar dan hebben? Nou?'
'Daar gaat het niet om. Waar het om gaat, is dat we een dure opleiding voor jou hebben uitgestippeld.'
'Het is hier stukken goedkoper. Dat heb ik gevraagd. Het kost bijna niets.'
'Nee. Je begrijpt er niets van. Het is onmogelijk.'
'Jij begrijpt er niets van,' zei Heather en de twaalfjarige ging met gebalde vuisten tegenover hem staan. Toen ze zei dat ze steeds opnieuw zou weglopen als ze naar die rotschool terugmoest, fonkelden haar ogen zo boos dat ze hem opeens deed denken aan Eve op de dag dat ze voor het eerst naar de Westlands was gekomen.

Jack leek over zijn slechte humeur heen. Op donderdagochtend ging hij met Benny koffiedrinken in de Annexe. Ze at een stuk van zijn gebakje om te voorkomen dat hij er te veel van zou eten en dan uit vorm zou raken voor zijn volgende wedstrijd.
Hij legde zijn hand op de hare.
'Ik ben een opvliegende lompe driftkop, of een driftige lomperik met opvliegers, het is maar hoe je het ziet,' verontschuldigde hij zich.
'Het duurt niet lang meer voor ik alles heb opgelost, echt waar,' zei Benny.
'Dagen, weken, maanden, jaren?' vroeg hij, maar hij lachte erbij. Hij was weer de oude Jack.
'Weken, een paar weken.'
'En dan heb je tijd om schaamteloos met mij door Dublin te dartelen en toe te geven aan mijn diepste driften en lusten?'
'Zoiets,' lachte ze.

'Ik geloof het pas als het zover is,' zei hij en keek haar recht in de ogen.
'Je weet hoe erg ik naar je verlang, of niet?'
Ze slikte. Ze kon de juiste woorden niet vinden. Toevallig hoefde dat ook niet. Nan kwam eraan.
'Is dit een imitatie van Sean en Carmel of kan ik erbij komen zitten?' Benny voelde zich opgelucht. Jack ging naar de bar om nog een kopje koffie te bestellen.
'Ik stoor toch niet, hoop ik?' Nan was geweldig. Je kon haar zonder meer vragen haar koffie op te pakken en bij een ander groepje te gaan zitten. Nan vond dat helemaal niet erg. Ze was een ware apostel van solidariteit onder meisjes. Maar eigenlijk kwam het goed uit om niet verder te hoeven gaan op de ingeslagen weg en uitgebreid over seks te moeten praten.
'Ik wou met Benny naar *Swamp Women*, maar ze heeft iets anders te doen,' zei Jack op klagerige toon.
'Wat is ertegen om met die keurige meneer naar *Swamp Women* te gaan, schattepoes?' vroeg Nan ironisch. 'Als ik u was, dan wist ik het wel.'
'Ga jij dan mee,' stelde Jack voor.
Nan keek naar Benny, die enthousiast zat te knikken.
'Doe het maar, Nan. Hij praat al dagenlang over niets anders dan over *Swamp Women*.'
'Ik ga mee om hem te beschermen,' beloofde Nan.

Onderweg naar de bioscoop kwamen ze Simon Westward tegen.
'Probeer je me te ontlopen?' vroeg hij kortaf.
Nan glimlachte. Ze stelde de twee jongemannen aan elkaar voor. Wie voorbij kwam, zou zeker vinden dat ze drie prachtige mensen waren. Twee van hen waren op en top student, de derde leek een landjonker.
'We gaan naar *Swamp Women*. Het gaat over ontsnapte vrouwelijke gevangenen en krokodillen.'
'Wil je mee?' stelde Jack voor.
Simon nam Jack uitgebreid op.
'Nee, dank je.'

'Waarom vroeg je of hij meeging? Omdat je wist dat hij het toch niet zou doen?' vroeg Nan.
'Nee. Omdat ik kon zien dat hij op je valt.'
'Maar een heel klein beetje, denk ik.'
'Nee, meer als een blok, dacht ik.'
Omdat Nan voelde dat Simon zich had omgedraaid om hen na te kijken, stak ze kameraadschappelijk haar arm door die van Jack.

Benny ging in opperbeste stemming met de bus terug naar Knockglen. Jack was weer goedgeluimd. Hij had gezegd dat hij naar haar verlangde. Hij had niet duidelijker kunnen zijn. Ze hoefde zich niet eens zorgen te maken dat ze hem moederziel alleen had achtergelaten. Nan was met hem naar die suffe film.

Het enige wat Benny nu nog te doen stond, was Peggy Pine bezighouden terwijl er in haar winkel ongehoorde dingen gebeurden. Ze wist dat Fonsie, Dekko Moore, Teddy Flood en Rita allemaal aan het complot meewerkten. Peggy moest tot minstens vijf uur 's middags worden weggehouden.

Toen ze thuiskwam, zag ze met tevredenheid dat Patsy een stevige soep had gemaakt, waar lekkere broodjes bij geserveerd zouden worden. Meneer Flood had een kleine lamsbout laten bezorgen. Er steeg een geur van muntsaus op uit een mooie porseleinen juskom.

Moeder droeg een lichtgrijze twinset boven haar zwarte rok en ze had zelfs een kleine broche opgedaan. Ze zag er wat opgewekter uit. Waarschijnlijk had ze behoefte aan gezelschap, bedacht Benny. Ze leek in ieder geval een stuk minder lusteloos dan anders.

Peggy had het erg naar haar zin en dronk drie glazen sherry, net als haar moeder. Benny had Clodaghs tante nooit beter in vorm gezien. Ze vertelde moeder dat een eigen zaak de beste manier was om je leven te vullen en dat ze precies hetzelfde zou kiezen als ze alles over mocht doen.

Ze vertrouwde hen iets toe wat ze al wisten, namelijk dat ze vroeger in haar leven zwaar teleurgesteld was geweest. Maar dat ze de heer in kwestie geen kwaad hart toedroeg. Hij had haar in feite een dienst bewezen. De dame die hij boven haar had verkozen, zag er bepaald niet gelukkig uit. Peggy Pine had haar door de jaren heen een paar keer gezien. Terwijl zij in haar winkeltje zo gelukkig was als wat.

Moeder luisterde geboeid en Benny begon de hoop te koesteren dat Peggy beter in staat zou zijn om moeder te bereiken dan zijzelf. Peggy kon Annabel Hogan misschien een nieuwe zin in het leven leren ontdekken.

'We moeten onze hoop op de jongeren vestigen,' zei Peggy.

Benny bad in stilte dat de metamorfose die Peggy's winkel op dit moment onderging niet zodanig uit de hand liep dat ze de zojuist verkondigde visie zou moeten herzien.

'Ach ja, wij zijn gezegend met Sean Walsh,' zei Annabel.

'Zo lang jij daar bent om toezicht te houden,' waarschuwde Peggy.

'Ik kan me er onmogelijk mee bemoeien. Toen Eddie er nog was, heeft Sean het altijd uitstekend gedaan.'

'Eddie was daar om hem in toom te houden.'

'Ik zou wat dat betreft van weinig nut zijn,' zei Annabel Hogan. 'Ik weet nergens iets vanaf.'

'Dat leer je zo.'
Benny zag het vervaarlijke trillen van haar moeders onderlip. Ze haastte zich om aan Peggy te verklaren dat de dingen op het moment een beetje moeilijk lagen. Het was mogelijk dat Sean mede-eigenaar werd en daarover moest eerst duidelijkheid komen voordat moeder iets in de winkel kon gaan doen.
'Het lijkt me verstandiger om je in te werken voordat het contract is getekend,' zei Peggy.
Tot haar verrassing zag ze haar moeder instemmend knikken. Ja, er zat iets in om nu al wegwijs te raken. Als het contract eenmaal rond was, zou het lijken alsof ze alleen maar in de winkel ging staan om erop toe te zien dat ze haar deel kreeg.
Bovendien was er hulp nodig in de winkel, dus zou Sean ook als mede-eigenaar liever een onbetaalde kracht hebben dan iemand die op de loonlijst moest worden gezet. Ze vertelde de verbaasde Benny en Peggy dat ze er maandag een paar uurtjes heen wilde om te kijken hoe de dagelijkse gang van zaken verliep.
Peggy keek verheugd, maar niet erg verrast.
Benny vermoedde dat ze alles al van tevoren had bedacht. Ze was een heel slimme vrouw.

Nan en Jack kwamen uit de bioscoop.
'Verschrikkelijk was het,' zei Nan.
'Maar wel lekker verschrikkelijk,' grijnsde Jack.
'Benny is een bofkont. Die zit in Knockglen.'
'Ik wou dat ze daar niet zoveel tijd doorbracht.'
Ze dronken een kop koffie in het filmcafé en hij vertelde hoe lastig het was om een vriendin te hebben die zo veraf woonde.
Wat zou Nan doen als ze een vent had daarginds in Knockglen, aan de rand van de bewoonde wereld?
'Die heb ik,' zei Nan.
'*Natuurlijk*, die paardenjongen met z'n bekakte accent.'
Maar daarmee had Jack zijn belangstelling wel getoond. Hij wilde over Benny praten en hoe in godsnaam haar moeder kon worden overgehaald om haar in Dublin te laten wonen.
Zou er niet een mogelijkheid zijn, had hij bedacht, dat ze een kamer bij Nan in huis kreeg. Dat was uitgesloten, zei Nan.
Ze namen afscheid bij de bushalte voor de bioscoop. Jack haastte zich naar de bus richting zuid.
Simon kwam uit een portiek te voorschijn.
'Heb je nog zin om een hapje met me te gaan eten?' zei hij tegen Nan.
'Heb je op me gewacht?' zei ze verheugd.
'Ik kon wel raden dat je *Swamp Women* niet twee keer achter elkaar

wilde zien. Wat denk je van dat leuke hotelletje in Wicklow, waar we een keer geweest zijn? We zouden er ook kunnen slapen.'
'Enig,' zei Nan en haar stem klonk als het spinnen van een poes.

Het werd een geweldige avond in Knockglen. Peggy Pine was helemaal weg van de veranderingen in de winkel. De nieuwe verlichting, de paskamers en de zachte muziek op de achtergrond.
Annabel Hogan had Sean Walsh gebeld en gezegd dat ze maandag in de winkel hoopte te komen helpen en dat hij geduld met haar moest hebben en haar alles goed moest uitleggen. Ze hield zijn protesten voor beleefdheid en beloofde hem dat ze punctueel om negen uur 's morgens zou verschijnen.
Mossy Rooney zei dat zijn moeder Patsy een prima mens vond en dat ze heel blij was dat ze naar pater Ross gingen om een datum vast te stellen.
En het mooiste van alles was nog dat Nan Mahon naar Benny belde om te vertellen dat *Swamp Women* de slechtste film was die ze ooit had gezien en dat Jack Foley duidelijk gek op Benny was en alleen maar over haar had willen praten.
Benny sprongen de tranen in haar ogen van dankbaarheid.
'Wat lief van je, Nan. Dank je wel, en dat komt uit het diepst van mijn hart.'
'Waar zijn vriendinnen anders voor?' had Nan gezegd. Daarna pakte ze haar weekendtas en maakte zich op om met Simon naar Wicklow te gaan.

Sean Walsh zat in Healy's Hotel.
'Wat moet ik doen?'
'Laat haar gewoon komen. Binnen een week is ze het beu.'
'En als dat niet zo is?'
'Dan heb je gratis iemand die in de winkel helpt. Het maakt het voor haar alleen maar moeilijker om je als compagnon te weigeren. Ze kan je niet ontlopen en het onderwerp evenmin, als ze steeds bij je in de buurt is.'
'Je bent werkelijk heel intelligent... eh... Dorothy,' zei hij.

Rosemary Ryan wist altijd en overal wat er loos was. Eve zei dat ze tot het slag mensen behoorde dat tijdens de oorlog landkaarten bijhield met de troepen en de onderzeeboten erop en die heen en weer schoven als pionnen op een bord.
Rosemary wist dat Jack met Nan naar de film was geweest. Ze controleerde of Benny daarvan op de hoogte was.
'Ben jij niet dat onnozeltje dat weggaat en haar vent in z'n eentje laat ronddolen?' zei Rosemary.

'Hij was niet lang alleen. Ik heb hem met Nan naar de film gestuurd.'
'O, zit dat zo. Dan is het goed.' Rosemary scheen oprecht opgelucht.
'Ja, ik moest naar Knockglen terwijl hij zichzelf net een vrije middag had gegeven.'
'Je zit te vaak daarginds.' Rosemary probeerde haar voor iets te waarschuwen.
'Ja, nou, vanavond blijf ik in de stad. We gaan met z'n allen naar Palmerston. Ga je ook mee?'
'Misschien wel. Ik heb wilde plannen met een student medicijnen. Ik moet eerst even uitvissen of hij daar vanavond ook is.'
Waarvoor zou Rosemary haar willen waarschuwen? Niet voor Nan, dat was duidelijk. Iedereen wist dat Nan stapelverliefd was op Simon Westward. Sheila had zich teruggetrokken. Verder was er niemand. Misschien bedoelde ze dat hij eraan gewend begon te raken dat hij in z'n eentje verscheen bij alle sociale aangelegenheden. Door zo vaak in Knockglen te blijven, gaf ze Jack misschien het idee dat hij vrij was om de hort op te gaan. Misschien was hij nog een keer iemand tegengekomen, net zoals in Wales was gebeurd... waar ze niets van afwist. Benny dacht terug aan een college over de Tudors in Ierland. De docent had gezegd dat hun politiek vaak ingewikkeld was en moeilijk vast te stellen, aangezien er steeds anders tegenaan werd gekeken al naar gelang de geest van de tijd. Er is niets nieuws onder de zon, dacht Benny. Jack, die zich tegenover Nan zo lovend over haar had uitgelaten, was opnieuw uit zijn humeur.
Hij had blijkbaar gedacht dat ze het hele weekend in de stad zou blijven en had ook plannen voor zaterdag en zondag gemaakt. Maar Benny moest terug om haar moeder voor te bereiden op haar werk op maandag. Als hij dat niet kon begrijpen, wat was hij dan voor een vriend? Eve zou zeggen dat hij geen echte vriend was. Hij was een knappe kanjer die toevallig op Benny viel. Maar er was meer nodig dan dat.

Eve en Kit bepraatten hun plannen.
Ze zouden in iedere kamer een wastafel laten plaatsen en er moesten een extra toilet en douche worden aangelegd. Daarmee zou een einde komen aan de opstoppingen 's morgens in de gang.
Op maandag moest er een hulp komen om de was te doen en ze zouden nieuwe elektrische bedrading laten aanleggen, want sommige aansluitingen waren niet bepaald veilig te noemen.
Ze zouden misschien iets meer huur kunnen vragen als de faciliteiten zoveel verbeterd waren. Maar het grootste voordeel was dat ze geen studenten hoefden te houden die ze niet leuk vonden. De jongen die zijn slaapkamerraam altijd potdicht hield, bierflesjes onder zijn bed had liggen en al drie sigaretten had laten inbranden op het meubilair, zou

het advies krijgen zich aan te passen of op te hoepelen. Aardige jongens als Kevin Hickey mochten blijven zolang ze wilden.
Voor het eerst in haar leven zou Kit Hegarty een zekere vrijheid hebben.
'Hoe gaat het nu met mij?' vroeg Eve luchtig. 'Je hebt me niet echt meer nodig.'
Maar ze wist dat Kit haar niet kon missen. Dus ze kon dit makkelijk zeggen.
Ze hadden na enig nadenken besloten de Westwards het geld niet voor de voeten te smijten. Het zou voor Eve op een spaarrekening worden gezet. Dan kon ze het opnemen en uitgeven wanneer ze maar wilde.

Ze gingen dansen in de sociëteit van de rugbyclub. Benny voelde heel sterk dat hier mensen waren die elke vrijdagavond kwamen en die Jack allemaal kenden.
'Ik hou van je,' zei hij plotseling. Ze dronken sinas uit een flesje met een rietje. Hij veegde een zweterige haarlok uit haar ogen.
'Waarom?' vroeg ze.
'God, dat weet ik niet. Maar het zou veel makkelijker zijn om van iemand te houden die er niet steeds tussenuit moet.'
'Ik hou ook van jou,' zei ze. 'Je maakt me gelukkig.'
'Wat lief dat je dat zo zegt.'
'Zo is het. Ik hou van top tot teen van je. Ik moet heel vaak aan je denken en dan krijg ik een overweldigend warm gevoel van binnen.'
'Over warme gevoelens gesproken, ik heb de auto van mijn vader mee.'
De moed zonk haar in de schoenen. Als ze eenmaal in de auto zaten, zou het heel, heel moeilijk worden om nee te zeggen. Alles wat ze haar op school, op de zondagsschool en tijdens al die preken over kuisheid hadden verteld, had het zo simpel voorgesteld. Alsof het een keuze was tussen zonde en deugd. Er werd je voorgespiegeld dat deugd werd beloond en dat zonde werd bestraft. Niet alleen in het hiernamaals, maar ook in dit leven. Bovendien hadden jongens geen respect voor meisjes die toegaven aan hun verlangens.
Maar niemand had ooit verteld hoe heerlijk het voelde, hoe gemakkelijk het was om door te gaan en hoe waardeloos je je voelde als je niet verder wilde.
En hoe bang je was, als je niet doorging met wat je allebei graag wilde, dat er genoeg anderen waren die het wel zouden doen.
Mensen met het temperament en het gebrek aan remmingen zoals dat tot dusver alleen nog in Wales was ontdekt.

'Ik hoop dat we jullie niet te vroeg van elkaar hebben losgetrokken,' zei Eve droog, terwijl ze zich klaarmaakten om te gaan slapen in het huis van Kit Hegarty.

'Nee, net op tijd geloof ik,' zei Benny.
Aidan en Eve hadden gevraagd of ze alsjeblieft de auto in mochten, voordat ze uit pure discretie buiten dood zouden vriezen.
'Waarom kun je niet het hele weekend blijven?' Eve leek haar ook al voor iets te waarschuwen. Blijkbaar vond iedereen het nodig om hetzelfde tegen haar te zeggen. Het was beslist beter als ze bleef. Maar ze kon met geen mogelijkheid blijven, hoe groot het gevaar ook was. De zaken in Knockglen naderden hun ontknoping.
'Heb je een sigaret?' vroeg ze aan Eve.
'Maar je rookt niet.'
'Nee, maar jij wel. En ik wil dat je luistert naar wat ik je over Sean Walsh te vertellen heb.'
Ze deden het licht weer aan en Eve zat geschokt te luisteren naar het hele verhaal van het geld, de verdenkingen en de dreigende vennootschap.
Benny vertelde over de hoop dat haar moeder door de winkel misschien haar eigen leven weer zou kunnen opbouwen en de hulp die ze daarbij nodig zou hebben. Eve luisterde en begreep het. Ze zei dat het niet zozeer uitmaakte aan hoeveel verleidingen Jack Foley zich voelde blootstaan, omdat sommige zaken belangrijker waren dan andere en dat Benny hoe dan ook Sean Walsh te grazen moest nemen.
Eve zei dat ze ook mee zou komen om naar het geld te helpen zoeken.
'Maar we kunnen niet op zijn zolder binnendringen. En als we de politie erbij halen, zou hij het zeker verstoppen.'
'Het is zo'n vreselijke rat,' voegde Eve eraan toe. 'Je moet heel, heel voorzichtig zijn.'

Er was tegenwoordig ook tussen de middag iets te krijgen bij Mario – tosti's en roomsoezen. De zaak zat bijna vol toen Benny 's zaterdags langsliep.
Ze ging de volgende deur binnen om Clodaghs drastische veranderingen te bewonderen. Een stuk of zes mensen waren in de rekken aan het zoeken en vier anderen waren kleren aan het passen in de paskamers.
Clodagh en Fonsie hadden alle klandizie in het dorp naar zich toegetrokken. Er kwamen zelfs mensen die anders misschien liever naar Dublin waren gegaan om daar een dagje rond te snuffelen.
'Het gaat behoorlijk goed met je moeder, he? Ze heeft het over zichzelf opknappen, over het inkorten van haar rokken zelfs.'
'Godallemachtig, wie gaat dat doen? Jij hebt het veel te druk.'
'Luister, je *moet* in staat zijn om een simpele zoom in een rok te leggen. Je zei toch dat je ergens nog een oude naaimachine had staan?'
'Ja, maar ik weet niet of ik die kan terugvinden tussen alle troep boven de winkel.'

'Aha, op het terrein van de eerbiedwaardige Sean Walsh.'
'Nee, hij woont op de zolder. Al die rommel ligt op de eerste verdieping.'
'Kom Benny, zoek dat ding even op. Er is vast wel iemand die hem voor je naar huis wil zeulen. En dan kom ik tien minuutjes langs om je op weg te helpen.'
'Misschien doet-ie het niet,' zei Benny hoopvol.
'Dus je moeder moet er maar tuttig bijlopen?'
Er zat niet veel anders op dan dat Benny naar de winkel ging en uitzocht of de machine er werkelijk stond en of hij nog in redelijke staat verkeerde. Daarna zou ze Teddy Flood of Dekko Moore of iemand anders met een handkar kunnen vragen of hij het geval voor haar thuis wilde brengen.
Sean was blijkbaar niet in de winkel. Alleen de oude Mike zag haar naar boven gaan.
Achter een oude sofa, waarvan de springveren naar buiten staken, vond ze de naaimachine. Het ding was minstens twintig jaar niet meer gebruikt.
Het was een soort tafeltje. De machine was naar binnen geklapt. Benny trok eraan en daar kwam hij te voorschijn. Hij glom en leek nog zo goed als nieuw. Blijkbaar was hij maar weinig gebruikt. Vroeger werd zo'n machine met alle aandacht voor detail gemaakt, vond ze. Die laatjes aan beide kanten waren natuurlijk bedoeld voor het opbergen van spoelen, garen, knopen en al die andere dingen waarmee naaiende mensen hun leven vulden.
Ze trok een van de laatjes open. Het zat volgepropt met kleine bruine enveloppen. Een vreemde manier om knopen en draad op te bergen. Ze maakte een van de envelopjes open en zag een stapeltje groene en rode bankbiljetten. Er lagen honderden enveloppen, allemaal eerder gebruikt en aan de winkel geadresseerd, met postzegel en gestempeld. Oorspronkelijk hadden er facturen ingezeten. Koude rillingen liepen over Benny's rug en ze wist dat ze het geld had gevonden dat Sean Walsh jaren achtereen van haar vader had gestolen.

Ze kon zich niet herinneren dat ze naar huis was gelopen. Ze moest langs alle winkels zijn gekomen, langs de bioscoop, langs Peggy Pine, Paccy en Mario. Misschien had ze zelfs mensen gedag gezegd. Ze wist het niet meer.
In de keuken zat Patsy te mopperen.
'Je moeder dacht dat je de bus had gemist,' zei ze. Benny zag dat ze de tafel aan het dekken was.
'Zou je nog een paar minuutjes kunnen wachten, Patsy? Ik wil moeder eerst nog ergens over spreken.'

347

'Je kunt toch onder het eten praten?'
'Nee.'
Patsy haalde haar schouders op. 'Ze is op haar kamer. Ze is kleren aan het passen die naar motteballen stinken. Ze jaagt iedereen nog de winkel uit met die kamferlucht.'
Benny pakte de sherryfles en twee glazen en ging naar boven.
Patsy keek geschrokken toe.
In al de jaren dat ze in dit huis was geweest, was ze nog nooit buitengesloten van een gesprek tussen mevrouw en Benny. En ze had nooit kunnen denken dat er een onderwerp kon bestaan waarvoor je drank moest meenemen naar de slaapkamer.
Ze bad drie snelle weesgegroetjes dat Benny niet in verwachting was. Dat was nou net iets wat zo'n leuke, veel te lieve meid als Benny moest overkomen. De schande om zwanger te raken van een kerel die niet met haar wilde trouwen.

Annabel hoorde haar met een wit weggetrokken gezicht aan.
'Het zou je vaders dood hebben betekend.'
Benny zat op de rand van het bed. Ze beet op haar lip, zoals ze altijd deed wanneer ze zich zorgen maakte. Nan had gezegd dat ze die gewoonte moest afleren. Het zou haar mond op den duur een gemeen trekje geven. Ze dacht een paar vluchtige seconden aan Nan.
Nan zou zich geen moment druk maken om de zaak van haar vader. Zelfs niet als die door alle werknemers samen werd leeggeroofd. Het was tegelijk verschrikkelijk en geweldig om zo onafhankelijk te zijn.
'Zou vader het geweten hebben?'
Het was goed mogelijk dat hij verdenkingen had, maar Eddie Hogan kennende zou hij daarover zwijgen. Hij zou zijn mond niet hebben opengedaan voordat hij een onweerlegbaar bewijs had. Maar het was merkwaardig dat hij de overeenkomst over de vennootschap steeds had uitgesteld. Meneer Green was verbaasd geweest dat het contract almaar niet werd getekend. Zou vader hebben getwijfeld om zich met iemand te verbinden die jarenlang met zijn vingers in de kassa had gezeten?
'Jouw vader had de schande van de hele toestand niet kunnen dragen. De politie die erbij moet komen, een rechtszaak, de praatjes.'
'Weet ik,' stemde Benny in. 'Hij had dat nooit aangekund.'
In de slaapkamer die bezaaid lag met kledingstukken – Annabel had bijna haar hele garderobe gepast voor haar eerste dag in de winkel – spraken zij als gelijken. Benny dwong haar niet tot het nemen van beslissingen en Annabel probeerde mee te denken over een oplossing. Omdat ze gelijken waren, gaven ze elkaar kracht.
'We zouden hem kunnen vertellen dat we het weten,' zei Annabel.

'Hij zou het ontkennen.'
Ze konden de politie niet bellen, dat wisten ze. Het was ook onmogelijk om meneer Green te laten komen en hem te vragen op de eerste verdieping de inhoud van de naaimachine te inspecteren. Meneer Green was niet het soort advocaat dat je in films zulke dingen zag doen. Hij was de rustigste en respectabelste advocaat die er bestond.
'We kunnen er iemand anders als getuige bijroepen. Vragen of hij komt kijken.'
'Waar zou dat goed voor zijn?' vroeg Annabel.
'Dat weet ik niet zeker,' gaf Benny toe. 'Als bewijs misschien dat het er heeft gelegen, voor het geval Sean het weghaalt en ergens anders verstopt. Je weet wel, als we hem erop aanspreken.'
'Als we hem erop aanspreken?'
'We zullen wel moeten, moeder. Hij moet opgehoepeld zijn als jij maandag in de winkel komt.'
Annabel keek haar een tijdlang aan. Ze zei niets. Maar Benny voelde dat ze wat moed kreeg, nieuwe energie. Ze geloofde dat haar moeder de dingen die komen gingen, zou aandurven. Benny moest de juiste woorden vinden om haar aan te vuren.
'Als vader ons kan zien, dan is hij het met ons eens. Hij zou geen schandaal maken en hem niet voor het gerecht slepen. Maar hij zou ook niet willen dat jij als mede-eigenaar zij aan zij met Sean Walsh ging staan, terwijl we weten wat er is gebeurd.'
'We zullen dokter Johnson vragen om getuige van de vondst te zijn,' zei Annabel met vastere stem dan Benny ooit had kunnen verwachten.

Patsy zei die avond tegen Bee Moore dat ze het geduld van een heilige moest opbrengen om haar werk vol te houden. Het was in huize Hogan een voortdurend komen en gaan, achter gesloten deuren werden geheime bijeenkomsten gehouden, waar flessen sherry bij nodig waren, eten werd niet opgegeten en dan werd er weer op onchristelijke uren om eten gevraagd.
Als mevrouw nu ook nog in de winkel ging werken, dan was het misschien maar het beste dat ze ging trouwen met Mossy Rooney en dat ze die kenau van een schoonmoeder voor lief nam en dat ze hier wegging. Patsy schoot Bee's vroegere belangstelling voor Mossy te binnen en daarom zwakte ze haar opmerkingen ietsje af. Ze zei dat ze wist dat ze geluk had gehad dat Mossy haar had uitverkoren en dat ze zich vereerd voelde in zijn familie te worden opgenomen. Bee Moore haalde haar neus op en vroeg zich opnieuw af hoe ze hem ooit aan Patsy had kunnen kwijtraken. Ze zei dat de zaken bij haar thuis ook al in het honderd liepen. Iedereen op de Westlands leek wel gek te zijn geworden. Heather was naar school gegaan op St. Mary en bracht wat mevrouw

349

Walsh noemde al het uitschot van Knockglen mee naar huis om op haar pony te rijden. De oude man was bedlegerig geworden en meneer Simon was nergens te bekennen. Ze had wel uit betrouwbare bron vernomen dat hij minstens twee nachten in Knockglen had doorgebracht zonder thuis te zijn gekomen. Waar kon hij in hemelsnaam hebben geslapen in Knockglen als hij niet thuis op de Westlands in zijn eigen bed had gelegen? Het was een raadsel.

Maurice Johnson liet zich erop voorstaan dat hij een man was die nergens verbaasd van opkeek. Maar het bezoek van Annabel Hogan en haar dochter, en vooral de reden waarom ze hem kwamen opzoeken, brachten hem van zijn stuk.

'Waarom ik?' vroeg hij, nadat hij hun verzoek had aangehoord.
'De keuze was tussen u en pater Ross,' zei Benny. 'We willen de kerk er liever niet bij betrekken. Dan wordt het een zaak van zonde en boete. Wat we nodig hebben, is gewoon een betrouwbaar iemand.'
'Laten we het dan ook maar meteen doen,' zei hij. 'Kom, erop af.'

Er waren twee klanten in de winkel toen ze binnenkwamen. Sean keek op van de dozen met truien die hij op de toonbank had opengemaakt. Er was iets aan deze delegatie dat hem beangstigde. Zijn ogen volgden hen terwijl ze naar het achterste deel van de winkel liepen, in de richting van de trap.
'Wat is...' begon hij.
Benny hield stil op de trap en keek hem aan. Al sinds ze hem voor de allereerste keer zag, had ze een hekel aan hem gehad, maar toch voelde ze op dit moment medelijden. Ze nam zijn dunne, vettige haar en zijn lange, smalle, bleke gezicht nauwkeurig in zich op.
Hij had geen moment van het leven genoten of zijn beperkte leven verrijkt met het geld dat hij had gestolen.
Maar ze moest nu standvastig zijn.
'We gaan even naar de eerste etage,' zei ze. 'Moeder en ik willen dokter Johnson iets laten zien.'
Ze zag de vrees in zijn ogen.
'Om als getuige te kunnen optreden,' voegde ze eraan toe, opdat hij het zou weten.

Dokter Johnson liep kalm de trap af. Hij liep de winkel door en hield zijn blik strak op de vloer gericht. Mike's groet bleef onbeantwoord. Hij sloeg ook geen acht op Sean, die onbeweeglijk achter de toonbank stond, met een doos in zijn handen. Hij had tegen Annabel en Benny gezegd dat hij desgewenst zou bevestigen dat ze in zijn aanwezigheid tweehonderd enveloppen te voorschijn hadden gehaald die stuk voor stuk geldsommen bevatten die varieerden van vijf tot tien pond.

Hij had geen leedvermaak gevoeld over de ondergang van de man die hij nooit had gemogen. Hij keek naar het spaargeld in de volgepakte enveloppen. De man was waarschijnlijk bezig geweest voor zichzelf een bepaald soort leven te kopen, veronderstelde hij. Had hij gedacht aan drank en vrouwen, toen hij Eddie Hogans geld verduisterde? Het was niet te zeggen. Hij benijdde de twee vrouwen niet om de komende confrontatie, maar hij bewonderde hen om hun besluitvaardigheid.

Ze zaten op de eerste verdieping en wachtten. Hij moest naar boven komen. Ze voelden zich allebei slapjes door de schok van hun ontdekking en door de schande die ze onder ogen zouden moeten zien in de confrontatie met Sean. Geen van beiden was bang dat hij tekeer zou gaan of zou proberen te ontkennen dat hij het geld hier had verstopt. Hij kon onmogelijk zeggen dat ze het hadden verzonnen. Dokter Johnson was een man die op zijn woord werd geloofd.

Ze hoorden hem de trap opkomen.

'Heb je de winkel afgesloten?' vroeg Annabel Hogan.

'Mike houdt de boel wel in de gaten.'

'Dat zal hij voortaan wel vaker moeten doen,' zei ze.

'Hebt u iets te zeggen? Is er sprake van een of andere beschuldiging?' begon hij.

'Laten we het eenvoudig houden,' begon Annabel.

'Ik kan het uitleggen,' zei Sean.

Ze konden de zaterdagmiddaggeluiden van Knockglen horen. Auto's toeterden, de kinderen waren vanaf twaalf uur vrij van school en renden lachend voorbij. Een hond was opgewonden aan het blaffen en verderop was een karrepaard in paniek geraakt. Ze zaten daar gedrieën en hoorden hoe het paard wild hinnikte, totdat iemand het kalmeerde. Toen begon Sean uit te leggen. Het was een manier van sparen. Meneer Hogan had dat begrepen. Niet dat hij het er helemaal mee eens was geweest, maar hij had het toegelaten. Het loon was niet erg hoog geweest. Het was bekend dat Sean het leeuwedeel van het werk verzette. Dan was toch niet zo gek dat hij een appeltje voor de dorst probeerde te verzorgen?

Annabel zat op een houten stoel met hoge rugleuning, die ze nooit thuis hadden willen hebben. Benny zat op de kapotte sofa, dezelfde die ze opzij had geduwd om bij de naaimachine te kunnen komen. Ze hadden niet geoefend, maar zoals ze daar zaten vormden ze een team. Geen van twee zei een woord. Ze zorgden voor geen enkele onderbreking of ontkenning. Geen knikjes van instemming of hoofdschudden uit ongeloof. Ze zaten daar en lieten hem zelf de strop om zijn nek leggen. Na verloop van tijd ging hij langzamer praten en werden zijn gebaren minder over-

dreven. Zijn armen vielen langs zijn lichaam neer en al gauw liet hij zijn hoofd hangen alsof het te zwaar geworden was.
Toen stopte hij helemaal.
Benny wachtte tot haar moeder iets zou zeggen.
'Je kunt vanavond vertrekken, Sean.'
Het kwam er beslister uit dan zelfs Benny had kunnen zeggen. Ze keek haar moeder met bewondering aan. Er school geen haat, geen wraak in haar stem. Alleen de simpele vaststelling van de situatie. Sean Walsh was evenzeer verbaasd.
'Daar is geen sprake van, mevrouw Hogan,' zei hij.
Zijn gezicht was krijtwit, maar hij ging niet smeken om genade, begrip of een nieuwe kans.
Ze wachtten af wat hij te zeggen had.
'Uw echtgenoot zou dit niet hebben gewild. Hij heeft me schriftelijk verzekerd dat hij mij in de zaak wilde opnemen. U bent dat zelf overeengekomen met meneer Green.'
Annabel keek naar de tafel, die vol enveloppen lag.
'Er is niemand meer in leven die kan bevestigen of ontkennen dat dit hier was afgesproken.'
Nu was het de beurt aan Benny. 'Vader had er geen politie bij gewild, Sean. Ongetwijfeld ben ook jij het daarmee eens. Moeder en ik willen voortgaan op de weg die hij gegaan zou zijn. We hebben het er lang over gehad. We denken dat hij gewild zou hebben dat je vanavond vertrok, maar ook dat we tegen niemand zeggen wat hier vandaag is voorgevallen. Dokter Johnson, dat hoeft nauwelijks gezegd te worden, zwijgt als het graf. We hebben hem hier alleen gevraagd om kracht bij te zetten aan ons verzoek aan jou om met stille trom te verdwijnen.'
'Wat gaat er gebeuren met jullie fraaie zaak als ik verdwijn?' Zijn gezicht werd vals. 'Wat komt er terecht van Hogan's, het lachertje van de herenkledingbranche? Is de opheffingsuitverkoop in juni of in oktober? Dat is de enige vraag.'
Nerveus en met zijn mond vertrokken in een soort grijns liep hij handenwringend rond.
'Jullie hebben er geen idee van hoe hopeloos deze zaak ervoor staat. De dagen zijn geteld. Wat moeten jullie zonder mij? Die ouwe Mike is nog te dom om voor de duvel te dansen – moet hij de klanten te woord staan? Bewaar me! Of u misschien, mevrouw Hogan, terwijl u de ene baal stof niet van de andere kunt onderscheiden. Of een groentje dat nu nog ergens in een gehucht met drie man en een paardekop staat te suffen? Zijn dat de plannen voor jullie geweldige familiebedrijf? Moet dat het worden? Zeg het maar?'
Hij begon hysterisch te worden.
'Wat hebben we jou gedaan, dat je je ineens zo tegen ons keert?' vroeg Annabel Hogan op kalme toon.

'U denkt dat u goed voor mij bent geweest. Dat denkt u toch?'
'Jazeker.'
Seans gezicht vertrok. Benny besefte dat ze in de verste verte niet had kunnen vermoeden met hoeveel emotie hij te kampen had.

Hij raaskalde over verbanning naar de bediendenvertrekken boven, over betutteld worden en de kale boterham waarvoor hij soms werd uitgenodigd op een toon alsof hij ten paleize mocht komen eten. Hij zei dat hij in zijn eentje de zaak had geleid, voor een hongerloon en een schouderklopje. Er was zo vaak geroepen dat de zaak zonder Sean Walsh verloren zou zijn, dat het op den duur zijn betekenis had verloren. Hij zei dat zijn oprechte en eerbiedige bewondering voor Benny, de dochter des huizes, was bespot en domweg neergesabeld. Hij had eerzame bedoelingen gehad en hij was trots geweest haar her en der te mogen begeleiden, zelfs al was zij fysiek gesproken geen al te fraai exemplaar.

Annabel noch Benny vertrok een spier bij al deze beledigingen.

Hij had zich niet op slinkse wijze binnengewerkt, zich niet opgedrongen of op enigerlei wijze misbruik gemaakt van zijn positie. Hij was altijd discreet en loyaal geweest. En nu kreeg hij stank voor dank.

Benny voelde een grote droefheid over zich komen. Er was een eigen soort eerlijkheid in de manier waarop Sean tekeerging. Als hij zo tegen zijn leven aankeek, dan was daar weinig op af te dingen.

'Blijf je in Knockglen?' vroeg ze onverwacht.

'Wat?'

'Nadat je uit de zaak weg bent?'

Het was of er een schakelaar werd omgezet. Sean begreep ineens dat ze het meenden. Hij keek naar hen alsof hij geen van beiden ooit eerder had gezien.

'Misschien wel,' zei hij. 'Het is de enige plaats die ik echt ken, begrijp je.'

Dat begrepen ze.

Ze wisten dat er praatjes zouden komen. Een heleboel praatjes. Maar maandag zou de winkel opengaan met Annabel achter de toonbank. Ze hadden nog maar zesendertig uur om de zaak te leren kennen.

Mevrouw Healy ontving Sean graag in haar kantoortje. Hoewel hij normaal nogal bleek was, vond ze hem er nu bepaald slecht uitzien, alsof hij zojuist hevig was geschrokken.

'Zou ik hier voor een week een kamer kunnen boeken?'

'Natuurlijk. Maar mag ik vragen waarom dat is?'

Hij vertelde dat hij wegging bij Hogan's. En wel nu meteen. Dat hield in dat hij zijn kamers moest opgeven. Hij was uitermate vaag. Hij ontweek vragen over de vennootschap en ontkende dat er ruzie of andere vormen van onenigheid waren voorgevallen. Hij zei dat hij zijn spullen het liefst wilde afhalen op een tijdstip dat niemand hem zou zien, bijvoorbeeld als iedereen naar huis was voor het avondeten.

Fonsie zag hem natuurlijk, terwijl hij een voor een de vier kartonnen dozen overbracht waar al zijn bezittingen inzaten.

'Goedenavond Sean,' zei Fonsie nadrukkelijk.

Sean negeerde hem.

Fonsie ging het meteen aan Clodagh doorvertellen.

'Ik geloof dat ik een liefdesnestje zie ontstaan. Sean kwam met takjes en blaadjes aanfladderen en is aan de overkant, bij Healy's, begonnen met bouwen.'

'Is hij echt naar de overkant verhuisd?' Clodagh leek niet zo verrast als ze zou moeten zijn.

'In het diepste geniep en met een kop vol wellust,' zei Fonsie.

'Goed gedaan, Benny,' zei Clodagh. Ze sloot even haar ogen en glimlachte.

Maire Carroll was naar het klooster gekomen om een getuigschrift te vragen. Ze ging solliciteren naar een baan in een winkel in Dublin. Terwijl moeder Francis zat te piekeren om over Maire iets te schrijven dat zowel waar als gunstig zou zijn, verklapte Maire dat Sean Walsh al zijn spullen had gepakt en zijn intrek had genomen in het hotel.

'God zij geloofd, Benny,' zuchtte moeder Francis bij zichzelf.

Die zondag was de langste werkdag uit hun leven. Er hing een onwerkelijke sfeer, doordat de rolgordijnen naar beneden waren. Ze wilden niemand laten weten dat ze daar waren.

Ze zouden een vreemde indruk hebben gemaakt als iemand hen had kunnen zien. Patsy mestte in een overall het kamertje uit dat de gevolgen droeg van duizenden koppen slecht gezette thee. Oude Mike zei dat ze om de beurt thee hadden gezet en koekjes hadden uitgepakt. Dat was het kamertje wel aan te zien. Het gaskomfoor was afkomstig uit Seans keuken. Van nu af aan zou er fatsoenlijke thee worden geschonken en zelfs konden er soep en toast worden klaargemaakt.

Hogan's Herenmode ging veranderen.

Peggy Pine en Clodagh waren te hulp gekomen, evenals Teddy Flood. Ze hadden niemand iets hoeven uitleggen, afgezien van de naakte mededeling dat Sean Walsh was vertrokken en dat ze raad konden gebruiken. Clodagh zei dat iedere zaak in feite hetzelfde was. Als je er één aankon, kon je ze allemaal aan. Haar hoop was nog altijd dat ze een keer gevraagd zou worden om een staalwalserij of een autofabriek te helpen opzetten.

Aan Mike, die nooit van z'n leven in het middelpunt van enige belangstelling had gestaan, werden eerbiedig vragen gesteld. Als stelregel werd gebruikt dat Mike langzaam moest worden aangesproken en dat zijn antwoorden met dezelfde aandacht moesten worden beoordeeld als waarmee hij ze gaf.

Mike opjagen zou de zaak alleen maar ingewikkelder maken. Je moest hem het gevoel geven dat je alle tijd van de wereld had.

Je moest hem evenwel niet de kans geven om meneer Eddie eindeloos te betreuren of om hem binnensmonds te laten sputteren over het feit dat Sean als meneer Walsh aangesproken had willen worden.

Stilaan pasten ze de stukjes in elkaar en kwamen erachter hoe de zaken waren geregeld. Wie er op rekening mochten kopen en wie niet. Hoe rekeningen en aanmaningen werden verstuurd. Wie de vertegenwoordigers waren die met hun orderboeken langskwamen en met welke stoffenfabrieken en toeleveringsbedrijven ze werkten.

Het ging hakkelend, maar uiteindelijk wist Mike *alles* te vertellen. Zij luisterden en vormden zich een beeld van het systeem.

Duizend keer vervloekte Annabel Hogan zichzelf dat ze zich nooit met de zaak had bemoeid toen haar man nog leefde. Misschien had ze het wel leuk gevonden. Het was pure schuwheid geweest waarom ze thuis was gebleven.

Benny wenste dat ze haar vader vaker was komen helpen. Als ze alles over had kunnen doen, dan zou ze haar zaterdagmiddagen hier hebben doorgebracht om te begrijpen hoe hij leefde en werkte. Zou hij trots en blij zijn geweest dat ze zo'n belangstelling voor de zaak had opgevat? Of zou hij vinden dat ze te veel opschudding veroorzaakte in de mannenwereld van de herenmode? Daar zou ze nooit meer achter komen. Sean Walsh was voor haar trouwens de belangrijkste reden geweest om de winkel te mijden.

Terwijl ze doorploeterden en uitzochten welke balen stof waar hoorden, liet ze haar gedachten de vrije loop. Hadden haar ouders werkelijk verwacht dat ze met Sean zou trouwen, alleen omdat hij hen een tijd had geholpen in de winkel ? Erger nog, stel dat zij akkoord was gegaan. Zich op hem had ingesteld. Zou ze dan zijn verleid door zijn walgelijke avances en nu met hem verloofd zijn? Stel je het afgrijzen voor als dan zijn diefstal aan het licht was gekomen. Het geniepige, verachtelijke, dagelijkse stelen van een vriendelijke werkgever, haar eigen vader, die alleen maar het beste met hem voorhad.

Patsy had de soep opgewarmd en de boterhammen gesmeerd. Ze zaten gezellig bij elkaar voor het eten.

'Denken jullie niet dat het verkeerd van ons is om op zondag te werken?' Mike was een beetje angstig over de hele toestand.

'*Laborare est orare*,' zei Peggy Pine opeens.

'Kunt u dat vertalen voor die paar invaliden die geen klassieke opleiding hebben genoten, tante?' vroeg Clodagh.

'De Heer vindt dat werken een vorm van bidden is,' zei Peggy Pine. Ze veegde de kruimels weg en ging er goed voor zitten om nette prijskaartjes te schrijven die Annabel kon lezen.
Zaterdagavond laat hadden ze de achterdeur van de winkel opengemaakt, zodat ze het pad achterlangs konden nemen om in en uit het pand te komen.
De zon scheen over de ongebruikte achtertuin vol rommel.
'Je zou hier een alleraardigste serre kunnen maken,' zei Clodagh nadenkend.
'Waarvoor?'
'Om in te zitten, rare.'
'Klanten willen toch niet in serres zitten, of wel soms?'
'Wat dacht je van je moeder en jij?'
Benny wist niet zo gauw een antwoord.
'Je gaat hier toch wonen, of niet?'
'Dat was niet de bedoeling. We hebben een huis. We kunnen toch niet boven de winkel gaan wonen?'
'Er zijn in dit gezelschap een paar mensen die dat wel doen en het lukt ze nog heel aardig ook,' zei Clodagh gepikeerd.
Benny had haar tong wel willen afbijten. Maar ze hoefde haar woorden niet terug te nemen. Clodagh was niet echt gekwetst.
'Als je het je kunt veroorloven, is er geen probleem,' zei ze, 'maar ik dacht dat het hele doel was om de zaak draaiende te houden. Dat zal niet lukken als jullie er niet wat geld insteken. Daarom nam ik aan dat jullie je huis gingen verkopen.'
Benny veegde haar voorhoofd af. Zou er ooit een einde aan dit alles komen? Wanneer kon ze weer terug naar het normale leven?

Jack Foley probeerde Benny van negen uur af de hele morgen te bellen.
'Ze zit toch niet de *hele* rotochtend in de kerk,' mopperde hij.
Benny belde Jack thuis.
Ze kreeg zijn moeder aan de lijn.
'Ben jij het, Sheila? vroeg ze.
'Nee, mevrouw Foley. U spreekt met Benny Hogan.'
Ze hoorde dat Jack uitgegaan was en pas laat weer thuis zou komen. Hij was al een tijdje weg.
'Ik dacht eigenlijk dat hij daar bij jou in de buurt was,' zei mevrouw Foley.
Uit haar mond klonk het alsof ze het over een moeras vol krokodillen had. Zoals in de film die Benny gelukkig niet had hoeven zien.
Ze dwong zichzelf ongedwongen te doen. Geen boodschap. Alleen dat ze had gebeld om even te babbelen.
Mevrouw Foley zei dat ze het meteen zou opschrijven. Ze slaagde erin

dat te laten klinken alsof de naam Benny Hogan zou worden toegevoegd aan een lange lijst van eerdere opbellers.

Hier was het voorbij en ze had het graag willen vieren. Alles wat ze voor de winkel had gewild, vanaf de dag dat haar vader was gestorven, had ze bereikt. Haar vrienden in Knockglen hadden geweldig geholpen. Sean Walsh was uitgerangeerd. Ze had Jack over deze overwinningsavond willen vertellen. De vreselijke momenten, de komische momenten, de uitdrukking op de tronie van Sean. Patsy die steeds maar thee zette en boterhammen smeerde. Oude Mike die energieschokken kreeg zoals het monster van Frankenstein. Peggy Pine die haar moeder liet zien hoe je een koopje in de etalage zette. Ze had hem willen zeggen dat ze van nu af aan thuis niet meer zo dringend nodig was. Ze zou de vrijheid kunnen vinden om iedere week een paar nachten in Dublin te blijven.
Maar het akelige gevoel bekroop haar dat ze een tijdslimiet had overschreden. Dat ze te lang was weggebleven.

Hoofdstuk 17

Brian Mahon zei dat het een mooie boel was dat hij al dat collegegeld moest betalen voor iemand die hij 's morgens nooit zag opstaan om naar die rotcolleges te gaan. Emily zei dat hij zich rustig moest houden. Hij was onredelijk. Nan studeerde heel hard en het was juist leuk dat ze een logeeradresje had. 'Als ze toevallig een keer thuis is, zou het aardig zijn als we haar af en toe ook te zien kregen,' zei hij.
Nan had gezegd dat ze de keren dat ze niet thuis kwam bij Eve in Dunlaoghaire logeerde. Haar vader zei dat het jammer was dat de vrouw van dat kosthuis niet ook haar collegegeld en haar kleren betaalde. Nu moest hij weg. Hij had een afspraak met een kerel die per boot naar de North Wall was gekomen. Ze zouden elkaar treffen in een havenkroegje. Er moest iets geregeld worden over een zending. Emily zuchtte. Misschien kwam die bewuste zending ook werkelijk ter sprake, maar er zou bovenal flink worden ingenomen. Toen hij vertrokken was, ging ze naar boven.
Nan lag op bed met haar armen achter haar hoofd.
'Voel je je wel goed?'
'Niks aan de hand, Em. Echt niet.'
Emily zat op de kruk voor de kaptafel.
Er lag iets zorgelijks over Nans gezicht, een uitdrukking die ze nooit eerder had gezien. Verrassing gemengd met besluiteloosheid.
Zo had ze Nan nooit eerder meegemaakt, behalve dan misschien in haar kinderjaren.
'Heeft het te maken met... Simon?'
Normaal gesproken noemde Emily zijn naam nooit. Het was bijna alsof ze het noodlot tartte.
Nan ontkende fel. Ze zei tegen haar moeder dat Simon juist zeer attent en toegewijd was. Hij zat nu in Knockglen. Ze zou morgenavond met hem gaan eten. Emily was niet overtuigd. Hoofdschuddend ging ze naar beneden om de ontbijtspullen op te ruimen. Daarna trok ze haar goede blouse aan en ging naar haar werk.
Terwijl ze op de bus stond te wachten, bleef het bezorgde gezicht van haar dochter haar voor de geest zweven.
Boven in haar slaapkamer lag Nan op bed voor zich uit te staren. Ze

wist dat er geen echte reden was om een test te laten doen in het ziekenhuis. Ze was zeventien dagen over tijd. Ze was zwanger.
Eve en Kit waren vroeg op. Er kwamen bouwvakkers en die moesten ze vanaf het begin duidelijk maken dat dit een huis met regels was, een huis zoals ze nog nooit eerder hadden gezien. De avond tevoren waren er al zakken zand en cement in de achtertuin gezet. Op de zakken stond de naam Mahon.
'Vertel Nan maar dat we de beurs van haar vader aan het spekken zijn,' zei Kit.
'Nee, dat hoort Nan niet graag. Ze wil niets weten van haar vader en van zijn beroep.'
Dat verbaasde Kit.
Nan had haar altijd zo opmerkelijk gewoon geleken voor zo'n aantrekkelijk meisje. Ze betrapte haar nooit op stiekem in de spiegel gluren of neerbuigende opmerkingen over mensen met wie ze uit was geweest.
Eve had haar in het begin ontzettend aardig gevonden, maar nam het haar in hoge mate kwalijk dat ze met de Westwards omging.
'Je koestert toch geen wrok tegen haar omdat ze met Simon Westward uit geweest is?'
'Een wrok? Ik?' zei Eve lachend. Natuurlijk had ze het grootste deel van haar leven een wrok gehad tegen de familie die haar had onterfd. Kit sprak overigens in de voltooide tijd, maar Nan ging nog steeds met Simon uit. Heel vaak zelfs.
Heather had gebeld en opgewonden verhalen verteld over haar nieuwe leven in het klooster en over hoe grappig, raar en bijgelovig iedereen daar was.
'Ik hoop dat je dat niet hardop zegt,' zei Eve streng.
'Nee, alleen tegen jou. En ik heb nog een geheimpje. Ik denk dat Simon iets heeft met Nan. Soms belt ze op en dan weet ik dat hij naar haar toe gaat, omdat hij zijn tas inpakt. En hij komt 's nachts niet thuis.'
Eve wist zeker dat Nan en Simon 'het' deden. Simon zou zich in de verste verte niet interesseren voor een meisje dat *het* niet deed. Het was voor hem trouwens niet zondig en hij zou niet met Nan uitgaan, hoe geweldig ze er ook mocht uitzien, als ze er niets voor terugdeed.
Want Eve wist maar al te goed dat Nan niet iemand was met wie Simon thuis op de Westlands zou komen aanzetten.

Toen ze belde, wist ze al wat ze te horen zou krijgen. De test bevestigde haar zwangerschap.
Nan kleedde zich zorgvuldig aan en verliet het lege huis in Maple Gardens. Ze nam de bus naar Knockglen.
Ze liep langs het hek van het klooster van St. Mary en tuurde de lange

359

oprijlaan af. Ze kon de geluiden van spelende kinderen horen. Wat vreemd van Simon om zijn zusje hier op school te laten gaan, tussen allemaal kinderen van mensen die op het landgoed werkten.
Maar wat haar betrof, kwam het goed uit. Het betekende dat Simon meer aan Knockglen gebonden was en dat ze vaker naar het huisje kon komen. Ook zouden er minder toestanden zijn over Heather die ongelukkig was of wegliep van school.
Ze wist niet goed meer hoe ver het naar de Westlands was, maar ze dacht dat het te ver was om te lopen. In Knockglen reden waarschijnlijk geen taxi's. Ze had van Benny, Eve en Simon zoveel nare dingen over Healy's Hotel gehoord dat ze daar niet om vervoer durfde te vragen.
Nan besloot simpelweg te wachten tot er een geschikte auto voorbij kwam.
Een man van middelbare leeftijd in een groene auto kwam in zicht. Ze wenkte hem en zoals Nan had verwacht, stopte hij.
Dokter Johnson vroeg waar ze heen moest.
'Westlands,' zei ze eenvoudig.
'Waar anders?' zei de man.
Ze praatten over de auto. Hij vertelde dat het een Cortina was, het goedkoopste model van Ford. Het was maar een viercilinder. Hij zou graag een Zodiac of zelfs een Zephyr hebben, maar je moest nu eenmaal je grenzen kennen.
'Ik denk niet dat u ze kent,' zei het mooie blonde meisje, van wie dokter Johnson meende dat hij haar eerder had gezien.
Ze zag er lichtelijk opgewonden uit. Hij stelde geen vragen over haar bezoek.
Ze zei dat veel mensen te voorzichtig waren om het hoogst mogelijke te verwerven. Hij zou moeten streven naar een Zephyr of een Zodiac en er niet van moeten uitgaan dat die buiten zijn bereik lagen.
Maurice Johnson glimlachte en zei dat hij het er met zijn vrouw en zijn bankdirecteur over zou hebben. Hij zag geen van beiden zo gauw met het plan instemmen, maar hij kon het ze in ieder geval voorleggen.
Hij reed door het hek van de Westlands naar binnen.
'Waar moet u trouwens heen?' vroeg Nan verschrikt. Ze wilde niet samen met een andere bezoeker aankomen.
'Ik hoef hier niet te zijn, hoor. Maar een heer, zelfs een heer in een Cortina, zet een dame altijd voor de deur af.'
Ze lachte hem zo stralend toe, dat hij bij zichzelf dacht dat een kerel als Simon Westward, nauwelijks drie turven hoog, alle geluk van de wereld had als het op mooie vrouwen aankwam, alleen maar omdat hij over het juiste accent en een groot huis beschikte.
Nan keek op naar het huis. Het zou niet gemakkelijk worden. Maar geen enkele belangrijke zaak lag gemakkelijk. Ze haalde drie keer diep adem en belde aan.

Mevrouw Walsh wist heel goed wie Nan Mahon was. Ze had haar naam heel vaak door de telefoon gehoord. Hoewel ze tegen Bee altijd zei dat ze niet zo moest roddelen, wist ze dat dit meisje, dat een paar dagen na Kerstmis op bezoek was geweest, een vriendin was van Eve Malone en Benny Hogan.
Maar, met het oog op de regels, informeerde ze naar haar naam.
'Mahon,' zei Nan met heldere, zelfverzekerde stem.
Simon kwam er trouwens net aanlopen. Hij had de auto horen optrekken en wegrijden.
'Was dat dokter Johnson, mevrouw Walsh? Het leek net alsof hij wegreed zonder naar grootvader te hebben gekeken...'
Toen zag hij Nan staan.
Zijn toon veranderde.
'Hé, hallo,' zei hij.
'Dag, Simon.'
Ze zag er prachtig uit in haar crèmekleurige mantelpakje, met een rode kunstbloem in het knoopsgat. Haar handtasje en schoenen hadden dezelfde tint rood. Ze zag eruit alsof ze zich gekleed had om uit te gaan.
'Kom binnen, ga zitten,' zei hij.
'Koffie, meneer Simon?' vroeg mevrouw Walsh, maar ze wist al dat haar diensten niet van pas kwamen.
'Nee, dank u, mevrouw Walsh.' Zijn stem klonk luchtig en ontspannen. 'Nee, ik denk niet dat we iets nodig hebben.'
Simon trok de kamerdeur stevig dicht.

Aidan Lynch kwam in de kroeg naar Jack toe en vertelde dat Benny hem de charleston had geleerd.
Het was echt niet moeilijk, als je eenmaal had geleerd je benen onafhankelijk van elkaar te bewegen.
'Tja,' zei Jack Foley.
Het zag er heel flitsend uit, zei Aidan. Misschien moest Benny haar plan om bibliothecaresse te worden maar opgeven en in plaats daarvan lerares worden. Iedereen kon immers boeken afstempelen in een bibliotheek, maar niet iedereen kon lesgeven. Kennis overdragen.
'Da's waar,' stemde Jack Foley in.
Aidan kon het niet langer uithouden om maar wat te kletsen en hij moest nu wel ter zake komen. Het punt was namelijk dat Eve en hij, die op dat moment om zo te zeggen het ideale paar van de universiteit waren en die zelfs Carmel en Sean naar het tweede plan hadden verdreven, wilden weten of Benny en Jack misschien uit elkaar waren.
'Vraag het aan haar,' zei Jack.
'Dat heeft Eve al gedaan. En Benny beweert van niet. Ze kan je alleen nooit te pakken krijgen, zegt ze.'

'Dat komt doordat ze me altijd in Knockglen loopt te zoeken,' zei Jack.
'Heb jij al kans gezien om... je weet wel,' begon Aidan op vertrouwelijke toon.
'Bemoei je met je eigen zaken,' zei Jack.
'Dus niet. Ik ook niet. Jezus, wat leren ze die meiden in die kloosters?'
'Alles over lui zoals wij, neem ik aan.'
Ze verlieten het onderwerp vrouwen en praatten over de wedstrijd en over het feit dat sommige teamleden nog geeneens een bal konden raken als-ie recht voor hun neus lag.
Aidan kon Eve niks nieuws over Benny vertellen. Maar hij kon toch op z'n minst doorgeven dat er geen nieuw meisje op het toneel was verschenen.

'Wat een verrassing,' zei Simon. De smalle rimpel tussen zijn ogen gaf aan dat het nu niet meteen een welkome verrassing was.
Nan had geoefend. Het bracht weinig op om er omheen te draaien.
'Ik heb gewacht totdat ik het zeker wist. Ik ben zwanger, het is niet anders,' zei ze simpelweg.
Simon leek ten diepste geraakt.
'O nee,' zei hij en kwam op haar toelopen. 'O nee, Nan, nee. Arm meisje. Mijn arme meisje.' Hij omarmde haar en hield haar dicht tegen zich aan.
Ze zei niets. Ze voelde zijn hart tegen het hare bonzen. Toen hield hij haar iets van zich af en keek naar haar gezicht, alsof hij wilde zien of ze erg overstuur was.
'Wat vreselijk voor je,' zei hij teder. 'Het is niet eerlijk, hè?'
'Wat is niet eerlijk?'
'Alles.' Hij maakte een weids gebaar met zijn armen.
Toen ging hij bij het raam staan en streek met zijn hand door zijn haar.
'Dit is afschuwelijk,' zei hij. Hij was erg van streek.
Ze stonden een eindje van elkaar af. Nan leunde op de piano, Simon stond bij het raam en allebei keken ze naar de wei waar Heathers pony stond en naar de weilanden daarachter, waar het vee loom stond te grazen.
Voor Nan leek alles een vertraagd stuk film. Zelfs de manier waarop Simon sprak.
'Weet je al wat je gaat doen?' vroeg hij. 'Weet je waar je heen kunt?'
'Wat bedoel je?'
'Nou, hiermee.' Hij wees met een vaag gebaar naar haar lichaam.
'Ik ben naar jou toe gekomen,' zei ze.
'Ja, dat zie ik. En daar heb je goed aan gedaan. Heel erg goed.' Hij wilde per se dat ze dat zou weten.
'Ik heb er nooit bij stilgestaan dat dit kon gebeuren,' zei Nan.

'Dat doet nooit iemand.' Simon klonk bedroefd, alsof het overal steeds maar gebeurde, met iedereen die hij kende.
Nan wilde iets zeggen. Wanhopig graag had ze gezegd: 'Wat moeten we nu doen?'
Maar ze moest hem niet de kans geven om iets pijnlijks of onverschilligs te zeggen, waarop zij dan weer kwaad zou reageren. Ze *moest* stiltes laten vallen. *Verwachtingsvolle* stiltes, bedacht ze met een giechel die ze maar nauwelijks kon onderdrukken. Simon ging iets zeggen.
'Nan, lieverd,' zei hij, 'dit is zo ongeveer het ergste wat ons kon overkomen. Maar het komt allemaal weer goed. Dat beloof ik je.'
'Dat weet ik.' Ze keek hem vol vertrouwen aan.
Haar oren begonnen te gonzen toen hij vertelde over een vriend die iemand wist... dat het allemaal verbazingwekkend eenvoudig was en dat een meisje had gezegd dat het minder voorstelde dan een bezoek aan de tandarts.
Ze was er totaal niet ziek van geweest. Trouwens, Nan had het meisje weleens ontmoet. Maar het zou niet netjes zijn om namen te noemen. Hoe dan ook, ze was heel opgewekt en er, hoe je het ook bekeek, goed doorheen gekomen.
'Maar je bedoelt toch niet dat...?' Ze keek hem geschokt aan.
'Natuurlijk ga ik niet bij je weg.' Hij kwam weer op haar toe en nam haar in zijn armen.
Ze zuchtte van opluchting. Maar waarom had hij het dan over die stomme opgewekte trut die een abortus had ondergaan? Was hij van gedachten veranderd door haar verbijsterde gezicht?
Simon Westward streelde haar haar.
'Je dacht toch niet dat ik het jou alleen liet opknappen?' zei hij.
Nan zweeg.
'Kom op zeg, we hebben allebei plezier gehad. Natuurlijk laat ik je niet in de steek.'
Hij maakte zich van haar los en nam een chequeboek uit een la.
'Ik weet niet meer wat die vent zei, hij heeft wel een bedrag genoemd, maar dit moet genoeg zijn. Ik zoek wel uit waar je moet zijn en zo. Het is natuurlijk wel helemaal in Engeland, maar dat hebben we er wel voor over, toch?'
Ze keek hem vol ongeloof aan. 'Het is jouw kind. Weet je dat wel?'
'Nan, engeltje, het is helemaal geen kind. Het is nog niet eens een vlokje.'
'Je weet toch dat jij de eerste was en dat er verder niemand is geweest?'
'Laten we niet in de war raken, Nan. Het kan nooit iets blijvends zijn tussen ons. Dat weet jij, dat weet ik, dat weten we allebei vanaf het eerste moment dat we aan dit dolle geval hebben toegegeven.'
'Waarom zou dat zo zijn? Je wilt trouwen. Je wilt een erfgenaam voor

dit landgoed. We kunnen goed met elkaar opschieten. Ik pas in jouw wereld.' Haar toon was opzettelijk luchtig.
Maar ze zette alles op alles met dit pleidooi. Ze had nooit gedacht dat er een dag zou komen dat ze moest bedelen. Hij had gezegd dat hij van haar hield. Elke keer onder het vrijen riep hij uit hoeveel hij van haar hield. Het was ondenkbaar dat hij nu zijn chequeboek pakte om haar af te kopen.
Hij bleef vriendelijk. Hij nam zelfs haar hand vast.
'Je weet best dat jij en ik niet gaan trouwen, Nan. Jij, uitgerekend jij! Je bent zo beheerst, zo redelijk, zo bij de pinken. Jij zou het moeten weten. En je weet het ook. Net zo goed als ik.'
'Ik weet dat je hebt gezegd dat je van me hield,' zei ze.
'Dat is ook zo. Ik hou met hart en ziel van je. Dat ontken ik niet.'
'Dus dit is liefde? Een cheque en een abortus?'
Hij keek verward. Het scheen hem te verbazen dat ze dit standpunt had ingenomen.
'Natuurlijk had het niets uitgemaakt als mijn vader een rijke aannemer was geweest in plaats van een klein aannemertje?'
'Dat heeft er niets mee te maken.'
'Nou, met godsdienst heeft het zeker niets te maken. Het is 1958 en geen van ons twee gelooft in God.'
Hij pakte haar hand en stopte haar de cheque toe.
Ze keek hem ongelovig aan.
'Het spijt me,' zei hij.
Ze zweeg nog steeds. Ten slotte zei ze: 'Ik ga maar terug.'
'Hoe kom je thuis?' vroeg hij.
'Ik was zo stom om te denken dat ik hier thuis zou komen.' Ze keek om zich heen, naar de portretten aan de muur, de piano, het uitzicht. Iets in haar gezicht ontroerde hem. Ze was altijd zo onvoorstelbaar mooi.
'Ik wou...' begon hij, maar hij kon zijn zin niet afmaken.
'Is er iemand die mij naar Dublin zou kunnen brengen?'
'Dat doe ik, vanzelfsprekend.'
'Nee. Dat wil ik niet. Iemand anders.'
'Ik weet eigenlijk niemand anders die ik zou kunnen vragen...'
'Vermoei je ook maar niet. Ik weet al wat we doen. Ik neem jouw auto tot aan het plein,' zei ze. 'Daar pak ik dan de bus. Jij kunt de auto later op de dag ophalen.'
'Laat me ten minste...'
Hij kwam op haar af.
'Nee, blijf alsjeblieft bij me vandaan. Raak me niet aan.'
Hij gaf haar de autosleutels.
'Je moet goed choken,' zei hij.

'Dat weet ik. Ik heb er al heel wat keren naast gezeten.'
Nan liep de trappen van het huis af. Hij keek uit het raam toe terwijl ze in zijn auto stapte en wegreed.
Hij wist dat Bee Moore en mevrouw Walsh door het keukenraam meekeken en zich zouden afvragen wat er gaande was.
Hij moest haar bewonderen, of hij wilde of niet, zoals ze de auto startte en de lange laan afreed zonder éénmaal om te kijken.

Ze liet de sleutels in de auto zitten. Niemand zou in dit achterlijke gat de auto van meneer Simon Westward durven stelen. Ze zouden allemaal veel te bang zijn om iemand van het landgoed tegen te komen.
Mikey was de bus aan het keren. Hij ging over vijf minuten terug naar Dublin, zei hij. Ze kocht een kaartje.
'Je had beter een retourtje kunnen kopen. Dat was goedkoper geweest.' Mikey gunde de mensen graag hun voordeel.
'Ik wist niet dat ik terug zou gaan,' zei Nan.
'Het leven is vol verrassingen,' zei Mikey en hij keek met aandacht naar dit mooie meisje in haar crèmekleurig mantelpakje, dat er veel te goed uitzag voor dit deel van de wereld.

Bill Dunne zag Benny de Annexe binnenkomen. Ze keek om zich heen en zocht naar Jack, maar hij was nergens te zien. Ze stond in de rij tussen de andere studenten. Als Jack er was geweest, zou hij een tafeltje hebben vrijgehouden en had ze meteen bij hem kunnen aanschuiven. Bill zwaaide naar haar en riep dat hij een kop koffie over had. In feite was het de zijne, die hij nog niet had aangeraakt, maar het leek een goede manier om haar uit te nodigen. Ze zag er heel goed uit vandaag. Ze droeg een kastanjekleurige sweater, precies in de kleur van haar haar, en daaronder een lichtgele blouse.
Bill en Benny zaten ongedwongen te praten. Misschien keken ze rond waar Jack was, maar dat viel nergens uit op te maken. En hij liet niet merken dat hem opviel hoe makkelijk je met Benny kon praten. Zij hadden het over het uitbannen van de atoombom en of dat ooit denkbaar zou zijn. Volgens Benny was het net zoiets als boksers te verplichten één hand achter hun rug te houden of te zeggen dat iedereen weer met pijl en boog moest gaan schieten terwijl het buskruit allang was uitgevonden. Ze vroegen zich af of Elvis echt in het leger zou gaan of dat het alleen maar een publiciteitsstunt was. Ze hadden het over Jack Kerouac. Zou elke figuur die hij in zijn boek *On the road* ontmoette even interessant zijn? Ongetwijfeld waren er ongelooflijk saaie types bij geweest.
De tijd vloog voorbij en ze moesten weer naar college. Benny verborg het goed als ze teleurgesteld was dat Jack Foley niet was komen opda-

gen. Maar ja, vrouwen wisten hun gevoelens altijd uitstekend voor zich te houden. De helft van de tijd wist je niet wat er in hen omging. Rosemary zag alles en nam er goede notie van. Ze zag Bill en Benny geanimeerd zitten babbelen. Ze schenen dikke vrienden te zijn. Misschien troostte hij haar vanwege Jack. Rosemary achtte het geen fraai denkbeeld, maar ze vond dat Jack eigenlijk te knap was voor Benny. Volgens haar leek het op een soort gemengd huwelijk. Een blanke en een zwarte, een katholiek en een niet-katholiek. Een enkele keer hoorde je dat het goed uitpakte, maar in de regel ging het niet. Dit was geen denkwijze waar iedereen het mee eens zou zijn, dus hield ze het voor zich. De mensen zouden kunnen gaan denken dat zijzelf achter Jack Foley aanzat. Wat vreemd genoeg niet zo was. Ze had een heel aardige medicijnenstudent ontmoet. Hij heette Tom. Het zou nog jaren duren voor hij afstudeerde, waardoor Rosemary tijd genoeg had om stewardess te worden of iets anders met een beetje glamour.

Sean Walsh stond bij de haven te wachten op de bus terug naar Knockglen. Hij had vijf dagen doorgebracht in een pension voor heren in Dublin, om over het een en ander na te denken. Overdag was hij langs herenmodezaken in Dublin geslenterd en had zich voor proberen te stellen dat hij in een ervan zou werken.
Het leek hem steeds minder en minder waarschijnlijk. Hij kon niet eens referenties laten zien, zodat hij denkelijk nergens werd aangenomen. Stilaan begon tot hem door te dringen hoe beperkt zijn perspectieven waren geworden. Het plan om een eigen zaak te beginnen en een huisje op te knappen bij de steengroeve was verworden tot een sprookje. Hij kon niet eens meer dromen over hoe hij in de deuropening van zijn eigen zaak zou staan en iedereen uit het dorp voorbij kon zien lopen. Zijn naam zou nooit ergens op een gevel verschijnen in Knockglen, het plaatsje waar hij meer dan tien jaar had gewoond en dat hij, ondanks alles, als zijn thuis beschouwde.
Hij ging nu terug met een aanzoek.
Er stapte een uiterst aantrekkelijk meisje uit de bus, een blondine met een crèmekleurig mantelpakje dat met rood was afgezet. Sean herkende haar als een vriendin van Eve en Benny. Ze was bij de begrafenis van meneer Hogan geweest en rond kerst had ze de Westlands bezocht. Zij merkte hem niet op. Ze zag eruit alsof haar gedachten door iets heel anders in beslag werden genomen.
Sean stapte in en keek vreugdeloos naar Mikey, een man die veel te gemeenzaam was en de ongelukkige gewoonte had om steeds opmerkingen te maken over iemands uiterlijk.
'Daar hebben we Sean. Wat heeft-ie een lang gezicht. Alsof het de hele week al pijpestelen regent. Is dat nou de terugkeer van de verloren zoon?'

'Ik begrijp niet waar je het over hebt, Mikey.'
'Het is anders een verwijzing naar een verhaal dat Onze Lieve Heer in het Nieuwe Testament vertelt, Sean. Een kerel als jij, die altijd keurig naar de kerk gaat, zou dat moeten weten.'
'Ik weet heel goed waar de gelijkenis van de verloren zoon over gaat, maar dat was iemand die zijn leven in zonde heeft doorgebracht, dus ik ben bang dat ik de overeenkomst niet zie.'
Mikey keek Sean leep aan. Zijn vrouw had een zeer gekleurde bespiegeling ten beste gegeven van wat er bij Hogan's Herenmode kon zijn voorgevallen. Maar Sean Walsh was in ieder geval niet weggelopen.
'Ik vroeg me alleen af waar het gemeste kalf geslacht gaat worden, Sean,' zei Mikey. 'Misschien zijn ze het in Healy's Hotel al aan het villen.'

Nan ging het huis binnen dat ze die ochtend nog hoopvol had verlaten. Ze deed haar mantelpakje uit en hing het zorgvuldig op een kleerhanger. Ze schuierde het pakje licht af met citroensap en water. Ze deed schoenklemmen in haar rode schoentjes en ze wreef haar rode handtasje in met meubelwas, waarna ze het zorgvuldig in dun papier wikkelde en in de kast zette naast haar vier andere handtasjes. Ze trok haar mooiste universiteitskleren aan, kamde haar haar en ging voor de tweede keer die dag bij de bushalte aan de overkant van de straat staan.

Mevrouw Healy had haar kantoortje opgeruimd. Ze zette een grote vaas vol narcissen voor het raam en twee hyacinten in plastic potjes op de archiefkast.
Ze was naar Ballylee geweest om haar haar te laten doen.
Haar nieuwe corset paste perfect. Het zorgde dat het lichaamsvet goed verdeeld werd. Zo goed zelfs dat een strakke rok haar opmerkelijk flatteerde. Ze droeg een hoogsluitende blouse met daarop haar camee broche. Die bewaarde ze voor bijzondere gelegenheden.
Vanmiddag zou immers een bijzondere gelegenheid zijn. Ze wist dat Sean vandaag terugkwam. En dat hij haar ten huwelijk zou vragen.

Het was lunchtijd in het klooster. Het was moeder Francis' beurt om te surveilleren. Dat betekende dat ze op en neer liep om orde te houden terwijl de kinderen hun boterhammen aten. Daarna hield ze toezicht bij het opruimen van de eetzaal, bij het zorgvuldig schoonmaken en opvouwen van het vetvrije papier voor het lunchpakket van morgen, bij het luchten van de zaal en bij de gymoefeningen op het schoolplein.
Ze zag een clubje meisjes aan Heather Westward uitleggen wat de rozenkrans inhield.
'Waarom heet het een rozenkrans, ik zie helemaal geen rozen?' Heather keek naar de kralenketting.

'Zo wordt het nu eenmaal genoemd,' zei Fiona Carroll smalend. Ze was de jongste der slechtgemanierde kinderen van de kruidenier.
'Wat is dat "Iers hoorn", waar de kralen van gemaakt zijn?' wilde Heather weten.
'Dat komt van Ierse stieren,' zei Siobhan Flood, de kleindochter van de slager, beslist.
'Maar wat *doet* het?' vroeg Heather. Ze keek vol vrees naar de rozenkrans.
Ze was er niet helemaal van te overtuigen dat het ding niets deed, maar dat je er integendeel zelf iets mee moest doen. Dat je er uitsluitend mee kon bidden. Dat de ruimte tussen de kralen betekende dat je tien weesgegroetjes moest opzeggen, dat je dan stopte om een Gloria Patri te zeggen en dan een onzevader.
'Zoals het onzevader bij ons?' vroeg Heather.
'Ja, maar dan op de juiste manier,' zei Fiona Carroll, voor het geval daar enige twijfel over mocht bestaan.
Ze legden Heather uit dat het erom ging dat je nooit een weesgegroetje meer bad dan nodig was. Daarom werden er rozenkransen gemaakt.
Moeder Francis verstond de kunst om midden in het ene gesprek mee te luisteren met het andere. Het viel haar niet mee, zoals het katholieke geloof aan de arme Heather werd uitgelegd.
Na al haar lessen was dit dus wat ze dachten – dat een rozenkrans was bedoeld om nooit een weesgegroetje te veel te bidden.
Misschien was het dom van een lerares om te denken dat je ooit iets in die hoofdjes kon stampen. Misschien zou de Moeder Gods ontroerd zijn, blij zelfs, door dergelijke kinderlijke onschuld, maar moeder Francis had hen op dit moment het liefst een voor een bij zich geroepen en eigenhandig de nekjes omgedraaid.

Kit werd rond lunchtijd opgebeld. Het was Eve, die vroeg of Benny mocht komen logeren. Ze wist wel dat het antwoord ja zou zijn, maar ze hielden zich onderling nauwgezet aan dergelijke vormen van beleefdheid.
Het deed Kit genoegen dat Benny kwam. Ze vroeg of er een dansavond was of een andere speciale gelegenheid.
'Nee, dat niet.' Eve klonk een beetje vreemd. 'Ze zei dat ze haar moeder eraan wil laten wennen dat ze vaker van huis is.'
'Hoe zit het met Jack Foley?'
'Dat ga ik haar vandaag eens uitgebreid vragen,' zei Eve.

Hogan's Herenmode was tussen de middag dicht. Annabel, Patsy en Mike pauzeerden in de achterkamer en aten hartige taart en bonen uit een blikje. Mike zei dat hij zich in jaren niet zo goed had gevoeld. Deze

lunches gaven je kracht voor de rest van de dag. Patsy zei dat het een ruime, prettige ruimte was om te koken. Ze zouden hier eigenlijk moeten gaan wonen.
Nan was al drie kroegen afgeweest voordat ze de jongens vond. Het was bijna sluitingstijd. Bijna het 'heilige uur', tussen half drie en half vier, dat in Dublin de kroegen sloten.
'Kijk eens wie we daar hebben,' zei Bill Dunne blij.
'Betrapt, Nan. Je bent op kroegentocht,' zei Aidan.
Jack maakte, zoals altijd, de juiste opmerking. Hij zei dat het leuk was om haar te zien en vroeg of ze wat wilde drinken.
Nan vertelde dat het studeren haar de keel uithing en dat ze op stap was gegaan om een paar knappe kerels te zoeken, als afleiding van haar studieboeken. Ze voelden zich allemaal gevleid door de gedachte dat haar zoektocht bij hen was uitgekomen. Ze zaten vol trots om haar heen.
Pittig was ze, in haar lichtgroene trui met donkergroene rok en dito jasje. Haar ogen fonkelden terwijl ze met hen zat te lachen en te grappen.
'Hoe loopt de romance met de edele heer?' vroeg Aidan.
'Wie?'
'Weet je best. Simon!'
'Ik heb hem in geen tijden gezien,' zei ze.
Aidan stond versteld. Gisteravond had Eve er nog over staan foeteren.
'Is het in tranen geëindigd?' Aidan wist dat Eve het complete verhaal zou willen horen en geen genoegen nam met de helft of met een paar onduidelijke flarden.
'Helemaal niet. Het kon nooit iets worden. Dat wisten we allebei van tevoren. Er waren werelden van verschil,' zei Nan.
'Dat is toch zeker conservatieve praat. Alleen omdat hij behoort tot de klasse die ten onder gaat,' zei Bill Dunne.
'Precies. En voor zover ik weet, moeten we aardig zijn voor de klasse die ten onder gaat. Die heeft het al moeilijk genoeg,' zei Nan.
Bill, Jack en Aidan begrepen onmiddellijk dat die Simon gek was op Nan, maar dat zij het had uitgemaakt. Ze wilde natuurlijk niets weten van de poespas die ze moest uithalen om het spel op het landgoed mee te spelen.
Aidan wist dat Eve erg blij zou zijn met dit nieuws. Wat Jack betrof, zei Nan alleen maar iets dat hij allang wist. Een paar weken terug was hij er immers getuige van geweest dat Simon op straat Nan smeekte om terug te komen, waarop zij zich beleefd maar afstandelijk had opgesteld. Bill Dunne deed het genoegen dat hij aan iedereen kon melden dat Nan weer vrij rondliep.

De barman spoorde hen aan om hun glazen snel leeg te drinken. Hij keek streng. Hij had weinig aan rechtenstudenten als hij problemen met zijn vergunning kreeg.
Bill en Aidan slenterden terug naar de universiteit.
Jack bleef achter en was in gesprek met Nan.
'Je hebt zeker geen zin om stoute dingen te doen en met mij naar de film te gaan?'
'God nee, voor mij geen *Swamp Women* meer!'
'We kunnen in de krant kijken of er iets beters draait.'
Ze kochten een *Evening Herald*.
Nan vroeg: 'Hoe zit het met Benny?'
'Wat is er met Benny?'
'Ik bedoel, waar is ze?'
'Moet je mij niet vragen,' zei Jack.
Ze konden geen keuze maken. Ze liepen langzaam door het park en praatten honderduit, hun hoofden vlak bij elkaar boven de krantepagina.
Ze deden er lang over om Grafton Street te bereiken. Ze hadden nog steeds niets kunnen besluiten. De kroegen gingen open. Het 'heilige uur' was alweer voorbij.
'Laten we er eentje nemen en er nog even over denken,' stelde Jack voor.
Hij bestelde een donker biertje. Nan nam ananassap.
Jack vertelde een lang en treurig verhaal over Benny die er nooit was. Natuurlijk waren er in Knockglen een hoop problemen en hij wist dat Benny haar moeder de winkel in probeerde te praten. Maar hij vroeg zich af of ze de problemen niet te veel naar zich toe trok.
'Ze hoeft toch niet de hele tijd haar hand vast te houden,' was Nan het met hem eens. Ze zei dat zij zich nooit verantwoordelijk had gevoeld voor haar moeder, die toch elke dag naar haar werk ging, maar het helemaal niet nodig had dat iemand voor haar zorgde.
Jack klaarde op. Hij had gevreesd dat hij te egocentrisch was. Welnee, zei Nan, het was juist een bewijs dat hij Benny bij zich wilde hebben, dat hij haar miste.
Daar stemde hij van harte mee in. Neem vanavond bijvoorbeeld. Er was een dansavond op de rugbyclub. Iedereen nam iemand mee. En daar stond Jack Foley weer in zijn eentje.
Ineens keek hij haar aan.
'Behalve natuurlijk...?'
'Dat doe ik liever niet. Benny zou...'
'Ach, schei uit. Dat vindt Benny helemaal niet erg. Ze vond het toch ook best dat we samen naar de film gingen?'
Nan leek te weifelen.

'Je maakt je toch geen zorgen over die goeie ouwe landheer van je?'
'Dat heb ik al gezegd, dat is allang voorbij. Hij maakt geen deel meer uit van mijn leven.'
'Nou dan,' zei Jack simpel en een beetje uitgelaten. 'Zullen we bij de club afspreken?'
Carmel zat in het damesbestuur. Dat hield onder andere in dat ze het feestmaal moest helpen klaarmaken. Sean vond het leuk dat ze erbij betrokken was. Hij was natuurlijk penningmeester en heel belangrijk.
Ze was net brood voor de sandwiches aan het kopen toen ze Benny tegen het lijf liep, die probeerde de snoepafdeling niet te zien en zich op de appels te concentreren.
'Die chocoladerepen springen bijna uit de schappen op me af,' zei Benny. 'Gelukkig kom jij binnen. Ik had zowat toegeslagen.'
'Het zou zonde zijn als je nu weer terugviel op chocoladerepen,' zei Carmel.
Benny proefde achter die woorden de onmiskenbaar beschuldigende toon dat ze zich jarenlang met chocolade had zitten volproppen. Met tegenzin kocht ze een appel.
'Het is jammer dat je er vanavond niet bij kunt zijn,' zei Carmel. 'Het feest wordt hartstikke leuk. Ze hebben ons meer geld gegeven dan normaal. Er zijn flensjes gevuld met slagroom en bestrooid met chocoladevlokken. O, sorry Benny. Nou ja, je bent er niet, dus je kunt ook niet verleid worden.'
'Ik ben er toevallig wel. Ik logeer bij Eve,' zei Benny.
'Leuk,' zei Carmel welgemeend. 'Tot vanavond dan.'

'Bel hem op,' zei Eve. 'Bel hem op en zeg dat je in de stad bent.'
'Dat weet-ie. Dat moet-ie weten. Ik heb het eerder al gezegd.'
'Ze luisteren nooit. Bel hem maar.'
Benny zei dat ze dan die vrouw aan de lijn kreeg, Jacks moeder. Die gaf mensen altijd het gevoel alsof ze een handtekening voor hun verzameling probeerden te krijgen in plaats van een normaal gesprek met haar zoon. Eve vond dat onzin. Benny had hem maar een keer thuis gebeld.
Ze moest nu meteen bellen. Jack zou het ontzettend leuk vinden.
Uiteindelijk belde Benny vanuit het huis in Dunlaoghaire.
'Het spijt me, maar hij is naar de rugbyclub. Er is daar een soort feestje vanavond. Hij heeft gezegd dat hij pas laat thuiskomt.'
'Hij kan onmogelijk hebben geweten dat je in de stad bent,' zei Eve.
'Dat zal dan wel.'
Ze zaten aan de keukentafel.
Geen van beiden stelde voor dat Benny zich gewoon moest verkleden en naar de club gaan.

Geen van beiden zei dat mannen gewoon vergeetachtig zijn en dat Jack het geweldig zou vinden om haar te zien.
In plaats daarvan verlegden ze hun aandacht naar Kit Hegarty, die uit zou gaan met de vader van Kevin Hickey.
'Verlaag jezelf niet, hoor. Denk erom,' waarschuwde Eve.
'Anders is het gedaan met het respect,' zei Benny.
Kit zei dat het geweldig was om te merken hoe hooggestemd de fatsoensnormen van de jonge generatie waren. Het was een opluchting voor haar om te horen dat zij er zo over dachten.
'Zo denken wij er niet over wat onszelf betreft. Wij hebben totaal geen remmingen,' verzekerde Eve haar. 'Dit geldt alleen maar voor jou.'
'Hadden we inderdaad maar geen remmingen,' zei Benny somber. 'Dan waren we waarschijnlijk beter af.'

Annabel Hogan had de winkel behoorlijk opgevrolijkt door een deel van de houten betimmering uit de etalage weg te halen. Nu zag het geheel er niet meer zo somber en statig uit. Ze had verschillend gekleurde truien met V-halzen op standaards gehangen. Voor het eerst zou een man in Hogan's Herenmode kunnen rondkijken en kiezen in plaats van precies te weten wat hij kwam kopen voordat hij de winkel binnenstapte.
Het betekende ook dat ze zelf veel gemakkelijker naar buiten kon kijken en niet hoefde te gluren.
Zo zag ze Sean Walsh bij Healy's Hotel binnenwandelen zonder zelfs maar een blik te werpen op de winkel waar hij zo lang had gewerkt. Ze wist dat hij aan de overkant zijn bezittingen had achtergelaten toen hij was weggegaan om zich op zijn toekomst te bezinnen. Misschien had hij ergens een baan gevonden en kwam hij nu zijn spullen ophalen. Volgens Peggy Pine zat Sean achter mevrouw Healy aan. Annabel betwijfelde dat. Dorothy Healy was niet gek. Die zou sneller dan de meeste mensen begrijpen dat Sean niet zomaar bij Hogan's had opgezegd en dat hij niet langer als een ambitieus zakenman in spe kon worden beschouwd.

'Ik ben niet langer een persoon van betekenis in dit dorp,' zei Sean Walsh tegen mevrouw Healy.
Ze boog gracieus het hoofd. Er was een tijd geweest dat hij had gedacht meer te kunnen bieden, zodat zijn aanzoek aantrekkelijker was geweest. Maar de omstandigheden waren veranderd.
Ze hield het hoofd scheef, als een vogel die zijn keuzes overdacht. Sean sprak zijn bewondering voor haar uit. Over het respect dat haar ten deel viel. En over de mogelijkheden van Healy's Hotel, mogelijkheden die nog niet ten volle waren uitgebuit.

Hij zei dat er behoefte aan een bedrijfsleider was, iemand die de dagelijkse gang van zaken in de gaten hield, terwijl mevrouw Healy's flair diende te worden aangewend waar deze het beste tot haar recht kwam, namelijk in de omgang met de gasten.

Dorothy Healy wachtte af.

Hij sprak over zijn eerbied en zijn dankbaarheid voor haar belangstelling in hem en zijn carrière, en over de genegenheid die, naar hij hoopte te mogen aannemen, tussen hen was ontstaan. Het speet hem meer dan hij kon zeggen dat de zaken anders waren gelopen dan hij had verwacht. Hij had zich altijd voorgehouden dat hij deze uiteenzetting zou geven als de mede-eigenaar van een zaak en de bezitter van een eigen onderkomen bij de steengroeve.

Hij sprak het grootste deel van de tijd met zijn hoofd naar beneden, waardoor veel van zijn woorden tot de knieën van mevrouw Healy gericht leken. Ze keek naar zijn doffe haar, dat weer helemaal op zou leven als hij maar de juiste shampoo gebruikte en naar een goede kapper ging. Toen hij haar een moment ingespannen aankeek, zijn bleke gezicht vertrokken van de spanning om zijn aanzoek, lachte ze hem bemoedigend toe.

'Ja, Sean?'

'Wil je met mij in het huwelijk treden?' vroeg hij.

'Met alle plezier,' zei Dorothy Healy.

Ze zag blosjes op zijn gezicht komen en ongeloof in zijn ogen. Hij besefte niet dat hij nu een veel aantrekkelijker huwelijkskandidaat was dan daarvoor.

Mevrouw Healy had geen zin in een opgelapt stulpje bij de steengroeve. Ze wilde niets te maken hebben met de noodlijdende kledingzaak aan de overkant van de straat. Ze had behoefte aan een man die de zwaarste en saaiste taken in het hotel voor zijn rekening kon nemen. En ze onderkende dat Sean, nu hij er aan de overkant waarschijnlijk uit was gegooid omdat hij geld had verduisterd, wel op zijn tellen zou passen in een nieuwe baan.

Ze had hem waar ze hem hebben wilde.

'Ik weet niet wat ik moet zeggen,' zei hij.

Maar naarmate het later werd, hadden ze steeds meer met elkaar te bepraten. Er werden plannen gemaakt – grote plannen en kleine plannen. Ze zouden naar een juwelier in Ballylee gaan voor de ring. Met pater Ross moest een datum worden afgesproken. Sean zou in Dublin drie confectiepakken kopen. Sean was vanaf aanstaande maandag bedrijfsleider. Hij zou zijn intrek nemen in de nieuwe aanbouw aan de achterkant. Sean had nooit geweten waar die voor diende. Hij had aangenomen dat het een soort opslagruimte was. Samen gingen ze er een kijkje nemen. Hier lagen alle mogelijkheden open om een gezellige woning voor een gezin in te richten.

oAlsof mevrouw Healy had geweten dat dit ooit nog eens zou gebeuren.

Paddy Hickey kon prima dansen. Hij zei dat Kit zo licht als een veertje was.
'Het moet de hand van God zijn geweest die mijn zoon de weg naar jouw huis heeft gewezen,' zei hij.
'Dat en de faam die ik op de universiteit geniet,' antwoordde Kit bescheiden.
'Zou je met mij mee naar Kerry willen?' vroeg hij.
Ze keek in zijn grote, hoekige, knappe gezicht. Hij was een fatsoenlijke kerel, die niet van haar weg zou lopen.
'Misschien ga ik ooit met je mee om te kijken waar je vandaan komt,' zei ze.
Hij had verteld dat zijn kinderen het huis uit waren. Dat Kevin zijn jongste zoon was. Dat zijn huis ruim en modern was, dat in zijn keuken het beste formica stond en dat je van de tegelvloer kon eten.
Hij zei dat hij aardige buren en familieleden had, die alles afwisten van mevrouw Hegarty, de weduwe uit Dublin die Kevin in de hoofdstad een waar thuis had bezorgd.
'Ik ben nog maar pas weduwe,' zei Kit.
'Nou, dat wist ik niet tot je het vertelde en *zij* hoeven het nooit te weten. Ik denk niet dat Joe Hegarty er bezwaar tegen zou hebben als hij wist dat er iemand voor jou wilde zorgen.'
'In al die jaren heb ik hem nooit Joe genoemd. Ik ben altijd bij Joseph gebleven,' zei ze bijna verbaasd.
'Misschien had dat er wel mee te maken,' zei de vader van Kevin Hickey, die vastbesloten was deze vrouw tot zijn echtgenote te maken.

De klagerige toon van de misthoorn klonk door de haven van Dunlaoghaire. Eve was er inmiddels zo aan gewend dat ze het nauwelijks nog hoorde.
Maar ditmaal schrok ze wakker en keek naar de lichtgevende wijzers van de wekker. Het was half vier.
Ze luisterde. Benny leek niet te ademen zoals een slapend persoon dat doet. Ze moest wakker zijn.
'Benny?'
'Niks aan de hand. Ga maar weer slapen.'
Eve deed het licht aan. Benny zat achterover tegen het hoofdkussen van haar kleine veldbed. Haar gezicht was betraand.
Eve slingerde haar benen uit bed en tastte naar een sigaret.
'Ik hou gewoon zoveel van hem,' huilde Benny.
'Dat weet ik toch.'

'Hij heeft me zomaar in de steek gelaten. Zomaar.'
'Het is een misverstand. Godnogantoe, als hij iemand anders had, hadden we het geweten.'
'Denk je?'
'Zeker weten. Je had eerder moeten bellen. Dan had je je deze ellende bespaard en dan zat je nu ergens in een beslagen auto te worstelen om je kleren aan te houden.'
'Misschien heb ik ze wel te veel aangehouden.'
'Geef jezelf niet zo de schuld. Jij denkt altijd dat het jouw schuld is.'
'Zou je het me vertellen, als je iets wist? Eerlijk zeggen, zou je het vertellen? Zou je niet iets achterhouden om me niet te kwetsen?'
'Ik zweer dat ik het je zou vertellen,' zei Eve. 'Ik zweer dat ik je nooit voor schut zal laten staan.'

Het feest was geweldig. Carmel stond bijna de hele tijd in de keuken en zag dus niet dat Jack Foley en Nan Mahon samen dansten. Dat ze steeds moesten lachen en zich nauwelijks met andere mensen inlieten. Carmel was druk aan de afwas toen Jack Foley van de kapstok Nans jas pakte, omdat hij haar naar huis zou brengen.
'Ik ben zeer vereerd dat ik je thuis mag brengen. Volgens Bill Dunne en de andere jongens wil je nooit vertellen waar je woont.'
'Misschien wil ik niet dat zij dat weten,' zei Nan.
Ze zaten in de auto voor de deur van Maple Gardens te praten. Het schijnsel van de straatlantaarn op Nans gezicht maakte haar nog mooier. Jack boog zich voorover en kuste haar.
Ze deinsde niet terug. Integendeel, ze klampte zich hartstochtelijk aan hem vast.
Het was heel gemakkelijk om Nan Mahon te kussen en vast te houden. Ze trok zich niet terug net als je opgewonden raakte. Hij maakte haar jas open en streelde over de lila zijden jurk haar borsten.
Zijn stem was hees. Buiten de auto bestond de wereld niet meer.
Toen ze hem eindelijk van zich afduwde, sprak ze hem koeltjes en onaangedaan toe. Heel anders dan de willige, begerige vrouw die hij in zijn armen had gehouden en die zich dicht tegen hem had aangedrukt.
'Jack, denk je niet dat we het over Benny moeten hebben?'
'Dacht ik niet.'
'Waarom niet?'
'Ze is er toch niet.' Hij voelde dat het te bot klonk, minachtend zelfs. 'Ik bedoel, wat Benny en ik hebben, heeft hier niets mee te maken.' Hij probeerde haar weer te omarmen.
Ze boog zich nog een moment naar hem toe en kuste hem op zijn neus.
'Welterusten Jack,' zei ze en verdween. Hij zag haar naar binnen gaan en de deur achter zich sluiten.

375

Er volgde hetzelfde ritueel van kleren ophangen, ze afnemen en borstelen.
Ze maakte haar gezicht schoon en deed haar rekoefeningen. Wellicht zou ze binnenkort andere oefeningen moeten gaan doen. Nan ging in bed liggen en overdacht wat er die dag allemaal was gebeurd. Ze legde haar handen op haar buik. De test had bevestigd wat ze al wist. Ze dacht niet aan Simon Westward. Ze zou nooit meer aan hem denken, wat er ook gebeurde.
Ze lag in de slaapkamer die haar moeder en zijzelf door de jaren heen hadden ingericht, al die jaren dat ze elkaar hadden overtuigd dat Nan een prinses was en dat ze uit Maple Gardens zou weggaan om een prins te vinden.
Haar eerste poging was niet erg succesvol geweest.
Nan staarde nietsziend voor zich uit en overdacht haar mogelijkheden. Ze wilde niet naar die persoon om datgene te ondergaan dat simpeler was dan het laten trekken van een kies. Ze wilde de groezeligheid niet die eromheen hing. Het zou een armoedig einde zijn van iets dat heel belangrijk was geweest. Ze zag het niet als een vlokje, zoals Simon, maar zij kon evenmin geloven dat het een baby was.
Niettemin, als ze het zou laten doen, was het allemaal binnen de korste keren achter de rug. Dan kon ze weer met een schone lei met haar studie verder.
Ze keek naar haar bureau. Ze vond er niks aan, aan haar studie. Het kostte te veel tijd, allemaal tijd die ze zou kunnen gebruiken om zich op te maken, om uit te gaan. Ze had er geen plezier in om in die grote, onfrisse, naar krijt ruikende zalen te zitten of in die benauwde werkgroepkamertjes. Ze was geen academicus. Docenten hadden meer dan eens gezegd dat ze nooit bij de besten zou horen. Wat had het dan voor zin om te blokken voor je tentamens als de echte eer toch naar anderen ging?
Ze zou naar Engeland kunnen gaan om haar kind te krijgen. Ze kon het laten adopteren. Dat kostte minder dan een jaar van haar leven. Maar waarom zou je een kind krijgen en het afstaan? Al die moeite doen om een onbekend echtpaar gelukkig te maken?
Als ze in een afgelegen dorpje in het westen van Ierland had gewoond, dan had de gemeenschap misschien nog wel begrip opgebracht voor een mooi meisje dat was gevallen voor de landheer en dat nu diens kind in haar eentje moest grootbrengen. Het zou uiteraard een schande zijn, maar het zou geaccepteerd worden.
In sommige arbeiderswijken van Dublin zou een ongewenst kind gewoon in het gezin worden opgenomen. Het kind zou opgroeien met het idee dat zijn oma zijn moeder was.
Maar niet in Maple Gardens. De beginselen van fatsoen lagen voor de

Mahons bij hun buren. Trouwens, voor Em èn Nan zou dit het einde van hun droom inhouden.
Het leek erop dat de meeste mogelijkheden eigenlijk helemaal geen reële mogelijkheden waren.

Het was nog te pril om 's morgens misselijk te zijn. Maar bij het ontbijt kreeg ze geen hap naar binnen.
Em keek bezorgd naar haar.
'Je hebt vanavond met Simon afgesproken, zeker?' vroeg ze in de hoop Nans gezicht te zien opklaren.
Maar dat pakte anders uit.
'Ik heb Simon al in geen weken gezien, Em.'
'Maar je zei toch...?'
'Ik zeg nu, en ik wil graag dat je dat onthoudt, dat ik sinds kerst niet meer met Simon Westward uit ben geweest.'
Emily Mahon keek haar dochter met open mond aan.
Maar iets in Nans gezichtsuitdrukking onderstreepte dat deze mededeling van groot belang was.
Emily knikte, ten teken dat ze de instructie ter harte had genomen. Het werd er niet gemakkelijker op. Had Nan gelogen over haar uitstapjes met Simon naar allerlei chique gelegenheden of loog ze nu?

Jack kwam de Annexe binnen. Benny zwaaide vanaf haar tafeltje enthousiast naar hem. Ze had al die tijd een stoel vrijgehouden door haar sjaal en haar boeken erop te leggen.
Ze leek zo blij hem te zien, dat zijn schuldgevoel terstond opspeelde. Overigens had niemand doorverteld dat hij urenlang met Nan op de dansvloer had gestaan. Hij had een vage angst gehad dat Carmel het als haar plicht beschouwde om Benny in te lichten.
Maar Benny's ogen straalden omdat ze hem weer zag.
'Hoe was je feestje?'
'Ach, je kent dat wel, altijd zo'n beetje hetzelfde. Iedereen voelde zich best en had een hoop lol.' Ze hadden twee overwinningen gevierd: één door superieur spel en dank zij penningmeester Sean waren ze ook weer goed bij kas. Hij rammelde door over dit soort dingetjes, maar vertelde niets over de avond zelf.
'Jammer dat je niet in Dublin kon zijn.'
'Ik was *wel* in Dublin. Weet je helemaal niet meer dat ik zei dat de winkel vroeg sloot en dat moeder rust nodig had en vroeg naar bed zou gaan?'
'Dat was ik kwijt,' gaf Jack toe.
Er viel een stilte.
'Je wist natuurlijk niets van het feest?'

377

'Nou, toevallig wel, want ik kwam Carmel tegen toen ze inkopen aan het doen was. Vandaar.'
Ze was niet op haar gemak. Hij voelde een steek, niet alleen omdat hij gisteravond met Nan had gerommeld, maar ook omdat Benny misschien had gedacht dat hij haar niet had willen vragen.
'Ik zou het geweldig hebben gevonden als je er was geweest. Ik was het vergeten. Eerlijk waar. Ik ben er zo aan gewend dat je er nooit bent. Wat heb je gedaan?'
'Ik ben met Eve naar de bioscoop geweest.'
'Had me gebeld.'
'Dat heb ik gedaan, maar je was al weg.'
Jack had vanmorgen niet eens in het opschrijfboekje gekeken, waarin zijn moeder alle namen opschreef van de mensen die hadden gebeld.
'Ach, Benny, het spijt me zo. Wat stom van me.' Hij sloeg knalhard tegen zijn hoofd, alsof het een stuk hout was.
Hij leek het echt te betreuren.
'Nou, zo erg is het nou ook weer niet,' zei ze.
'Ik ben Nan tegengekomen. Omdat zij niks te doen had, heb ik haar gevraagd. Ik dacht dat ze het wel leuk vond.'
Benny grijnsde. Dan was het goed. Hij was het echt vergeten. Hij probeerde geen smoesjes te verzinnen. Hij had het allerliefst gewild dat hij was meegegaan gisteravond.
Gelukkig had hij Nan ontmoet en meegevraagd.
Ze hoefde zich dus nergens meer zorgen over te maken.

Hoofdstuk 18

Jack schrok wakker. Zijn hart bonkte hevig. Hij zat midden in een gewelddadige droom. De beelden leken zo echt dat ze moeilijk af te schudden waren. Benny's vader, meneer Hogan, stond bovenaan de steengroeve de zwarte Morris Minor van dokter Foley over de rand te duwen. Meneer Hogan had roodgloeiende kolen waar zijn ogen zouden moeten zitten. Hij lachte terwijl de auto naar beneden tuimelde en met een klap op de bodem van de groeve sloeg.
De klap had Jack gewekt.
Hij lag te hijgen.
Naast hem lag Nan in alle onschuld te slapen, haar handen gevouwen onder haar gezicht, een glimlachje om de lippen.
Ze sliepen in het huisje van Eve, waar hij vlak na Kerstmis al eens op een feestje was geweest.
Ze hadden een plek nodig om heen te kunnen gaan, had Nan gezegd. Dit was een volmaakt veilige plek. Er kwam bijna nooit iemand langs. De sleutel lag verstopt bij het muurtje.
Nan was geweldig geweest. Zo nuchter en praktisch. Ze zei dat ze een spiritusbrander mee moesten nemen en misschien hun eigen lakens en handdoeken.
Jack zou daar nooit aan gedacht hebben. Ze zei dat ze de gordijnen stijf dicht moesten houden en dat ze de auto niet open en bloot op het plein konden zetten, omdat iemand hem zou kunnen herkennen. Er was een goed plekje achter de bushalte, waar hij vrijwel niet opviel.
Ze moest van nature heel oplettend zijn.
Ze zei dat ze nooit had gedacht dat ze zo hevig naar iemand zou kunnen verlangen.
Hij had zich natuurlijk nogal zorgen gemaakt, maar volgens haar zou het allemaal wel goed komen. De andere keuze was om gewoon door te gaan met elkaar op te vrijen en het daarbij te laten. Nee, zij wilde hem helemaal en oprecht liefhebben. Het was zo heerlijk geweest vergeleken met dat meisje in Wales, met wie het zo haastig en klungelig en onbevredigend ging. Het was magie om Nans prachtige lichaam in zijn armen te houden. Ze leek alles even lekker te vinden als hij.
De eerste keer moest voor haar toch vreselijk zijn geweest, maar ze had

niet geklaagd. Wat hem nog het meeste opwond, was haar onbewogen uiterlijk als ze elkaar bij een college tegenkwamen. De afstandelijke Nan Mahon die er zo fris en onbedorven uitzag, was dezelfde die zich 's nachts aan hem vastklampte en hem in een extase bracht zoals hij zich in zijn stoutste dromen nog niet had kunnen voorstellen.
Het was deze week al hun derde bezoek aan het huisje.
Hij had nog steeds niets tegen Benny gezegd.
Hij wist ook echt niet wat hij moest zeggen.

Er zou op school een passiespel worden opgevoerd. Heather wilde eraan meedoen.
'We hebben je broer beloofd dat we jou buiten het godsdienstonderwijs zouden houden,' legde moeder Francis uit.
'Maar dit is geen godsdienst. Dit is kunst. Het is gewoon een toneelstuk,' smeekte Heather.
Het was een oefening in spiritualiteit, bedoeld om de kinderen een idee van de paasboodschap te geven door het Lijden van de Heer na te spelen. Moeder Francis zuchtte.
'Goed, wie gaat het uitleggen aan je broer? Doe jij dat of moet ik het doen?'
'Ik denk niet dat we hem daarmee moeten lastig vallen. Hij heeft er het liefst zo min mogelijk mee te maken. Mag Ik Hitler zijn, alstublieft, moeder, alstublieft!'
'Wie wil je zijn?'
'Eh... Pontius Pilatus. Ik was in de war...'
'Dat zien we nog wel. Maar ik moet er toch echt eerst met meneer Westward over spreken.'
'Daar is het te laat voor,' zei Heather triomfantelijk. 'Hij is vandaag naar Engeland vertrokken. Naar Hampshire. Om een vrouw te zoeken.'

Mossy Rooney was achter de winkel van Hogan aan het opruimen en wist de verwaarloosde achterplaats het aanzien te geven alsof hier altijd al een tuin was gepland. Benny en haar moeder kwamen eenstemmig tot de conclusie dat hier bloemen en heesters moesten komen.
Mossy zei dat ze er misschien een soort terrasje konden maken. De tuin lag heerlijk rustig en beschut.
Patsy had gezegd dat als mevrouw ook maar een greintje verstand had, ze hun huis verkocht en boven de winkel ging wonen. Er was daar ruimte zat en waarom zou ze in haar eentje blijven rommelen in een huis dat veel te groot voor haar was geworden?
Als ze boven de winkel woonde, kon Patsy met gemak langskomen en de dagelijkse klusjes doen. Het zou veel minder zwaar en tijdrovend

zijn dan werken in een groot huis waar niemand woonde. Annabel Hogan had het tegenover zichzelf eerder nog niet toegegeven, maar terwijl ze met Benny de fuchsia's water stond te geven – Eve had erop aangedrongen dat ze die planten weghaalden bij haar huisje – begon ze te onderkennen dat het wellicht de verstandigste beslissing was.
In zekere zin zou het prettig zijn om alleen de trap op te hoeven lopen om thuis te zijn. Of om tussendoor even op de sofa te kunnen gaan liggen. Gelukkig had ze nog tijd genoeg om daarover na te denken. Voor het moment had ze al zoveel om handen.
Benny had ervoor gewaakt dat de eerste verdieping, de opslagruimte waar ze het geld in de naaimachine hadden gevonden, niet een plek werd waar ze niet wilden komen. Beetje bij beetje gooide ze weg wat weg kon. Heel geleidelijk begon ze spullen van hun eigen huis over te brengen. Stilletjes waren Patsy en zij bezig die grote ruimte te veranderen in een zitkamer waar het beslist prettig zou zijn om de avond door te brengen. Ze namen een radio mee en behielden een paar oude stoelen waar de springveren niet uitstaken. Ze poetsten een verwaarloosde oude tafel op en legden er een kleedje over. Al snel aten ze er tussen de middag. Shep was vaker langs het paadje achter de winkel aan het snuffelen en aan het rollen in de achtertuin, die hij als zijn eigen domein beschouwde, en zat vaker in de winkel dan dat hij zich ophield in het verlaten huis van zijn oude baas.
Al snel begon iedereen zich thuis te voelen boven de winkel.
Het zou nu niet lang meer duren voor Benny zich vrijer kon opstellen tegenover Knockglen en haar moeder.

Dekko Moore informeerde bij dokter Johnson of hij iets wist van de kans dat mevrouw Hogan afstand van haar huis wilde doen.
Er kwamen bij Dekko zo vaak klanten – mensen uit grotere plaatsen die bulkten van het geld – met de vraag of er huizen in een bepaalde stijl te koop waren of op afzienbare termijn te koop zouden worden aangeboden.
'Gun haar nog een paar maanden de tijd,' zei dokter Johnson. 'Ik verwacht dat ze tegen het eind van de zomer hun intrek wel boven de winkel hebben genomen, maar je kunt Annabel Hogan beter niet opjagen.'
Dekko zei dat het buitengewoon was wat er al aan veranderingen had plaatsgevonden. Hij was onlangs in de winkel geweest om een paar sokken te kopen, maar hij had er handenvol geld uitgegeven.

Nan en Jack renden over het pad langs de steengroeve terug naar het plein. De Morris Minor stond verdekt opgesteld achter de bushalte. Opnieuw smaakten ze het geluk dat er niemand in de buurt was. Het

was pas half zeven 's morgens. De auto startte vlekkeloos en daar gingen ze weer op weg naar Dublin.
'Er komt een ochtend dat-ie niet start en dan zijn we erbij,' zei Jack. Hij streelde haar hand.
'We zijn erg voorzichtig. Wij worden heus niet betrapt,' zei ze. Ze keek uit het raam, naar de akkers en boerderijen die voorbijgleden.
Hij zuchtte en overdacht de nachten en vroege ochtenden die ze tot nu toe in Eve Malone's kleine bed hadden doorgebracht.
Maar een deel van hem voelde zich bijna ziek bij de gedachte aan het risico dat ze namen. Eve zou hen vermoorden als ze merkte waar haar huisje voor werd gebruikt. Knockglen was een dorp. Iemand moest hen vroeg of laat zien. En Knockglen was meer dan zomaar een dorp. Het was de woonplaats van Benny.
Benny.
Hij probeerde haar uit zijn gedachten te bannen. Het was hem gelukt haar de afgelopen weken alleen in het gezelschap van anderen tegen te komen, sinds die stormachtige affaire met Nan was begonnen. Hij geloofde niet dat Benny er iets van had gemerkt. Hij zorgde steeds dat hij met Bill, Aidan of Johnny was of desnoods vroeg hij mensen die hij nauwelijks kende of ze erbij kwamen zitten.
Ze gingen nooit met zijn tweeën naar de film. Op de hardbevochten avonden dat Benny in Dublin kon blijven, zorgde hij ervoor dat ze met een groepje waren. Hij probeerde Nan daarbuiten te houden, maar soms nam Benny haar mee.
Nan had gezegd dat ze precies begreep wat hij bedoelde met zijn opmerking dat wat er tussen hen gebeurde niets te maken had met Benny en Jack. Het waren twee gescheiden werelden.
Ja, dat had hij gezegd in het vuur van het liefdesspel, maar wanneer hij Benny's vertrouwde gezicht zag en moest lachen om haar grapjes, wanneer ze op een ijskoude middag langkwam om naar hem te kijken op de training, wanneer ze Carmel aanbood om met de sandwiches te helpen, wanneer hij besefte dat hij eigenlijk met haar alleen wilde zijn en haar wilde aanraken op de manier waarop hij Nan aanraakte, dan raakte hij in de war.
Het was makkelijk gezegd dat er twee gescheiden werelden bestonden. Maar in het echte leven kon je twee werelden helemaal niet zo makkelijk gescheiden houden.
Nan moest veel volwassener zijn dan andere meisjes als ze kon accepteren dat wat Jack voor haar voelde enkel een enorme, haast overweldigende hartstocht was. Dat gevoel had alles te maken met begeerte en weinig met iets samen delen. Ze praatten weinig in de auto, terwijl hij met Benny altijd honderduit sprak.
Jack voelde zich steeds nerveuzer worden. Naarmate ze Dublin nader-

den werd het verkeer op de weg drukker. Nan vertelde hem nooit iets over haar familie.
'Hoe komt het dat je de hele nacht weg mag blijven?' vroeg hij.
'Hoe komt het dat ze dat bij jou thuis goedvinden?' was haar tegenvraag.
Het antwoord was simpel. Omdat hij een jongen was. Hem kon niets ergs overkomen, zoals zwanger worden.
Maar dat zei hij niet. Dat durfde hij niet – uit beleefdheid en uit bijgeloof.
Nan zag het boerenland overgaan in industrieterreinen en vervolgens in buitenwijken. Ze waren bijna thuis. Ze zou hem vragen haar op de hoek van Maple Gardens af te zetten. Zodra zijn auto uit het zicht was verdwenen, zou ze de bus pakken.
In alle vroegte kwam ze dan op de universiteit aan, om zich voor te bereiden op de colleges.
Niet dat ze daar zin in had. Maar ze kon niet naar huis. Haar vader verkeerde in de veronderstelling dat ze bij Eve Malone in Dunlaoghaire logeerde in plaats van stiekem in Eve's huisje in Knockglen de nacht door te brengen.
Haar moeder zou in de war raken en zich grote zorgen maken. Laat Jack maar gewoon naar huis gaan, waar een warm bad en schone overhemden op hem wachtten en waar een lichtelijk verbaasde moeder en dienstmeid hem een ontbijt van bacon en gebakken eieren zouden voorzetten. Voor hem was de wereld zorgenvrij, met een minnares en een geduldige liefhebbende vriendin. Als je de boeken mocht geloven, was dat waar alle mannen van droomden.
Nan knauwde op haar onderlip tijdens het zwijgzame laatste deel van hun rit. Ze zou het hem binnenkort moeten vertellen. Ze zag geen andere oplossing.
Diezelfde avond lag ze in bed de verschillende mogelijkheden af te wegen. Dit was de enige die misschien iets op kon leveren.
Ze wilde niet over Benny nadenken. Jack had gezegd dat Benny zijn zaak was. Ze stond volledig buiten wat er tussen hen beiden gebeurde. Nan geloofde dat maar half. Maar hij had gezegd dat het zijn taak was om dat af te handelen. Ze had al genoeg om zich zorgen over te maken.
Er was niemand die ze in vertrouwen kon nemen, want niemand zou goedkeuren wat ze van plan was. Voor de tweede keer binnen een maand zou ze een man gaan vertellen dat ze zwanger was. Het gaat nu eenmaal oneerlijk toe in het leven, maar de tweede, die geen morele verplichting had of verantwoordelijk was, zou naar alle waarschijnlijkheid doen wat de eerste had nagelaten.

De moeder van Mossy zei dat mei een goede maand was om te trouwen. Paccy Moore zei dat ze de ruimte achter zijn winkel mochten gebruiken voor de receptie. Zijn zuster Bee was immers bruidsmeisje en Patsy had zelf geen huis.
Zo had Patsy het zich niet voorgesteld. Dat de gasten door de winkel van de schoenlapper binnen moesten komen. Maar het was of dat of meteen maar toegeven dat ze zelf totaal niets had in te brengen en iedereen in het huis van haar schoonmoeder te vragen.
Ze had het liefst de gasten in huize Hogan willen ontvangen, maar daar zag het niet naar uit. Meneer was pas vier maanden geleden gestorven. Mevrouw en Benny waren zo druk in de weer boven de winkel dat er weinig tijd en energie voor Patsy overbleef. Ze had haar bruidsjapon besteld bij Peggy Pine. Ze was al vanaf Kerstmis bezig met afbetalen.
Clodagh vertelde Benny over wat Patsy het liefst wilde. 'Het is misschien onmogelijk en ik wil helemaal niet zeggen dat jullie het moeten doen, maar het is alleen dat je het *nu* weet en het niet pas achteraf hoort.'
Benny was erg blij dat ze het te horen had gekregen. Het was niet erg aardig van hen dat ze er zelf niet op waren gekomen. Ze hadden aangenomen dat alles door de familie van Mossy werd bedisseld en de gedachte was niet opgekomen om zelf ook iets voor te stellen.
Patsy's vreugde kende geen grenzen. Zo, die kon Mossy's moeder in haar zak steken! Met graagte ging ze de uitnodigingen laten drukken.
'Hoe staat het met jouw liefde?' informeerde Clodagh. 'Ik dacht dat hij hier gistermorgen was.'
'God, ik wou dat het waar was. Het *lijkt* me dat het goed gaat. Hij zoekt me altijd op en stelt het een of ander voor, maar er zitten altijd honderden mensen bij.'
'Nou ja, dat betekent niets dan goeds. Hij wil je zijn vrienden laten zien. En hij heeft tenminste vrienden. Die halvegare aan de overkant heeft niet eens vrienden, behalve dan de lui die hem flipperkasten en jukeboxen willen verkopen. Toch zou ik zweren dat ik hem bij Dessie Burns heb zien tanken.'
'Wie? Fonsie?'
'Nee, die kerel van jou. Laten we maar aannemen dat er in de wereld heel wat knappe studenten zijn die hun Morris Minor vol laten gooien.'

'Meneer Flood is niet de enige meer die visioenen heeft,' zei Benny de volgende dag tegen Jack. 'Clodagh denkt dat ze jou laatst zag tanken in Knockglen.'
'Zou ik naar Knockglen komen zonder jou op te zoeken?' vroeg hij. Wat een belachelijke vraag. Daar hoefde hij toch geen antwoord op? Ze had het alleen gezegd om hem te laten merken dat hij zelfs in haar dorp al iemand was, dat ze hem kenden.

Hij schepte adem en dacht aan de schok die Nan en hij hadden gekregen toen ze zagen dat de benzinemeter op nul stond. Ze hadden daar ter plekke moeten tanken. Ergens anders was zo vroeg op de morgen niets open.
Daar waren ze toch bijna gesnapt. Hij zou het Nan niet vertellen en hoopte maar dat Benny dat ook niet deed.
Sean Walsh maakte zijn vroege-ochtendwandeling. Hij werd vergezeld door de twee onooglijke terriërs waar hij voortaan het huis mee zou delen. Ze waren minder kefferig en vervelend als ze tijdens een zware ochtendexercitie werden afgemat.
Hij keek niet langer met afgunst en verlangen naar de huisjes die hij passeerde.
Het was allemaal veel beter afgelopen dan hij had durven dromen. Dorothy was een vrouw uit duizenden.
Uit het huisje van Eve Malone zag hij twee figuren te voorschijn komen. Het felle ochtendlicht scheen in zijn ogen en hij kon niet zien wie het waren.
Ze liepen hand in hand, bijna op een holletje, het pad af dat naar het plein leidde. Hij keek hen na. Ze kwamen hem ergens bekend voor. Of verbeeldde hij zich dat maar? Het zouden wel mensen uit Dublin zijn die het huisje hadden geleend of gehuurd.
Maar waar gingen ze heen?
Het was veel te vroeg voor de bus en op het plein stonden geen auto's geparkeerd.
Het was raadselachtig en dat was iets waar Sean Walsh helemaal niet van hield.

Lilly Foley onderhield haar man over Jack.
'Drie nachten in de afgelopen week en deze week weer drie, John. Je zult er iets van moeten zeggen.'
'Hij is een volwassen vent.'
'Hij is twintig. Dat is niet volwassen.'
'Hoe dan ook, hij is geen kind meer. Laat hem toch. Als hij niet wordt opgesteld in het team of zakt voor een tentamen, *dan* wordt het tijd om hem aan te spreken.'
'Maar met wie gaat hij eigenlijk om? Is het steeds hetzelfde meisje of telkens een ander?'
'Wat voor meisje het ook mag zijn, aan de kilometerteller te zien is het in ieder geval niet in de buurt.' Jacks vader lachte ondeugend.
Hij had een benzinebonnetje uit Knockglen gevonden. Het moest die forse meid zijn, die Benny Hogan. Dat wist hij eigenlijk wel zeker.
Maar waar gingen ze in godsnaam naar toe? Haar vader was overle-

den, maar haar moeder was zwaar op de hand. Die zou Jack nooit 's nachts bij haar over de vloer laten.

Heather belde Eve op. 'Wanneer kom je naar huis? Ik mis je.' Eve voelde zich gevleid.

Ze zei dat ze gauw naar huis zou komen, volgend weekend of het weekend daarop.

'Het hoeft toch niet per se in een weekend te zijn.'

Tja, daar had Heather best gelijk in. Dat hoefde helemaal niet. Ze kon elke middag gaan en staan waar ze wou. Ze kon samen met Benny de bus nemen. Dan zou ze bij moeder Francis en de zusters thee kunnen gaan drinken en daarna met Heather naar het huisje gaan. Ze zou uit de eerste hand kunnen horen hoe het met het passiespel stond. Ze kon Benny's moeder opzoeken en de veranderingen bij Hogan's Herenmode bewonderen. Tot 's avonds laat kon ze bij Mario zitten. Er was de laatste tijd van alles te doen in Knockglen. Misschien kon ze morgen gaan, maar dan zou ze eerst aan Benny vragen of zij niet toevallig die avond in de stad bleef. Het was niet leuk om haar mis te lopen. Benny zei dat ze niet naar het laatste college ging, zodat ze de bus van drie uur konden nemen. Dan hadden ze wat meer tijd. Ze aten een broodje in een tent waar de jongens graag kwamen, omdat ze het er niet zo nauw namen met het 'heilige uur'.

Aidan, Jack en Bill waren er. Rosemary was langsgekomen om geld te lenen. Ze ging haar haar laten doen bij een dure kapper. Tom, de student medicijnen die ze op het oog had, was moeilijker te veroveren dan ze had verwacht. Het werd tijd om zwaardere middelen in de strijd te gooien, zoals nieuwe kapsels.

Niemand had zin om naar college te gaan, maar Eve en Benny sloegen het aanbod af om te gaan flipperen in de speelhal.

'Ik moet de bus halen,' zei Benny.

'Vaarwel, Assepoester.' Jack wierp haar een kushandje toe. Hij keek haar met een warme blik aan. Ze moest wel gek zijn om zich ongerust over hem te maken.

Benny en Eve gingen de kroeg uit.

Aidan zei dat volgens hem die twee de hele avond aan de zwier zouden gaan en tot zonsopgang bij Mario gingen swingen.

'Wat?' Jack verslikte zich.

Hij had niet begrepen dat Eve naar haar huisje ging. Hij had om zes uur met Nan afgesproken in de haven. Ze planden een reis naar precies dezelfde plek.

Nan Mahon stapte stevig door op weg naar de rivier. Haar weekendtas bevatte de gebruikelijke lakens, slopen, kandelaars en etenswaar voor

's avonds en 's ochtends. Jack nam alleen de primus en iets te drinken mee.
Nan had ditmaal zelf ook maar een fles wijn ingepakt. Daar zouden ze wel behoefte aan hebben. Vanavond ging ze het hem vertellen.
Heather was dolblij om Eve te zien. Toen Eve de aula binnenkwam, begon Heather opgewonden te roepen. Er was een repetitie van het passiespel aan de gang en ze droeg een laken. Heather Westward speelde Simon van Cyrene, de man die Christus het kruis hielp dragen.
Een paar weken terug zou zoiets in Knockglen nog voor volmaakt onmogelijk zijn gehouden.
'Kom je me toejuichen als het echt wordt opgevoerd?' wilde Heather weten.
'Ik denk niet dat toejuichen precies is wat moeder Francis in gedachten heeft.'
'Maar ik ben een van de goeien. Ik help Hem. Ik kom naar voren om Zijn last te verlichten,' zei Heather.
'Goed. Ik kom je beslist aanmoedigen.'
'Mooi zo. Want ik heb hier veel minder familie dan de anderen.'
Eve beloofde nogmaals erbij te zullen zijn als het passiespel werd opgevoerd. Ze zou Aidan misschien wel meebrengen, dan had Heather twee fans in de zaal. Eve Malone wist maar al te goed wat het betekende om het enige meisje van de school te zijn dat niemand heeft die speciaal voor jou komt applaudisseren bij toneeluitvoeringen. Dat was al die jaren haar eigen lot toen ze op St. Mary zat.
Ze liet Heather achter bij de repetitie en zei dat ze haar straks in het huisje zou zien. Het werd tijd om met moeder Francis te gaan praten.
Eve zei dat ze koffie wilde gaan drinken in Healy's Hotel, om Dorothy en Sean, het liefdespaar van de eeuw, eens van dichtbij te bekijken. Moeder Francis vond het niet gepast om daar grapjes over te maken. Iedereen hield zich in en Eve moest maar hetzelfde doen.
Het was toch vele malen beter afgelopen dan iemand had durven hopen, zei moeder Francis streng. Eve begreep dat de non iets moest weten of in ieder geval vermoeden van het geheim dat Benny aan haar had toevertrouwd, over het geld dat ontvreemd was en de verschrikkelijke confrontatie die daarop volgde.
Maar daarover konden ze natuurlijk niet praten zonder Benny's vertrouwen te schaden.

Eve zat in haar huisje wat rond te kijken en te wachten tot Heather het pad op kwam rennen.
Er was hier iets veranderd. En dat was niet alleen de manier waarop de dingen waren neergezet. Moeder Francis kwam hier vaak, om te poet-

sen en stof af te nemen. Soms zette ze dingen niet precies op dezelfde manier neer. Maar dit was iets anders.
Eve kon niet zeggen wat er mis was. Ze had gewoon het gevoel dat hier iemand anders binnen was geweest. Iemand die hier gelogeerd, hier gekookt had. In haar bed had geslapen. Ze gleed met haar hand langs het fornuis. Het leek niet gebruikt. Haar bed was opgemaakt op de manier zoals ze het op school had geleerd.
Eve huiverde. Ze begon zich dingen in te beelden. De spookverhalen die in het dorp de ronde deden over haar huis moesten vat op haar hebben gekregen. Belachelijk, op een lichte middag in april.
Ze vermande zich en ging het vuur aanmaken. Heather zou binnen vijf minuten na aankomst al om eten beginnen te zeuren.

Aan het begin van de avond zag Eve in Healy's Hotel toch Sean Walsh. Hij droeg een donker pak.
'Mag ik de eerste zijn om je te feliciteren?' zei ze.
'Dat is buitengewoon attent van je, Eve.'
Eve informeerde beleefd wanneer ze van plan waren om te trouwen. Met alle voorkomendheid betoonde ze zich geïnteresseerd in de uitbreidingsplannen voor het hotel en in de huwelijksreis, die onder meer naar het Vaticaan en de Italiaanse meren zou leiden. Ze vroeg of mevrouw Healy in de buurt was, zodat ze haar persoonlijk kon gelukwensen.
'Dorothy ligt te rusten. De vooravond is daar voor haar het aangewezen uur voor,' zei Sean op een toon alsof hij in het museum de leefgewoonten beschreef van een reeds lang uitgestorven dier.
Eve hield haar hand voor haar mond om opkomende proestgeluiden tegen te houden.
'Ik zag dat je je bezit te gelde maakt,' zei Sean.
Eve keek hem niet-begrijpend aan.
'Dat je je huisje aan mensen verhuurt.'
'Dat doe ik helemaal niet,' zei ze.
'O, neem me niet kwalijk.'
Ze vermoedde dat hij probeerde het gesprek in zo'n richting te sturen dat hij kon vragen of ze het aan hem wilde verhuren of aan iemand die hij kende.
Walging steeg in haar keel omhoog. Ze vond dat dit in de kiem moest worden gesmoord. Sean Walsh mocht geen enkele hoop koesteren dat haar huisje te huur was, voor wie dan ook.
'Het spijt me dat ik me zo scherp moet uitdrukken, Sean. Verhuur ligt totaal niet in mijn plannen. Ik hou dat huisje voor mijzelf en voor mijn vrienden.'
'Je vrienden. Precies,' zei hij.

Ineens wist hij wie bij Eve's huisje waren geweest. Die ene was dat blonde meisje dat hij een paar keer eerder had gezien. Hij was haar laatst in Dublin nog tegen het lijf gelopen toen ze uit de bus naar Knockglen stapte. En de man. Natuurlijk herinnerde hij zich wie dat was. Dat was Benny's vriend. De dokterszoon.
Dus *die* romance had niet lang geduurd. Er was opvallend weinig gesproken over het feit dat het afgelopen was.
Hij glimlachte traag. Er school iets in waardoor Eve zich heel onprettig voelde. Dat was de tweede keer vandaag dat ze kippevel keeg. De zenuwen namen kennelijk bezit van haar. Aidan had gelijk. Eve Malone was een neurotisch wezen. Ze voelde een overweldigende aandrang om zo snel mogelijk uit de buurt te komen van Sean Walsh.
Ze sprong op en haastte zich naar buiten.
'Breng mijn gelukwensen maar over aan mevrouw Healy.' Ze had Dorothy willen zeggen, maar dat woord wilde niet over haar lippen komen.

Het verkeer zat vast bij de haven. Jack zag Nan staan, maar slaagde er niet in haar aandacht te trekken. Ze stond tegen een muur geleund en tuurde over de rivier de Liffey. Ze leek mijlenver verwijderd.
Uiteindelijk lukte het hem door toeteren en roepen om tot haar door te dringen. Ze manocuvreerde handig tussen de vastgelopen auto's door. Wat was ze mooi en wat was het moeilijk om die nachten met haar te weerstaan. Vanavond moest hij evenwel weerstand zien te bieden. Zijn hart stond zowat stil bij de gedachte hoe dicht ze bij ontmaskering waren geweest. In de toekomst moesten ze iedere keer tot op het bot nagaan of Eve niet toevallig doordeweeks een keer naar huis ging.
Het was beangstigend genoeg geweest toen ze een tijdje terug die man met zijn terriërs hadden gezien, die lange magere vent aan wie Benny zo'n hekel had en om wie zoveel te doen was geweest om hem uit de winkel te krijgen.
Nan wipte snel de auto in en zette haar weekendtas op de achterbank.
'Er is iets tussengekomen,' zei hij. 'Laten we iets gaan drinken en erover praten.'
Dat was altijd iets waar Benny om moest glimlachen, om die zin. Nan hoorde hem voor het eerst.
'Hoezo?'
'Omdat we er niet heen kunnen. Eve is thuis.'
'Verdomme!' Ze reageerde buitengewoon geïrriteerd.
'Het is een geluk dat we het ontdekt hebben.' Hij wilde gefeliciteerd worden met het wonderbaarlijke toeval dat Aidan het tegen hem had gezegd.

'Het is dikke pech dat ze uitgerekend vanavond moest uitkiezen om erheen te gaan.'
Het viel Jack op dat Nan haar vriendin Eve nooit bij naam noemde.
'Nou, het is anders *haar* huis,' zei hij lachend.
Nan vond het niet grappig.
'Ik wilde er vanavond per se heen,' zei ze. Zelfs met een boos hoofd zag ze er mooi uit.
Toen klaarde haar gezicht op. Ze stelde een alleraardigst hotelletje in Wicklow voor. Het was echt schitterend. Erg stil en de mensen lieten je met rust. Dat was precies de plek die ze nodig hadden.
Jack kende de naam. Het was een tent waar zijn ouders soms gingen eten. Het was er schreeuwend duur. Hij kon zich daar geen verblijf veroorloven en dat vertelde hij haar ook.
'Heb je een chequeboek?'
'Ja, maar niet genoeg geld op de bank.'
'Dat geld regelen we morgen wel. Of ik regel het. Laten we gaan.'
'En het slapen dan? Nan, we zijn niet getrouwd. Dat gaat niet.' Hij keek paniekerig.
'Ze vragen je niet om je trouwboekje.'
Hij keek haar verbaasd aan. Ze veranderde snel van toon.
'Dat heb ik gehoord van mensen die er wel eens hebben gelogeerd. Geen enkel probleem.'
Toen ze langs Dunlaoghaire zuidwaarts reden, zagen ze het huis waar Eve en Kit Hegarty woonden.
'Waarom kon ze in godsnaam vanavond niet daar blijven?' zei Nan.
Jack bedacht dat de avond dan in elk geval een stuk goedkoper was geweest.
Hij zag er nogal tegenop om een ongedekte cheque uit te schrijven in dat hotel. Hoe moest hij zijn vader en moeder onder ogen komen als het uitkwam?
Hij wenste dat Nan inzag dat ze het vannacht maar beter niet konden doen. Benny zou veel meegaander en begripvoller zijn geweest.
Hij wou dat hij op dit soort momenten niet steeds aan Benny hoefde te denken. Dat was zo verrotte schijnheilig.

Benny en Eve ontmoetten elkaar de volgende ochtend op het plein. Ze zaten in het bushokje te wachten tot Mikey met de bus zou aankomen.
'Waarom noemen we dit een plein?' vroeg Eve. 'Het is eigenlijk niet meer dan een stukje braakland.'
'Tot die twee jonge tijgers het in handen krijgen. Dan zou het volgende week al een schaatsbaan kunnen zijn,' lachte Benny.
Het was een waar ding dat Clodagh en Fonsie onvermoeibaar waren in hun pogingen om Knockglen te veranderen. Ze hadden zelfs andere mensen aangepraat dat hun winkels moesten worden verbeterd.

Fonsie was naar Flood gestapt en had gezegd dat hij de letters op de pui in goud zou laten overschilderen als hij zo'n pui had. Meneer Flood, bang dat hij op een of andere manier buitenspel zou komen te staan als hij achterbleef, had de schilders al de volgende dag laten komen. Clodagh had in de vieze kruidenierswinkel van mevrouw Carroll staan babbelen over de Keuringsdienst van Waren die overal winkels liet sluiten. Het was verbazingwekkend hoe je de dienst om de tuin kon leiden met een likje verf en een grote schoonmaak. Ze deed de hele tijd alsof ze in het algemeen sprak, maar ze durfde er haar hoofd onder te verwedden dat Mossy Rooney morgen al zou worden ingeschakeld, wat inderdaad het geval was.

Clodagh fluisterde Mossy in dat hij ongevraagd haken en hengsels moest aanbrengen voor een luifel. Dessie Burns was luifels van verschillende kleuren canvas aan het inslaan. Clodagh en Fonsie wilden voor elkaar krijgen dat hun dorp er als een regenboog uitzag als ze klaar waren.

'Ik denk dat ze gaan trouwen,' zei Eve.

'Clodagh zegt van niet. Er zijn al te veel bruiloften op komst, zegt ze. Volgens haar komen die feesten ons binnenkort nog wel de strot uit. Mevrouw Healy met Sean Walsh, Patsy met Mossy. Zelfs Maire Carroll is al met een verloofde uit Dublin komen aanzetten. Wij tweetjes hobbelen overal weer achteraan, zo te zien.'

Al giechelend stapten ze in de bus. Er was niet veel veranderd sinds hun schooltijd.

Rosemary glimlachte de hele tijd. Het nieuwe kapsel had zijn vruchten afgeworpen, zei ze. Benny had haar wat kleingeld geleend. Ze zou het tot op de cent terugkrijgen. Tom was zeer onder de indruk geweest.

'Het ziet er een beetje geplet uit,' zei Benny nadat ze het kapsel van alle kanten had bekeken.

'Ja, goed he?' zei Rosemary verrukt. 'Ik moet Jack ook nog wat geld teruggeven. Wil jij dat voor me doen?'

Benny zei dat ze dat zou doen. Ze zag hem toch zo dadelijk in de Annexe.

Sean en Carmel hadden een tafeltje. Benny ging erbij zitten en hield het geld van Rosemary stevig vast, zodat ze niet zou vergeten om het hem terug te geven.

'Jack heeft je vanmorgen overal lopen zoeken,' zei Sean. Benny was blij om het te horen.

'Hij heeft een heel college Latijn voor de deur staan wachten. Hij dacht dat je binnen zat, maar het was een college voor beginners.'

'Ik ben toch zeker geen beginner,' zei Benny trots. Zij had een zwaarder programma. Alle letterenstudenten moesten in het eerste jaar Latijn doen. Moeder Francis zou het haar zeer kwalijk hebben genomen als ze wat dat betreft het gemakkelijkste programma had gekozen.

Bill Dunne kwam bij hen zitten.

'Ik moest van Jack zeggen dat hij je om één uur bij de hoofdingang ziet,' zei Bill. 'Maar als je het mij vraagt, kun je beter niet te dicht bij hem in de buurt komen. Hij heeft zich niet geschoren en ziet eruit als een beer met barstende koppijn. Hij is jou niet waard.'

Benny lachte. Ze voelde zich de koning te rijk als Bill Dunne zulke dingen zei waar iedereen bij was. Het bevestigde op de een of andere manier dat zij Jacks vriendin was.

'Hij komt dus niet hierheen?' Ze had naar de deur zitten kijken.

'Hij ergens heen komen? Ik vroeg zo'n beetje of hij auto's en dergelijke had geregeld voor het uitstapje naar Knockglen na Pasen. Toen zei-ie dat ik mijn bek moest houden over auto's, uitstapjes en Knockglen, want anders zou hij hem dichttimmeren '

Benny wist dat Bill het allemaal overdreef, zodat hij zichzelf de rol van keurige beschaafde figuur kon toebedelen en Jack de rol van schurk. Omdat dit zo afweek van de werkelijkheid, wist iedereen dat het een grap was. Ze lachte Bill teder toe. Ze wist dat Jack met smart uitkeek naar een geweldig weekend in Knockglen. Het zou nog beter worden dan met Kerstmis.

Iedereen had er al tijden plannen voor zitten maken. Sean had geld opgehaald, een pond hier, een pond daar. Het fonds groeide.

Er zouden festiviteiten zijn in het huisje van Eve, in de winkel van Clodagh en zeer waarschijnlijk ook in enkele vertrekken boven Hogan's Herenmode. De kamers waren zo groot en met hun hoge zoldering schreeuwden ze werkelijk om een feest. Benny had haar moeder lopen bewerken. De voortekenen leken gunstig.

Ze was blij dat Jack naar haar zocht.

De afgelopen weken hadden ze elkaar alleen in gezelschap gezien. Benny hoopte dat hij samen met haar wilde lunchen, alleen zij tweeën zoals die ene keer, heel lang geleden, bij Carlo.

Misschien moest ze *hem* trakteren op een etentje daar. Ze kon beter eerst afwachten in wat voor stemming hij was. Ze wilde hem niet te veel het vuur aan de schenen leggen.

Bill had gelijk. Jack zag er echt heel slecht uit. Bleek en uitgeput, alsof hij de hele nacht niet had geslapen. Zijn verschijning was nog even knap, misschien zelfs nog knapper dan anders. Hij leek minder een traditionele studentenbink en meer op de hoofdrolspeler in een of andere film of toneelstuk.

Ja, Jack Foley zag er niet uit alsof hij in een reële situatie zat.

Hij praatte ook niet alsof hij werkelijk deel had aan zijn eigen situatie.
'Benny, ik moet je spreken. Waar kunnen we rustig zitten. Zonder al deze mensen om ons heen?'
Ze lachte hem welgemutst toe.
'Hé, jij wou zonodig om één uur bij de hoofdingang afspreken. Ik heb dat niet bedacht. Had je verwacht dat alleen wij tweeën hier zouden staan?'
De menigte zwermde links en rechts langs hen heen, naar binnen en naar buiten. Overal stonden groepjes studenten, hun winterjassen over de arm, hun dassen los. Het werd te warm voor het wintertenue, maar aan die kleren kon je juist zo goed zien dat ze studenten waren. De meesten lieten ze niet graag thuis.
'Toe nou,' zei hij.
'Goed. Wil je naar Carlo? Je weet wel, die leuke tent waar we...'
'Nee.' Hij schreeuwde het bijna.
Overal elders zou het vol zitten met mensen die ze kenden. Zelfs als ze naar het park gingen, zou daar de halve universiteit voorbijkomen op weg naar Grafton Street.
Benny wist niets, maar de knoop moest worden doorgehakt.
Jack keurde alle voorstellen af.
'Misschien kunnen we bij het kanaal gaan zitten?' stelde ze voor. 'We kunnen appels meenemen voor onszelf en oud brood voor de zwanen.'
Ze probeerde wanhopig het hem naar de zin te maken.
Maar hij leek daar alleen maar erger overstuur van te raken.
'Christus, Benny,' zei hij en trok haar naar zich toe. Angst vlamde even in haar op. Ze voelde dat er iets mis was, maar ze had dat gevoel wel vaker en meestal was er niets aan de hand.
Er was een plek bij een van de sluizen waar ze wel vaker zaten. De grond was er een beetje opgehoogd.
Benny trok haar jas uit en legde hem neer, zodat ze erop konden zitten.
'Nee, nee, dan verpesten we hem.'
'Het is maar zand. Dat borstel je er zo af. Je bent al net zo erg als Nan,' plaagde ze hem.
'Het gaat om Nan,' zei hij.
'Wat is er met Nan?'
'Ze is zwanger. Daar is ze gisteren achter gekomen.'
Benny voelde een schok van medelijden voor haar vriendin. Tegelijkertijd was ze verbaasd dat uitgerekend Nan 'het' had gedaan met Simon Westward. Nan. Die zo nuchter en afstandelijk was. Hoe had zij alles toe kunnen laten? Benny had gedacht dat Nan de laatste was die het zover zou laten komen.
'Arme Nan,' zei ze. 'Is ze erg overstuur?'
'Ze wordt er gek van,' zei hij.

393

Ze zwegen.
Benny liep in gedachten de hele verschrikking langs. Een universitaire studie naar de knoppen, een kind op haar twintigste. En waarschijnlijk, te oordelen naar de gepijnigde uitdrukking op het gzicht van Jack, moeilijkheden met Simon Westward. Eve zou wel gelijk hebben gekregen. Simon zou nooit trouwen met Nan Mahon uit Dublin-Noord, de dochter van een aannemer. Hoe mooi ze ook was. Door het feit dat ze zich aan hem had gegeven, zou hij zijn respect voor haar hebben verloren.
'Wat is ze van plan? Ik neem aan dat ze niet gaat trouwen?'
Ze keek naar Jack.
Zijn gezicht trilde van emotie. Hij leek naar woorden te zoeken.
'Ze gaat *wel* trouwen.'
Benny keek hem verschrikt aan. Hij praatte niet normaal.
Hij nam haar hand en drukte die tegen zijn gezicht. Er stroomden tranen over zijn wangen. Jack Foley huilde.
'Ze gaat trouwen... met mij,' zei hij.
Ze keek hem vol ongeloof aan.
Ze kon geen woord uitbrengen. Ze wist dat haar mond openstond en dat haar gezicht wit was weggetrokken.
Hij hield nog steeds haar hand tegen zijn gezicht.
Zijn lichaam schokte van het huilen.
'We moeten wel trouwen, Benny,' zei hij. 'Het is mijn kind.'

Hoofdstuk 19

Eve was in de Singing Kettle en zag Benny bij de deur verschijnen. Eerst dacht ze dat Benny binnen zou komen. Eve trok er al bijna een stoel bij. Toen zag ze haar gezicht.
'Ik moet weg,' zei ze haastig tegen het groepje.
'Je hebt je patat nog niet op.' zei Aidan verbaasd. Wat kon er dringender zijn?
Maar Eve stond al buiten.
Ze trok Benny bij de deuropening weg, waar ze in het zicht stonden van zowat iedereen die ze kenden.
Even verderop, leunend tegen het ijzeren hek van een huis, begon Benny haar verhaal te vertellen. Soms was het moeilijk om haar te verstaan en soms zei ze keer op keer hetzelfde, steeds maar weer.
Bijvoorbeeld dat hij had gezegd dat hij van haar hield. Hij hield van Benny. Dat was echt zo en hij had dit voor geen geld ter wereld willen laten gebeuren. Maar er was niets meer aan te doen. De huwelijksaankondiging zou aanstaande zaterdag in de krant staan.
Eve keek naar de overkant van de straat en zag een taxi, die iemand afzette bij het Sint-Vincentziekenhuis. Ze sleurde Benny tussen het verkeer door en duwde haar op de achterbank.
'Dunlaoghaire,' zei ze kortaf.
'Alles in orde met jullie, meisjes?' De taxichauffeur bekeek hen in zijn spiegel. Die grote zag er beroerd uit, alsof ze elk moment kon gaan overgeven in zijn auto.
'We hebben genoeg geld, hoor,' zei Eve.
'Dat bedoelde ik niet,' begon hij.
'Wel zo'n beetje.' Ze grinnikten allebei.
Eve zei tegen Benny dat ze maar even rustig moest zitten. Er was nog genoeg tijd om te praten als ze thuis waren.

Kit was niet thuis. Ze was nieuwe kleren aan het kopen voor Pasen, want dan ging ze naar Kerry, als gast van Kevin Hickey en diens vader. Ze hadden de keuken voor zich alleen. Benny zat aan tafel en zag door een mist van tranen dat Eve eten aan het klaarmaken was. Die kleine, magere handen sneden vaardig koude gekookte aardappelen in plakjes en haalden het zwoerd van een stuk spek. Smalle reepjes brood werden geweekt in geklopt ei.

'Ik wil niks,' zei Benny.
'Nee, maar ik wel. Ik heb mijn hele lunch in de Kettle laten staan, als je het wilt weten.'
Eve toverde een fles sherry uit een pak cornflakes.
'Verstopt voor al die drankzuchtige studenten,' legde ze uit.
'Ik hoef er niks van.'
'Het is geneeskrachtig,' zei Eve en schonk twee grote wijnglazen vol. Ze zette ook twee grote borden klaar.
'Vertel je verhaal nu eens van voren af aan en probeer je rustig te houden. Begin maar bij toen je aan het kanaal op je jas zat en vertel me niet nog een keer dat hij van je houdt of ik gooi alles wat er op tafel staat kapot en dan mag jij de scherven opruimen.'
'Eve, waarom doe je zo? Je wilt me toch helpen?'
'O, zeker wil ik je helpen,' zei Eve. Benny had haar gezicht nog nooit zo grimmig gezien. Niet tijdens de lange oorlog die ze had gevoerd tegen de Westwards, niet tijdens haar strijd met moeder Clare en niet toen ze in het ziekenhuis lag. Nog nooit had ze Eve's gezicht zo hard en onverzoenlijk gezien.

Ze praatten tot diep in de middag. Ze hoorden Kit thuiskomen. Benny keek een beetje paniekerig naar de rommelige keuken en de halflege sherryfles.
'Niks aan de hand,' zei Eve teder. 'Ze begrijpt het heus wel. Ik heb het zo opgeruimd.'
'Ik moet mijn bus halen.'
'Je blijft hier. Bel je moeder op. En Benny... ze zal wel vragen of je met Jack hebt afgesproken. Zeg dan meteen dat je Jack niet meer ziet. Bereid haar erop voor dat het uit is.'
'Het hoeft niet uit te zijn. Hij wil niet dat het uit is. Hij zegt dat we moeten praten.'
Kit kwam de keuken binnen en keek verbaasd rond. Voordat ze iets kon zeggen, kwam Eve al met haar verklaring.
'Benny is nogal over haar toeren. We proberen er het beste van te maken door alvast het eten van morgen op te eten. Ik koop zo dadelijk wel nieuw.'
Daarmee was het voor Kit duidelijk dat er een crisis was.
'Ik moet mijn kleren gaan uithangen. Ik zie jullie over een half uur, als we gaan koken. Dat wil zeggen, als er nog iets over is.'
Ze knikte bemoedigend en verdween.

Annabel Hogan zei dat het goed was. Ze had nog een boel te doen in de winkel. Dan hoefden ze niet te koken. Patsy en zij zouden wel iets bij Mario gaan halen. Benny dacht verbitterd aan alle avonden waarop ze

Jack Foley in Dublin aan zijn lot had overgelaten, terwijl ze zich thuis had zitten vervelen om haar moeder gezelschap te houden. Nu vond ze het niet eens erg dat Benny in Dublin bleef.
'Ga je met Jack uit?' vroeg haar moeder.
Ondanks de raad van Eve kon Benny het niet over haar lippen krijgen. Ze kon haar moeder niet vertellen dat het uit was. Als ze het zou zeggen, zou het misschien zelfs waar kunnen zijn.
'Niet vanavond,' zei ze opgewekt. 'Nee, vanavond ga ik alleen met Eve uit.'

Benny lag op Eve's bed en bette haar ogen met koud water, terwijl Eve beneden het avondeten opdiende. De gordijnen waren dicht en ze kon het gekletter van borden en bestek horen. Kit had even snel een kop thee gebracht. Ze had geen poging gedaan haar op te vrolijken of medelevend te doen. Benny begreep waarom Eve haar zo prettig vond om mee samen te wonen.
Ze had een hekel aan het medeleven dat haar moeder met emmers tegelijk over haar uitstortte. Het eindeloze vragen en mijmeren en de belachelijke adviezen. Misschien als je lichtere of donkerder kleren zou dragen, misschien als je naar zijn huis ging om met zijn moeder te praten. Mannen zien graag dat meisjes goed met hun moeder kunnen opschieten.
Ze zou haar moeder niet vertellen dat Nan zwanger was. Op een of andere manier vernederde dat feit iedereen.
Alles werd erdoor van een andere orde.

Benny en Eve maakten een wandeling, die uren en vele kilometers leek te duren.
Soms praatten ze, soms moest Benny halthouden omdat ze weer begon te huilen. Dan weer zei ze dat Eve niet zo meedogenloos zou zijn als ze Jacks gezicht had gezien. Op zulke momenten klemde Eve haar lippen op elkaar om niets te zeggen. Langs de Burma Road waren ze het Killiney Park ingelopen. Benny zei dat het allemaal haar eigen schuld was. Dat ze niet had begrepen hoezeer een man naar seks verlangt. Het is gewoon iets biologisch. Toen ze wat later bij de obelisk zaten en over de baai uitkeken, zei ze dat Jack Foley de meest achterbakse bedrieger van de hele wereld was en vroeg ze zich af waarom hij in godsnaam bleef volhouden dat hij van haar hield als dat niet zo was.
'Omdat hij echt van je hield: Of in elk geval dacht dat hij dat deed,' zei Eve. 'Dat is nu net het verrotte probleem.'
Het deed Benny enorm goed dat Eve een sprankje hoop en oprechtheid ontdekt had in de hele toestand. Ze dacht dat Eve zich compleet tegen hem had gekeerd.

'Ik ben niet tegen hem,' zei Eve zacht. 'Ik ben alleen tegen het idee dat je hem toch nog denkt terug te krijgen.'
'Maar als hij nog steeds van me houdt...'
'Hij houdt van zijn beeld van jou en hij vindt het erg om je pijn te doen. Dat is iets heel anders.'
Eve legde haar kleine hand op die van Benny. Ze wou dat ze betere woorden kon vinden, zachtere. Maar ze wist ook dat Benny niet op valse hoop moest blijven teren. Ze zei met nadruk dat er voor Benny verwaarloosbaar weinig te verwachten viel van een situatie waarbij de ene partij ongelooflijke dingen stond uit te leggen aan zijn familie in Donnybrook en de andere aan haar familie in Maple Gardens.
'Waarom ben ik niet met hem naar bed geweest? Dan stonden we nu dingen uit te leggen in Knockglen.'
Toen het donker was geworden en ze weer in Dunlaoghaire waren, zei Eve tegen Benny dat ze een bad moest nemen.
'Ik heb nog helemaal geen zin om te gaan slapen.'
'Wie heeft het daar over? We gaan uit, de stad in.'
Benny keek haar vriendin aan alsof ze gek was geworden. Na uren luisteren en het opbrengen van de schijn van begrip, had ze er blijkbaar geen idee van hoe Benny zich voelde, als ze nu voorstelde om samen uit te gaan.
'Ik heb geen behoefte aan mensen. Ik wil geen afleiding.'
Dat was volgens Eve ook niet het doel van het avondje uit. Ze moesten overal heen en iedereen tegenkomen. Dan konden ze over Jack en Nan vertellen voordat iedereen erover zou gaan roddelen en lang voordat de huwelijksaankondiging in de krant zou staan. Eve zei dat dit nu het enige was wat ze konden doen. Benny moest met opgeheven hoofd worden gezien. Ze wilde immers niet de rest van haar leven op medelijden teren. Ze wilde immers niet worden afgeschreven als iemand die in de steek was gelaten. Ze moest niemand de kans geven om *haar* het nieuws te vertellen, maar *zelf* moest ze degene zijn die het overal vertelt.
'Jij wilt iets onmogelijks,' zei Benny. 'Zelfs als ik het kon, dan nog zou iedereen het meteen doorhebben. Ze zouden meteen merken dat ik overstuur ben.'
'Maar ze zullen nooit denken dat je voor gek bent gezet,' zei Eve met fonkelende ogen. 'Het enige dat aan Jack te prijzen valt in deze rottigheid is dat hij het eerst aan jou heeft verteld. Hij heeft het aan jou verteld voordat hij bij zijn vrienden om raad is geweest. Hij heeft bij jou gebiecht voordat hij bij de kapelaan of bij zijn ouders heeft aangeklopt. Dat voordeel moet je uitbuiten.'
'Ik zou niet willen... en misschien is er nog hoop dat zijn ouders het niet toestaan.'
'Dat doen ze wel. Zeker als ze de geweren horen knallen uit de richting

van Nans familie en door de kerk op hun morele verantwoordelijkheid worden gewezen. En hij is al twintig. Over een paar maanden heeft hij hun toestemming niet eens meer nodig.'

Er bleef niet veel hangen van de avond. Ze kon zich er feitelijk alleen flarden van herinneren. Bill Dunne die vroeg of het een aprilgrap was. Hij kon niet geloven dat Jack met Nan Mahon ging trouwen. Als hij al ging trouwen, dan zou het toch zeker met haar moeten zijn? Dat zei hij drie keer tegen Benny.

Drie keer antwoordde ze opgewekt dat ze het veel te druk had met haar zaak in Knockglen en met het halen van haar kandidaats om aan trouwen te kunnen denken.

Carmel hield haar hand te stevig en te meelevend vast. Benny wilde hem terugtrekken, maar ze wist dat Carmel het goed bedoelde.

'Misschien loopt het allemaal nog goed af. En we blijven jou toch wel vaak zien, of niet?'

Sean zei dat hij zijn oren niet kon geloven. Hoe wilde Jack dat klaarspelen als getrouwd man, al die jaren dat hij nog moest studeren? Misschien zag hij wel van zijn studie af en ging hij meteen bij zijn oom in de zaak. En waar gingen ze wonen? De hele toestand was uitermate schokkend. Hoe dacht Jack in zijn levensonderhoud te gaan voorzien? Misschien was er al een heel gezin gepland. Gezien de haast lag dat eigenlijk voor de hand. Had Benny van Jack enig idee gekregen hoe hij zijn gezin ging onderhouden? Met opeengeklemde kaken zei Benny dat hij daar niets over had gezegd.

Johnny O'Brien vroeg zich af waar ze het hadden gedaan. Het zou het bewijs kunnen zijn dat je *wel* zwanger kon worden in een Morris Minor.

Toen ze uitgeput in Dunlaoghaire in bed lagen, zei Benny met een sarcastische intonatie dat ze hoopte dat Eve de avond de moeite waard had gevonden en dat alle doelen waren bereikt.

'Dat zit wel goed,' zei Eve opgewekt. 'Om te beginnen ben je nu zo moe dat je als een blok in slaap valt en ten tweede heb je morgen niets te vrezen als je iedereen tegenkomt. Ze weten dat je het nieuws hebt overleefd. Ze hebben je zien overleven.'

Aengus Foley had kiespijn. Hij had een watje met whiskey gekregen, maar weinig medelijden en weinig aandacht. De stem van zijn moeder had streng bevolen dat hij naar bed moest gaan, de deur achter zich dicht moest doen en leren beseffen dat een beetje pijn nu eenmaal bij het leven hoort. Het was niet voor altijd, het ging wel weer over, waarschijnlijk precies op het moment dat hij naar oom Dermot, de tandarts, moest.

Ze leken eindeloos met Jack te willen praten in de zitkamer. Twee keer was hij naar beneden geslopen om te horen waar het over ging, maar het nerveuze gesprek werd op gedempte toon gevoerd. De paar zinnen die hij opgevangen had, begreep hij niet.
Ondanks hun ingehouden stemmen waren John en Lilly Foley allebei witheet van woede toen ze in hun zitkamer het verhaal aanhoorden van de manier waarop hun zoon zijn leven had verpest.
'Hoe heb je zo stom kunnen zijn?' zei zijn vader keer op keer.
'Je kunt onmogelijk vader zijn, Jack, je bent zelf nog een kind,' zei zijn moeder terwijl tranen over haar wangen biggelden. Ze smeekten, ze pleitten, ze vleiden, ze dreigden. Ze zouden Nans ouders opzoeken, ze zouden het opnemen voor zijn carrière. Die mocht toch niet verpest worden voordat hij zelfs maar was begonnen?
'En hoe moet het met haar carrière? Die is in ieder geval naar de haaien.' Jacks stem klonk vlak.
'Wil je met haar trouwen?' vroeg zijn vader geprikkeld.
'Liever niet nu natuurlijk, niet binnen drie weken. Maar ze is een prachtmeid. We hebben samen geslapen. Ik ben degene geweest die daarop heeft aangedrongen. En nu blijft er geen andere weg open.'
Ze begonnen opnieuw te smeken. Ze kon naar Engeland gaan en daar het kind afstaan voor adoptie. Veel mensen deden dat.
'Het is mijn kind. Ik ga het niet weggeven aan vreemden.'
'Neem me niet kwalijk, Jack, maar weet je zeker dat het jouw kind is? Ik moet je dit vragen.'
'Nee, dat hoeft u niet te vragen, maar ik zal er toch op antwoorden. Ja, ik ben er absoluut zeker van dat het mijn kind is. De eerste keer dat ik met haar sliep, was ze nog maagd.'
Jacks moeder wendde haar hoofd vol afkeer af.
'Weet je echt zeker dat ze zwanger is? Is het geen vals alarm? Een bang meisje. Die dingen gebeuren, neem dat maar van mij aan.'
'Dat geloof ik best, maar dit keer niet. Ze heeft me de uitslag laten zien van het ziekenhuisonderzoek. Dat bevestigt alles.'
'Ik vind niet dat je met haar moet trouwen. Dat vind ik echt. Je bent niet eens een tijd achter elkaar met haar uitgeweest. Ze is niet iemand die je kent, die wij allemaal kennen, die we een aantal jaren kennen.'
'Ik ken haar vanaf de eerste dag dat ik op de universiteit ben. Ze is hier over de vloer geweest.'
'Ik zeg niet dat het geen leuke meid is...' Jacks vader schudde zijn hoofd.
'Je bent nu onder de indruk en geschrokken. Laat het even rusten. Laat er een paar weken overheen gaan.'
'Nee, dat is niet eerlijk tegenover haar. Als we zeggen dat we nog even willen wachten, denkt ze natuurlijk dat ik er anders over ben gaan denken. Ik wil niet dat ze dat denkt.'

'Wat vinden haar ouders van deze narigheid...?'
'Ze gaat het vanavond vertellen.'

Brian Mahon was nuchter. Hij zat sprakeloos aan de keukentafel toen Nan op vlakke toon aan haar vader, moeder en twee broers uitlegde dat ze over drie weken ging trouwen met Jack Foley, een rechtenstudent. Ze zag haar moeder staan handenwringen en manhaftig proberen niet in huilen uit te barsten. Ems droom lag in scherven.
'Daar komt niets van in,' brulde Brian Mahon.
'Ik denk dat het voor iedereen het beste is als ik het wel doe.'
'Het idee... Dacht je dat ik laat...' begon hij, maar hij stopte. Het had geen zin. Het kwaad was al geschied.
Nan keek hem koud, emotieloos aan, alsof ze vertelde dat ze naar de film ging.
'Ik neem aan dat jij hiervan al op de hoogte was.' Hij wendde de blik naar zijn vrouw.
'Ik heb het expres niet tegen Em verteld, zodat je haar er niet van zou kunnen beschuldigen dat ze dingen achterhoudt,' zei Nan.
'En verdomd, er valt ook niet een klein beetje achter te houden! Die kerel heeft je flink genaaid!'
'Brian!' gilde Emily.
'Dat is niet anders meer. Maar hij zal er goed voor betalen, wat we ook besluiten.' Hij zag er idioot uit, zoals hij met een kwaaie, rood aangelopen kop zat te proberen de grote jongen uit te hangen, in een situatie waarop hij geen enkel vat had.
'Jullie beslissen niks,' zei Nan koeltjes tegen hem. 'Ik beslis. Onze verloving wordt zaterdagochtend bekendgemaakt in de *Irish Times*.'
'Doe maar duur... de *Irish Times*,' zei Nasey. Dat was veruit de chicste krant en bij de Mahons kwam hij niet vaak binnen.
'Zo lang jij hier in huis woont, ben ik degene die de beslissingen neemt.'
'Daar moeten we het ook over hebben. Ik woon hier niet lang meer.'
'Nan, weet je dat nou wel zeker?'
Nan keek naar haar moeder, die er bleek en angstig bijstond. Ze had altijd in de schaduw van iemand anders geleefd, een lawaaiige dronken echtgenoot, een kwaadwillende werkgever in het hotel, een knappe dochter wier veeleisende dromen ze eigenhandig had opgebouwd.
Emily zou nooit veranderen.
'Beslist, Em. Ik weet het en ik doe het.'
'Maar de universiteit... je titel.'
'Die heb ik nooit gewild, dat weet je. Dat weten we allebei. Ik wou daar alleen heen om mensen te leren kennen.'
Moeder en dochter praatten tegen elkaar alsof de mannen niet bestonden. Ze wisselden zinnen uit zonder de beschuldigingen of excuses die

401

de meeste vrouwen in een dergelijke situatie zouden gebruiken. Ondanks de wreed verstoorde dromen.
'Maar het zou niet zomaar een student zijn die je wilde leren kennen. Niet op deze manier.'
'Met die ander is het niet gelukt, Em. De kloof was te groot.'
'Wat verwacht je eigenlijk dat wij doen als je met zulk nieuws thuiskomt...' Brian wilde een einde maken aan het gesprek waar hij geen woord van begreep.
'Ik wil iets vragen. Ben je wel of niet bereid een net pak aan te trekken en je de vier uur die een huwelijksplechtigheid duurt goed te gedragen, zonder een borrel in je hand?'
'En als ik dat niet ben?'
'Als ik alleen maar het *vermoeden* heb dat dit niet zo is, dan gaan we in Rome trouwen. Dan vertel ik aan iedereen dat mijn vader niet wenste te betalen voor het huwelijk.'
'Doe maar, doe dat maar,' dreigde hij.
'Als het nodig is, doe ik dat. Maar ik ken jou, jij staat dadelijk op te scheppen tegen je maten en tegen je klanten dat je dochter een goede partij gaat trouwen. En je gaat graag een mooi pak huren, want je bent nog steeds een knappe vent en dat weet je maar al te goed.'
Emily Mahon staarde haar dochter met open mond aan. Ze was zonder enige aarzeling recht op haar doel afgegaan. Ze wist precies hoe ze haar vader haar bruiloft moest laten betalen
Brian zou aan niets anders meer denken. Kosten noch moeite zouden worden gespaard.

'Ga het weekeinde met haar mee,' drong Kit bij Eve aan.
'Nee, ze moet dit zelf opknappen.'
Knockglen had snel zijn oordeel klaar en het was daarom belangrijk het verhaal zelf in omloop te brengen. Als Benny daar aan een paar mensen vertelde dat haar relatie met Jack Foley voorbij was, dan zouden er verder niet te veel roddels ontstaan. Benny kreeg het van de zomer al moeilijk genoeg, daar had ze het opdringerige meegevoel van Knockglen niet bij nodig. Eve was een expert in het de kop indrukken van medelijden van Knockglen.

Haar moeder was nog in de winkel. Het was na zevenen. Benny was op weg naar huis, maar had uit gewoonte even naar binnen gekeken. Ze had een sleutel en maakte de winkeldeur open.
'Grote genade, ik schrik me dood.'
Annabel Hogan stond op een stoel en probeerde iets te pakken dat bovenop een kast lag te verstoffen. Annabel hoopte dat het mooie rollen inpakpapier waren met de naam Hogan erop. Eddie had die jaren gele-

den gekocht, maar ze bleken zo moeilijk af te scheuren. Weggegooid waren ze niet. Misschien lagen ze hierboven, onder het stof.
Benny bestudeerde haar levendige gezicht. Misschien dat oudere mensen echt konden herstellen na bepaalde ervaringen. Het was moeilijk te geloven dat deze vrouw dezelfde was als het lusteloze slachtoffer dat kleumend bij het vuur had gezeten en haar boek uit haar hand had laten glijden. Nu was ze bezig en bezet, stonden haar ogen helder en klonk haar stem expressief.
Benny zei dat zij het beter kon proberen, omdat ze groter was. Hier lagen inderdaad de gezochte rollen. Ze tilde ze naar beneden. Morgen zouden ze het geheel eens afstoffen en bekijken of de rollen te gebruiken waren.
'Je ziet er moe uit. Heb je een drukke dag gehad?' vroeg haar moeder. Het was een dag vol kwellingen geweest. Het had haar pijn gedaan om door de gangen te lopen en in de collegezalen te zitten terwijl het verhaal over Jack en Nan zich als een lopend vuurtje verspreidde. Sheila was zelfs op haar toegestapt met een betoon van medeleven dat nog het meest op een condoléance leek. Diverse groepjes waren stilgevallen als Benny eraan kwam.
Maar Eve had gelijk gehad. Het was beter dat tegelijkertijd ook het verhaal de ronde deed dat Benny niet in de rouw was. Dat ze in staat was geweest er opgewekt over te praten. Jack of Nan lieten zich niet op college zien. Benny bleef maar denken dat Jack bij wijze van verrassing opeens te voorschijn zou komen, dat hij zou lachen en haar tegen zich aan drukken en dat de hele toestand alleen een boze droom was geweest.
Haar moeder wist van dit alles natuurlijk niets af. Maar ze zag wel dat Benny uitgeput was.
Naar haar idee had ze precies het juiste achter de hand om haar dochter op te vrolijken.
'Kom eens kijken wat Patsy en ik de hele dag hebben gedaan. We hebben op de eerste verdieping met de meubels staan schuiven. We dachten dat het nu perfect is voor jullie feest, voordat we er gaan schilderen. Dan kunnen jullie nu zoveel troep maken als nodig is, zonder je ergens zorgen over te maken. Er zouden hier zelfs een paar jongens kunnen blijven slapen en de meisjes kunnen bij ons...'
Benny's gezicht was versteend. Ze had het feest helemaal vergeten. Het grote samenzijn dat op het programma stond voor het weekeinde na Pasen. Jack en zij hadden bijna over niks anders gesproken de afgelopen weken als ze met hun vrienden waren. En steeds weer, misschien wel elke avond, had hij afscheid van haar genomen en was vervolgens met Nan naar bed gegaan.
Ze sidderde bij de gedachte aan hoe ze was bedrogen en hoe hij deson-

danks met tranen in zijn ogen had gezegd dat hij het zichzelf nooit zou kunnen vergeven en dat hij meer spijt had dan hij kon zeggen. Ze liep woordeloos achter haar moeder aan de trap op en luisterde naar de geanimeerde monoloog over het feest dat er nooit zou komen. Toen ze geen reactie kreeg, liet haar moeder langzaam haar stem wegsterven.
'Ze komen toch wel, of niet?'
'Ik weet het niet zeker. Tegen die tijd is er een heleboel veranderd.' Benny slikte. 'Jack en Nan gaan trouwen,' zei ze.
Haar moeder keek haar met open mond aan.
'Wat zeg je?'
'Jack. Hij gaat met Nan trouwen. Dus dat feest gaat er misschien heel anders uitzien.'
'Jack Foley... jouw Jack?'
'Hij is mijn Jack niet meer. Al een tijdje niet meer.'
'Maar wanneer is dit allemaal gebeurd? Je hebt er geen woord over gezegd. Het kan niet waar zijn dat ze gaan trouwen.'
'Jawel, moeder. Hun verloving wordt morgen in de *Irish Times* bekendgemaakt.'
De uitdrukking op het gezicht van haar moeder was haast niet te verdragen. Het naakte medelijden, het totale niet-begrijpen, het zoeken naar woorden.
Benny besefte dat Eve wellicht gelijk had met haar harde methode om je gezicht te redden. Hoe erg het nu ook was, het zou nog veel erger zijn geworden als ze niets had gezegd en haar moeder het van anderen moest horen. Aan de universiteit had ze het ergste al gehad – de schok, het leedwezen en het gefluister. Ze konden er niet mee door blijven gaan als ze zagen dat Benny zelf bij haar positieven bleef. Wat ze het moeilijkste vond, was de pose alsof haar relatie met Jack onbelangrijk was geweest, zo'n verhouding zonder gebroken harten na afloop.
'Benny, ik vind het zo erg. Ik kan je niet zeggen hoe erg ik het vind.'
'Laat ook maar, moeder. U hebt altijd al gezegd dat die studentenliefdes komen en gaan...' Dat waren de goede woorden, maar ze kwamen er een beetje bibberig uit.
'Ik neem aan dat ze...'
'Ze kijkt er erg naar uit, zeker, en... en... zo.'
Als haar moeder nu iets verkeerds zei, dan zou ze het laatste beetje beheersing verliezen. Als ze haar nu maar niet omhelsde of iets zei over de wispelturigheid van mannen.
Die paar weken in zaken moesten Annabel heel wat over het leven hebben geleerd.
Ze schudde slechts haar hoofd om die jeugd van tegenwoordig en toen stelde ze voor om snel naar huis te gaan voordat Patsy een zoektocht naar hen zou laten instellen.

404

Na het eten ging ze naar Clodagh. Ze liep onrustig rond en pakte dingetjes op en zette ze weer neer. Ze babbelden wat over kleinigheden. Clodagh zat te naaien, maar hield haar nauwlettend in het oog.
'Ben je zwanger?' vroeg Clodagh ten slotte.
'Ik niet, helaas,' zei Benny. Ze vertelde het hele verhaal. Clodagh ging door met haar werk. Ze knikte en stemde in, was het soms ergens mee oneens en stelde vragen. Geen een keer zei ze dat Jack Foley een hufter was en dat Nan Mahon iets nog ergers was omdat ze haar vriendin zo had bedrogen. Ze accepteerde het als iets dat bij het leven hoorde.
Benny voelde zich sterker worden tijdens het gesprek. Het prikken van haar neus, de aandrang om te huilen, was een beetje minder.
'Ik geloof nog steeds dat hij van me houdt,' zei ze timide aan het einde van het verhaal.
'Zou best kunnen.' Clodagh bleef zakelijk. 'Maar dat is nu niet belangrijk. Belangrijk is wat mensen doen, niet wat ze zeggen of voelen.'
Ze klonk net als Eve, zo beslist, zo zeker. Op afstandelijke toon zei ze dat Jack en Nan hun huwelijk en hun kinderen waarschijnlijk niet beter of slechter zouden aanpakken dan de meeste mensen. Daar kwam het op neer. Een echtpaar met een kind. En dan nog een en nog een. Of Jack nog steeds van Benny hield, deed er niet toe. Hij had zijn keuze gemaakt. Hij had, zoals men dat noemt, de fatsoenlijke oplossing gekozen.
'Dat is de juiste keuze,' zei Benny tegen haar zin.
Clodagh haalde haar schouders op. 'Misschien wel, misschien niet, maar het is in ieder geval de keuze die hij heeft gemaakt.'
'Je komt er wel overheen, Benny,' zei ze troostend. 'En om hem recht te doen, al doe ik dat op dit moment niet graag... hij wil ook dat je er overheen komt. Hij heeft het beste met je voor. Dat beschouwt hij als liefde, denk ik.'

's Avonds laat zei Patsy aan de keukentafel dat alle mannen varkens zijn en dat knappe mannen nog grotere varkens zijn dan gewone mannen. Ze hadden hem hier nog wel zo keurig ontvangen en onthaald, maar zo'n enorm varken kon niet eens zien wie wel en wie geen dame was. Hij was er te laat achtergekomen dat Nan, ondanks haar mooie praatjes, geen dame was.
'Ik denk niet dat hij op zoek was naar een dame,' zei Benny, 'maar eerder naar een minnares. En wat dat aangaat kon ik hem niet van dienst zijn.'
'Dat is heel verstandig van je geweest,' zei Patsy. 'Is het al niet erg genoeg dat we het dag in dag uit moeten doen als we getrouwd zijn en een dak boven ons hoofd hebben? Dan ga je het ze toch niet van tevoren gratis en voor niks geven?'

Het leek een sombere schaduw te werpen over de toekomst die Patsy en Mossy tegemoet gingen. Het was vrijwel onmogelijk je voor te stellen hoe seks bij andere mensen verliep, maar het deprimeerde je om te bedenken dat Patsy er zo tegenop zag.

Patsy schonk nog wat warme chocola in en zei dat ze Nan alle ellende van de wereld toewenste. Ze hoopte dat haar baby een bochel zou hebben en scheel was.

Hierbij wordt bekendgemaakt dat Ann Elizabeth (Nan), enige dochter van de heer en mevrouw Brian Mahon, Maple Gardens, Dublin, en John Anthony (Jack), oudste zoon van de heer en mevrouw John Foley, Donnybrook, Dublin, zich hebben verloofd.

'Ik heb vanmorgen de *Irish Times* gelezen.' Sean Walsh was net zolang met zijn twee honden de straat op en neer gelopen totdat hij Benny was tegengekomen.
'O ja?'
'Wel een verrassing zeker?'
'Dat van prinses Soraya?' vroeg ze onschuldig. De sjah van Perzië stond op het punt van zijn vrouw te scheiden. Er was veel over te doen geweest in de pers.
Sean was teleurgesteld. Hij had op een betere reactie gehoopt, dat ze het hoofd had laten hangen of in verlegenheid gebracht zou zijn.
'Ik bedoelde de verloving.'
'Van Nan Mahon? Staat het in de krant? We wisten niet wanneer ze het officieel bekend zouden maken.'
'Maar die man... ze gaat met jouw vriend trouwen.' Sean was inmiddels helemaal in de war.
'Jack? Ja natuurlijk.' Benny hield zich compleet van de domme.
'Ik dacht dat jij met hem...' stamelde Sean.
Benny hielp hem een beetje. Ze hadden inderdaad iets gehad, ze waren zelfs met elkaar gegaan, zoals men dat noemt. Maar ja, het studentenleven stond bekend om zijn vluchtige liefdes, het was net een stoelendans. Sean keek haar lang en scherp aan. Hij zag zich op zijn geplande moment van glorie niet graag bij de neus genomen.
'Kijk, kijk, kijk. Het doet me deugd om te merken dat je het zo opneemt, Benny. Ik moet zeggen, toen ik ze hier in Knockglen zag, dacht ik dat het een beetje... nou ja, een beetje onkies was, begrijp je. Ik heb toen maar niets tegen je gezegd, want ik wilde niemand ongerust maken.'
'Daar ben ik van overtuigd, Sean. Maar hier waren ze niet, hoor. Niet hier in Knockglen. Dat heb je mis.'
'Dat denk ik niet,' zei Sean Walsh.

Ze dacht na over de manier waarop hij dat had gezegd. Ze dacht eraan dat Clodagh Jack bij de benzinepomp van Dessie Burns had gezien. Ze bedacht dat Johnny O'Brien zich had afgevraagd waar ze het hadden gedaan. Maar dit kon ze onmogelijk geloven. W*aar* zouden ze heen zijn gegaan? En als Jack van haar hield, hoe had hij het dan over zijn hart kunnen verkrijgen om juist in haar dorp met een ander naar bed te gaan?

Ondanks alles ging het weekend voorbij. Het kostte haar moeite om te accepteren dat het niet Jack kon zijn als de telefoon ging. Bij alle plannen van Fonsie over het feest was het moeilijk om de gedachte toe te laten dat er niemand zou komen. En het was bijna niet te geloven dat hij niet in de Annexe met onrustige ogen op haar wachtte, haar zou wenken en blij zou zijn om haar te zien.

Het allermoeilijkste om te vergeten was dat hij aan de oever van het kanaal had gezegd dat hij nog steeds van haar hield.

Voor Eve en Clodagh was het gemakkelijk om daar overheen te stappen. Maar Benny kende Jack voldoende om te weten dat hij het niet zou zeggen als hij het niet meende. Maar als hij echt van haar hield, dan sloeg de rest nergens op.

Ze wilde er zelfs niet aan denken om Nan te zien. Onontkoombaar kwam de dag, volgende week misschien, dat ze haar tegen zou komen. Er deden tegenstrijdige verhalen de ronde. Nan zou haar studie afmaken, terwijl haar moeder voor de baby zorgde. Of Nan wilde onmiddellijk haar biezen pakken en was nu op zoek naar een flatje. Benny had het verlovingsbericht uit de krant geknipt. Ze las het steeds opnieuw om er maar een betekenis in te kunnen ontdekken.

John Anthony. Dat wist ze. Ze wist zelfs dat hij bij zijn Heilig Vormsel de naam Michael had aangenomen, zodat zijn initialen J.A.M. waren. Ze had niet geweten dat Nans doopnamen Ann Elizabeth waren. Waarschijnlijk was Nan een koosnaampje geweest toen ze nog een wolk van een baby was. Een baby die kon krijgen wat ze wilde. Altijd. Misschien had ze Simon Westward niet kunnen krijgen en daarom Jack maar genomen. Wat oneerlijk van Simon om Nan niet te willen hebben. Zo moest het gegaan zijn. Benny was woedend op hem, met al zijn snobisme. Nan was precies de juiste persoon geweest om de Westlands wat op te fleuren. Als die verhouding gewoon was doorgegaan, dan was dit allemaal niet gebeurd.

Benny stond achter de toonbank om haar moeder en Mike tijd te geven voor bespreking van de nieuwe collectie. Heather kwam binnen in haar schooluniform.

Ze kwam langs om een zakdoek voor haar grootvader te kopen. Het

was een cadeautje omdat hij zo ziek was. Dan zou hij zich misschien een beetje beter voelen. Hadden ze er ook die niet al te duur waren? Benny vond er een en vroeg of ze hem moest inpakken. Heather vond het beter van niet. Ze dacht dat hij het papier niet los zou kunnen krijgen. Misschien een zakje.
'Misschien begrijpt hij niet eens wat het is, maar als hij zich niet goed voelt, moet je toch iets doen?' Ze zocht bevestiging bij Benny.
Benny vond dat ze gelijk had. Ze gaf haar de zakdoek voor de oude man, die Eve had toegeschreeuwd en Eve's moeder een hoer had genoemd.
Hij had misschien net zoiets gedaan als Simon met Nan had willen trouwen.
Plotseling vroeg Benny zich met een schok af of Nan met Simon naar bed was geweest. Stel dat ze dat had gedaan. Stel dat ze dat inderdaad had gedaan, dan zou het kind van *hem* kunnen zijn en niet van Jack.
Waarom was ze daar niet eerder opgekomen?
De situatie die zo onoplosbaar leek, zou uiteindelijk misschien toch nog opgelost kunnen worden.
Die gedachte deed haar helemaal opleven. Ze zag dat Heather met een zekere schrik naar haar keek.
Ze *moest* hier met Jack over praten. Dat moest. Hij kon niet gedwongen worden om te trouwen met iemand van wie hij niet hield, terwijl het niet zijn kind was. Het maakte niet uit dat hij met Nan naar bed was geweest. Benny zou hem dat vergeven. Zoals ze hem dat gedoe in Wales had vergeven. Het maakte haar niets uit, als hij maar van haar hield.
Maar het gevoel van opwinding, het sprankje hoop, ebde weer weg. Benny besefte dat ze zich aan een strohalm probeerde vast te klampen. Dat Jack en Nan hier waarschijnlijk allang over hadden gesproken. Kon ze zich maar herinneren hoe lang geleden ze Nan voor het laatst enthousiast over Simon had horen praten. Immers, als het al tijden uit was... dan was er geen hoop.
En Jack zou toch niet zo stom zijn om...
Hij zou het toch wel gemerkt hebben, of niet? Mannen wisten dat toch altijd. Daarom moest je je maagdelijkheid bewaren tot je getrouwd was, zodat zij konden constateren dat het de eerste keer was.
Nee, het was domme, ijdele hoop.
Als ze aan deze mogelijkheid vasthield, zou dat tot een enorme confrontatie leiden. Jack werd natuurlijk vreselijk boos als ze dit aan hem voorlegde. De onbeschaamde suggestie dat Nan het kind van een ander op hem probeerde af te schuiven.
Ze kon de gedachte beter uitbannen.
Heather stond nog steeds in de winkel. Ze treuzelde, alsof ze nog iets wilde vragen.

'Kan ik nog iets voor je doen, Heather?'
'Heb je over het passiespel gehoord? Eve en Aidan komen ook. Het is op Witte Donderdag. Zou jij ook willen komen? Dan heb ik tenminste een groepje fans.'
'Ja hoor, dat doe ik, dank je.' Ze was er met haar gedachten niet bij. 'Ik dacht dat ik Simon gedwongen had om te komen, maar hij is in Engeland. Misschien is hij met Pasen niet eens terug.'
'Wat is hij aan het doen?'
'Ze denken dat hij die vrouw ten huwelijk gaat vragen. Ze zwemt in het geld.'
'Dat zou fijn zijn.'
'Dan kunnen we de riolering en de hekken laten doen.'
'Vind je het niet vervelend dat er iemand anders bij jullie intrekt?'
'Welnee, ik merk er waarschijnlijk toch niks van.' Heather was praktisch ingesteld.
'Dat met die Engelse dame...' informeerde Benny, 'is dat al een tijdje aan de gang of is het pas begonnen?'
'Al eeuwen,' zei Heather. 'Het werd tijd dat er iets gebeurde.'
Dus dat was ook weer bekeken. Het sprankje hoop dat Simon bij de hele toestand betrokken kon worden, doofde uit.
Benny daalde weer af in haar afwezigheid. Heather had net op het punt gestaan om te gaan vertellen over de grote ruzie die er met Nan was geweest. Dat Nan zo'n vier weken geleden in vol ornaat naar de Westlands was gekomen, dat er een woordenwisseling was geweest in de ontbijtzaal en dat ze met Simons auto naar de bushalte was gereden en niet had toegestaan dat hij haar bracht.
Heather wist de datum nog precies, omdat juist die dag de rollen voor het passiespel werden verdeeld en zij erg zenuwachtig was geweest. Als ze het had kunnen vertellen, dan zou Benny hebben geweten dat precies diezelfde dag het feest van de rugbyclub was geweest. Dat feest waar zij niet heengegaan was, maar Nan wel. Die avond was het allemaal begonnen.

Nan ging op zondag naar de Foleys om met iedereen kennis te maken. Ze was onberispelijk gekleed. Lilly erkende dat ze zich voor Nan in ieder geval niet hoefden te schamen waar het haar uiterlijk betrof. Haar buik was nog plat en op haar manieren was niets aan te merken.
Ze beklom de trappen van het grote huis in Donnybrook als iemand die dat in rechte deed en niet als een meisje uit de werkende klasse aan wie de zoon des huizes zich had vergrepen. Ze praatte rustig en ze nam geen blad voor de mond. Ze deed evenmin pogingen om op speciale punten in de smaak te vallen.
Ze besteedde meer aandacht aan dokter Foley dan aan diens vrouw,

409

wat de juiste houding zou zijn geweest van elk intelligent meisje dat hier kwam.
Tegen Kevin, Gerry, Ronan en Aengus deed ze aardig, maar niet overdreven. Ze onthield hun namen, haalde ze niet door elkaar, maar ze probeerde de jongens niet tot instemming te bewegen.
Lilly Foley bekeek haar met afkeer, dit bijdehante, listige meisje zonder moraal, dat haar oudste zoon erin had geluisd.
Er was niettemin weinig aan te merken op haar optreden. De tafelmanieren van het meisje waren onberispelijk. Na het eten dronken ze gevieren koffie in de zitkamer. Nan praatte op zo'n heldere en natuurlijke manier dat de ouders van Jack in verwarring raakten.
'Ik begrijp wat voor teleurstelling dit voor u moet zijn en ik zie ook hoe goed u dit alles opneemt. Daar wil ik u hartelijk voor bedanken.'
Ze mompelden verschrikt dat er heus geen sprake was van teleurstelling.
'Ik neem aan dat Jack u heeft verteld dat mijn familie heel wat eenvoudiger is dan de uwe en minder hoog opgeleid. In veel opzichten is hun hoop wat mij aangaat eerder vervuld dan verwoest, als ik in een familie als de uwe introuw.'
Daarna legde ze uit wat voor soort huwelijksfeest ze in gedachten had en dat haar vader de kosten wilde dragen. Een lunch voor twintig of dertig mensen in een van de betere hotels. Een goede mogelijkheid was het hotel waar haar moeder werkte.
Er zouden maar kleine toespraakjes worden gehouden, aangezien haar vader geen redenaarstalent bezat. Voor haar bruidskleding dacht ze aan een grijzig satijnen jasje en jurk, in plaats van een witte bruidsjurk met sleep. Ze hoopte dat er een paar vrienden van Jack en haarzelf zouden willen komen. Van haar kant zouden verder haar ouders, haar twee broers, twee zakenrelaties van haar vader en een tante van de partij zijn.
Nadat Jack en Nan waren uitgegaan, met als doel een theevisite in Maple Gardens, keken John en Lilly Foley elkaar aan.
'En?' zei ze.
'En wat?' antwoordde hij.
In de stilte die volgde, schonk hij voor hen beiden een cognacje in. Het was niet hun gewoonte om 's middags alcohol te drinken, maar de omstandigheden waren uitzonderlijk.
'Ze ziet er erg netjes uit,' zei Jacks moeder met tegenzin.
'En ze is praktisch. Ze had de uitslag van de test in haar tasje om te kunnen laten zien voor het geval we twijfels hadden.'
'En ze is heel eerlijk over haar achtergrond.'
'Maar ze heeft met geen woord gezegd dat ze van Jack hield,' zei dokter Foley met een zorgelijke frons op zijn voorhoofd.

In Maple Gardens stond de thee al klaar. Op een schaal lagen crackers met sardientjes, op een andere crackers met eiersalade. Er was een gekochte cake en een schaal bonbons. Nasey en Paul waren gekleed in donkerblauwe pakken en overhemden. Brian Mahon droeg zijn nieuwe bruine pak. Hij had het pak goedkoper kunnen krijgen doordat hij voor de winkelier een paar blikken verf had geregeld. Verf die hemzelf niks had gekost.
'Dat hoef je straks niet allemaal aan Jack Foley te vertellen,' had Emily gewaarschuwd.
'Jezus Christus, hou je nou eindelijk eens op met je gezeur? Ik heb beloofd van de fles af te blijven tot we dit achter de rug hebben, wat een mooie belofte is voor een vent die wordt kaalgeplukt voor een chique bruiloft. Maar het lijkt alsof er helemaal geen grenzen meer zijn – als je een vinger geeft, nemen jullie de hele hand...'
Jack Foley was een knappe jongeman. Hij zat tijdens de thee naast Nan. Hij at van alles een beetje. Hij bedankte meneer Mahon voor zijn gulle bijdrage aan de bruiloft. Hij bedankte mevrouw Mahon voor al haar goede zorgen. Hij sprak de hoop uit dat Paul en Nasey bruidsjonker wilden zijn.
'Je hebt amper bruidsjonkers nodig als er zo weinig mensen komen,' zei Nasey, die vond dat twintig bruiloftsgasten wel erg weinig was.
'Wie wordt je getuige?' vroeg Paul.
Jack was daar nog niet zeker van. Hij had er nog niet echt over nagedacht. Een van zijn broers misschien.
Hij durfde Aidan niet te vragen, vanwege diens verhouding met Eve. Bill Dunne of Johnny? Het lag eerlijk gezegd allemaal een beetje moeilijk.
Hij richtte zich tot Nan. 'Wie wordt het bruidsmeisje?' vroeg hij.
'Geheim,' zei Nan.
Ze praatten over woningen en etages. Brian Mahon zei dat hij wel een lijstje namen kon maken van aannemers die gespecialiseerd waren in verbouwingen, mochten ze een oud huis vinden en het willen opknappen.
Jack zei dat hij bij zijn oom op kantoor zou gaan werken, eerst als klerk en vervolgens als leerling. Hij zou zo spoedig mogelijk les gaan nemen in boekhouden om zich in zijn nieuwe werk een beetje nuttig te kunnen maken.
Een aantal malen voelde hij de blik van Nans moeder op zich gericht, een teleurgestelde blik.
Ze was vanzelfsprekend geschrokken van haar dochters zwangerschap, maar hij voelde dat er nog meer achter zat.
Terwijl Nan opgewekt praatte over souterrains aan de South Circular Road en zolderappartementen in Rathmines, vulden de ogen van Emily

Mahon zich met tranen. Ze probeerde ze ongezien weg te vegen. Jack voelde dat ze een zwaar verdriet torste, alsof ze met haar mooie dochter iets heel anders had voorgehad.
Toen ze vertrokken waren, maakte Brian Mahon zijn bovenste knoopje los.
'Er valt niet veel op hem aan te merken.'
'Ik heb toch nooit iets op hem aan te merken gehad,' zei Emily.
'Hij heeft zijn lol gehad en hij wil ervoor boeten. Dat pleit tenminste voor hem,' zei Brian Mahon niet van harte.
Emily Mahon verwisselde haar goede blouse weer voor een oude. Ze bond een schort voor en begon de tafel af te ruimen. Ze kon er lang en breed over blijven piekeren, maar ze zou nooit begrijpen waarom Nan hier genoegen mee nam.
Nan en zij hadden nooit de charmes van zitslaapkamers, studentenflats en halfbakken renovatiebouw besproken. Jarenlang hadden ze tijdschriften doorgebladerd om de huizen te bekijken waar Nan misschien ooit zou wonen. Ze hadden geen moment gedacht aan een overhaast studentenhuwelijk.
Nan beweerde stellig dat haar verhouding met Simon Westward allang voorbij was en dat die nooit serieus was geweest. Ze probeerde haar moeder bijna met te veel stelligheid te overtuigen hoe lang het al voorbij was.
Brian trok zijn gewone kleren aan om naar de kroeg te gaan.
'Kom op, jongens, we gaan een pilsje pakken en weer een keer normaal praten.'
Emily liet de gootsteen vollopen met warm water en deed de afwas. Ze maakte zich echt grote zorgen.

Jack en Nan zaten in de auto van zijn vader.
'Het ergste hebben we nu gehad,' zei ze.
'Het komt allemaal goed,' verzekerde hij haar.
Ze geloofde niet echt dat het ergste achter de rug was en hij geloofde niet dat alles goed zou komen.
Maar dat wilden ze niet toegeven.
Het had immers zwart op wit in de krant gestaan. De kapelaan zou zeer binnenkort een datum vaststellen.

Aidan Lynch zei dat de zondagen niet meer hetzelfde waren zonder Heather.
Eve zei dat hij was uitgenodigd om te komen kijken hoe Heather in een laken gehuld Onze Lieve Heer zijn last zou helpen dragen. Volgende week, op Witte Donderdag, kon hij dan? Aidan zei dat het hem hartstikke leuk leek. Konden ze bloemen meenemen voor Heathers première?

Eve zei dat hij nog erger was dan Heather zelf. Het was een religieus schouwspel, geen show met zang en dans. Toch leuk dat hij meekwam. Hij mocht zelfs in haar huisje blijven slapen.
'Een goedmakertje omdat het feest niet doorgaat,' zei Eve.
'Waarom gaat het feest niet door?' vroeg Aidan.
Rosemary zat met Bill en Johnny in de Annexe. Ze zei dat Tom, haar medicijnenvriendje, genezende handen had. Ze wilde geen flauwe grapjes over dit onderwerp horen. Ze vertelde dat hij laatst bij haar een barstende hoofdpijn zo had weggemasseerd.
'Jammer dat het feest in Knockglen nu niet doorgaat,' zei ze. 'Ik had me erop verheugd om Tom aan jullie voor te stellen.'
'Waarom gaat het feest niet door?' vroeg Bill Dunne.
'Ik heb helemaal niet gehoord dat het is afgelast,' zei Johnny O'Brien.

Jack ging niet meer naar college. Hij was niet officieel gestopt, maar hij zat de hele dag op het kantoor van zijn oom. Om de kneepjes te leren. Aidan had om zes uur met hem afgesproken.
'Heeft hij wel tijd om uit te gaan en pilsjes te drinken?' zei Eve afkeurend.
'Luister, hij is niet tot de galeien veroordeeld. Hij heeft geen halsmisdrijf begaan. Hij gaat alleen maar trouwen. Dat is niet het einde van de wereld,' zei Aidan.
Eve haalde haar schouders op.
'En nog iets. Ik word zijn getuige, als hij me vraagt.'
'Daar komt niks van in!' Eve stond perplex.
'Hij is mijn vriend. Hij kan op me rekenen. Op een vriend moet je kunnen rekenen.'

Nan verscheen op de universiteit. Ze kwam om tien uur 's morgens op college en voegde zich daarna in de stroom die richting Annexe ging. Er ontstond enige commotie toen men haar in de rij zag staan.
'Nou, ik ga er maar eens vandoor, denk ik,' fluisterde Rosemary tegen Carmel. 'Als er iets is waar ik niet tegenkan, dan is het een bloedbad.'
'Benny doet heus niks,' fluisterde Carmel terug.
'Dat zal best, maar heb je het gezicht van Eve al gezien?'

Benny probeerde Eve te kalmeren. Het was belachelijk om van Nan te eisen dat ze haar gezicht op de universiteit niet meer liet zien. Benny smeekte Eve om geen scène te gaan maken. Wat voor zin had het gehad dat Eve haar zo fantastisch had begeleid om haar verdriet in het openbaar het hoofd te bieden als Eve het nu zelf allemaal ging verpesten?
'Daar heb je gelijk in,' zei Eve opeens. 'Het was gewoon even een driftaanval.'

413

'Goed, misschien is het dan beter als jij nu de andere kant opgaat, voor het geval die aanval nog eens komt opzetten?'
'Dat kan ik niet, Benny. Ik ben te bang dat jij zo verdomde aardig doet dat je binnen de kortste keren met haar zit te babbelen over haar bruidsjapon en misschien wel aanbiedt om babysokjes te breien voor hun kindje.'
Benny kneep haar vriendin in haar hand. 'Ga weg, Eve, alsjeblieft. Het is beter als ik nu even alleen ben. Ik doe heus niet wat jij net zei. En bovendien komt ze toch niet bij ons zitten.'
Nan ging naar een andere tafel. Ze dronk koffie met een groepje dat ze van een andere werkgroep kende.
Ze keek opzij naar Benny, die terugkeek.
Geen van beiden maakte een gebaar of deed een mond open. Nan wendde haar blik het eerste af.

Nan lag op bed. Jack was met Aidan uit. Dat had haar verbaasd. Ze dacht dat er van de kant van Eve een zware boycot zou zijn.
Maar mannen namen dingen gemakkelijker op. Ze schonken eerder vergeving. Mannen waren en hadden het in alle opzichten gemakkelijker. Ze had haar voeten hoog gelegd op twee kussens.
Als Em een ander soort moeder was geweest, dan had ze de vraag gesteld die ze nu de hele tijd probeerde te ontwijken. Emily Mahon was er zeker van dat haar dochter door Simon Westward zwanger was geraakt. Ze begreep niet waarom haar prinsesje door die ene misstap haar hele levensdroom liet vernielen. Emily zou voorgesteld hebben om naar Engeland te gaan, het kind te laten adopteren en weer opnieuw te beginnen.
Opnieuw op jacht, zoeken naar de weg naar een beter leven. Maar Em wist niet dat Nan moe was. Moe en uitgeput van het doen alsof. Dat ze nu iemand had, een goed en eerlijk mens, die niet zoiets als een levensplan had... geen systeem waarin zwart soms voor wit moest doorgaan. Zoals dat de hele tijd bij haar was geweest. En zoals Simon zich liet doorgaan voor een rijk man.
Jack Foley was zichzelf.
Als hij te horen kreeg dat een kind het zijne was, dan accepteerde hij dat. En als het geboren werd, dan zou het van hen beiden zijn. Ze kon van de universiteit af. Ze had een goede indruk op de Foleys gemaakt. Dat kon ze merken. Achterin hun tuin stond een klein tuinhuis. Over een tijdje werd dat opgeknapt en weer een tijd daarna zouden ze in een huis als dat van zijn ouders wonen. Ze zouden mensen uitnodigen, avondjes organiseren en ze kon contact blijven houden met haar moeder.
Het zou een vredig leven zijn vergeleken met die eeuwigdurende wed-

strijd. Het spel waarbij de doelen bleven bewegen en de regels steeds veranderden.

Nan Mahon ging met Jack Foley trouwen, niet alleen omdat ze zwanger was, maar vooral omdat ze op bijna twintigjarige leeftijd doodmoe was.

Kit Hegarty had een citroenkleurig broekpak en een witte blouse gekocht voor haar uitstapje naar Kerry.
'Je moet er nog iets kleurigs bij vinden. Ik vergeet steeds dat we zoiets niet meer even aan Nan kunnen vragen.'
'Heb je haar al gesproken?'
'Nee.'
'Mijn God, wat ben jij een harde. Ik zou je niet graag als vijand hebben.'
Meneer en mevrouw Hayes, de buren, waren gekomen om Kit een goede reis te wensen. Ann Hayes vond dat een grote koperen broche goed bij haar kleding zou passen. Ze had er thuis nog eentje liggen. Meneer Hayes bekeek Kit met bewondering.
'Lieve Heer, Kit, je ziet eruit als een bruid,' zei hij.
'Overdrijf het nou niet. Het is maar een uitje.'
'Jouw Joseph zou je van harte een andere kerel hebben gegund. Dat heeft-ie vaak gezegd.'
Kit keek hem perplex aan. Hoe kon Joseph Hegarty iets tegen meneer Hayes hebben gezegd? Hij kende hem nauwelijks.
Ze bedankte hem, maar kon het niet nalaten om haar gedachten uit te spreken.
'Dat is niet zo, Kit. Hij kende ons goed. Hij stuurde ons de brieven voor jullie zoon.'
Eve's hart kromp ineen. Waarom moest die vent dat net nu vertellen?
'Hij wilde contact houden met zijn jongen. Hij schreef iedere maand en gaf steeds zijn adres door als hij weer eens naar een andere plaats verhuisde.'
'En Frank heeft die brieven gelezen?'
'Frank heeft ze allemaal gelezen. Hij heeft Joseph vorige zomer opgezocht toen hij bonen ging inblikken in Engeland.'
'Waarom heeft hij dat niet verteld? Waarom hebben ze dat geen van beiden verteld?'
'Ze wilden je niet kwetsen. De tijd was nog niet rijp om het je te vertellen.'
'Waarom is de tijd nu wel rijp?'
'Joe Hegarty heeft me voor zijn dood geschreven. Hij wilde dat ik het je vertelde als je een geschikte man tegenkwam. Vergeet je zorgen dat je zoon van zijn vader beroofd was, omdat het nooit zo is geweest.'
'Wist hij dat hij ging sterven?'

415

'Natuurlijk, we weten allemaal dat we moeten sterven,' zei meneer Hayes. Zijn vrouw kwam terug en speldde Kit Hegarty de broche op haar revers.
Kit glimlachte, sprakeloos. Het was iets waar ze de laatste tijd vaak over had gepiekerd. Als ze zag hoe intiem Paddy Hickey met zijn zoons omging. Ze was zich gaan afvragen of het niet fout was geweest om Frank op te voeden zonder vader.
Ze was blij dat dit in aanwezigheid van Eve te berde was gebracht. Het bewees hoezeer Eve bij de familie hoorde.
De buren zouden de komende twee weken op het huis letten. Het uitje werd aanzienlijk langer dan Kit aanvankelijk had gedacht, toen het als een weekendje was voorgesteld. Eve ging naar Knockglen. Kit was blij dat ze alsnog hadden besloten om hun feest door te laten gaan. Het zou een groot verraad aan henzelf zijn geweest als ze toegaven dat er nu geen feest meer kon zijn. Nu de sterren waren verdwenen.

Toen Sean, de vriend van Carmel, het geld voor het feest inzamelde, had hij Jack er wat van voorgeschoten. Jack kon het vaakst van iedereen over een auto beschikken. Bovendien kende Jack een wijnhandelaar die korting wilde geven en dus was hij typisch de man om voor de drank te zorgen. Maar ja, de zaken stonden er nu uiteraard anders voor. Alleen had niemand zin om Jack eraan te herinneren dat hij elf pond uit de feestpot bezat.
De penningmeester stelde voor om het maar te vergeten. De andere jongens waren het daarmee eens. Jack had al genoeg voor zijn kiezen gekregen zonder er ook nog eens aan herinnerd te moeten worden dat hij elf pond verschuldigd was aan de pot.

Heather schitterde in het passiespel.
Aidan, Eve en Benny waren geweldig trots op haar. Ze was een kleinere en steviger Simon van Cyrene dan je meestal te zien kreeg, maar de Romeinen hadden vast en zeker een potig type uit de massa gehaald om het kruis te dragen op de lange weg heuvelopwaarts naar Golgotha.
Moeder Francis had de kinderen altijd aangemoedigd hun eigen woorden te gebruiken.
Heather was daar zeer bedreven in.
'Zal ik u helpen met dat kruis, Jezus, lieverd,' zei ze tegen Fiona Carroll, die met een schijnheilig smoeltje Onze Lieve Heer vertolkte.
'Het is een moeilijk ding om de heuvel op te sjouwen,' voegde Heather eraan toe. 'Op een vlak stuk zou het veel makkelijker gaan, maar dan zag je de Kruisiging niet zo goed, natuurlijk.'
Na afloop werden in de aula thee en koekjes geserveerd. Heather werd uitgebreid gefeliciteerd.

'Dit is het beste Paasfeest van mijn leven,' zei ze met glimmende oogjes.
'Eve zegt dat ik mag bedienen op haar feest volgende week, als ik maar naar huis ga voordat ze gaan zoenen.'
Eve keek moeder Francis met droevige ogen aan. Een volwassen blik van verstandhouding over 'die kinderen toch'. Heather merkte er niets van.
'Komt je vriend ook?' vroeg ze aan Benny. 'Welke?'
'De jongen die een beetje achter de meisjes uit Wales aanging, maar toch terugkwam.'
'Die is weer weg,' zei Benny.
'Laat hem dan liever lopen,' adviseerde Heather. 'Hij klinkt een beetje onbetrouwbaar.'
Gewikkeld in haar laken en in het middelpunt van de belangstelling, had Heather geen flauw idee waarom Eve, Aidan en Benny de slappe lach kregen en zich de tranen uit hun ogen moesten vegen. Ze wou dat ze wist wat ze voor grappigs had gezegd, maar ze was in elk geval blij dat ze het zo leuk hadden gevonden.

Iedereen had zin om naar Knockglen te gaan. Ditmaal niet alleen voor een feest, maar voor allerlei uitstapjes.
Ze zouden er vrijdag om een uur of zes zijn, waarna ze eerst bij de Hogans wat gingen drinken. Dan ging het op naar Mario voor de rest van de avond. Voor de jongens waren er veldbedden, sofa's en slaapzakken in de winkel van mevrouw Hogan, de meisjes logeerden bij Eve en Benny thuis. De volgende dag zouden ze met zijn allen naar Ballylee gaan om te lunchen en in het bos te wandelen, en dan gingen ze terug voor het hoogtepunt, het eigenlijke feest in het huisje van Eve.
Ze zeiden allemaal dat het feest van kerst overtroffen moest worden. Volgens Eve zat dat er dik in. Volle maan, de bloesem die in bloei stond en gras in plaats van overal modder. De verlaten steengroeve stond vol wilde bloemen en zou er veel minder als een plat gebombardeerde plek uitzien dan 's winters. Niemand hoefde nu uit te glijden over glibberige paadjes. Rillen bij het haardvuur was uitgesloten.
Zuster Imelda bood als gewoonlijk aan om te helpen koken.
'Er is voor u toch niks aan, zuster, als u er niemand van kunt zien genieten,' zei Eve.
'Het is waarschijnlijk maar goed dat ik niet hoef te zien hoe het daar toe gaat. Ik ben dik tevreden als ik achteraf hoor dat het heeft gesmaakt.'
'Als Simon en die vrouw uit Hampshire dat weekeinde thuiskomen, nodig je ze dan ook uit?' vroeg Heather.
'Nee,' zei Eve.
'Ik dacht dat je alleen aan grootvader een hekel had. Ik dacht dat je met Simon best goed kon opschieten.'

417

'Dat is ook zo,' zei Eve kortaf.
'Als hij met Nan was getrouwd, zou je dan naar de bruiloft zijn gegaan?'
'Je stelt wel veel vragen.'
'Moeder Francis zegt dat we onderzoekende geesten moeten hebben,' zei Heather trots.
Eve moest hartelijk lachen. Dat was waar. Dat zei moeder Francis inderdaad altijd.
'Misschien zou ik wel zijn gegaan, als ik was uitgenodigd. Maar ik denk niet dat je broer ooit met Nan getrouwd zou zijn.'
Heather zei dat het er alleen van af had gehangen of Nan geld had of niet. Simon kon niet met een arme vrouw trouwen, vanwege de riolering en de hekken. Hij dacht eerst dat Nans vader een rijke aannemer was.
Ze hoorde een boel van Bee Moore, maar Bee moest altijd stoppen als mevrouw Walsh binnenkwam, omdat mevrouw Walsh niet van roddelen hield.
Heather hielp met het opknappen van het tuintje van Eve. Ze hadden een grote zak waar ze het onkruid indeden. Die zou Mossy later ophalen.
Ze werkten stug door, de zo verschillende vriendinnen en nichten, zij aan zij.
Eve zei dat ze tijdens het weekend misschien beter niet zoveel over Nan konden praten. Ze ging binnenkort trouwen met Jack Foley. Die twee kwamen ook niet op het feest. Niet dat er iets geheimzinnigs aan was, het was alleen beter om het niet ter sprake te brengen.
'Waarom?' vroeg Heather.
Eve had respect voor de onderzoekende geest. Terwijl ze paardebloemen uitstaken en brandnetels wegsneden, vertelde ze een gekuiste versie van het verhaal. Heather luisterde ingespannen.
'Ik denk dat jij het zwaarder opvat dan Benny,' zei ze ten slotte.
'Dat geloof ik ook,' gaf Eve toe. 'Benny is op school altijd voor me opgekomen. En nu kan ik niets voor haar doen. Als ik mijn gang kon gaan, dan zou ik Nan Mahon vermoorden. Ik zou het met mijn blote handen doen.'

De avond voordat ze allemaal zouden komen, lag Benny in bed maar kon niet slapen.
Ze sloot haar ogen en dacht dat er een hoop tijd voorbij was gegaan, maar toen ze naar de lichtgevende wijzers van haar roze wekker keek, zag ze dat het maar tien minuten waren.
Ze stond op en ging bij het raam zitten. Buiten in het maanlicht zag ze de omtrekken van dokter Johnsons huis aan de overkant en een stukje

van dat van Dekko Moore, waar de kleine Heather naar haar zeggen later als tuigmaker wilde gaan werken.
Wat wilde Benny op Heathers leeftijd, twaalf jaar oud? Ze was haar verlangen naar roze fluwelen jurken en schoenen met balletjes toen al te boven. Wat wilde ze? Misschien een massa vrienden, met wie Eve en zij konden spelen zonder op een bepaalde tijd thuis te hoeven zijn. Veel verder kwam het niet.
Uiteindelijk hadden ze dat bereikt, of niet soms? Een hele bende vrienden kwam morgen vanuit Dublin naar haar en Eve toe. Wat wist je weinig als je twaalf was. Heather Westward zou geen tuigmaker meer willen worden als ze twintig was. Misschien zou ze helemaal niet meer weten dat ze het ooit had gewild.
Ze kon Jack vannacht niet uit haar gedachten bannen. De tussenliggende weken waren voorbijgegaan zonder dat ze er veel van had gemerkt. Zijn gezicht was haar even dierbaar als altijd en het zou haar nooit dierbaarder zijn dan die keer dat hij bij het kanaal had zitten huilen en haar had verteld dat hij nog steeds van haar hield en dat hij er alles voor zou willen geven als dit met Nan niet was gebeurd.
Waar zouden Nan en hij het over hebben. Zou Nan hem hebben verteld hoe ze Benny had geholpen met haar make-up en parfum? Dat Nan aan Benny had uitgelegd dat ze haar buik moest inhouden en haar borst vooruitsteken?
Ach, het was waanzin om te veronderstellen dat ze het ooit over haar hadden. Geen van beiden zou zich zelfs maar herinneren dat het de bedoeling was geweest dat ze dit weekeinde in Knockglen doorbrachten.

'Wat doe je aan?' vroeg Clodagh de volgende morgen aan Benny.
'Geen idee. Ik weet het niet meer. Het kan me niet schelen. Alsjeblieft, Clodagh, zeur niet aan mijn hoofd.'
'Ik zou niet durven. Tot vanavond bij Mario.'
'Hoezo? Kom je niet eerst hier boven de winkel? Daar begint het allemaal.'
'Als jij niet de moeite neemt om je ervoor te kleden, waarom zou ik dan de moeite doen om te komen?'
'Goed, goed, schei maar uit, Clodagh. Wat zal ik aantrekken?'
'Kom maar in mijn winkel kijken,' zei Clodagh. Ze grijnsde van oor tot oor.
Even na zessen kwamen ze met z'n allen de trap op, oh's en ah's roepend. De grote kamers, de hoge plafonds, de mooie oude ramen, de erker, de prachtige lijsten van de oude schilderijen.
Het leek de grot van Aladdin wel.
'Als ik u was, ging ik hier wonen,' zei Bill Dunne tegen Benny's moeder.
'Niet dat uw eigen huis niet mooi genoeg is...'

'Ik ben erover aan het denken,' zei Annabel Hogan.
Benny juichte inwendig. Het voorwerk begon vrucht te dragen. Ze was bang om te veel te glimlachen. Clodagh had haar ingesnoerd in een heel strak country & westernachtig lijfje. Ze zag eruit alsof ze elk moment een gitaar kon pakken om een lied te vertolken. Johnny O'Brien zei dat ze er hartstikke tof uitzag. Een weergaloos figuur, net een cello, zei hij en gaf het model aan met zijn handen. Jack is niet goed bij zijn hoofd, zei hij vriendelijk.
Ze waren allemaal in opperbeste stemming toen ze de straat overstaken om bij Mario de avond te gaan doorbrengen.
Eve tikte Benny aan, want Sean Walsh en mevrouw Healey kwamen met de twee terriërs naar buiten voor hun vaste avondwandeling.
Mario was blij om iedereen te zien. Een beetje te, dacht Fonsie, totdat hij hoorde dat meneer Flood was langsgeweest met een boodschap van de non in de boom. Ze had gezegd dat Mario's cafetaria een poel van zonde was. De zaak moest niet alleen dicht, maar duiveluitdrijving was inmiddels ook noodzakelijk geworden.
Elk ander gezelschap dan dat van meneer Flood was Mario momenteel zeer welkom.
Uit Fonsie's nieuwe jukebox, die Mario heimelijk als een uitvinding van een zieke geest beschouwde, schalde hemeltergende muziek. De tafels waren aan de kant geschoven en degenen die er niet meer in konden, stonden buiten vrolijk toe te kijken.
Mario dacht met een mengeling van spijt en verbazing terug aan de tijd dat zijn neefje nog niet bij hem werkte. De vredige, straatarme tijd toen zijn deurbel maar zelden rinkelde en de meeste mensen niet eens wisten dat er een cafetaria in Knockglen was.

Op zaterdag maakten Benny en Patsy ontbijt klaar voor Sheila, Rosemary en Carmel. Daarna gingen ze naar de winkel en deden hetzelfde voor Aidan, Bill, Johnny en de jongen die steeds vaker Sean van Carmel werd genoemd.
'Ik heb ook een eigen identiteit,' mopperde hij toen Benny riep of Sean van Carmel een of twee eieren wilde.
'In dit stadje kun je beter je naam veranderen als je Sean heet,' zei Benny. Patsy giechelde. Het was raar om juist in deze ruimte de spot te drijven met Sean Walsh.
Langzaam kwam de dag op gang. Ze gingen op weg naar Ballylee. Het platteland had er nog nooit zo mooi bij gelegen. Twee keer draaide Benny zich in de auto om Jack dingen aan te wijzen. Hoe lang zou het duren eer ze besefte dat hij er niet meer was. En er nooit meer zou zijn.

Bill Dunne en Eve liepen een eindje van de anderen vandaan om een

idioot oud bouwwerkje te bekijken. Het was een zomerhuisje, maar dan de verkeerde kant op gebouwd door een familie die dit land nog slechter kende dan de Westwards.
'Benny voelt zich goed ondanks al dat gedoe met Jack, of niet?' vroeg Bill. Kennelijk was hij op bevestiging uit.
'Er zijn toch zeker zat kerels die achter haar aanlopen? Natuurlijk voelt ze zich goed.' Eve was uiterst loyaal.
'Zijn er zoveel kerels?' Bill leek teleurgesteld.
Hij vertelde Eve dat hij nog nooit zo verbaasd was geweest. Jack was een openhartige prater, zoals jongens onder elkaar praten, meisjes vertellen onder elkaar toch ook heel veel, dacht hij zo. Maar hij had nooit met een woord over Nan gerept. O, hij klaagde er wel eens over dat Benny door en door een kloostermeisje was, wat waarschijnlijk betekende dat ze ondanks al zijn mooie woorden niet met hem naar bed wilde en dat ze niet vaak genoeg in Dublin bleef. Maar voor het feest van de rugbyclub was hij nooit met Nan uitgeweest. Dat wist Bill zeker.
'Dat is nog maar een paar weken geleden,' zei Eve verrast.
'Ja, die toestand is wel verduiveld snel gegaan, he?' Bill huiverde, alsof alleen al het praten erover de verdenking op hem zou kunnen laden dat hij de vader van iemands kind was.
'Tja, één keer kan al genoeg zijn, zeggen ze altijd.' Eve klonk luchthartig.
'Dat moet het dan geweest zijn,' stemde Bill in.
Eve ging op een ander onderwerp over. Bill zat gevaarlijk dicht op hetzelfde spoor als zij. Dat de zwangerschap te plotseling was.
Ze had het eerste samenzijn van Jack en Nan eerder niet kunnen achterhalen en nu bleek het nog maar een paar weken geleden te zijn. Het was de avond geweest waarop Benny en zij in Dunlaoghaire naar de film waren gegaan. Zelfs Benny, die vreselijk slecht in wiskunde was, kon uitrekenen dat het dus te kort geleden was om de gevolgen te kunnen vaststellen. Dat zagen ze toch zeker wel in? Jacks vader, een dokter, zou dat toch wel begrijpen?
Dat betekende iets dat bijna niet te geloven was. Het betekende dat Nan Mahon zwanger was van iemand anders en Jack, de Jack van Benny, als de vader had uitgekozen.
De gedachten joegen door haar hoofd, maar stopten toen abrupt. De verloving was bekendgemaakt. De huwelijksdatum was vastgesteld. Wat Jack en Nan gingen doen stond vast. Er kwam geen melodrama met bloedonderzoeken en confrontaties. Alles zou doorgaan, wat er ook gebeurde.
Als ze haar verdenkingen uitte, zou ze Benny nog meer valse hoop geven en haar gevoelens nog meer kwetsen.
En dan was er nog de mogelijkheid dat ze het bij het verkeerde eind had.

Eve had nooit zeker geweten of Simon en Nan een plek hadden waar ze de liefde konden bedrijven en dat liet de mogelijkheid open dat er tussen hen nooit iets was gebeurd. Het landgoed was uitgesloten, de auto ook. Simon had geen geld voor hotels. Nan had geen vriendinnen. Op Benny en Eve na geen enkele. Ze zou grote moeite hebben om een bruidsmeisje te vinden.
Eve moest met tegenzin onder ogen zien dat ze misschien helemaal geen minnaars waren geweest. Dat was jammer, omdat het betekende dat het onmogelijk was om Simon de zwangerschap in de schoenen te schuiven.
Maar als dat mogelijk was geweest, dan zou Nan dat toch zeker zelf ook niet hebben nagelaten. Zo'n kans liet ze heus niet voorbijgaan.
Maar Eve had niets gehoord over ruzies met Simon. Volgens iedereen, maar de lezing kwam van Nan, was de omgang tijden geleden al op vriendschappelijke wijze beëindigd.
'Je zit in jezelf te mompelen,' verweet Bill Dunne haar.
'Dat is mijn enige slechte gewoonte. Aidan zegt dat het een onmisbaar minpuntje is in een overigens volmaakt karakter. Kom, laten we naar dat misbaksel van een huisje rennen.'
Ze wilde die stemmen in haar hoofd niet meer horen.

Eve's huisje zag er schitterend uit. Mossy had de voordeur geschilderd. De tuin was een eerbetoon aan de inspanningen van Heather en Eve. Heather liep binnen rond met een koksmuts op en een slagersschort voor. Het leek wat overdreven voor het rondbrengen van de hapjes, maar zo voelde ze zich gewichtiger. De schemering ging over in duisternis. Aan de heldere hemel verschenen sterren.
Over het pad naderden gedaanten – feestgangers. Het waren Teddy Flood, Clodagh Pine, Maire Carroll met haar nieuwe verloofde en Tom, de student medicijnen in wie Rosemary zich had vastgebeten. Achter hen liepen nog een paar andere studenten, die niet het hele weekeinde hadden meegemaakt en alleen voor het feest kwamen.
Aidan zat omstandig uit te leggen dat het de volgende dag beloken Pasen was, maar dat daar voor hen waarschijnlijk weinig aan te beleven viel. Na al dat eten en die grote hoeveelheden drank zou de kater van de komende ochtend te zwaar zijn.
'Laat de drank dan nog maar een keer rondgaan,' zei Eve. 'Ik moet dit beest eerst nog aan stukken scheuren.'
Ze hadden een berg varkensvlees in huis gehaald, waarvan Teddy Flood rollades had gemaakt. Hij zei dat een mes er doorheen ging als door een pakje boter. Eerlijk waar, het was of je een taart aansneed. Maar Eve wou er geen troep van maken. Ze deed de deur achter zich dicht om niet gestoord te worden in de keuken.

Ze zette de grote snijplank die Benny in de winkel had gevonden en de voorverwarmde borden klaar. Ze was zo geconcentreerd bezig dat ze niet hoorde dat de voordeur nog een keer openging en dat er twee extra gasten binnenkwamen. Het waren Jack en Nan. Ze hadden flessen wijn en bier meegebracht.

Rosemary zat het dichtst bij de deur en was daarom de eerste die hen zag. Haar arm gleed weg van Toms schouder, waar hij de hele tijd had gelegen om duidelijk haar bezit aan te geven.

'O God,' zei ze.

Jack glimlachte ontspannen.

'Niet helemaal. Gewoon zijn plaatsvervanger,' zei hij voor de grap.

Carmel zat vlakbij op een bankje met Sean te knuffelen. 'Je hebt helemaal niet verteld dat ze zouden komen,' verweet ze Sean fluisterend.

'Dat wist ik verdorie toch ook niet,' siste Sean terug.

Johnny O'Brien was bezig aan een ingewikkelde tango met Sheila. 'Hé, kijk nou, het zwarte schaap,' riep hij blij.

Sheila liep in verwarring rond om Benny te vinden. Ze kwam niet op tijd. Ze zag Benny opkijken van de platen die zij en Bill Dunne aan het uitzoeken waren. Alle kleur trok weg uit haar gezicht en terwijl ze opstond liet ze drie platen uit haar handen vallen.

'Goddank zijn het geen 78-toeren platen,' zei Fonsie, die zijn platenverzameling al aan gruzelementen zag gaan.

'Wat een verrassing,' zei Bill.

Hoewel de muziek van *'Hernando's Hideaway'* door de kamer schalde, konden Jack en Nan de stilte en de kilte voelen.

Jacks legendarische glimlach schoot hem te hulp.

'Dachten jullie nou echt dat ik had vergeten dat ik voor de drank moest zorgen?' lachte hij. Hij zette de flessen op de grond en spreidde zijn armen in dat hulpeloze gebaar dat Benny zo goed kende en waar ze zo van hield.

Het *moest* een droom zijn geweest. Alles wat er was gebeurd. En nu, nu hij terug was, was het allemaal voorbij.

Ze merkte dat ze naar hem glimlachte.

En hij zag die glimlach. Vanaf de andere kant van de kamer. 'Hoi, Benny,' zei hij.

Nu kon iedereen de stilte voelen. Iedereen, behalve de Johnson Brothers die maar doorgingen met *'Hernando's Hideaway'* zingen. Clodagh had Benny voor het feest in zwart en wit gestoken. Een ruime zwarte corduroy rok met een zwartfluwelen rand en een witte blouse die met zwart fluweel was afgezet. Ze zag er blozend en gelukkig uit op het moment dat Jack haar zag.

Hij kwam naar haar toe.

'Hoe gaat het met je moeder en met de winkel?'
'Goed, geweldig. We hebben gisteravond een feestje gegeven.' Ze praatte te snel. Ze keek over haar schouder. Aidan Lynch had de flessen wijn van Nan overgenomen en zette ze op tafel. Clodagh probeerde Fonsie langs haar neus weg uitleg te geven.
Johnny O'Brien, die altijd wel iets zei, al was dat niet altijd het meest gelukkige, kwam naar hen toe en stompte Jack tegen zijn arm.
'Leuk om jullie hier te zien. Ik dacht dat jij achter de tralies zat,' zei hij.
Aidan schonk voor Jack een glas in. 'Jack, ouwe jongen!' zei hij. 'Net als vroeger.'
'Het leek me idioot om net te doen alsof er ruzie is of iets dergelijks,' zei hij. Jack keek een beetje ongerust rond of hij hier eigenlijk wel goed aan deed.
'Wat voor ruzie zou er kunnen zijn?' vroeg Aidan en hij keek zenuwachtig naar Nan die bij de deur stond en bijna nog geen voet had verzet sinds ze binnen waren gekomen.
'Nou, ik dacht dat er misschien problemen waren. Maar hoe dan ook, ik kon er toch moeilijk met het geld van de pot vandoor gaan.'
Ze wisten allemaal dat het niks te maken had met het geld.
'Hoe staat het ermee?' vroeg Aidan hem.
'Goed. Een beetje onwerkelijk.'
'Dat kan ik me voorstellen,' zei Aidan, die er niets van begreep en er zich geen enkele voorstelling van kon maken. Het leek hem veiliger om op een ander onderwerp over te stappen.
'En het kantoor van je oom?'
'Gekkenwerk. Ze zijn daar allemaal zo bekrompen, je zou het gewoon niet geloven...' Jack stond met zijn arm op een kastje geleund ontspannen te praten. Benny had zich onopvallend teruggetrokken. Ze had het afwisselend gloeiend heet en dan weer ijskoud. Ze hoopte dat ze niet zou flauwvallen. Misschien was het beste dat ze een luchtje ging scheppen.
Toen drong tot haar door dat Eve niet wist dat ze er waren. Ze moest naar de keuken om het haar te vertellen.
Aidan had tegelijkertijd dezelfde gedachte. Hij zorgde ervoor dat Fonsie bij Jack kwam staan en schoot achter Benny aan de keuken in.
'Laat mij het maar regelen,' zei hij. 'Kom me helpen als ik binnen een uur niet terug ben en je de geur van gebraden vlees ruikt.'
Ze glimlachte flauwtjes.
'Is alles goed met je?' vroeg hij bezorgd.
'Niks aan de hand.' Bij Benny betekende dat, dat ze zich diep ellendig voelde. Aidan keek om zich heen en ving Clodaghs blik op. Ze kwam naar hen toe.
Terwijl Aidan de keuken inging, zei Clodagh: 'Ze kan daar toch niet de

hele avond bij de deur blijven staan. Ze heeft wel lef om hier te komen, dat moet ik wel zeggen. Ze heeft van mij lik op stuk gekregen.'
'Wat?'
'Ze zei "Hallo, Clodagh", of er niks was gebeurd. Ik keek dwars door haar heen. Ze zei het nog een keer. "Ken ik u?" zei ik toen.' Clodagh was tevreden over haar snedigheid.
'Er zal toch iemand met haar moeten praten.'
'Ik in ieder geval niet. Verder gaan ze hun gang maar.'
Nan stond er inderdaad merkwaardig geïsoleerd bij, terwijl Jack omringd was door zijn vrienden.
Benny keek naar de overkant van de kamer. Nan, sereen en mooi als altijd, keek om zich heen op de haar eigen belangstellende, maar lichtelijk boven de massa verheven manier. Ze liet niet merken dat ze zich niet welkom voelde. Ze leek volmaakt op haar gemak op de plek waar ze stond sinds ze was binnengekomen en waar Aidan de flessen wijn van haar had overgenomen.
Benny bekeek Nan zoals ze zo vaak had gedaan, vol bewondering. Nan wist wat ze moest zeggen, hoe ze zich moest gedragen, wat ze moest aantrekken. Vanavond droeg ze alweer iets nieuws, een gebloemd jurkje in mauve en wit. Het zag er brandnieuw uit, je zou denken dat het vijf minuten geleden nog in de winkel had gehangen en niet dat ze er een hele tijd mee in de auto had gezeten.
Benny moest slikken. Heel haar verdere leven zou Nan met Jack in de auto zitten, naast hem, zou ze alle dingen met hem delen die zij eens met hem had gedeeld. Tranen van teleurstelling welden op. Waarom had ze niet gedaan wat hij had gewild, haar kleren uitgedaan en naast hem gelegen, hem ongeremd en hartstochtelijk bemind... waarom had ze zich niet aan hem gegeven in plaats van die paar open knoopjes weer zo snel mogelijk dicht te knopen en te zeggen dat ze hoognodig naar huis toe moest?
Als Benny zwanger was geworden, dan zou hij vast en zeker blij en trots zijn geweest.
Hij zou het aan zijn ouders en aan haar moeder hebben uitgelegd, net zoals hij nu bij Nan had gedaan. Grote tranen rolden over haar wangen omdat ze zichzelf zo'n dwaas vond.
Nan zag het en kwam naar haar toe.
'Ik heb je niet proberen te ontwijken,' zei Nan.
'Nee.'
'Ik wou je schrijven, maar omdat we elkaar nooit eerder brieven hebben gestuurd, leek dat me zo gekunsteld.'
'Ja.'
'En het is zo moeilijk de juiste woorden te vinden.'
'Jij weet altijd de juiste woorden te vinden.' Benny keek haar aan. 'En jij weet altijd wat je moet doen.'

'Ik heb dit nooit zo gewild. Dat kan ik je verzekeren.'
Er was iets in Nans stem dat onecht klonk. Benny besefte met een schok dat Nan loog. Misschien was het *wel* zo bedoeld. Misschien was het *precies* zoals Nan het had bedoeld.

In de keuken stond Eve met een krijtwit gezicht.
'Ik geloof je niet,' zei ze tegen Aidan.
'Leg dat eens neer.' Hij keek naar het vleesmes in haar hand.
'Maar ze donderen op. Ze donderen meteen op uit mijn huis, hoor je.'
'Nee, Eve, dat doen ze niet,' zei Aidan onverwacht standvastig. 'Jack is mijn vriend en hij wordt er niet uitgegooid. Het was altijd de opzet dat hij zou komen... en hij heeft zijn aandeel in de drank meegebracht.'
'Doe niet zo waanzinnig,' brieste Eve. 'Niemand die zijn rotdrank wil. Als hij zich zorgen maakte over onze drankvoorraad had hij een doos flessen kunnen opsturen... Ze zijn hier niet welkom.'
'Het zijn vrienden van ons, Eve.'
'Niet meer. Nu niet meer.'
'Je kunt het ze toch niet eeuwig kwalijk blijven nemen. We moeten er een keer mee ophouden. Ik denk dat ze er juist heel goed aan hebben gedaan om te komen.'
'Wat zijn ze binnen aan het doen? Iedereen naar hun hand aan het zetten?'
'Alsjeblieft, Eve. Deze mensen zijn je gasten, onze gasten als het ware, omdat jij en ik bij elkaar horen. Maak nou toch geen scène. Dat zou voor iedereen het feest verpesten. Ze gedragen zich daarbinnen allemaal puntgaaf.'
Eve draaide wat bij en legde haar armen om Aidan heen.
'Jij bent reuze edelmoedig, veel aardiger dan ik. Ik denk niet dat we goed bij elkaar passen.'
'Misschien heb je wel gelijk. Maar kunnen we het daar een andere keer over hebben, niet nu iedereen op eten zit te wachten?'
Bill Dunne kwam de keuken in op weg naar de wc.
'Pardon, pardon,' zei hij toen hij Aidan en Eve elkaar zag omhelzen. 'Vandaag de dag kun je nergens meer met goed fatsoen naar binnen.'
'Goed.' Eve gaf zich over. 'Zolang ik maar niet met haar hoef te praten.'

Benny was met Teddy Flood aan het dansen toen Eve de kamer binnenkwam. Jack stond met Johnny en Sean te praten. Hij was even knap en zelfverzekerd als anders. Hij was blij haar te zien.
'Eve!'
'Dag Jack,' zei ze weinig enthousiast, maar niet grof. Ze had het Aidan beloofd. Gastvrijheid was een heilig goed.
'We hebben een vaas voor je meegebracht, een soort glazen pot. Leuk voor narcissen en zo,' zei hij.

Het was een mooi ding. Hoe slaagde iemand als Jack Foley er zo vaak in om de juiste snaar te treffen? Hoe wist hij dat ze narcissen had? Hij was hier sinds kerst niet meer geweest en toen zag je alleen hulst.
'Dank je. Hij is enig,' zei ze. Ze maakte haar ronde door de kamer, leegde asbakken en maakte ruimte vrij voor de borden.
Nan stond in haar eentje in de buurt van een groepje.
Eve kon zich er niet toe zetten haar zelfs maar te groeten. Ze deed wel haar mond open, maar wist niets te zeggen. Ze rende terug naar de keuken en leunde daar met beide handen op de tafel. De woede die ze voelde was haast tastbaar. Je zou bijna denken dat hij niet binnen te houden was en dat je hem kon zien, als een rode nevel.
Ze dacht eraan dat moeder Francis en Kit Hegarty, en Benny ook heel vaak, haar waarschuwden dat deze woede niet normaal meer was. Dat ze er uiteindelijk zelf het meest onder te lijden zou hebben.
De deur ging open en Nan kwam binnen. Daar stond ze in haar frisse bloemetjesjurk, terwijl de tocht van het open raam zachtjes door haar blonde haar speelde.
'Eve, luister...'
'Liever niet, als je het niet erg vindt. Ik moet eten klaarmaken.'
'Ik wil niet dat je me haat.'
'Je stelt het te mooi voor. Niemand haat je. We verachten je. Dat is heel iets anders.'
Nans ogen schoten vuur. Dit was niet berekend.
'Is dat niet een beetje kleinzielig van je? Een beetje al te provinciaals? Het leven gaat door. Aidan en Jack zijn vrienden...'
Haar pose was trots en zelfverzekerd. Ze ging ervan uit dat ze alle troeven in handen had. Ze had alle regels overtreden en toch gewonnen. Het was haar niet alleen gelukt de vriend van haar enige vriendin af te pakken en ergens, de hemel weet waar, de liefde met hem te bedrijven en hem daarna zover te krijgen dat hij met haar ging trouwen... ze verwachtte nu ook nog eens dat verder alles bij het oude zou blijven.
Eve zei niets. Ze keek Nan zwijgend aan.
'Hallo, zeg eens wat, Eve,' zei Nan ongeduldig. 'Je moet toch iets denken. Zeg het maar.'
'Ik dacht eraan dat Benny waarschijnlijk je enige vriendin was. Dat zij de enige van ons allemaal was die jou aardig vond om wie je was en niet alleen vanwege je uiterlijke charme.'
Eve wist ook best hoe zinloos dit was. Nan zou gewoon haar schouders ophalen. Als ze het niet letterlijk deed, dan in ieder geval figuurlijk. Ze zou zeggen dat zulke dingen nu eenmaal gebeuren.
Nan nam. Ze nam alles wat ze wilde hebben. Ze was als een baby die op een glimmend voorwerp afkruipt. Ze nam instinctief alles waar ze de hand op kon leggen.

'Benny is zo beter af. Ze had hem haar hele leven in de gaten moeten houden en ze zou steeds onzeker over hem zijn geweest.'
'Jij niet?'
'Ik kan dat wel aan.'
'Daar ben ik ook van overtuigd. Jij hebt altijd alles aangekund.'
Eve merkte dat ze stond te trillen. Haar handen beefden terwijl ze de vaas van Nan en Jack vol water liet lopen en de bloemen erin begon te schikken die iemand haar had gegeven.
'Ik heb hem voor je uitgezocht,' zei Nan.
'Wie?'
'Niet wie. Die vaas. Je had er nog geen.'
Opeens wist Eve waar Jack en Nan hun nachten hadden doorgebracht. Hier, in dit huis, in haar bed.
Ze waren naar Knockglen gereden, waren het pad opgelopen, hadden haar sleutel gepakt en waren hier binnen gekomen. In haar bed hadden ze het gedaan.
Ze keek Nan verslagen aan. Daarom had ze dus het gevoel gehad dat er iemand in huis was geweest. Het vreemde, ondefinieerbare gevoel dat restte van de aanwezigheid van iemand anders.
'Het is hier gebeurd, of niet?'
Nan haalde haar schouders op. Dat ellendige nonchalante gebaar. 'Ja, soms. Wat maakt het nu nog uit...'
'Het maakt mij iets uit.'
'We hebben het keurig achtergelaten. Niemand heeft iets gemerkt.'
'Je was in mijn huis, in mijn bed, om te vrijen met Jack, die van Benny is. In Benny's eigen dorp. Jezus Christus, Nan...'
Plotseling was Nan haar zelfbeheersing volledig kwijt.
'Mijn God, ik word hier ziek van. Ik kots hiervan. Het heilige boontje spelen terwijl jullie er allemaal wanhopig naar verlangen om het te doen, om over de schreef te gaan. Maar jullie hebben het lef niet om eraan toe te geven. Jullie jutten elkaar alleen nog maar meer op...'
Haar gezicht was rood van woede.
'En begin me niet over dit huisje... je praat erover alsof het om het paleis van Versailles gaat. Het is gewoon een vochtige, rotte schuur... meer niet. Er is geeneens elektriciteit. Dat gammele fornuis konden we niet aanmaken omdat er dan sporen zouden achterblijven. Het tocht overal en de goot is kapot. Geen wonder dat ze zeggen dat het hier spookt. Je hebt het gevoel dat er in elke hoek spoken loeren en het *stinkt* hier naar spoken.'
'Er is niemand die zegt dat het hier spookt...' Er sprongen tranen van woede in Eve's ogen.
Ineens stopte ze met praten. Er hadden mensen gezegd dat ze 's nachts piano hadden horen spelen.

Maar dat was tijden geleden. Jack speelde geen piano. Het moest voor Jack zijn geweest.
'Je hebt Simon hier ook mee naartoe genomen, of niet?' zei ze.
Haarscherp herinnerde ze zich weer dat Simon piano had gespeeld op de Westlands. De dag dat ze er met Heather was heengegaan, toen de oude man tegen haar was uitgevallen en haar moeder een hoer had genoemd. Nan antwoordde niet.
'Je hebt Simon Westward in mijn huis gehaald, in mijn bed. Terwijl je wist dat hij van mij nog niet over de drempel mocht komen. Maar jij nam hem gewoon mee hier naartoe. En toen hij niet met je wilde trouwen, heb je Jack Foley erin geluisd...'
Nan was nu lijkbleek. Ze keek om naar de kamer waar de anderen aan het dansen waren.
Ze draaiden een plaat van Tab Hunter.
'*Young love, first love...*' Die broze eerste liefdes.
'Rustig nou...' begon Nan.
Eve had het vleesmes gepakt. Ze kwam langzaam in Nans richting, ze struikelde over haar woorden. Alle beheersing leek nu weg.
'Nee, ik ben niet rustig. Wat jij hebt gedaan, God-nog-an-toe, ik hou me zeker niet rustig.'
Nan was niet dicht genoeg bij de deur naar de zitkamer om de klink te kunnen pakken. Ze stapte achteruit, maar Eve kwam nog steeds in haar richting, met flikkerende ogen en het mes in haar hand.
'Eve, hou op!' riep Nan, terwijl ze wegdook. Ze botste zo hard tegen de deur van het toilet dat de ruit brak.
Nan viel tegen de grond en de glasscherven sneden in haar arm. Bloed spatte alle kanten op, zelfs in haar gezicht.
De mauve en witte jurk was in een oogwenk donkerrood. Eve liet het mes op de grond vallen. Ze gilde even hard als Nan, daar in de keuken, tussen de scherven, het bloed en het eten, terwijl iedereen in de andere kamer met de muziek stond mee te brullen.
'*Young love, first love, is filled with deep emotion.*'

Eindelijk hoorde iemand hen en ging de deur open.
Aidan en Fonsie waren het eerst binnen.
'Wiens auto staat het dichtst bij?' vroeg Fonsie.
'Die van Jack. Die staat voor de deur.'
'Ik rij wel. Ik ken de weg beter.'
'Kan ze wel vervoerd worden?' vroeg Aidan.
'Als we niks doen, bloedt ze dood voor onze ogen.'
Bill Dunne hield iedereen op een afstand. Alleen Jack, Fonsie en natuurlijk Tom, de student medicijnen, werden binnengelaten. De anderen moesten blijven waar ze waren, het was al te druk in het keukentje.

Ze deden de achterdeur open: De auto stond maar een paar meter verderop. Clodagh had een kleed en schone handdoeken uit Eve's slaapkamer gehaald. Ze bonden een handdoek om de arm met de grote, gapende wond.
'Drukken we het glas er zo niet verder in?' vroeg Fonsie.
'Zo houden we het bloed tenminste een beetje tegen,' zei Aidan.
Ze keken elkaar waarderend aan. Grapjassen ja, maar als het erop aankwam, namen zij de leiding.
Benny zat bewegingloos in de zitkamer, haar arm om Heather heengeslagen.
'Het komt allemaal weer goed,' bleef ze maar zeggen. 'Alles komt weer goed.'
Voordat hij in de auto stapte, liep Aidan nog even naar Eve.
'Laat niemand weggaan,' waarschuwde hij. 'Ik ben zo terug.'
'Wat bedoel je?'
'Laat ze niet weggaan omdat ze denken dat je dat in zo'n situatie hoort te doen. Geef ze wat te eten.'
'Ik kan toch niet...'
'Vraag dan of iemand je helpt. Ze moeten trouwens toch eten.'
'Aidan!'
'Ik meen het. Iedereen heeft te veel gedronken. Geef ze in godsnaam wat te eten. We hebben er geen idee van wat we ons op de hals halen.'
'Hoezo?'
'Nou, als ze doodgaat, krijgen we de politie op ons dak.'
'Doodgaan! Ze gaat toch niet dood.'
'Geef iedereen wat te eten, Eve.'
'Ik heb haar niet... ze viel.'
'Dat weet ik toch, gekkerd.'
Toen reed de auto weg, met Jack, Fonsie, Aidan en een nog steeds hysterische Nan.
Eve vermande zich.
'Ik vind het zelf een beetje raar, maar Aidan Lynch vindt dat we wat moeten eten. Misschien kunnen jullie een beetje ruimte maken, zodat ik het ergens kan neerzetten,' zei ze.
Met stomheid geslagen gehoorzaamden ze. Zelf waren ze er nooit opgekomen, maar eten bleek het beste wat ze konden doen.

Dokter Johnson bekeek de arm en belde het ziekenhuis.
'Ik kom iemand brengen met een slagaderlijke bloeding,' zei hij droogjes. De jongens keken met witte gezichten toe bij zijn telefoongesprek.
'Ik rij zelf,' zei hij. 'Eén van jullie kan mee. Wie?'
Fonsie en Aidan bleven staan en Jack deed een stap naar voren. Maurice Johnson bekeek hem. Dat gezicht kwam hem bekend voor. Een jon-

ge rugbyspeler, hij was eerder in Knockglen geweest. Dokter Johnson had eigenlijk het gevoel dat dit de vriend van Benny Hogan was. Er deed het gerucht de ronde dat ze met een bijzonder knappe jongeman omging. Maar hij wilde verder geen tijd verdoen. Hij knikte Fonsie en Aidan toe en reed het hek uit.

De zondag duurde eindeloos. Heel Knockglen had gehoord dat er een vreselijk ongeluk was gebeurd – een ongelukkig meisje uit Dublin was uitgegleden en gevallen, en had zichzelf aan een glazen deur opengereten. Dokter Johnson had snel benadrukt dat er niets onbetamelijks was voorgevallen en dat iedereen bij zijn weten zo nuchter als wat was geweest. In werkelijkheid had hij er geen idee van of dat het geval was of niet, maar hij kon roddels niet uitstaan en hij wilde niet dat Eve Malone over de tong zou gaan voor iets waar ze niets aan kon doen.
Dokter Johnson vertelde ook aan iedereen die hij tegenkwam dat het meisje wel weer beter zou worden.

En ze werd ook beter. Nan Mahon was zondagavond buiten gevaar. Ze had een aantal bloedtransfusies gekregen. Op een bepaald moment viel haar hartslag vrijwel weg en was haar toestand kritiek geweest. Maar ze was jong en gezond. De veerkracht van de jeugd is iets prachtigs. In de loop van maandagochtend kreeg ze een miskraam. Maar het ziekenhuis was daar zeer discreet over. Ze was immers geen getrouwde vrouw.

431

Hoofdstuk 20

Pas in de zomer voerden Jack Foley en Nan Mahon het gesprek waarvan ze allebei wisten dat het onontkoombaar was. Na een kort verblijf in het ziekenhuis van Ballylee was ze teruggegaan naar Dublin. Dat was op haar uitdrukkelijk verzoek gebeurd. Ze was zo nerveus dat dokter Johnson er maar mee had ingestemd.
Jack werkte nog steeds op het kantoor van zijn oom, maar hij studeerde tegelijkertijd voor zijn propaedeutisch examen. Er bestond een mogelijkheid dat hij terugkwam en weer rechten ging studeren. Aidan had collegedictaten voor hem gemaakt.
Aidan en Jack zagen elkaar vaak, maar ze praatten nooit over wat hen het meest bezighield. Op de een of andere manier was het gemakkelijker om gewoon wat te kletsen en vrienden te zijn – om er niet over te beginnen.

Brian Mahon wilde gaan procederen. Hij zei dat om hem heen de mensen goddomme voor de kleinste onbenulligheden een proces begonnen. Waarom zouden zij er niet wat geld aan over houden? Dat dorpskind zou toch wel een of andere verzekering hebben?
Nan voelde zich erg zwakjes, maar haar wond genas goed. Het rode litteken zou mettertijd vanzelf wegtrekken.
Omdat ze tegen haar familie nooit uitgebreid had verhaald over haar zwangerschap, verwachtte nu ook niemand dat ze omstandig verklaarde waarom die nu voorbij was. Ze lag lange dagen in het bed waarin ze ooit haar dromen had gekoesterd.
Ze wilde niet dat Jack Foley op bezoek kwam.
'Over een tijdje,' had ze tegen hem gezegd. 'Over een tijdje, als we weer met elkaar kunnen praten.'
Hij was opgelucht geweest. Ze had dat aan zijn ogen gezien. Ze kon ook zien dat hij wenste dat het afgelopen was, uit, zodat hij kon doorgaan met zijn eigen leven.
Maar zij was er nog niet klaar voor om haar eigen leven op te nemen. Ze had zware verwondingen gehad. Hij moest haar de tijd gunnen om de zaken op een rijtje te krijgen.
'Van jouw verloofde geen spoor,' zei Nasey tegen haar.
'Dat zit wel goed.'

'Pap zegt dat we hem kunnen aanklagen wegens woordbreuk als hij je in de steek laat om je ongeluk.'
Ze sloot vermoeid haar ogen.

Heather vertelde aan haar schoolvriendinnen keer op keer het verhaal over de val door het glas en al het bloed. Ze wist dat ze nooit meer zo'n gretig publiek zou krijgen. Ze hingen aan haar lippen. Heather, twaalf jaar oud, was op een feestje van volwassenen geweest, met een koksmuts op, en had al dat bloed gezien. Niemand had haar snel naar huis gebracht of gezegd dat ze niet mocht kijken. Ze vertelde natuurlijk niet dat ze de grootste tijd duizelig was geweest en tegen Benny's borst had staan huilen. Net zo min vertelde ze dat Eve met wit weggetrokken gezicht op de grond was gaan zitten en urenlang geen woord had kunnen uitbrengen.

Het kostte Eve veel tijd om zich over die avond heen te zetten. Ze vertelde maar aan drie mensen dat ze het vleesmes in haar hand had gehad. Ze vertelde het aan Benny, Kit en Aidan. Ze hadden alledrie hetzelfde gezegd. Ze zeiden dat ze Nan niet had aangeraakt, dat ze alleen had gedreigd. Ze zeiden dat ze zoiets nooit gedaan zou hebben en dat ze zich op tijd zou hebben ingehouden.
Volgens Benny kon je niet tien jaar lang iemands beste vriendin zijn en zoiets niet weten.
Kit zei dat ze iemand niet in haar huis zou willen hebben als ze niet zeker wist hoe die iemand was. Eve kon hard schreeuwen en brullen, maar ze zou nooit een ander mens kunnen neersteken.
Aidan zei dat het allemaal onzin was. Ze had de hele avond al met dat mes in haar handen gestaan. Hij had toch zelf ook gevraagd of ze het neer wilde leggen? Hij zei dat de toekomstige moeder van zijn acht kinderen veel irritante eigenschappen had, maar een potentiële moordenares was ze niet.
Langzamerhand begon ze het te geloven.
Langzamerhand kon ze haar keuken binnengaan zonder in gedachten weer het bloed en de glasscherven te zien.
Al gauw daarna verdween ook de gespannen uitdrukking van haar gezicht.

Annabel Hogan zei tegen Peggy Pine dat ze nooit de ware toedracht van de gebeurtenissen op die avond in het huisje zouden vernemen, hoe ze er ook naar zouden vissen. Peggy zei dat het waarschijnlijk beter was er niet meer over te beginnen. Het was beter om aan positievere dingen te denken, zoals Patsy's bruiloft en de vraag of ze het huis moest verkopen en boven de winkel zou gaan wonen. Zodra de mare rondging dat het

huis te koop kwam, waren er een paar veelbelovende aanbiedingen gedaan. Er waren prijzen genoemd waarvan die arme Eddie Hogan zich zou omdraaien in zijn graf.
'Maar dan zou hij zich wel met alle genoegen omdraaien,' zei Peggy Pine. 'Hij heeft altijd het beste gewild voor jullie tweetjes.'
Dat was de juiste benadering. Annabel Hogan begon de aanbiedingen serieus te overwegen.
Benny vond de zomerperiode aan de universiteit net zes weken vakantie in een andere stad. Het was zo anders dan anders. De dagen waren lang en warm. Ze namen hun boeken mee naar de achterkant van de universiteit en gingen zitten studeren in het park. Ze was altijd van plan geweest om informatie in te winnen over deze tuinen van het St. Stephen's Green en te vragen wie ze onderhield. Ze behoorden duidelijk toe aan de universiteit. Het park was even vredig als onbekend. Dat wil zeggen niet zo bekend als bijna iedere andere vierkante meter in Dublin, die ze met Jack associeerde.
Soms bleef ze bij Eve in Dunlaoghaire logeren, soms gingen ze samen met de bus naar huis. Er stond een divan in Eve's huisje, daar sliep ze af en toe. Haar moeder, geheel in beslag genomen door haar winkel en de verhuizing, leek blij dat Benny bij Eve terecht kon. Ze noemden het studeren, maar in feite was het praten. Terwijl de fuchsia's begonnen uit te komen en de rozen begonnen te bloeien, zaten de vriendinnen bij elkaar en praatten. Wat er was gebeurd met Nan en Jack kwam weinig ter sprake. Het was te recent, te vers nog.
'Ik denk wel eens, waar zouden ze heengegaan zijn,' zei Benny op een keer, zomaar. 'Een paar mensen hielden vol dat ze die twee hier in Knockglen hadden gezien, maar waar kunnen ze dan geslapen hebben?'
'Hier,' zei Eve zonder omhaal.
Ze hoefde Benny niet te vertellen dat het buiten haar om was gebeurd en dat het haar hart had gebroken. Ze zag tranen in Benny's ogen.
Er viel een lange stilte.
'Ze moet een miskraam hebben gehad,' zei Benny.
'Ik denk het wel,' zei Eve.
Ze moest opeens denken aan de vloek die haar vader over de Westwards had uitgesproken. En dat veel van hen inderdaad pech hadden gehad.
Zou dit er ook bij horen? Een Westward die nog niet eens zijn geboorte had gehaald?

Meneer Flood was verwezen naar een nieuwe, jonge psychiater, die een zeer vriendelijk jongmens bleek te zijn. Hij luisterde eindeloos naar meneer Flood en schreef toen medicijnen voor. De nonnen verdwenen uit de bomen. Zelfs was meneer Flood geschokt dat hij ooit had kunnen denken dat ze er hadden gezeten. Er werd besloten het op te vatten als een zinsbegoocheling door de lichtval. Iets dat iedereen kon overkomen.

Dessie Burns zei dat het probleem van dit land was dat iedereen geobsedeerd was door drank. Iedereen die je tegenkwam was of aan de drank of net van de drank af. Wat nodig was, was gematigdheid. Hijzelf bijvoorbeeld zou voortaan een gematigd drinker zijn. Voor hem hoefde die dronkelapperij niet meer. Het personeel van Shea's kroeg zei dat het er maar van afhing wat je onder gematigd verstond, maar meneer Burns dronk in ieder geval niet meer tussen de middag en dat was al heel wat.

Knockglen kon mooi fluiten naar het huwelijk tussen mevrouw Dorothy Healy en meneer Sean Walsh. Aangezien mevrouw Healy voor de tweede keer trouwde en Sean Walsh geen naaste verwanten van betekenis had, besloten ze in Rome te trouwen. Het moest iets heel speciaals worden. Ze konden niet door de Heilige Vader zelf in de echt worden verbonden, maar ze zouden samen met een paar honderd pasgetrouwde stelletjes zijn zegen ontvangen.
'Ze konden nog geen tien mensen bij elkaar krijgen voor hun bruiloft in Knockglen,' zei Patsy tegen mevrouw Hogan.
Patsy was zeer ingenomen met deze beslissing, die inhield dat haar eigen bruiloft geen concurrentie meer had.

Het verraste Eve dat ze een uitnodiging kreeg voor Patsy's bruiloft. Ze was alleen van plan geweest om naar de kerk te gaan, om haar aan te moedigen, zoals Heather zou zeggen. Feit was dat zij en Patsy buren werden, daar aan het pad langs de steengroeve. Ze nam aan dat Mossy's moeder afschuwelijke verhalen had vernomen over de toestanden tijdens het feest. Waarschijnlijk zou ze haar nu beschouwen als een schaamteloze del die dronkemanspartijen aanrichtte. Eve wist nog niet dat Mossy aan zijn moeder even weinig vertelde als aan wie dan ook. Ze werd bovendien steeds dover en omdat ze alleen wist wat hij haar toevertrouwde, wist ze opmerkelijk weinig.
Wat ze heel goed wist, was dat Patsy goed kon koken en geen eigen familie had die eisen kon stellen, dus Patsy zou haar handen vrij hebben om Mossy's moeder op haar oude dag te verzorgen.

Moeder Francis zag dokter Johnson in zijn auto voorbijrijden. Ze stond uit het raam te kijken, zoals ze vaak deed als de kinderen aan een proefwerk bezig waren, en dacht na over het dorp. Hoe zou het zijn om uit Knockglen weg te moeten en in te trekken in een ander klooster? Iedere zomer werden de overplaatsingen bekendgemaakt. Het was altijd een opluchting om te horen dat ze weer een jaar mocht blijven waar ze zat. Heilige Gehoorzaamheid hield in dat je zonder sputteren ging waar je werd heengestuurd door degenen die boven je waren gesteld. Op onwaardige wijze hoopte ze elk jaar dat moeder Clare niet naar hen toe zou worden gestuurd. Ze bad niet met zoveel woorden of moeder Clare in Dublin mocht blijven, want God kende haar opvattingen in deze. Elke dag konden nu de berichten van overplaatsingen binnenkomen. Het waren altijd een paar onrustige weken als ze op dat nieuws moest wachten.

Waar zou dokter Johnson heen gaan, dacht ze. Wat een vreemd, veeleisend leven, altijd op weg om iemand geboren te zien worden, te zien sterven of daar tussenin gecompliceerde dingen te zien doormaken.

Majoor Westward was al dood toen de dokter aankwam. Dokter Johnson drukte de ogen dicht, trok het laken over het vervallen gelaat en ging naast mevrouw Walsh zitten. Hij zou de begrafenisondernemer en de dominee bellen om hen op de hoogte te stellen, maar eerst moest iemand Simon Westward zien te vinden.

'Ik heb hem vanmorgen aan de telefoon gehad. Hij is van Engeland op weg hier naartoe.'

'Nou ja, dan kan ik niet veel meer doen.' Hij stond op en pakte zijn jas.

'Geen groot verlies.'

'*Wat* zegt u, dokter Johnson?'

Hij had haar recht aangekeken. Ze was een vreemde vrouw. Ze hield van het idee om bij 'het grote huis' te horen, zelfs al was het nu alleen nog maar een groot gebouw, zonder iets groots meer. Ze zou waarschijnlijk blijven als Simon met een bruid thuiskwam. Ze zou hier oud worden en het gevoel hebben dat haar positie iets adellijks had gekregen door haar verbintenis met deze mensen.

Het was niet eerlijk van hem om zo hard te oordelen over de dode man. Hij had de oude Westward nooit gemogen. Hij had hem arrogant gevonden en gierig ten opzichte van het dorp dat naast zijn deur lag. Het ging zijn voorstellingsvermogen te boven dat Eve Malone door de oude potentaat was onterfd.

Maar hij moest de gevoelens van andere mensen niet kwetsen. Zijn vrouw had hem dat al duizend keer verteld.

Hij besloot zijn grafrede te veranderen.

'Pardon, mevrouw Walsh, wat ik zei, was: "Wat een verlies, wat een groot verlies". Wilt u Simon mijn condoléances overbrengen?'

'Ik weet zeker dat meneer Simon u zal bellen, dokter, als hij terug is.'

Mevrouw Walsh trok een zuinig mondje. Ze had heel goed verstaan wat hij de eerste keer had gezegd.

Jack Foley's ouders zeiden dat hij zich uiterst onredelijk opstelde. Wat moesten ze ervan denken of zeggen? Ging het huwelijk nu wel of niet door? Omdat het blijkbaar niet dringend meer was en de drie weken voorbereidingstijd allang voorbij waren, namen ze aan dat Nan niet langer zwanger was. Jack had hen toegebeten dat hij dit onmogelijk met hen kon bespreken zolang ze nog herstellende was.

'Ik denk dat we weleens mogen weten waarom je nu weer een reden hebt om dit overhaaste huwelijk te annuleren,' zei zijn vader streng.

'Ze heeft een miskraam gehad,' zei hij. 'Maar verder is er nog geen duidelijkheid.'

Hij zag er zo aangedaan uit dat ze hem met rust lieten. Op hun belangrijkste vraag was immers een antwoord gekomen, het antwoord waar ze op gehoopt hadden.

Paddy Hickey vroeg Kit Hegarty ten huwelijk aan een raamtafeltje in een groot hotel in Dunlaoghaire. Zijn handen beefden toen hij haar vroeg. Hij gebruikte formele woorden, alsof een aanzoek een soort toverspreuk was die niet zou werken tenzij hij haar vroeg 'hem de eer te verschaffen' zijn echtgenote te willen worden.

Hij zei dat al zijn kinderen wisten dat hij haar ging vragen. Ze zaten te wachten en hoopten op een jawoord, net als hijzelf. Hij praatte zo lang en in zulke bloemrijke bewoordingen dat Kit nauwelijks een gaatje kon vinden om ja te zeggen.

'Wat zei je?' vroeg hij een stuk later.

'Ik zei dat ik graag wil en dat ik denk dat we samen heel gelukkig zullen worden.'

Hij stond op, kwam om het tafeltje heen naar haar toe en voor de ogen van alle aanwezigen in de eetzaal nam hij haar in zijn armen en kuste haar.

Zelfs midden in die omhelzing kreeg hij van de zenuwen nog het gevoel dat iedereen vork en mes had neergelegd en zijn glas vergat om naar hen te kijken.

'We gaan trouwen,' riep hij uit en zijn gezicht bloosde van genoegen.

'Gelukkig vertrek ik naar de wildernis van Kerry. Ik zou me hier niet meer durven vertonen,' zei Kit, terwijl ze de glimlachjes, de handdrukken en zelfs het hoera-geroep van de andere gasten in ontvangst nam.

Simon Westward vroeg zich af of zijn grootvader wel had geweten hoe slecht de dag, die hij had uitgekozen om te sterven, uitkwam. De regelingen met betrekking tot Simons huwelijk met Olivia bevonden zich in

een beslissend stadium. Een overlijdensbericht kon hij daarbij missen als kiespijn. Aan de andere kant had hij misschien een betere onderhandelingspositie als hij ook in naam heer en meester over de Westwards was. Hij probeerde wat gevoel op te brengen voor de eenzame oude man, maar kwam niet verder dan de bedenking dat majoor Westward veel van zijn ellende zelf over zich had afgeroepen. Waarschijnlijk was het niet gemakkelijk geweest om Sarah's slechtgekozen echtgenoot, die klusjesman, in zijn huis te verwelkomen, maar hij had toch wel wat toeschietelijker kunnen zijn tegenover hun kind. Eve zou al die jaren ook voor hemzelf goed gezelschap zijn geweest. Als ze was geboren en getogen in het grote huis zou ze niet die blinde haat hebben ontwikkeld die door haar verbanning zo op de voorgrond was getreden.
Hij dacht niet graag aan Eve. Dat riep nare herinneringen op aan die afschuwelijke dag op de Westlands toen de oude man zo tekeer was gegaan.
En het deed hem aan Nan denken.
Iemand had hem een knipsel uit de *Irish Times* gestuurd met het bericht van haar verloving. De enveloppe was getypt. Eerst geloofde hij dat Nan het zelf gedaan had, maar later bedacht hij dat het haar stijl niet was om zoiets te doen. Ze was weggegaan zonder één keer om te kijken. En voor zover hij kon nagaan, had ze de cheque die hij haar had toegestopt nog niet verzilverd. Hij wist niet wie het knipsel had gestuurd. Misschien had Eve het gedaan.

Heather vroeg moeder Francis of Eve naar de begrafenis van grootvader zou komen.
Moeder Francis zei dat ze daar maar niet op moest rekenen.
'Hij is altijd een heel aardige man geweest, maar toen hij ouder werd, werd dat anders,' zei Heather.
'Ik weet het,' zei moeder Francis. Ze had zelf ook zorgen. Moeder Clare werd naar Knockglen gestuurd. Peggy Pine kon dan wel zeggen dat moeder Francis de zweep ter hand moest nemen en laten zien wie hier de baas was, plus nog een heleboel andere, stuk voor stuk niet erg religieuze instructies... het bleef een ramp voor de congregatie. Kon ze maar iets vinden waar moeder Clare belangstelling voor had, iets waar ze zoet mee zou zijn.
'Bent u in een slechte bui, moeder?' vroeg Heather.
'O Heere, kind, je bent duidelijk Eve's nichtje. Je hebt precies hetzelfde talent om het op te merken als er iets mis is. De rest van de school kan voorbij hollen en geen moment ergens iets van merken.'
Heather keek haar bedachtzaam aan.
'Ik denk dat u meer geloof moet hechten aan de novene. Zuster Imelda

zegt dat die altijd werkt. Ze heeft voor mij een novene gebeden toen ik was weggelopen en kijk eens hoe goed hij heeft gewerkt.'
Moeder Francis maakte zich soms zorgen over de bezetenheid waarmee Heather zich juist de meer gecompliceerde aspecten van het katholieke geloof eigen maakte.

Nan belde Jack met de vraag of ze elkaar konden treffen.
'Zeg jij maar waar,' zei hij.
'Je kent het Herbert Park? Het is bij jou in de buurt.'
'Is dat voor jou niet te ver weg?' Ze deden merkwaardig formeel.
Als iemand dit knappe stel had zien lopen, zouden ze hebben gedacht dat het zo'n vakantieliefde op z'n einde was en hebben geglimlacht.
Er was geen ring om terug te geven. Er waren weinig regelingen die teruggedraaid moesten worden.
Ze zei dat ze naar Londen ging. Ze hoopte daar een cursus modeontwerpen te kunnen volgen. Ze moest een tijdje weg. Ze wist eigenlijk niet precies wat ze wilde, maar ze wist in ieder geval wat ze niet wilde. Ze sprak op vlakke toon, zonder intonatie in haar stem. Jack probeerde schuldbewust het overweldigende gevoel van opluchting te onderdrukken. Opluchting dat hij niet met deze mooie meid hoefde te trouwen en niet zijn hele verdere leven met haar hoefde te delen.
Toen ze het parkje met zijn kleurige bloemenrijen en tennisbanen verlieten, wisten ze dat ze elkaar waarschijnlijk nooit meer zouden zien.

De dag van Patsy's bruiloft begon helder en zonnig. Eve en Benny waren gekomen om haar te helpen kleden. Clodagh was er ook, om te controleren of die twee grapjassen niets verkeerd zouden doen.
Paccy Moore zou als vader van de bruid optreden. Hij had gezegd dat hij zich niet beledigd voelde als ze iemand wou die niet mank liep, want misschien zou hij in de kerk te veel herrie maken met die poot van hem, maar Patsy wou niemand anders.
Zijn neef Dekko zou getuige zijn en zijn zuster Bee bruidsmeisje. Zo leken ze net één familie.
Het mooiste zilver was te voorschijn gehaald, ondanks Patsy's waarschuwing dat een paar neven van Mossy wellicht lange vingers hadden. Er was kip, ham, aardappelsalade, allerlei soorten gebak en roomsoezen.
Het zou een groot feest worden.
Clodagh had Patsy's wenkbrauwen geëpileerd. Ze stond erop om haar ook op te maken.
'Zou m'n moeder me kunnen zien vanuit de hemel?' vroeg Patsy zich af.
Een moment wist geen van de drie meisjes iets te zeggen. Ze waren stuk voor stuk ontroerd door de gedachte dat Patsy steun zocht bij een moe-

der die ze nooit had gekend en dat ze er zo zeker van was dat die vrouw in de hemel woonde.
Benny snoot luidruchtig haar neus.
'Ik weet zeker dat ze je kan zien. Ze zegt waarschijnlijk dat je er schitterend uitziet.'
'Zeg Benny, wil jij je neus niet zo hard snuiten als we in de kerk zijn. Je zou de helft van de congregatie uit de banken blazen,' mopperde Patsy.

Dokter Johnson reed het gezelschap naar de kerk.
'Fraai zo, Patsy,' zei hij, terwijl hij Paccy en de bruid achterin zijn Morris Cowley hielp. 'Je steekt die oude taart daarginds vast de ogen uit.' Dat was precies de goede opmerking, dit partijdige complimentje, om Patsy te laten merken dat ze alle winst voor het grijpen had en dat Mossy's moeder geen schijn van kans maakte.

Dessie Burns had die ochtend afgezien van matiging. Hij probeerde de bruidsstoet vanuit zijn deuropening zwierig te groeten, maar dat was niet eenvoudig met een fles in de ene en een glas in de andere hand. Hij raakte volledig uit balans en stortte ter aarde. Dokter Johnson wierp hem een grimmige blik toe. Dat zou het volgende medisch ingrijpen zijn dat hem te doen stond: de kop van die idioot dichthechten.

Het was een geweldige bruiloft. Patsy moest een paar keer tegengehouden worden om niet te gaan opruimen of in de keuken de volgende gang voor te bereiden.
Om vier uur nam het bruidspaar afscheid.
Ze zouden met Dekko naar de bushalte gaan, maar Fonsie zei dat hij toch naar Dublin reed, dus hij kon hen wel bij Bray afzetten.
'Fonsie zou heilig verklaard moeten worden,' zei Benny tegen Clodagh.
'Goed idee. Ik zie zijn beeld al in alle kerken staan. Misschien kunnen we van Knockglen wel een speciaal bedevaartsoord maken. Lourdes zou nergens meer zijn.'
'Ik meende het echt,' zei Benny.
'Dacht je dat ik dat niet wist?' Een zeldzaam zachte uittrukking verscheen op Clodaghs gezicht.

Die avond vroeg Annabel Hogan aan Benny of ze er bezwaar tegen had als het huis van haar vader werd verkocht.
Benny wist dat ze niet te enthousiast moest reageren. Daarom zei ze bedachtzaam dat het haar geen slecht idee leek. Dan zouden ze geld hebben om de winkel op te knappen. Vader zou het ermee eens zijn geweest.
'We hebben altijd gewild dat je vanuit dit huis zou trouwen. Dat is nog het enige dat me tegenhoudt.'

De sporen van Patsy's bruiloft waren nog overal te zien, de zilveren versierselen van de taart, de papieren servetten, de confetti, glazen die nog overal stonden.
'Ik wil nog heel lang niet trouwen, moeder. Dat meen ik.' En vreemd genoeg was dat echt zo.
De pijn die ze om Jack had gevoeld, was al veel minder geworden. Even voelde ze weer hoe ze alleen al bij de gedachte aan hem had geleden, lichamelijke pijn had gevoeld, en hoe graag ze degene had willen zijn die naast een glimlachende Jack Foley de kerk was binnengeleid. Die pijn was nu een stuk minder.

Rosemary opperde dat ze een feest in Dublin moesten houden om te laten zien dat er ook buiten Knockglen iets georganiseerd kon worden. Misschien konden ze na afloop van alle tentamens een barbecue houden bij White Rock, op het strand tussen Killiney en Dalkey.
Ze zouden een groot kampvuur maken en zorgen voor worstjes, lamskoteletten en grote hoeveelheden bier.
Sean en Carmel zouden dit keer niet de leiding hebben. Rosemary wilde voor het eten zorgen en haar vriend Tom moest het geld inzamelen. De jongens begonnen meteen geld te storten.
'Zullen we Jack ook vragen?' vroeg Bill Dunne. 'Misschien dit keer maar niet,' zei Rosemary.

Eve en Benny wilden volgend jaar samen een flatje betrekken. Het studentenhuis in Dunlaoghaire zou worden opgedoekt. Ze waren er erg opgewonden over en keken voor de vakantie al goed rond, zodat ze de horde in september voor waren.
Ze stikten van de plannen. Benny's moeder zou komen logeren en zelfs moeder Francis zou misschien op bezoek komen. Er was goed nieuws gekomen uit het klooster. Moeder Clare had haar heup gebroken. Niet dat moeder Francis het goed nieuws noemde, maar het betekende wel dat moeder Clare in de buurt van een ziekenhuis en een fysiotherapeut moest blijven en dat alle trappen en de tamelijk grote afstanden in St. Mary niet aan te raden waren. Moeder Francis was juist halverwege haar novene toen het gebeurde. Ze vertelde Eve dat dit haar grootste geloofscrisis tot dusverre had veroorzaakt. Zou het gebed te krachtig zijn?
Op een dag nadat ze een flatje hadden bezichtigd, liepen ze Jack tegen het lijf.
Hij had alleen oog voor Benny.
'Hoi, Jack.'
Eve zei dat ze er echt vandoor moest en dat ze Benny later wel in Dunlaoghaire zou zien. Ze was weg voordat iemand iets had kunnen terugzeggen.

'Wil je vanavond met me uit?' vroeg hij.
Benny dacht na. Haar ogen dwaalden over het gezicht waar ze zoveel van had gehouden. Elke lijn, elke onregelmatigheid was haar lief geweest.
'Nee Jack, liever niet.' Haar stem was beleefd, vriendelijk zelfs. Haar antwoord was niet bedoeld als spelletje. 'Ik heb vanavond al een andere afspraak.'
'Maar die is alleen met Eve. Zij vindt het heus niet erg.'
'Nee, het gaat niet. Toch bedankt voor je uitnodiging.'
'Morgen dan of in het weekend?' Hij hield zijn hoofd scheef.
Benny herinnerde zich opeens hoe zijn vader en moeder die avond op de stoep van hun huis hadden gestaan. Zijn moeder argwanend en verbaasd.
De kleine dingen die haar de afgelopen maanden van de Foleys waren opgevallen, hadden haar doen beseffen dat het waarschijnlijk altijd zo zou blijven gaan.
Benny had er geen zin in om Jack de rest van haar leven in de gaten te moeten houden en te wantrouwen. Het zou zo makkelijk zijn om nu met hem uit te gaan. Ze konden doorgaan waar ze waren opgehouden. Over een tijdje was Nan vergeten, net zoals ook het incident in Wales min of meer was vergeten.
Maar ze zou zich altijd zorgen maken over de volgende.
De volgende keer dat zij, altijd vrolijk en beschikbaar, weer even niet in de buurt was. Het was te veel gevraagd.
'Nee.' Haar glimlach was nog altijd hartelijk.
Hij keek verrast en bedroefd. Meer bedroefd dan verrast.
Hij wilde iets zeggen.
'Ik heb alleen gedaan wat...' Toen stopte hij.
'Het was nooit mijn bedoeling...' Hij stopte weer.
'Het geeft niet, Jack,' zei Benny. 'Echt, het geeft niet.'
Ze dacht tranen in zijn ogen te zien en keek gauw de andere kant op. Ze wilde niet herinnerd worden aan die dag bij het kanaal.

Het vuur knetterde en ze gooiden er steeds meer houtblokken op. Aidan vroeg zich af of Eve en hij niet te laat begonnen met het verwekken van hun acht kinderen. Ze verzekerde hem dat hij gerust kon zijn, dat het fout was om overhaast te werk te gaan. Hij zuchtte pathetisch, maar had kunnen weten dat ze dit zou zeggen.
Rosemary zag er blozend en knap uit. Tom maakte haar de meest buitensporige complimenten. Johnny O'Brien was bij het collectief in ongenade gevallen omdat hij met een brandend stuk hout had gegooid, waardoor de punch in brand was gevlogen. De vlammen waren spectaculair geweest, maar de drank smaakte een stuk minder.

Fonsie en Clodagh waren uit Knockglen overgekomen. Hun uitvoering van een duizelingwekkende jive op een grote platte rots zou niet licht meer worden vergeten.
Sean en Carmel zaten met elkaar te knuffelen zoals ze al sinds onheuglijke tijden deden. Sheila van de rechtenfaculteit had een nieuw kapsel en zag er veel gelukkiger uit. Benny vroeg zich af waarom ze haar vroeger niet zo had gemogen.
Het had waarschijnlijk allemaal met Jack te maken gehad. Zoals alles. De wolken die de maan aan het gezicht hadden onttrokken, dreven voorbij en het was bijna zo licht als overdag.
Ze lachten verrukt naar elkaar. Het was alsof er een enorm zoeklicht boven hen was aangegaan. Toen kwamen er weer wolken en werd alles weer geheimer, knusser misschien.
Ze waren moe van al het zingen en dansen op de muziek van de kleine pick-up waar Rosemary voor had gezorgd. Iemand riep dat ze iets stemmigs moesten zingen.
Niet iets waarop Fonsie weer zou gaan dansen. Ergens zette een meisjesstem een traditionele Ierse ballade in. Diverse stemmen klaagden dat het zo'n vreselijk ouderwets lied was, maar ze zongen allemaal mee omdat ze de woorden kenden.
Benny leunde half tegen een rots en half tegen Bill Dunne, die naast haar zat. Ze genoot van de hele avond. Hij verloor haar geen moment uit het oog en kwam steeds aandraven met worstjes aan een prikker en ketchup om erop te doen. Bill was een echte vriend. Je hoefde hem niet je hele leven in de gaten te houden en je zorgen te maken. Je hoefde niet de hele nacht wakker te liggen en te piekeren of hij zich wel vermaakte of zich niet al te *veel* vermaakte.
Ze zat er net aan te denken hoe warm en lekker makkelijk hij was, toen ze Jack zag afdalen naar het strand.
Het was erg donker en voor de anderen was hij waarschijnlijk niet meer dan gewoon een figuur in de verte. Maar zij wist dat het Jack was die naar het zomerfeest kwam. Om te vragen of hij er weer bij mocht horen.
Ze verroerde zich niet. Ze keek toe. Af en toe bleef hij staan, waar schaduw was, alsof hij zich afvroeg of hij wel welkom zou zijn.
Maar Jack Foley aarzelde nooit lang. Hij wist dat hier zijn vrienden zaten. De lange kronkelende trap lag een eindje af van de rotsen waar ze hun kampvuur hadden. Het was niet zo heel ver, maar het leek hem nogal wat tijd te kosten om hen over het zand te bereiken.
Het duurde lang genoeg voor haar om te bedenken hoe vaak ze zijn gezicht overal had gezien. In gedachten kon ze hem altijd zien glimlachen of fronsen, praten of nadenken. Maandenlang kon ze zijn gezicht zien zoals meneer Flood visioenen zag, boven in de bomen en in de wol-

ken. Ze zag hem in de patronen die de schaduw van de bladeren op de grond vormden. Als ze wakker was, als ze sliep – Jack Foley was het enige beeld dat haar voor ogen zweefde. Niet omdat ze dat opriep, maar gewoon omdat het maar niet wilde verdwijnen.
Zo was het lange tijd gegaan. Toen het goed ging en toen het afgelopen was.
Maar vanavond had ze moeite om zijn gezicht te zien. Ze zou moeten wachten tot hij in het licht van het vuur stond om zich te kunnen herinneren hoe hij eruitzag. Dat was merkwaardig rustgevend.
Iedereen zat nog steeds uit volle borst te zingen toen iemand Jack opmerkte. Ze zongen door. Ze waren allemaal flink aan het overdrijven en aan het lachen. Een paar zwaaiden er naar hem.
Hij stond nu net buiten de groep.
Jack Foley stond buiten de groep. Niemand wenkte hem in de kring. Hij keek glimlachend rond, blij om weer terug te zijn. Zijn nachtmerries waren vervlogen, zijn zonden, naar hij hoopte, vergeven. Hij leek gelukkig om weer bij de hofhouding te mogen horen. Zelfs zijn ergste vijand zou hem er nooit van hebben beschuldigd dat Jack koning had willen zijn. Dat was hij slechts bij toeval geworden.
Over het vuur heen zochten zijn ogen die van Benny. Het was moeilijk uit te maken wat hij van haar wilde. Toestemming om hier te mogen zijn?
Vergiffenis voor alles wat er was gebeurd? Of zijn rechtmatige positie als haar minnaar?
Benny lachte de brede, vriendelijke lach waardoor hij verliefd op haar was geworden. Haar welkom was oprecht gemeend. Ze zag er heel lief uit in het licht van de vlammen en ze deed wat niemand anders deed: ze wees hem waar de drank stond en waar de vorken lagen om het vlees aan te roosteren. Hij maakte een pilsje open en kwam voorzichtig op haar af. Dat was een aanmoediging geweest, toch?
Er was niet veel plek op het kleed waar ze tegen Bill Dunne en het stukje rots zat geleund.
Niemand schoof op. Ze vonden dat hij maar moest gaan zitten waar hij plaats zag.
Na enkele ogenblikken deed Jack Foley dat dan maar. Hij ging op een rots zitten. Op het randje.
Bill Dunne, die zijn arm losjes om Benny's schouder had liggen, haalde die niet weg, omdat ze niet was gaan verzitten, hoewel hij dat wel had verwacht.
Het lied was uit, maar meteen zette iemand een ander oud volksliedje in. Ze zongen met overdreven hartstochtelijke gebaren en rare accenten. Benny staarde in het vuur.
Het was hier vredig. Er zouden meer van zulke avonden komen. Je kon

het vergelijken met iets als een rustig meer, niet zoals de snelstromende rivier die het met Jack was. Ze keek toe hoe haar vrienden hun vorken ronddraaiden in het vuur en ze zag vonken opspatten tot in de lucht boven de donkere bergen, maar Jacks gezicht kon ze niet zien. Ze zag alleen vlammen en vonken, lange schaduwen in het zand en de vloedlijn met zijn kleine schuimende golfjes die uitstroomden over de stenen en het strand.
En ze zag haar vrienden, die in een grote kring zaten. Ze zagen eruit alsof ze voor altijd zouden blijven zingen, voor altijd zouden blijven, een leven lang.
De stemming werd steeds sentimenteler. Fonsie ging hen voor in hartverscheurende liederen over liefde en eeuwige trouw.
Hun stemmen stegen met de rook en de vonken op in de lucht en nergens aan de hemel kon Benny Hogan het gezicht van Jack Foley ontdekken.
Benny zong mee met alle anderen. Ze wist dat Jacks gezicht zich ergens tussen al die gezichten rond het kampvuur bevond en nooit meer de hele nachtelijke hemel in beslag zou nemen.